许麟庐翰札·致弟子王少石

王少石◎编

中国文联出版社
http://www.clapnet.cn

许麟庐 1916 ~ 2011

现代书画家、书画鉴定家。名德麟，山东蓬莱人。幼嗜书画，二十三岁与溥心畬结忘年交。一九四五年拜齐白石为师。博览历代名作，吸收朱耷、石涛、吴昌硕等笔墨技法，将民间艺术风格和京剧表现形式融入绘画，豪放洒脱，酣畅淋漓，在国内外享有盛誉。行草洒脱烂漫，独具一格。曾任荣宝斋编辑室主任、北京花鸟画研究会会长、中国国家画院院委、中央文史研究馆馆员。著有《中国近现代名家画集·许麟庐》、《写意人生·许麟庐》等。

王少石 1940 ~

书画篆刻家、收藏家。安徽省宿州人。一级美术师、安徽省文史研究馆馆员、安徽省书协顾问、安徽省政协五、六、七、八届委员、安徽省人民政府参事、宿州书画院首任院长。一九六四年毕业于安徽师范大学中文系。一九六〇年拜萧龙士为师。1972年拜李苦禅、许麟庐为师。擅书画篆刻，工诗文，精鉴赏，富收藏。发表书画、文博学术论文多篇。著有《红楼梦印谱》、《中国美术家大系·王少石卷》、《大写意三字经》。

前言

我与恩师许麟庐先生密切交往近四十年，我敬重先生的人品与艺品，先生爱我器重我，师徒二人肝胆相照，结为知己，两地鱼雁来往频繁，恩师与我的翰札计二百通。《许麟庐翰札·致弟子王少石》收入一百九十通，有些专寄书画、印稿的挂号信及贺年卡未予收入。先生的诸多教诲能够裨益后学，特辑录付梓，与世人共享金石良言也。略选数则如下：

作画难在粗中有文，野而不野，要形神兼备，尤其要讲究笔墨构图，笔既浑厚有味，章法要俏而不俗。（一九八〇年九月二十一日）

刻印讲究方中圆，圆中方，音乐、舞蹈、绘画均如此也。（一九八一年八月二十五日）

书法一道既要规矩又要夸张，一味拙，一味巧，都不行，主要有书香气才好。（一九八四年十二月三十一日）

如今不能者则能，能者却不能，奈何奈何！总之我们要做我们的学问，一切要心安理得，我相信明眼人会有定评。（一九八五年十一月七日）

书画之道要生中熟，熟中生，要紧要紧。（一九八六年五月二十九日）

一切事物在规矩方圆中脱尽俗气太难矣！（一九八七年九月十六日）

当今会玩弄权术者，则名列榜首；艺高一筹老实人默默无闻，世道如此，奈何奈何！（一九八七年九月十六日）

这些书信除了谈艺论道之外，从生活起居到对人情世态之看法，从搬家出游到翰墨写意无所不谈，诚恩师之所言『对弟所云皆出自肺腑』也。

自一九九〇年，先生嘱咐我刻《庚午》迎首印以后，至二〇一〇年（庚寅），我每年皆为恩师刻二方农历年号印，二十年间所刻农历年号印达四十方之多，先生还嘱刻其常用印数十方。每有印成，我即将印稿寄请恩师指点，先生评批后寄回，评批之印过百矣，本书选取评语具有重要篆刻理论者入之。先生赠我佳作，与我合作及为拙作题跋者，亦达数十幅之多，收入本集的也只是其中一小部分。

许麟庐先生二十三岁时与溥心畬先生结忘年交，并于一九四五年经李苦禅先生介绍，拜白石老人为师。先生为人豪情满怀、重情重义，才高行洁，见多识广，极富众望，与同辈中的众多书画名家交谊颇深。正因为如此，许麟庐先生在书信中谈艺论道是在二十世纪后半期的文化背景之下，其艺术观的最为诚恳而真实的表白，是一位老艺术家的心声，为后人研究我们这个时代的中国书画艺术，提供了负载典型意义的个体资料，因此《许麟庐翰札·致弟子王少石》也就颇具文献价值了。

我今年七十七岁了，对恩师的教诲理解得更加明白了，然而恩师对我的要求，在很多方面我尚未做到。后来者若能认真地体会许麟翁的诸多教诲，理解他的艺术观点，定能获益匪浅。我相信许麟翁的心血是不会白费的，来者若有解人，予辑录付梓之劳亦得慰藉矣！

《三国志·魏志·胡昭传》：『胡昭善史书，与钟繇、邯郸淳、卫觊、韦诞并有名尺牍之迹，动见楷模。』说明早在三国时期，士大夫的手札已被作为社会的欣赏品了。纵观我国历代书法史，王羲之等人的传世作品大多数为信札，此种情况只要翻一翻古代法帖，便可一目了然。

许麟翁在艺术上主张『寻门而入，破门而出』、『不同于古人自古人来』，强调『在规矩方圆之中脱尽俗气』。麟翁书法是在博览历代名迹的基础上，自出机杼，经过长期的琢磨锤炼而成的。其书得力于王羲之、王献之、怀素、米芾、赵佶诸家为多，然而我们在先生的作品中却看不出古人过多的影子。麟翁书法于六十五岁左右进入成熟期，七十岁后进入炉火纯青之境界，九十岁左右人书俱老矣。

书如其人，许麟翁之书是一种豪放潇洒、天真烂漫的许体格调。用笔沉着痛快，以性情出之，雄逸洒脱，天真烂漫，巧中寓拙，一任自然。观许麟翁之书，如入峰峦竞秀，松风皓月，山泉出涧，落英缤纷之境。许麟翁手札与题跋的款式十分优美，常常于不经意处独露天机，乃艺术修养使然也。许麟庐先生的翰札将会引你进入一个繁花似锦的许体行草书的艺术境界，耐人寻味，信札之美在于斯矣！

往事如昨，感慨系之！诗曰：

我拜麟翁四十年，陋封鱼雁贵师传。
而今读到心酸处，泪眼模糊楮墨寒。

珠玉离离入八行，风神潇洒冠群芳。
不然试读苏黄米，一样动人沁腑肠。

王少石　二〇一六年八月二十一日于二百麟庐札馆

目录

一九七三年二月二十六日

少石画友：

来函及大作、宣纸都照收。你篆刻很突出，我很欣赏。画画、写字、刻印应当跳出樊笼，但是夸张处不能失去规矩，在法则中要不受拘束，总之要形神兼备，万不可欲似不似。我希你在刻印上要多在秦汉印上下功夫，参照赵㧑叔、吴老缶的印章，若能深悟其理，则足矣。

画要多画，墨要分浓淡干湿，多参考前人画法，要取手法上，一般劣作不可学习。写意画虽粗枝大叶，但是要在精微处着眼，请吾弟仔细琢磨为是。另寄上拙作数幅，其中赠有东民、耀宗两兄画件，请转为盼。百忍先生好。许麟庐。二月二十六。

（北京东城芝麻胡同八号——安徽省宿县专区三代会）

【按】许麟庐与王少石的第一封信。王少石一九六四年七月于合肥师范学院中文系毕业后，即参加滁县专区农村四清工作队，一九七〇被分配到宿县专区农业专科学校任语文教师，又被抽调至宿县专区三代会，住在三代会。『十年浩劫』的一九七二年夏，王少石持恩师萧龙士的推荐信，晋京向李苦禅、许麟庐拜师求教，许麟庐尚在湖北『五七干校』。王少石回宿州后给许麟庐去信，许麟庐回信谈及如何学习刻印、书法、写意画，并谓王少石篆刻很突出。

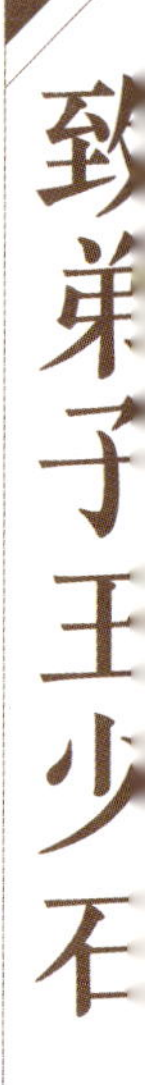

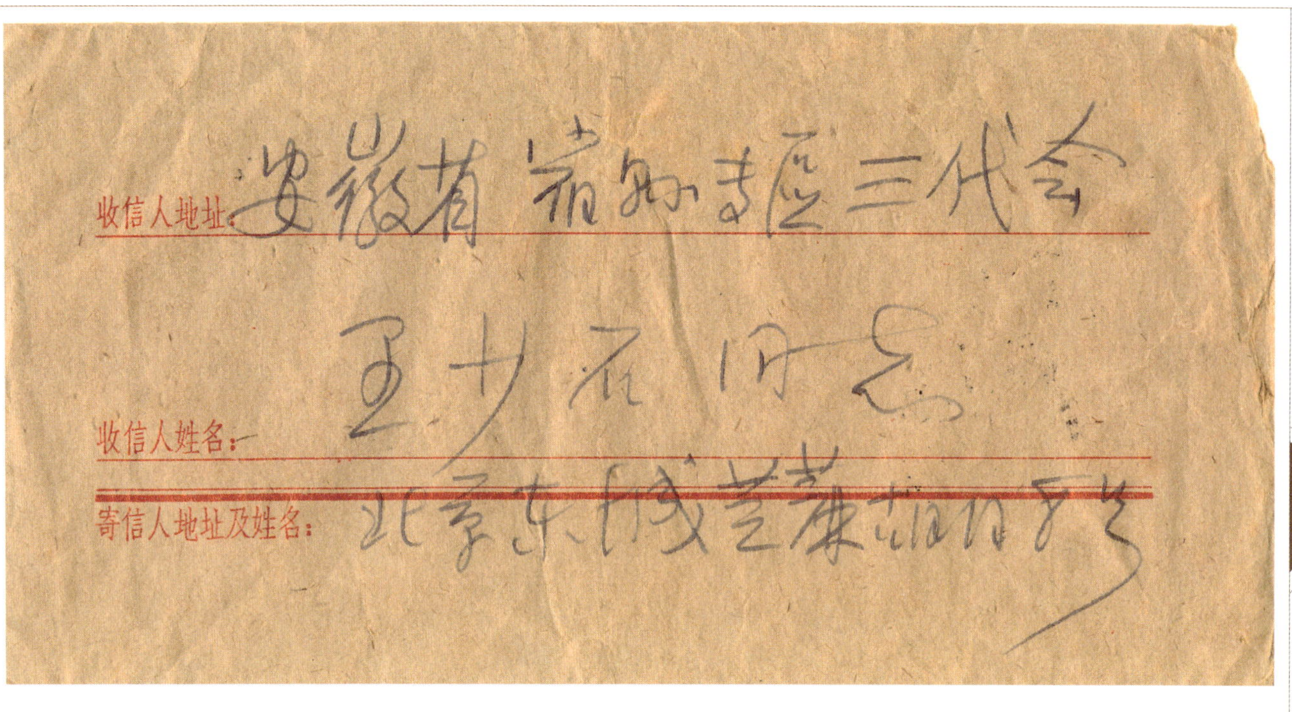

收信人地址：安徽省宿州市区三代会

收信人姓名：王少石同志

寄信人地址及姓名：北京东城芝麻胡同8号

少石贤友：

来函及大作以及字都收到。但是你刻的很突出，我很欣赏，画、写字、刻印应当跳出模仿，但是一定要从临古法入手，在法则中要不受拘束，总之要形神兼备，万不可欲似不似。我都保存到上，要多读秦汉印，上下功夫，多以古籀、吴老缶的印谱，若能体悟其理，则足矣。画要多画，要多看临深乾隆，多参看前人画法，要取法乎上，一般若作不可以不明白，粗犷有天趣，但是精微要多看多用。写字你细琢磨为要。另寄上拙作数幅，其中有东良、耀山字，也是一件，收阅。

百事心怡。

许麐庐 二月廿八

一九七四年九月十七日

少石吾弟如握：

实在对不起，书画都早已收到了，因为瞎忙迟复为歉，千祈谅我。琐碎之事稍为停当，即将吾弟之作寄回，诸请恕我。小儿许化夷在徐不能久呆，拟投贵县。我有书信致东民、耀宗两兄，请弟大力助我，至感！匆匆不及一一。顺颂秋祺。许麟庐。九月十七日。

（北京东城芝麻胡同八号——安徽宿县胜利路泰山宙街八号）

【按】一九七四年，王少石被调到宿县三中任美术教师，住在胜利路泰山庙街八号。

一九七四年十一月九日

少石弟如握：

来信收到，尽悉。龙士画兰我草草补成，因墨污裁去二寸，然未伤全局，付裱后尚有可观，并随信寄去拙作一幅，请弟哂存。我因患冠心病，病休在家，绝少作画，故笔墨生冷，只作纪念而已。小八之事承吾弟、百忍兄、耀宗兄多方成全，但人事关系确难已哉！只好耐心等待，诸请吾弟关注为感。吾弟所刻《孟方》一印，刀法布局较之以前为之一变，可喜也。请吾弟仍多在秦、汉，昌硕、白石诸印人方面琢磨，既要夸张，又要规矩，切要切要。匆匆此颂近安。许麟庐。十一月九日。

（北京东城区芝麻胡同八号——安徽宿县胜利路泰山宙街八号）

【按】有篆刻理论。

一九七五年一月二十七日

少石弟如晤：

你好，上次寄来你的《牡丹》两幅收到了。我因为身体不好，一直没有给你寄信，请你原谅。两幅《牡丹》气魄很大，但还有缺点。在构图笔墨上比较松散，浓淡不大分，毛病就在此。今后你再画的时候，必须注意浓浓淡淡，干干湿湿，不然往往画的太平了。我患颈椎增生，现休息在家，迟复为歉。此颂冬好。许麟庐。一月二十七日。

小儿化夷因耘耘关系，不宜久留徐州，我想让他转到宿县农村，他在徐是农村户口，我有信给耀宗、崔萍、百忍诸同志。请吾弟设法协助为感，如何之处，希请给我来信为盼。又及。

（北京东城区芝麻胡同八号—安徽宿县胜利路泰山宙街八号）

【按】有绘画理论。

一九七五年十一月二日

少石弟：

令叔昨晚将六时来舍下。言及无省介绍信不能住旅馆。我当即命小女陪同到渤海饭店找找熟人，结果熟人已退休，于是小女出主意，请令叔购买火车票，凭火车票即能投宿。因昨晚今晨令叔没有到我家来，我想一定住上了旅店，不然早就到我家来了。目前已入冬，不然请令叔席地也没有关系。我希望你设法搜集秦、汉之印谱，（近）现代的设法找找赵之谦、吴昌硕印谱，从这几方面推敲推敲。所谓我有我法，但是『法』要有出处，心有成竹以后，然后加以发挥，守绳墨又不守绳墨，那才有格调，共勉之。你托令叔带来香油两瓶照收，实深感谢。我仍在病休中，诸请勿念。此颂冬好。麟庐。

附《物我皆春》印，是已故钱瘦铁先生所刻，可作吾弟参考。

（北京东城区芝麻胡同八号—安徽宿县胜利路泰山宙街八号）

【按】有篆刻理论。

一九七六年十一月十七日

少石弟：

寄来的阿胶已收到，谢谢吾弟的关怀。我病情心情较前都有好转，请勿惦念。吾弟最近忙些什么？希便中示我为盼。请替我问百忍兄好及各位画友好。随信寄上拙作一帧，以作吾弟参考。别的没事了。匆匆此颂冬好！

（北京东城区芝麻胡同八号——安徽宿县胜利路泰山宙街八号）

一九七六年十二月二十六日

少石弟：

来信和印章两方、画两件都收到了。这两方印刻的有味道，尤其《形势大好》大似钱老风格。刻印吗就得多看、多刻、多琢磨，要从秦、汉以及近百年老印人留下的东西里取长补短。一味夸张，一味规矩都不行，所谓夸张里要有规矩，规矩里要有夸张。所谓刻出来的东西，经得起玩味。这次寄来的印样比你以前发表的好。这两幅画也大好，较前几个月的画沉着多了。《石榴鸡婆》这幅可以你自己保留下来。《兰花鸡雏》兰花中部画的好，下部差些，上角添了两个鸡雏反而不添倒好些，因为这样就散了，你看对不对？我于本月十二日已到中国画创作组正式上班了。暂时的地址：东郊友谊宾馆。负责人君武同志。吃、住、行国务院文化部都包下来了。我已经由文化部下达调令到出版局，由出版局通知荣宝斋。我现在就住在友谊宾馆，每星期回家一趟。为了响应华主席抓纲治国，我只有尽瘁！请诸位老弟、老同志释念释念。书不尽一一，此颂冬好！许麟庐。十二月二十六日。

（北京东城区芝麻胡同八号——安徽宿县胜利路泰山宙街八号）

【按】有篆刻理论。粉碎『四人邦』后，许麟庐被调离荣宝斋，到中国画创作组作画。

一九七七年二月一六日

少石弟：

来信和寄来的油都收到了。你深厚情感的长信，我拜读再再，谢谢你爱护我。说实在的，没有华主席一举粉碎『四人帮』，亡党亡国就在眼前。这『三公一母』不知杀了多少人，害了多少人，真是祸国殃民，与国人是不共戴天的大敌！！！害是除了，但是流毒还很深，不肃清流毒，还不能喘出气来。有英明伟大的华主席在，我相信会逐步一天一天的好起来！我因为被『四人帮』迫害，气得我浑身是病，甚至在家喜怒无常，有时借酒浇愁。现在我的病是好些了，可是还得恢复，春暖花开可能会好起来，请吾弟不要惦念！我深切表示感谢！今天是腊月二十九日，我涂了两页斗方作为迎春。祝福吾弟合家吉祥。

许麟庐。二月。

（北京东城区芝麻胡同八号—安徽宿县胜利路泰山宙街八号）

【按】许麟庐被『四人帮』迫害，浑身是病，常喜怒无常，借酒浇愁。王少石写了一封长信劝慰恩师。

许麟庐　王少石　鸡婆　66cm×39cm　一九七七年

一九七七年五月六日

少石弟：

带来的花生收到了。你老惦记我，我谢谢。前后寄来的捎来的大作，我都看了，进步很大，我很高兴。希望你继续画下去，画画没有别的捷径，就得一直画下去，画一遍有一遍心得，久而久之，笔墨道理就能理解了。你画的鸭子，我觉得眼睛画大了，今后用点睛的画法就好了，另外鸭子尾部要用些干笔就更生动了。我画了两只白鸭，仅供你参考。我精神还是不太好，间歇失眠，没什么了不起，慢慢就会有好转。承你惦着我，我非常感谢。《物我皆春》章，是已故老友钱瘦铁所刻。你的刻印气魄是大，但是还要多看秦、汉印，该收敛的应当收敛收敛，放的太厉害就野了，直言之。麟庐上。

（北京东城区芝麻胡同八号—安徽宿县胜利路泰山宙街八号）

【按】有绘画、篆刻理论。

许麟庐　芭蕉白鸭　102cm×33.5cm　一九七七年

一九七七年八月二十五日

少石弟：

前后两包作品，都照收。画笔较前雄浑，这点要肯定，就是在技巧上、运用笔墨上还要加以推敲。可惜你们不在我的身边，所以纸上谈兵是表达不出的。你两批画，我准备选一选，补一补，再给你寄上。因为我最近又发病，心脏不稳定，只好给你拖一拖，请你原谅我。寄给你一张小画，供你参考。替我问百忍及诸友近好。麟。八月二十五日。

（北京东城区芝麻胡同八号——安徽宿县胜利路泰山宙街八号）

【按】有绘画理论。

一九七八年一月十七日

少石弟：

信和印样收到了。这次寄来的大作较前猛进，使我高兴之极！我还是喜欢《攻书莫畏难》这方印，这颗印很稳重，大似瘦铁老。第二方《攻书莫畏难》，虽然生动，但不稳定，有支离之感。《科学有险阻》这方印，也大似铁老，这两方印很有味道，大家气。《苦战能过关》摆的不舒服，露红过多章法平常，你再推敲推敲，字要随着圆圈走，圆圈里横排五个字，所谓没有妙处，我是这样看就这样说了。《攻城不怕坚》这方还可以。总之足见你下了功夫，应当这样，得来全不费工夫的事，是没有的事，你说对否？我工作倒不累，心情比以前好多了，请不要惦着我。每天睡前还是吃安眠药，不吃还是不行，慢慢减少药量就是了。请代问百忍兄以及诸位同志近好。许麟庐。一月十七日。

（北京东城区芝麻胡同八号——安徽宿县胜利路泰山宙街八号）

【按】题王少石刻《叶剑英攻关诗印》有篆刻理论。

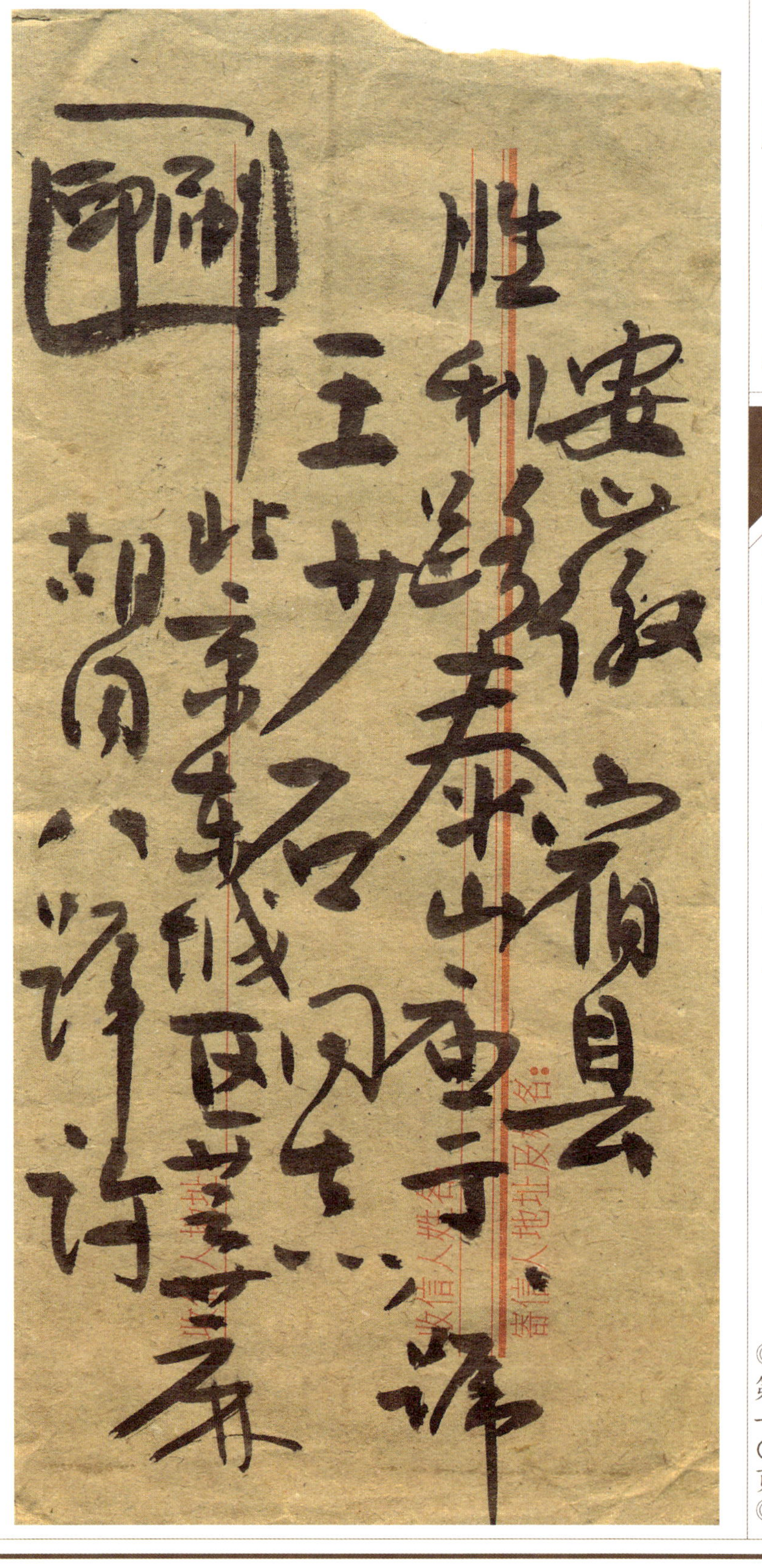
安徽省岳西县
胜利乡去泰山庙寺河
王少石同志
胡同八号许

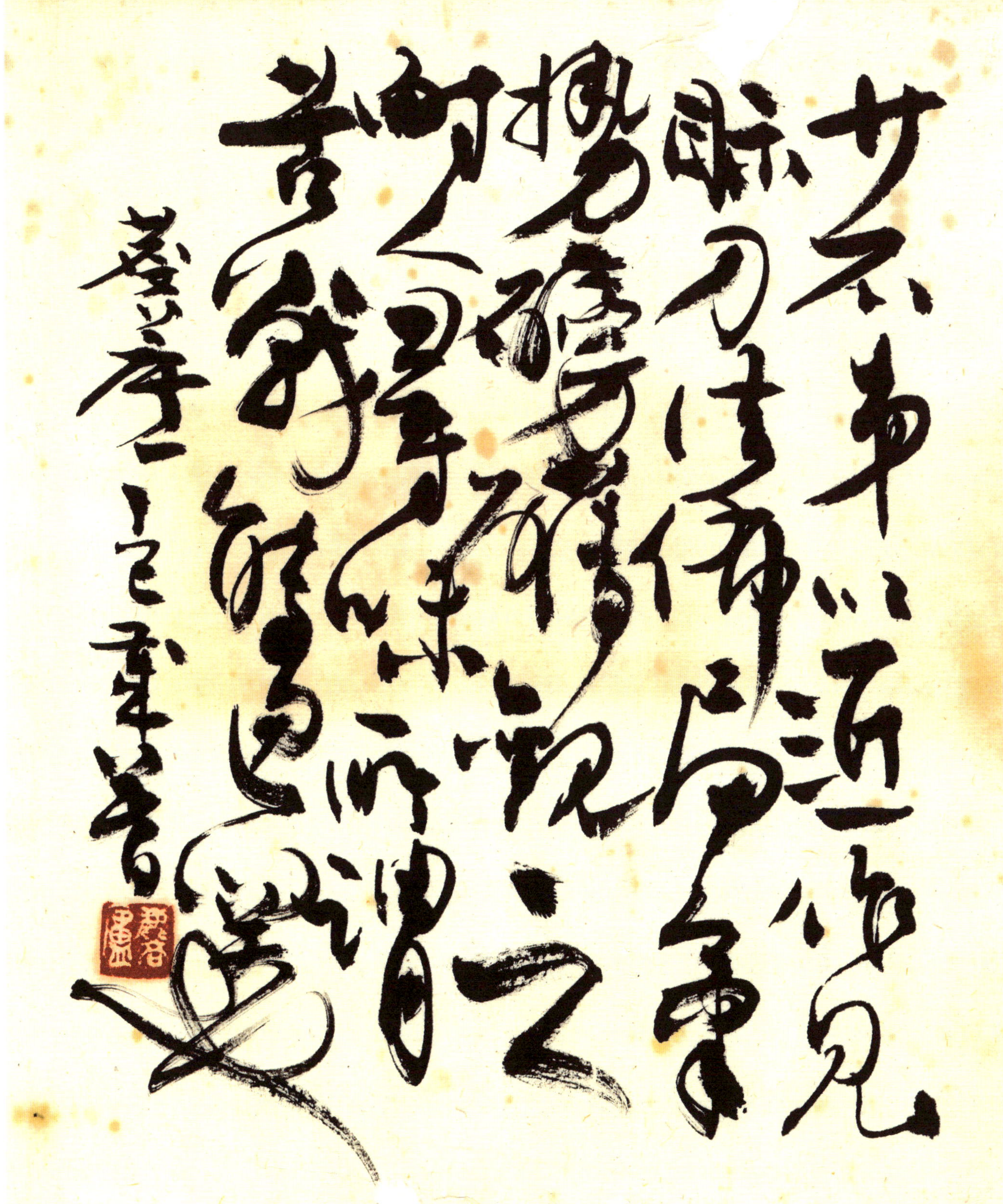

少石弟以近作见眎，刀法布局气势磅礴，观之耐人寻味，所谓苦战能过关也。麟庐丁巳岁暮。

一九七八年三月十八日

少石弟：

信和印样都收到了。你的雄心壮志，使我佩服佩服，作为一个美术家来说，应当如此勤勤恳恳，不然一切都是空谈。我反复推敲吾弟的印样，大部分都是严谨、浑厚、豪放，出于规矩又不守规矩，要气势有气势，要章法有章法，自成家法非虚语也。如《龙冈》、《龙岩》、《乌蒙》、《武夷》、《上杭》、《岷山》、《旧国》、《东国》、《东冥》、《汀州》、《长沙》、《六盘山》、《韶山》、《北戴河》、《长城》、《庐山》、《粤海》、《江西》、《渝州》、《赣江》、《汀江》、《桃花源》、《巫山》、《不周山》、《于阗》、《昆明》、《湘江》、《橘子州》、《钟山》、《秦皇岛》、《黄鹤楼》这三十一方好的很，不要再修改了。至于《赤县》、《昆仑》、《娄山关》、《关山》、《井冈山》、《燕》、《幽》这七方印，好比『大花脸』，气魄倒挺大的，可是惊外行，不能惊内行，因为书卷气不够，没有三十一方里头的味道好，换句话说，野了不含蓄了，所以一定要改刻，不然和三十一方配不到一块。《南京》这一方，摆的章法没变化，要变变样子。『碣石』两字也要变一变，不然太板了。

我是边看边说。关于『大花脸』的刻法一定要排除掉，因为有些小年青的，他们没有什么研究，只好以气魄大胜人，乍看真虎人，仔细端详玩味，既没有来历，又没有书卷气。你可不能类似，我希望你像三十一方那样的刻法就可以了。在三十一方基础上，随着你的年龄，随着你的磨练，我想今后你是能超群的，是完全可以超群的。你的画也像我说的刻印那样，要粗中有精微之处，甚至书法、音乐、舞蹈、文章以此类推。想到哪里说到哪里。所谓画到极处即是写，写到极处即是画。总之人家看你的修养，不是看到你的外表。你说对吧？麟庐。三月十八日。

（北京东郊友谊宾馆南工字楼——安徽宿县胜利路泰山宙街八号）

【按】有书画、篆刻理论。所列举印章为王少石《毛泽东诗词地名印谱》。

一九七八年三月二十九日

少石弟：

《楚》、《粤》、《欧》、《鄂》这四方印，我认为布局空一些，变化少一些，应当重新动动脑力，把这四方印安排的既有传统又有新意，因为单字很难刻，最要修养工夫，所以希望你一定要刻的出色才好。《洞庭》、《余江县》、《龟》、《蛇》、《横塘》、《仙人洞》、《芙蓉国》、《长江》，这几方印堪称大家作品，希望吾弟本照这些印为本，再登一层楼。匆匆此颂春好。麟拜。三月二十九日。

《吉安》此印勉强些，如改刻白文，再加以变化，我想更好些。

还有一点，胜长白文，不要多刻朱文，所谓『藏拙』者也。谨祝吾弟成功！另外书法也要多下功夫为要！

（北京东城区芝麻胡同八号——安徽宿县胜利路泰山宙街八号）

一九七八年十月二十三日

少石弟：

寄来的绿茶收到了。你一直惦着我，客套不宣了。你们大家畅游黄山，那太好了。兴致来了可以画画写意山水，因为写意山水只有齐老师画过，如今写意山水还是冷门，吾弟不妨试试，你以为怎样？吾弟前寄来的画，我还没有给你寄上，我盼你来京带去。现在美术馆展出五个展览：（一）中国画创作组汇报展、（二）美术馆藏画展、（三）长征油画展、（四）农民画展、（五）美籍华人方君璧个展。还有故宫唐、宋、元、明、清画展。吾弟若有兴致，可以马上来京参观，再过几天就收了。吾弟来时，可住家里。匆匆此颂近好。麟庐。十月二十三日。

（北京东城区芝麻胡同八号——安徽宿县胜利路泰山宙街八号）

【按】谈齐白石画写意山水。许麟庐晚年游黄山后，画了不少以皖南景色为题材的写意山水。

一九七九年一月十五日

少石弟：

来信收悉。《水仙鸭子》笔墨豪放，但是放的太大，应该稍收收，鸭子造型再讲究一点，所谓夸张不能失了规矩，规矩之中加以豪放那就好了，这一点很要紧，要注意才好。你由浙回来以后，你夫妇给我剥花生，叫我过意不去，你夫妇对我有这片心意，我就高兴了。你前寄来的画，我让萧老的姑爷孟修同志给你带回去了。如果没有收到请你写信『安徽固镇县第二小学』，找孟修好了。印谱一定要有水平，多推敲推敲，你搞好之后，我很希望看看，要精益求精才是。我决不回荣宝，我不久将来要退休，落得个清闲，不受气了，能吃饭了，就行了。我决不争这争那，我再活十几年就可以了，我一切都置之度外，这就是我的心里话。我星期一有车接我到友谊，星期六送我回家，还是老样子。我由邮局给你寄上一本《人民中国》。就这样吧。颂冬好！许麟庐。

（北京东城区芝麻胡同八号——安徽宿县胜利路泰山宙街八号）

【按】有绘画理论。

致弟子王少石

一九七九年三月三十日

（北京东城区芝麻胡同八号—安徽宿县胜利路新马街二十一号）

【按】题王少石刻《毛泽东诗词地名印谱》。王少石住址泰山庙街八号改门牌号为新马街二十一号。

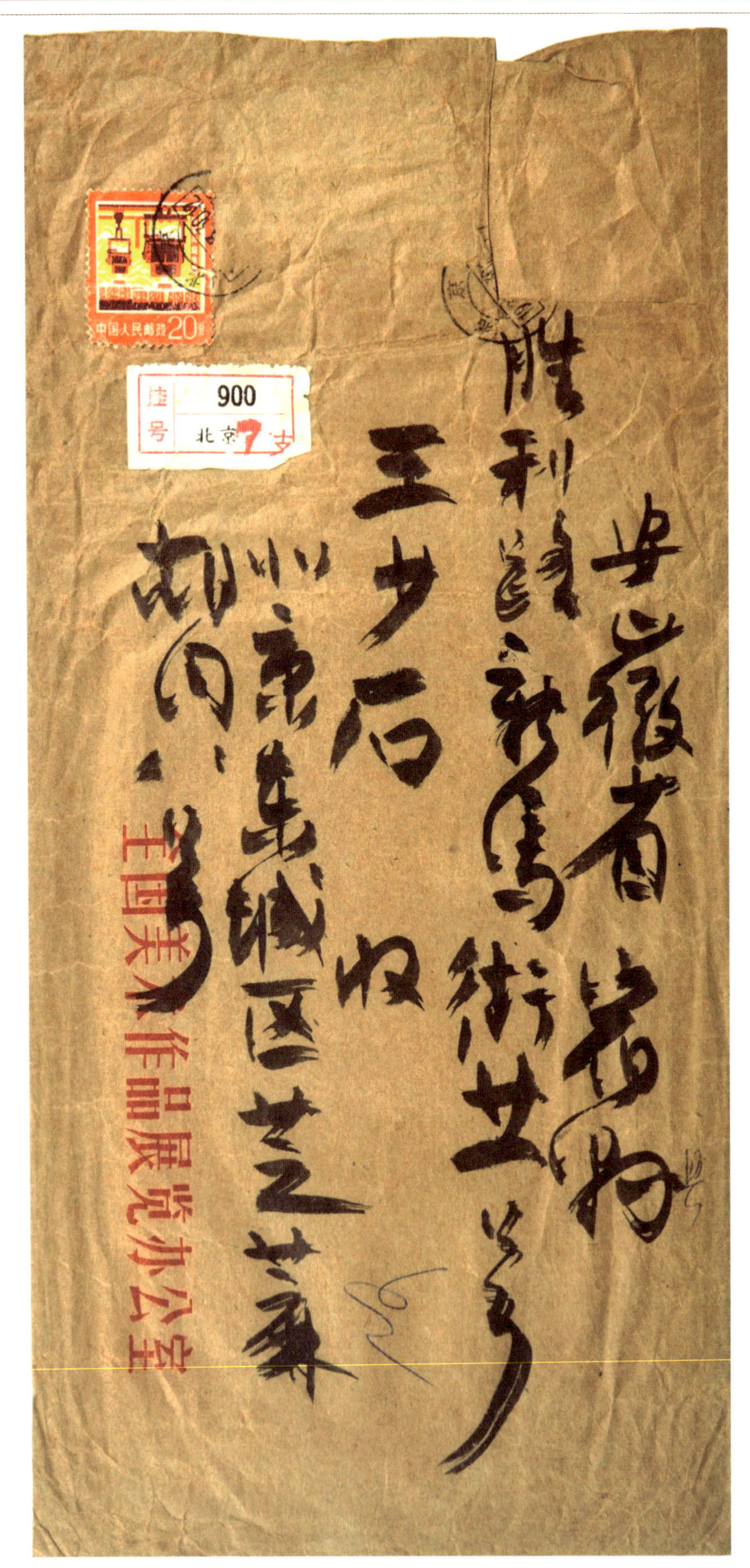

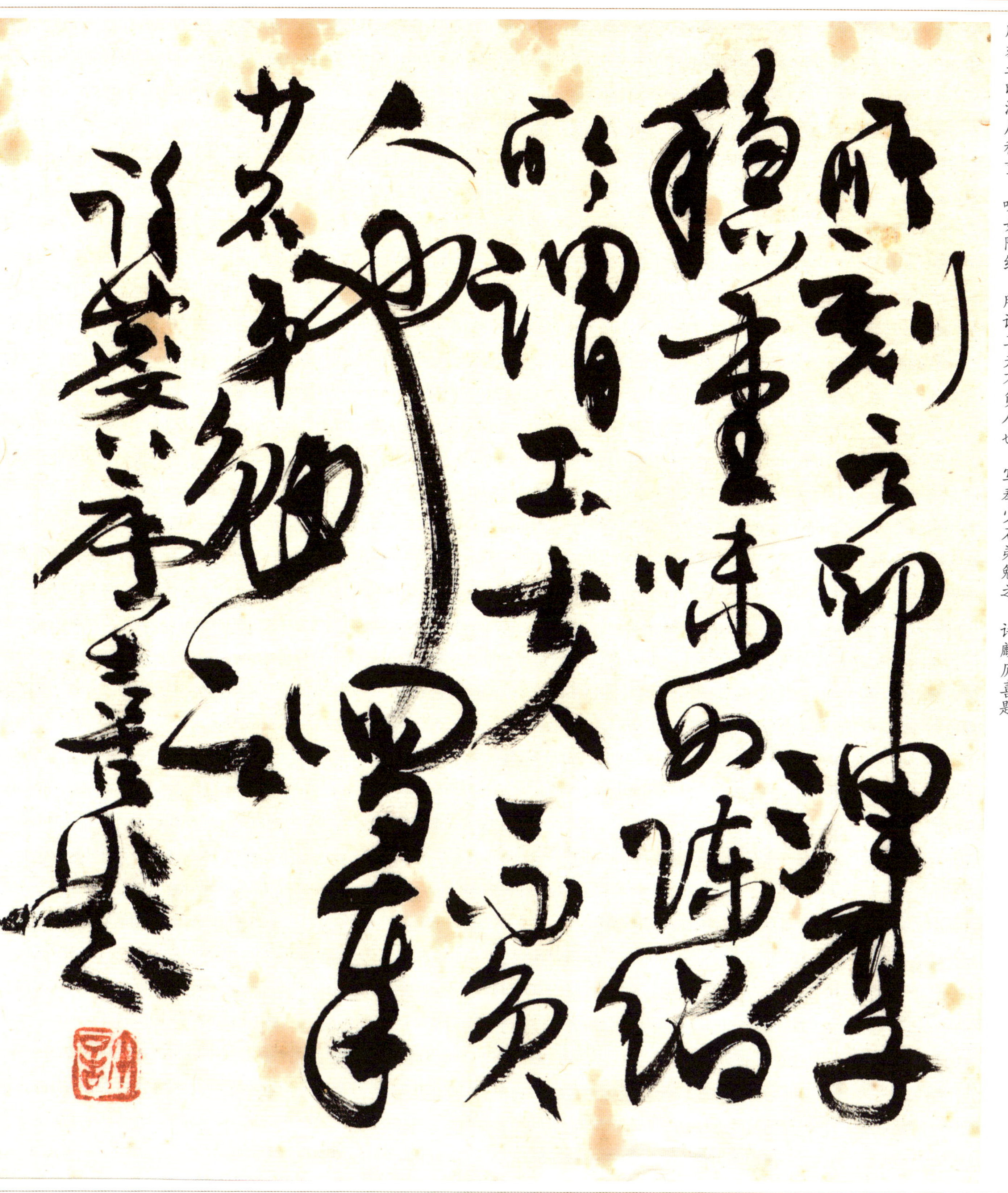

所刻之印浑厚稳重，味如陈绍，所谓工夫不负人也，写奉少石弟勉之。许麟庐喜题。

神州

庐山

韶山

桃花源

一九七九年四月二十四日

少石弟：

征莲嫂和百忍兄来了，带来的大作四方和吾弟印谱等都收了。《绿竹书屋》、《吾乐其中》、《百忍》这三方刻的都很成功。《百忍》的百字觉得板些，应当修一修，让此字毛一些。《龙士长寿》这方印没话讲，可论为上乘。《知白守黑》很够味。《吾乐其中》没有百忍刻的好，主要：字也是方的，印型也是方的，所以不太好刻，刀法应使其毛，甚至刻破。赵之谦印中，往往有刻成破铜烂铁的味道，吾弟可参考一下。朱文《少石画印》还可以，主要不好安排，『少石』两字笔划少，『画印』两字笔划又较多，能刻到这样就不容易了。

《麟庐不老》、《许郎老矣》、《箫斋寄兴》这三方韵味沉浑，气势磅礴，使予叫好。《竹箫斋》印没有《箫斋寄兴》印含蓄，也就是说，不文静。刻印之道贵在粗中有文静之气，文静中有豪放之情，所以竟是文也不行，竟是粗也不行，两者缺一不可。吾弟以为然否？但此印我还是用。《燕》、《吉安》我还是不满意，燕字是否挤在左边一点？形成（稿样，封泥式）这个样子呢，或再变化别样。《吉安》，『吉』的右边露红过多，没有『安』字好，想法再改一改。这两方是不太好安排，但是一定要刻好。《井冈山》好。《南京》我也不满意，『南』字可以，『京』字不要一点一横，太单纯，可改这个『亠』头如何（按：小篆写法）？也要改刻。《凡石斋》很好。『少石』朱文改刻毛一些，不然刻成白文。

《天然一幅好黄山》很好。《不藏天上贮人间》光一些，应重刻。

《巧石石颠仍垒石》，平些，应重刻。《奇峰峰侧又抽峰》，三个『夆』边，也要各有各的写法，只变『山』字，不变『夆』字也不行，吾弟再推敲推敲。《朝山暮海》也板，应用方圆笔并举的刀法为好。总之吾弟之印，犹如出自吾手，所以对吾弟过于苛刻也。

吾老友冯其庸君，红学专家、戏剧评论家，见到吾弟之印谱赞不绝口，他想给吾弟在某些月刊上发表发表，这也是一种办法。另外我想烦友在香港方面发表一下，请吾弟写个小传来，遇机遇友推荐之。反正尽我心好了。

吾弟给其庸刻两方印来，一《其庸寄兴》，二《瓜饭楼》，如有人来带下为盼。如发表印，其庸准备给吾弟写文章。许麟庐。

四月二十四日。

少石：

我的意见，日后选些唐诗各家的名句，或者是《石涛画语录》的句子，或者选些龚定盦的句子。如果刻上我所说的，估计更受欢迎，吾弟以为然否？吾弟要有现在的见解才是，老戏都登台了，何况名家旧警句呢？要别具只眼才好。

请给小八刻两方：《许化夷》、《化夷画梅》，小些也好，白文。给老九刻《许化迟》、《化迟画虎》。

（北京东城区芝麻胡同八号—安徽宿县胜利路新马街二十一号）

【按】有篆刻理论。介绍王少石给冯其庸刻印。

一九七九年五月六日

少石弟：

冯其庸弟来舍下，谈及最近发刊《红楼梦学刊》，请吾弟刻两方，朱、白各一，以便发表。另外由其庸弟写文介绍吾弟一下，你的小传已交其庸了。

我的意见还是刻长方形为好，你看怎样？刻好将印样先寄来，以便发表，勿误！麟庐拜。五月六日。

（北京东城区芝麻胡同八号——安徽宿县胜利路新马街二十一号）

一九七九年五月十日

少石弟：

信和印样都照收。《瓜饭楼》、《其庸寄兴》这两方好极矣！化夷、化迟四印也够味道，好！《吉安》极好！《南京》也比以前的好，《燕》也比前印好，我看就这样定下来吧。这部《地名印谱》（按：指《毛泽东诗词地名印谱》）是吾弟呕心沥血之作，每个字都是经过思想上煞费经营来的，是可以问世了。可是谁来出版呢，还得费周折，请吾弟泰然处之。只要我认识的热肠人，我一定设法推荐。反正吾弟有了这门艺术，我相信终有一天会峥嵘的。

《红楼梦》百印，这个想法好的很。我已写信给其庸弟了，我请他想句子，句子想妥之后，我给你寄去。另外刻好之后由其庸写序，另找名人题耑，最后我和其庸想办法出版。其庸是《红楼梦》刊物的负责人，说不定很有可能由《红楼梦》刊物出版。

其庸与我是二十多年的老友，我和其庸的老师周贻白（戏剧评论家）先生又是老友，他是能尽量帮忙的。我希望吾弟埋头刻好这部《红楼》（《红楼梦印谱》）！麟庐拜。五月十日。

（北京东城区芝麻胡同八号——安徽宿县胜利路新马街二十一号）

【按】介绍王少石与冯其庸交往，王少石始有创作《红楼梦印谱》的想法。

一九七九年五月十三日

少石弟：

其庸弟今晨来舍下，有信给你，希望你有空直接写其庸。《红楼（梦）》白文其庸极为称赞，《红楼专刊》（《红楼梦学刊》）即用此方。

其庸跟我没说的，他会想办法推荐吾弟治印。麟上。

（北京东城区芝麻胡同八号——安徽宿县胜利路新马街二十一号）

【按】冯其庸给王少石的第一封信，是在许麟庐信中寄的。

附：冯其庸信

少石同志：

您好。您给我刻的两方图章和为《红楼梦学刊》刻的两方，均已看到，极好极好。学刊的一方用长的白文好。我对您的图章极为欣赏，当今这样的作手实在还很难找到。安徽省是我常去的地方，安徽？？？同志我也熟悉，有机会我当推荐。你要刻红楼的句子，等我想一想拟就后寄您。将来我写一篇叙是可以的。今天在许老处，匆匆写几句，以申谢意。我还想请您刻《宽堂》、《隔花人远》两章，后一方即为红楼的句子。我五月末去上海，黄山的朋友约我再去黄山住些日子。我已四去黄山，估计这次不能去了。您如有机会来京则可长谈。你的印存如还有，请打一点（给）我，我可推荐给人民日报《战地增刊》。我的地址：北京张自忠路三号人大宿舍即可。匆匆不一一，顺问好！冯其庸。五月十三日。

一九七九年六月八日

少石弟：

赠给小八、小九印照收。三本印谱也由其庸转来，我找人题签再给你寄去。其庸已拟有五十个红楼句子，俟全部拟好，由其庸直接给你寄去。日前吴昌硕的孙子吴长邺来看我，并赠我缶老遗（印）二十四方，兹转赠吾弟，随函寄上。匆匆此颂夏祺！麟庐草。六月八日。

创作组已迁到颐和园藻鉴堂。

（北京东城区芝麻胡同八号——安徽宿县胜利路新马街二十一号）

【按】三本印谱指王少石《毛泽东诗词地名印谱》。

一九七九年七月三日

少石弟：

其庸弟所撰《红楼梦》句已拟出一部分，随时由其庸给你寄出。此印谱刻就后，其庸已与天津百花出版社商妥，由该社出版，印谱的序言由其庸写，前天其庸把前后情况都跟我说了。我认为这太好了，希望我弟鼓起气来，一定要完成它，搞他几个月，我想会很精彩的，问诸于世，我想会受到社会爱好者极大兴趣的。近来吾弟情况怎样？均在念中，便中告诉我，我一如前态，勿念。此颂近好！麟庐。七月三日拜。

（北京东城区芝麻胡同八号——安徽宿县胜利路新马街二十一号）

【按】王少石在许麟庐、冯其庸指导下开始创作《红楼梦印谱》。

一九七九年八月五日

少石弟：

《红楼》印我逐个看了，我很满意。我暂提不出更改的，无论刀法、篆法、意境都很深刻，我很高兴。真学问都从苦中得来，不付出苦心，什么也谈不到，吾弟就是苦练中得来，不难看出吾弟已成家数矣，希望谦虚，再接再厉！《毛泽东诗词地名印谱》暂留在我这里，遇机会找人题签，有便人与弟带上。

《石榴鸭子》很好，我题了数语。萧老画兰我补了。另外我给你一幅《鳜鱼》，不管好坏，作个纪念吧。（另寄）我眼睛不好，正在眼科检查，还没有结果，现在家休息。

其庸来时，我请他继续想句子。如果他见到你的印，他会高兴极了。《红楼》印样，我再看看，过几天寄上。吾弟再给他写信也好。麟庐。八月五日午。

（北京东城区芝麻胡同八号——安徽宿县胜利路新马街二十一号）

【按】鼓励王少石刻好《红楼梦印谱》。

萧龙士　许麟庐　花香鸟语图　103cm×34.3cm　一九七九年

一九七九年八月十三日

少石：

昨其庸弟冒雨来舍下。他给你的信，我都看了，对你的刻石推崇备至。他有些跋语刻在石上更有味道，将来《红楼》刻成，可将跋语拓出。其庸让我也跋些章子，我等你全部刻成之后再为斟酌好了。其庸讲，明年在美国开红学会，他准备将你的刻印打成手卷或本子，带到美国去。另外，黄镇和其庸正在研究成立曹雪芹纪念馆，如纪念馆成立，将吾弟全部石章陈列于馆内，作为馆内收藏。我听后高兴的很，果如是，可一吐胸中尘土也。

我现在家里作画，眼睛视力减弱，零点四、零点六，眼底血管硬化，还得彻底检查。创作组有任务到家来，每月多多少少也得交些画，补贴些稿费，能生活也就行了。近况如前，勿念。麟拜。八月十三日。

你的刻印与数月前相比较，又深刻的多了，什么《竹箫斋》，什么《麟庐不老》等印，都比不上现在的手笔。其庸也这样看法，足见吾弟愈刻愈好了，望努力。

（北京东城区芝麻胡同八号——安徽宿县胜利路新马街二十一号）

【按】谈及冯其庸对王少石刻印的推崇。

一九七九年十月十三日

少石弟：

前函敬悉，印样也收到。《艺苑》要印，我认为可以给他们一部分，与出版没有冲突。你毅力过人，我非常高兴，希望你全部刻妥后，到北京来一趟，好好和其庸研究研究。我眼睛是硬化现象，没什么，不要担心。杂事过多，迟复为歉！望你注意劳逸结合为盼。匆匆颂

近好。麟。十月十三日。

（北京东城区芝麻胡同八号——安徽宿县胜利路新马街二十一号）

一九七九年十二月一日

少石：

寄来的印章收悉，我和其庸都见到了。我俩共同的意见是：仍要坚持粗犷文静的风格。不能听这个那个的话，不然又太杂了，太杂了就不是王少石了。你以为怎样？明春你来太好了，明春咱们共同研究再为定稿。匆匆颂冬好。麟拜。十二月一日。

（北京东城区芝麻胡同八号—安徽宿县胜利路新马街二十一号）

一九七九年十二月十九日

少石弟：

信、印样照收。看过，我斗胆妄加批语。好的可留，批语过头的以及没有批的，请吾弟再推敲，琢磨琢磨。主要章法要险中稳，狂中静，巧中拙，刀法要悠扬顿挫，粗细结合，混为一体，最后使人『寻味』。作个印人没有这些修养是不行的。吾弟苦练本领，我很羡敬，可是哪有十全十美的呢？不过要做个『刻不惊人死不休』的精神，我苛刻要求吾弟，希望吾弟这本《红楼》问世，引起社会共鸣，你我近友之愿也。吾弟你说对吗？就这样吧。祝冬好！麟庐。十二月十九晚。

请再参考汉印精品、吴昌硕、赵之谦以及西泠等印人作品。

再用些切刀如何？㧑叔印章之中有糊涂印，即既模糊又有字形，也是汉印一种，另元押形式也要参考，不管怎么说，参考中要有自己面目为要。

（北京东城区芝麻胡同八号—安徽宿县胜利路新马街二十一号）

【按】有篆刻理论。

一九八〇年一月三日

少石弟：

我最近由河南郑州、洛阳、开封、禹县、巩县返京。闻得印谱还要加工，故寄上矣，至祈查收。我明日与秦岭云兄赴广州一行，春节之后始返京。关于题签之事，俟吾弟印谱肯定以后再说好了。新年好。麟庐。一月三日。

（北京东城区芝麻胡同八号—安徽宿县胜利路新马街二十一号）

【按】告知行踪。

一九八〇年二月一日

少石弟：

我今天由创作组归来，见到印样。印样我都批了，你再推敲推敲，我说的不一定都对。总之，我要求的太苛，说真的不苛不行，将来问诸于世，咱们得经得起考验才行，你说对不？

我前几天已见到其庸了，他最近不大痛快，整其庸的人又要回到编辑处，所以他有意想调调。如今没法开信，这事有点别扭。我准（备）星期一和张步商量商量，你再听我信好了。画暂存在家里。

麟庐。二月一日。

（北京东城区芝麻胡同八号—安徽宿县胜利路新马街二十一号）

【按】对王少石篆刻《红楼梦印谱》要求苛刻。

一九八〇年三月十八日

少石弟：

寄来的印和信，我和其庸都看了。其庸叫我看，叫我定。我有这些看法，刻印本来很难，愈刻愈难，跟书画一样。我想经过一段过程，你我都有体会。为了《红楼印集》问世，一定要精益求精，千方百计构思，尤其每个人物思想感情要刻划出来才好。改刻后你再寄来看看。就这样吧，祝你好！麟庐。三月十八日晚。

（北京东城区芝麻胡同八号—安徽宿县胜利路新马街二十一号）

【按】强调《红楼梦印谱》的创作要精益求精。

一九八〇年四月一日

少石弟：

我和其庸推敲了《黛玉》印，（二）、（三）都可用。我以为（二）粗细结合，用刀生动，比（三）都好，不知吾弟以为然否？不管怎（样）（二）、（三）要留下来。

这样一来我和其庸有个共同的看法，《宝钗》印，又要改动了。宝钗是位端庄淑女，儒雅可亲的姑娘，看起来要改刻一下，刻成仿玉印如何？

麟庐。四月一日。

打来印样算作初稿，暂时可以参加省里展出，与整个印谱定稿没什么关系。

（北京东城区芝麻胡同八号—安徽宿县胜利路新马街二十一号）

【按】许麟庐、冯其庸推敲『黛玉』、『宝钗』印。

一九八〇年四月十日

（北京东城区芝麻胡同八号—安徽宿县胜利路新马街二十一号）

【按】题王少石刻《红楼梦人名印》。

红楼梦人名印　王少石刻　麟庐题

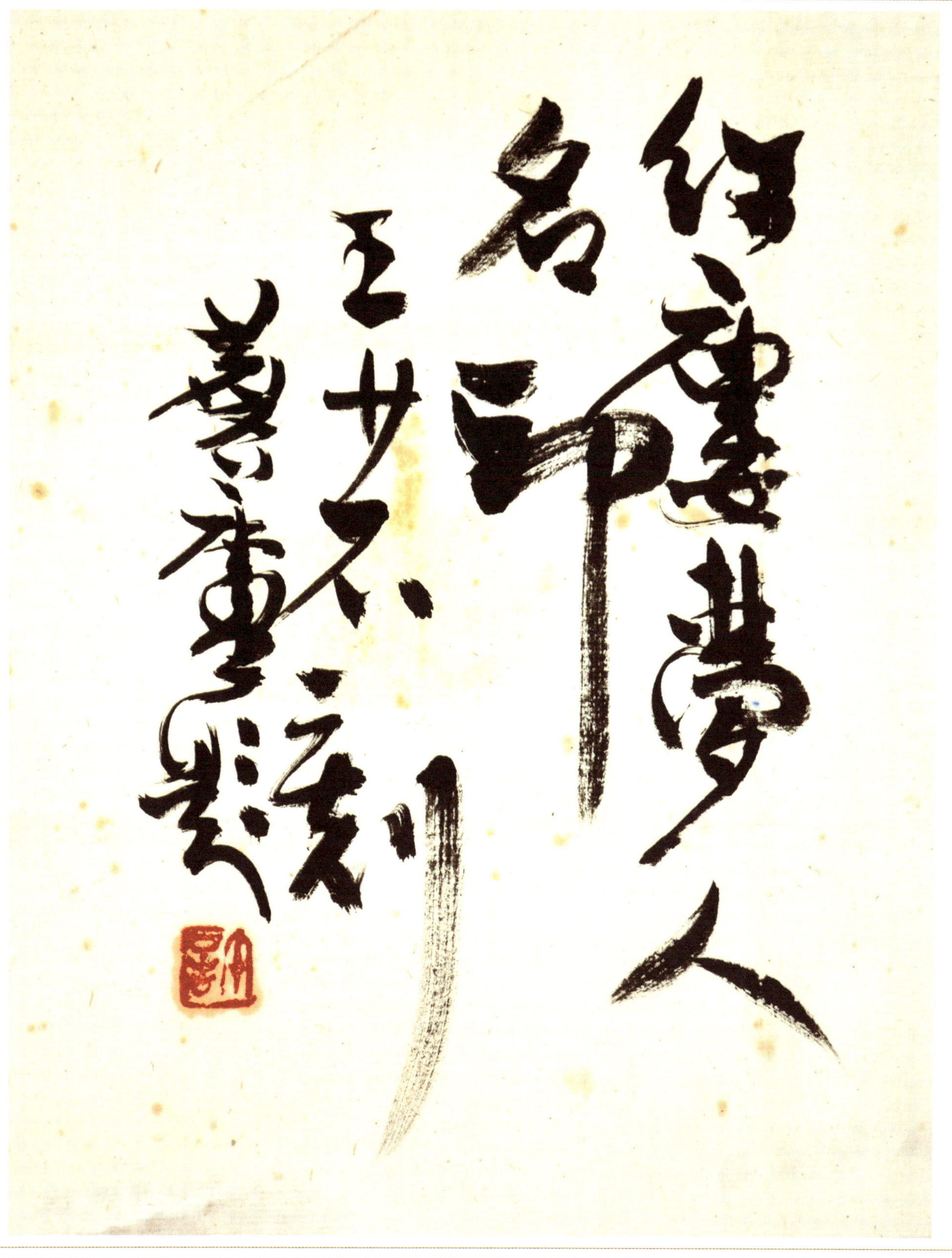

凤姐

黛玉

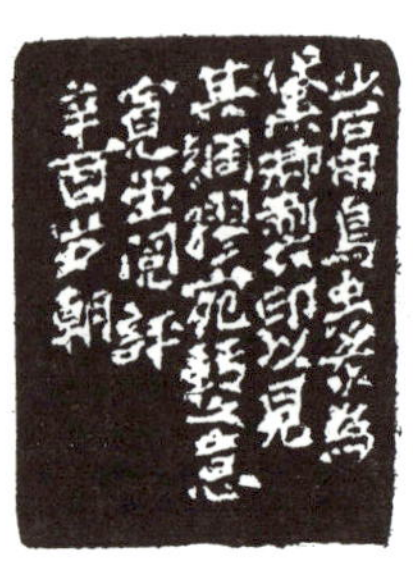

湘云

宝钗

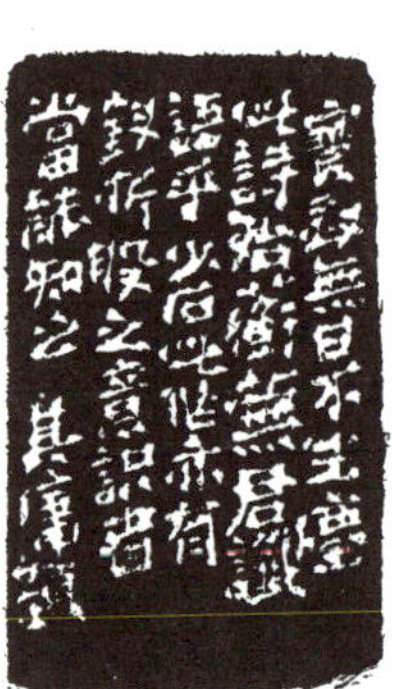

一九八〇年六月十六日

少石弟：

来信都收到了。最近因忙于大会堂任务，所以顾不得给吾弟写回信。其庸已出国，等他归国后会有情况告诉吾弟。跋语，我说不出什么来，勉勉强强没味道，日后吾弟来京时再说好了。这部章子（《红楼梦印谱》）吾弟胜利完成，可以说近代出类拔萃之作，事实如此，非吾侪狂语也。望吾弟好好装订成册，轻不要发放，珍重珍重。

现在第二步工作要争取出版，非出版不能出一口气也，我尽量设法办理。麟庐。六月十六日。

（北京东城区芝麻胡同八号—安徽宿县胜利路新马街二十一号）

【按】评王少石《红楼梦印谱》为近代出类拔萃之作。

一九八〇年八月十六日

少石弟：

前几天信就收到了。吾弟眼疾，主要是疲劳过度所致。我也有角膜炎，眼睛老不舒服，要想治好就得每天按时上药，我难坚持，所以老不好不坏，不知吾弟能坚持否？希望你要坚持！

刻的几方印还不错，但是还不够生动，希望你再推敲推敲，在你那些印中比较平常。我是有啥说啥。另外百印已刻就，就算完成了，不必再刻这些了。望你精神好些时，刻些警句或者是名诗句，集少成多，将来也可以出一本《少石印谱》，你以为如何？其庸已来舍下，送来小红旗一面，做个纪念罢了。因天热，我一直在家，哪里也没有去，甚至有人请我出去，我也不去，以不去为妙，你道是与不是？祝你好。麟庐八月十六日。

（北京东城区芝麻胡同八号—安徽宿县胜利路新马街二十一号）

一九八〇年九月二十一日

少石弟：

寄上沈老写签两条，请弟珍之珍之。沈老双目白内障，双腿又难行走，强为书之，实难得之法书也。

吾弟印谱既成，给的已经给了，请弟珍之，可截住也，因劳动太大，代价也不小也。现在只有出版是唯一之路，对否？

麟庐。庚申中秋。

（北京东城区芝麻胡同八号——安徽宿县胜利路新马街二十一号）

【按】有绘画理论。谓作画难在粗中有文，野而不野，要形神兼备，尤其要讲究笔墨构图，笔既浑厚有味，章法要俏而不俗。

一九八〇年九月二十三日

少石弟：

寄来的书信和画都收到了。画的气魄非常大，太放了，应当收一收。作画就应当放一阵子，返回头来收一下子，不然形成野马也不行。作画难在粗中有文，野而不野，要形神兼备，尤其要讲究笔墨构图，笔既浑厚有味，章法要俏而不俗。今观吾弟近作，肝胆之气洋洋溢溢，而精微之处尚有不足，希望吾弟再推敲推敲。例如《石榴》要有其形，太概括了使人费解，诸如此类要特加注意。另外用墨切忌太光，以积墨为宜。我请沈裕老替你写两只签，过几天写好寄上。麟庐。九月二十一日。

（北京东城区芝麻胡同八号——安徽宿县胜利路新马街二十一号）

【按】请中央文史馆馆员沈裕君为王少石题《红楼梦人名印谱》签条。

一九八〇年十月十二日

少石弟：

今晨收到印谱三册，装订完美，行家里手也不过如此。至于题签，我准备请伯驹老或百岁老人孙墨佛落墨。最主要者吾弟呕心沥血，经数年之久始蒇事，必须争取出版。我随时代弟张罗，促其实现，不致负弟之苦心也。下文如何，再函致之。即颂秋好。麟庐拜。十月十二日。

（北京东城区芝麻胡同八号——安徽宿县胜利路新马街二十一号）

【按】收到王少石《红楼梦印谱》原拓本三册。

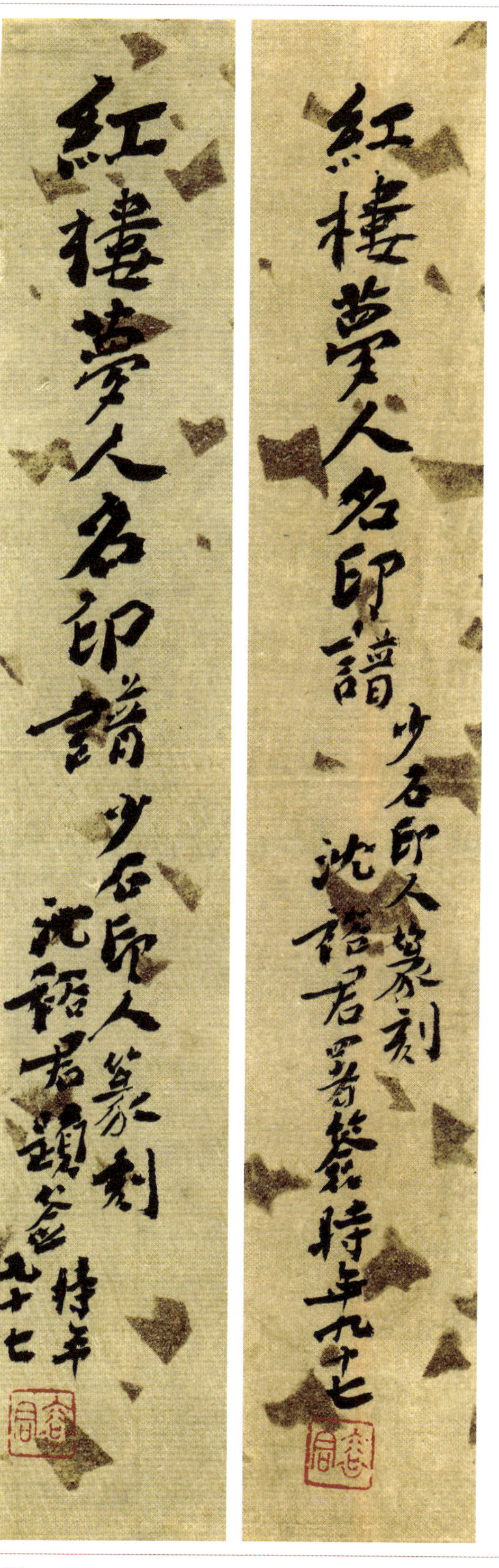

沈裕君　红楼梦人名印谱　一九八〇年

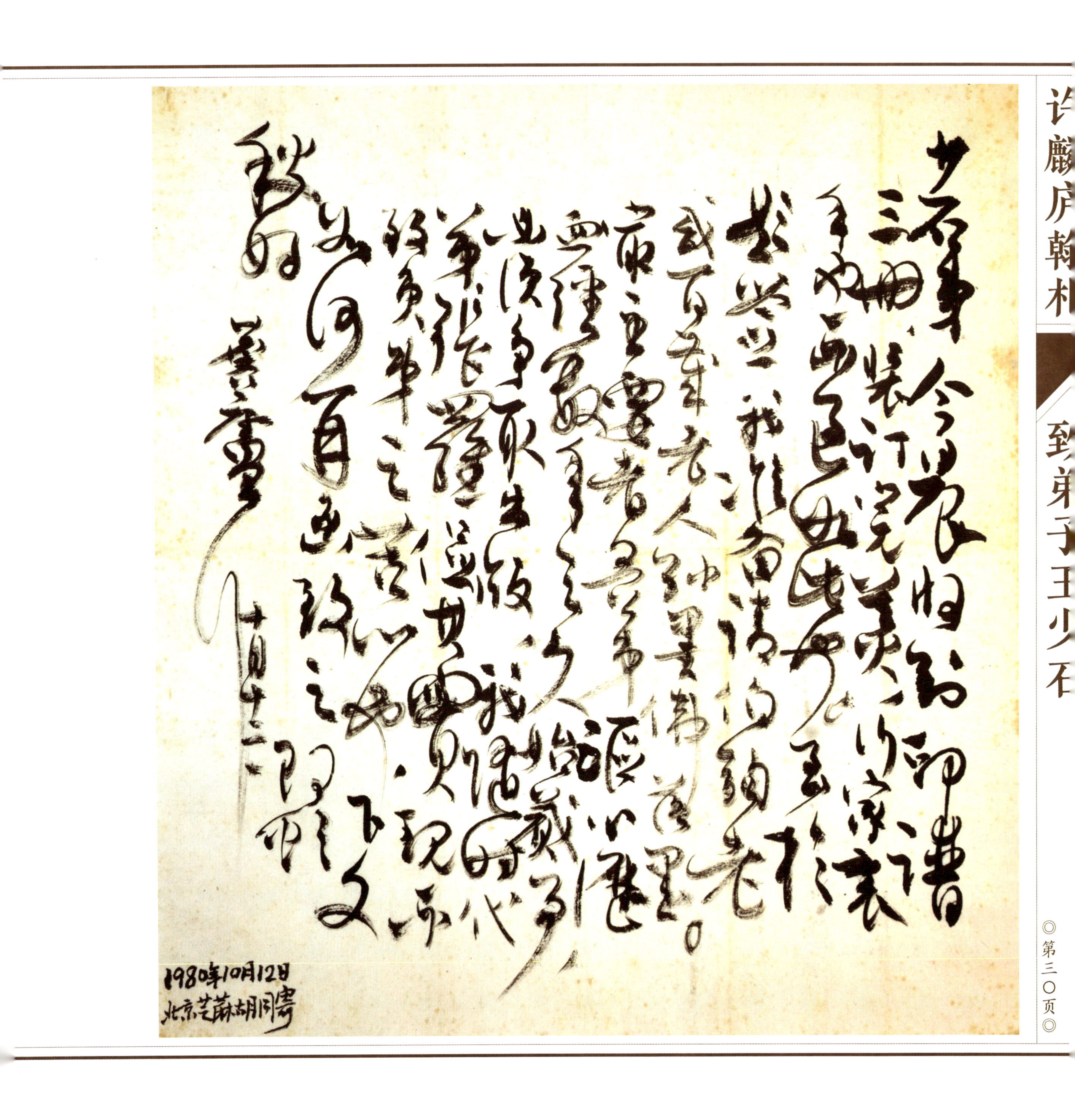

1980年10月12日
北京芝麻胡同寄

一九八一年一月二十日

少石弟：

寄来的信和书法收到。我主张学书法不一定从真草隶篆一步一步的学，那样太耽搁时间，甚至下一辈子功夫也不一定学好。我认为你爱什么就学什么，投你自己所好。写字和画画是相通的，每个字讲究章法布局、气韵，写的要美，拙有拙的美，巧有巧的美，要巧拙并用，最后使人欣赏有一股美的享受，一味死学，是不行的。我看你写的颜字并不美，反而篆倒很有意思，故攻其一点不及其余，一通百通。我对于书法想说的话很多，言长纸短，等见面时再详谈。你寄来的印样还没有找到，等找到后，我看看。

印谱一定要设法出版，等你打好后，再尽量向内行推荐。

你的画拙多于巧不行，应当巧拙并用，不然使人观之发闷，注意注意。麟庐。一月二十日。

（北京东城区芝麻胡同八号——安徽宿县胜利路新马街二十一号）

【按】主张学书法不一定从真草隶篆一步一步的学，那样太耽搁时间，甚至下一辈子功夫也不一定学好，我认为你爱什么就学什么，投你自己所好。写字和画画是相通的，每个字讲究章法布局、气韵，写的要美，拙有拙的美，巧有巧的美，要巧拙并用，最后使人欣赏有一股美的享受，一味死学，是不行的。

一九八一年一月二十八日

少石弟：

写来的书法和印样都收到。书法很不错，落款不讲究。原因，行书没过关，所以你要练行书，行书练好，其余的好了，因为你是印人，刻的好，所以篆书也就好了。今后以篆为本，行书为辅。行款要讲布局章法，本来篆书就够笨拙的了，再加上你的笨行书岂不笨到一块去了，宾主不分那还了得。麟庐。一月二十八日。

（北京东城区芝麻胡同八号——安徽宿县胜利路新马街二十一号）

【按】有书法理论。

一九八一年三月二十五日

少石弟：

书法要投其所好，喜欢什么就写什么，一通百通。书法即是画，讲究构图、气势，某一个字你摆不好就不好看。如果你讲究构图，歪也好，正也好，写出来就顺眼，你没有构图理解力，往往有些人写一辈子也不行。自古书法道理很多，公说公有理，婆说婆有理，有些是自弄玄虚，卖弄文藻罢了，要解放思想，不听那一套。在前人的各式各样流派里，取长补短，自取所需，久而久之，没有写不好的。唱京剧的近代有余派、马派、扬派、谭派等等都是学谭的，结果都学不了『谭』。可以以上这几位在『谭』的基础上也好，在『谭』的影响下也好，都形成了个人独到的风格。只要肯于钻研和爱好，没有不成功的，唱不离口，拳不离手，总之功夫加理解是很重的。请吾弟玩味！麟庐。三月二十五日。

（北京东城区芝麻胡同八号——安徽宿县胜利路新马街二十一号）

【按】再次强调学习书法要投其所好。在前人的各式各样流派里，取长补短，自取所需，久而久之，没有写不好的。

一九八一年六月二十七日

少石弟：

由山东美术馆转来手书均悉。我于五月七日由京起程辗转已到烟台，预计七月中旬可返北京。闻其庸已赴美国讲学，未悉何日能返，请吾弟询问询问，以便共商印谱之事。匆匆即颂夏祺。麟庐拜。六月二十七日。

（山东烟台山宾馆——安徽宿县胜利路新马街二十一号）

【按】告知行踪。

烟台山宾馆

地　址：山东省烟台市海岸路

1981.

一九八一年七月二十日

少石弟：

途中收到吾弟手书，今晨从青岛返京又接到来信。我暂不出门，请吾弟与其庸联系好了。你写的书法等你到京再说。匆匆此颂夏好。麟庐。七月二十日。

来京时将铁笔带来。

（北京东城区芝麻胡同八号——安徽宿县胜利路新马街二十一号）

一九八一年八月二十五日

少石：

寄来印样看了。作画易，作书难，篆刻尤难，一切都讲究修养。按要求请吾弟仍要深加琢磨，仍要博览吸收各高手之常，要长时期地思索玩味，不能停于此也。一定要雅而不俗，粗而不火。

边款位置更要注意，要小心翼翼，不能妄为。并要注意佳石、劣石，佳石边款要刻浅，劣石则无所谓也。但也不一定如是，主要边款要刻的是地方。刻印讲究方中圆，圆中方，音乐、舞蹈、绘画均如此也。请吾弟在刻印中深加体会，我多舌。麟庐。八月二十五日。

（北京东城区芝麻胡同八号——安徽宿县胜利路新马街二十一号）

【按】谓刻印讲究方中圆，圆中方，音乐、舞蹈、绘画均如此也。

一九八二年五月三日

少石弟：

手书印谱照收。当多方推荐，希望能有成效，以吐吾弟壮举，如何能以促成，只得先尽人事耳。寄来印样章法、刀法均凑佳妙，吾弟已独具一格也，然持续奏刀千忌流俗！我近年以来喜出游，最近始由天津归来，六月左右仍游山东，届时再与弟联系。近好。麟庐拜。五月三日。

（北京东城区芝麻胡同八号——安徽宿县胜利路新马街二十一号）

【按】告知行踪。评王少石刻印已独具一格。

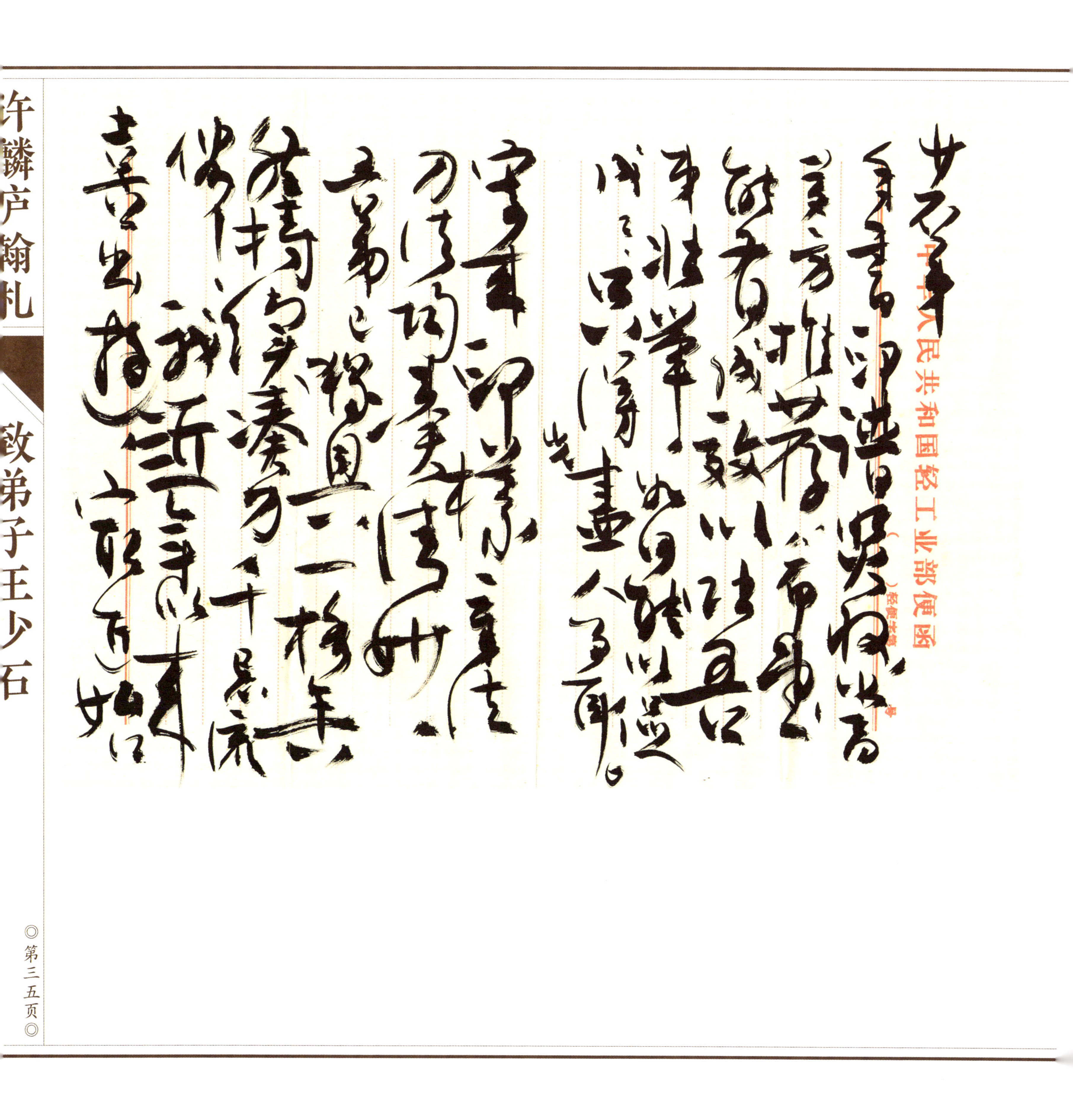

致弟子王少石

中华人民共和国轻工业部便函

致弟子王少石

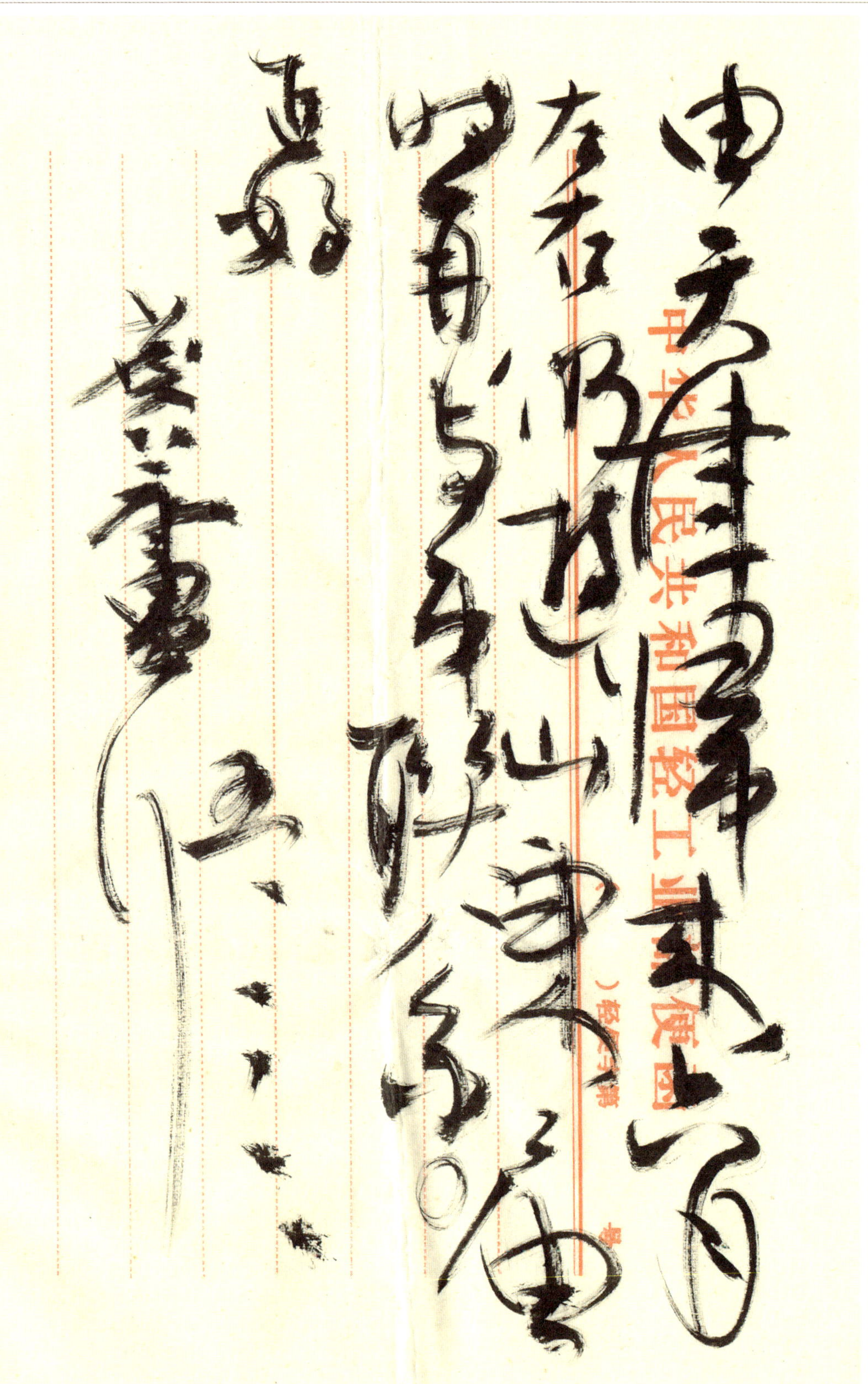

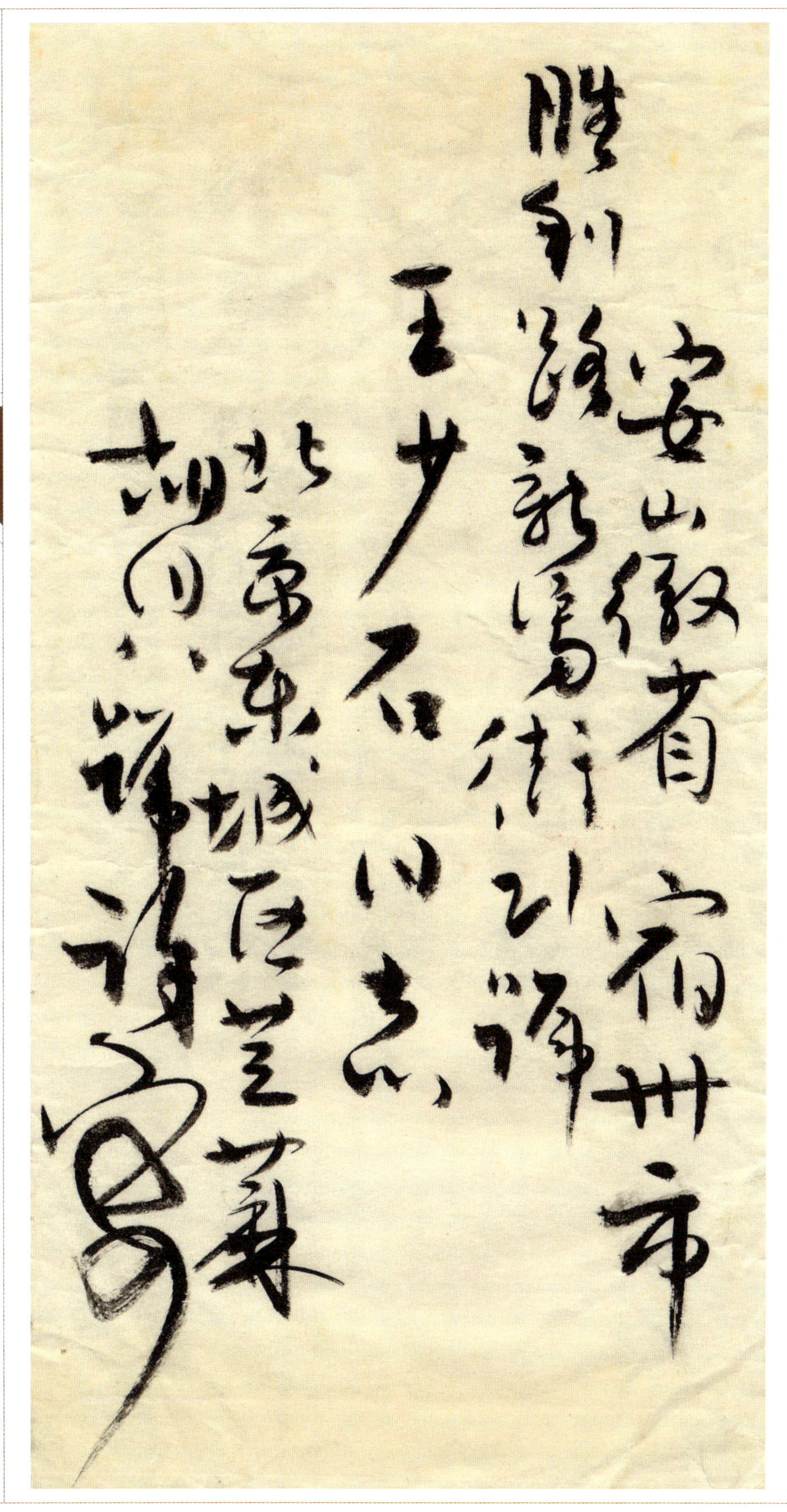

一九八二年九月七日

少石弟：

我走江湖归来，不久得见吾弟寄来书法《玉壶空碎》，我认为应走此路，拙中见巧，气势逼人。内外行均能应付，尤其东南亚人见之，喜欢此种风格也。吾弟能久而久之，笔下定能烂熟，形成个人风格。

真书天下能书者，可谓无人，行书写到一定境界也颇不易。所谓当代书法家，寥寥可数，有些观者也人云亦云，欺世自欺者太多啦。不提啦。

你的图章是有一定成就，我的要求还要取其自然，刀下要活，还要古朴，当然法度更加重要。钱瘦铁老哥就是我说的这种派头，你琢磨琢磨。我跑惯了，不愿在家里呆着，十月左右我还要走江湖，各处玩玩，能有饭吃，就知足啦。麟庐。九月七日。

（北京东城区芝麻胡同八号——安徽宿县胜利路新马街二十一号）

【按】告知行踪。评『所谓当代书法家，寥寥可数。有些观者也人云亦云，欺世自欺者太多。』

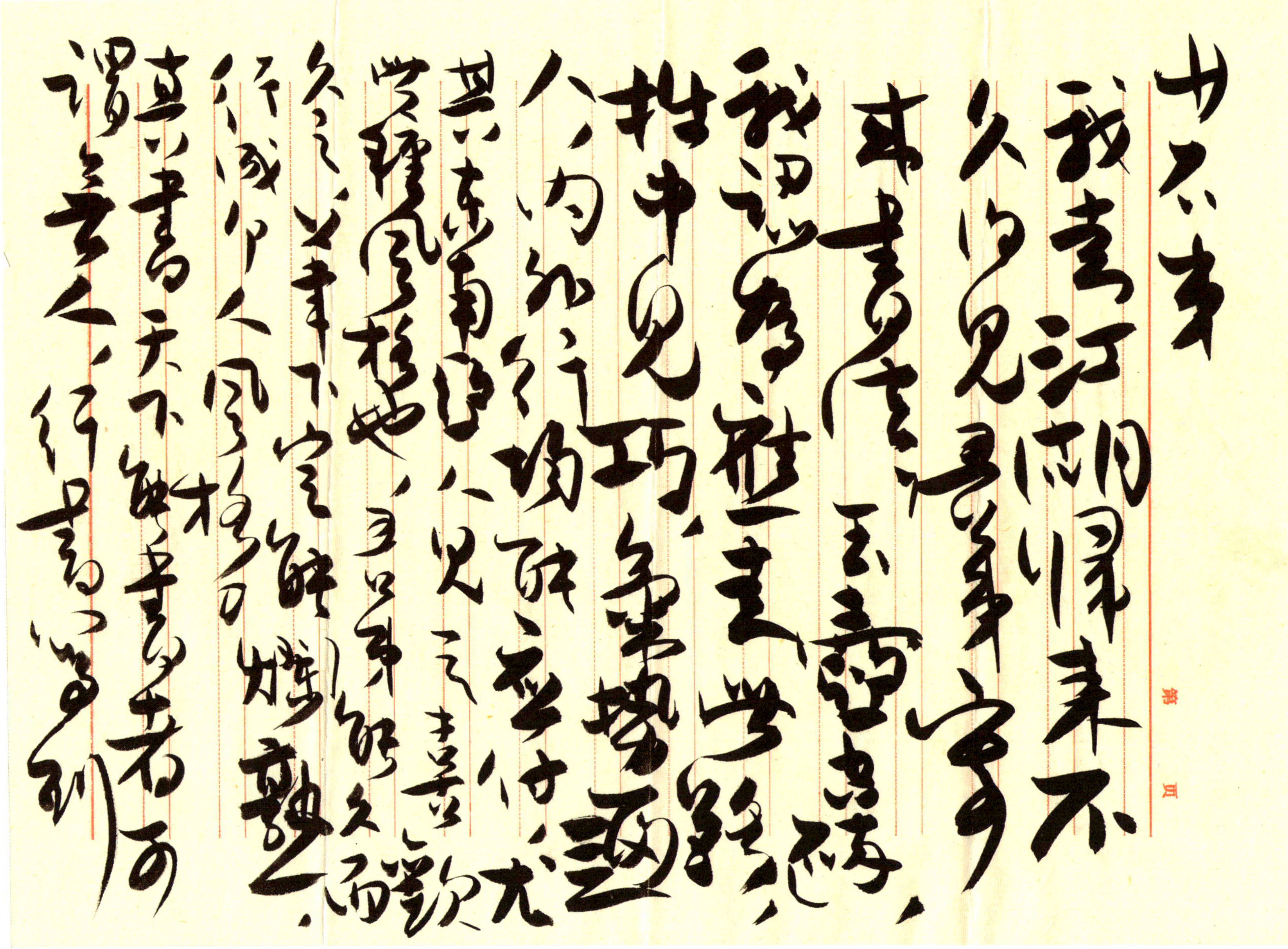

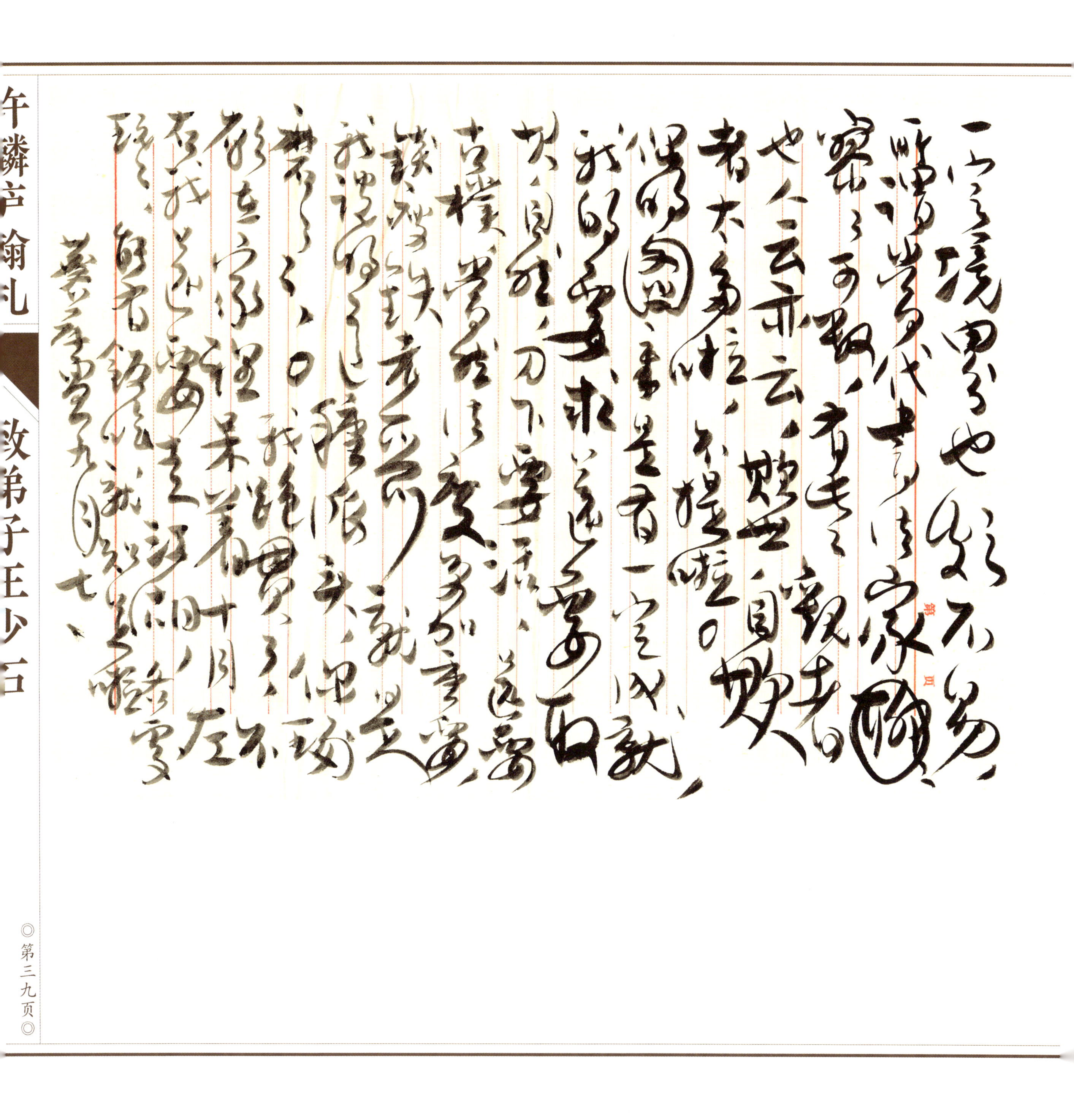

致弟子王少石

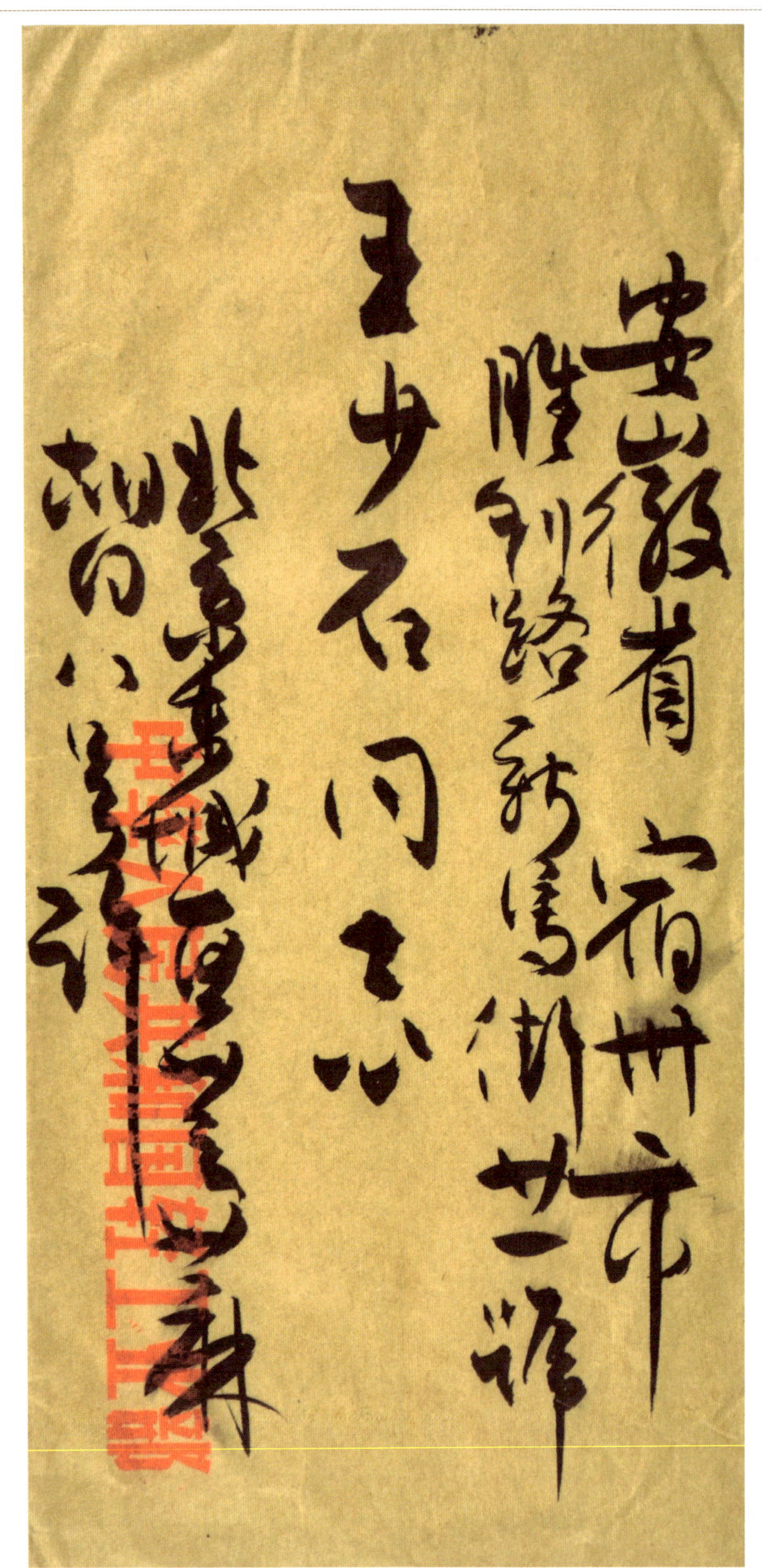

一九八二年十月八日

少石弟：

我昨由北戴河返京，得见张步弟送来吾弟刻印。以《麟庐不老》为最妙，《许郎老矣》次之。吾弟篆书是摸到了路子，如此写法，我想能受到国内外人士喜爱也，但是一定要有来历，不可随心所欲。所谓夸张之中要有根据，在原来古文字中加以夸张，这才是你今后写篆书的路子。就这样吧。麟庐。十月八日。

（北京东城区芝麻胡同八号—安徽宿县胜利路新马街二十一号）

【按】告知行踪。有书法理论。

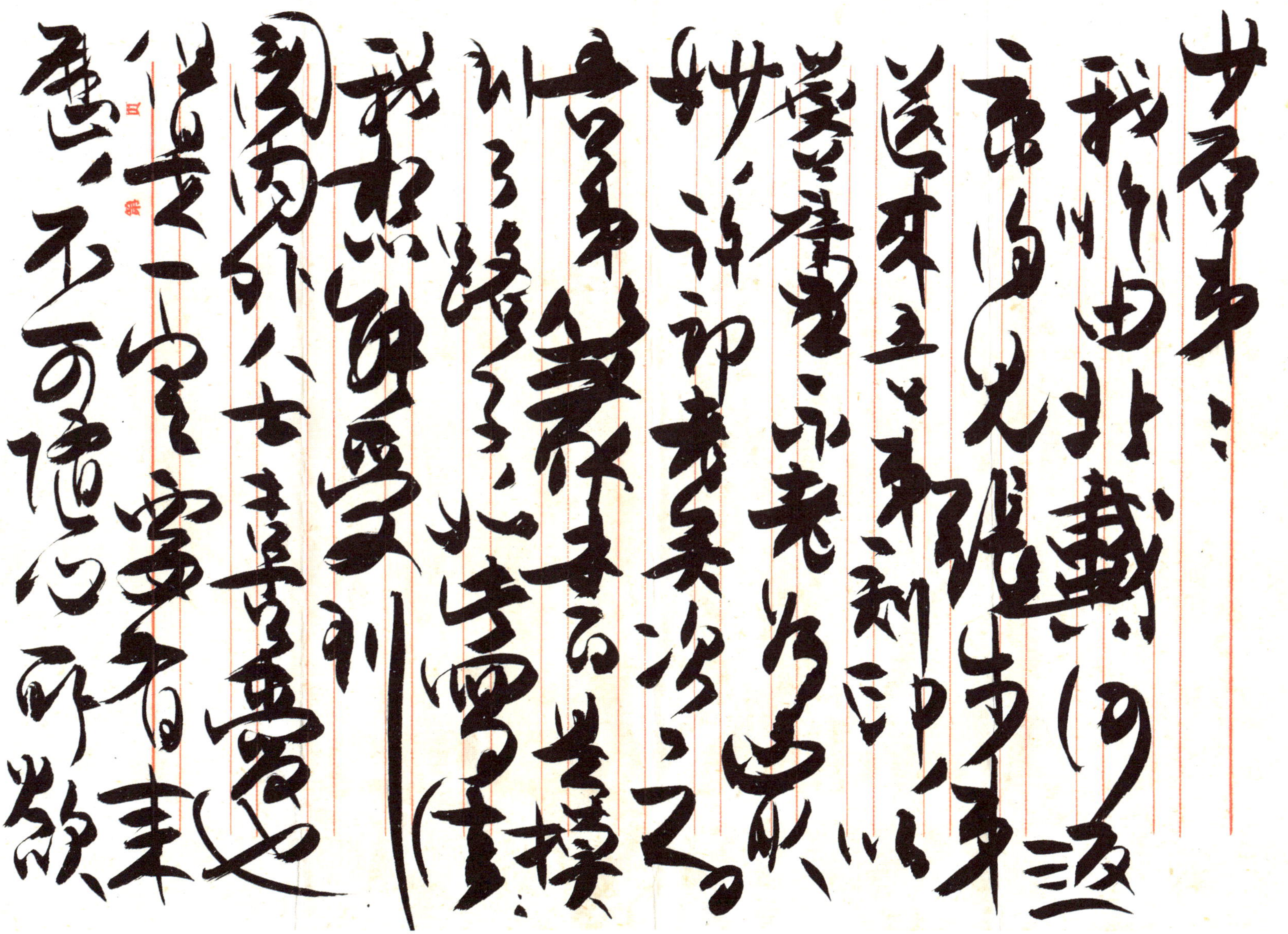

所谓大意是说，字中要有画
根据，不可乱来。古文字
中加以夸张，可以，但是
但字法以篆书的
结字。就这样吧
麟庐书十八

一九八三年三月十七日

少石弟：

因感冒迟复为歉。我看先争取到国画院，请萧老替你讲讲，因为萧老讲话我想还有力量的。

不管怎样，吾弟金石方面是有成就的，任何人也得公认的。

书法请吾弟专攻篆书，因为篆书大多数人喜欢，喜欢其巧妙难测的字体。

你替我买四方石章，寿山石即可。一刻『金尧如』，一刻『不饶人』，一刻『尧如写石』，一刻『绍兴金尧如』。金尧如是香港文汇报总编辑，与我如手足。你的印谱打出以后，我有意送他一部，请他发表一版，并附上你的小照和生平。请你开始准备好了，有人来京请将材料带来好了。

总之先入画院为要！

许麟庐。三月十七日。

萧老生日我争取赴皖。寿画已寄给萧老，我寄到文史馆了，不知能收到否？请吾弟留意留意，以防遗失。

（北京东城区芝麻胡同八号—安徽宿县胜利路新马街二十一号）

【按】嘱咐王少石书法专攻篆书。

一九八三年五月二十三日

少石弟：

寄来三幅作品我都看了。笔墨豪放这是肯定的，主要是章法问题。《水仙鸭子》上下都是画，可是没有空隙之地，观之使人气闷。《兰花山禽》山禽画的有笔有墨，而兰花画的过拙。《柳树翠羽》章法很不错，但树叶有些紊乱。务望吾弟作画时注意空间感，使读者观之舒畅。作画有少有密，要做到少而不空，密中求灵，使人观之轻松愉快，有一股美的享受。请吾弟体会研究。

我月底赴旅顺，然后赴烟台，我准（备）小游两个月，返京后再函致吾弟。金尧如弟已调到北京中国新闻社任副社长之职。吾弟所刻之印可直接寄我，也可以寄给其庸弟转交。此颂近好。麟庐。五月二十三日。

（北京东城区芝麻胡同八号—安徽省宿州市政协办公室）（转交下同）

【按】王少石迁居宿州市委宿舍四号楼，信件由市政协办公室转交。有绘画理论。告知行踪。

一九八三年六月十五日

少石弟：

请东民兄带上几方石章，请按名奏刀，边款要多刻几行字为盼！拜托拜托。我昨晚由烟台返京，为苦禅办理丧事。十七日遗体告别仪式，追悼会还没有决定。印刻好邮来或烦人带下为盼！麟庐。六月十五日。

（北京东城区芝麻胡同八号—安徽省宿州市政协办公室）

【按】由烟台返京，为师兄（二哥）李苦禅办理丧事。

一九八三年六月二十九日

少石弟：

苦禅逝世，我由烟台星夜赶来，痛哭两日。追悼会可能七月五、六日。追悼会开后，我仍想赴山东一行，尚未定。我弟印样寄来，我乱批了一顿，以供参考。刻印一定要巧拙并用，尽是拙或巧都不行。另外一定要带有灵气，灵气出于自然，有意刻成完美无缺，结果做作气太重，请吾弟刻出后冷静观之，再加修改。白石翁往往挥刀即定局，有时修改二、三刀即成，瘦铁先生也如此，请吾弟注意注意。汉印好就好在有虚有实，所以生动。

孙大胡子是山东人，我的至友，为人如梁山泊好汉，仗义之士，如有机缘当与吾弟介绍。吾弟所刻各印如有便人带京为好，如装小箱寄来也可，请吾弟斟酌。金尧如弟已调到北京，任中国新闻社副社长。

北京中年写散文的韩静霆世兄，文笔极妙，与所谓作家迥然不同，很有才气，为人忠厚热诚，我很喜欢这个人。他住在：北京市海淀区少年宫，小俩口都好。他案余正在摸索画画。有人给他刻图章，但没有一块像样的。这个世兄你可以交交，倘你来京，你要去访访他。我让静霆写写你，你先写信神交神交。麟庐。六月二十九日。

（北京东城区芝麻胡同八号—安徽省宿州市政协办公室）

【按】李苦禅逝世，由烟台星夜回京，痛哭两日。谈齐白石、钱瘦铁刻印。

一九八三年七月十六日

少石弟：

今晨已将寄来石章取到，勿念。我二十日左右应邀赴长春一游，最迟八月初返京。酷暑期中请弟自珍。此颂近好。麟庐。

七月十六日。

（北京东城区芝麻胡同八号——安徽省宿州市政协办公室）

【按】告知行踪。

安徽省宿州市政协办公室
王少石同志
北京东城区芝麻胡同八号
许缄

北京市文化用品公司发行 83.2（1563）

若石弟：
信[illegible]已[illegible]寄来
印章两方[illegible]
我廿日去[illegible]
[illegible]一
[illegible]八月
[illegible]
[illegible]
[illegible]
近好
麟庐书 七月 十六

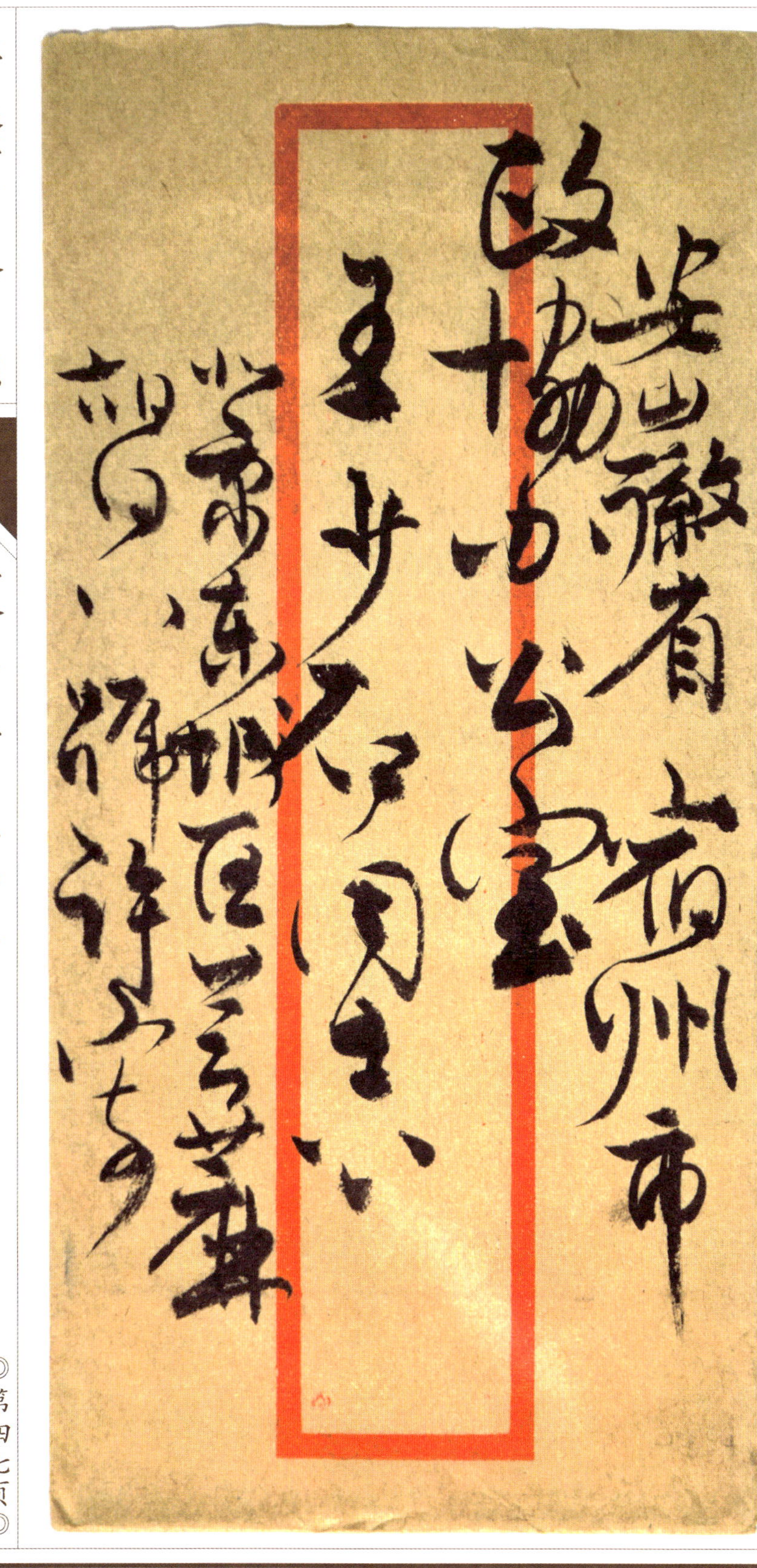

一九八三年七月十八日

少石仁弟：

手书及篆刻均悉。吾弟勤奋过人，敬服敬服。艺术这门学问，只有埋头苦干才能得到真知，另外不接受局外人建议、批评，也不能达到一定境界，吾弟两者俱矣。至于声名舆论定有代而鸣者，希吾弟清心以待。匆匆此颂近好。麟庐。七月十八日。

（北京东城区芝麻胡同八号—安徽省宿州市政协办公室）

【按】认为王少石的声名舆论定会有代而鸣。

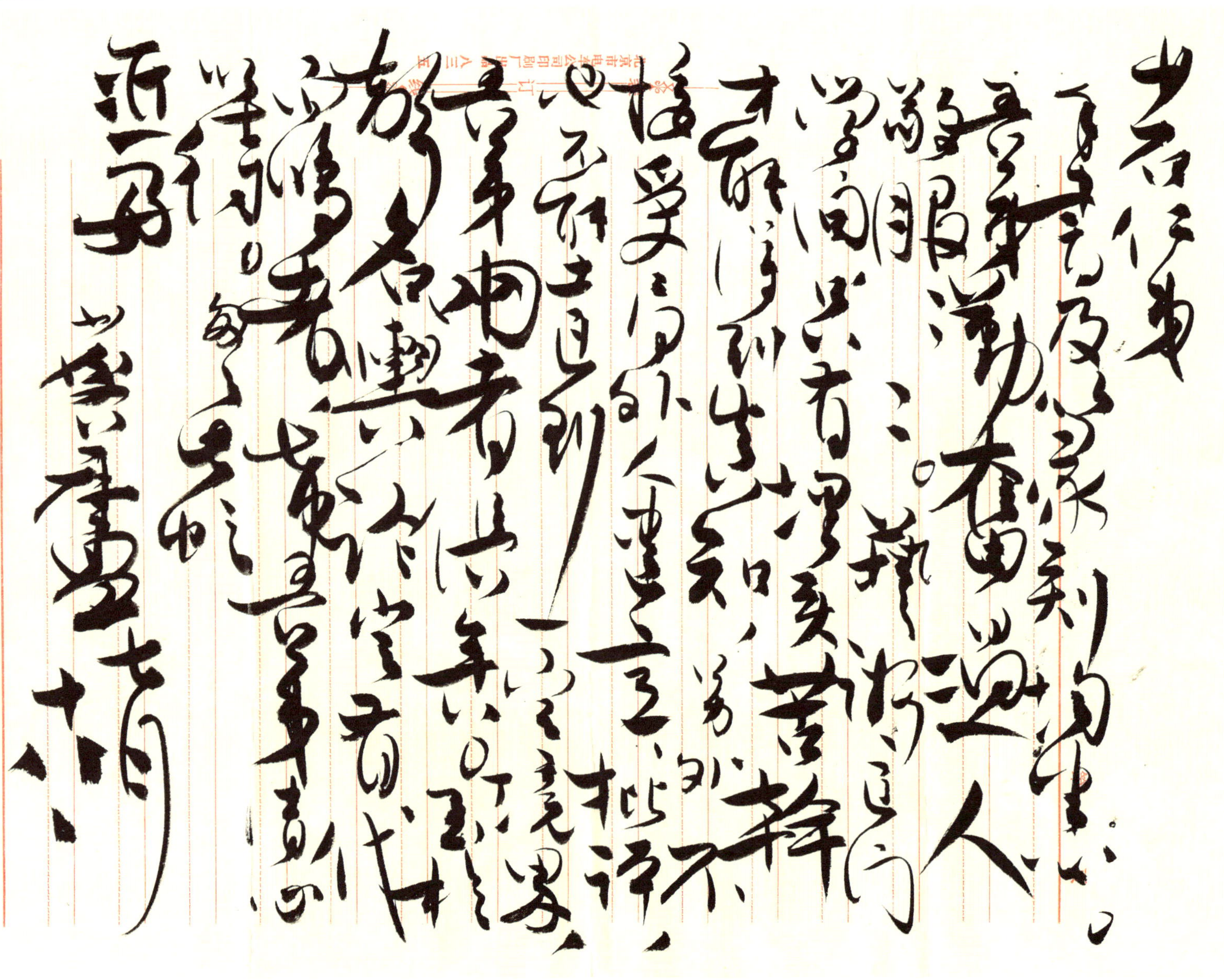

一九八三年十一月二十三日

少石弟：

很想念你，信收到。几月之前曾致一函，想已丢失，就不管了。此次其庸弟再跋非常好。我总想，想个办法予以出版才不负吾弟多年经营。究竟何人何时予以慨然承担，只有尽作工作了。另外《红楼梦》印必须刻出每个人性格，所谓林黛玉要刻出林黛玉的内在的神髓，刻刘姥姥……以此类推。这是刻人物精神面貌关键，吾弟应加理解。搬迁在即，定居后即马上奉告。

麟。十一月二十三日。

（北京东城区芝麻胡同八号——安徽省宿州市政协办公室）

【按】指出《红楼梦》印必须刻出人物性格。

一九八三年十二月三十日

少石弟：

很想念。《贺新年》、《人长寿》两印，刀法布局都很辣，很高兴，总之刻印之道，难乎哉！请吾弟以百折不回的精神，继续探讨研究为盼。搬迁在即，仍有小的阻力，不难解决，请勿念。一俟定居当即奉告。祝冬祺。麟庐。十二月三十日。

（北京东城区芝麻胡同八号——安徽省宿州市政协办公室）

一九八四年一月三十日

少石吾弟：

祝合府春节平安吉祥为颂。我现已迁到：

北京市西便门小区二号楼四十七室。

吾弟一月二十七日来信均悉。所谈三五年内力于法书，我极为赞成。望吾弟博览诸家之长，融汇贯通，久而久之即形成个人风貌矣。再者各地有各地矛盾，务望我弟谦虚慎言，努力个人艺术为盼为盼。板桥先生名句：『难得糊涂』，若能解此语，终身快慰。盼今年与弟京门畅叙。请转候百忍兄嫂百福。许麟庐。一月三十日。

（北京西便门小区二号楼——安徽省宿州市政协办公室）

【按】有书法理论。已从北京东城芝麻胡同八号迁居北京西便门小区二号楼四十七室。

致弟子王少石

一九八四年七月一日

少石弟：

我昨天和你师母由山东抵京，出游一月余。吾弟寄来的新茶也见到了。你惦记我，我心照了。你来的信和刻的印，我近衰年记忆力减退，有时记得，有时记不住。又加社会乱七八糟的事，所以吾弟托我的事没有如弟之愿，祈原谅我。你刻的印反不如以前生动，主要有了框框，只拙不巧。刻印之道应随意为之，一涉牵强，便无意境。盼吾弟要多读前辈印人的刀法布局。西泠八家至吴缶庐，我认为吴缶老的作品，是出类拔萃的人物。希望吾弟要时时注意，不能定型，要再进一步，不能停在现在水平。我与吾弟推心至腹，我不捧臭脚，有啥说啥，对于别人，我稍有客气，有时也不客气，对于我弟，我不客气。我新家乃东南房，下午西照，闷热之极，不想在家里住，只好到处走江湖，以避酷暑。我又和你师母近日赴甘肃一行，可能再到新疆。返京后再给吾弟写信。此候暑安。麟庐。七月一日。

（北京西便门小区二号楼—安徽省宿州市政协办公室）

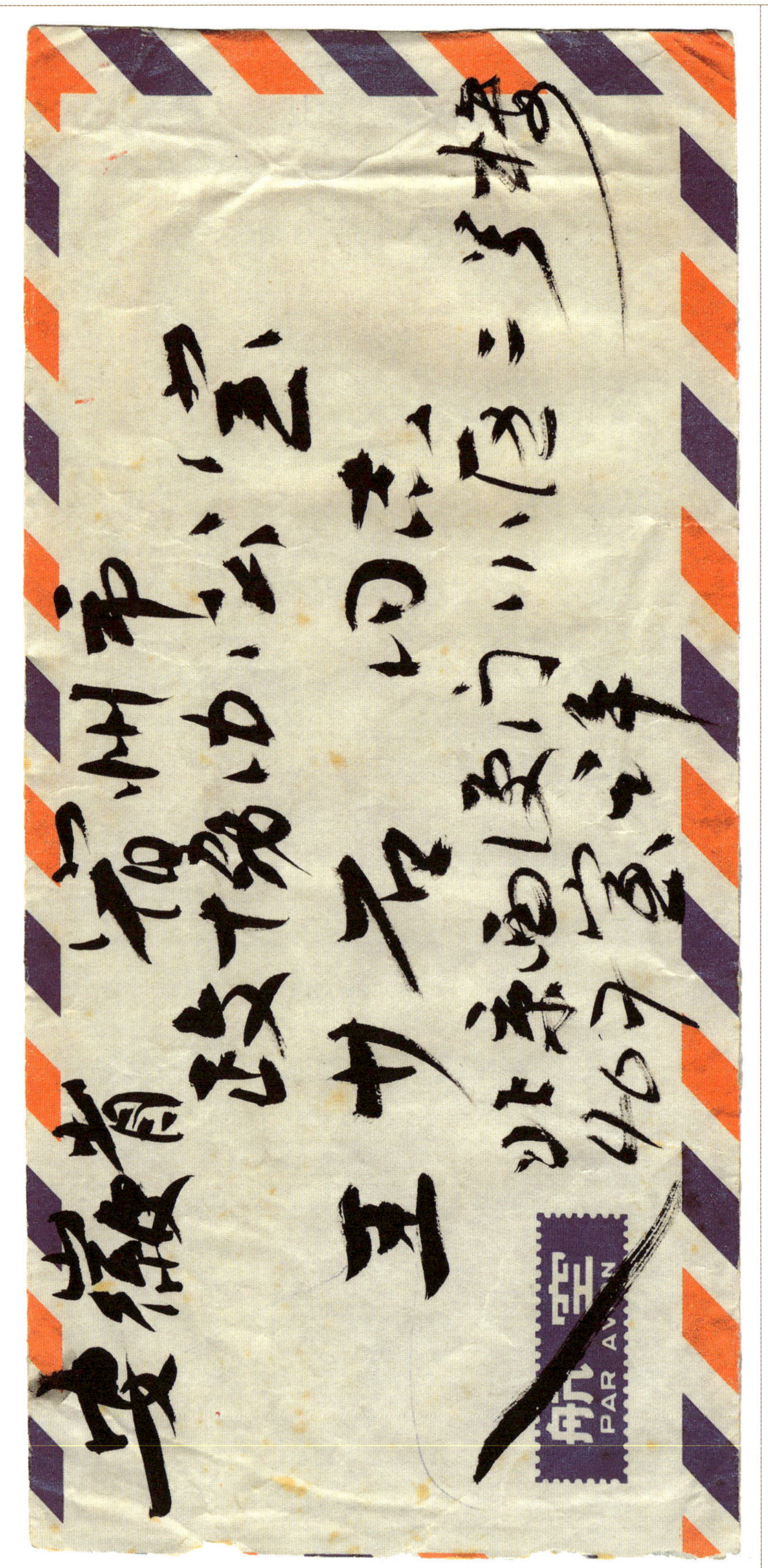

【按】告知行踪。有篆刻理论。批评王少石刻印『反不如以前生动。』直言『我与吾弟推心至腹，我不捧臭脚……』

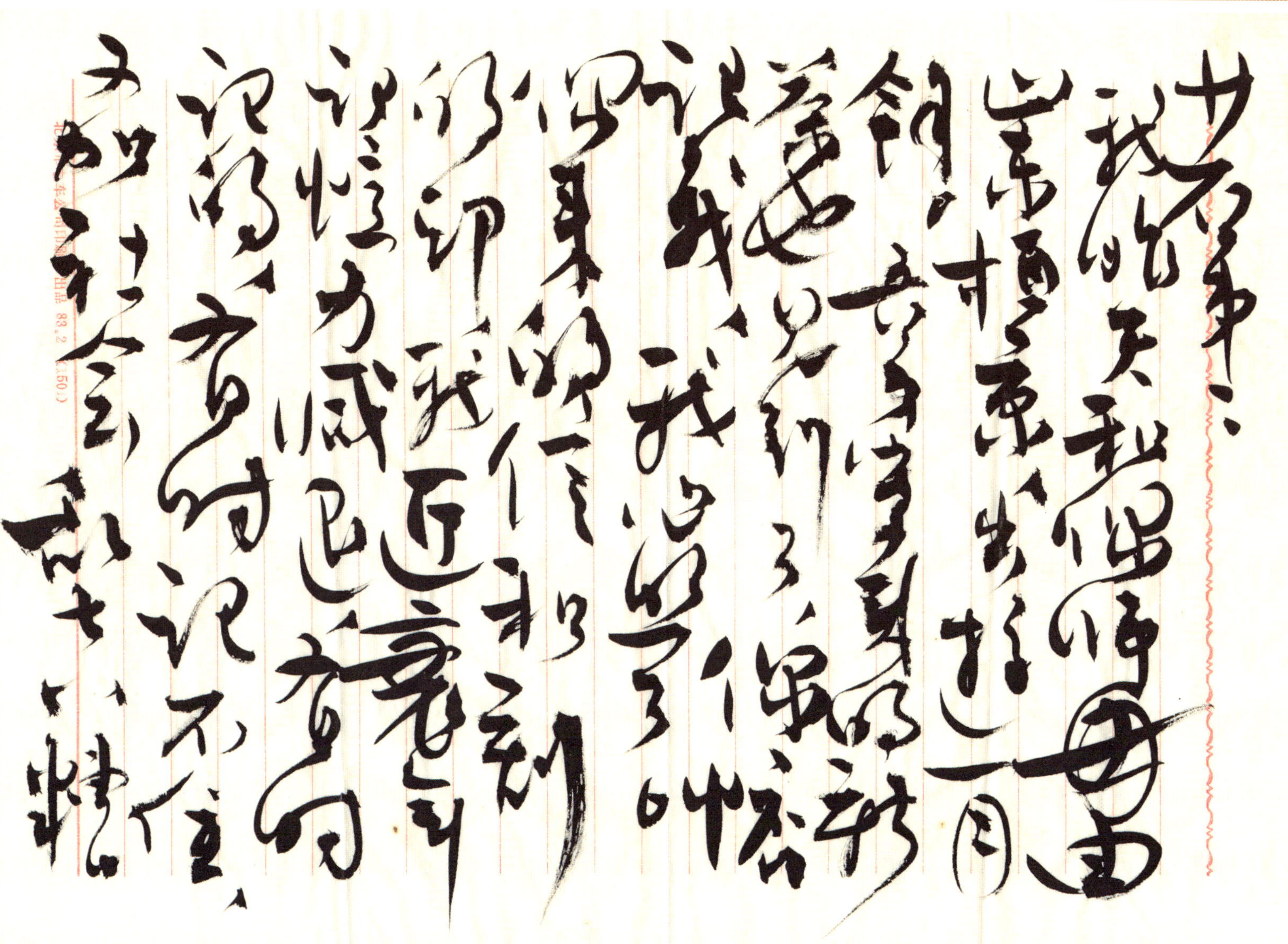

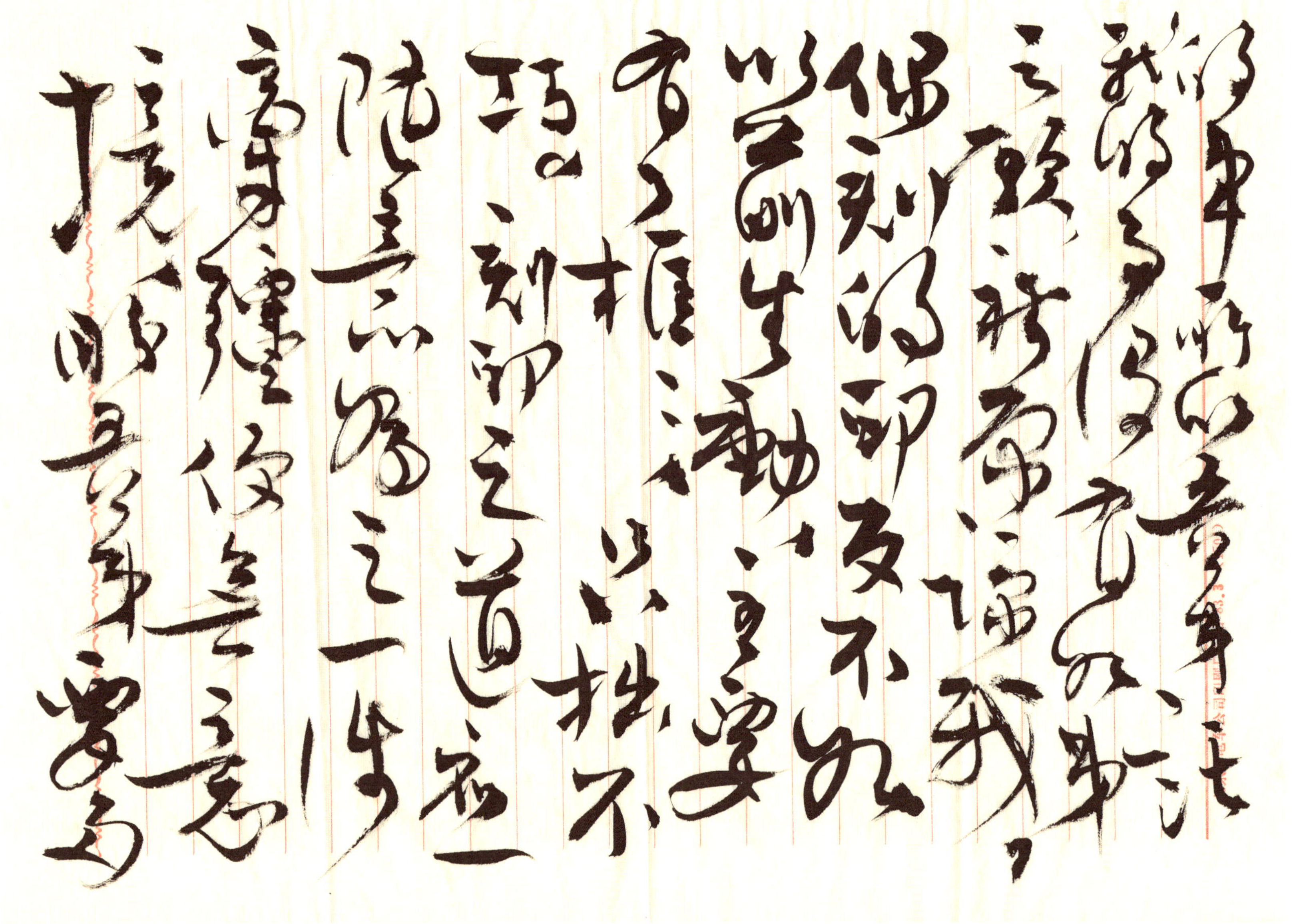

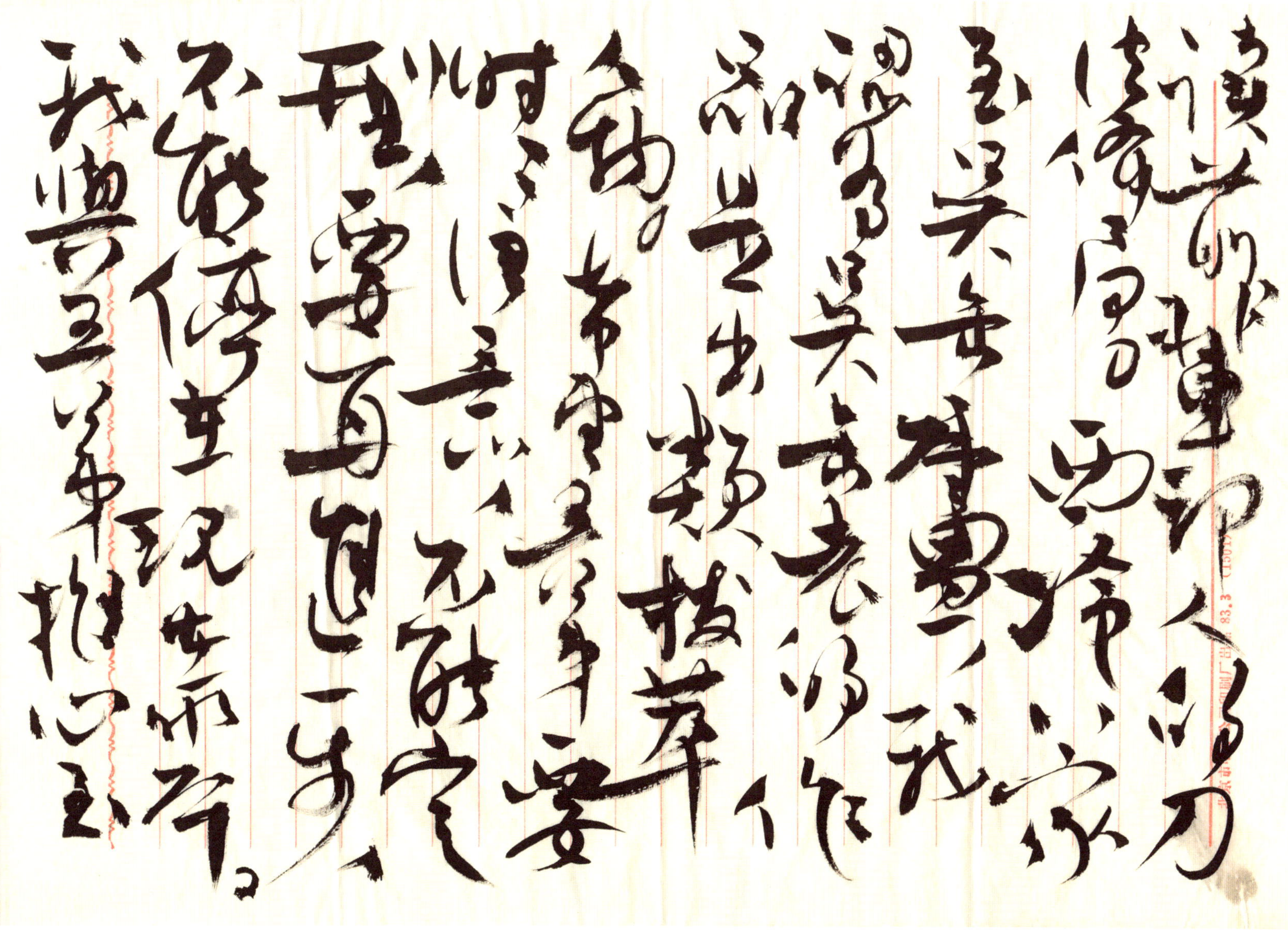

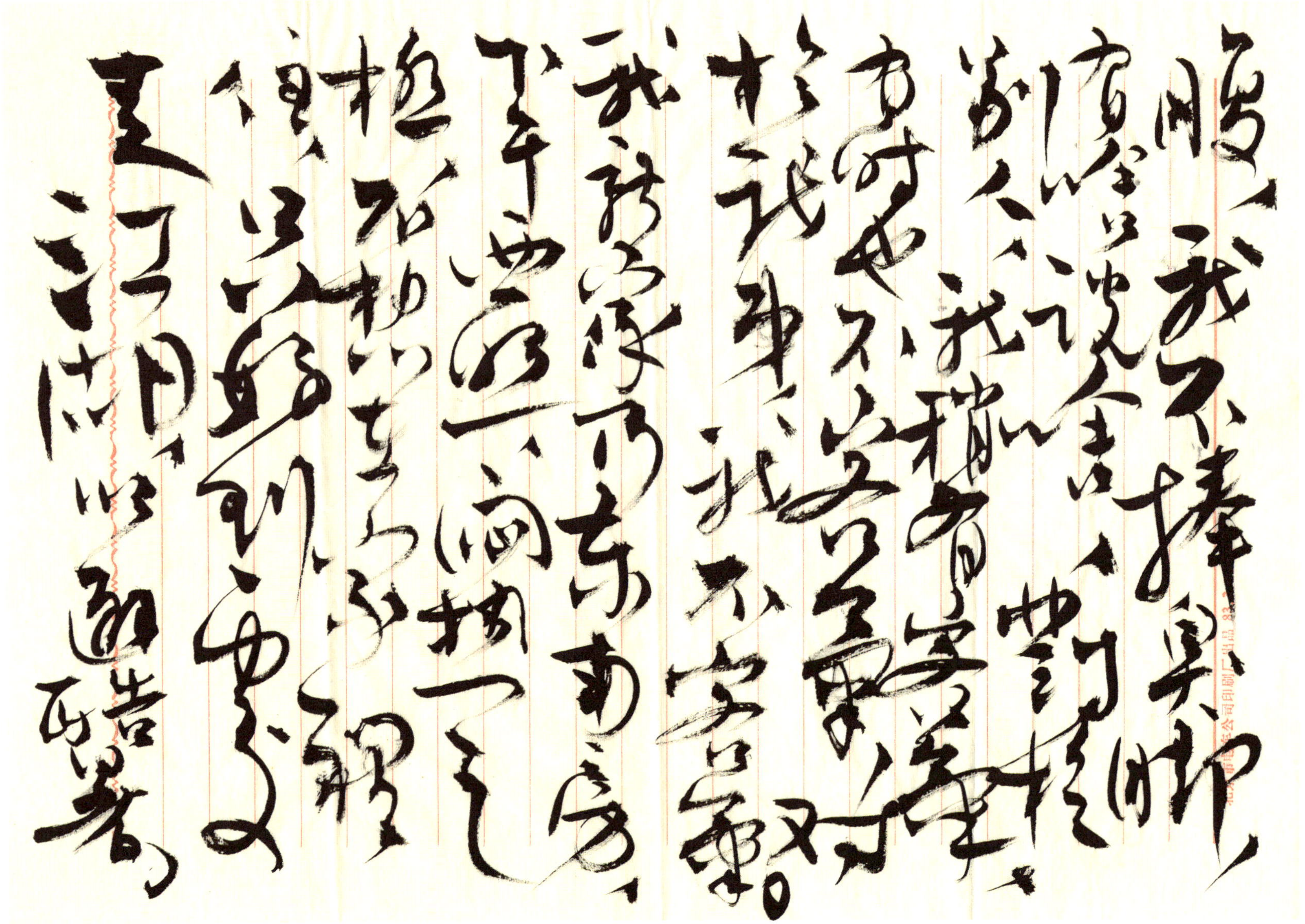

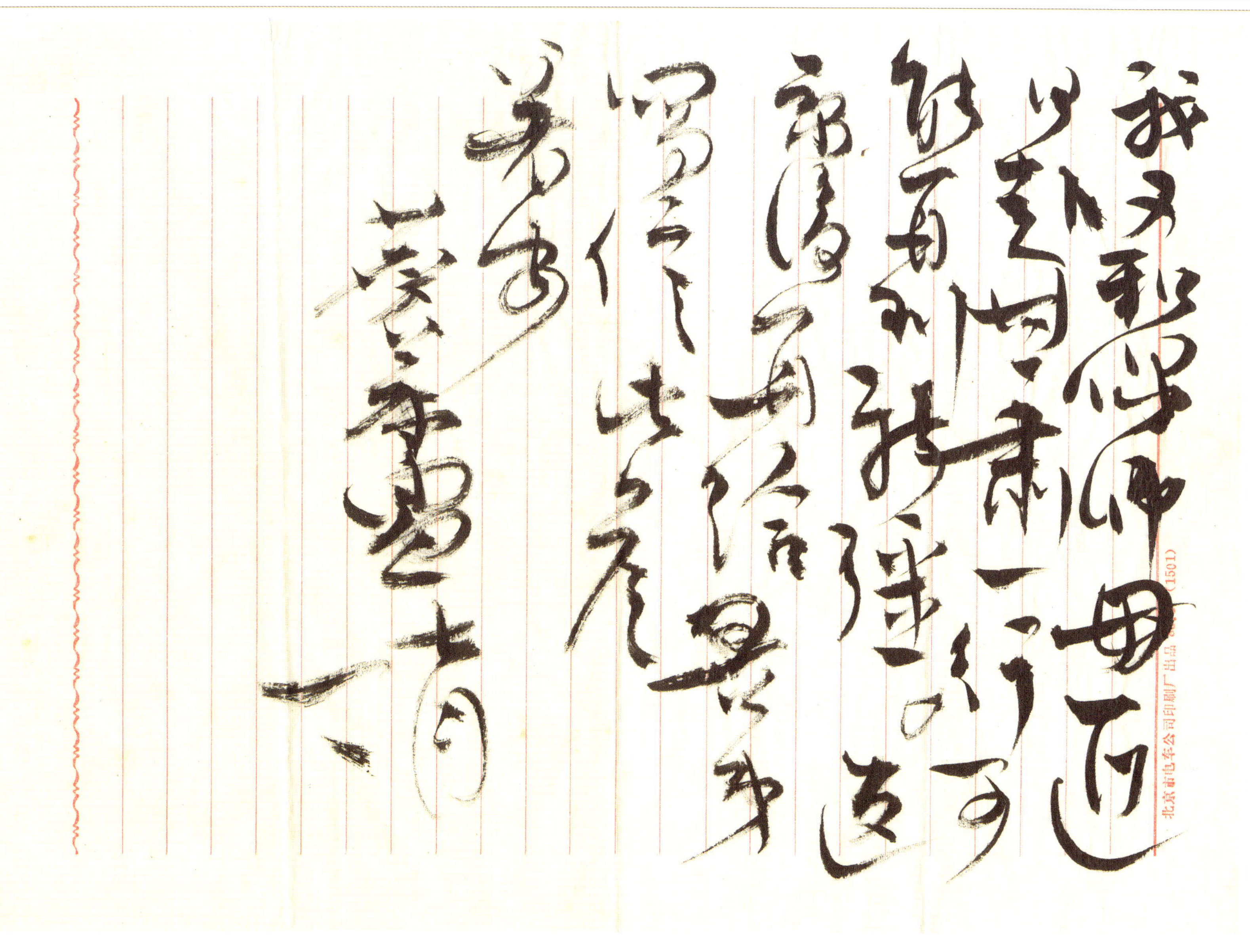
北京市电车公司印刷厂出品（1501）

一九八四年十二月三十一日

少石弟：

久久疏问很想念。寄来篆刻、法书均收到。韩静霆两印刻的很有水平，看后很高兴。《黄石轩》很古朴，《童心如昨》破的好。《红楼印痴》一印，『楼』字交待不清，乍看像个『槐』字，你以为对否？『王』很难刻，还不够理想，设法多琢磨琢磨。『印痴』以不分开为好，白文为好。《一闲人》，什么《半瓶醋》，什么《难得糊涂》，什么《不容易》等等闲章都不雅，请不要刻这些无味闲章，还是选择古人名句为好。书法较以前为高，但还有浊气。书法一道既要规矩又要夸张，一味拙，一味巧，都不行，主要有书香气才好。如此乱说，请吾弟批评。匆匆此颂冬好。许麟庐。十二月三十一日晚。

（北京西便门小区二号楼—安徽省宿州市直机关幼儿园）（转交下同）

【按】王少石夫人王侠调到住处附近的宿州市直机关幼儿园任教，此后收信地址为幼儿园。告知行踪。有书法、篆刻理论。主张书法一道，既要规矩又要夸张，一味拙，一味巧都不行，主要有书香气才好。

一九八五年二月二十一日

少石弟：

来信知吾弟安抵宿州，慰甚慰甚。敬祝合府乙丑春节大吉大利，吉祥吉祥。昨潍坊友人赠予郑板桥先生城隍庙碑原拓本一帧，其碑文中有句云：『一角四足而毛者为麟』，因引起予兴趣，请吾弟闲时请奏刀刻一方闲章，只要『一角四足而毛者』就可以了，章不要过大，以作压角用。我二月暂不远出，三月仍到山东小住，落脚之后当有信通知吾弟。此颂春安。老麟，正月初二日。

（北京西便门小区二号楼—安徽省宿州市直机关幼儿园）

【按】王少石一九八五年二月晋京访竹箫斋，师徒合作《鸡与蚱蜢》。

一九八五年三月十四日

少石弟：

前后两信及两次印样照收。因参加政协会议迟复。

后两印较前两印为好，尤以满白文者最佳。推敲补刀之印也较前耐人寻味，所以两印都要得，足见刻后要一再琢磨。满意之作送人，勉强之作宁肯磨掉也，不能捐誉也。吾弟今后以刻为主，以书法为辅，尤以篆书公诸于世。写意画要简而明，画出金石家格调，切忌墨洒满纸，总之要画出民族简笔画来，留意留意。空白书签收到后，尚无暇赴孙老处，俟会后天暖再为办理。麟庐。三月十四日。

（北京西便门小区二号楼—安徽省宿州市直机关幼儿园）

【按】有书画理论。嘱咐王少石『写意画要简而明，画出金石家格调，切忌墨洒满纸，总之要画出民族简笔画来。』

北京市制本总厂 8.77（1501）

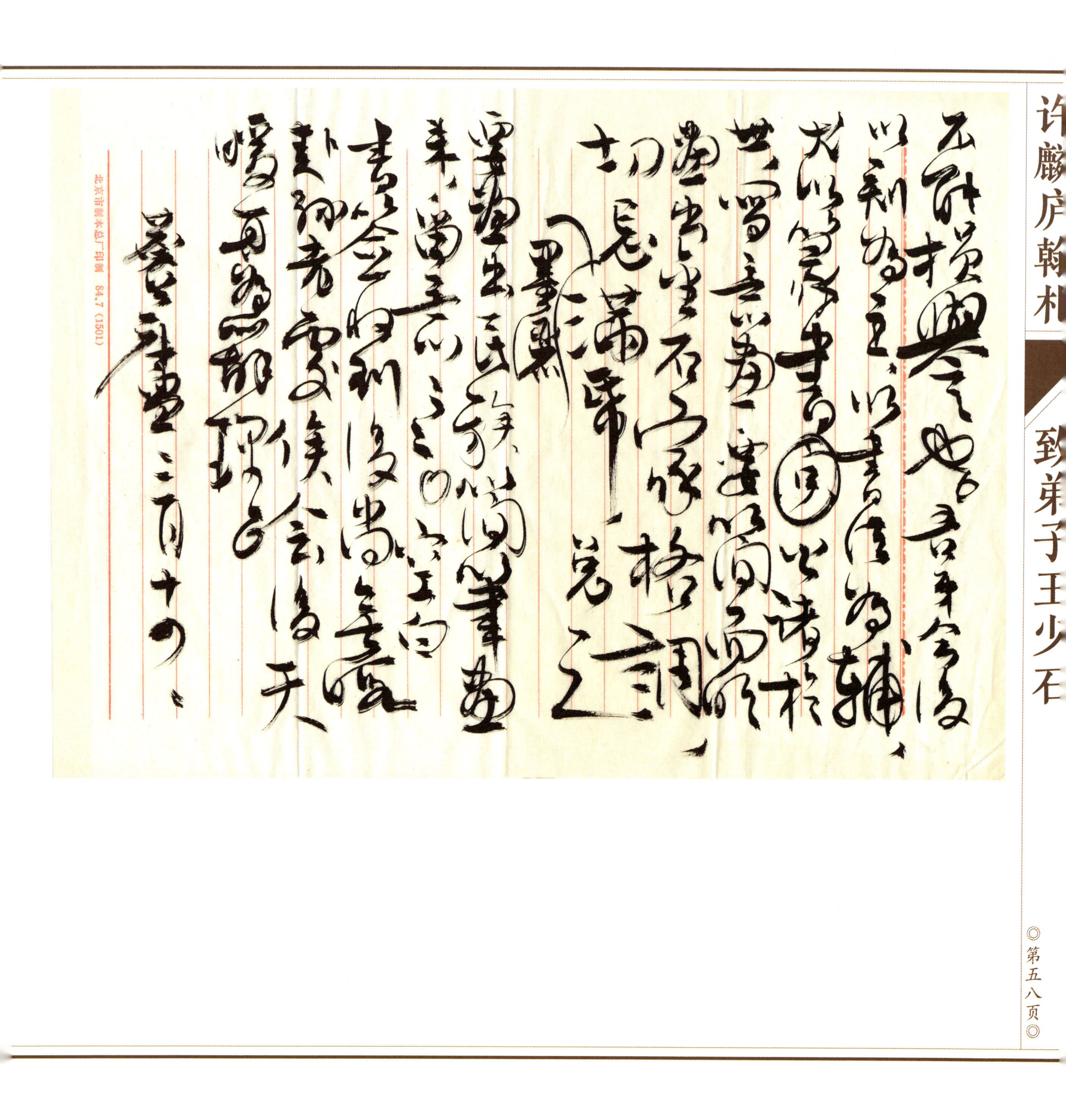

致弟子王少石

北京市制本总厂印制 84.7（1501）

一九八五年六月一日

少石仁弟：

手书、茶叶照收。茶味道清香好极。我老俩口近日赴烟台，然后在胶东一带走走，散散心。所到之处随时与吾弟联系好了。

我想再请吾弟刻一方闲章：『人无千日好花无百日红』，以自警如何？麟庐。六月一日。

（北京西便门小区二号楼——安徽省宿州市南郊市直幼儿园）

【按】告知行踪。嘱刻闲章。

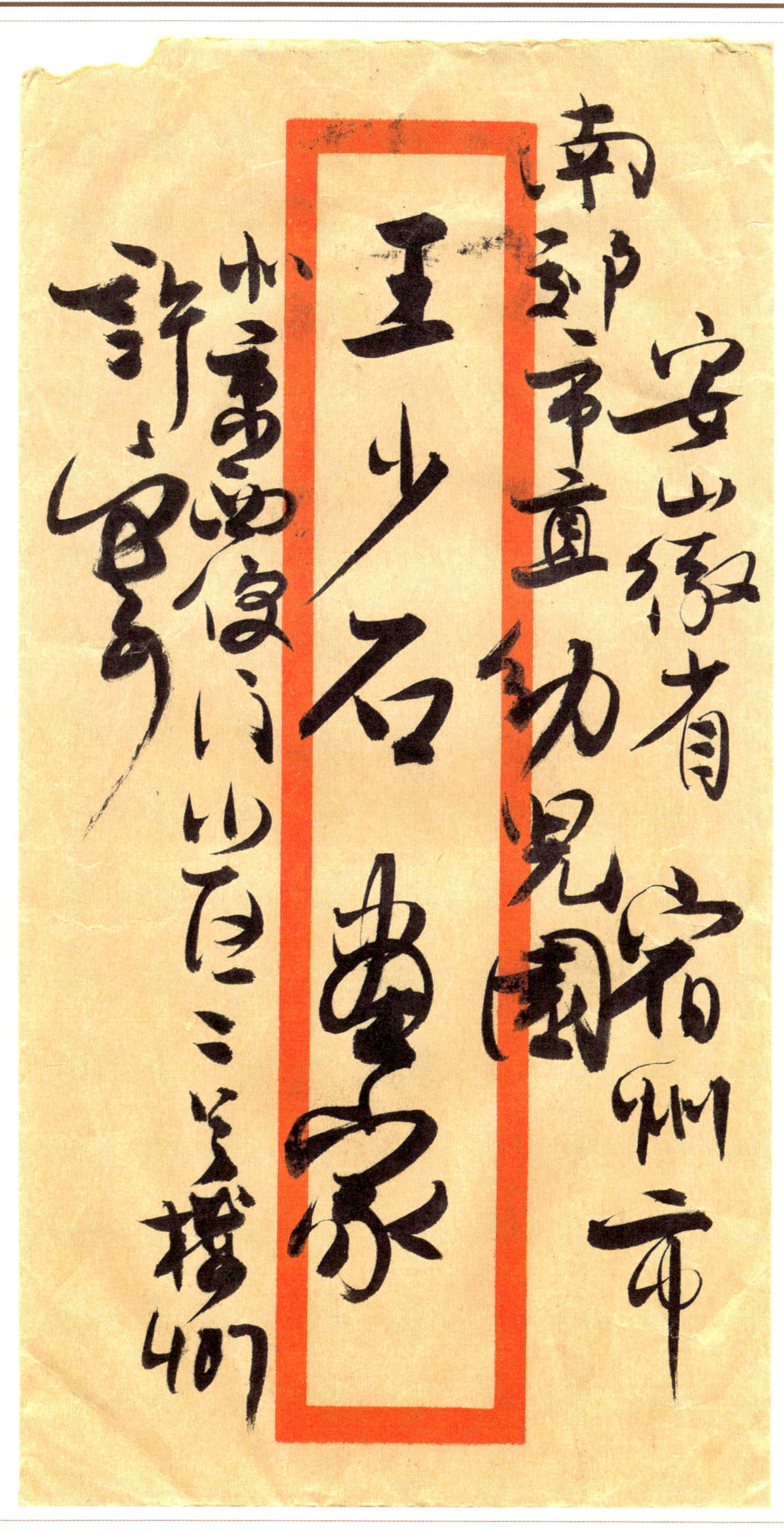

致弟子王少石

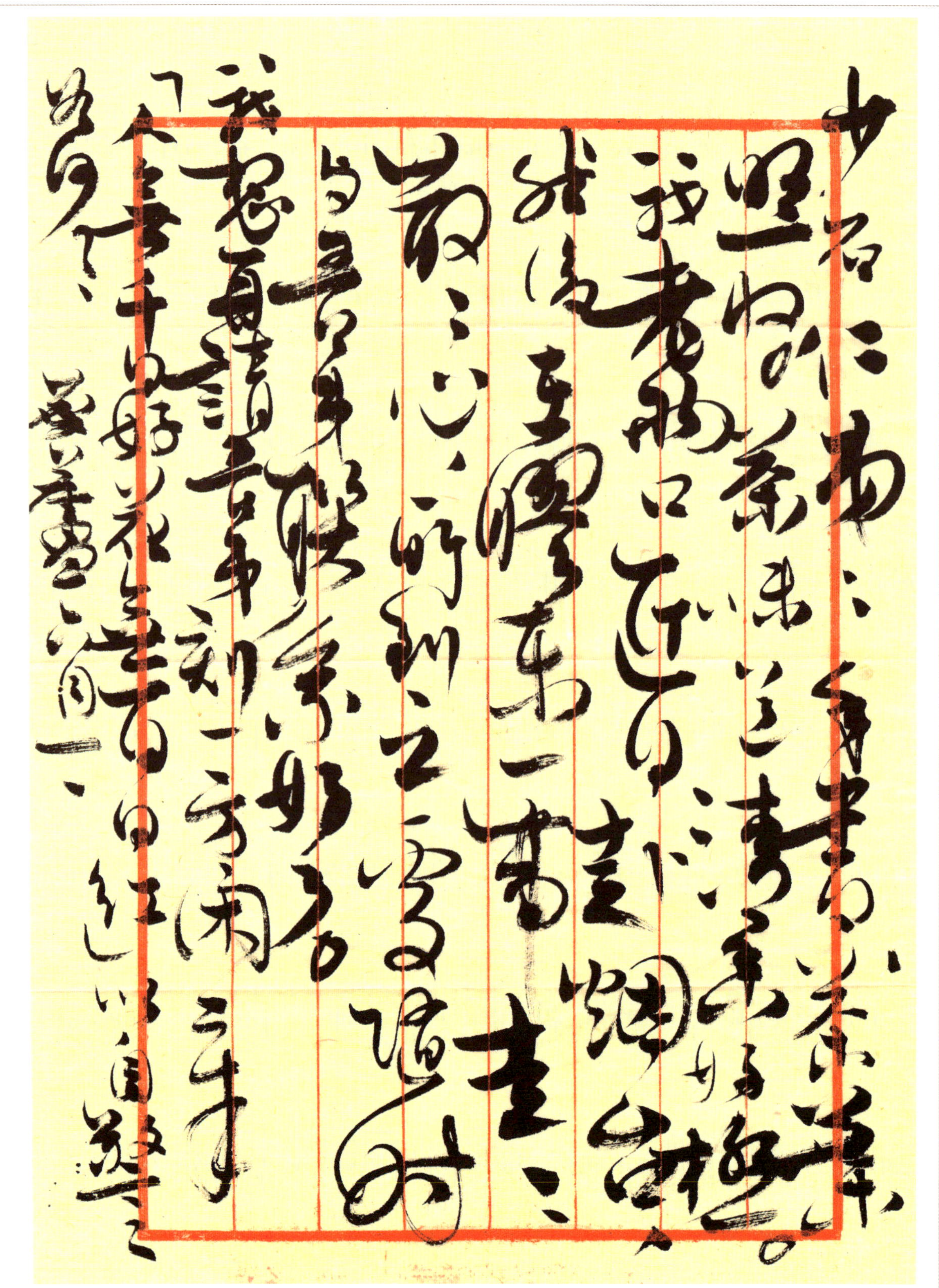

一九八五年七月二十日

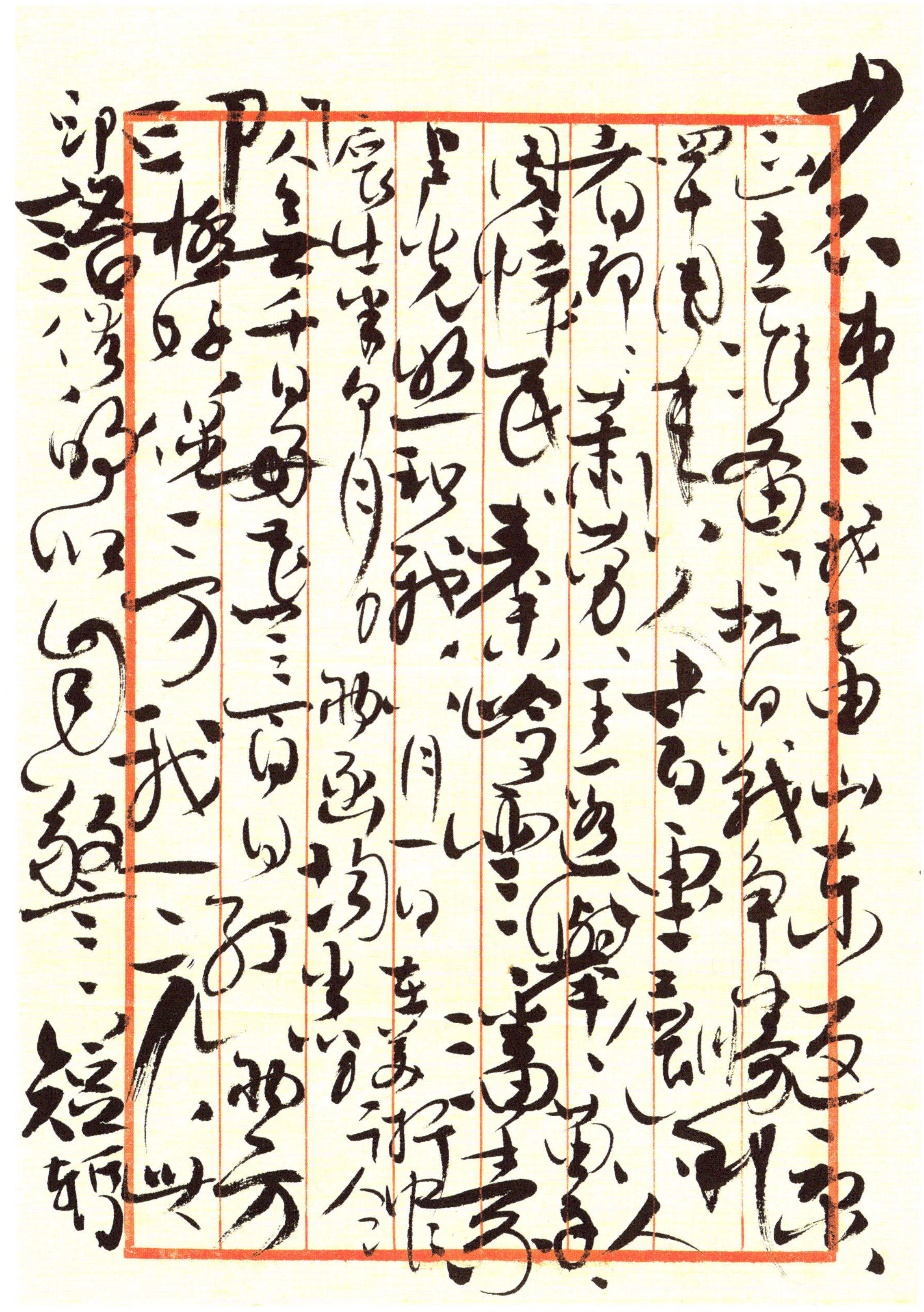

少石弟：

我已由山东返京，正在准备《抗日战争胜利四十周年八人书画展》。八人者即：萧劳、王遐举、苗子、周怀民、秦岭云、潘素、卢光照和我，八月一日在美术馆展出半个月。两函均悉。《人无千日好》、《花无百日红》两方印极好，你一方我一方。此印语俗的以自警，短暂的人生好自为之。香椿即日可收到，请勿念。所居画室西晒，极热极热，只能早晨工作，下午休息。今秋我想到萧县、宿县、合肥一游，至于何时起程再议。夏好。许麟庐。七月二十日。

（北京西便门小区二号楼—安徽省宿州市南郊市直幼儿园）

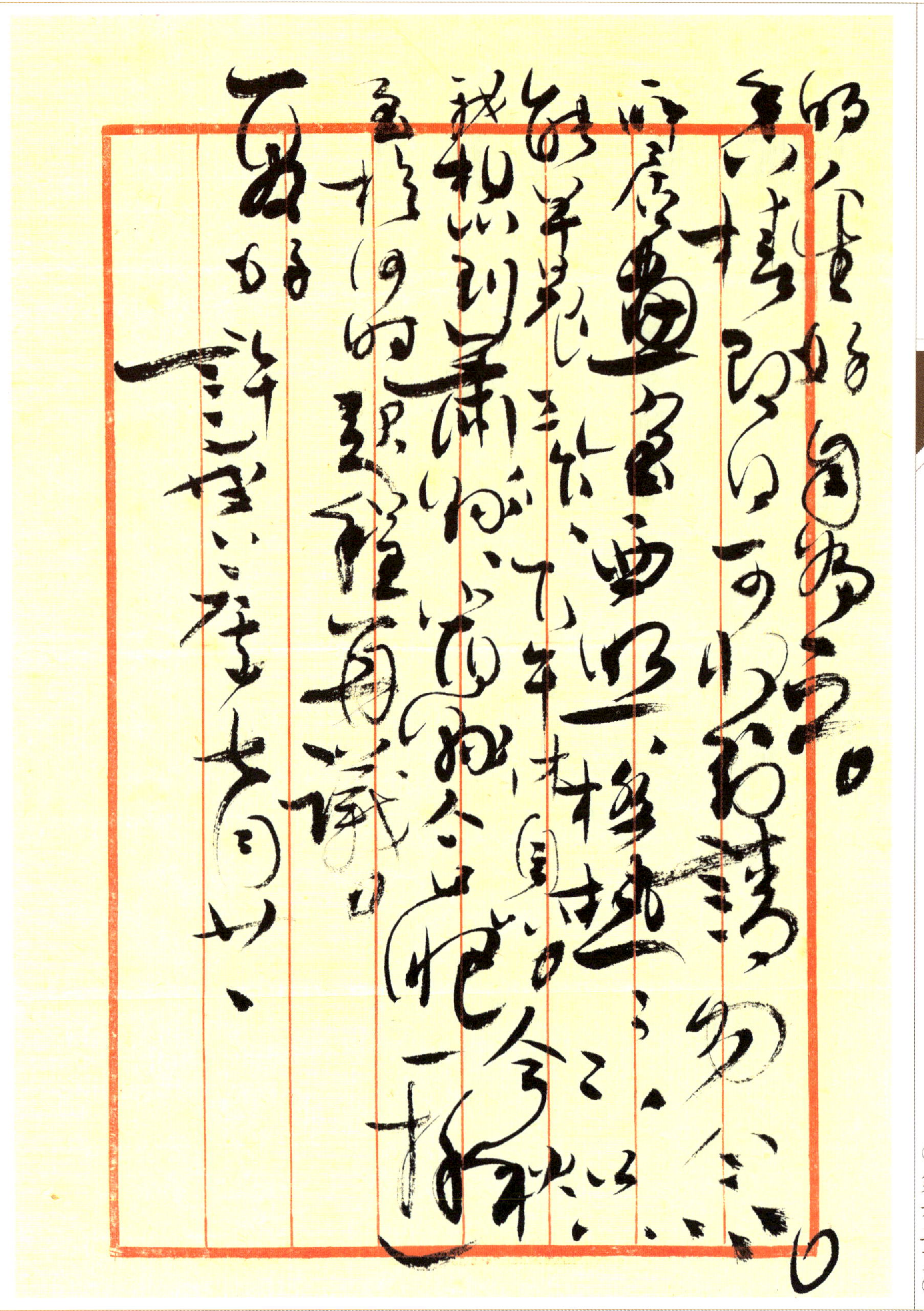

一九八五年七月二十六日

少石弟：

寄来的香椿芽传统包装很有意思。吃起来味道与北京不同，北京是散装干的，这是湿的。这些天几乎天天吃点，我看得吃到过年，足够了。

北京酷热，我这间斗室又小又热，没法进行工作，我只得歇工了。昨雨，今天凉快些，画了两条鱼，寄给吾弟玩之。麟庐。七月二十六日。

（北京西便门小区二号楼——安徽省宿州市南郊市直幼儿园）

一九八五年九月十五日

少石弟：

昨祥瑞大夫送来闲章，还送我《九女坟拓片》，可惜拓的不太高明。我三、四天重到蓬莱参加书画学会典礼，然后争取赴宿州与老友相会。去时我打电话告诉耀宗崔平弟。如有事不能去，我会有信通知吾弟。如果我到宿州，你我同到九女坟，请吾弟精拓一份，造象太好啦。如果到宿州顺便看看萧老，再到萧县玩玩。黄山我没去过，想在山脚下看看就可以了。想的如此，到时候再说。麟庐。九月十五日。

（北京西便门小区二号楼——安徽省宿州地区地委转交）

一九八五年十月九日

少石弟：

半月之前曾致函耀宗同志。我确想赴宿县、合肥、萧县看看老友，叙谈叙谈。日前由山东回来，我觉乎天气渐寒又不想去了。吾弟有什么看法？黄山还能不能看看？到各处去有人过问否？请给我回个信再作道理，就这些。此颂近好。麟庐。十月九日。

（北京西便门小区二号楼——安徽省宿州市南郊市直幼儿园）

【按】想赴宿县、合肥、萧县看看老友。

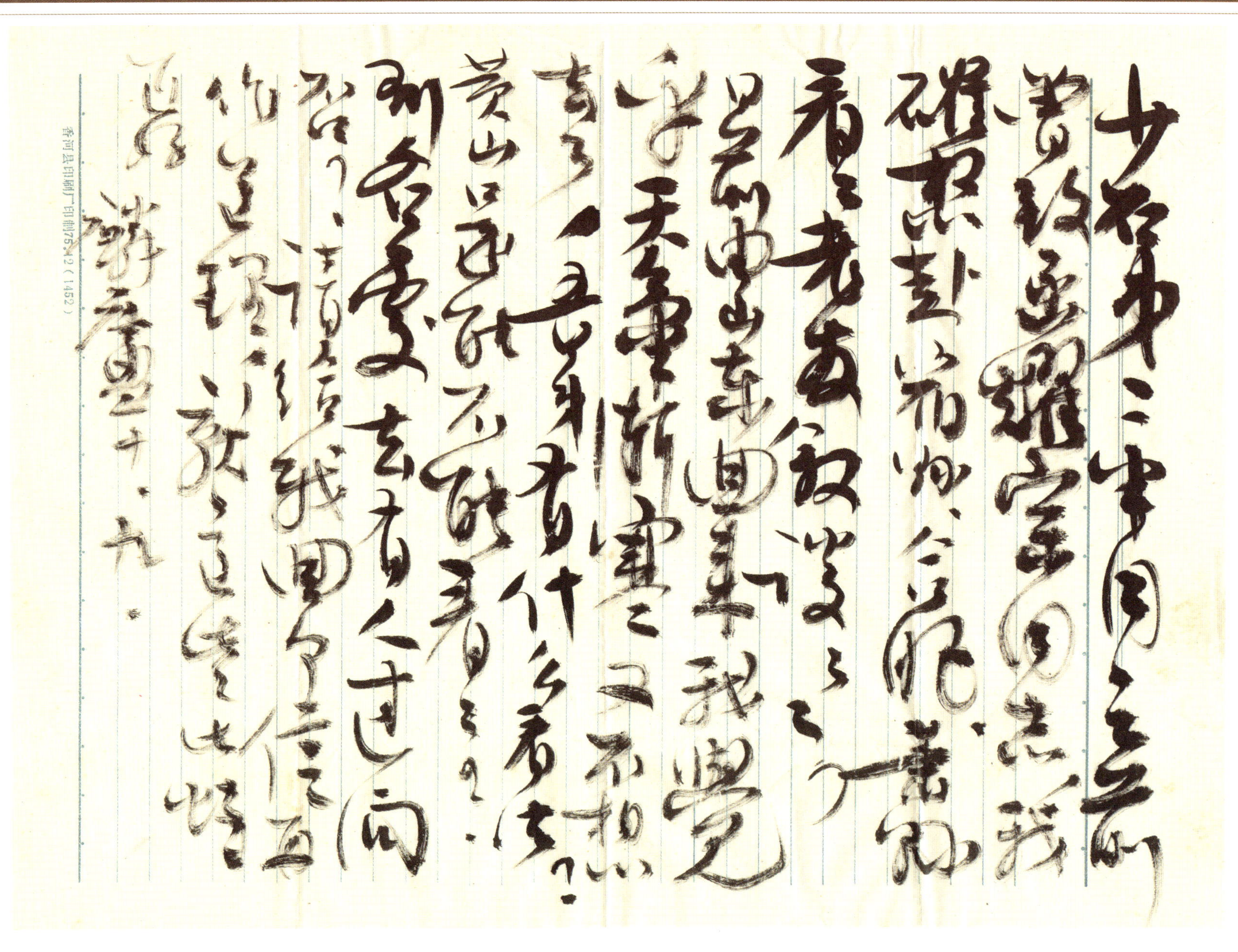

一九八五年十月十六日

少石弟：

信收到，印拓也仔细看了，各有千秋，请吾弟玩味我的批语，旁观者清也。北京已着棉矣，决定不去了。明年随吾弟一游。我搜集玩石若干，故又称《石斋》，请吾弟刻两方，一方迎首，一方四方印，如《王少石印》大小即可。麟庐。十月十六灯下。

（北京西便门小区二号楼——安徽省宿州市南郊市直幼儿园）

【按】嘱刻闲章。

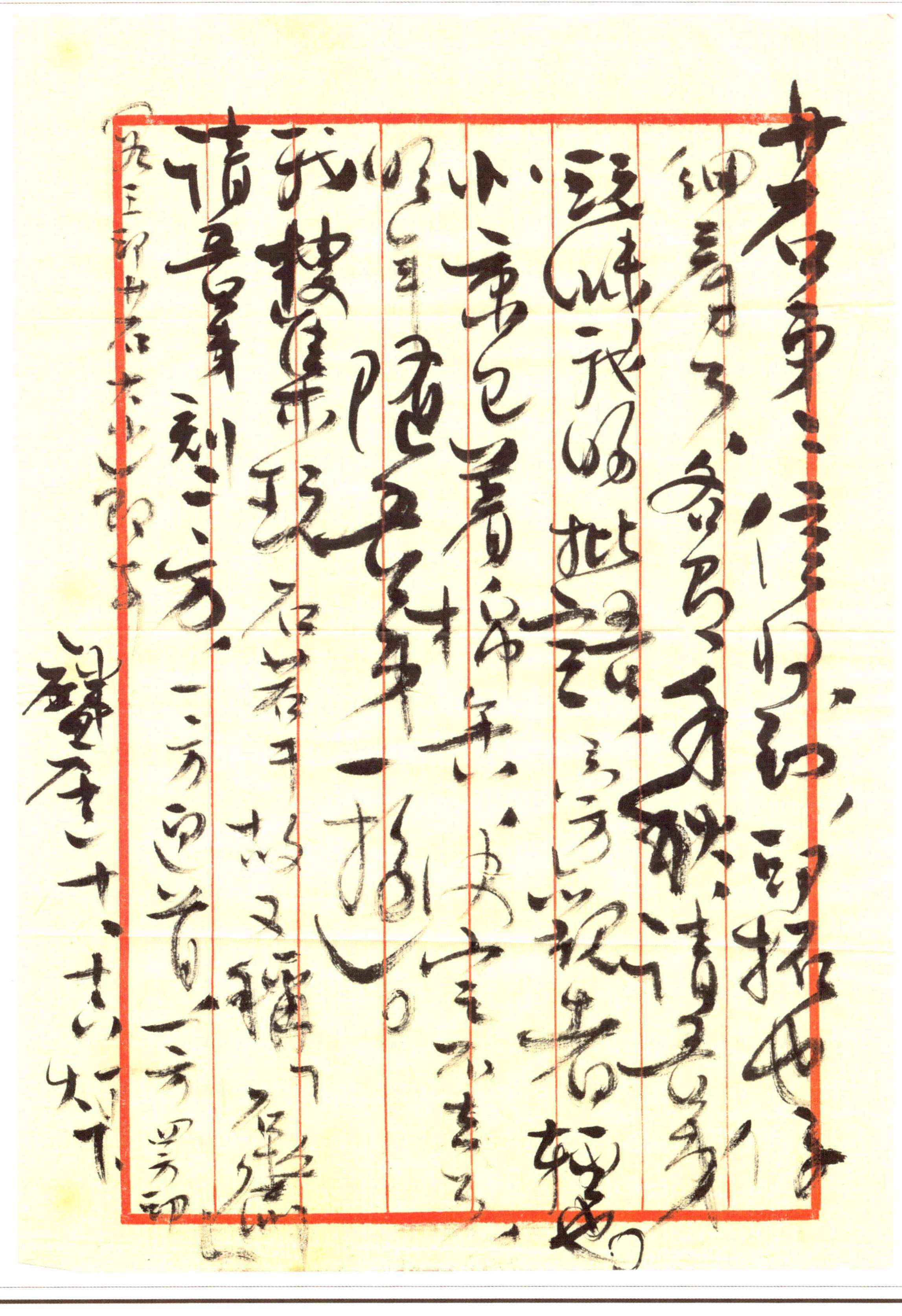

一九八五年十一月七日

少石弟：

来信尽悉，明年黄山之游由吾弟安排可也。吾弟从事治印能有今日境界皆从奋斗而来，汗水得来。印如其人，有一股正气蕴藏其中。工力不负吾弟，他年定有明眼人知之吾弟也。如今不能者则能，能者却不能，奈何奈何！总之我们要做我们的学问，一切要心安理得。我相信明眼人会有定评。京中寒气逼人，暂不远游。希我弟常来信。匆匆此颂冬安。麟庐。十一月七日。

（北京西便门小区二号楼—安徽省宿州市南郊市直幼儿园）

【按】评王少石『印如其人，有一股正气蕴藏其中。他年定有明眼人知之吾弟也。如今不能者则能，能者却不能，奈何奈何！』

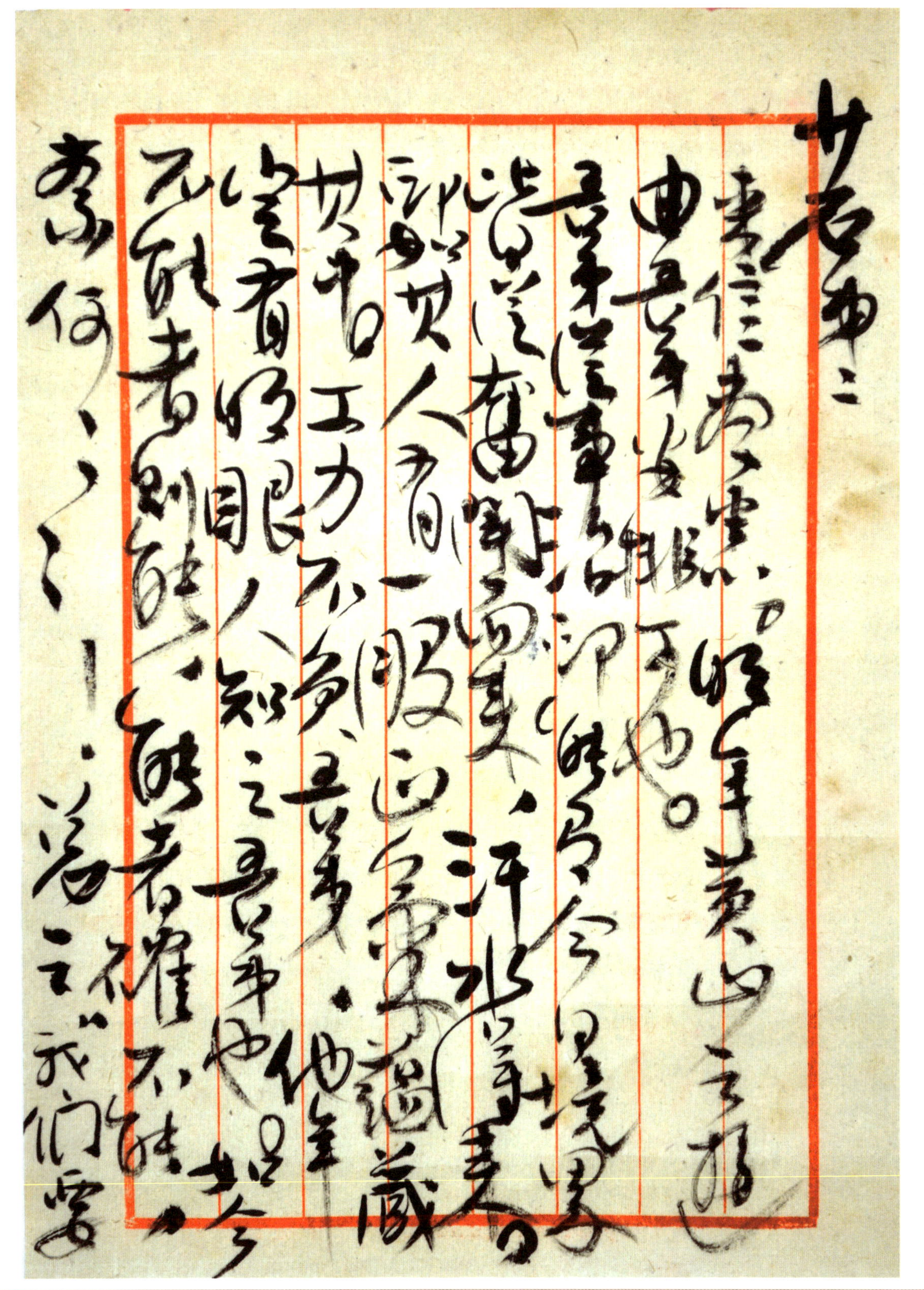

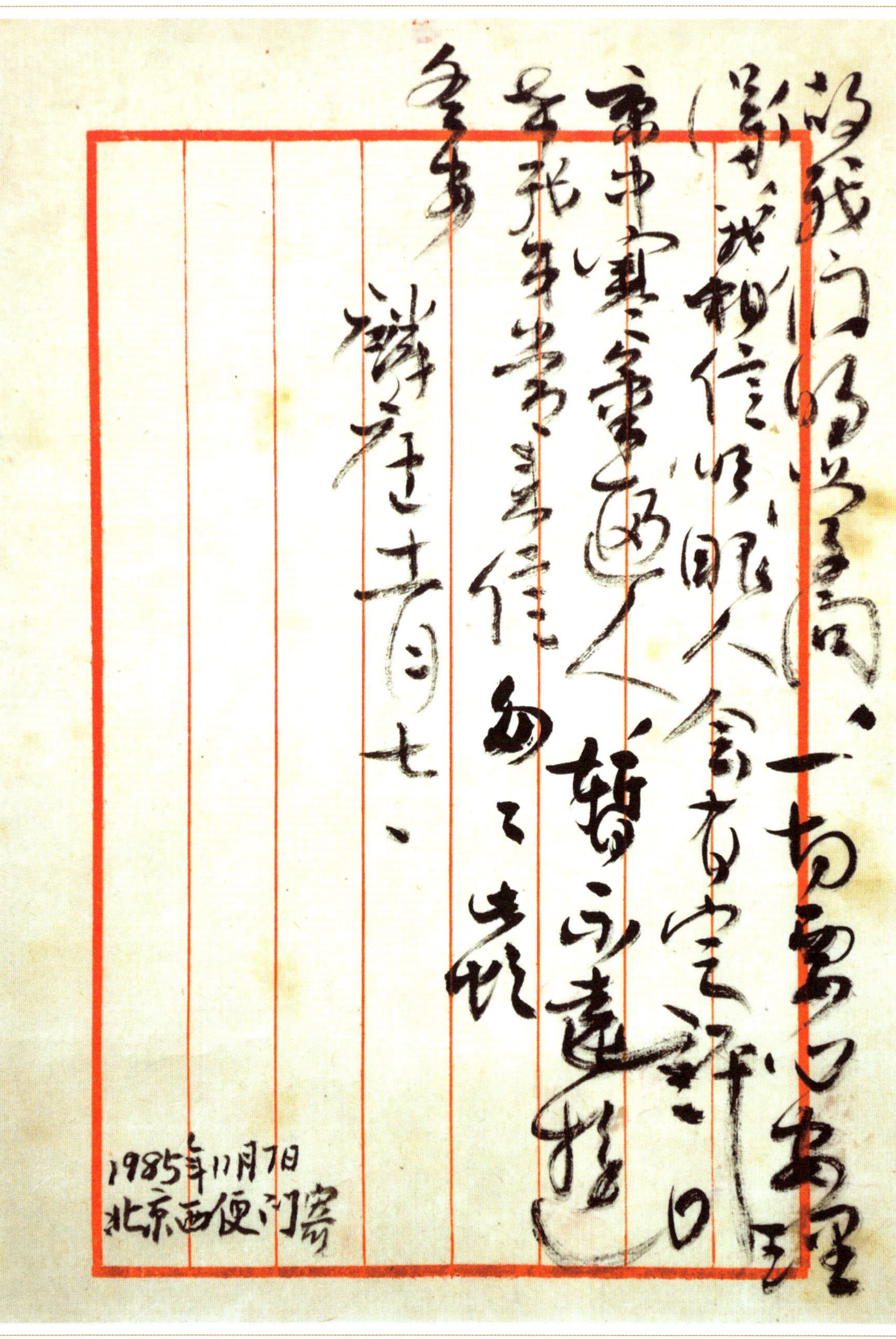

麟庐
十一月七日
1985年11月7日
北京西便门寄

一九八五年十一月二十八日

少石弟：

来信收悉。明春候吾弟来信即赴宿州、黄山。耀宗、其庸均来小舍畅聚矣。今冬无处可游，只好闷在斗室。春节前后或可到厦门，尚未落实。我喜出游，若闭门久居，则一切都无兴致，甚至生病，晚年情况如此。望常来信，冬绥。麟庐。十一月二十八日。

（北京西便门小区二号楼—安徽省宿州市南郊市直幼儿园）

一九八六年一月十三日

少石弟：

来信已收悉。前寄上拙作《蕙》一幅，既然没有接到，那就丢了，丢了，就丢了，便中再画再寄。我给耀宗寄上画一幅，是我寄到宿市市委，不知收到否？另外还给崔萍寄上一幅，是寄到卫生局，不知收到否？请吾弟都一一询问一下，候复。请吾弟便中刻一方白文印《麟庐七十以后号石斋》，不要太大。今冬患感冒十多天，足未出户，一直休息，这两天已初愈，勿念勿念。顺颂冬绥。麟庐白。一月十三日。

（北京西便门小区二号楼—安徽省宿州市南郊市直幼儿园）

【按】嘱刻闲章。

一九八六年一月三十日

少石弟：

信尽悉。印也仔细读了，随信寄上小画一帧聊赠春节顺遂。此颂吉祥如意。麟庐。一月三十日。

（北京西便门小区二号楼—安徽省宿州市南郊市直幼儿园）

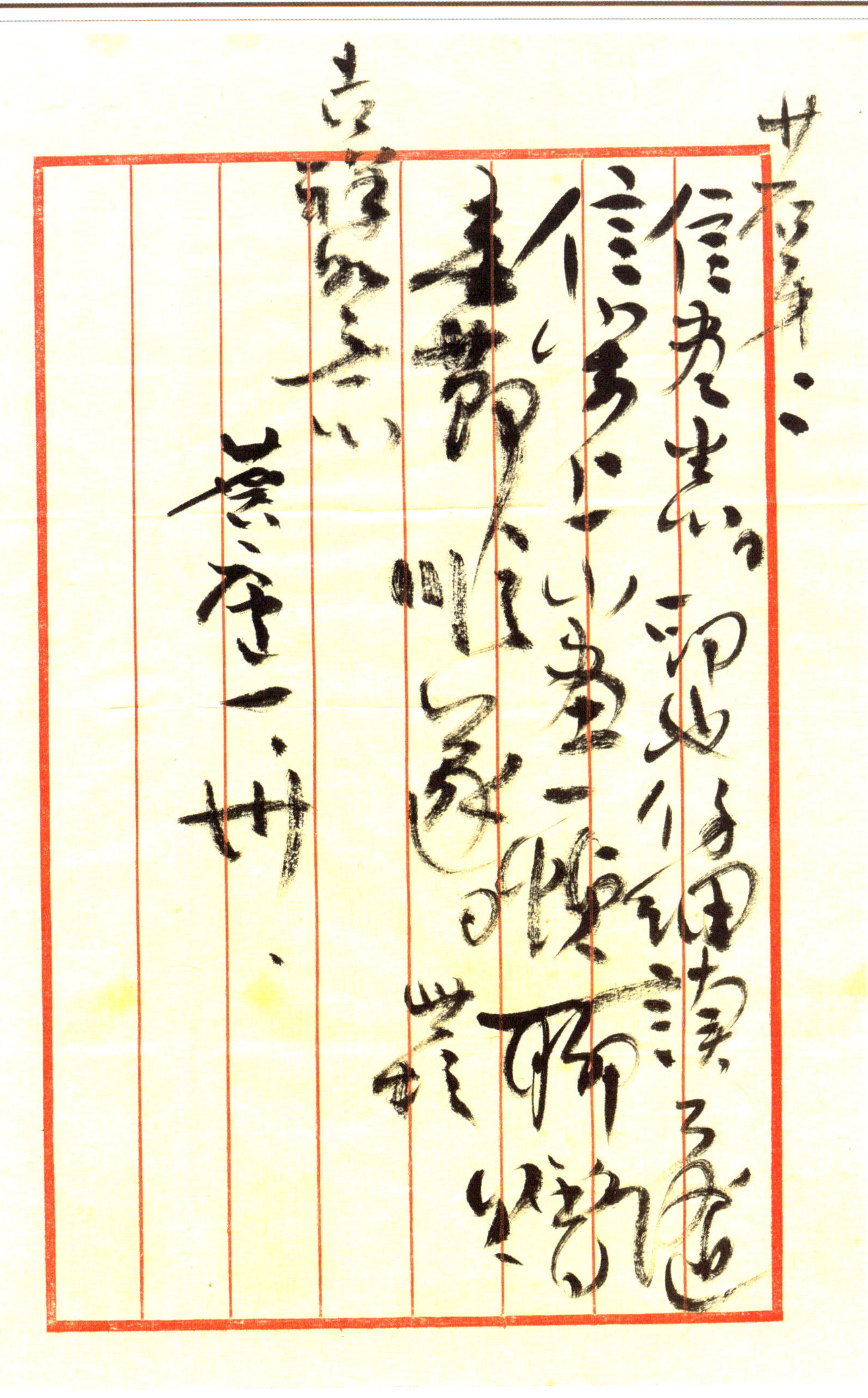

麟庐七十以后号石斋

评语：此印刀法变化有味，佳作也，耐人寻味。

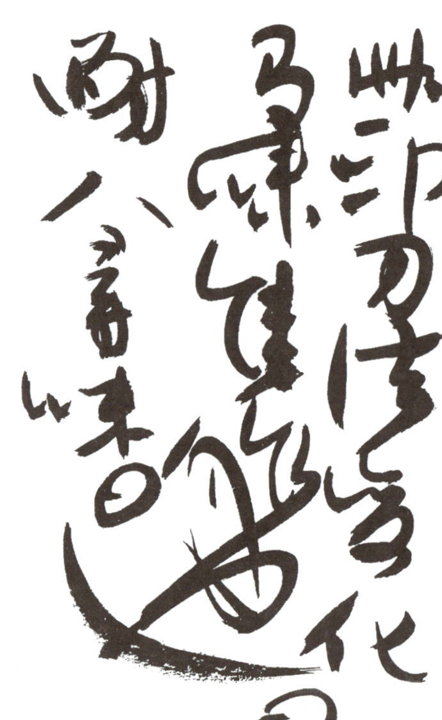

黄石轩

评语：浑然如鼎铭。

一九八六年二月六日

少石弟：

今天是大年二十九日，接到吾弟所书《吉祥如意》非常高兴。印章九个字安排妥帖，刀法也耐人寻味。金石之道如雨后春笋，能刻到有滋有味，又谈何容易！吾弟所刻之人名印及闲章，要剪帖一册，以备日后应用。吾弟书法以篆书为好，应每日临池数行，久之则提高。万勿杂，杂则均不精，要攻其一点，则逐类通之，书、画、刻难以哉！京中无雪，流感蔓延，我病了半个多月。今已愈，勿念。祝愿合府春节吉祥如意。麟庐。二月六日。

（北京西便门小区二号楼—安徽省宿州市南郊市直幼儿园）

【按】有书法、篆刻理论。

一九八六年三月一日

少石弟：

寄来的画以及顽石、印章都照收。顽石似昌化，古朴可爱。吾弟之画我都一一看了，气势磅礴，一如吾弟其人。画的气魄很大，就是粗细没有很好的结合，等我到宿之后再做切磋。我认为吾弟有刻石毅力，攻画也不成问题。吾弟之画我先不寄，我再一一过目，再为题跋。春暖之后，我先到宿州，然后去合肥看望萧老，最后去黄山。何时起程为好？请吾弟提示。今天耀宗弟也有信来，约我春暖赴宿。就这些。即颂近好。麟庐。三月一日。

（北京西便门小区二号楼—安徽省宿州市南郊市直幼儿园）

【按】有绘画理论。

一九八六年三月二十九日

少石弟：

寄来长信尽悉。未出茅庐，承吾弟挑兵布阵，煞费一番心思，我心领了。一俟电缆通行，请通知我便是。六月二十五日至七月十日，山东省府、文化厅、省美术馆为我和黑伯龙兄举办书画联展，在济南。此事已定下来了，如果与电缆通行有冲突，那就改期也无妨也。总之听候吾弟指挥，请转语耀宗弟。即颂近好。麟庐。三月二十九日。

（北京西便门小区二号楼—安徽省宿州市南郊市直幼儿园）

北京市政协委员、民革中央团结委员、中山书画社副社长兼秘书长、北京花鸟研究会会长、菏泽画院名誉院长、开封书画院名誉院长、中国美术家协会会员。够了够了，不写啦。

致弟子王少石

一九八六年四月十日

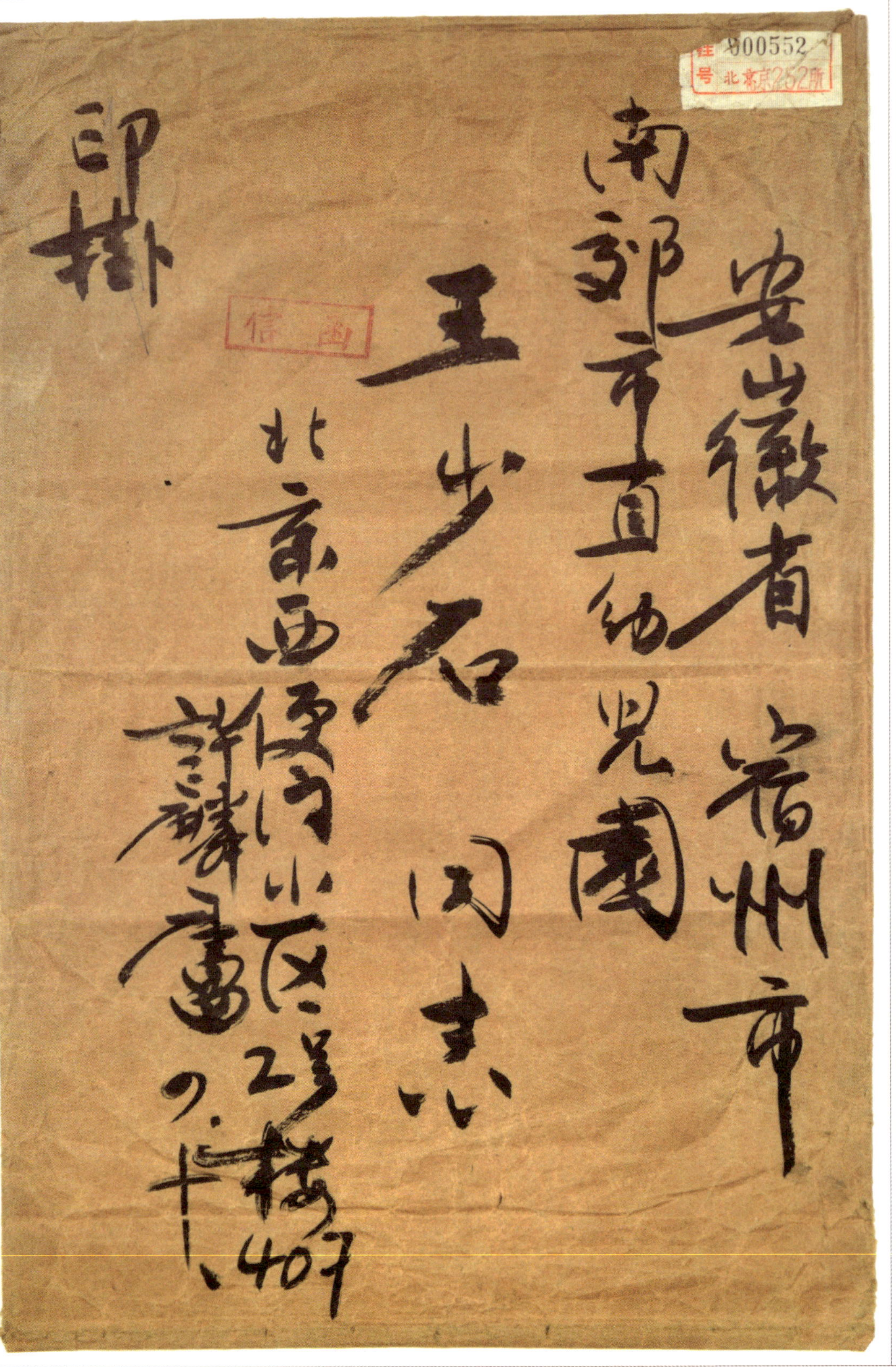

挂号 800552 北京252所

安徽省宿州市

南部市直幼儿园

王少石同志

北京西便门小区2号楼407

许麟庐 四.十

信函

印挂

王少石　荔枝图　88.5cm×47.5cm　一九八六年

题跋：少石仁弟全以篆书入画，苍茫古朴，格调独到，丙寅初春佳日，七十一叟麟庐题。

一九八六年五月二十九日

少石弟：

手书均悉。印章四方大气磅礴是肯定的，可是欠拙中有巧。无论如何，要自然，不可用意成拙，倘用意过之，则未免臃肿矣。书画之道要生中熟，熟中生，要紧要紧。

吾弟此次来信，书法为之一变，已有味道矣，我很高兴，望勤加临池，加深理解。

黄山索道已建成，幸事，不过天气太热，我想改为秋游，请转语耀宗弟。我和黑伯龙兄联展，六月下旬在济南美术馆举行，开幕以后我即出走鲁地，闭幕再返济，然后返京。麟庐。五月二十九日。

我今晨五时半由济到京，十日再到济。

少石弟：请为我刻方『浮名如土』，要白文。

（北京西便门小区二号楼—安徽省宿州市南郊市直幼儿园）

【按】告知行踪。谓书画之道要生中熟，熟中生，要紧要紧。

一九八六年八月十三日

少石弟：

我前日由烟台返京，暂不外出。何时赴皖听候吾弟消息。我打算先到宿县多呆几天，与老友叙叙，然后赴合肥看萧老，顺便到萧县看看，最后到黄山，如何？请吾弟和耀宗商量一下。麟庐。八月十三日。

（北京西便门小区二号楼—安徽省宿州市南郊市直幼儿园）

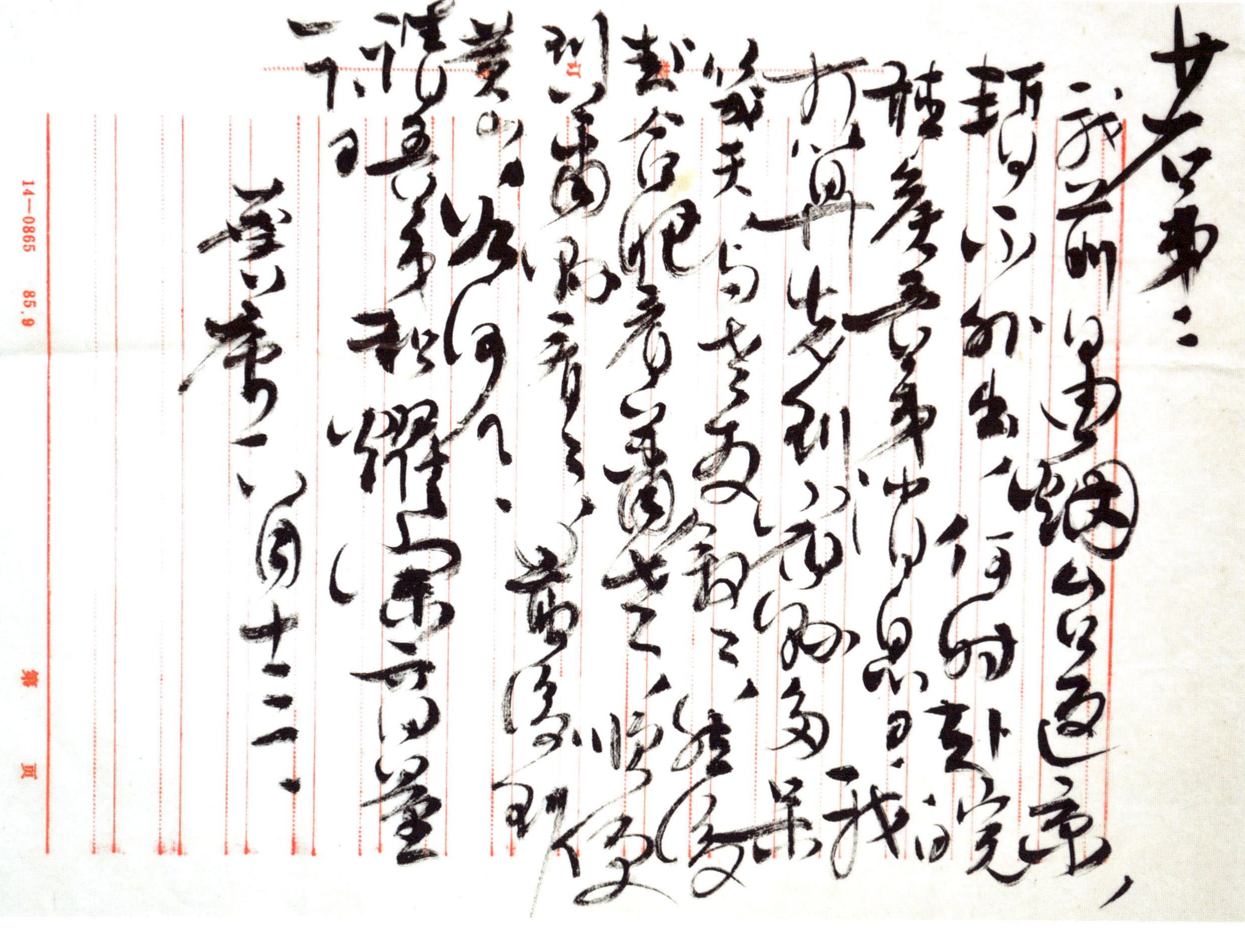

14—0865　85.9

第　页

一笛秋风 评语：此印胜《天发》一筹，无胆略者难与少石抗也。麟庐。

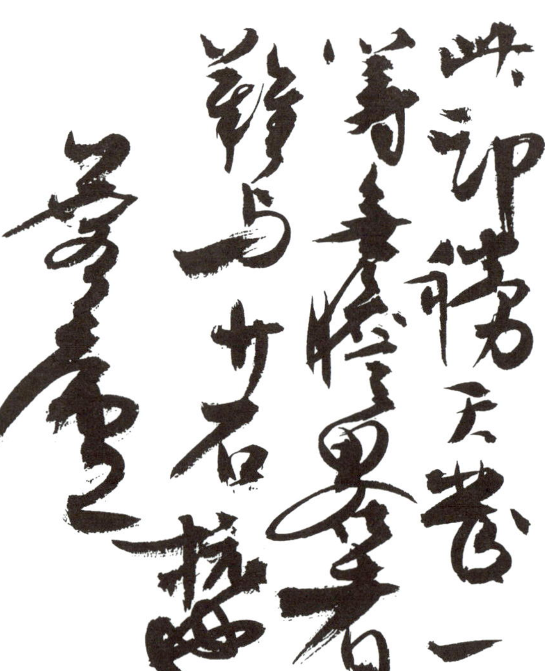

浮名如土 评语：布局闲散，敦厚朴实，别具一格。

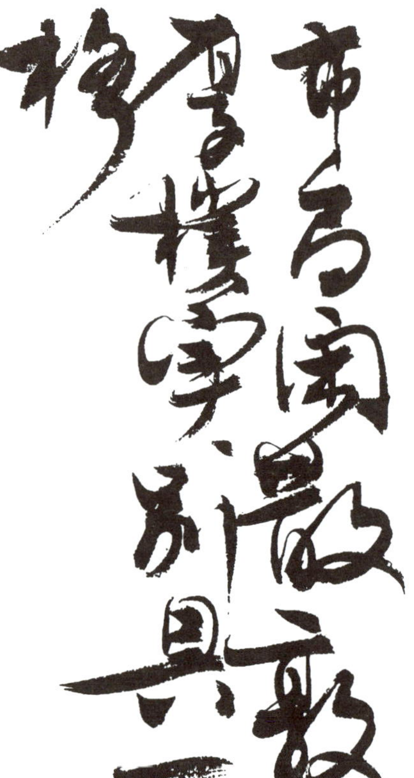

一九八六年八月三十日

少石弟：

信、画悉。候耀宗回来再说，今年不行，明年再去也未尝不可。时间都合适才行，请不要着急。

吾弟刻印已形成王氏风格，唯望精益求精，要讲究粗细结合，经意与潇洒结合，拙与巧结合，处处要推敲，要紧要紧。麟庐。

八月三十日。

（北京西便门小区二号楼—安徽省宿州市南郊市直幼儿园）

【按】评王少石刻印已形成王氏风格。

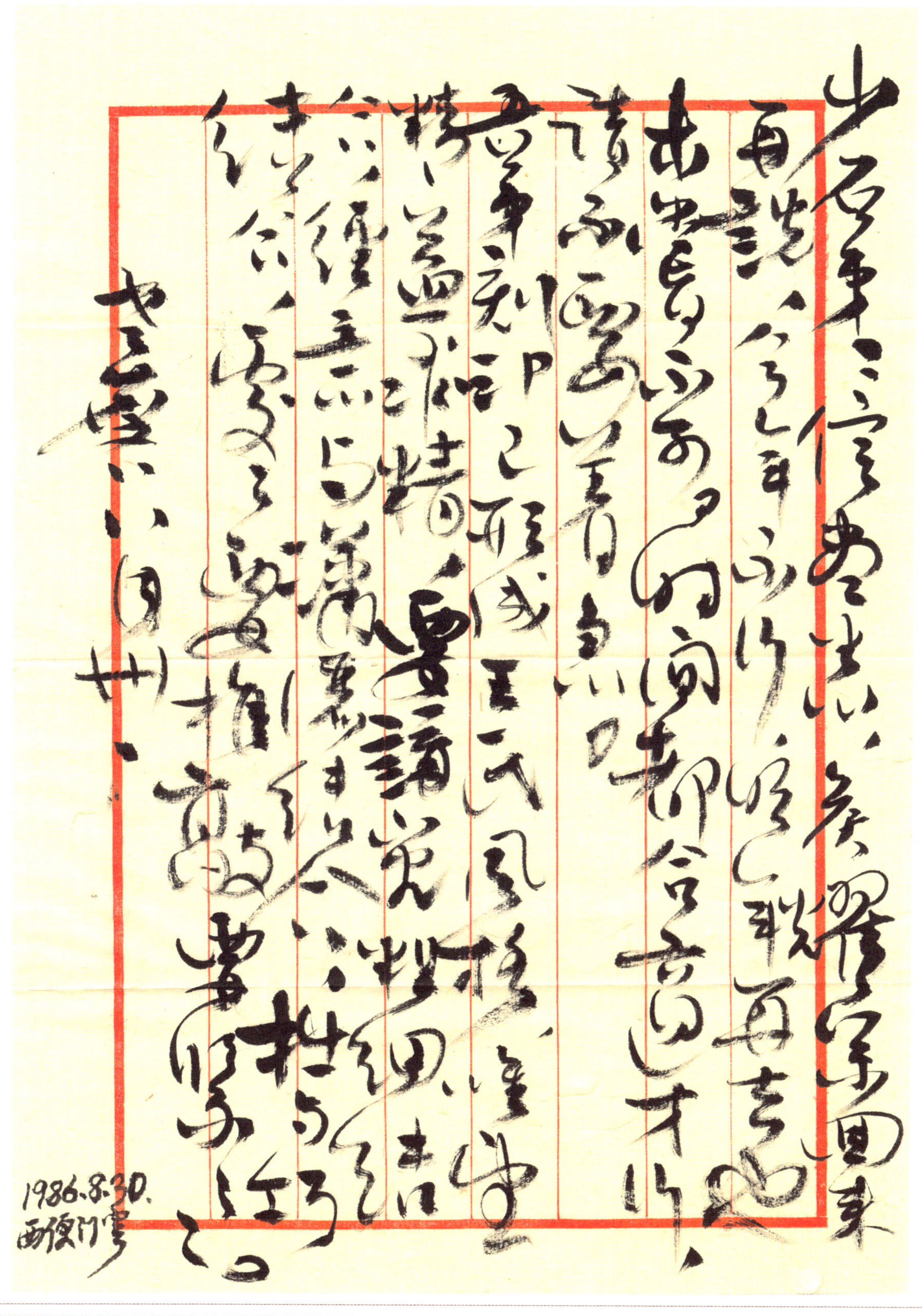

少石弟：信、画悉。候耀宗回来再说，今年不行，明年再去也未尝不可。时间都合适才行，请不要着急。吾弟刻印已形成王氏风格，唯望精益求精，要讲究粗细结合，经意与潇洒结合，拙与巧结合，处处要推敲，要紧要紧。麟庐。八月卅。

1986.8.30.
西便门寄

金石缘

评语：此印布局得当、刀法讲究，耐人寻味，不失为佳作。无论任何艺术都要方中圆、圆中方，反之皆不够火候也，吾弟解之。老麟。

一九八六年九月五日

少石弟：

梁恒正同志驾临舍下，两次均未相晤，颇歉！《宣纸一刀》、《浮名如士》印均已收到，请勿念。最近有邀请我赴新加坡之讯，如手续办妥，本月即成行（有文化部同志）。邀请之事往往有变，能否成行，再致吾弟。

《浮名如士》印很有味道，我很喜欢，谢谢吾弟一片心意。小小一印常常煞费苦心，我深知之矣。自山东归来之后，社会活（动）过多，以至无法安心作画，所好者吃的肚皮太大了。近况如此，使弟闻之一嘘。此候近好。许麟庐。九月五日。

（北京西便门小区二号楼—安徽省宿州市南郊市直幼儿园）

一九八六年九月九日

少石弟：

其庸、恒正日前来舍下，谈及吾弟上下已做了安排，候我赴皖。吾弟操尽心血，实在感激，无碍新加坡之行仍未断线，可能本月中下旬成行，所以赴皖之游走不得也。请吾弟代我向各方面致歉，后会有期。

吾弟何日来京？很想念！匆匆顺颂秋祺。麟庐。九月九日。

（北京西便门小区二号楼—安徽省宿州市南郊市直幼儿园）

一九八六年九月十六日

少石弟：

来信尽悉。黄山之行明年再定。倘明年赴皖，不惊动人，有吾弟引路就可以啦。已届中秋，随信寄上《民间玩具》一帧，以博吾弟一粲。

白石师所刻《许》、《麟庐》两印，已收藏，不再用矣。请吾弟为余奏刀两方，印面不要过大，小一点为好。两方均要白文，一方刻《鄦》，一方刻《麟庐》，请吾弟费点心思。专此拜托。匆匆即颂中秋好。老麟。九月十六日。

印面大小如此即可。

新加坡签证未到，很可能吹了，最好一吹了之，省得奔波劳累。如今金风送爽，落得乎清闲！

（北京西便门小区二号楼—安徽省宿州市南郊市直幼儿园）

【按】寄赠《民间玩具》画。嘱刻姓名印。

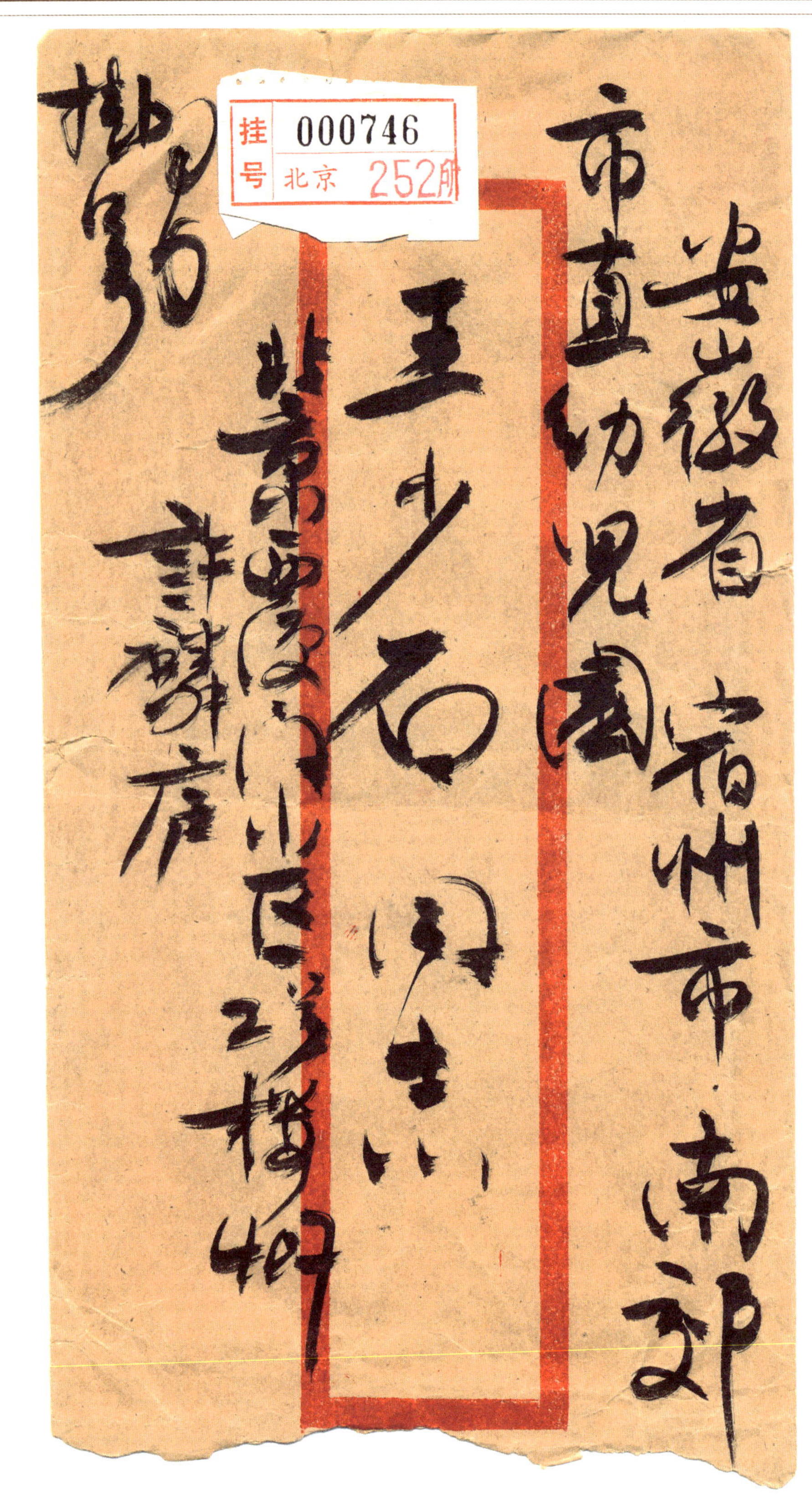

挂号 000746
北京 252

安徽省宿州市南郊市直幼儿园

王少石同志

北京西便门小区2号楼407

许麟庐

挂号

致弟子王少石

少石弟

来信並画坐一。黄山之行，明年

再定。他时再画，[illegible]

[illegible]

[illegible]

[illegible]

[illegible]

[illegible]

[illegible]

[illegible]

[illegible] 方刻

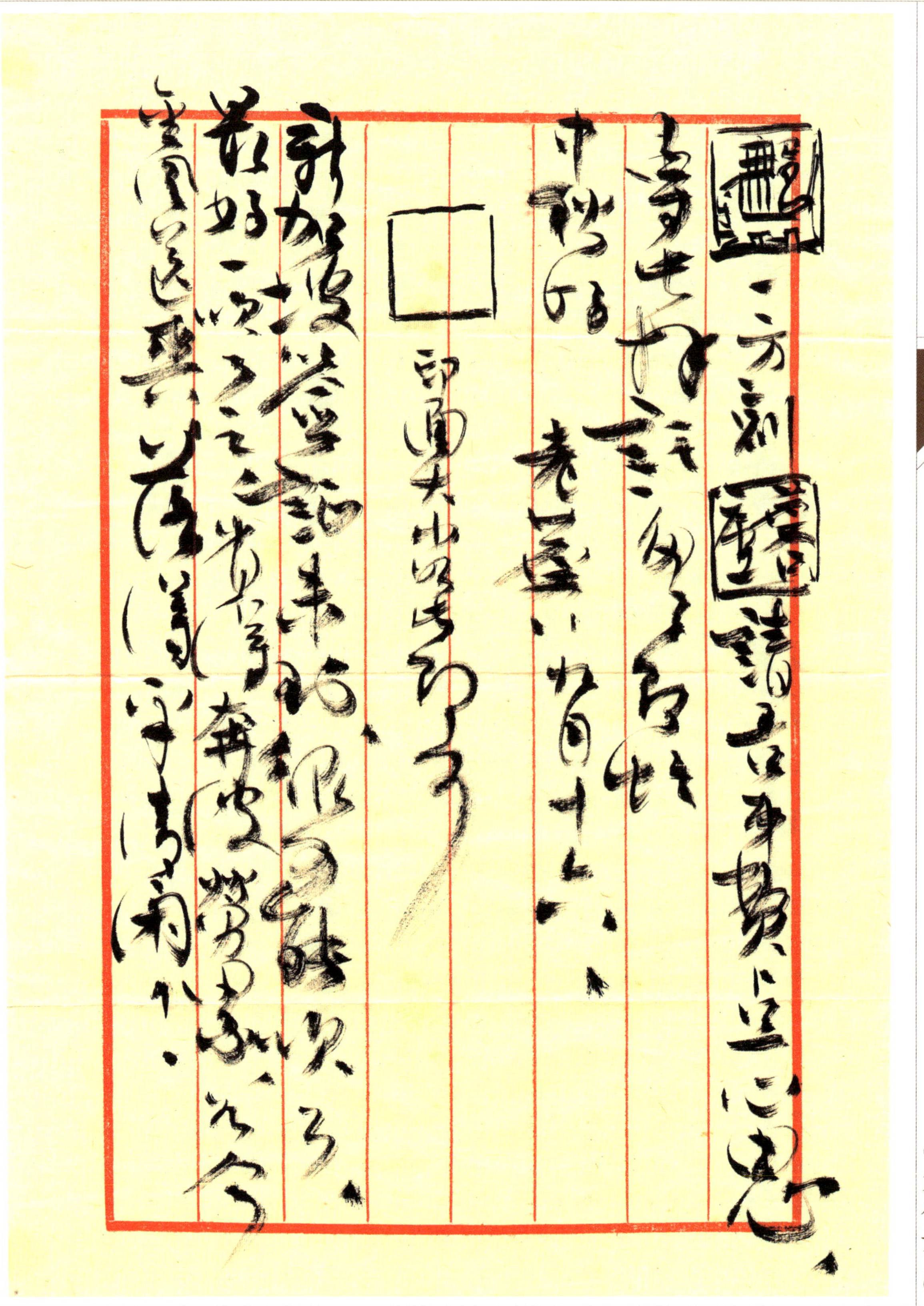

许麟庐　民间玩具　100cm×34cm　一九八六年

一九八六年九月二十三日

少石吾弟：

印谱已收到，终于不负吾弟几载寒暑。倘无其庸弟奔走，也不能如愿，总之要感激其庸弟。印谱装帧还算看的过去。无论如何行销各地，影响是很大的，印人当中一露头角，令人高兴之极！今后治印更应当讲究，要爱惜自己。艺愈精者，下笔必愈慎，此至理也，吾与吾弟共勉。吾弟今年能来京否？很想念！匆匆即颂秋祺。许麟庐。九月二十三日。

（北京西便门小区二号楼—安徽省宿州市南郊市直幼儿园）

【按】一九八六年，王少石篆刻、冯其庸题评《红楼梦印谱》由江苏古籍出版社出版。冯其庸作序，启功、沈裕君、许麟庐题签。

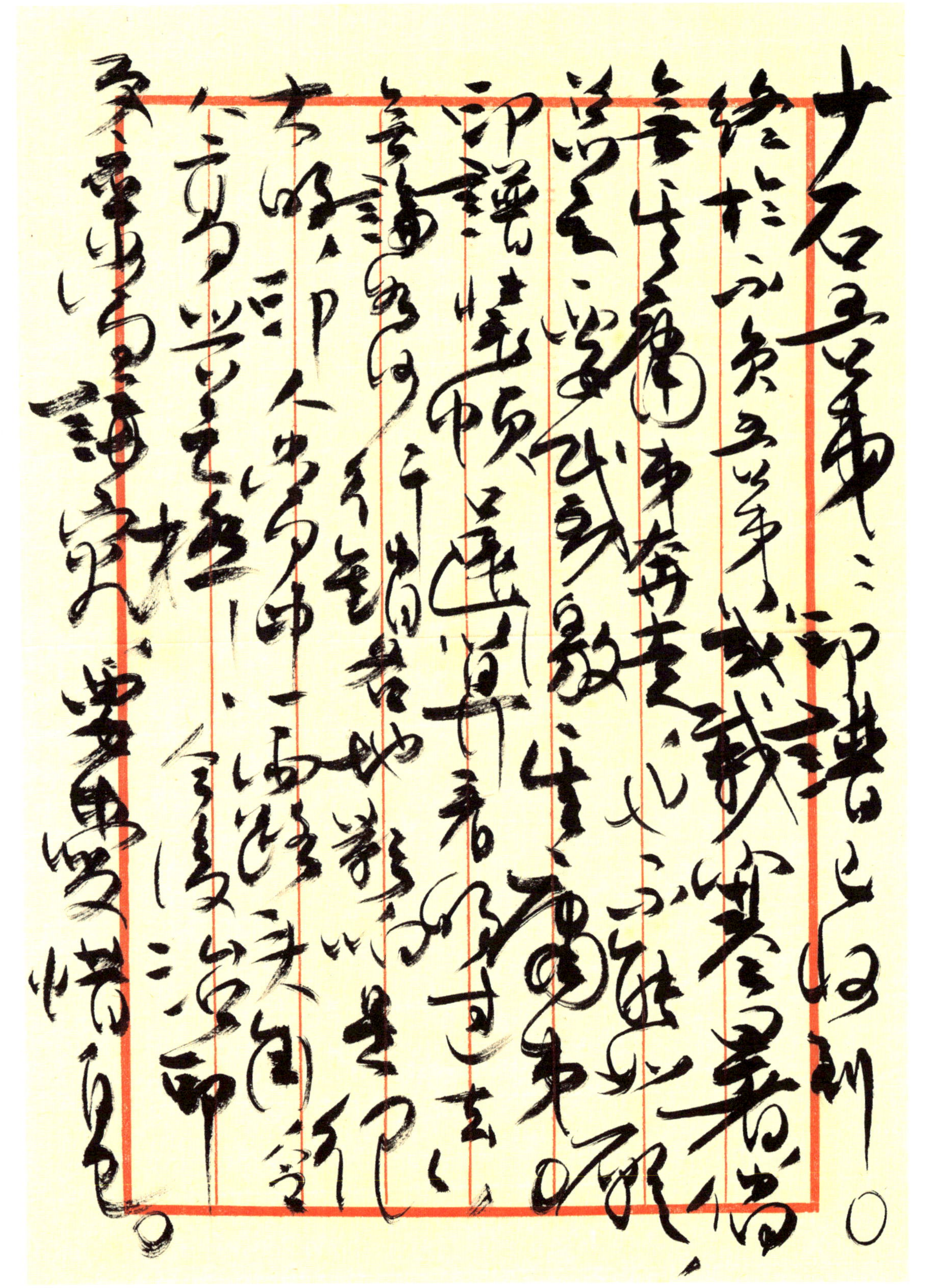

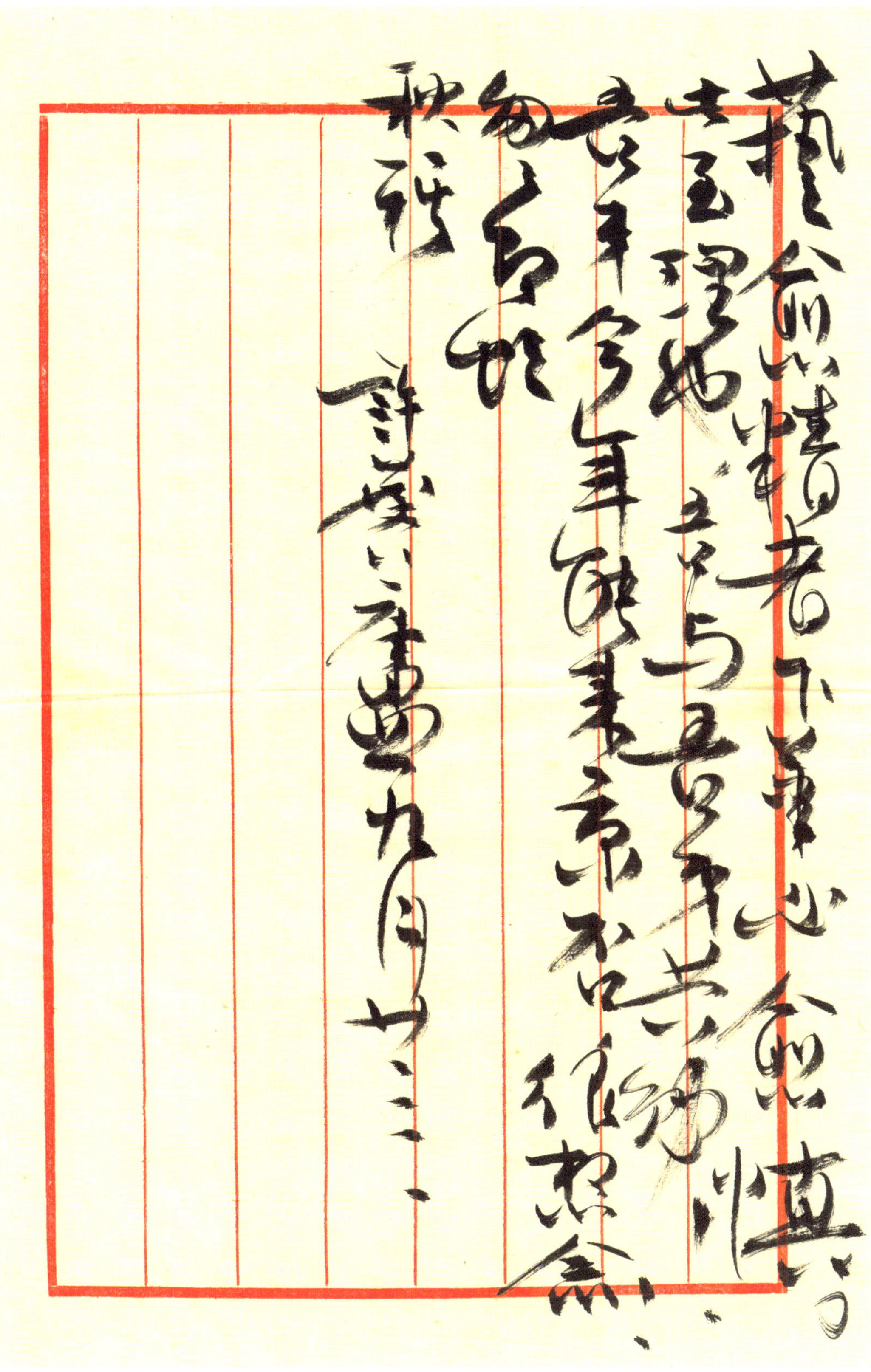

一九八六年九月二十六日

少石弟：

九月二十三日的信收悉。今年是不去的了，明年萧老百岁大寿再去吧。吾弟为我赴皖煞费精神，我实在抱歉抱歉。请吾弟尽管到屯溪开会好了。不尽一一，即颂秋祺。麟庐。九月二十六日。

（北京西便门小区二号楼—安徽省宿州市南郊市直幼儿园）

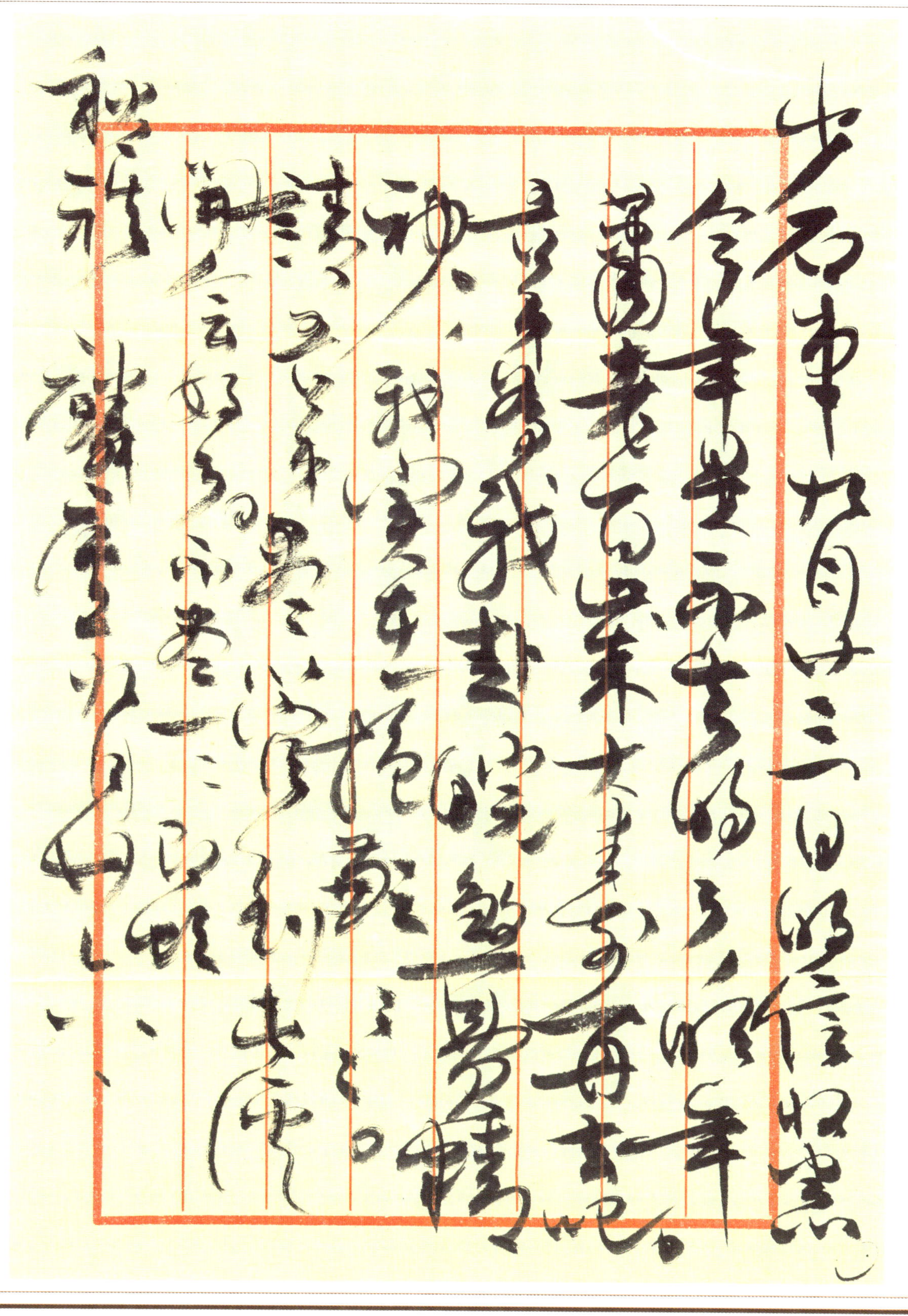

一九八六年十月十九日

少石弟：

手书敬悉。吾弟畅游黄山北海，一饱名胜眼福，令我神往。明年萧老寿辰定赴皖从吾弟一游。吾弟印谱一赠于希宁老哥，一赠瑞典博物馆汉学专家，均赞赏不已。日后到济南，于老很想与吾弟一晤。静霆由我赠之即可，不必再寄。天已寒，暂不外出。望吾弟常来信。匆匆即颂近好。麟庐。十月十九日。

（北京西便门小区二号楼—安徽省宿州市南郊市直幼儿园）

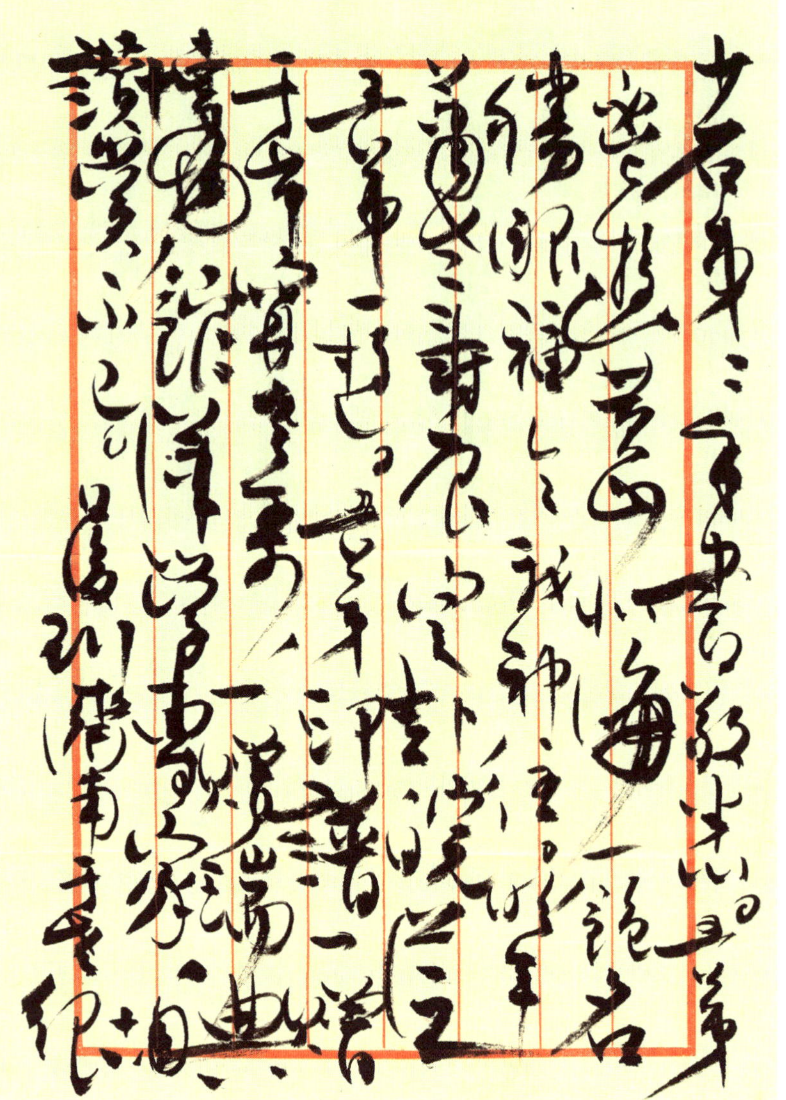

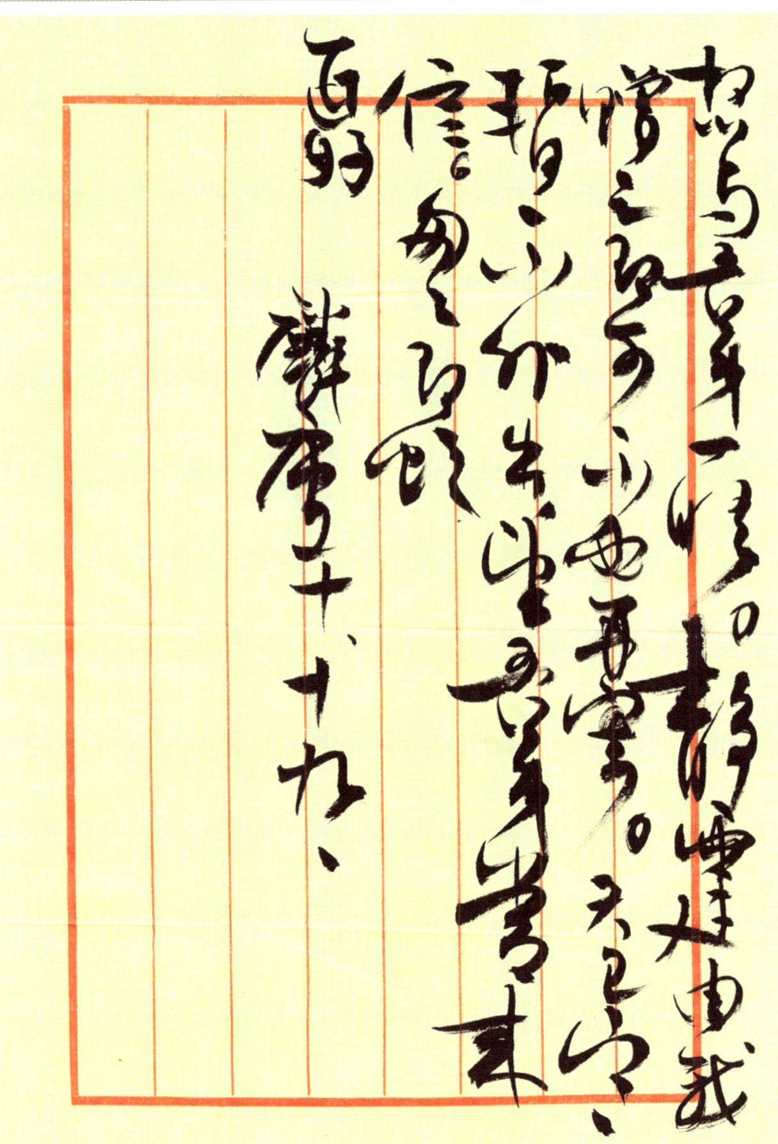

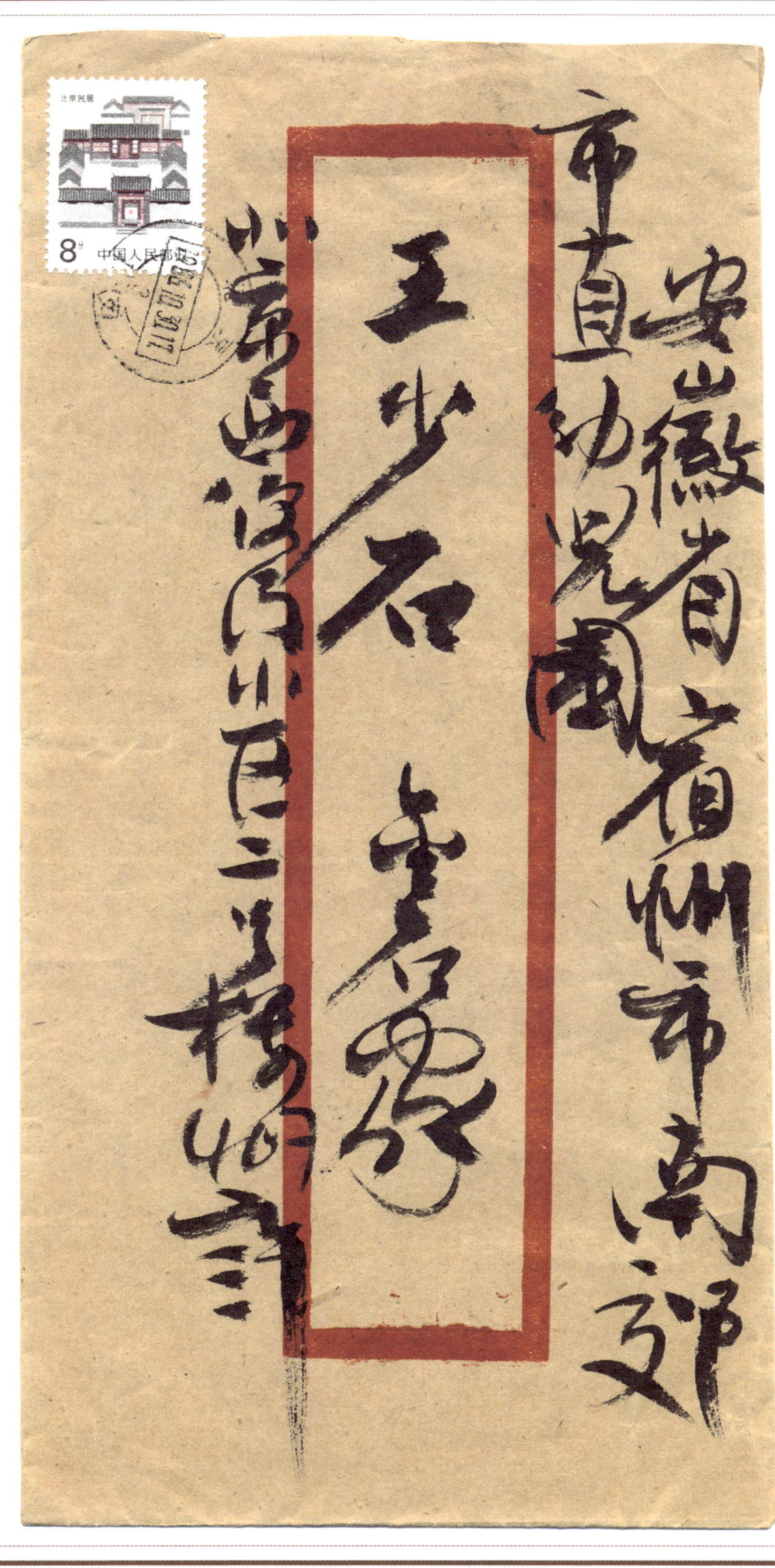

一九八六年十月二十九日

少石弟：

手书和印稿都收到，无论如何功夫不饶人，每方刀法都很浑厚，相比之下，不过章法布局安排得当与否而已。吾弟多年以来，勤于攻石犹如铁研磨穿，我深知吾弟之苦心也。我十一月三日左右迁到东便门，可能是八号楼七层，准确地址另有信通知吾弟。我正在打点什物，不多赘。此颂近好。麟庐。十月二十九日。

（北京西便门小区二号楼—安徽省宿州市南郊市直幼儿园）

【按】评王少石篆刻。

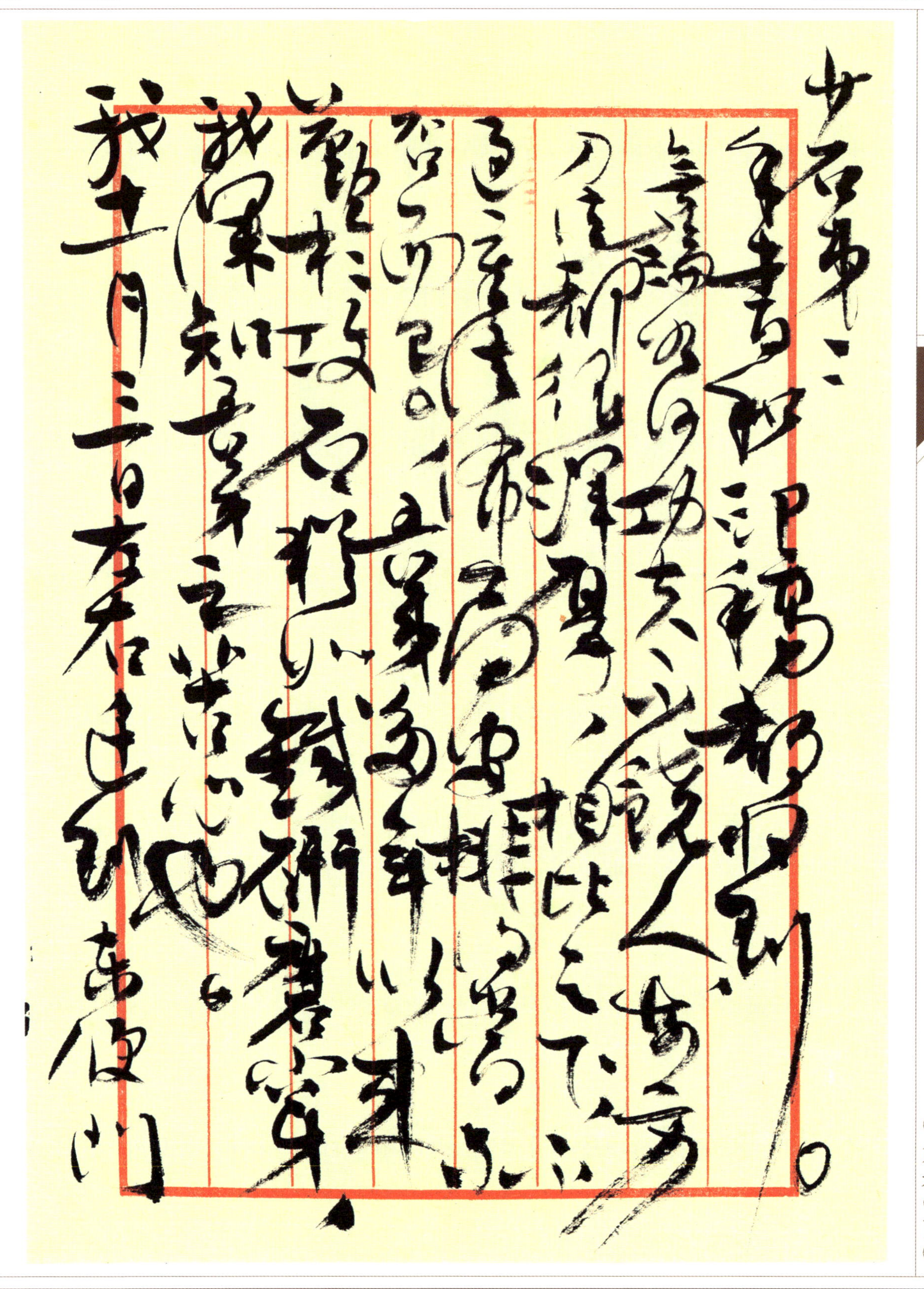

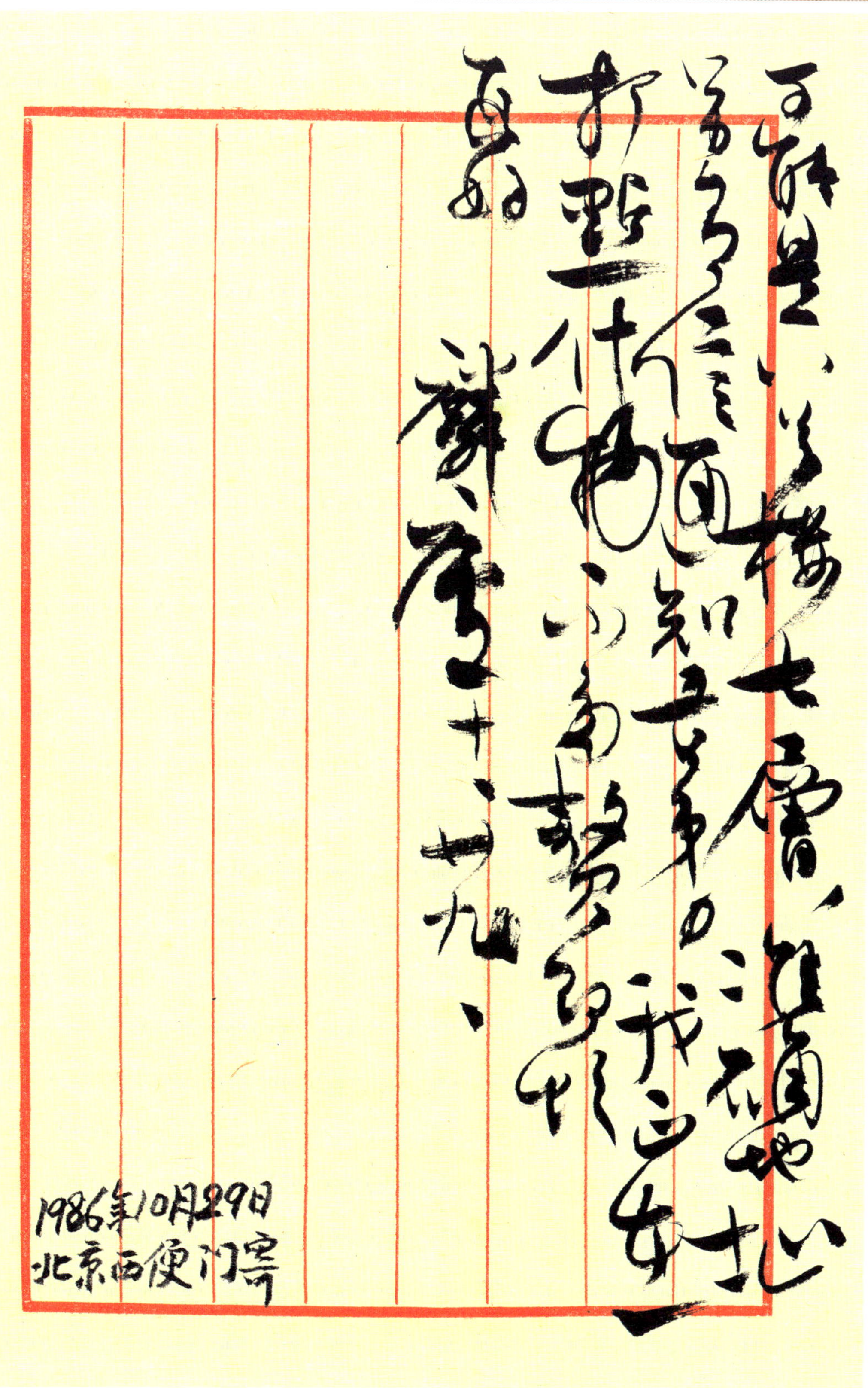

可能是以楼七層、難道地址以[illegible]

麟庐 十、廿九

1986年10月29日
北京西便门寄

一九八六年十一月二十日

少石弟：

我月底左右即迁到：崇文门东大街八号楼一门三〇二室。偶然翻箱倒柜找出吾弟印样和印签，我以这两个签反倒有味，今后再版可用这两个签为好。印样有几方是吾弟代表作，很有看头，随信寄上，以供吾弟回味。麟庐。十一月二十日。

（北京西便门小区二号楼—安徽省宿州市南郊市直幼儿园）

【按】由西便门小区二号楼迁居崇文门东大街八号楼一门三十二室。

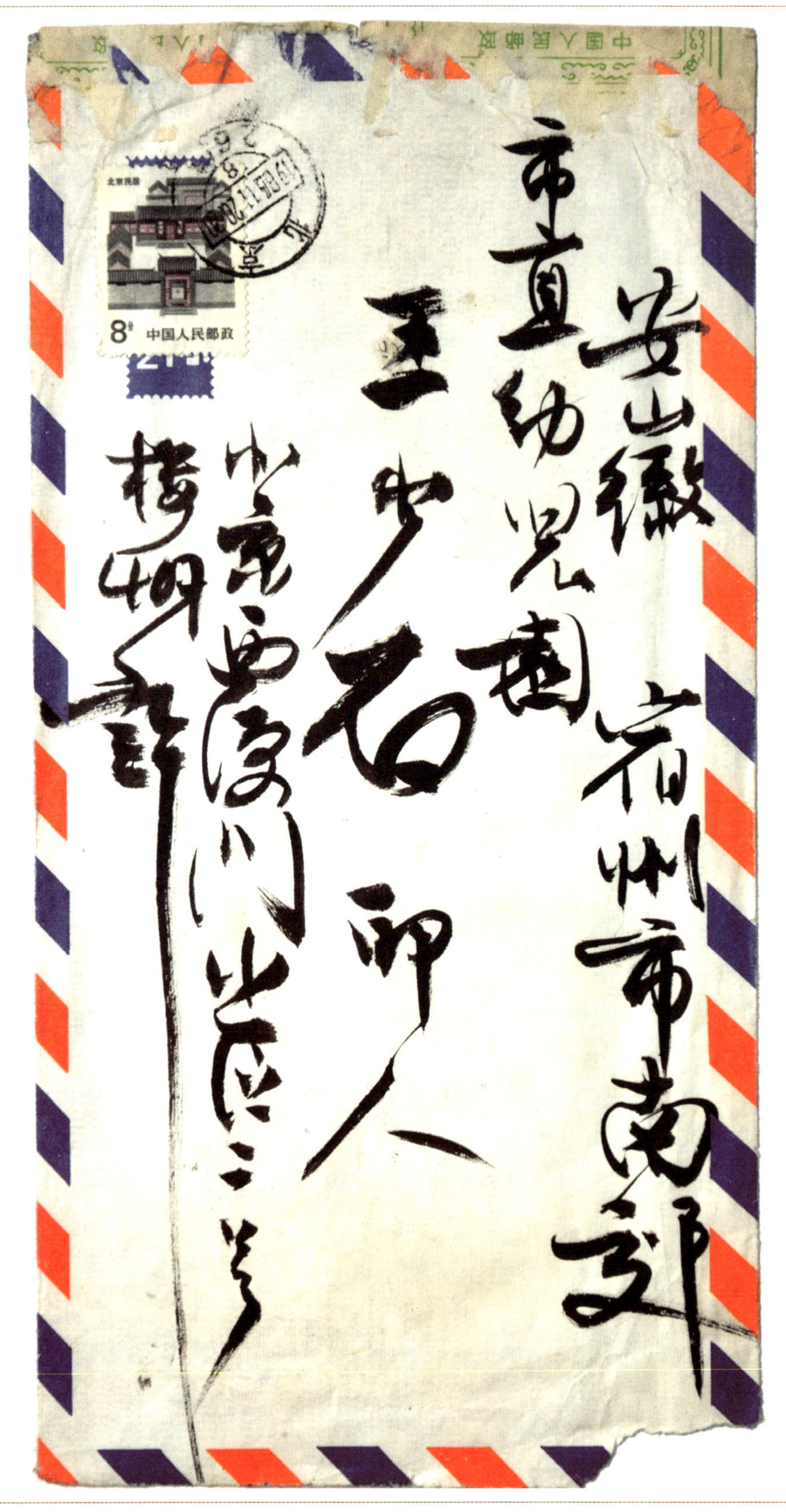

少石弟弟：我因病在京，即住到
崇文门东大街二号楼一门302室，
要经翻箱倒柜找出三十年前印稿，
印稿，我以前所刻之印及刻者，晚年
分后看，只好留下，现在只有我所藏的
印稿，可以出版，以供参考……
见示。
[illegible]
但印人甚少，[illegible]后代有幸，
何以应之？[illegible]以供参考
思之。

[illegible]　十月廿六

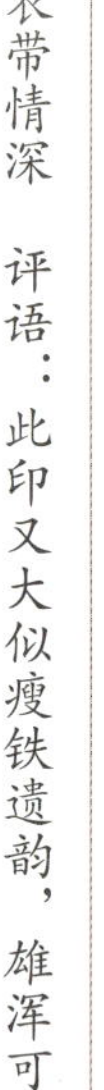
衣带情深

评语：此印又大似瘦铁遗韵，雄浑可观。

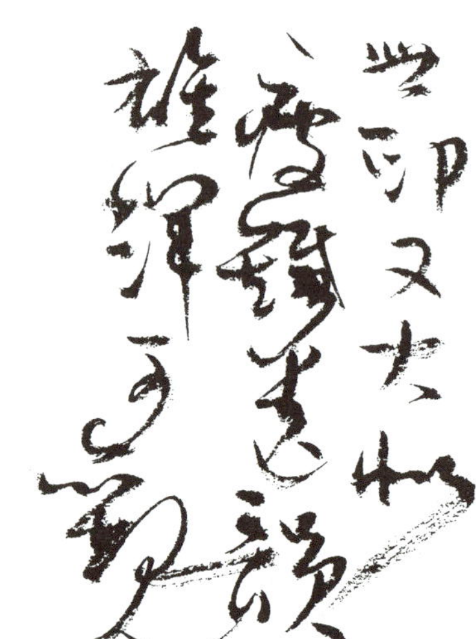

金印公园

评语：此印章法、布局、刀法均臻上乘，可与当今所谓印人者一决雌雄也。

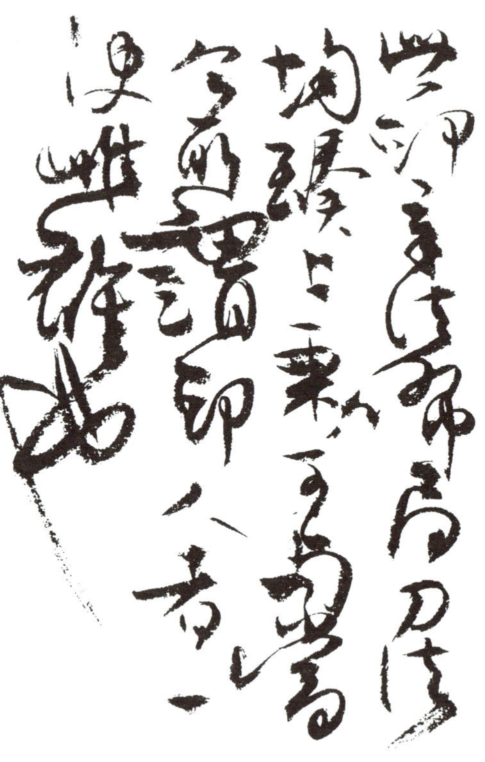

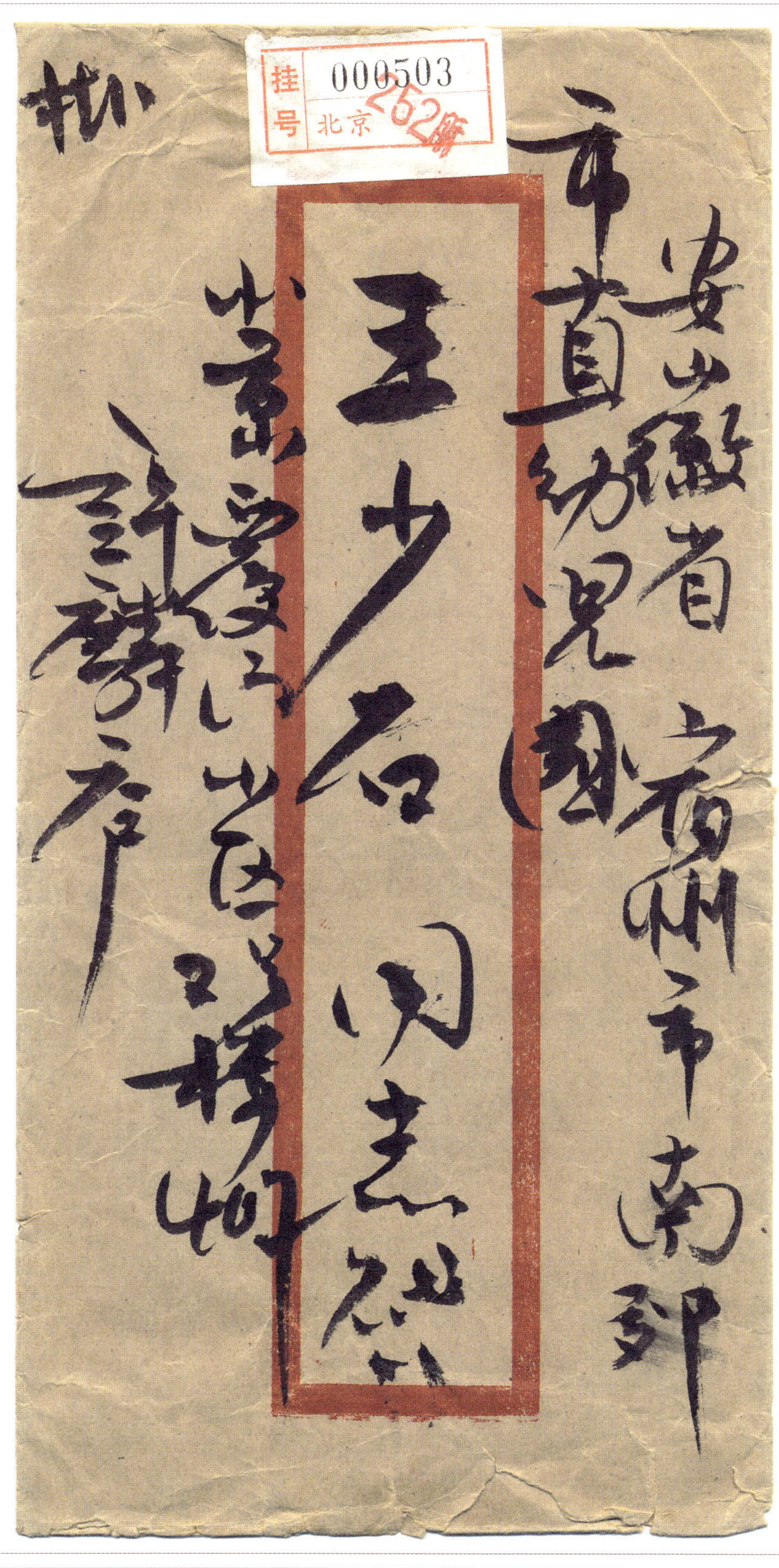

挂号 000503 北京 252
安徽省宿州市南郊市直幼儿园
王少石同志
北京西便门小区二号楼许麟庐

一九八七年三月二十四日

少石弟：

来信及印样收悉。吾弟书札变到今天古意，我很赞成，不过仍要对每个字精益求精，倘讲究下去，可成为一家矣。印样我反反复复看了，除了我批语以外，余者，如：《率真》、《冯》、《大吉祥》、《黄石轩》、《百寿延年》都过于『肥』。近中我弟所刻之印过于『肥』、『平』，是吾弟印病，应加以注意。只有我对吾弟严加评议，我不会乱加捧场。治印无论如何要粗细结合，险中求稳，所谓大字始见劈力，小字仅显天资，艺愈精者，下笔必愈慎。吾弟所刻《红楼印谱》有极多妙印，不妨重温一过。往昔与私人所刻者也大有妙印，望吾弟加以注意。韩静霆通信处：『北京市空军大院』即可。前寄来汉画拓片早为收到。不及一一，此颂近好。麟庐。三月二十四日。

前者所刻《许》、《麟庐》两白文印，请将『麟庐』印，重刻一方朱文，不必按原来字体，要与『许』印配合得当即可。

麟又及。

（北京西便门小区二号楼—安徽省宿州市南郊市直幼儿园）

【按】谓『吾弟书札变到今天古意，倘讲究下去，可成为一家矣。』批评王少石近中所刻之印过于『肥』、『平』，表示『我不会乱加捧场。』『艺愈精者，下笔必愈慎。』

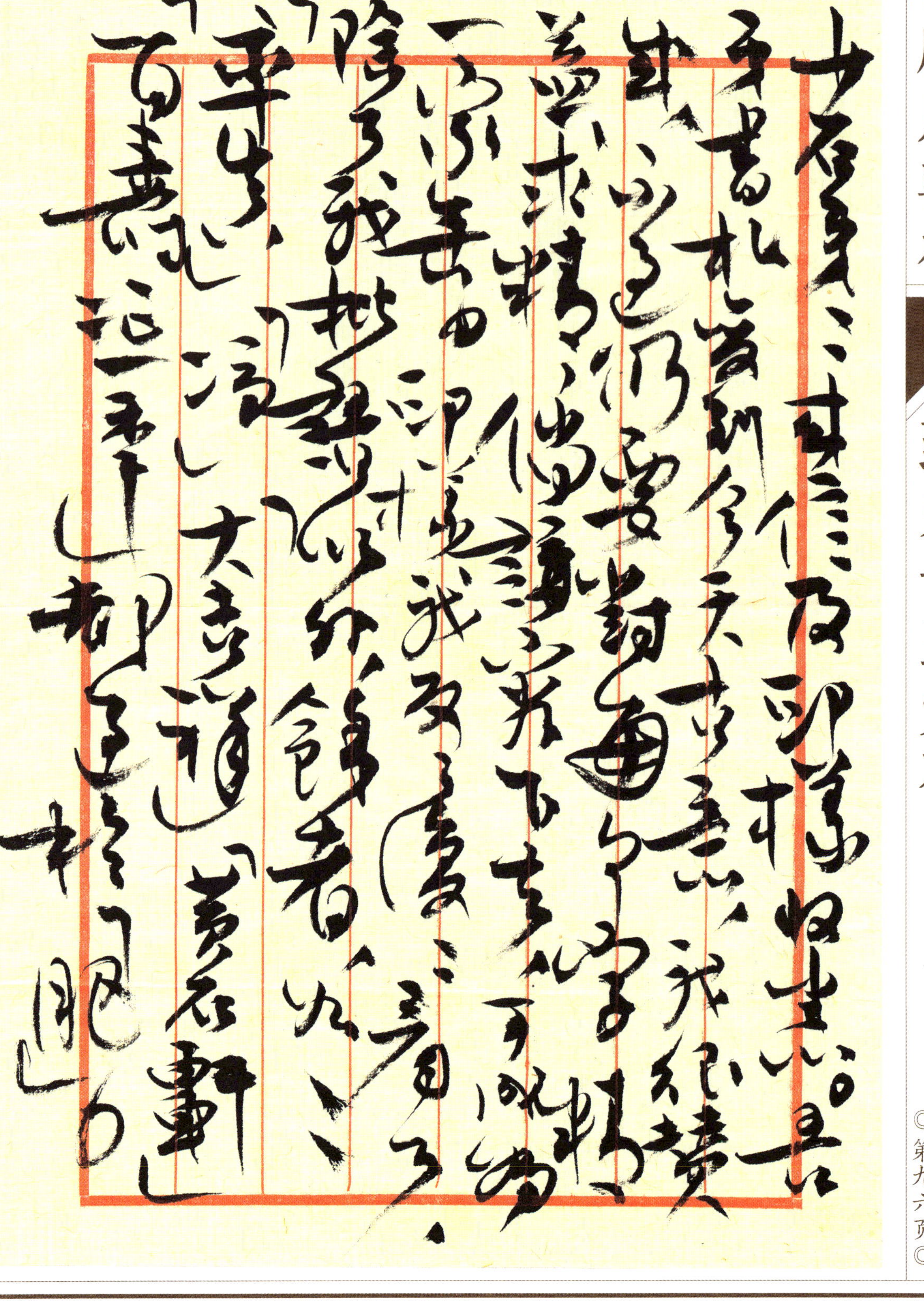

致弟子王少石

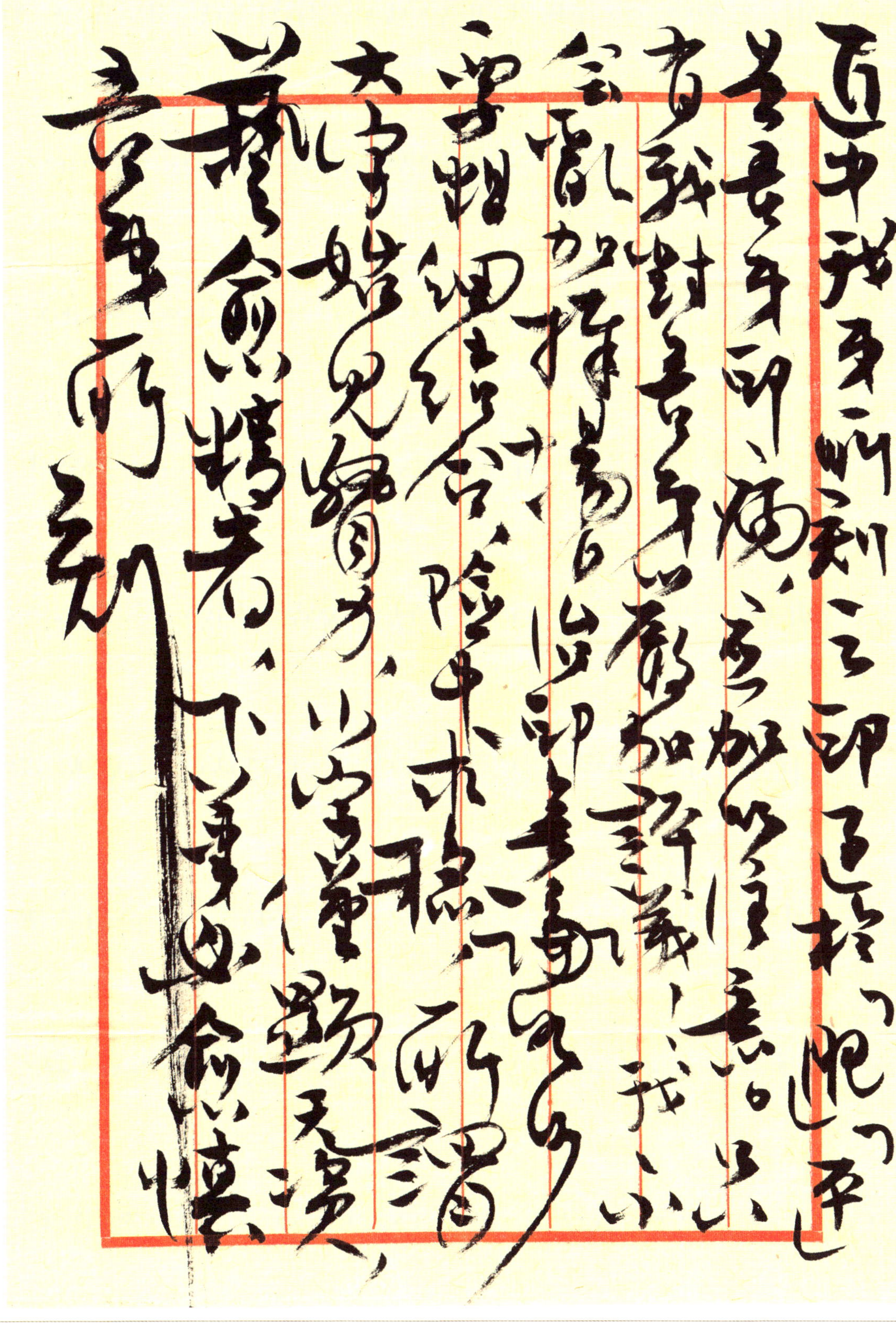

致弟子王少石

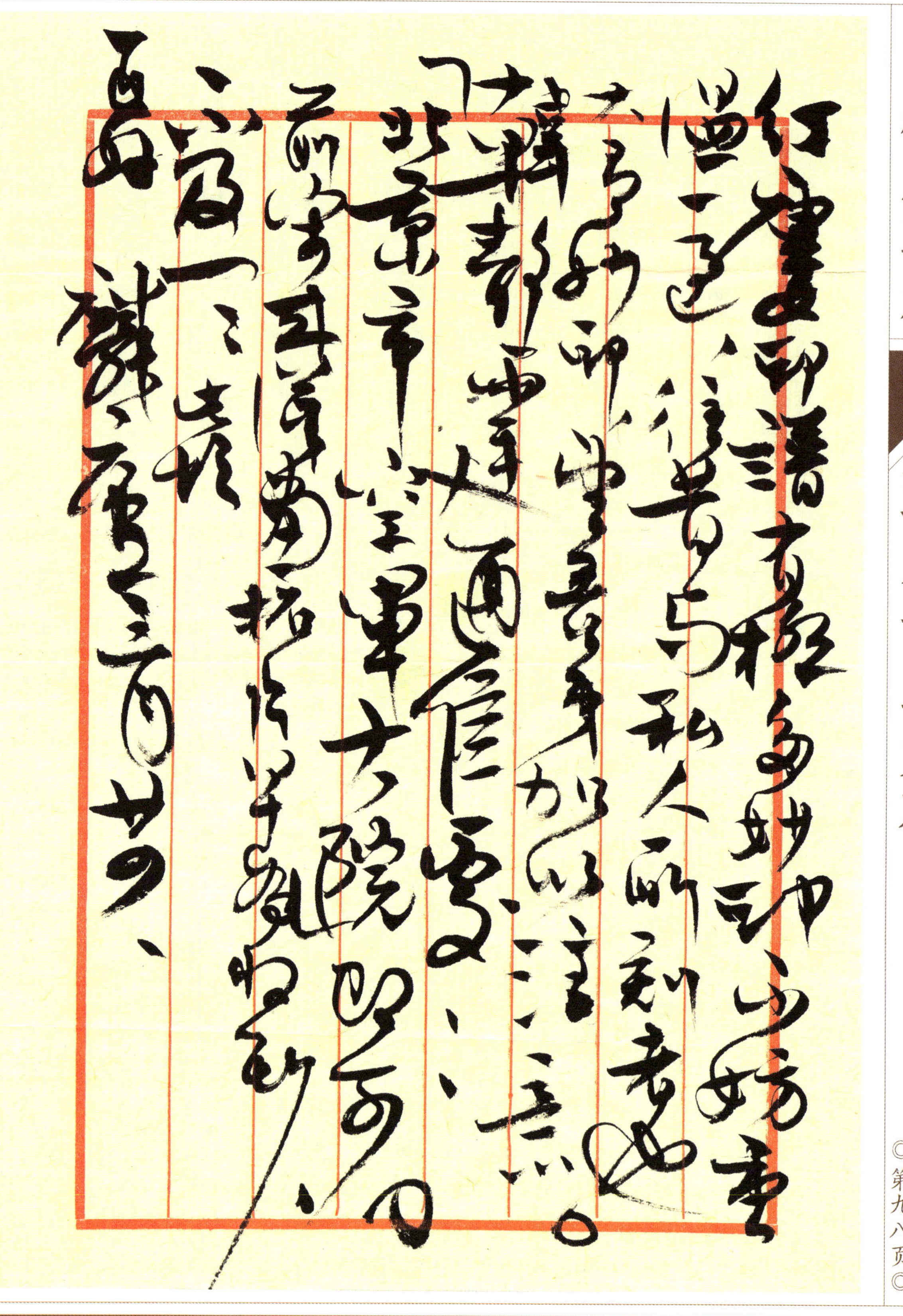

前者所刻许麟白文印，请将麟印重刻一方朱文，亦以楷书为印中字写体，与许印配合，以作一对印子。

麟又及

一九八七年六月十八日

少石弟：

新居搬迁实在累人，现在已初具规模。房子与西便门相同，所好者均是北房，并多赐了一间。比上不足比下有余，我已知足了，总的一句话，别忘了咱们是老百姓。萧老寿辰如此隆重，听后非常高兴！祝萧老长寿无极！吾弟近刻之印苍茫有余，雅调欠少，希望吾弟一定要重温旧刻之印，我认为旧刻之印确有极多佳作。私人当中吾弟给侯北人所刻之印，可以说每方俱佳，这是举个例子，当然佳作还很多。总之要注意雅而雄浑，一味雅也不行，一味雄浑也不行也。我住的楼，统一由管理处分送，所以接信晚，因邮局尚未健全之故。请吾弟给我刻一方压角印《双鹅砚斋》，白文为好。匆匆颂近好。老麟。六月十八日晚。

（北京崇文门东大街八号楼—安徽省宿州市南郊市直幼儿园）

【按】有篆刻理论。嘱刻闲章。

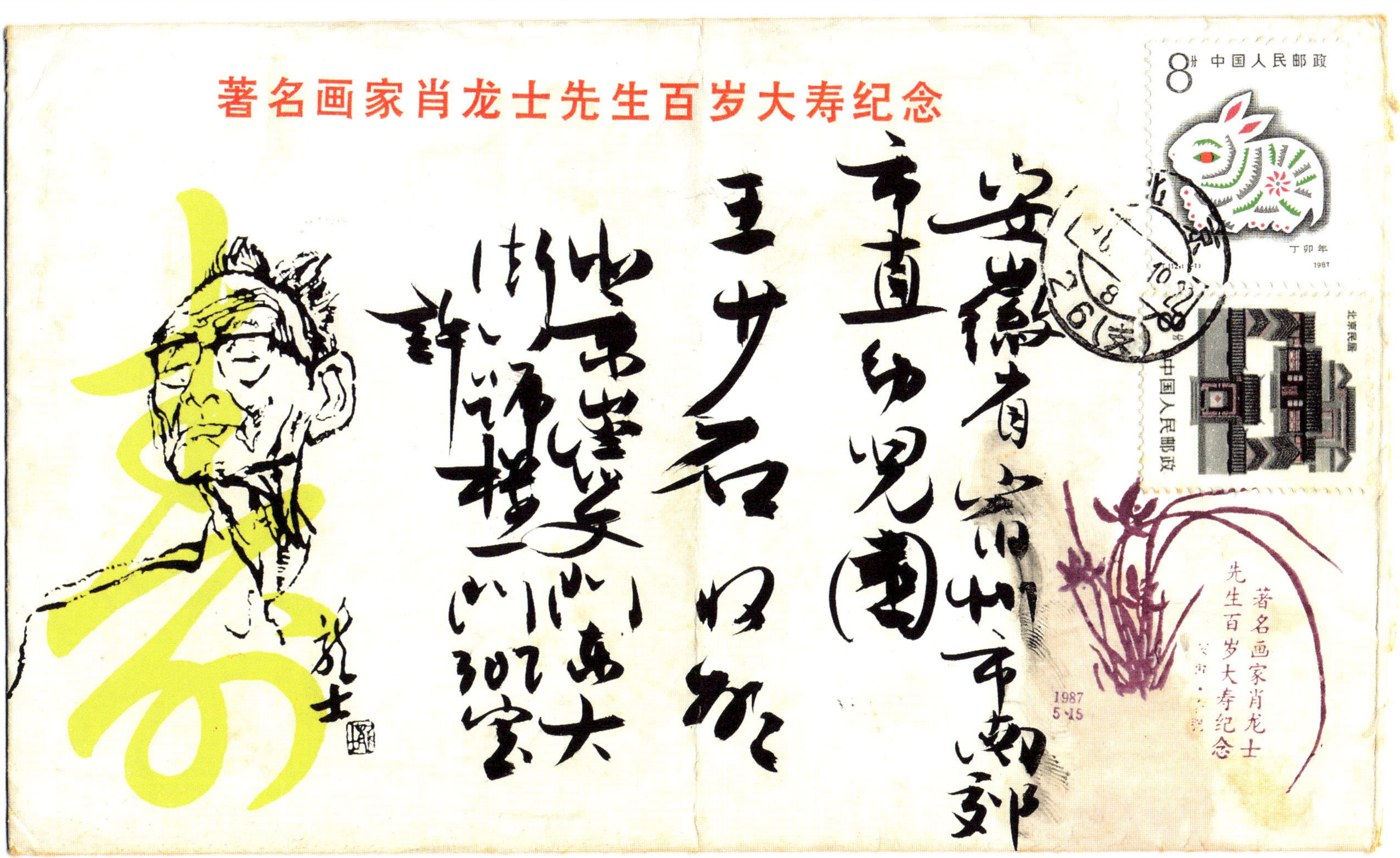
著名画家肖龙士先生百岁大寿纪念
安徽省宿州市南郊
市直幼儿园
王少石 收
龙士
8分 中国人民邮政
丁卯年
1987
中国人民邮政
著名画家肖龙士先生百岁大寿纪念
1987
5·15

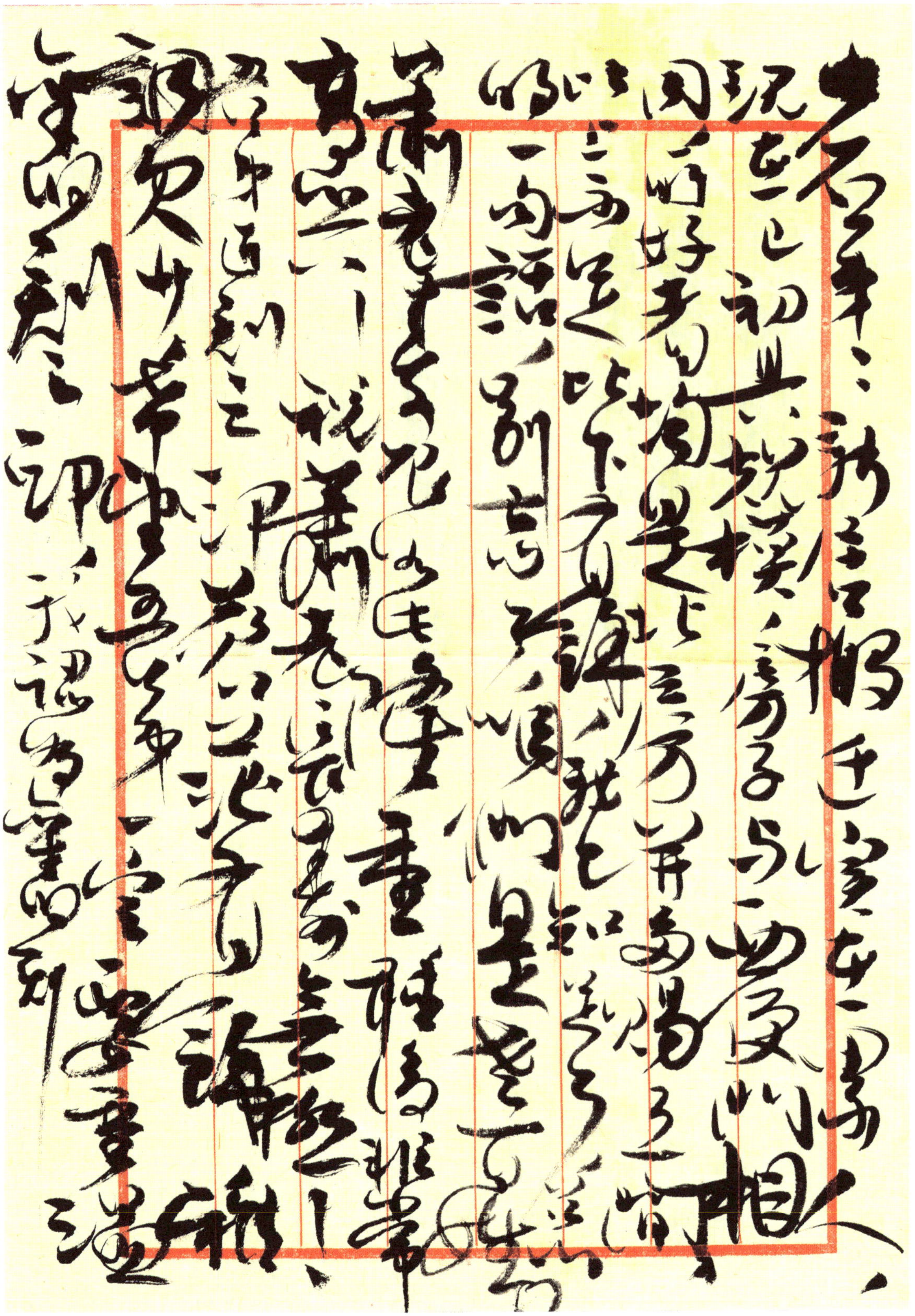

致弟子王少石

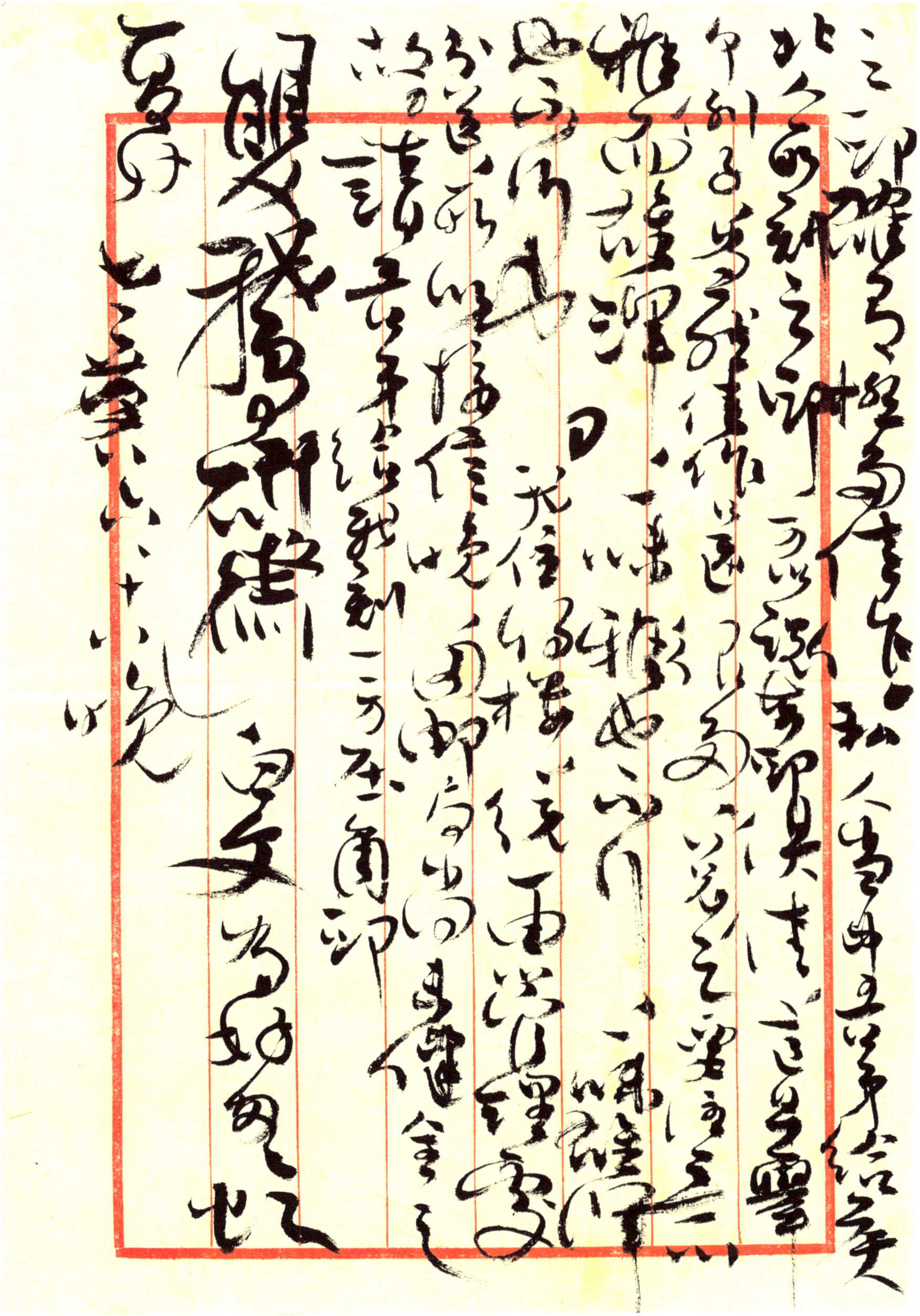

一九八七年六月二十九日

少石弟：

前信想必早为收到。我所指出的问题是有些不客气，因我爱吾弟也。我最近牙疾，几乎全部拔掉，所以足不出户。拔牙心烦，也不作画。

有些零星印样，请一览，可能又有些启发。

见到承震时，如萧老精神好时，请写楹联一幅（窄一些为好），写上百岁老人。再烦萧老书一尺宽三尺长横匾《双鹅研斋》，也要落款百岁。如果萧老身体欠安，就推到日后，切切。麟庐。六月二十九日。

（北京崇文门东大街八号楼—安徽省宿州市南郊市直幼儿园）

【按】请百岁老人、师兄（大哥）萧龙士书《双鹅研斋》。

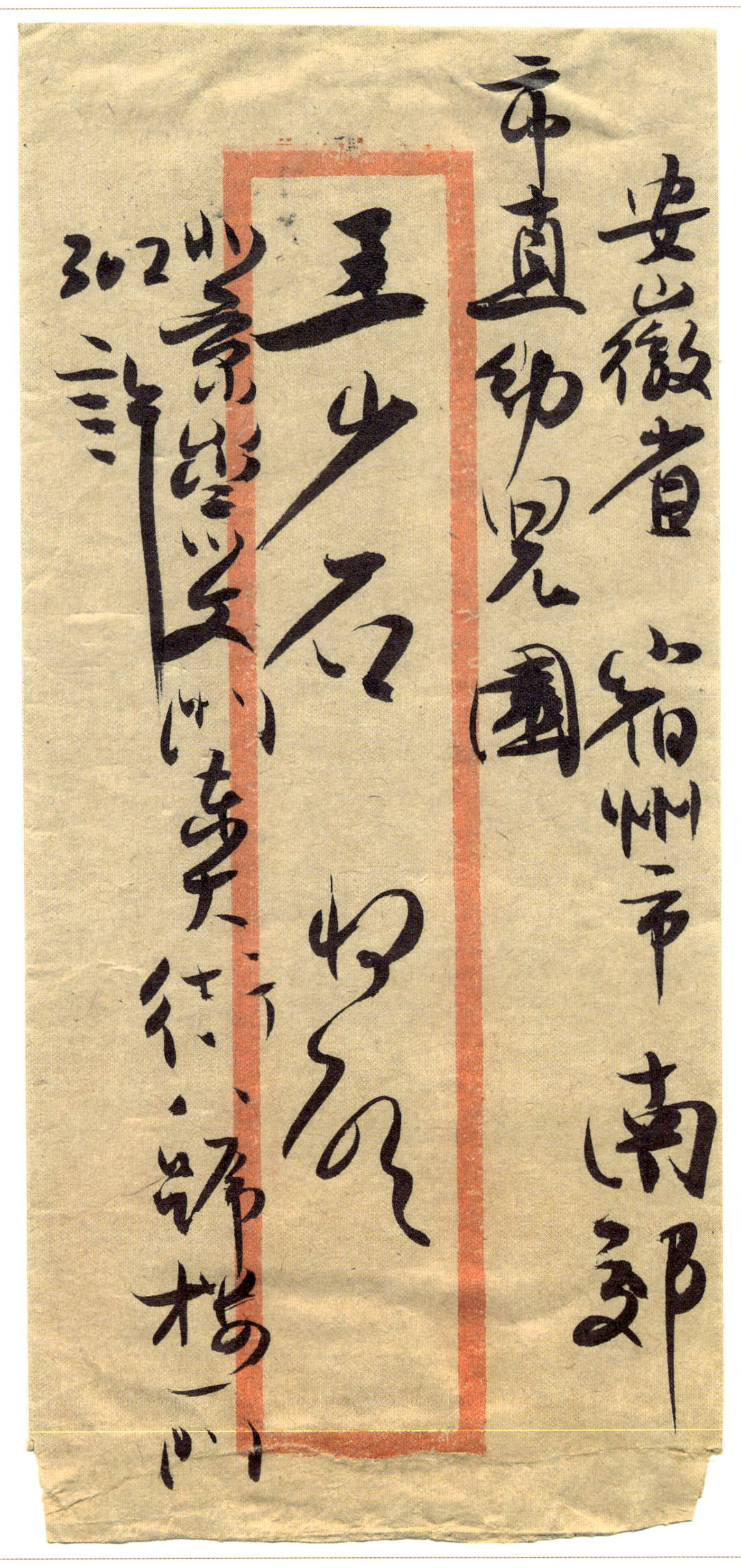

致弟子王少石

一九八七年七月二十三日

少石弟：

印样，我仔细看了，作了批语，是我看法，对与否请作参考。我拔牙九个，目前正在镶牙。前后搞了两个月，弄得我足不出户，心烦意燥，无可如何，再过两天即可装上假牙，勿念。我倘外出定致函吾弟。又费心买香椿，我只好享用了。麟庐。七月二十三日。

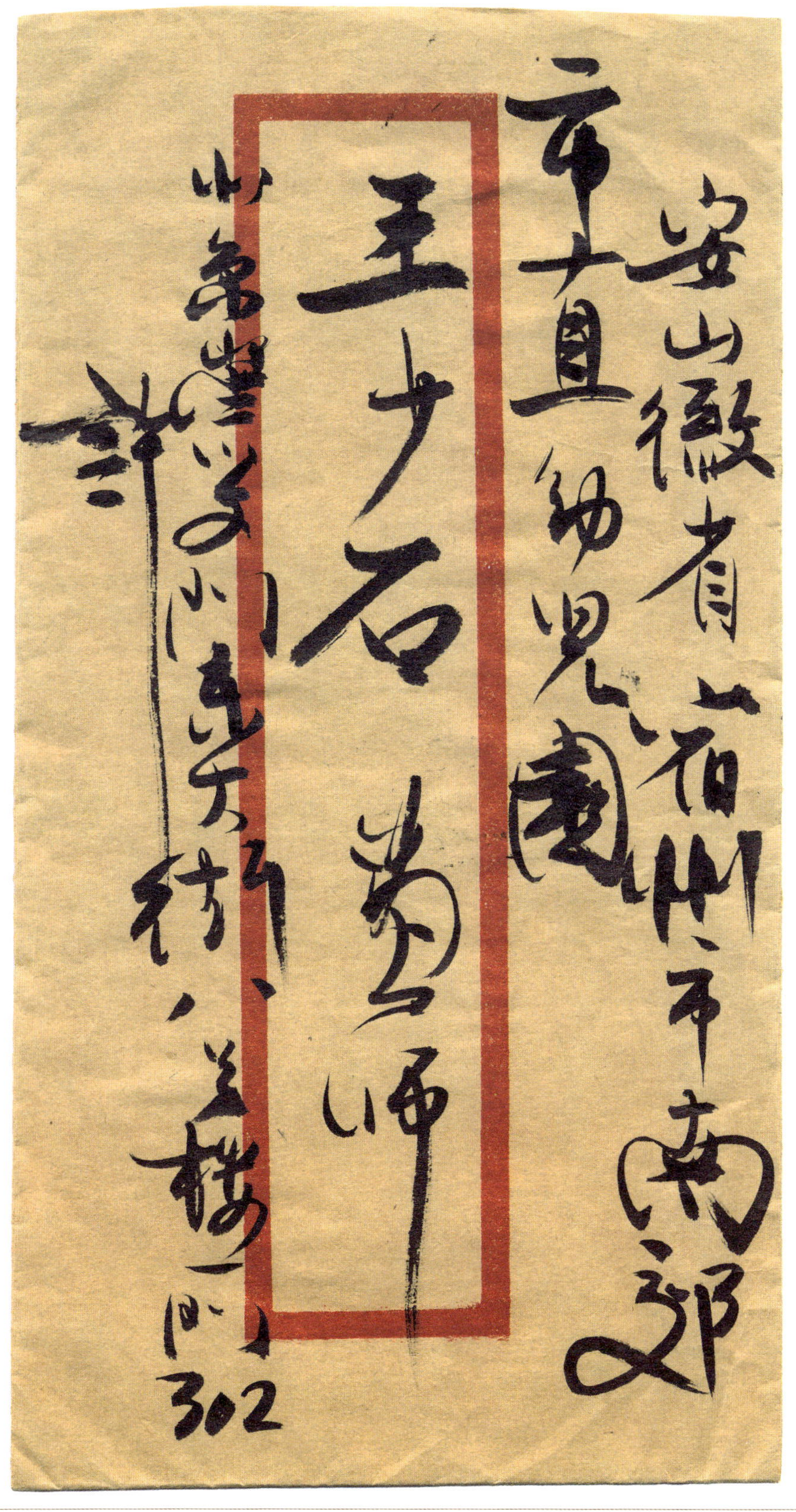

（北京崇文门东大街八号楼—安徽省宿州市南郊市直幼儿园）

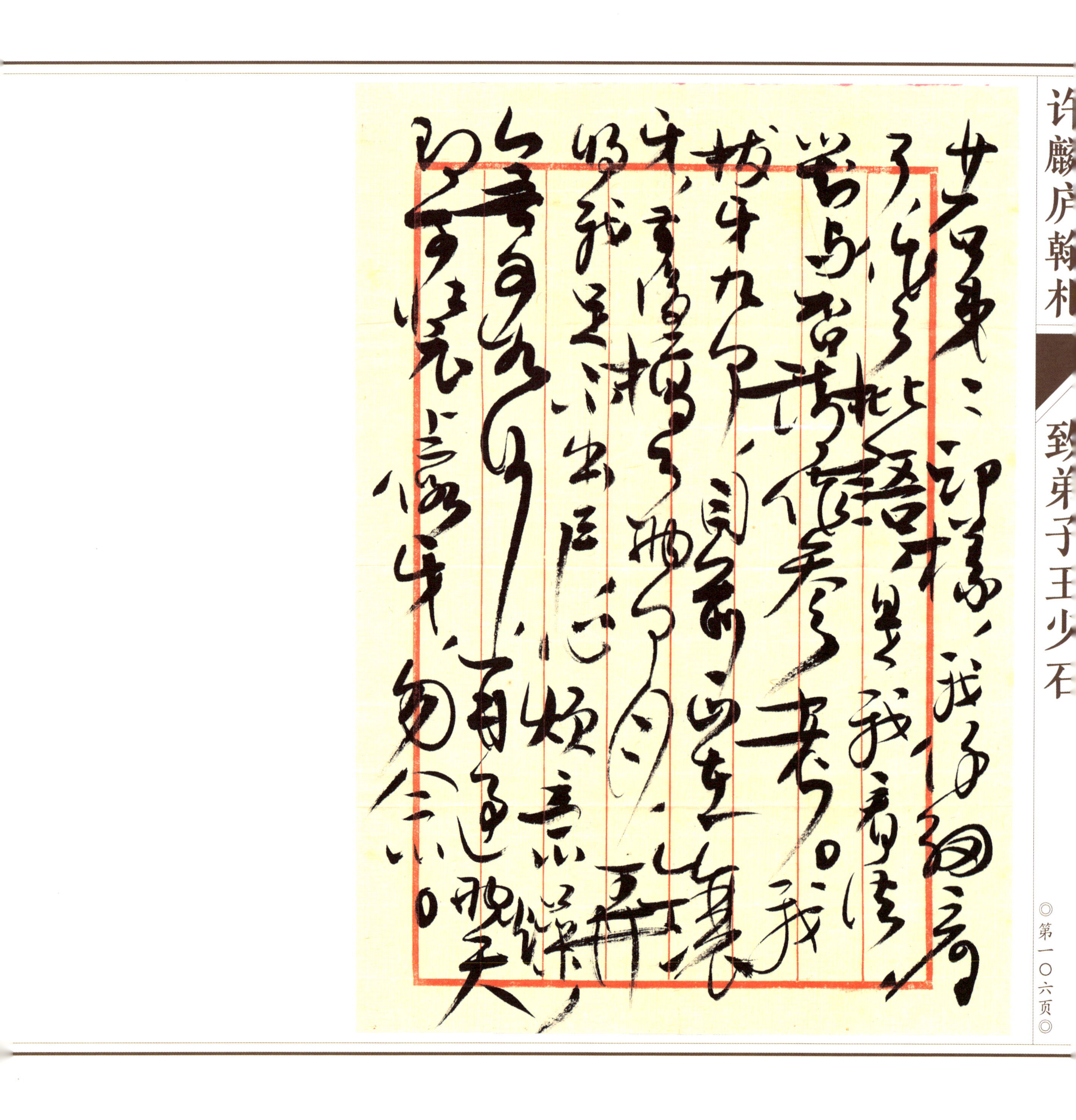

致弟子王少石

致弟子王少石

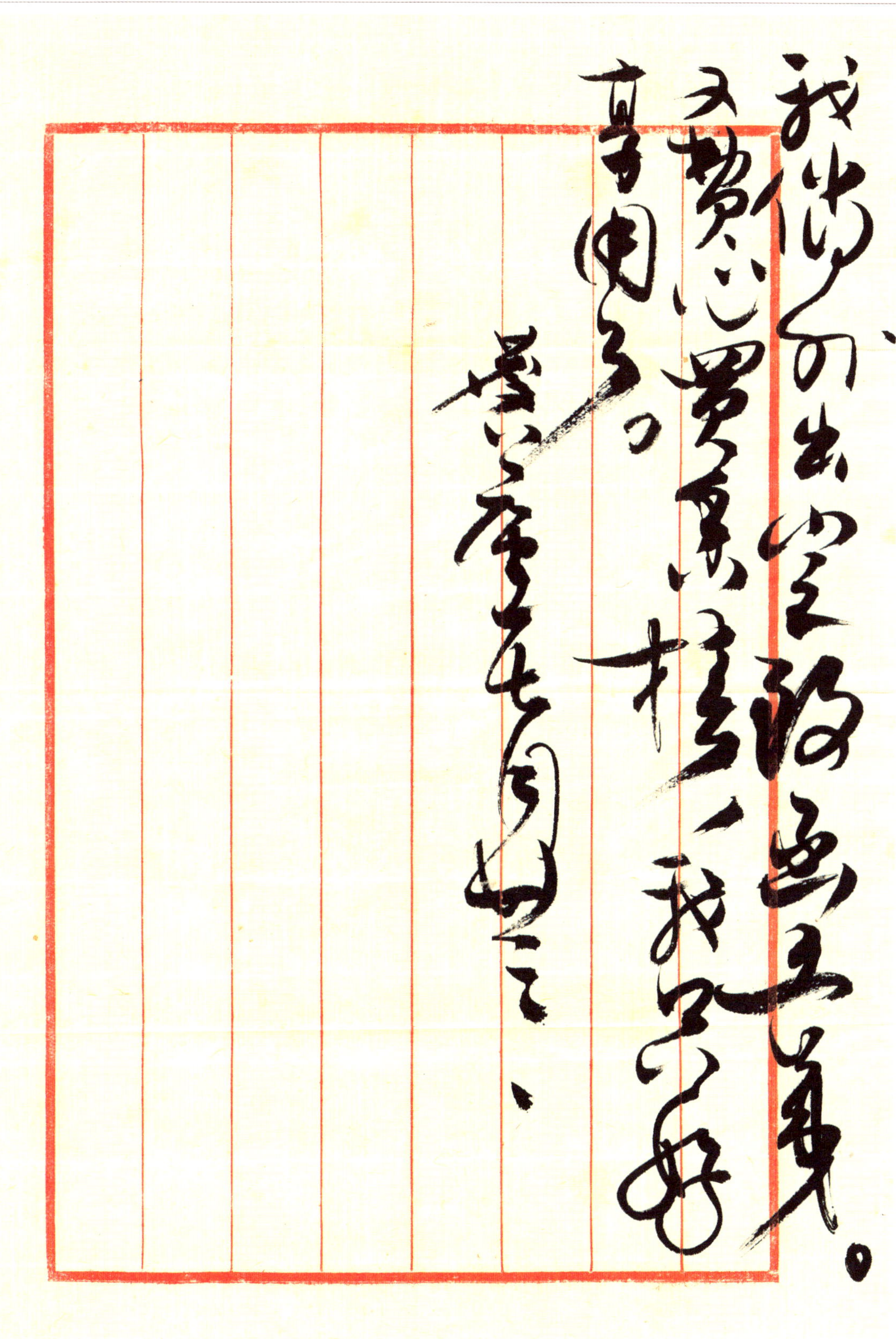

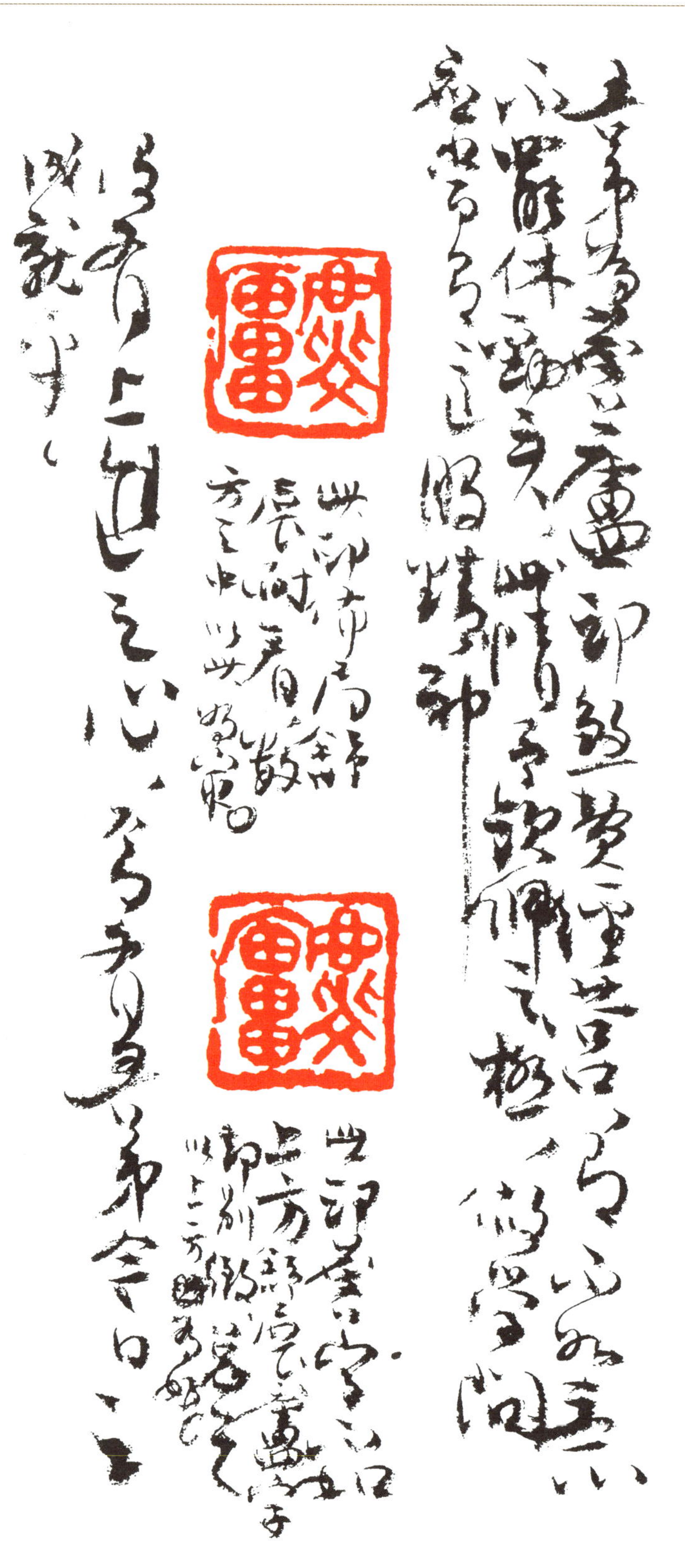

麟庐 评语：吾弟为《麟庐》印煞费经营，有不如意不罢休劲头，此情予钦佩之极。做学问应当有这股精神，没有上进之心，焉有吾弟今日之成就乎。此印布局舒展耐看，数方之中以此为最。

麟庐 评语：此印『麟』字不如上方舒展，『庐』字却别致。总之以上方为好。

一九八七年八月八日

少石弟：

寄来印章、印集、香椿都照收了。印集选的很有味道，殊为不容易，你有如此成就我非常高兴，今后继续深入为盼。我拔牙镶牙搞了两个月。明日即装妥勿念。承震将萧老所书《双鹅研斋》小匾额寄来，勿念。吾弟何时来京，请先示我，我很想念吾弟。随信寄上《玩具》一帧，请用白绫裱为宜。此颂秋绥。麟庐。八月八日。

少石弟：久不作玩具画也，不爱画。找出旧作以壮我弟书斋。麟又及。八月八日。

（北京崇文门东大街八号楼——安徽省宿州市南郊市直幼儿园）

【按】随信寄上《玩具》一帧，请用白绫裱为宜。

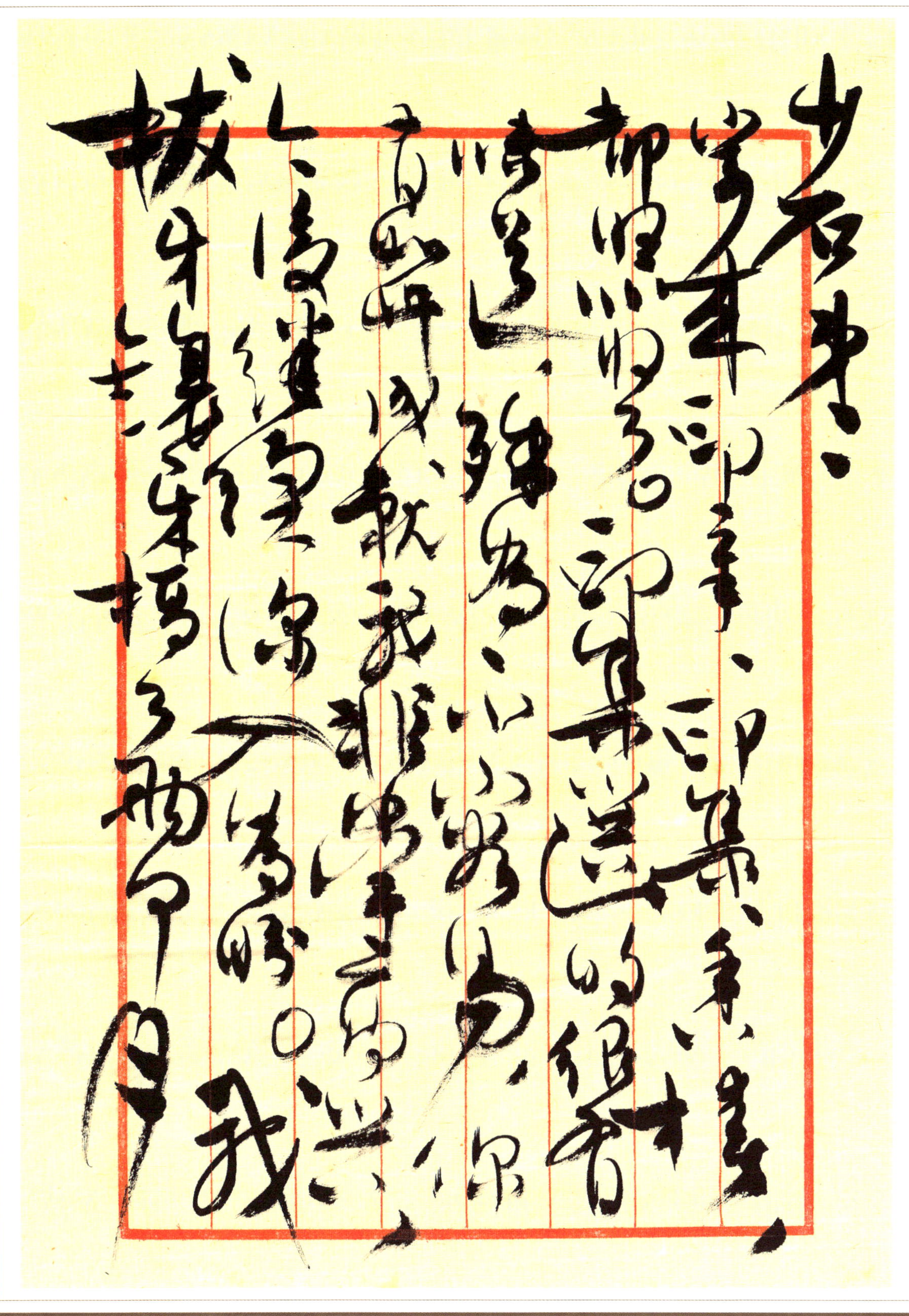

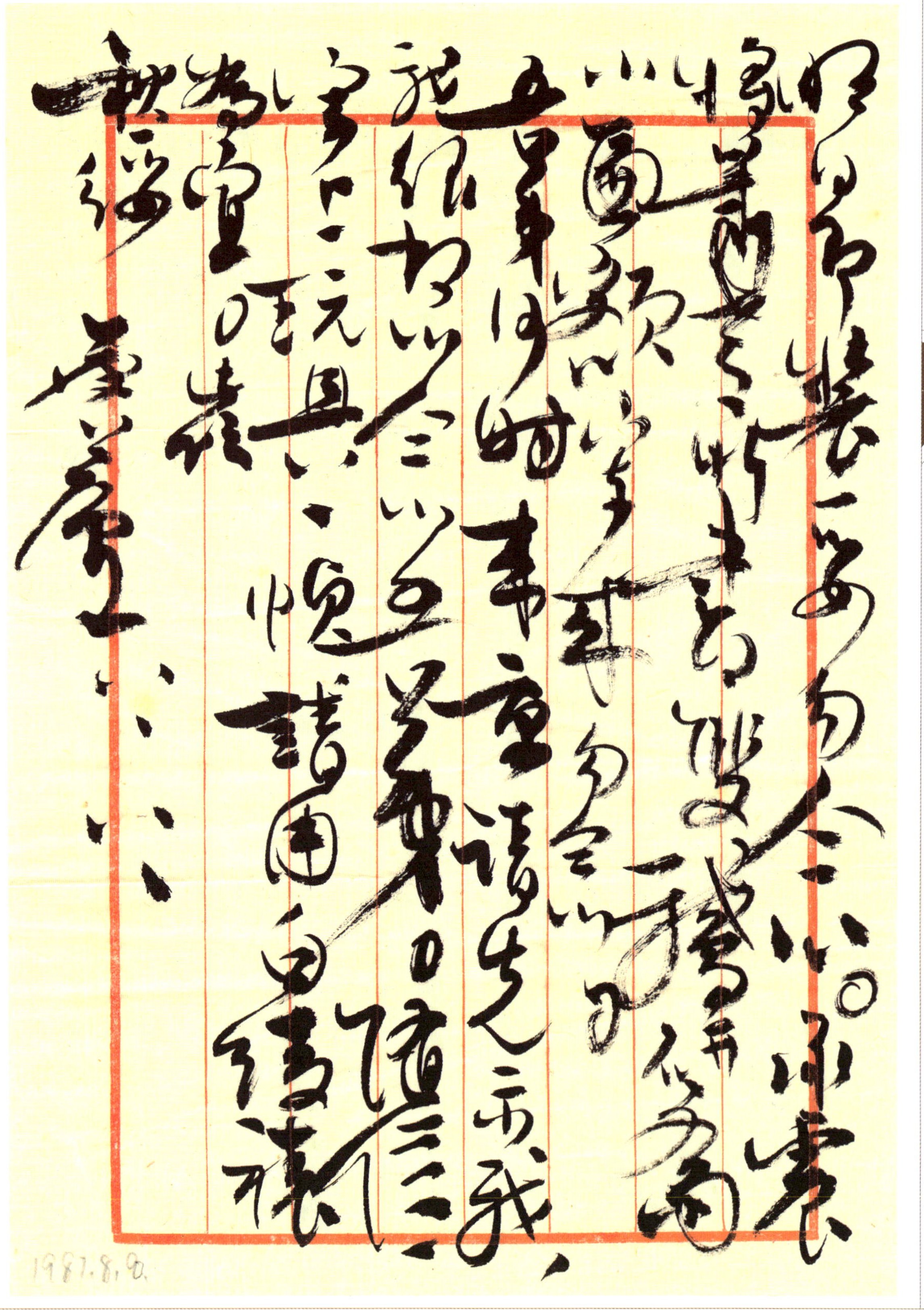

1987.8.9.

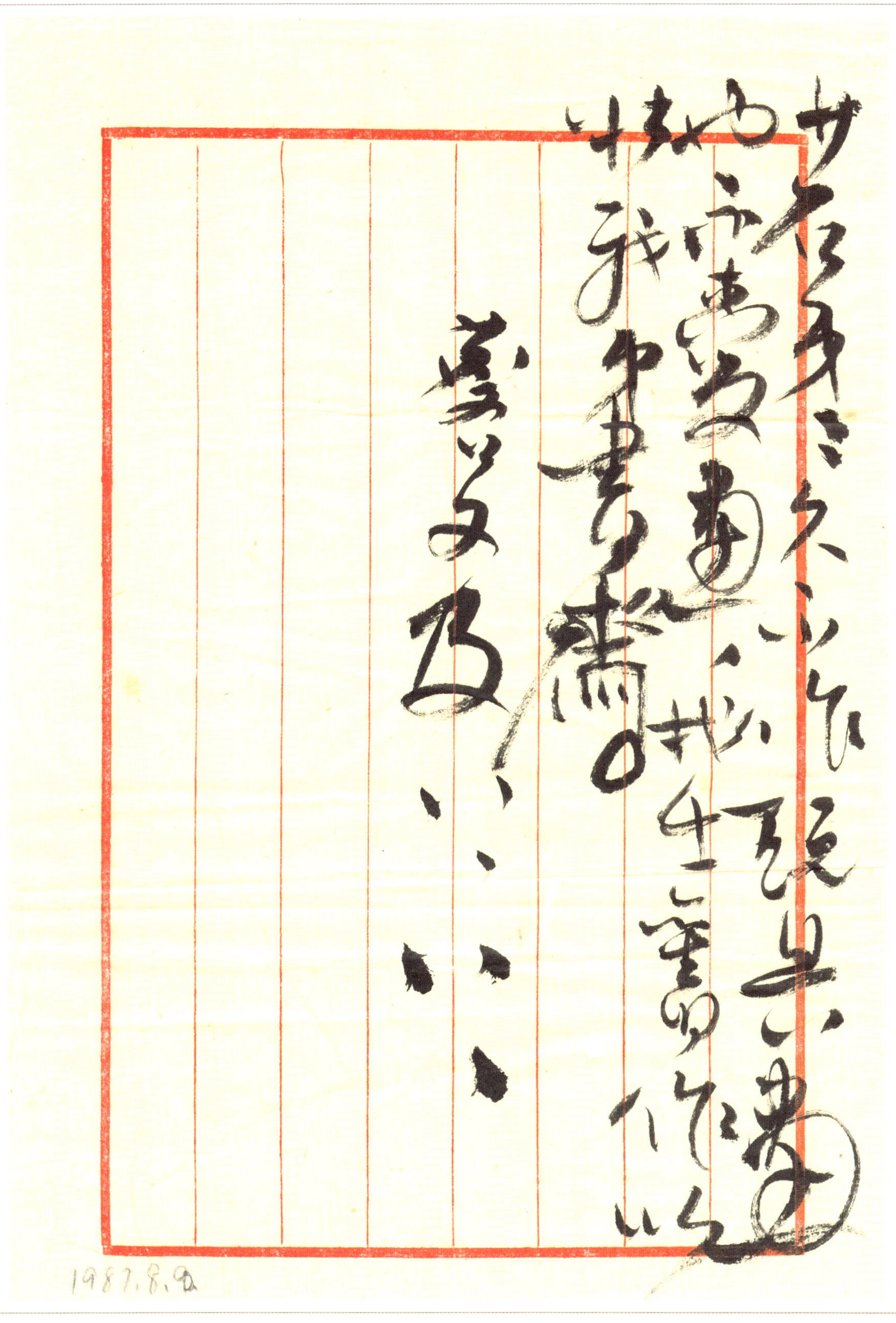

1987.8.9

一九八七年八月十六日

少石弟：

来信收悉。盼你早日到京欢叙。津中老友赠我郑孝胥所书《篁箫馆》横匾，写的好极，正与竹箫斋意义吻合，高兴之极。请吾弟奏刀为我刻印一方，朱白均可。我现在斋名有四：《石斋》、《竹箫斋》、《双鹅研斋》、《篁萧馆》，岂不好玩哉。我已古稀之年，再玩几年也就驾火而去矣，如今只要是玩何乐而不为？牙疾日前又经空军医院开刀，取出骨刺七枚，三日之后仍要继续开刀。如今应酬都婉言了。京中近几天凉爽，已开始涂抹解闷。新居三间北房，空气对流，就很满意，就在此居寿终正寝了，一笑。即颂秋绥。麟庐。八月十六日。

（北京崇文门东大街八号楼—安徽省宿州市南郊市直幼儿园）

【按】嘱刻闲章。

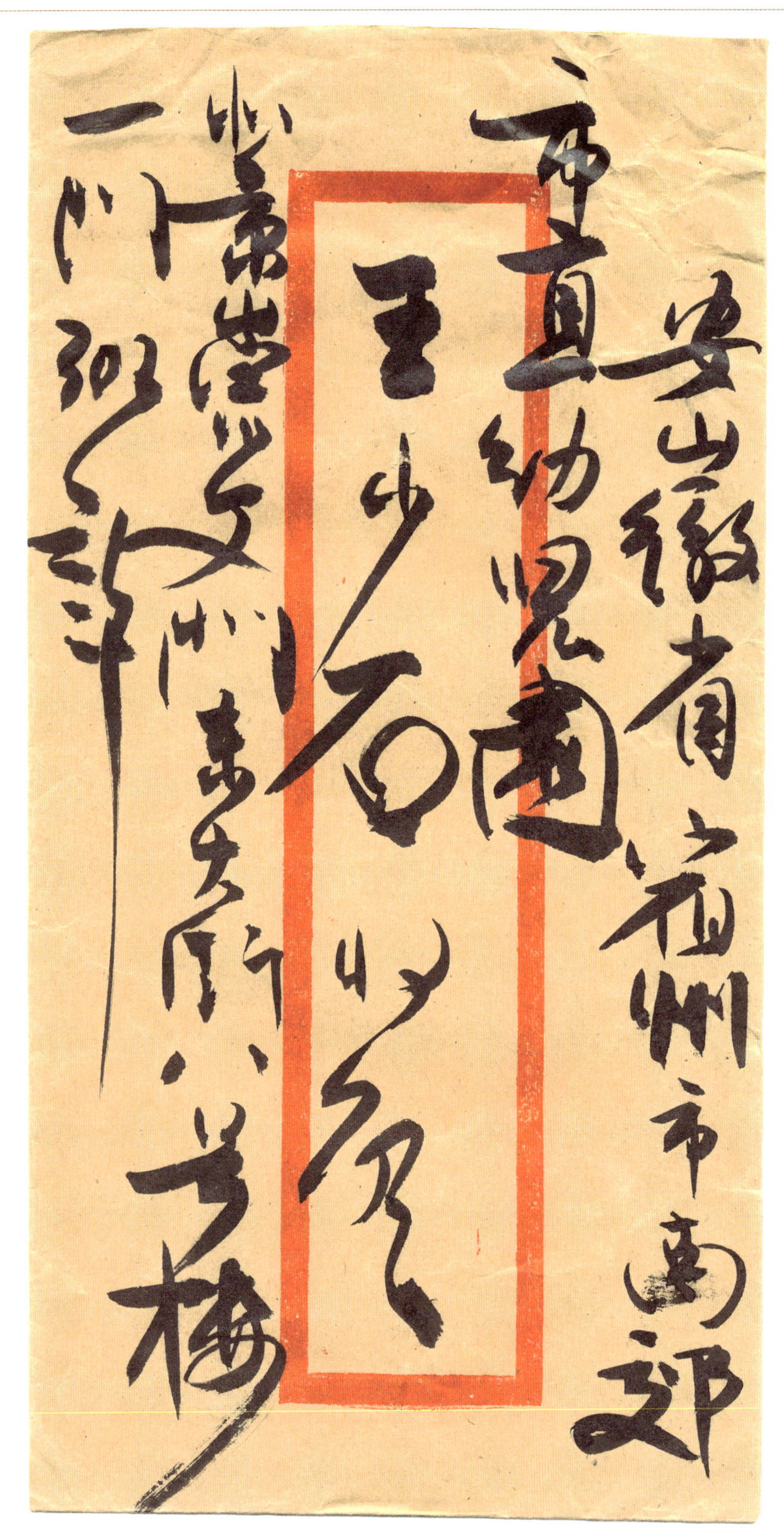

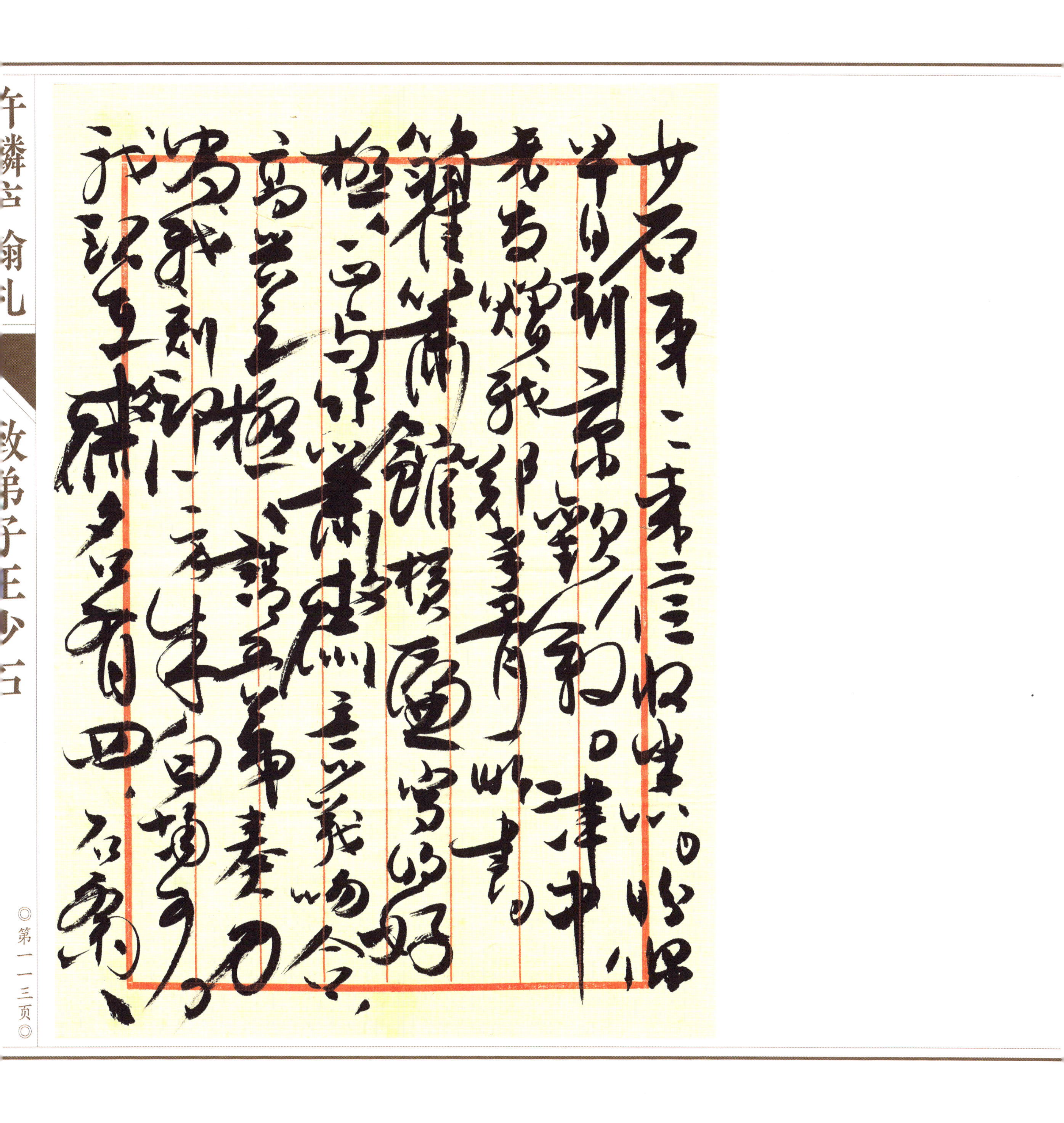

[illegible]

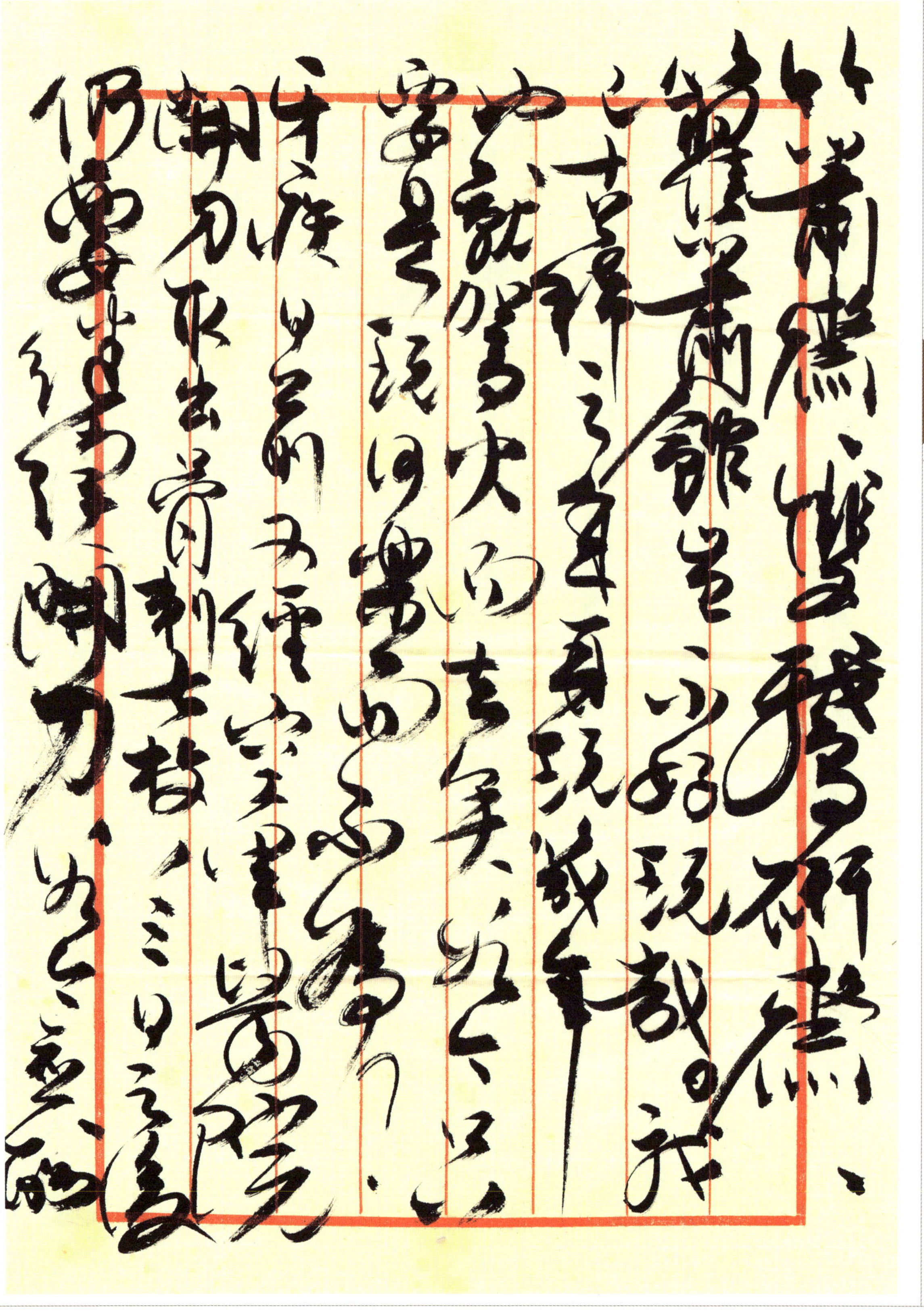

致弟子王少石

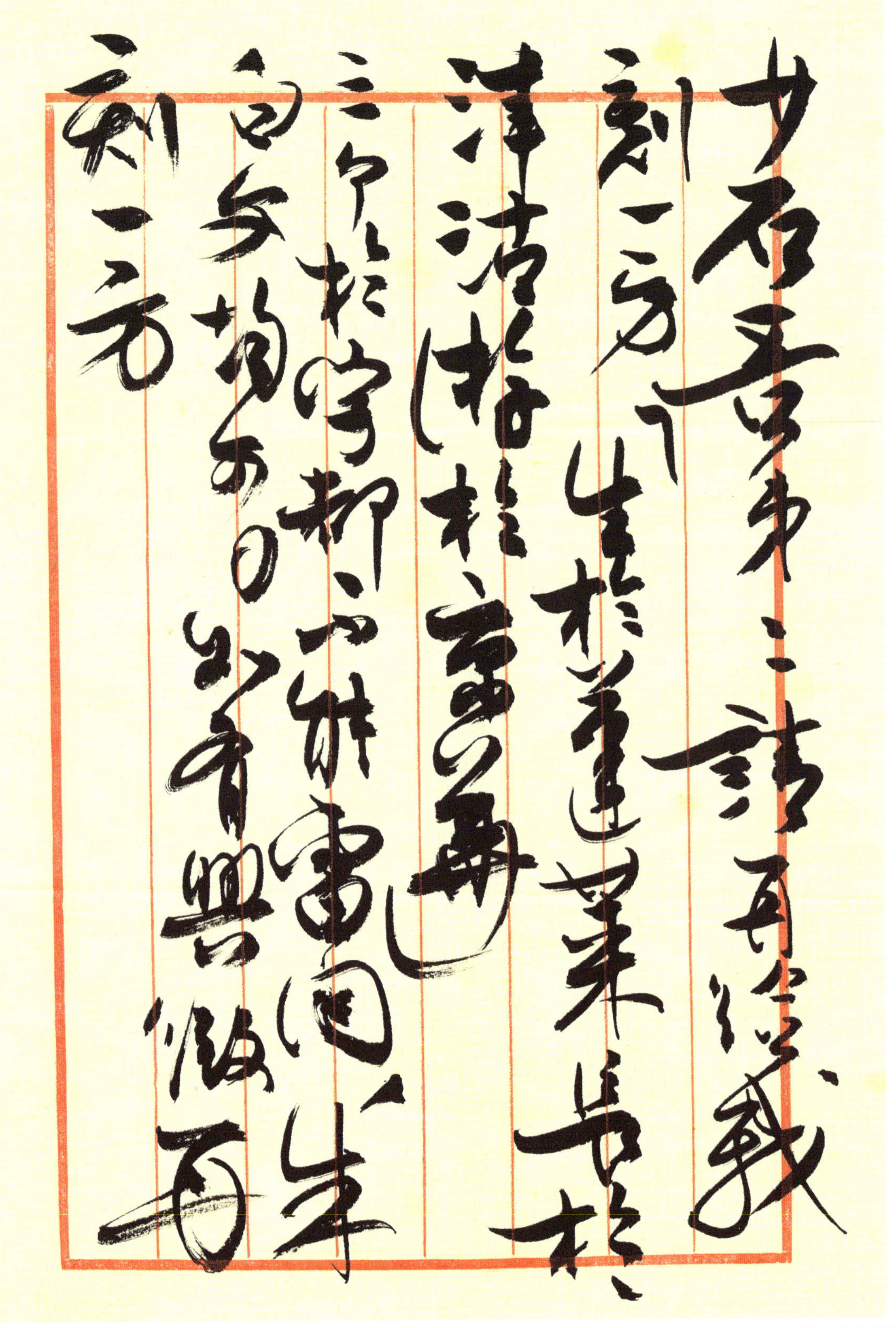
少石吾弟：請再給我刻一方生於蓬萊長於津沽游於京華三個於字都不能雷同朱白文均可如有興致再刻一方

一九八七年八月十九日

少石吾弟：

请再给我刻一方《生于蓬莱长于津沽游于京华》。三个『于』字都不能雷同，朱白文均可。如有兴致再刻一方《心畬先生赐号玉书大方老赐号趾仁白石师赐号麟庐》。三个『赐号』也不能雷同。看吾弟高兴时再为挥刀。我今天又到空军医院开刀，下星期三拆线。镶妥之后还需二十多天。如此麻烦，无可如何，只得耐心。我闷极，纸上与弟聊聊，秋绥。麟庐。八月十九日。

（北京崇文门东大街八号楼—安徽省宿州市南郊市直幼儿园）

【按】嘱刻闲章。

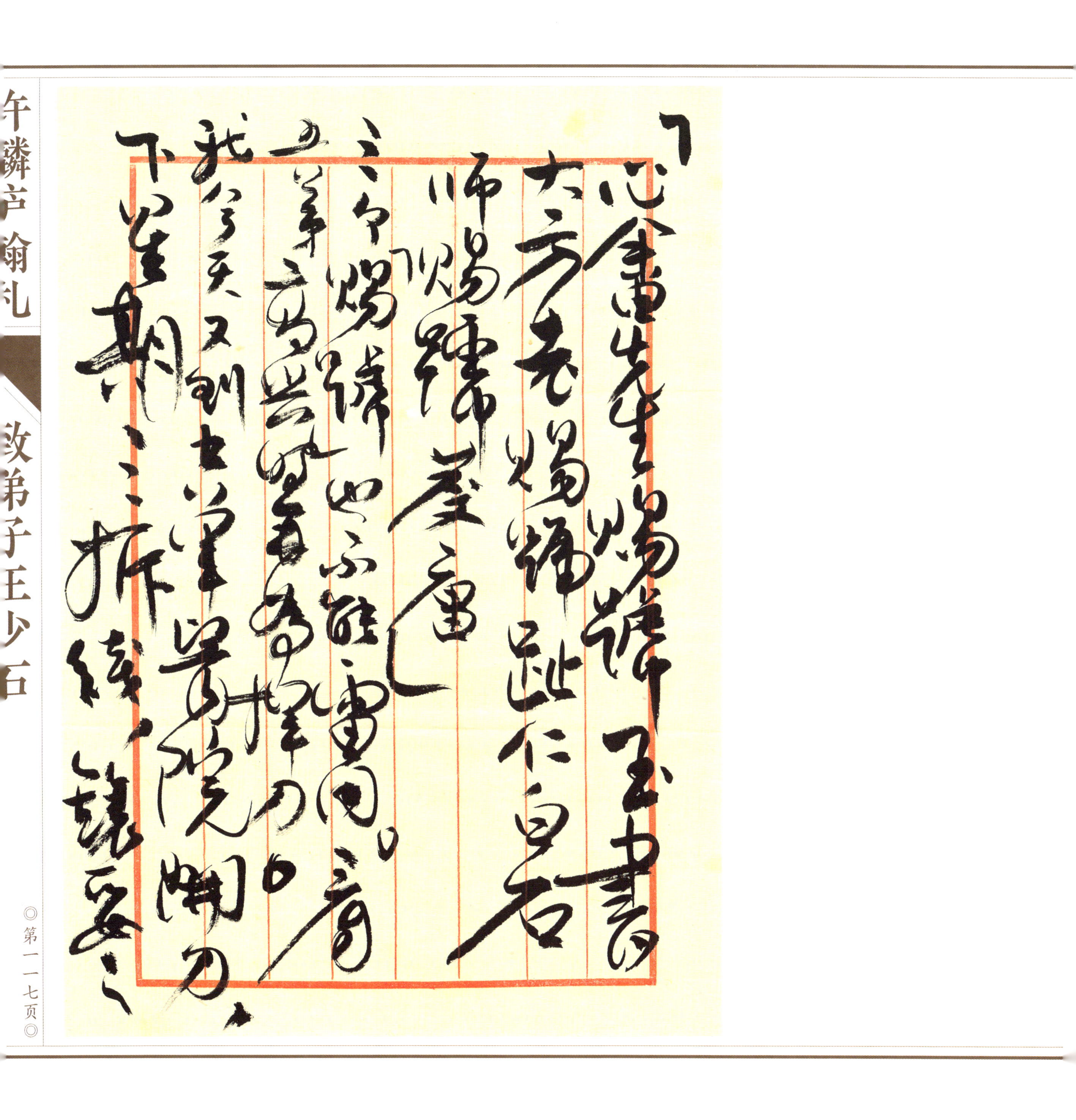

後[illegible]画也世为天下以[illegible]麟
快是[illegible]了然[illegible]为之口
我[illegible]极了[illegible]了与[illegible]再论之口
手经

麟廬 八十九

一九八七年八月二十日

少石弟：

拜托所刻印章改动如下：《心畬王孙赐号玉书大方诗人赐号趾仁白石老师赐号麟庐》。此印字过多，请吾弟在方寸之地不得不下些工夫矣。麟庐。八月二十日凌晨五时。

（北京崇文门东大街八号楼—安徽省宿州市南郊市直幼儿园）

少石弟來信收到即寄
啓功以下二位金禹王孫賜
題書大方請人賜題
就作已石老師賜題簽
者即寄過去。請主筆在方
寸之地不得下毒工夫矣。
麐庐燈下八月廿夜書

一九八七年八月二十二日

少石弟：

东民兄藏有八大山人小鱼横披一幅，闻已赠东民亲家。予当初极为爱之，然不肯夺人所爱。至今仍不能忘怀，予愿以白石师之作品相易，请吾弟一询东民兄。此信可送与呈上。倘能如愿，则生平之幸也，如不能如愿，亦无关系，只不过聊当多事而已。求刻之印请吾弟挥汗奏刀，盛意心领。挥墨作鳜一页，以博笑笑。麟庐白。八月二十二灯下。

所盖之印乃河南牛济普仿古陶片刻法，也有趣味。

（北京崇文门东大街八号楼—安徽省宿州市南郊市直幼儿园）

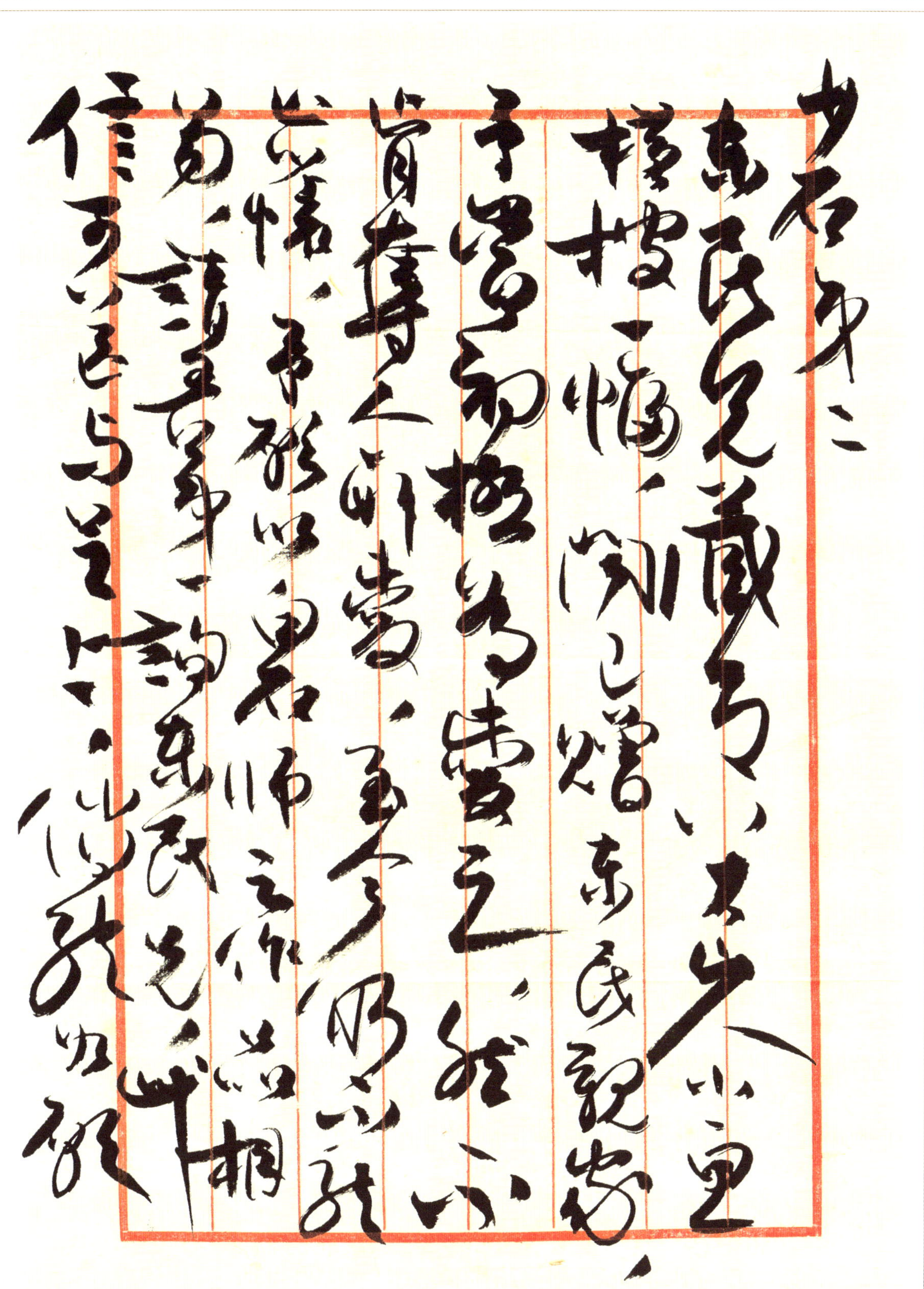

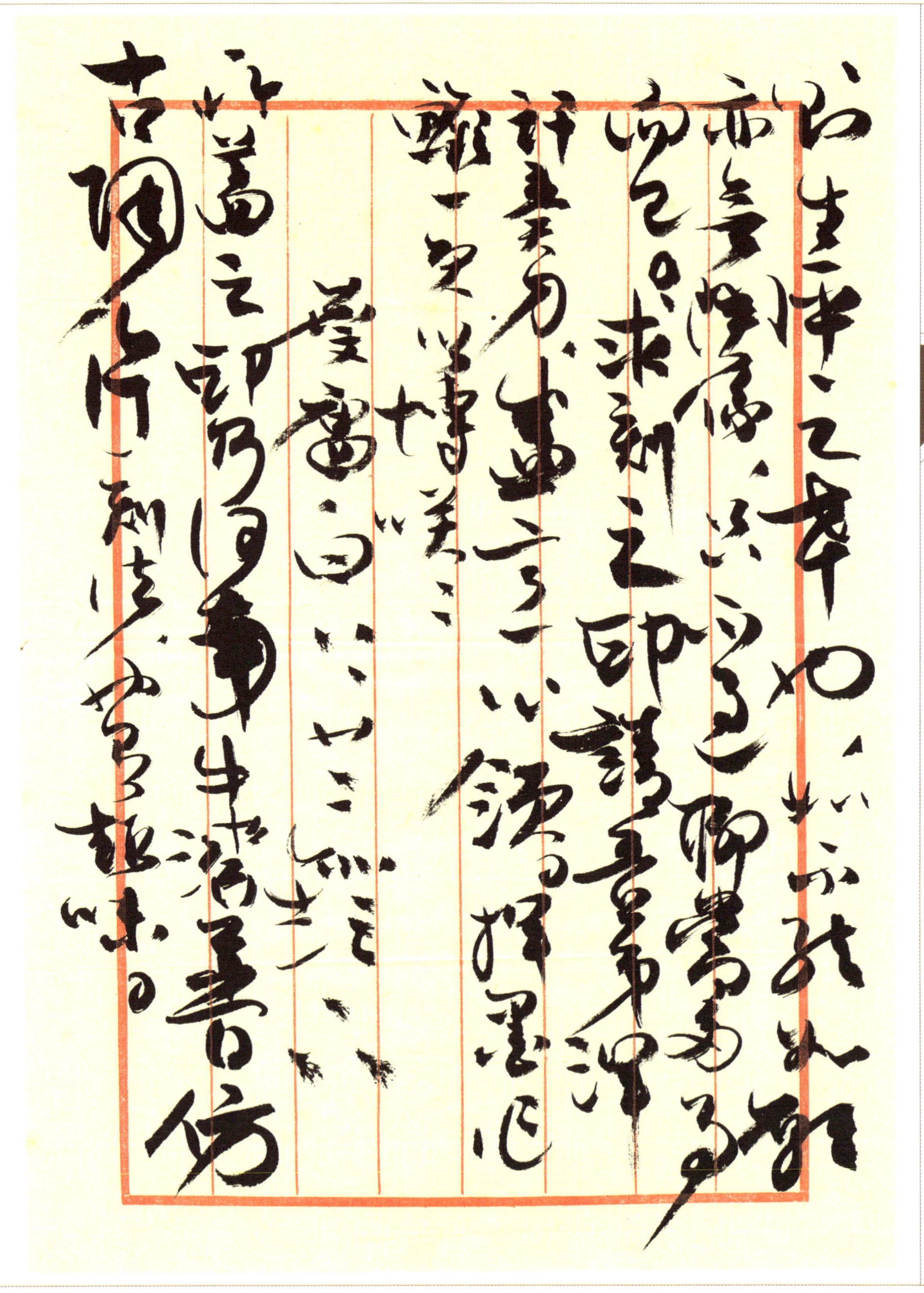

许麟庐 鳜鱼 43.8cm×42.5cm 一九八七年

一九八七年九月六日

少石我弟：

来信均悉。白石易八大，说了就算了，千万不要再提了。我与东民都是几十年的好友，不能让他为难。其实万事皆空，生不带来，死不带去，一切皆身外之物也。万勿再提，切切。

我今天又去医牙，看起来镶好假牙，还须一月左右，心烦意燥，奈何。请我弟所刻之印，俟吾弟精神康复之后再动刀，不忙不忙。其实刻出之后，留作纪念，印不要过大。我出的题目难刻也，难为吾弟了。祝吾弟康健胜常。麟庐。九月六日。

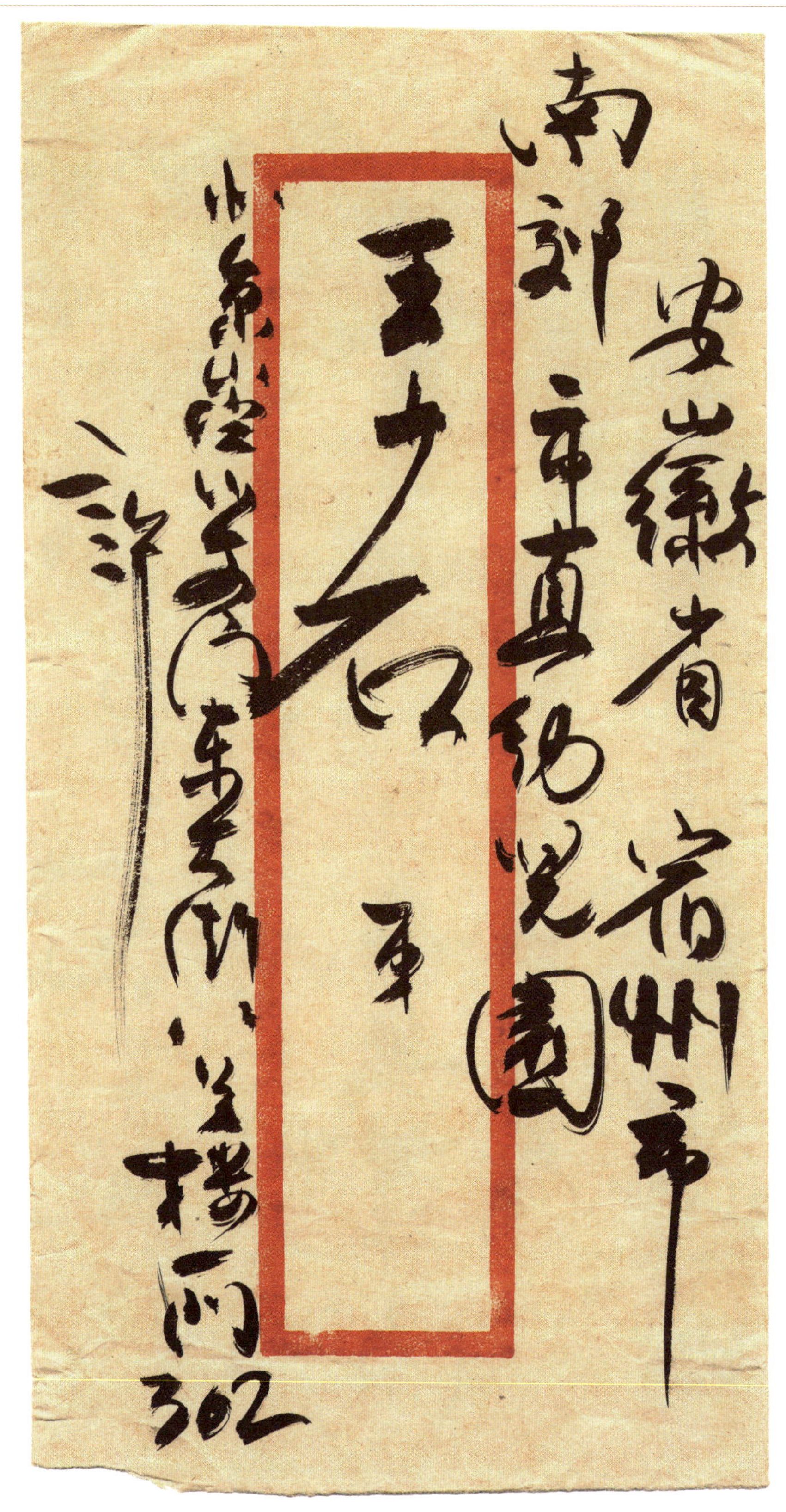

（北京崇文门东大街八号楼——安徽省宿州市南郊市直幼儿园）

少石我弟：来信阅悉。治印首以大识为先，识算了，十分不要再模仿了。我与东坡印，学了十年功夫，亦能得其皮毛，难得其实。万事皆然，学古要律，绝不事事一切以开阔为主物也。万勿再模仿了。社会天文书学广识来（?）……好好学习。即颂近佳。蘧　一月廿七日烛下言言慄慄，不成[illegible]。青我年所刻之印矣，吾年精神衰之後，更動刀，行之已之，[illegible]如交刻出之後，第[illegible]也，[illegible]印之學甚大，我出此題目，難刻也，[illegible]注意吾

祝王早年

康健

麟廬 六九、六、八

一九八七年九月十三日（一）

少石弟：

信和印样都收到。印样我已有评。《红楼印谱》序言，我最近即寄上。我哪里会写序？可是一定写，粗野的序言与众不同。

全家好。老麟。九月十三日。

（北京崇文门东大街八号楼—安徽省宿州市南郊市直幼儿园）

【按】王少石《红楼梦印谱》欲在香港出版，请恩师作序。

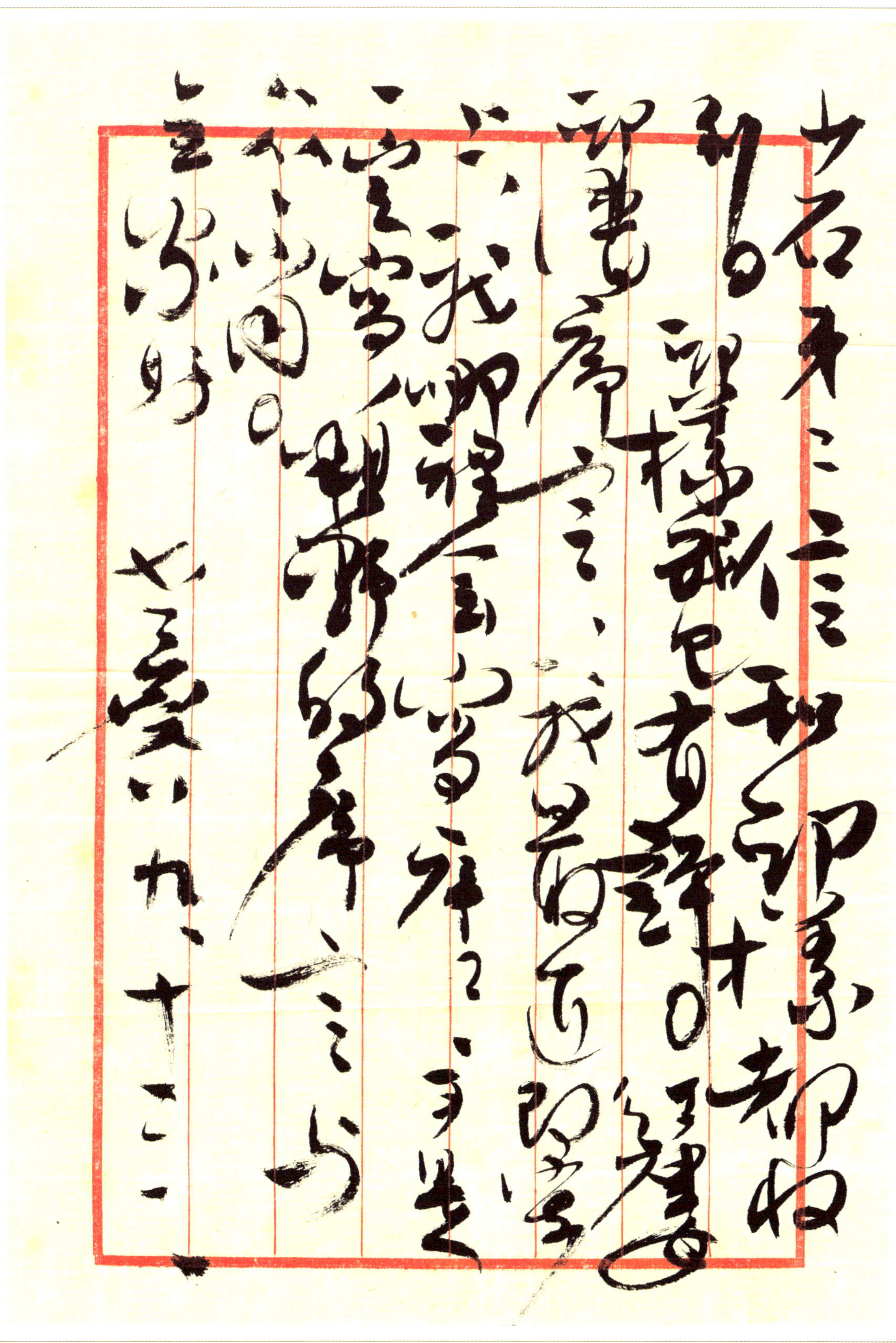
少石弟：信和印样都收到。印样我已有评。红楼印谱序言，我最近即寄上。我哪里会写序？可是一定写，粗野的序言与众不同。全家好。老麟 九、十三

心畲王孙赐号玉书大方诗人赐号趾仁白石老师赐号麟庐

评语：念四字印安排如此之妙，吾弟煞费经营矣，三个『赐号』均不雷同，耐人寻味，佳作也，予高兴之极。

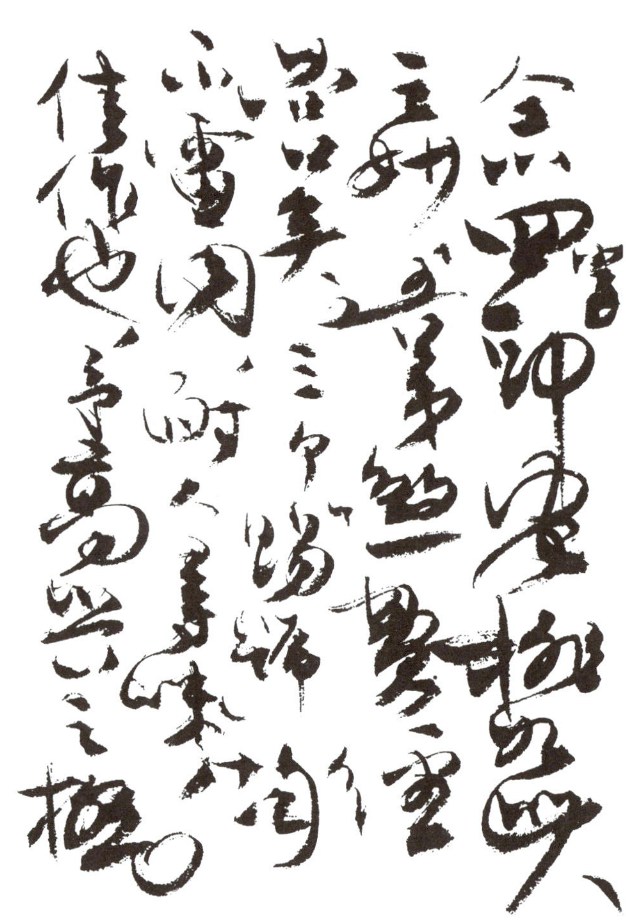

生于蓬莱长于津沽游于京华

评语：此十二个字安排妙极，刀法、韵味均臻上乘，可与西泠八家媲美矣。

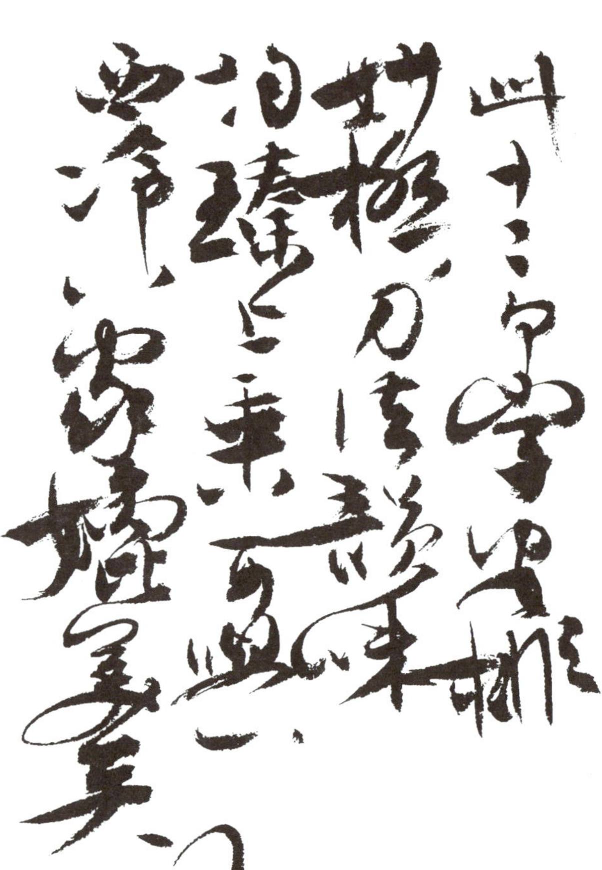

一九八七年九月十三日（二）

少石弟：

我写的序粗野之极，不成为文，能用则用，不能用请其庸弟再写，相比之下为好。我写的是实事求是，这点无所非议，不过不成文章。老麟。九月十三日灯下。

（北京崇文门东大街八号楼—安徽省宿州市南郊市直幼儿园）

【按】寄《红楼梦印谱》序初稿。

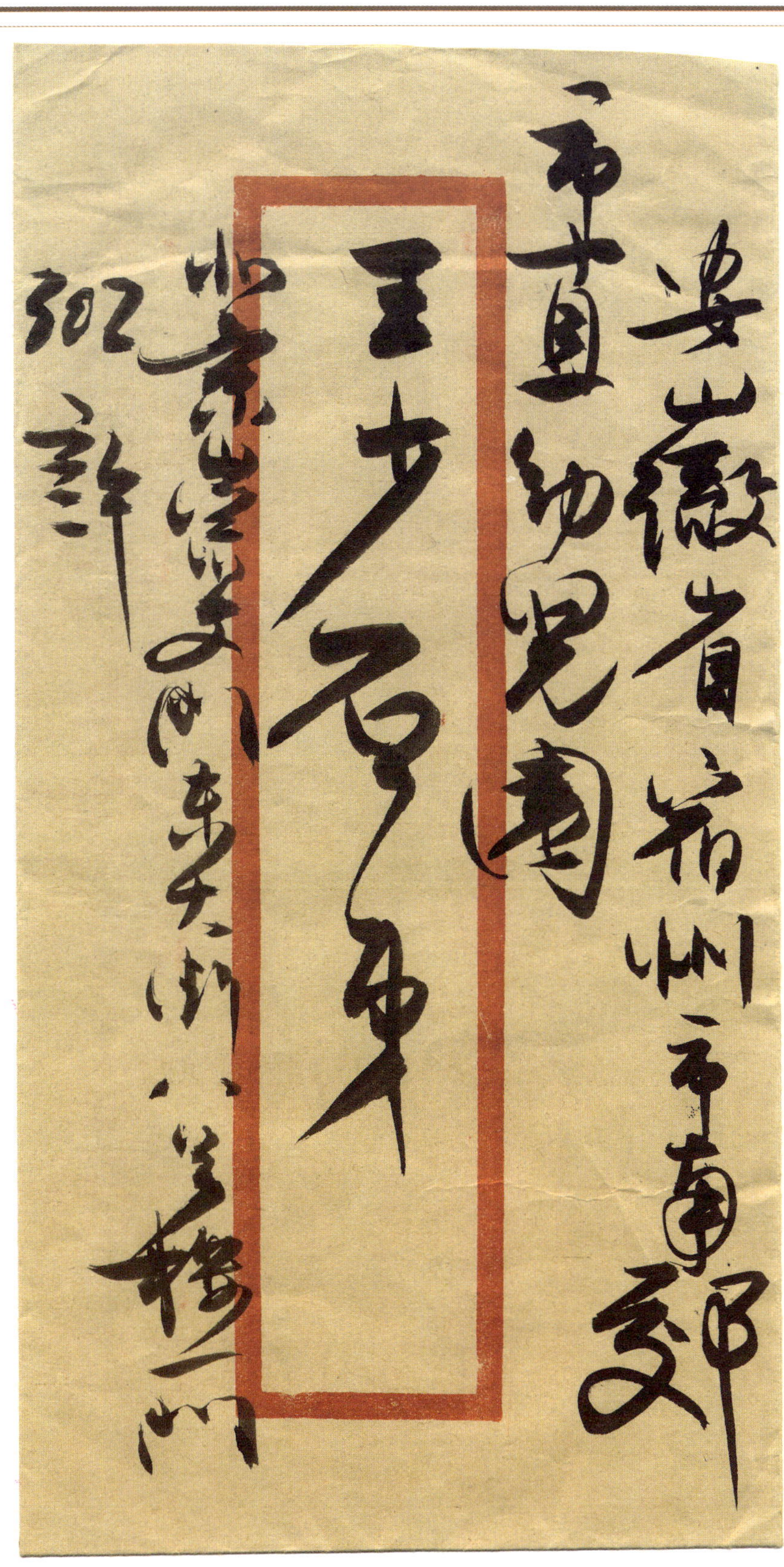
安徽省宿州市南郊
市直幼儿园
王少石弟
北京崇文门东大街八号楼
302 许

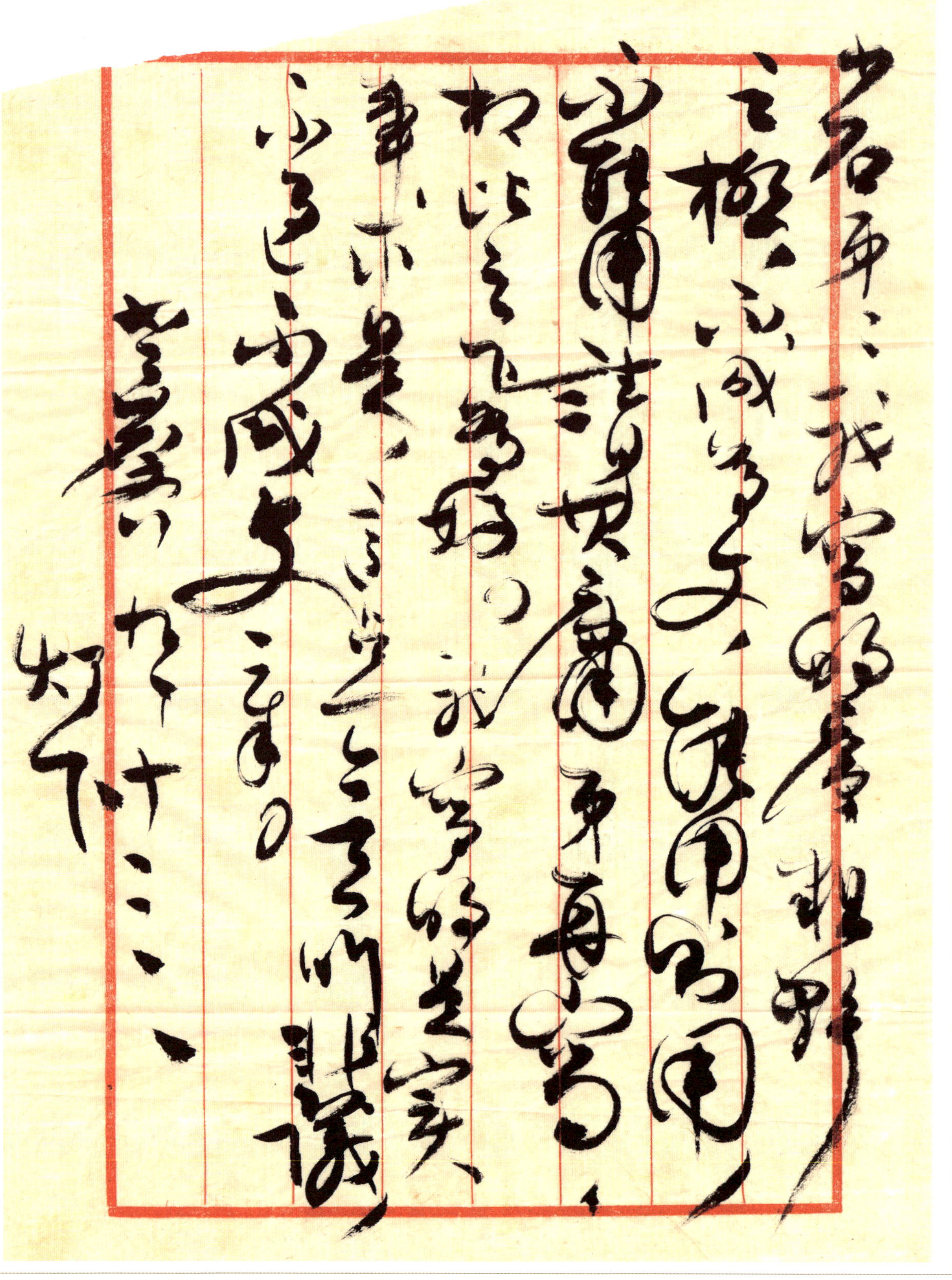

一九八七年九月十五日

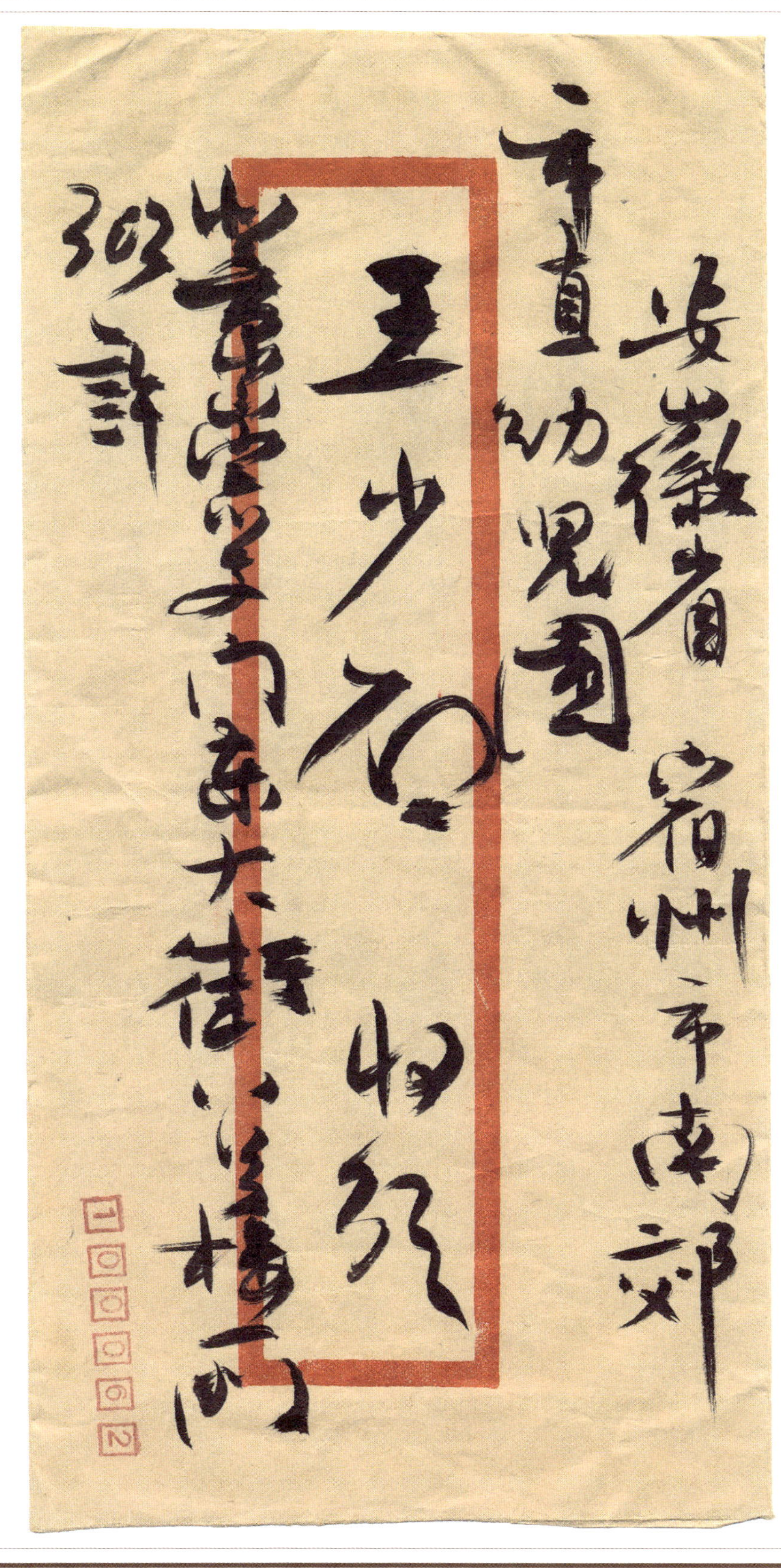

安徽省宿州市南郊
市直幼儿园
王少石 收
北京崇文门东大街八号楼303 许
100062

少石弟：

两信想都收到。序文我没有雕琢，一写了之，请吾弟看是否有舛错之处。如有不对的句子，则另改写。另外能用与否由吾来定，反正我所写的没有文人习气，没有咬文的俗习。再出版《红楼印集》，请用沈老所题之签。沈老人品高尚，书法已到纯青。张伯驹老、刘海粟老均非常尊敬沈老，有时张老、刘老作品都请沈老题字。可惜沈老长辞家无片纸只字，老太太每月由中央文史馆发遗孀费五十元，够惨的了。一代文人价值几何？一叹。『篁』字一定要紧凑，不然成了『竹、羽、隹』了。我所题字的那方带下，另外两方磨掉，刻一方《篁箫馆主》如何？孙墨佛已逝世，明日火化，我当然参加，奉闻。老麟。九月十五日。

（北京崇文门东大街八号楼—安徽省宿州市南郊市直幼儿园）

【按】评沈裕君先生的人品及书法。

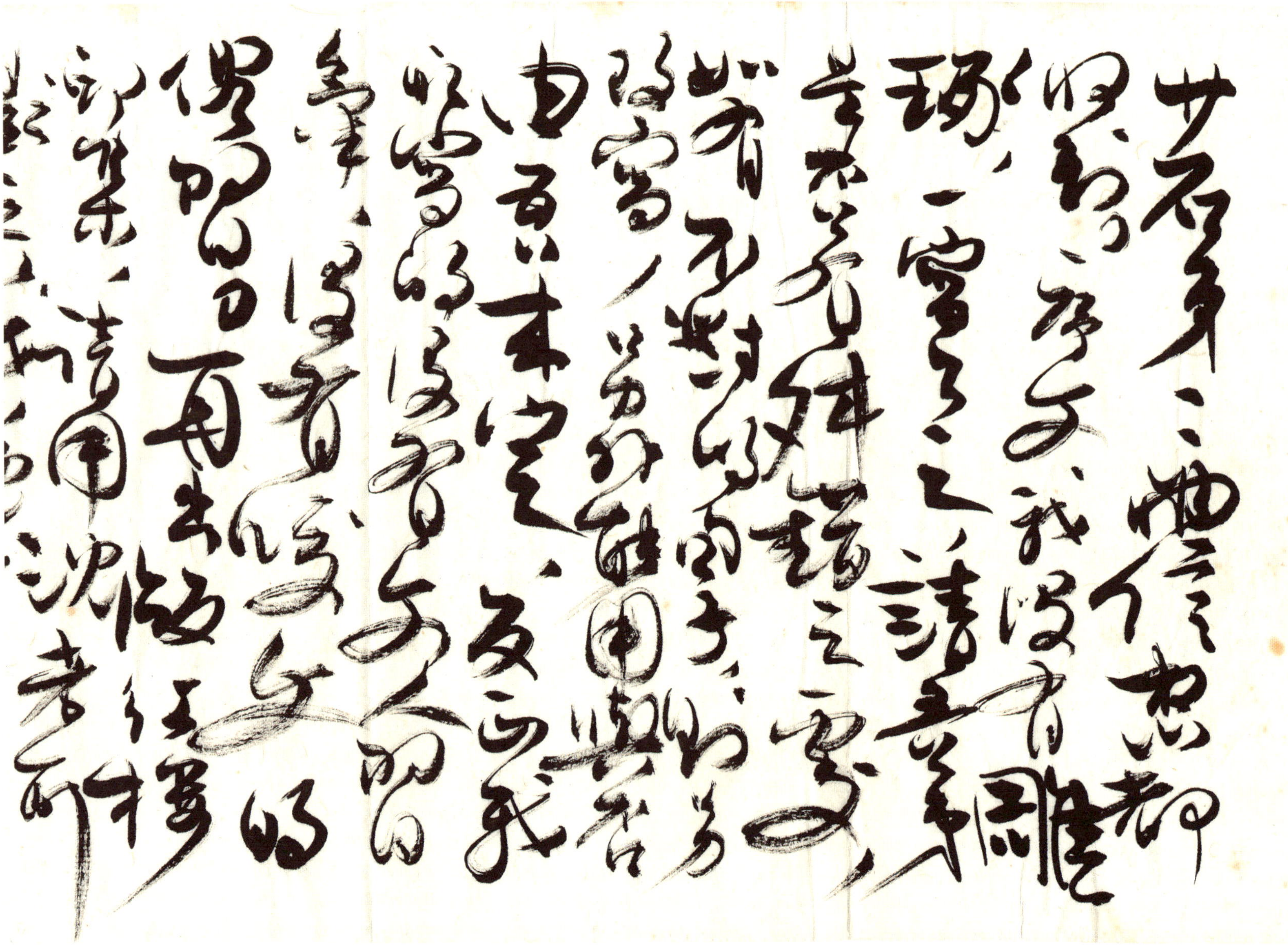

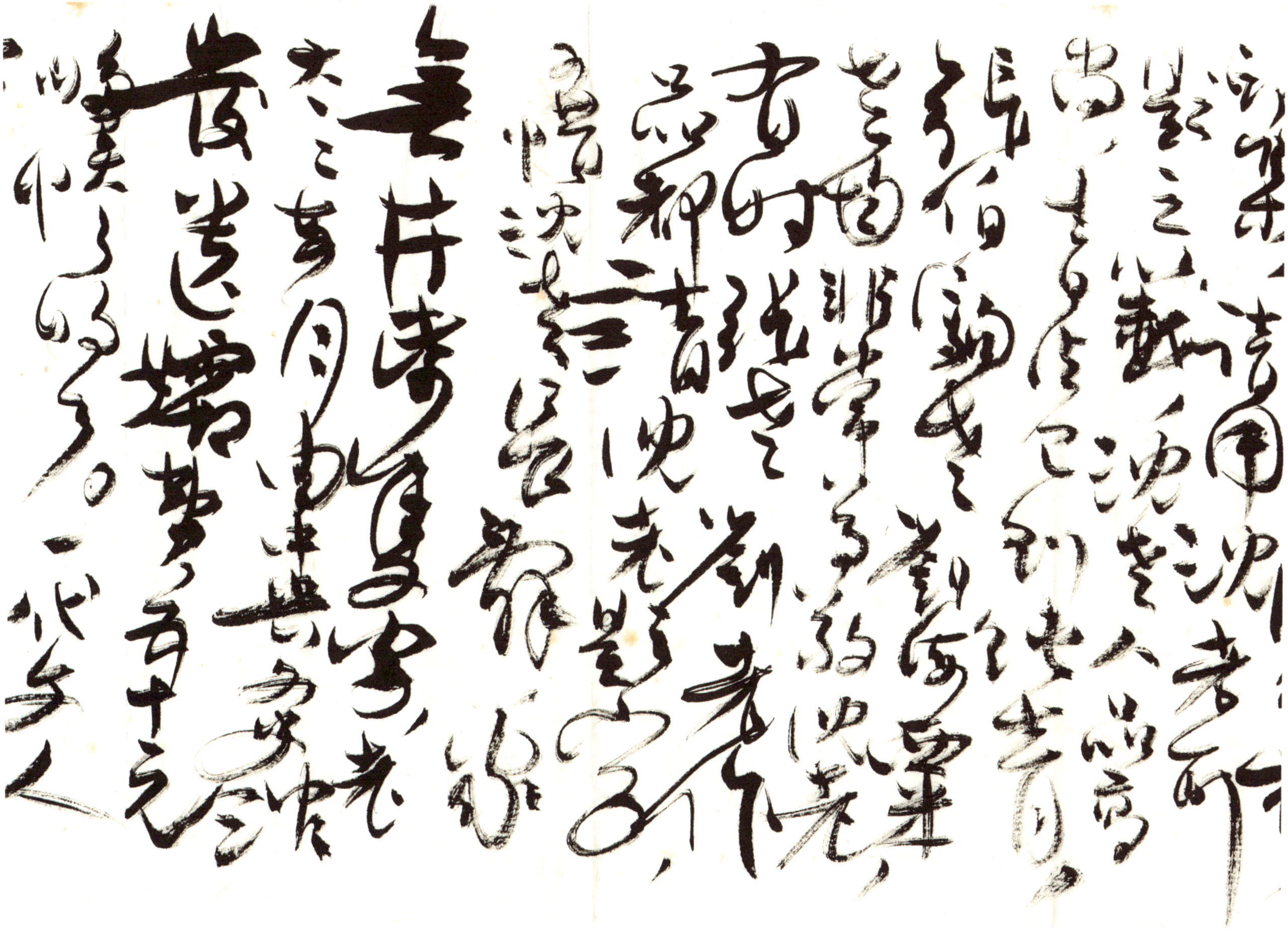

致弟子王少石

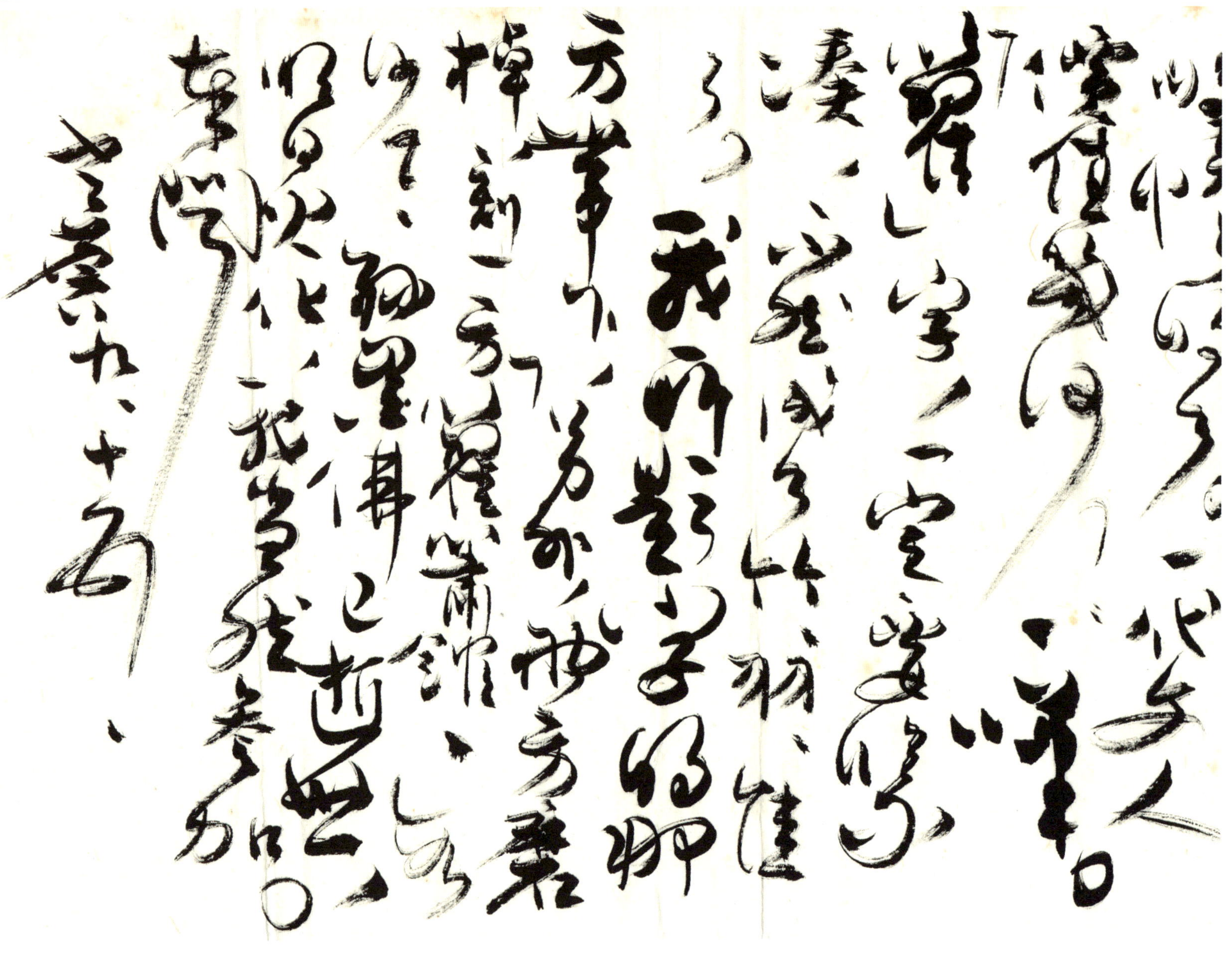

一九八七年九月十六日

少石弟：

今晨与孙墨老遗体告别，人生到此一了百了，尽管高官厚禄，此关不能逃脱，生不带来，死不带去，共勉。我读书甚少，故谈语粗野，书画未能脱俗，一切事物在规矩方圆中脱尽俗气太难矣！郑板桥先生，我认为有时有些体会，故刻『俗吏』两字，其实自诩雅也。我书画真不雅，主要书底薄也。对知己不能自吹虚张声势，态度要老实，对弟所云皆出自肺腑。当今书画家能有几人有真功夫，大多吹捧，华而不实。另外生而不知某人书画刻之造诣，某人死后发现其才又有何用？当今会玩弄权术者，则名列榜首；艺高一筹老实人默默无闻，世道如此，奈何奈何！请吾弟再刻一方我常用之印《麟庐附庸风雅》白文。专此拜托。匆匆颂近绥。麟庐。九月十六日午后。

（北京崇文门东大街八号楼—安徽省宿州市南郊市直幼儿园）

【按】认为一切事物在规矩方圆中脱尽俗气太难矣。评『当今书画家能有几人有真功夫，大多吹捧，华而不实。』『当今会玩弄权术者，则名列榜首；艺高一筹老实人默默无闻，世道如此，奈何奈何。』

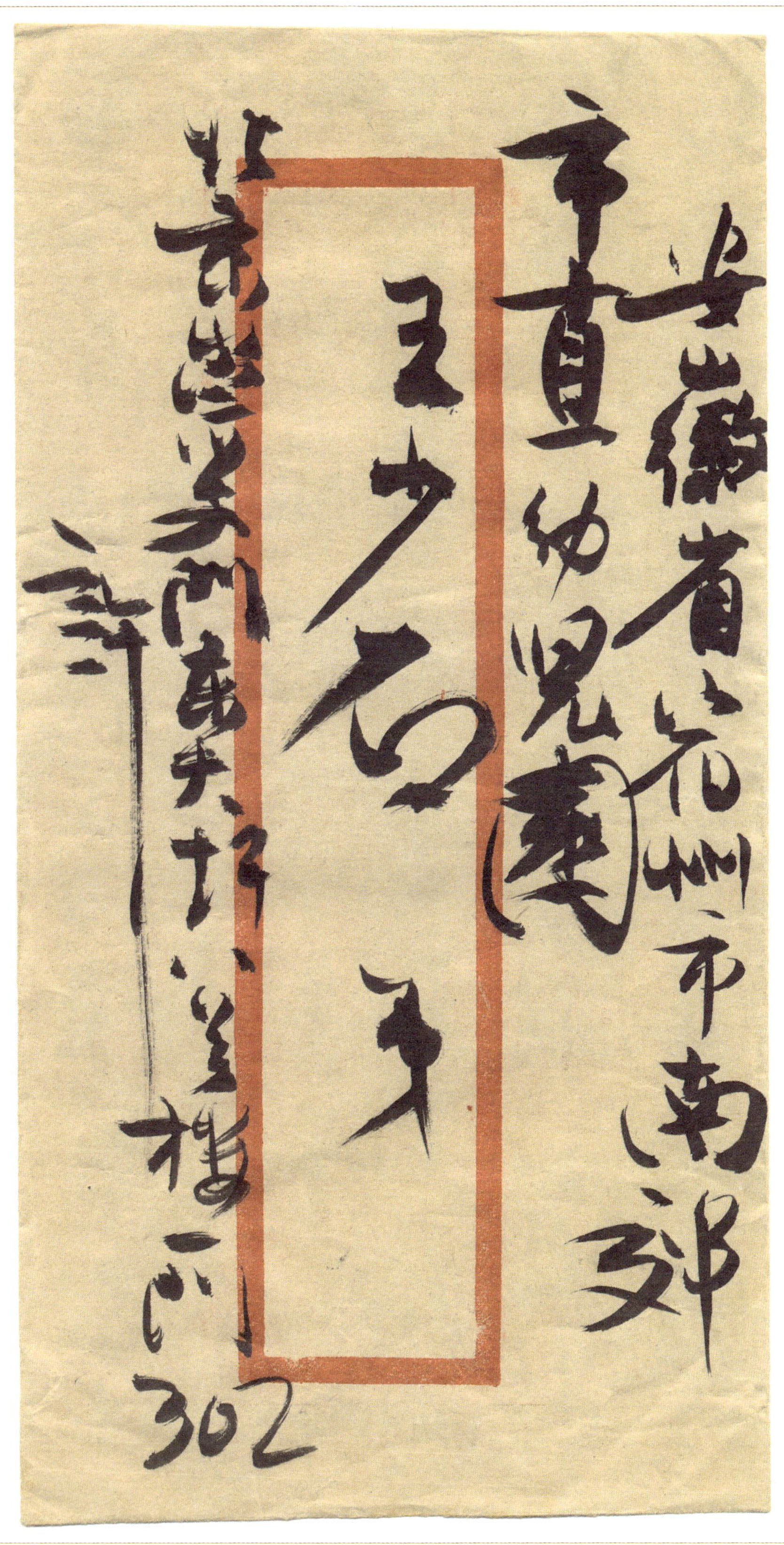

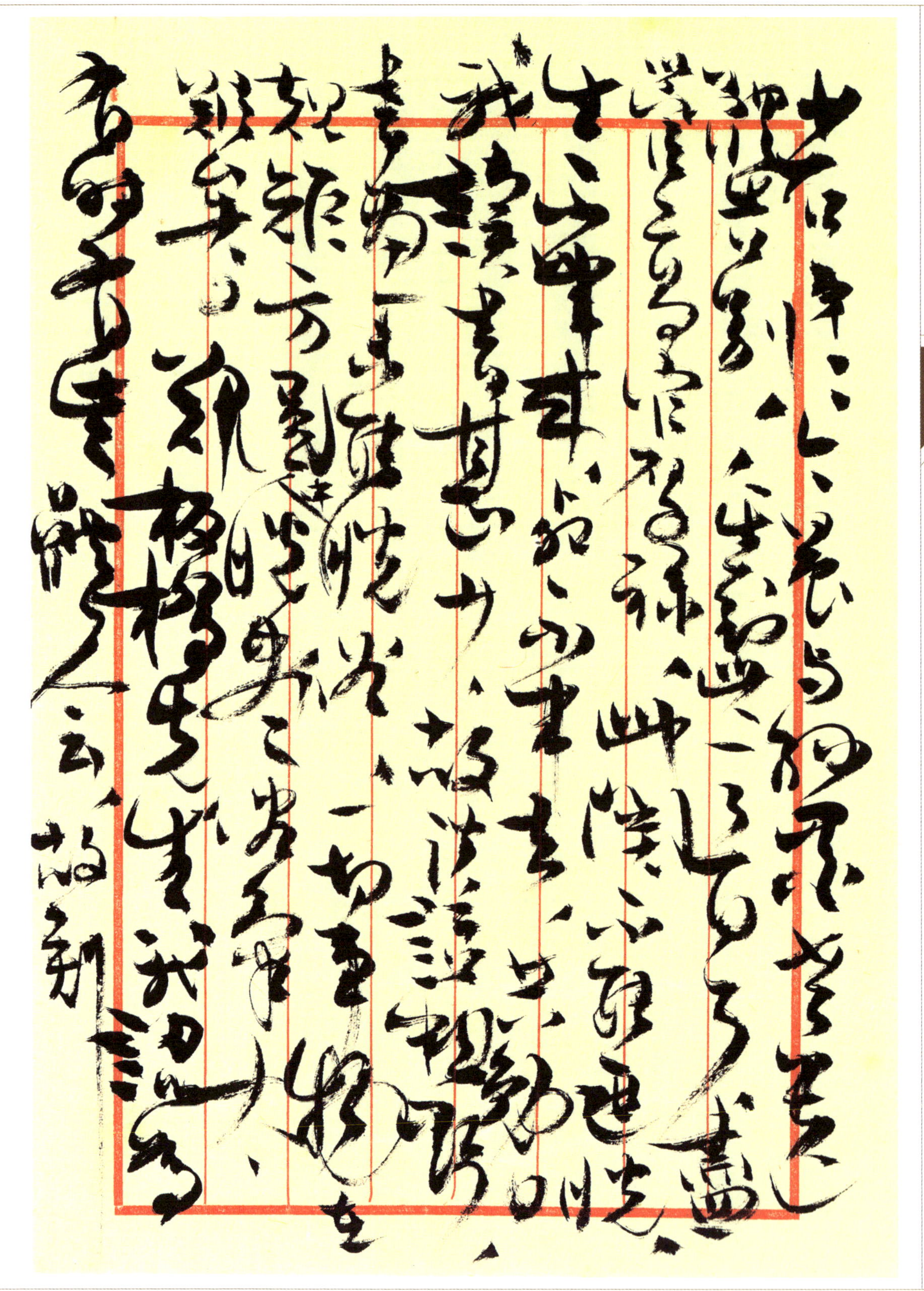

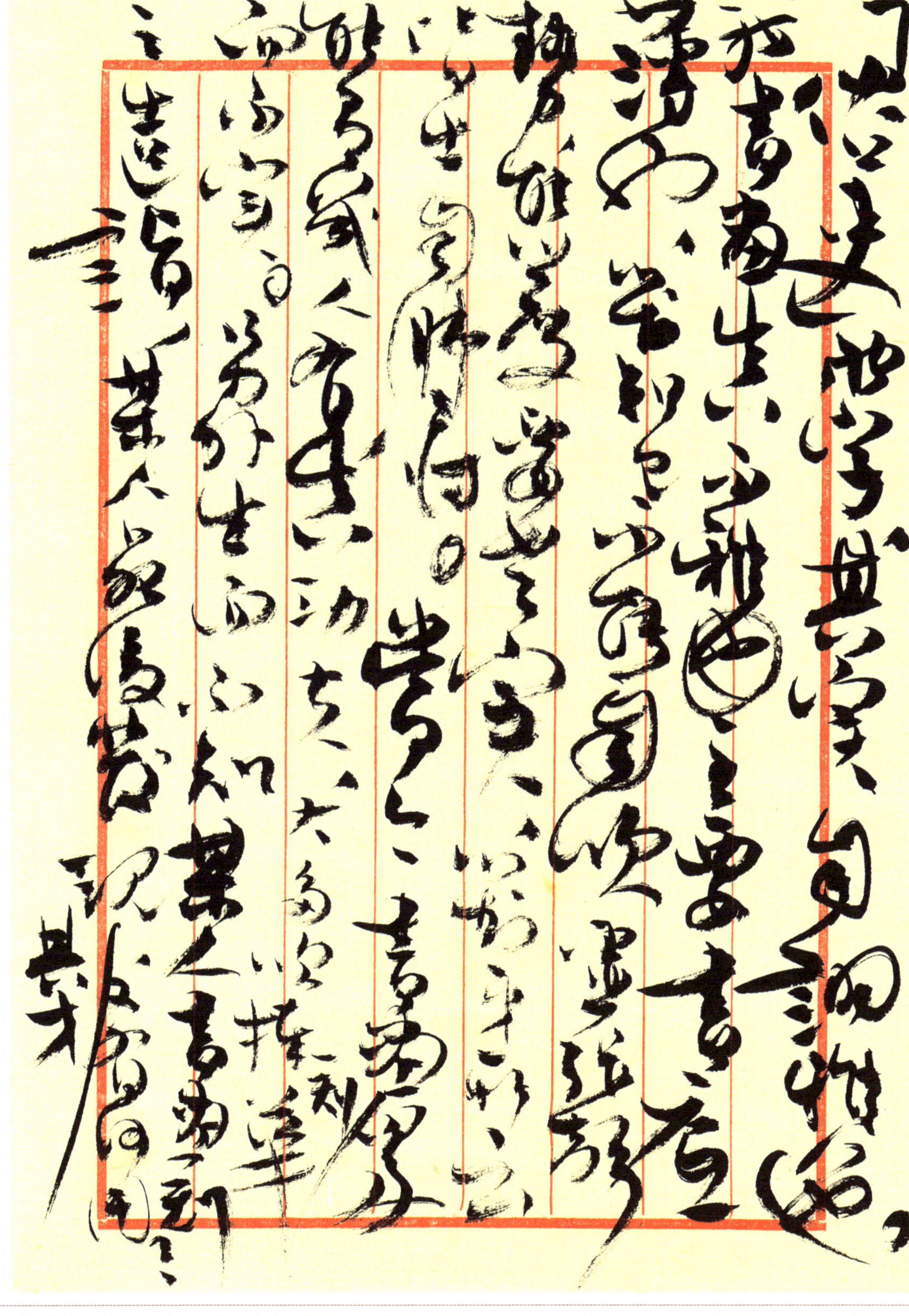

[illegible]

……附庸风雅……

麟庐 [illegible]

1987年9月16日,崇文门东大街寓

一九八七年九月二十三日

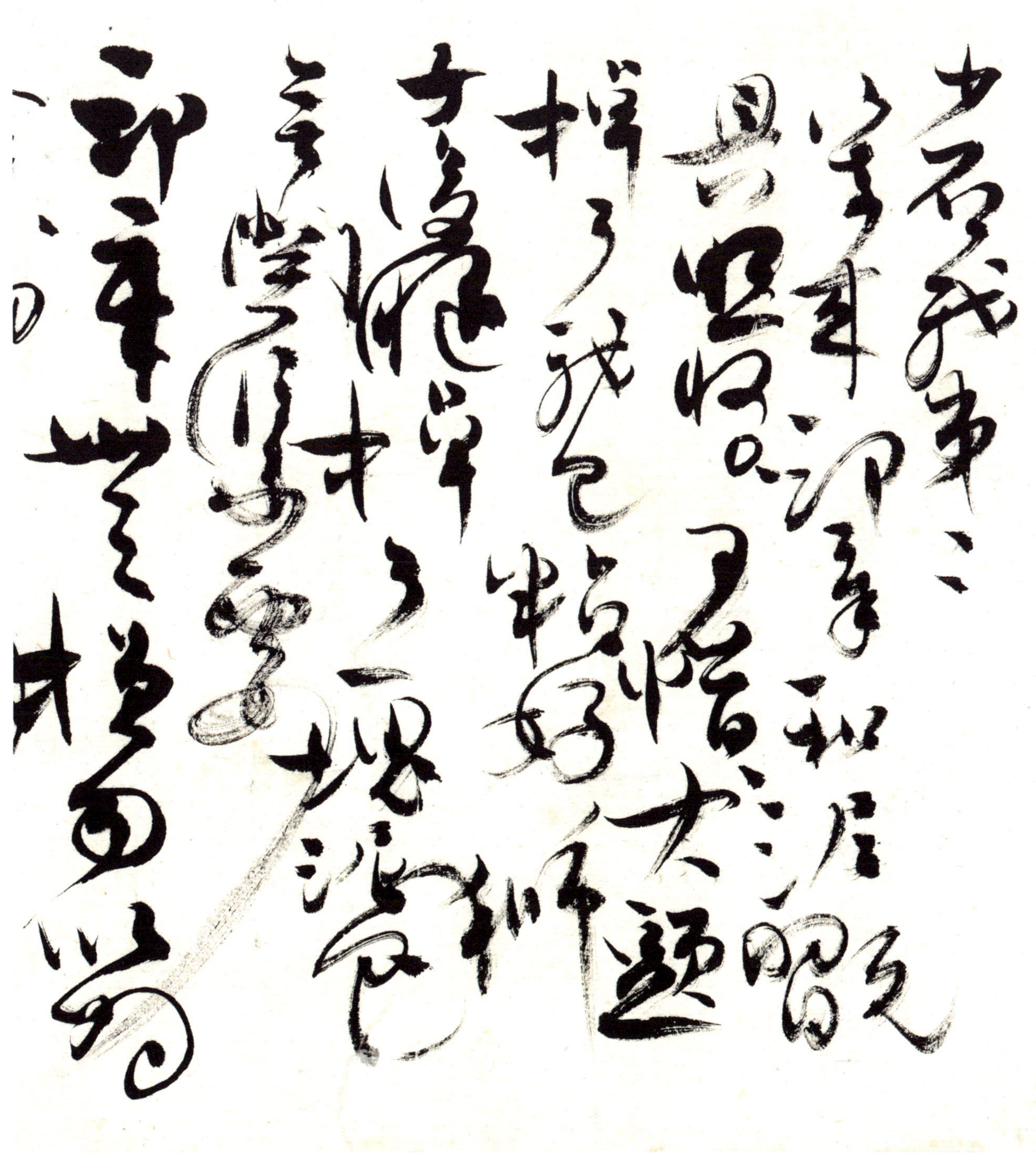

少石我弟：

寄来印章和泥玩具照收。可惜犬头掉了，我已粘好，狮子后腿掉了一块泥巴，无关紧要。印章无损，勿以为念。可能国庆之前牙即镶好，镶妥之后再作外出打算。随时我有信告诉吾弟。即颂秋绥。老麟。九月二十三日晚。

（北京崇文门东大街八号楼—安徽省宿州市南郊市直幼儿园）

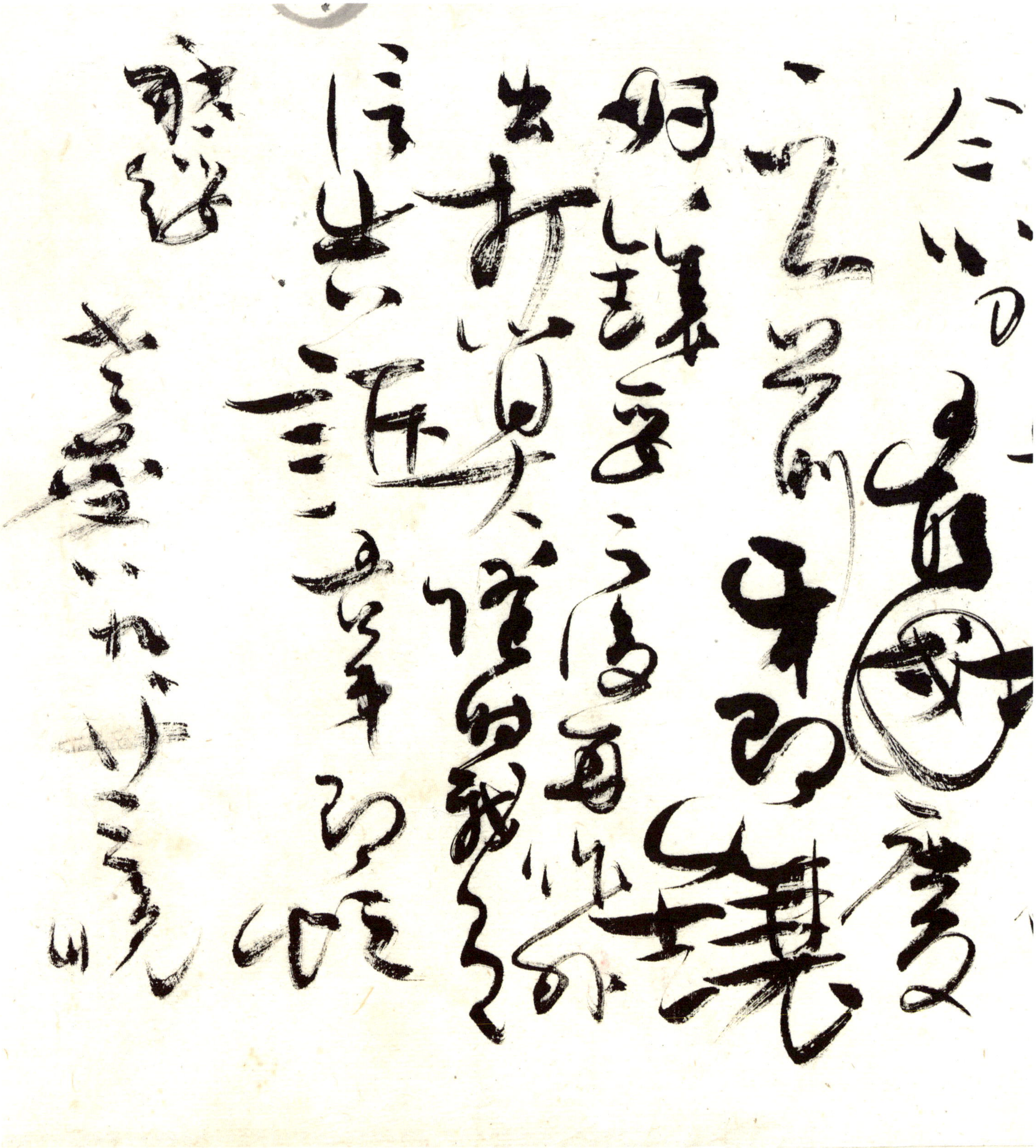

一九八七年九月二十四日

少石弟：

晨起无聊，乱画了一幅牡丹，以供吾弟一玩。倘付裱用白绫为宜，长六尺半，边宽三寸较好看。医生应我国庆前夕镶好，是否如此？另再函告。老麟。九月二十四日晨。

（北京崇文门东大街八号楼——安徽省宿州市南郊市直幼儿园）

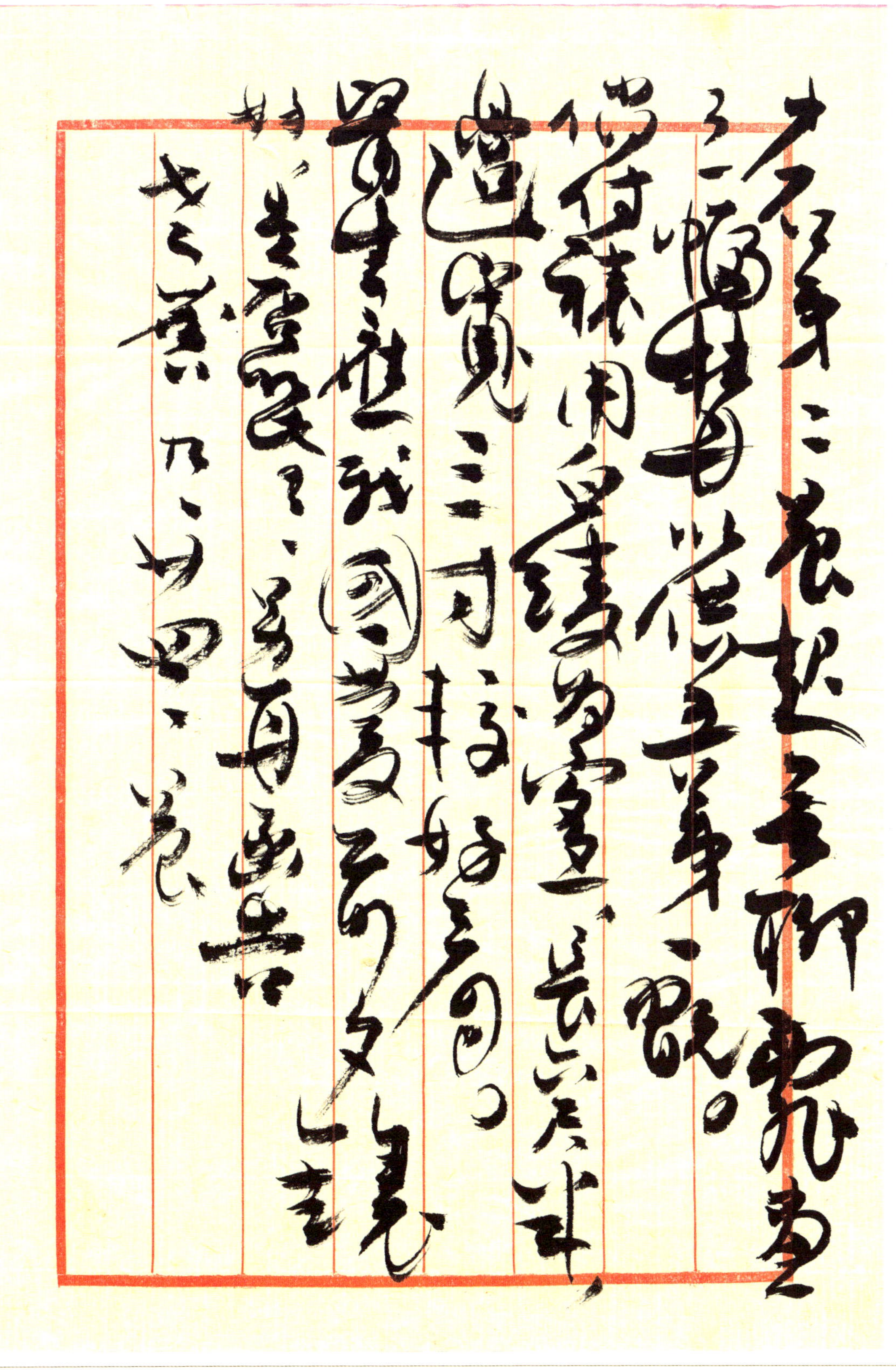

一九八七年十月三日

少石：

以我的序文稿又经韩静霆世兄一再推敲，写成如今序文。我认为可以定稿了，不更动了。吾弟接到信后，请你给静霆写封信谢谢他，住址：北京市什坊院空军大院，即妥。倘你来京时去看看他，交个朋友。静霆夫妇对我老俩口如父母，为人善良，光明磊落，夫妇两人为人极好。此序我写的潦草，也就这样了。得便你刻两方小印送给静霆，印的大小，像给我刻的『许』字大小即可。一方刻《高唐韩生》、《静霆落墨》。老麟累了。十月三日灯下。

附印两份，一寄静霆，一寄我。前序撕掉，千万千万。

序

少石初自皖来，以金石示予。观其为人，一如汉印质朴敦厚，刚直不阿；观其书画刻，亦有大将风度。落墨奏刀，恰似持戈临阵，咄咄逼人；经营布局，颇如帅座军帐，运筹帷幄。予爱少石人如金石，金石如人，乃直言不讳，对其书画刻尝加干涉，视少石为忘年之交，爱友、畏友、铮友也。好则勉之，不足则指疵。少石书画刻日渐成熟，何诀窍之有？为人虚怀若谷，为艺苦心孤诣所致矣。凡古今得大成者，非这般人品艺品莫属。予曾与红学家冯其庸弟灯下抚叹，建议少石倘以《红楼梦》人名、诗句为题治印，必蔚大观。少石忽然心动，归皖后闭门刻石，以面壁之功，禅心之静，磨杵成针之劳，费时数载始成《红楼梦印谱》。斯时，少石只知怀中石、手中刀，严冬不知风雪，酷夏不知蚊虐，磨了又刻，刻了又磨。予之先师齐白石先生曾有诗云：“磨石书堂水亦灾。”少石想必铭记于心且心领神会。每有印成，必将印谱遥寄予与其庸弟。其庸与予把玩切磋，讨论其章法布局得失，再寄往少石。如此燕子来去，岁月更迭，不疲此道。观少石印谱，阴文阳文，红白之间，何处朱砂？何处心血？不免慨然万端，良久唏嘘。少石刻印汲秦玺、汉印以及元、明、清金石诸家之长，形成个人厚重苍老之格调，识者玩味其印，当知予言不谬。是为序。

丁卯中秋于双鹅砚斋七十二叟许麟庐

（北京崇文门东大街八号楼—安徽省宿州市南郊市直幼儿园）

【按】寄定稿《红楼梦印谱》序。文中曰：予爱少石人如金石，金石如人，乃直言不讳，对其书画刻尝加干涉，视少石为忘年之交，爱友、畏友、铮友也。好则勉之，不足则指疵。少石书画刻日渐成熟，何诀窍之有？为人虚怀若谷，为艺苦心孤诣所致矣。凡古今得大成者，非这般人品艺品莫属。

挂号0572北京　62支

安徽省宿州市南郊
市直幼儿园
王少石　收
北京宣武门东大街二号楼一门302
许麟庐

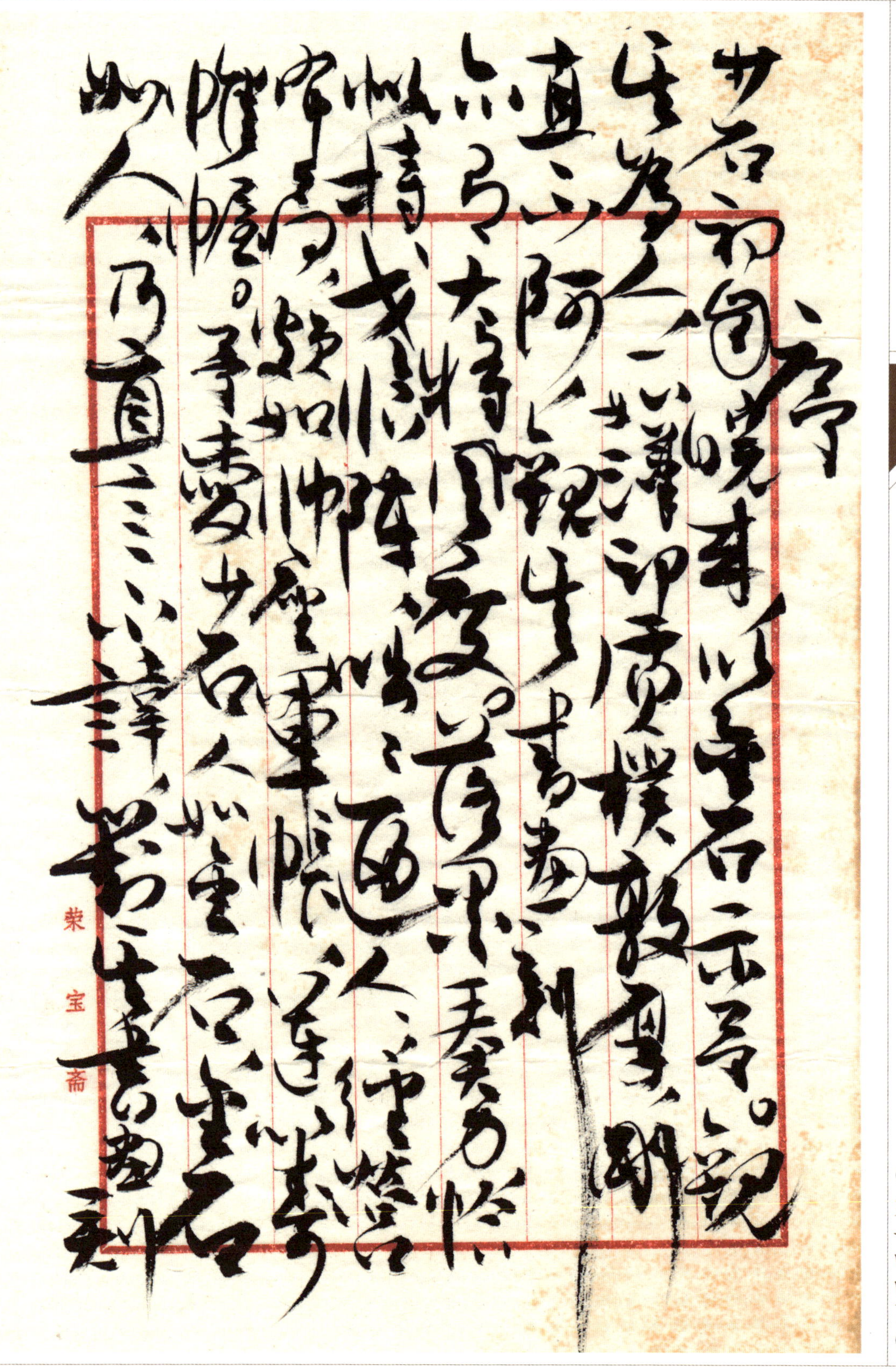
荣宝斋

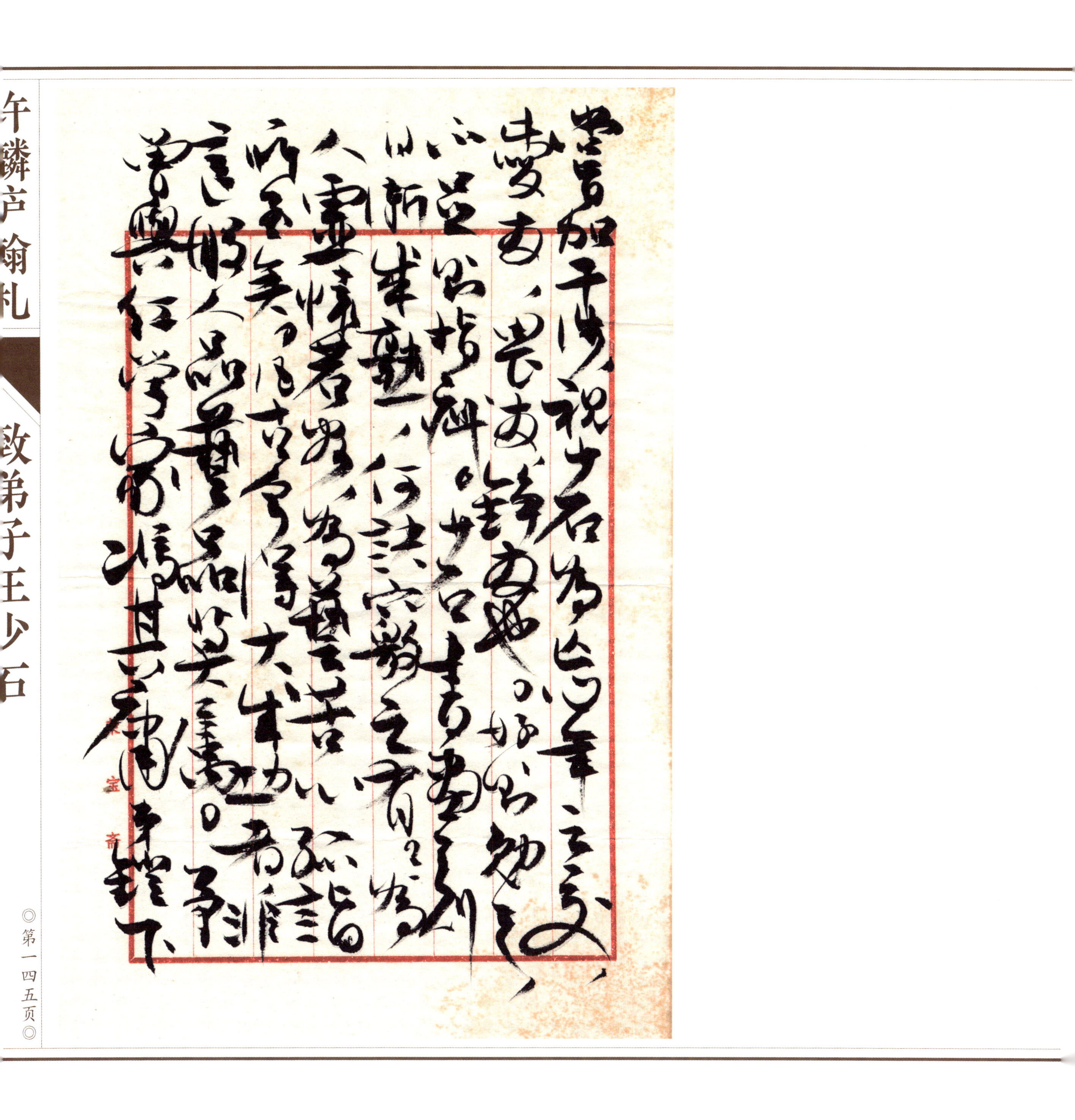

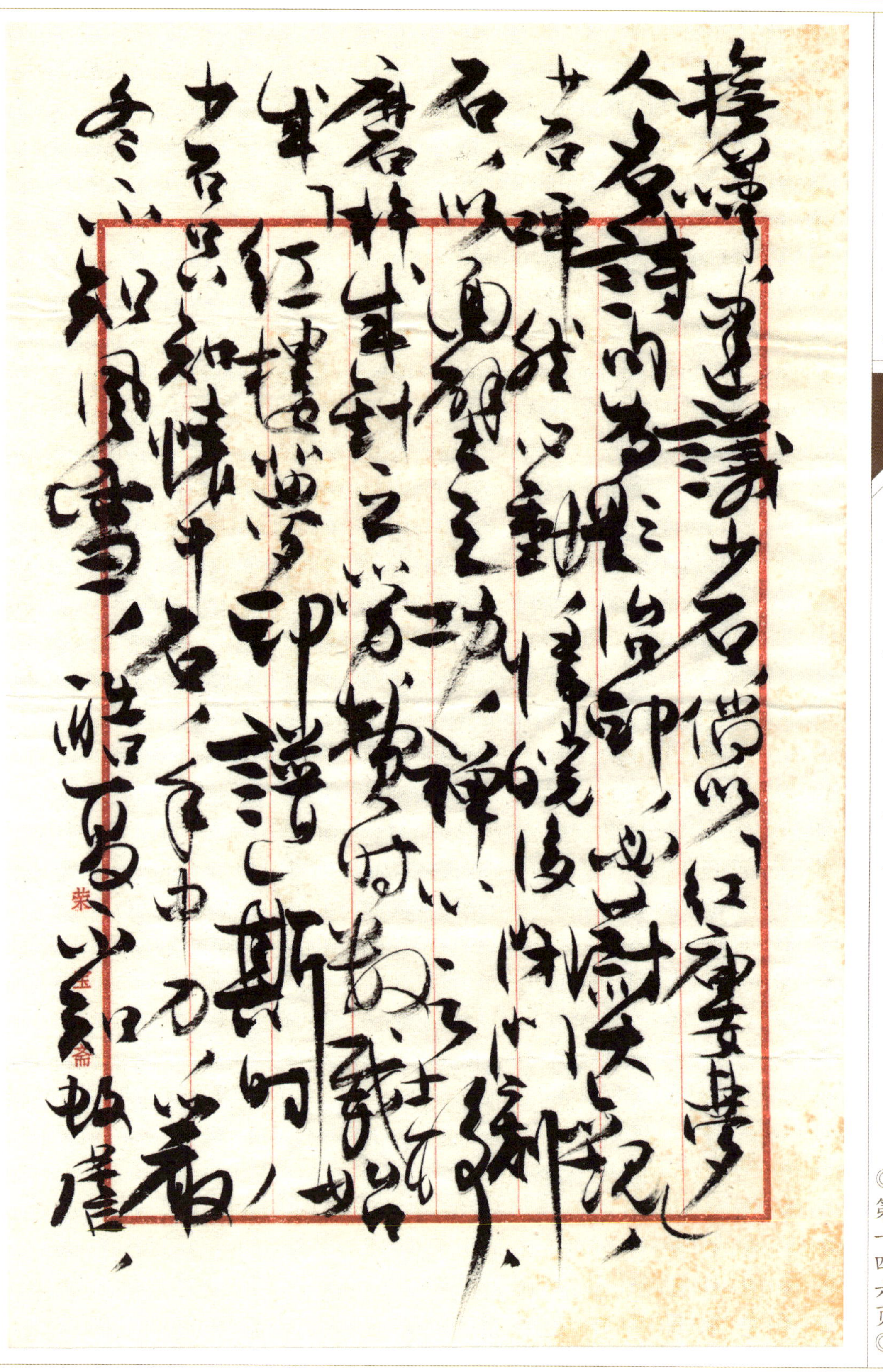

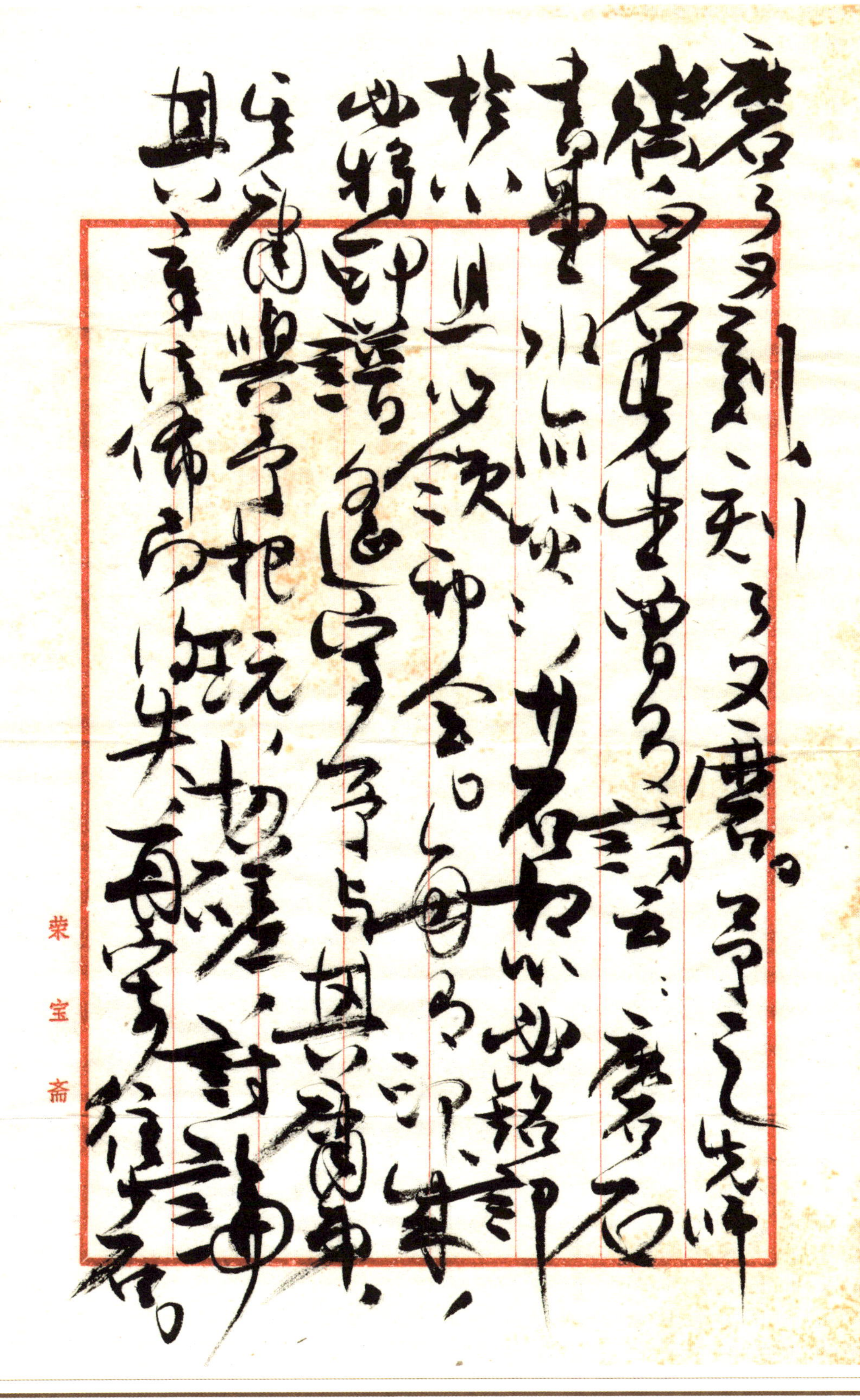
荣宝斋

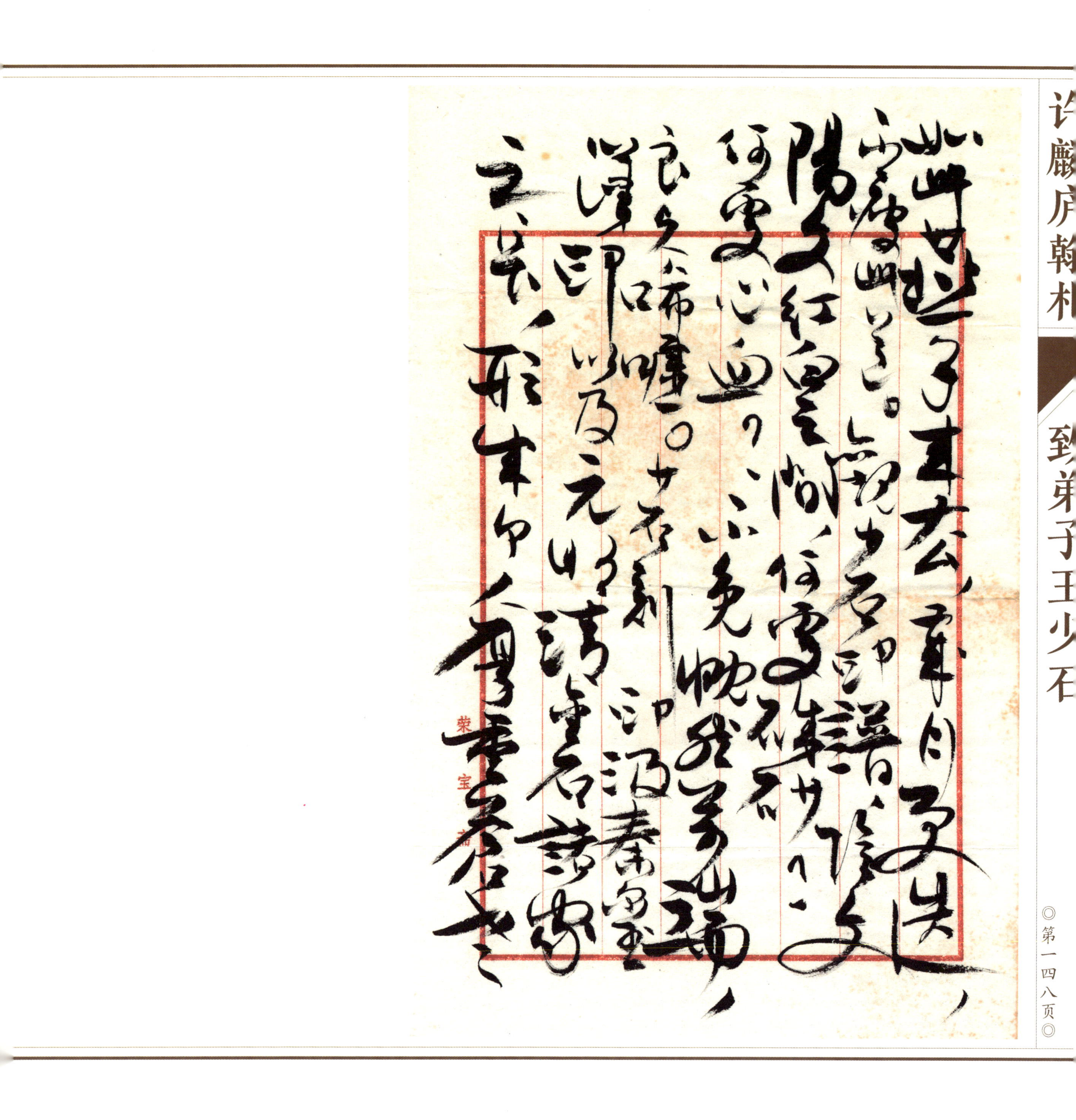

荣宝斋

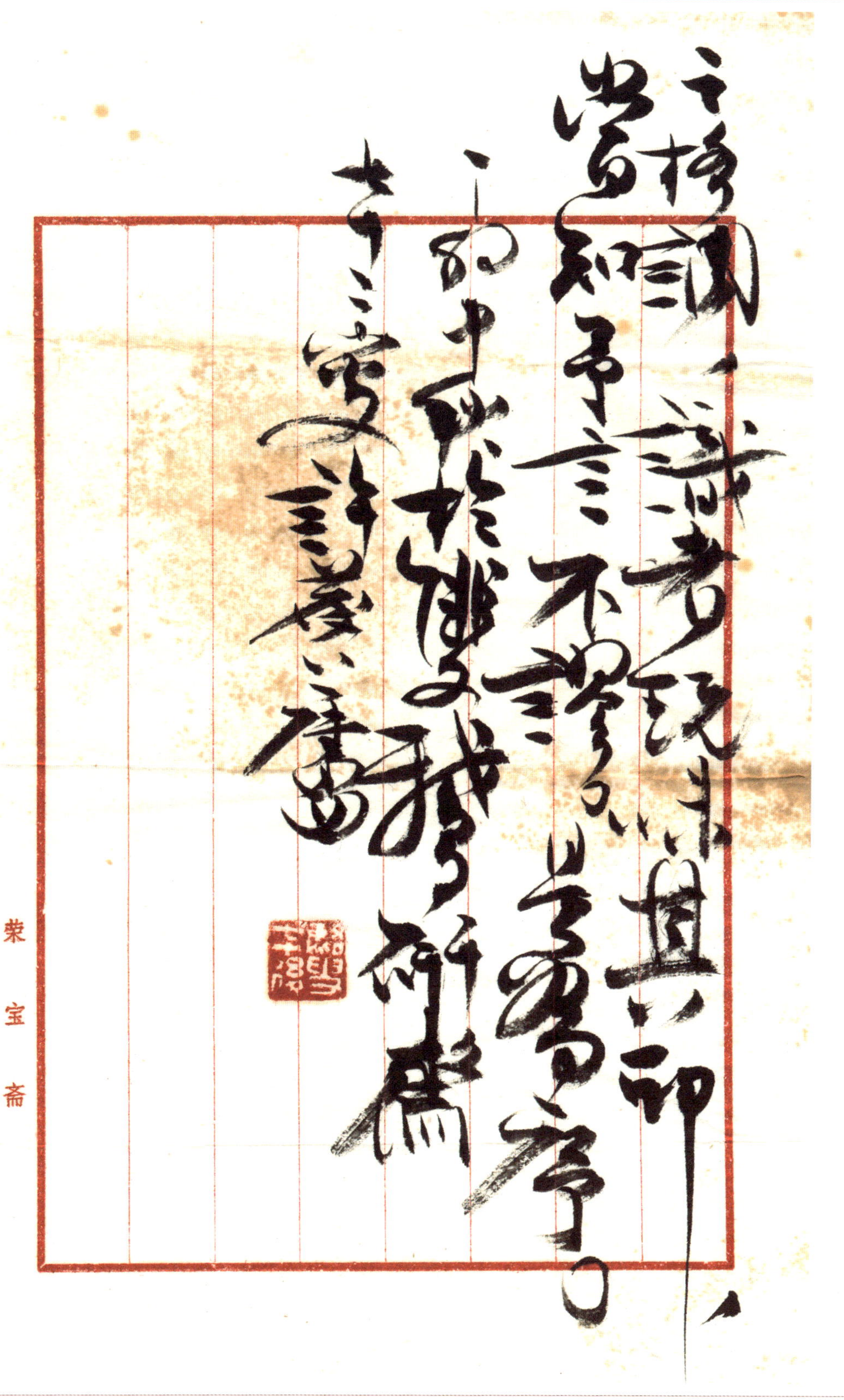

一九八七年十一月七日

少石吾弟：

我半月前由烟台返京。患感冒，直到现在，已愈。印花加以解释，吾弟思量。天寒手冷，又加体懒，暖气昨午才到，抚摸微温，我已月余未弄笔墨。闻说出售画作，税钱不少，老一辈画家均谨慎从事，其实画店也不大景气。我是比上不足，比下有余，生活自然，一向不求人，决无媚骨，吾弟与予有相似之处。顺候吾弟合家好。麟庐。十一月七日十时。

静霆夫妇人品高尚，吾弟可常通信结为知交。静霆的爱人叫王作勤，又能音乐，又能写作，又是贤妻良母。

（北京崇文门东大街八号楼—安徽省宿州市南郊市直幼儿园）

【按】自谓『一向不求人，决无媚骨。吾弟与予有相似之处。』介绍与韩静霆结为知交。

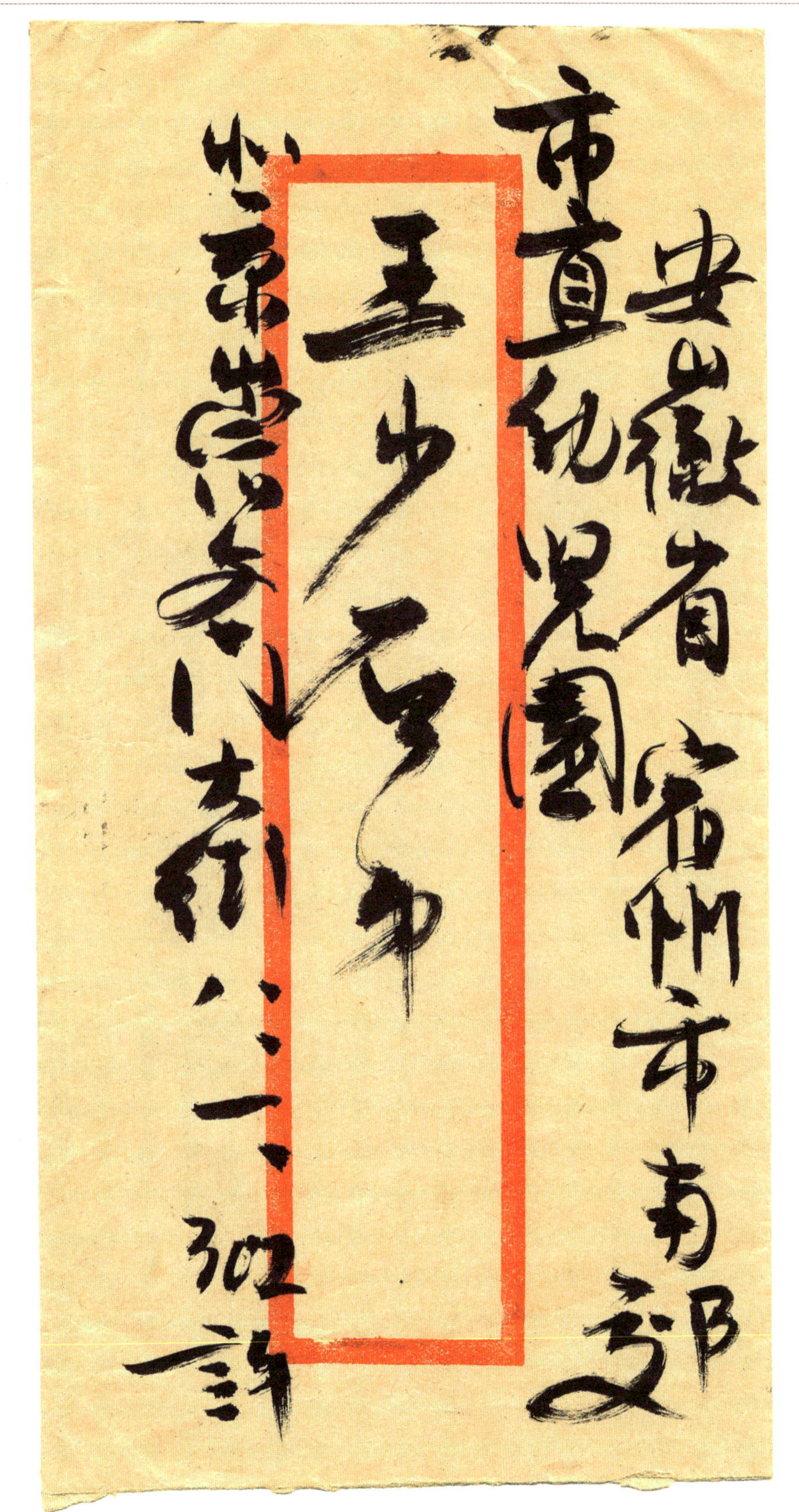

一九八七年十一月十五日

少石弟：

来信及印样收到。吾弟谦虚好学乃大家风度，高兴之极。艺术之道不能闭关自守，须有知己启迪，谨防不能进也。吾爱吾弟故多指疵，吾弟能知我。我烟台之行返京即感冒，至今作画无情绪，懒散终日，一旦精神来时，则又狂涂不止，吾侪均有此状也。静霆三方印由吾弟由邮局寄去，让静霆高兴高兴。写到这里，再叙。祝吾弟合府吉祥。老麟。十一月十五晚。

（北京崇文门东大街八号楼—安徽省宿州市南郊市直幼儿园）

【按】语重心长：吾弟谦虚好学乃大家风度，高兴之极。艺术之道不能闭关自守，须有知己启迪，谨防不能进也。吾爱吾弟故多指疵，吾弟能知我。

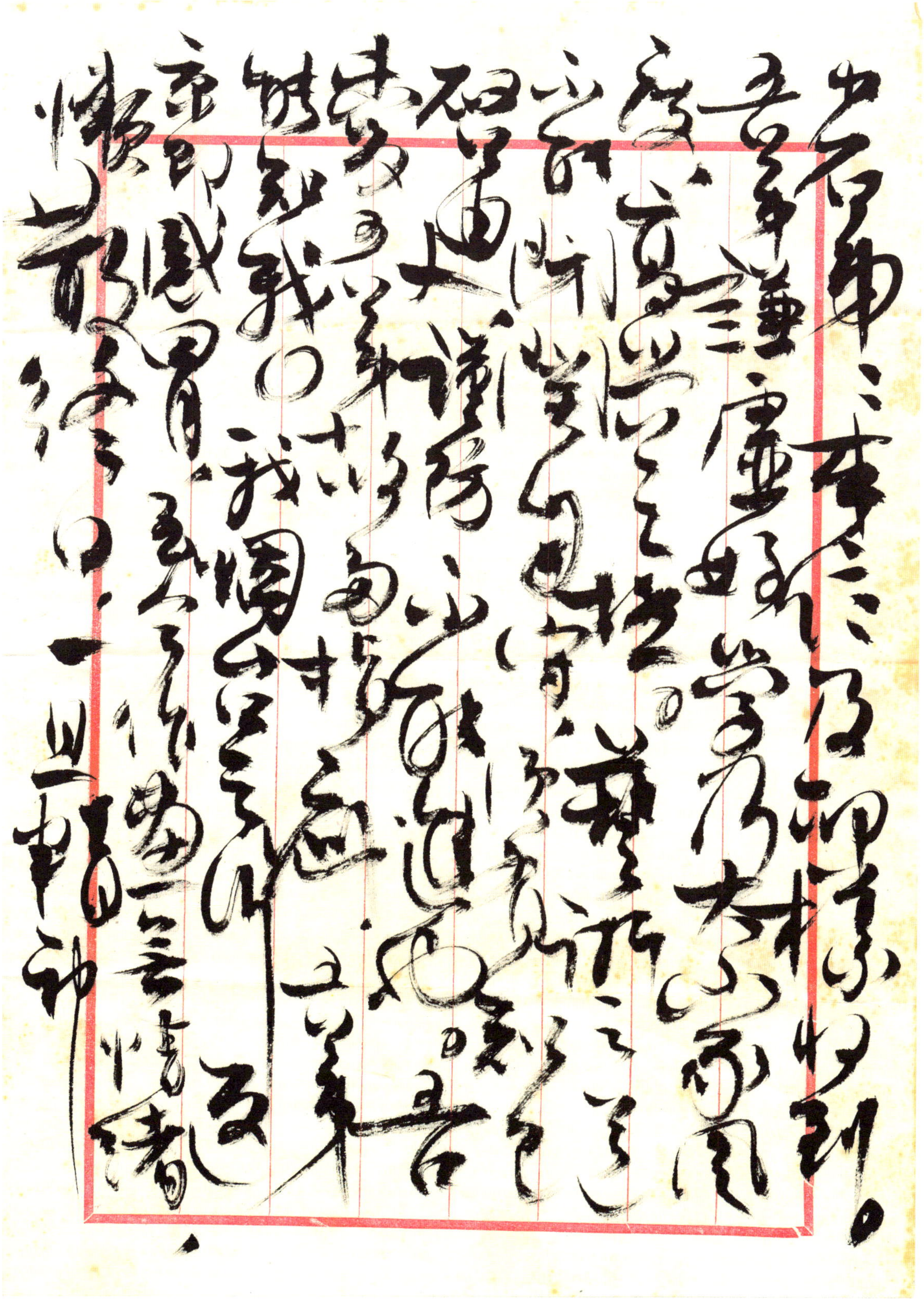

来函收悉，余亦如此，京中均好。
此状也，附静雪三方印，由其亲手
由郭方宝家转交静雪，大约六七日
望转之理，再会叔发长兵事
阅
阅后弄好好
七三 麟 十二、十三 晚

一九八七年十二月十四日

少石弟：

寄来印样我急急的逐方都看了。我以为你为了赶时间，有些仓仓促促。要出印谱必须讲究，来不得半点马虎。事关名誉，一定每方印都要经得起行家推敲，印谱主要是给行家看的，外行谁来看。既然赶刻，要参考前人印集，借鉴借鉴。我希望你尽量不要雷同，不要雷同字面，不要雷同印形。要有大家风格，不作到大家格调是不能拿出去的，千万千万注意，一定慎重慎重。吴缶翁、赵之谦两印谱，吾弟要翻阅翻阅。麟庐。十二月十四夜急草。

（北京崇文门东大街八号楼—安徽省宿州市南郊市直幼儿园）

【按】王少石赶刻印章受到恩师批评，强调『要有大家风格，不作到大家格调是不能拿出去的。』

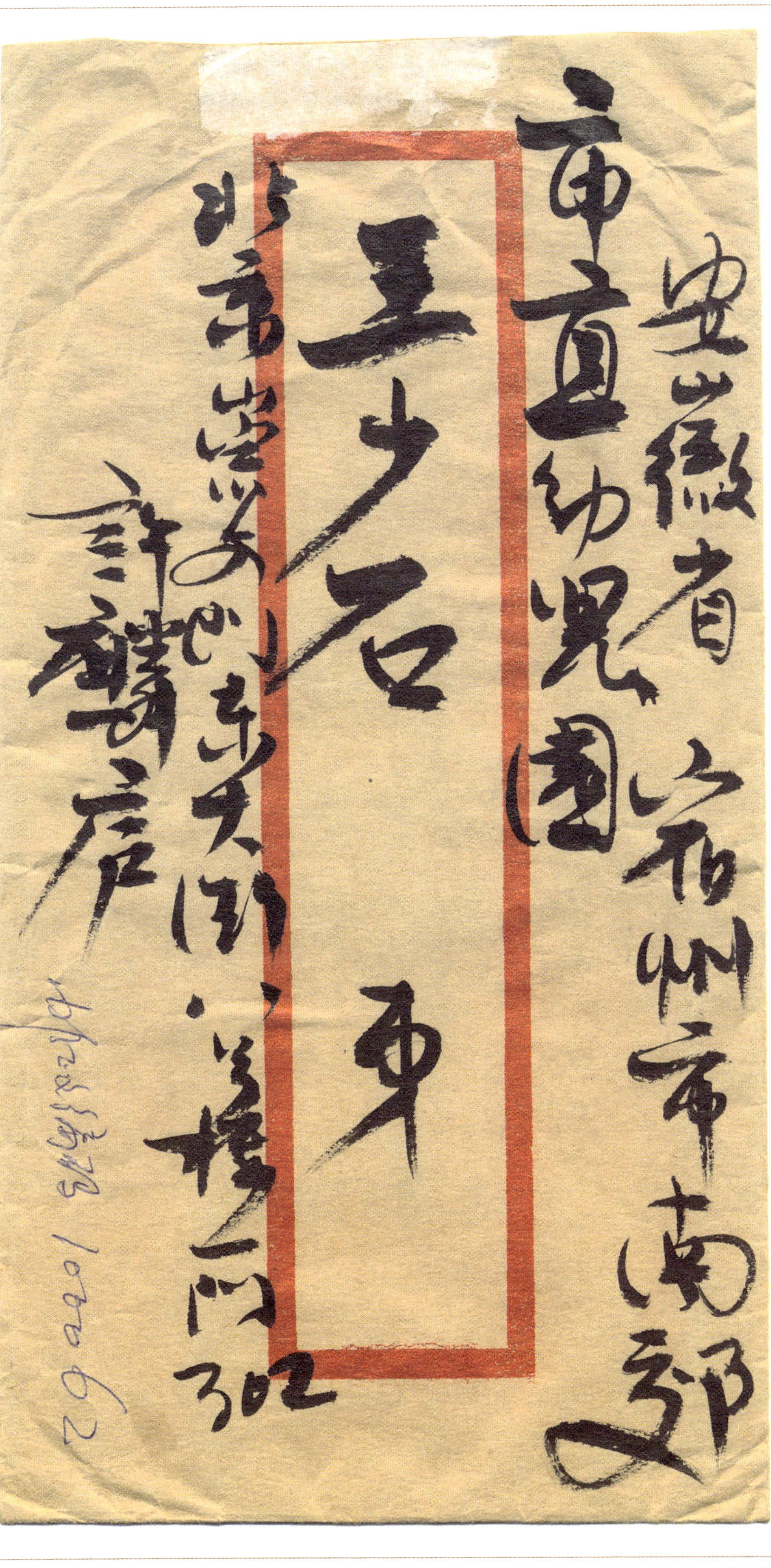

安徽省宿州市南郊市直幼儿园
王少石 弟
北京崇文门东大街八号楼二门302
许麟庐

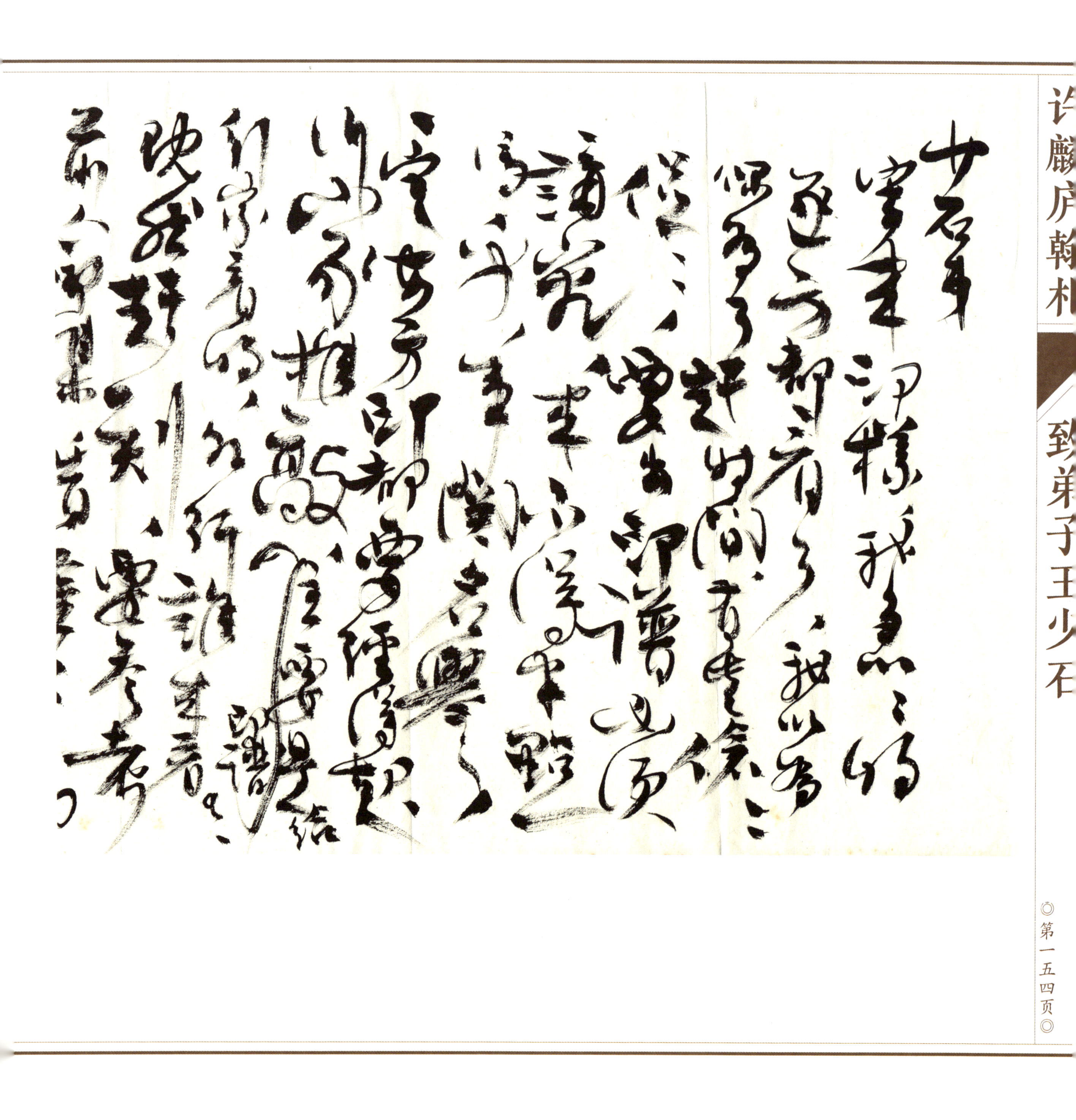

致弟子王少石

一九八八年二月十一日

少石吾弟：

听到萧老健康消息，很高兴。老人清心寡欲，寿如金石，可喜可贺。吾弟所刻龙印非常生动，我很喜欢，佳作也。祝贺吾弟合府春节吉祥。麟庐。二月十一晚。

（北京崇文门东大街八号楼——安徽省宿州市南郊市直幼儿园）

一九八八年三月二十三日

少石弟：

来（信）收悉。『铮』与『诤』均可用，不必改也。

『铮』谓人刚正不阿，《汉书》光武帝谓徐宣：『卿所谓铁中铮铮，庸中佼佼者也。』『诤』以直言止人过失。所以不改。

我、亚明诸友可能四月二日赴欧洲，倘再改期再函告吾弟。我日前赴南京观梅，昨归。身体如常，勿念。老麟。三月二十三日。

（北京崇文门东大街八号——安徽省宿州市南郊市直幼儿园）

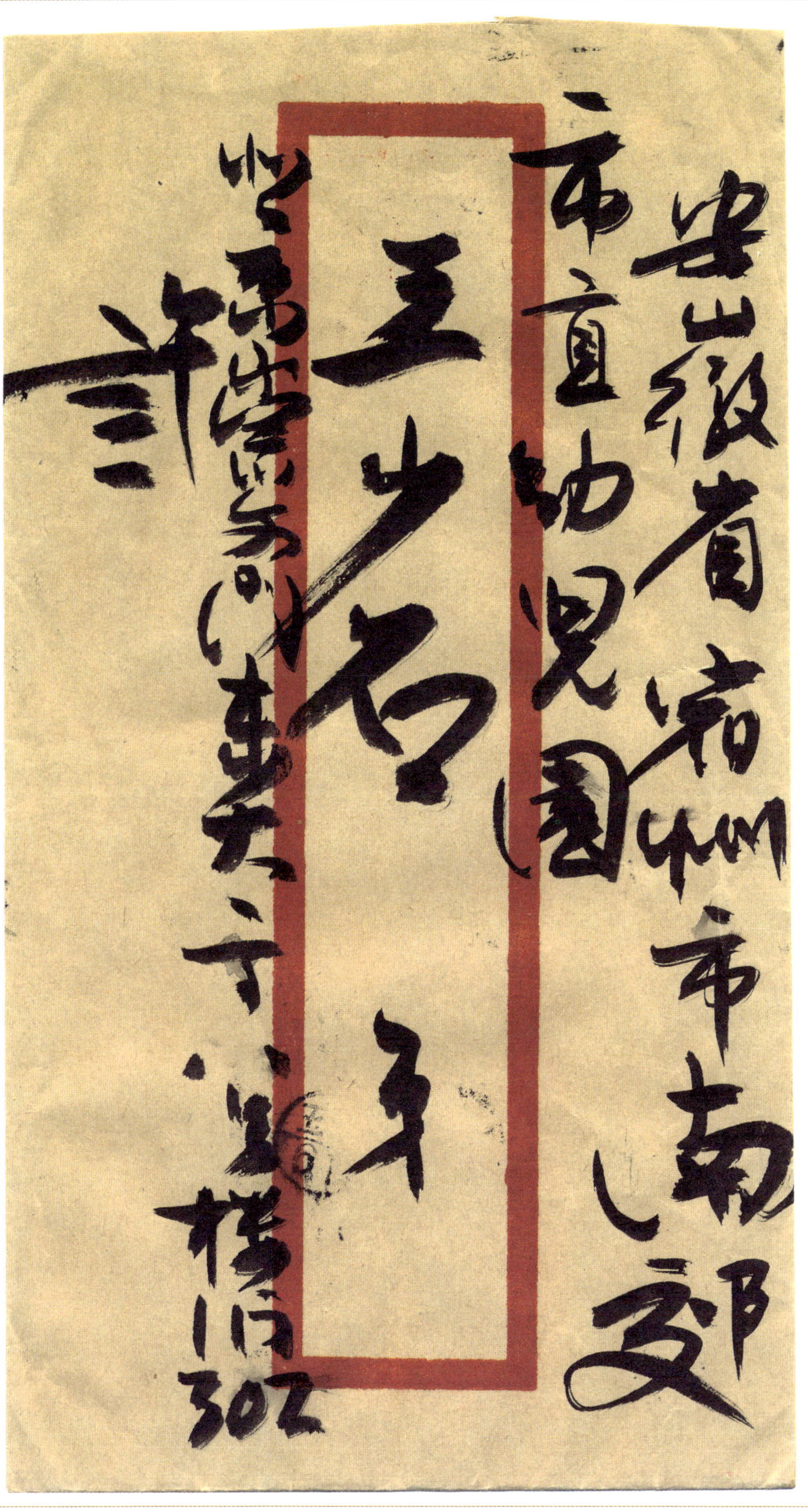

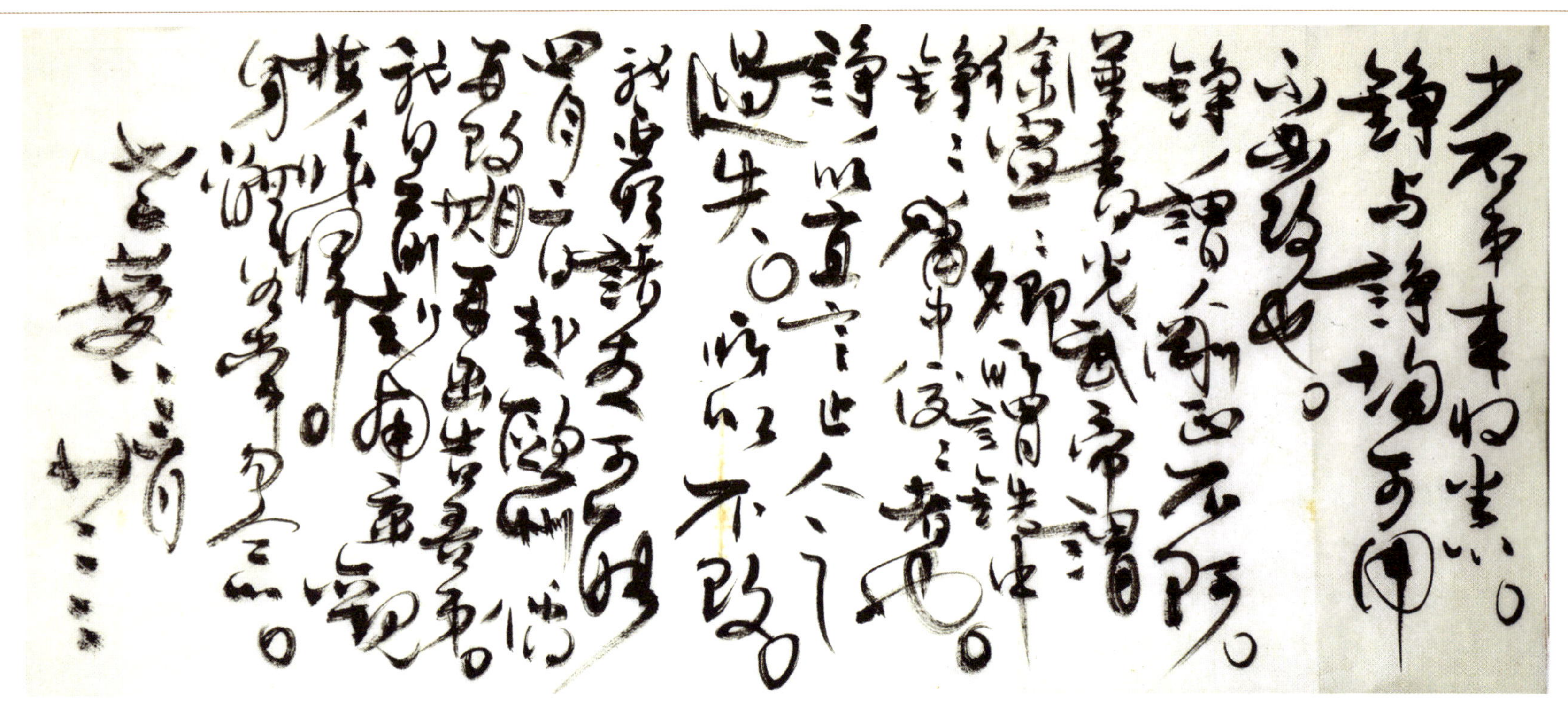

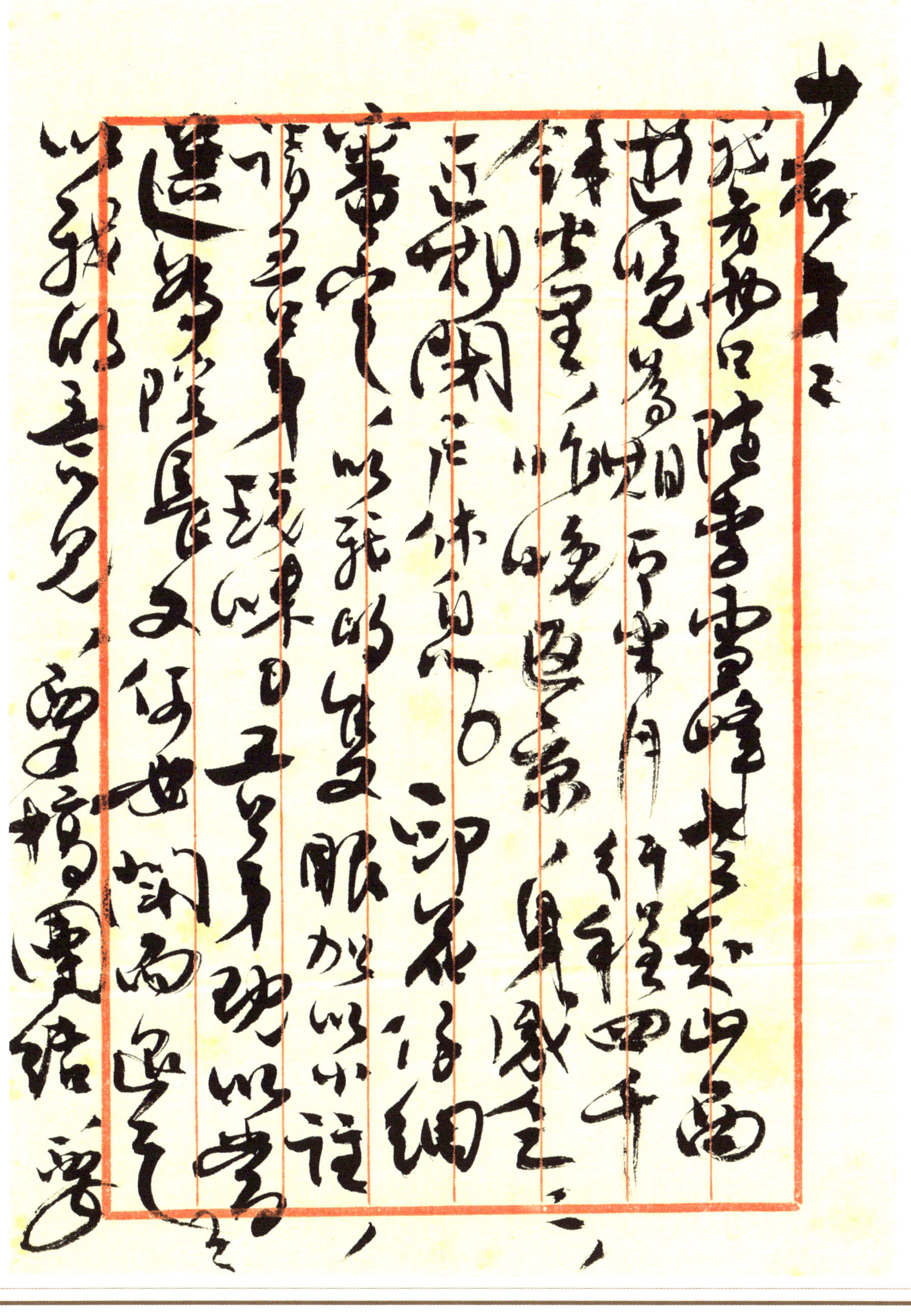
少石弟：

我老俩口随李雪峰老赴山西游览为期一个半月行程四千余公里昨晚返京身感乏乏近期闭户休息印花仔细审定以我的只眼加以小注请吾弟玩味吾弟既已当选为院长又何必斗而退之以我的意见要搞团结要有立场要先人后己要谦虚慎言要为大家谋福利要搞有水平的画展要搞画院影响如能作到如是则立于不败之地吾弟以为如何祝一切顺利老麟八月四日

一九八八年八月四日

少石弟：

我老俩口随李雪峰老赴山西游览，为期一个半月，行程四千余公里。昨晚返京，身感乏乏，近期闭户休息。印花仔细审定，以我的只眼加以小注，请吾弟玩味。吾弟既已当选为院长，又何必斗而退之。以我的意见，要搞团结，要有立场，要先人后己，要谦虚慎言，要为大家谋福利，要搞有水平的画展，要搞画院影响，如能作到如是，则立于不败之地，吾弟以为如何？祝一切顺利。老麟。八月四日。

（北京崇文门东大街八号楼—安徽省宿州市南郊市直幼儿园）

【按】告知行踪。

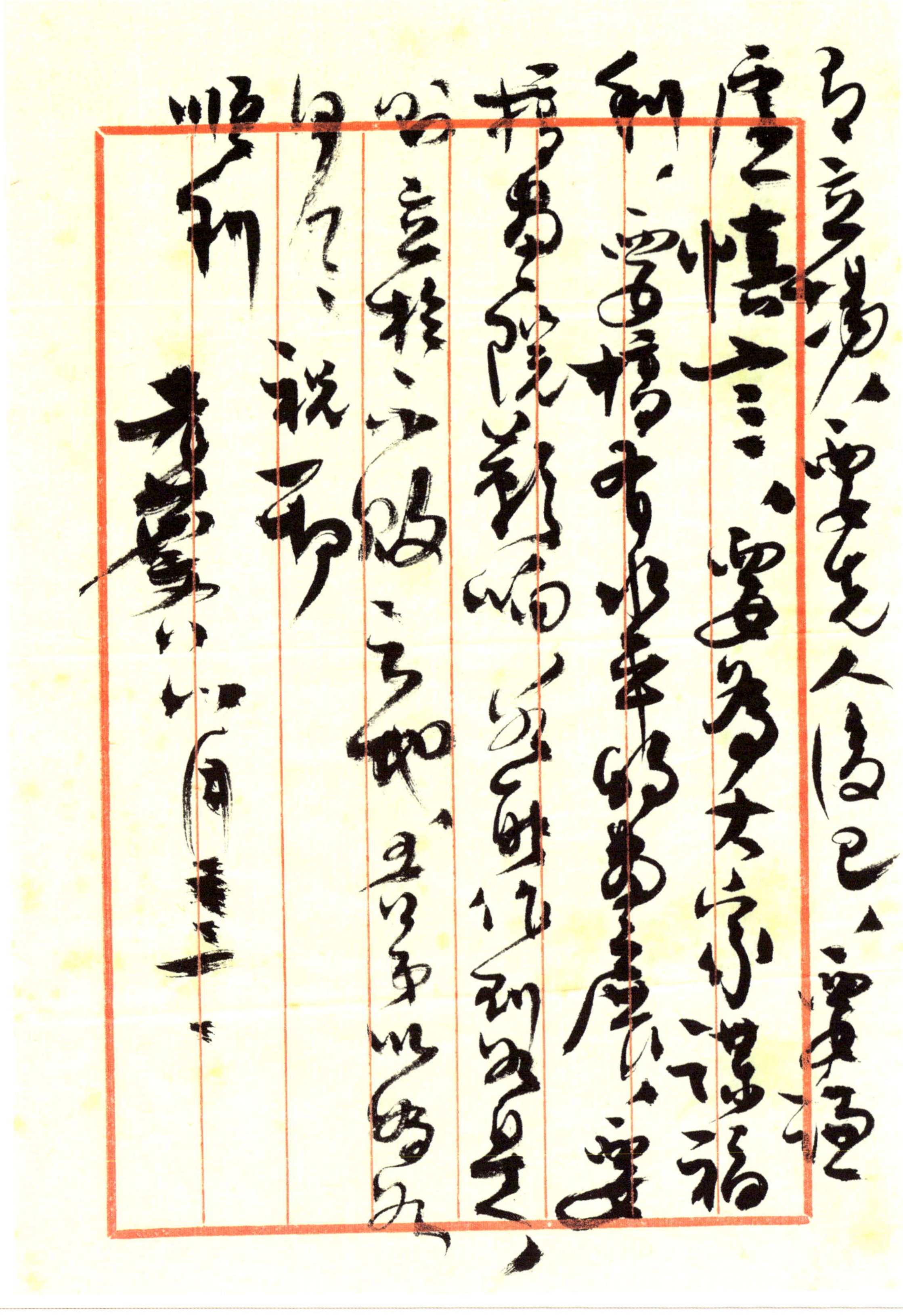

麟庐长寿

评语：此印布局繁简疏密有致，刀法顿挫有味，颇见功夫，佳作也，喜极。老麟。

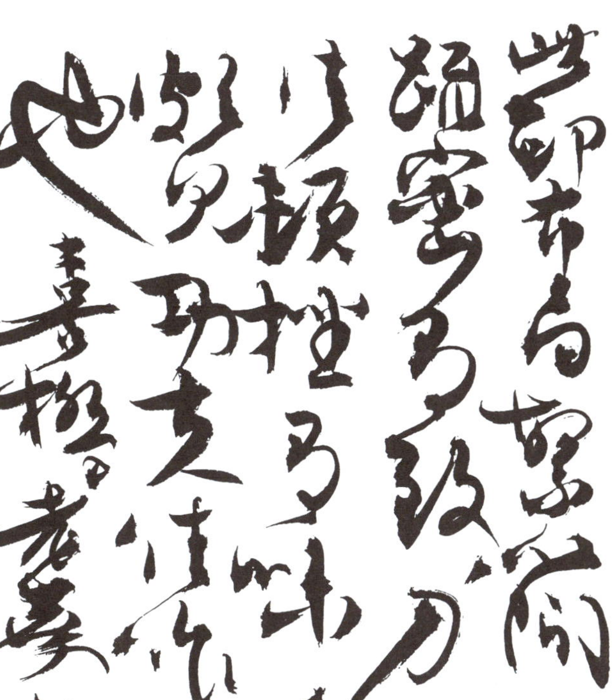

处其朴

评语：浑然无敌，少石吾弟呕心之作。老麟记。

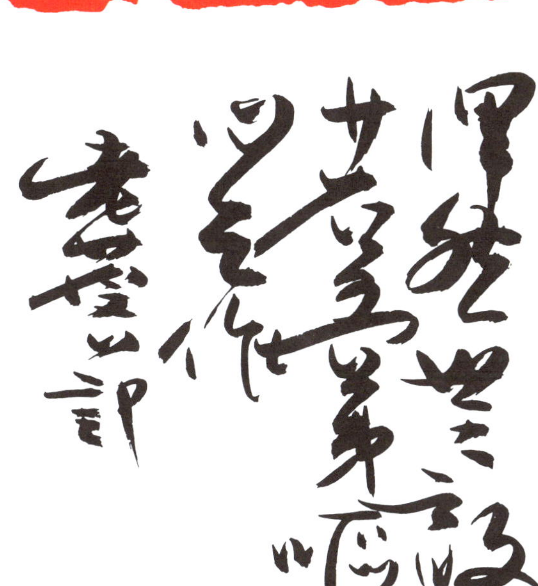

一九八八年八月二十一日（一）

少石吾弟：

很想念。山西归来之后，终日饮茶静坐，不思作画，呆若木鸡，近况如是。

青州赵子显福赠予一石，其形如龟，予视为珍品，故名『龟堂』，请吾弟刻一压角章，不必过大。『龟』字篆书不多，最好参考《书法大辞典》北魏『龟』字如何？白文为宜，请斟酌。

吾弟近况均在念中，示我。麟庐。八月二十一日。

（北京崇文门东大街八号楼—安徽省宿州市南郊市直幼儿园）

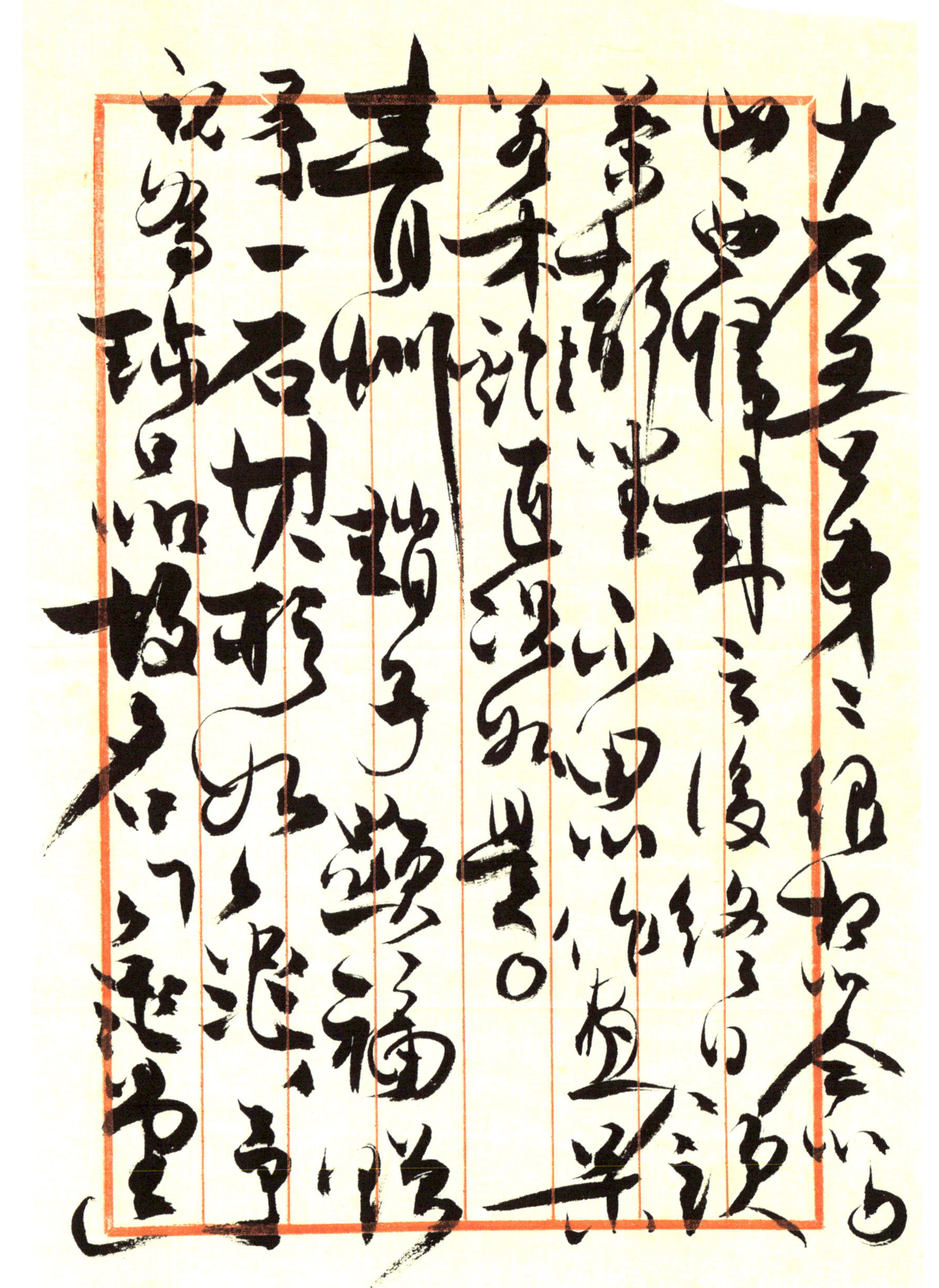

致弟子王少石

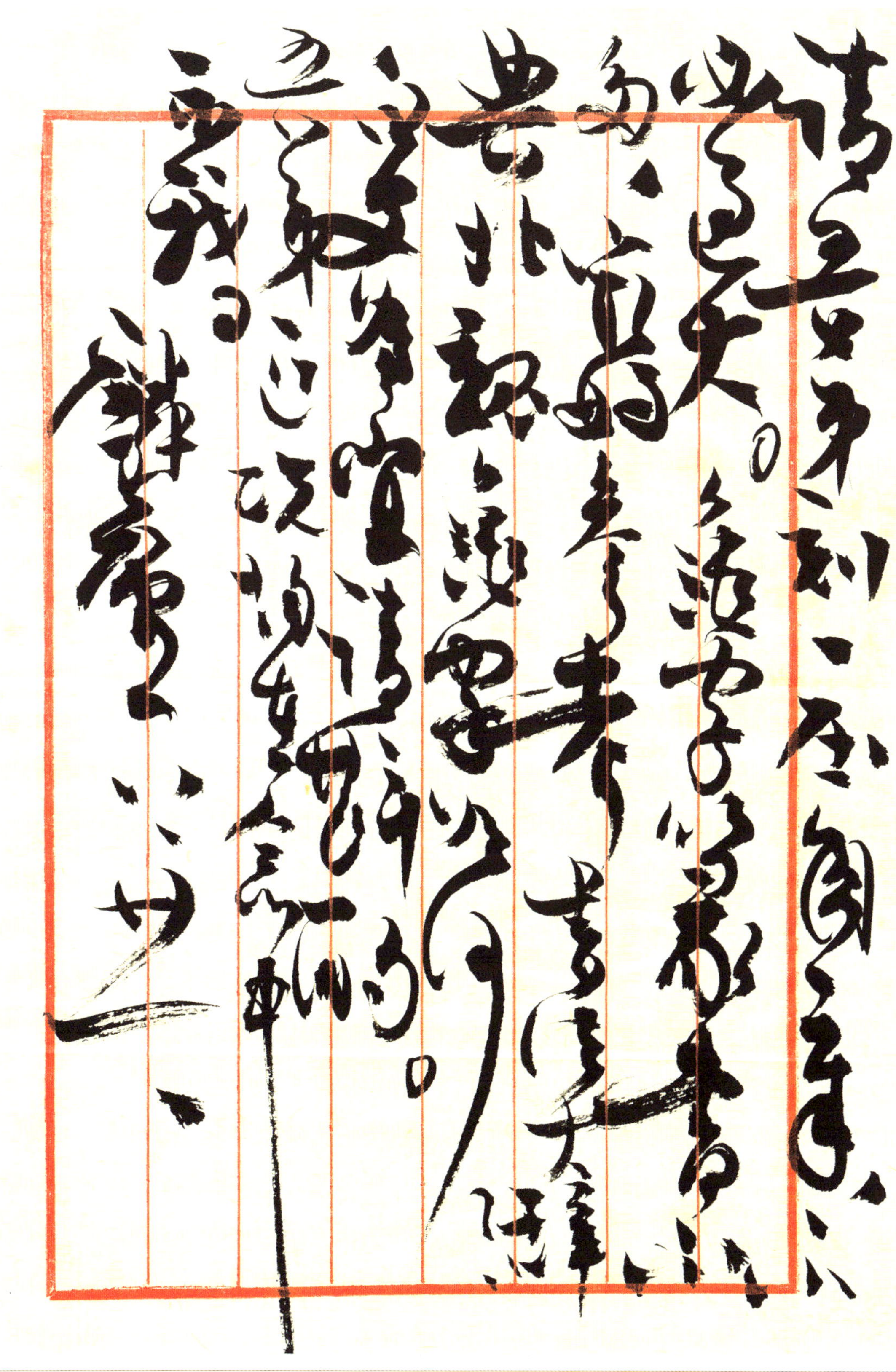

一九八八年八月二十一日（二）

少石弟：

『龟堂』的『堂』字请斟酌。是否用简字『坣』（篆书）、『坣』？总之布局要脱俗，当然不能失去规矩。大主意还由吾弟决定，观者清也。

今天下午静霆夫妇将两印送来，勿念。画院现已成立，一切要冷静办事，切切。

吾弟书法要以篆书为主，坚持下去必享大名。老麟。八月二十一日。

（北京崇文门东大街八号楼—安徽省宿州市南郊市直幼儿园）

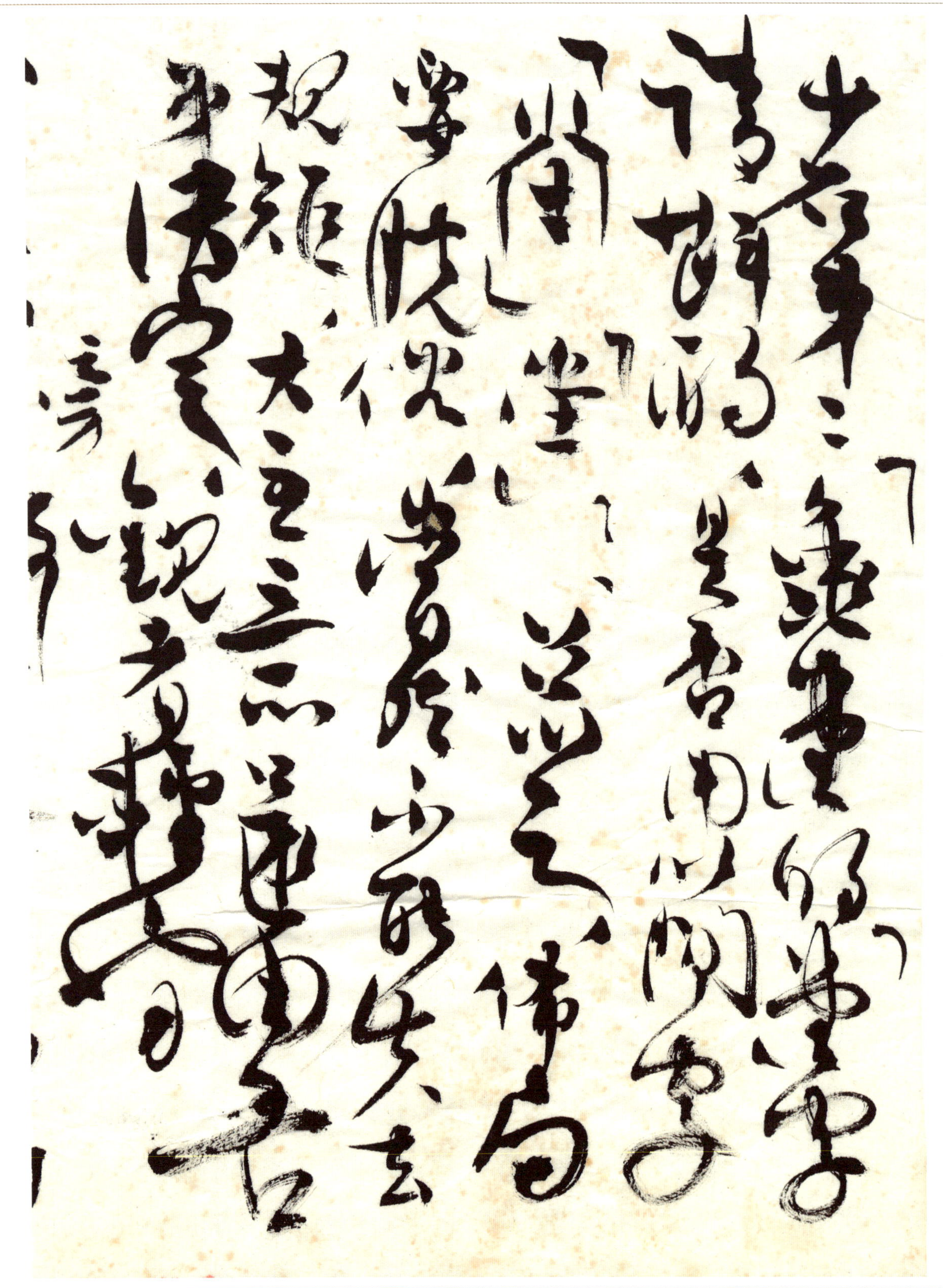

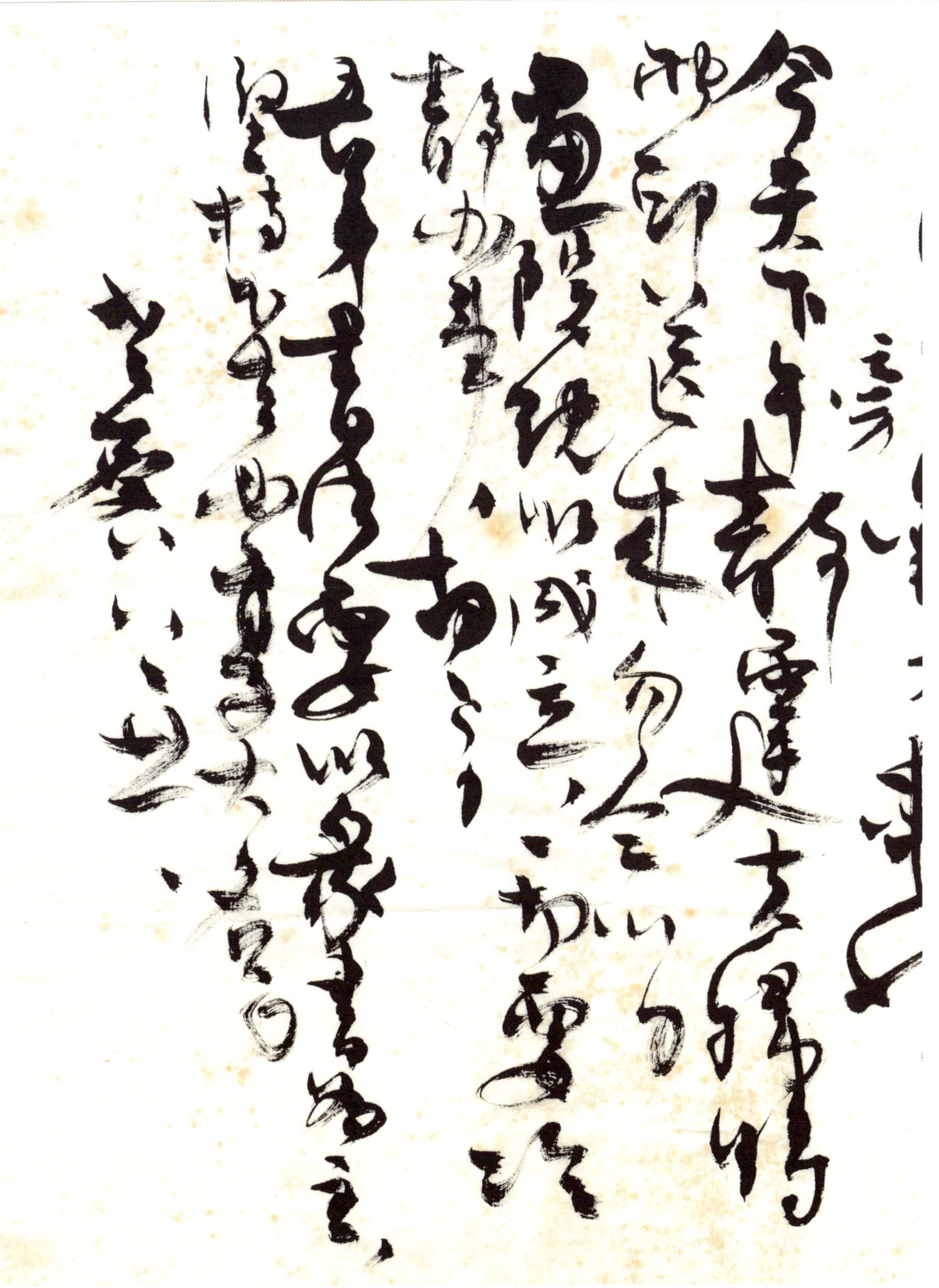

一九八八年九月四日

少石弟：

烦祥瑞医生捎来石章两方，照收。我因外出没见到李大夫，请代致意。近来考生很难，如无后门难上加难。不但考学难，处处事事都难，世道如此恶劣，动摇国本奈何？我两个孙女都没考上大学，只好花大钱上业余大学。到处是业余大学，可以说业余学校生财有道矣，没办法，一叹！我暂时在家休息，如外出再函告我弟。祝合府平安。老麟。九月四日。

（北京崇文门东大街八号楼—安徽省宿州市南郊市直幼儿园）

【按】感叹『世道如此恶劣，动摇国本奈何？』

一九八八年九月二十五日

少石弟：

孩子已考上专业，我非常高兴。至于你到合肥活动到大学教课，我也非常赞成。一旦活动成功，马上给我来信，以免惦念。见到萧老，代我请安。我现在必要活动，出席坐坐，一般社会活动均婉谢之。如今我生活还过得去，比上不足，落得个清净。中秋合府好。老麟。中秋节。

（北京崇文门东大街八号楼—安徽省宿州市南郊市直幼儿园）

一九八九年二月十六日

少石弟：

我老俩口昨晚由香港返京，主要去看看孙子，住了一个多月。吾弟寄来的画、书、印，我都一一看了，很高兴。刻印第一，书法第二，画第三。写兰过于雄浑而俏拔不及，希望吾弟多看古人之作，如李方膺、郑板桥、文征明、罗两峰、赵子固、吴缶庐诸家作品，充实自己，在反复实践中才有所得。吾弟篆书由放到收，字体很结实，看后令我高兴，不过行书款识仍嫌不足，望吾弟在行草多下功夫。篆刻方面已有自己面貌，但仍须研究，不可满足现状。我爱吾弟故直言之。赴港以来，一个多月没动笔墨，握管觉得生硬，自今起即临池锻炼，共勉。再者友人在珠海成立画廊，拟收集近代画家作品，如任伯年、吴昌硕、齐白石等人作品。只要能看的下去之作也可以凑合。不知宿州有否此类作品否？耀宗弟有三幅伪齐白石，如愿换钞，我可代为推荐，以仿齐白石标之。吾弟物色一下，如有此种作品请寄下，其价格由我与珠海之友商议。如物色不到则作罢论，便中示我为荷。吾弟作品我再推敲推敲。灯下眼花，谈到这。上元节好。老麟匆匆。二月十六日。

（北京崇文门东大街八号楼—安徽省宿州市南郊市直幼儿园）

【按】老俩口去香港看望孙子，在小儿子许化迟处住了一个多月。有绘画理论。

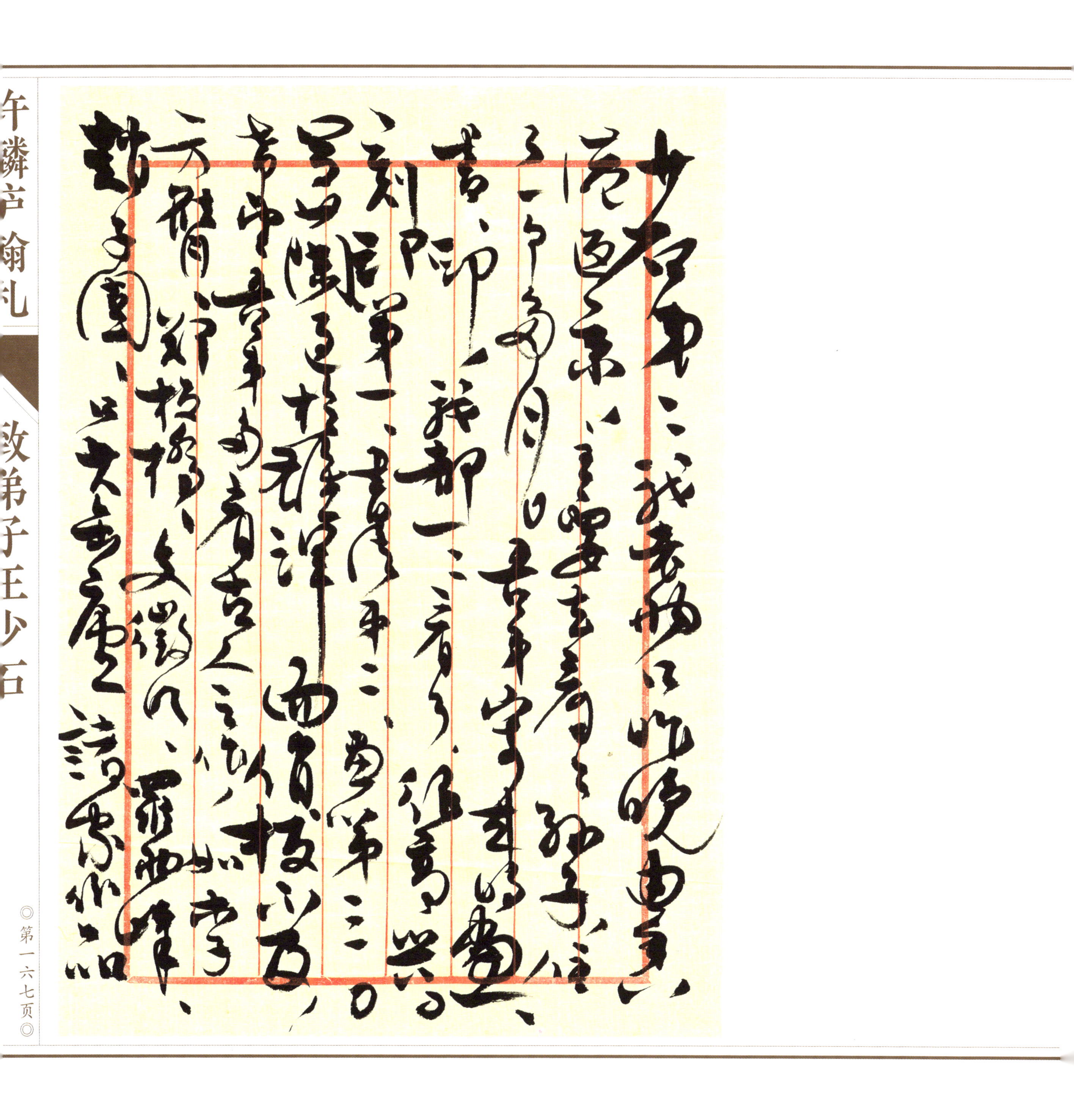

致弟子王少石

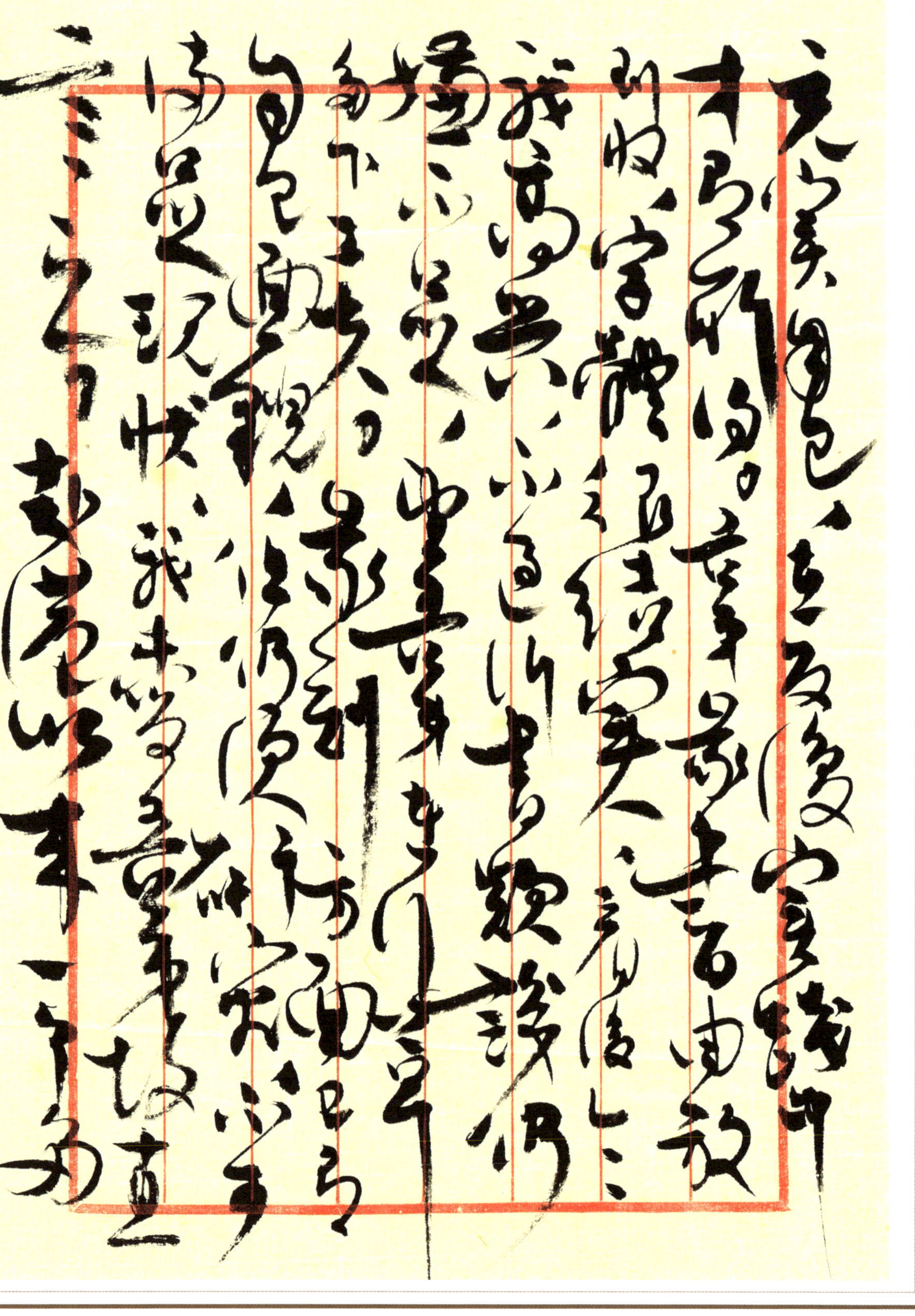

致弟子王少石

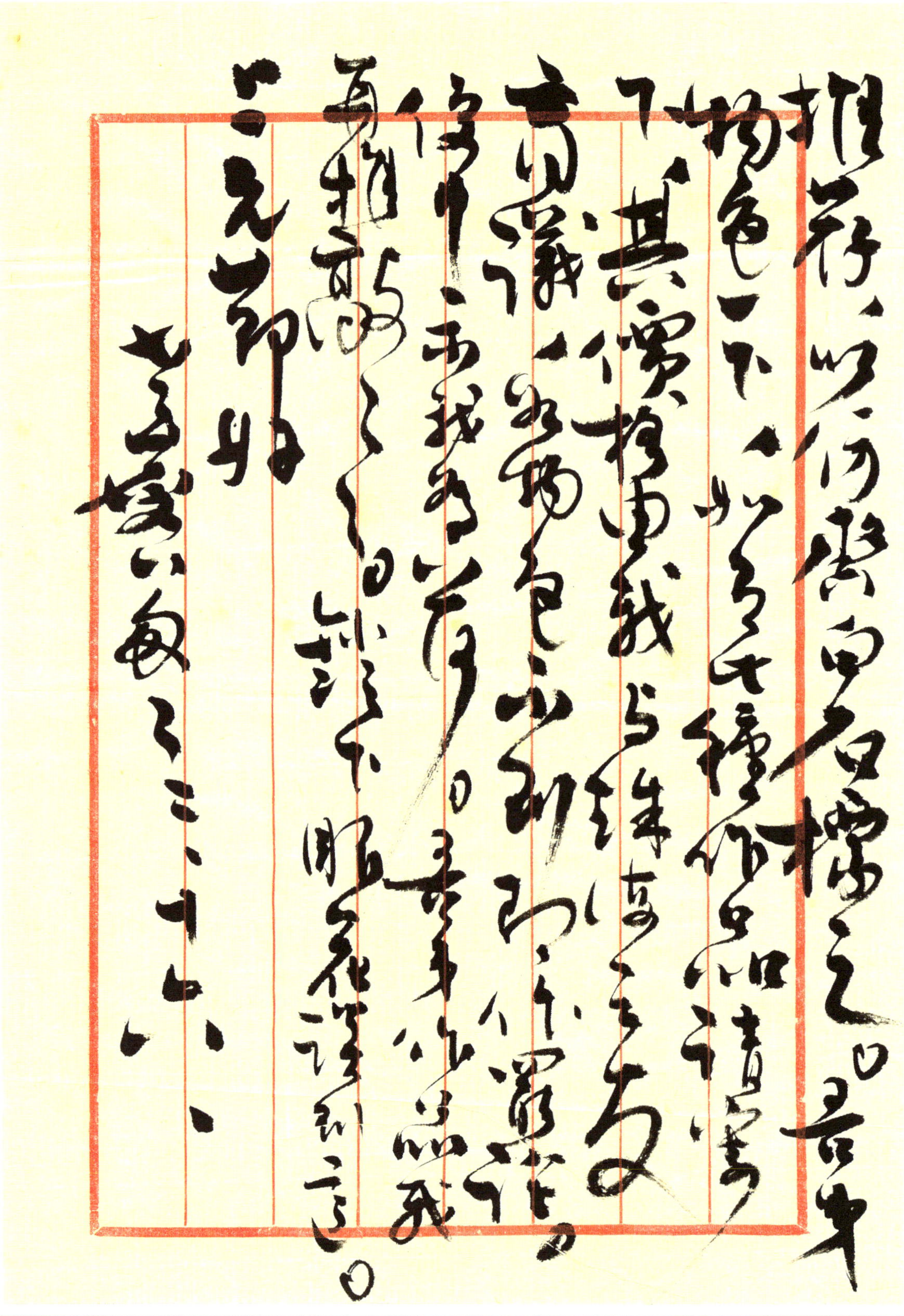

不同于古人自古人来　评语：吾弟可留此印，有意外之味。

一九八九年三月一日

少石吾弟：

寄来两幅《雄鹰》一幅《双鸭》已收到。其中以『欠伸鹰』最佳，我认为吾弟近期最好之作，此作可付裱存之。另外上次寄来的作品已托承震带上，请到承震家往取。便中刻一方《不同于古人自古人来》，白文为好，不要过大，作压角用。书、画、刻全凭精神，不在于文静与霸悍，而在于效果也。吴门画派以文人气质为雅，浙派如吴小仙、张平山之流则以霸悍之气夺人之目，两者各有所长，各尽其妙，均来自传统技法。吾侪应《不同于古人自古人来》为蓝本加以发挥，加以分析揣摩，共勉！

我由港抵京后，老伴生病至今，我也发懒不适，没有动笔，近况如是。麟庐。三月一日。

其余两幅存于我处。

（北京崇文门东大街八号楼—安徽省宿州市南郊市直幼儿园）

【按】有绘画理论。嘱刻［不同于古人自古人来］。

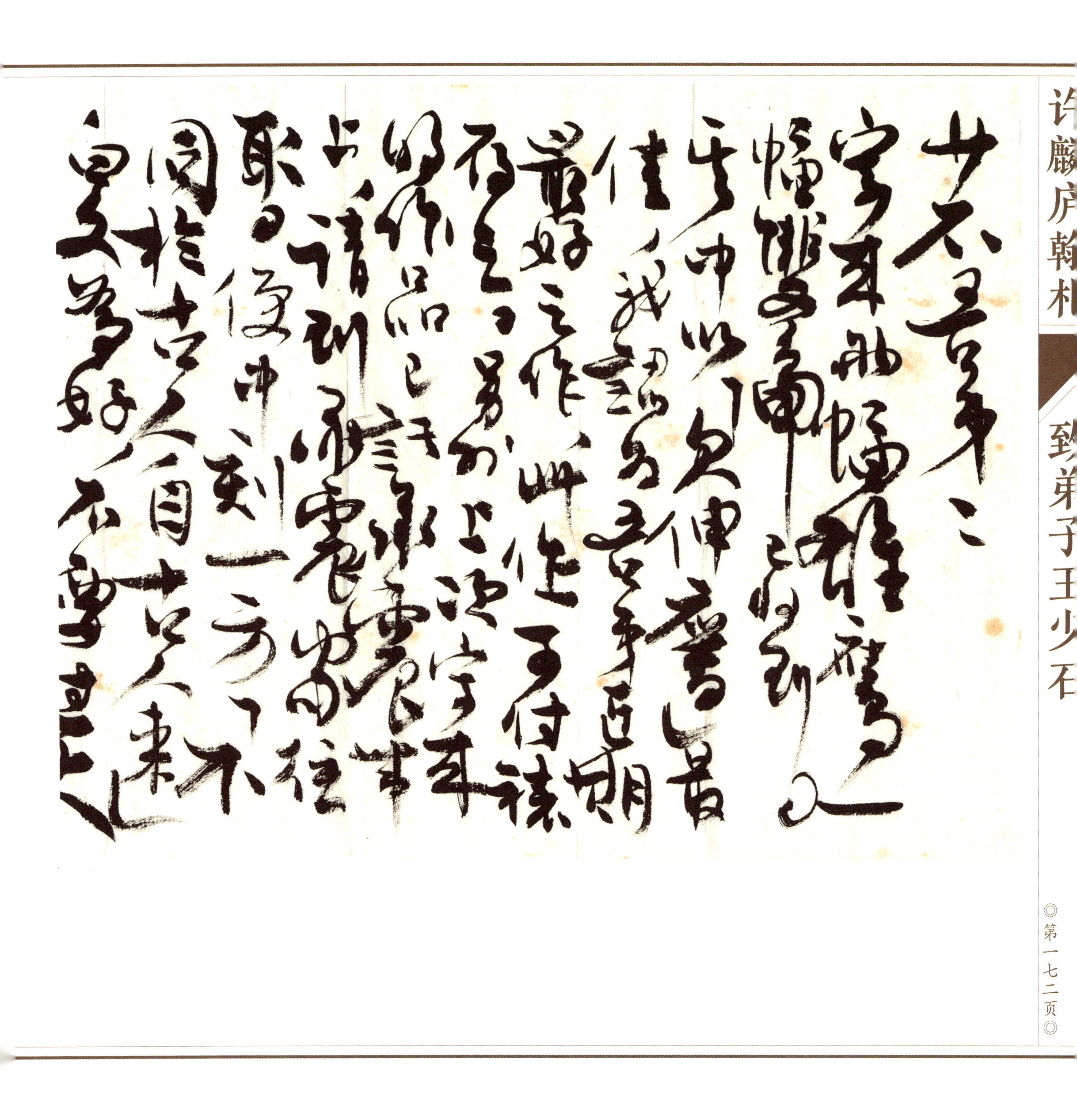

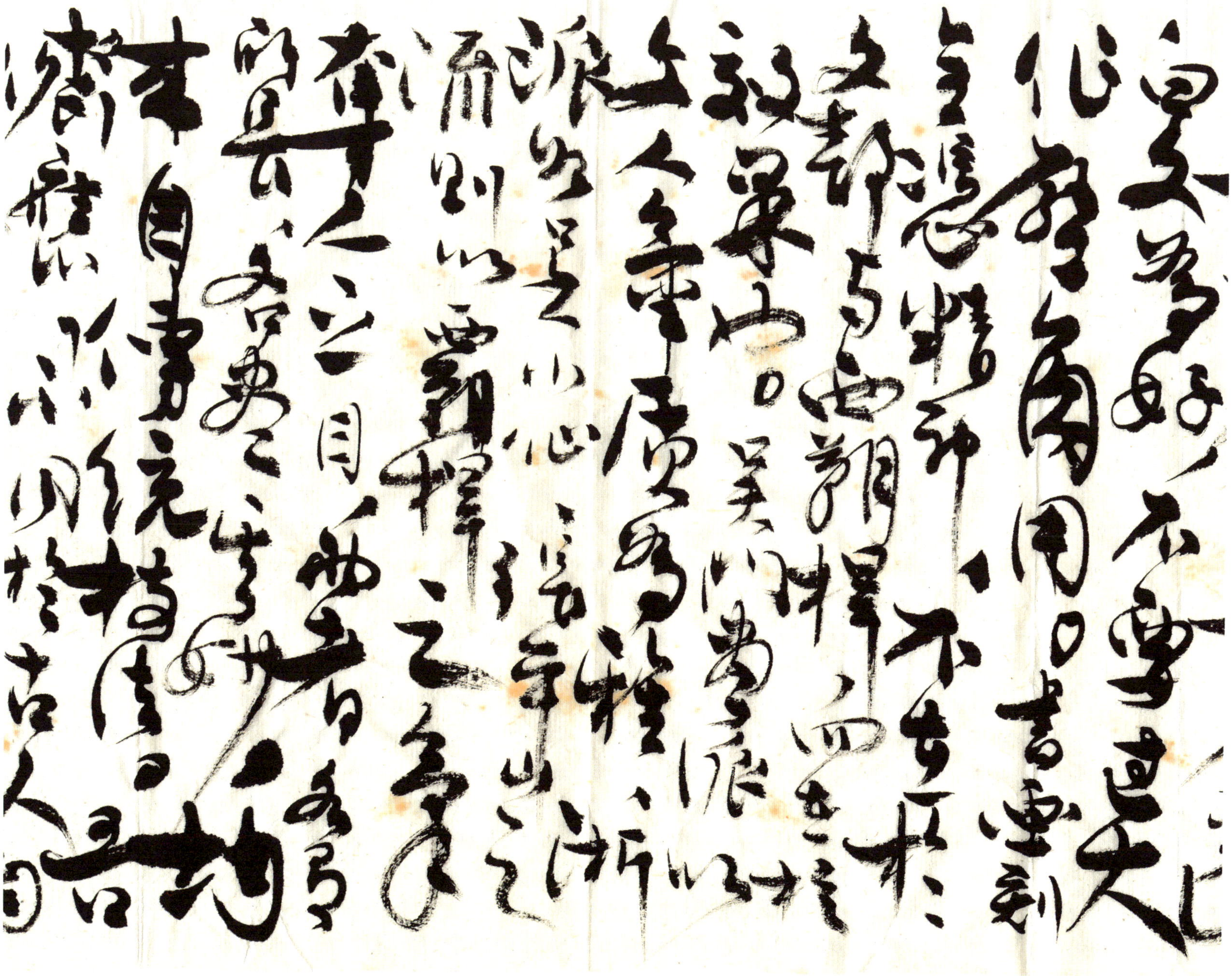

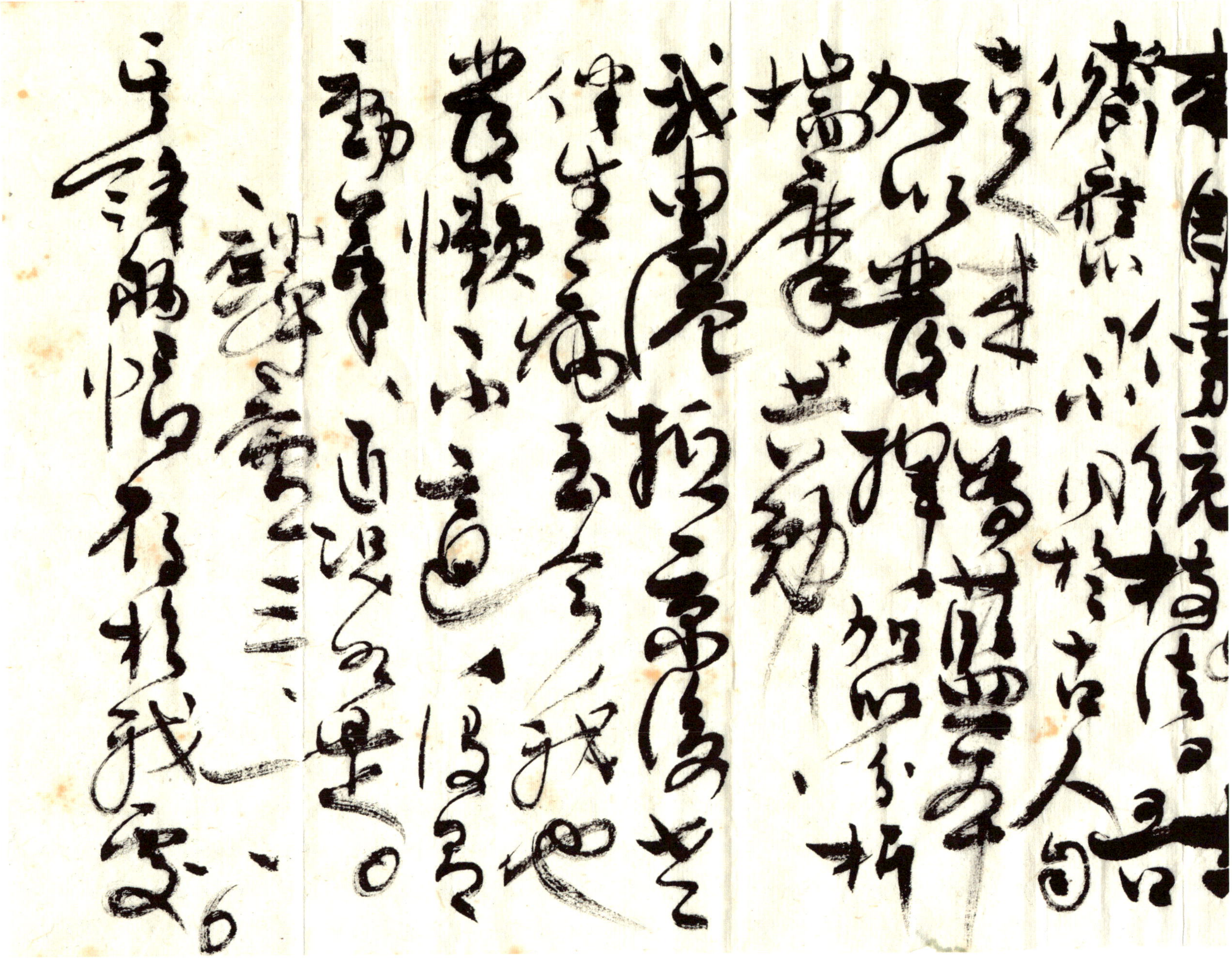

王少石　松鹰图 135.5cm×67cm 一九八九年

题跋：少石弟画雄鹰，墨沉淋漓，其金石气概跃然纸上，佳作也。七十三叟麟庐题。

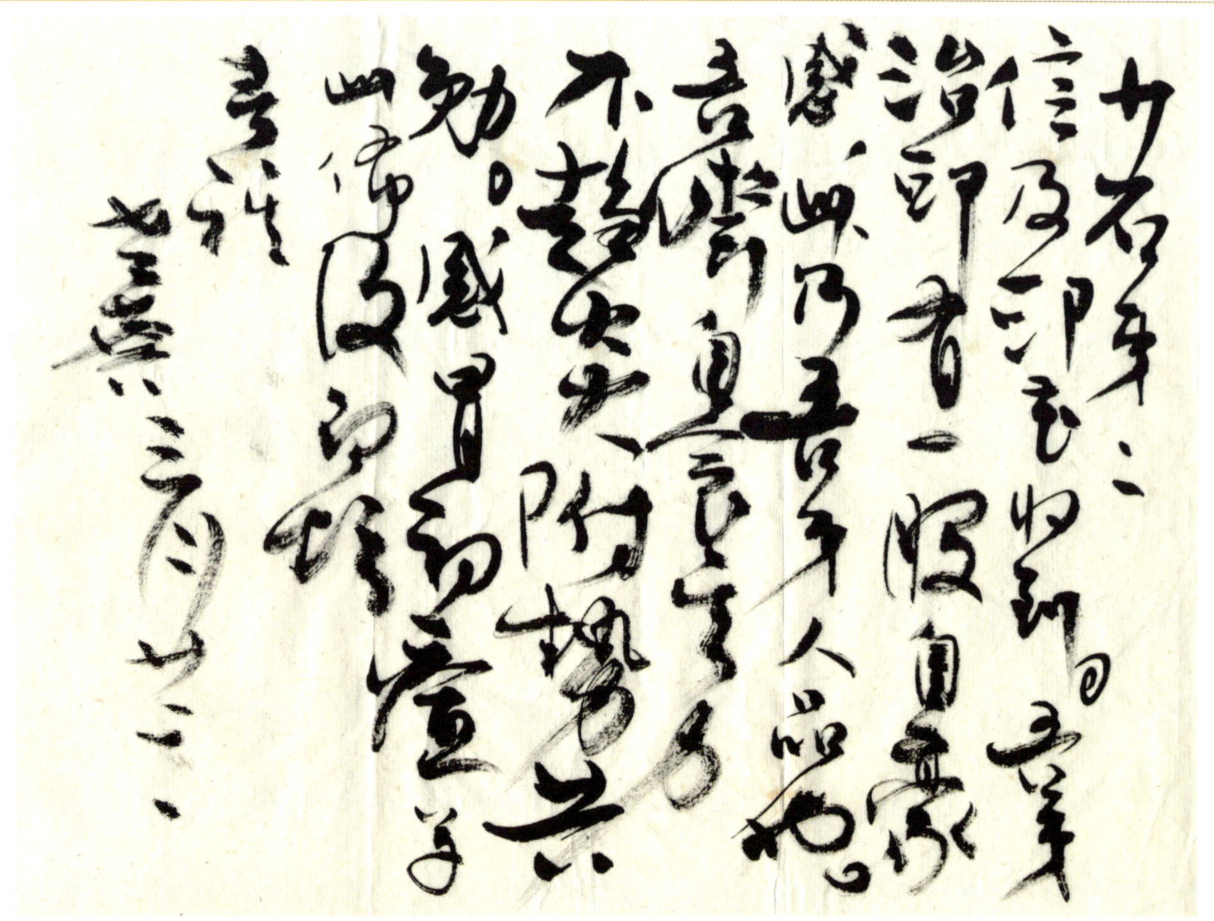
少石弟：信及印花收到。吾弟治印有一股自豪感，此乃吾弟人品也。吾侪自食其力，不趋炎附势，共勉。感冒初愈，并此布及。即颂春祺。老麟 三月廿二日

一九八九年三月二十二日

少石弟：

信及印花收到。吾弟治印有一股自豪感，此乃吾弟人品也。吾侪自食其力，不趋炎附势，共勉。感冒初愈，并此布及。即颂春祺。老麟。三月二十二日。

（北京崇文门东大街八号楼—安徽省宿州市南郊市直幼儿园）

【按】评王少石『治印有一股自豪感。』

不同于古人自古人来

评语：我留此印，喜其拙中巧，只有少石有此格调也。

顽石一块

评语：此印生、辣、拙、巧兼而有之，令人叫绝也。老麟。

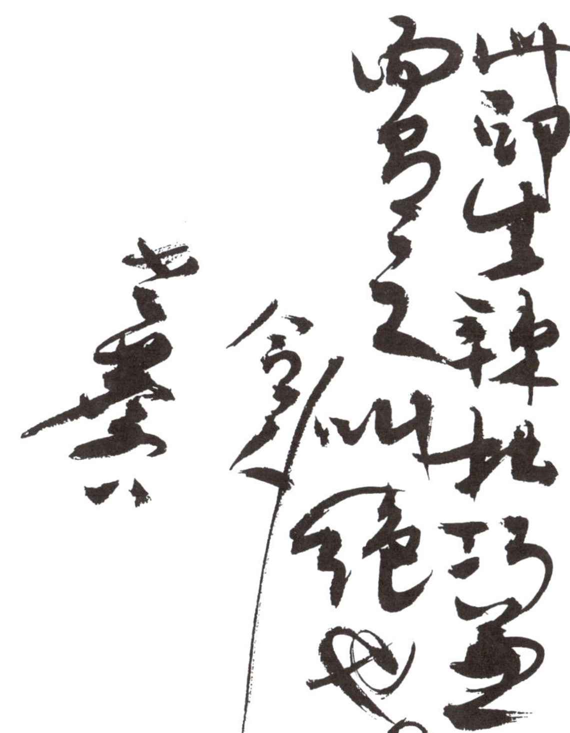

一九八九年六月十一日

少石吾弟：

很是想念，接到来信非常高兴。如今到处盛行某某人艺术研究会，究竟研究什么？莫明其妙。龙士老淡泊一生，画吾自画，乃中国德高望重好老也，与萧老能比拟者，寡矣。依我看来，还是研究研究『德』为好。像这种研究会我不参加。写此信时接到吾弟电话高兴之极！暴乱已平息，我全家一切平安，勿念。顺候合府平安。麟庐。六月十一日。

请吾弟刻一方常用章《蓬莱许麟庐》。

（北京崇文门东大街八号楼—安徽省宿州市南郊市直幼儿园）

【按】高度评价百岁画师萧龙士。

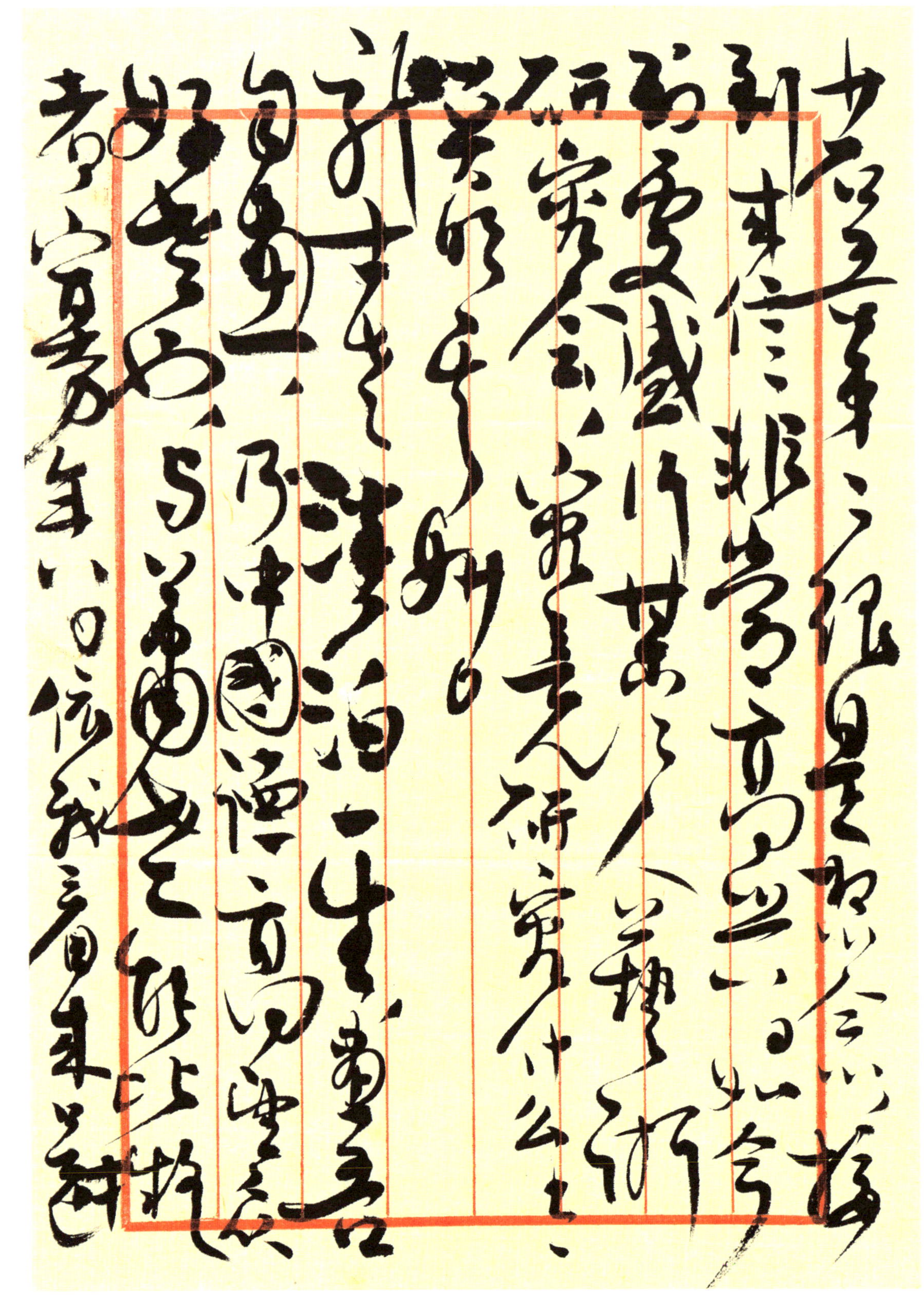

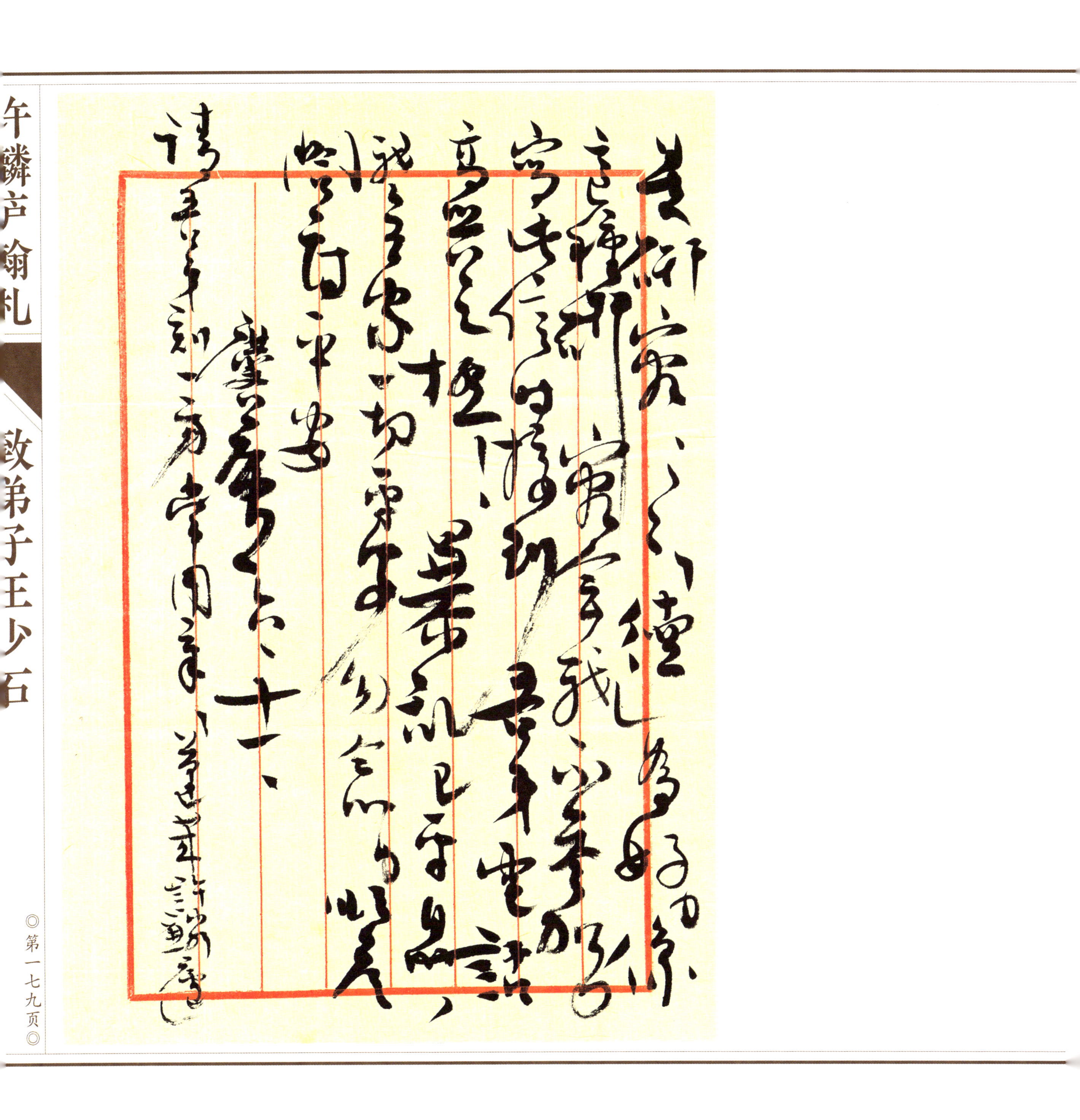

哀民生之多艰　评语：端庄严谨，久视无疵。

一九八九年六月二十七日

少石我弟：

很想念。我偶翻阅古人画册，见有此篆法，以供参考。（篆字『少石』）我今夏在家闲居，不想外出。吾弟有兴致时或秋凉时，请为我刻《庚午》迎首一方，朱文。《麟庐晚号龟堂》、《麟庐自娱》，印不可过大，白文。当前老画家作品均无着落，新潮画家则腰缠万金，奈何奈何。世界潮流如此，大势所趋也。合府吉祥。老麟。六月二十七日。

京中连日酷热，夜难成眠，或有大雨之兆。

（北京崇文门东大街八号楼—安徽省宿州市南郊市直幼儿园）

【按】嘱刻［庚午］印。自一九八九年（庚午）至二〇一一年恩师仙逝的二十二年间，王少石每年为恩师刻年号印两方。

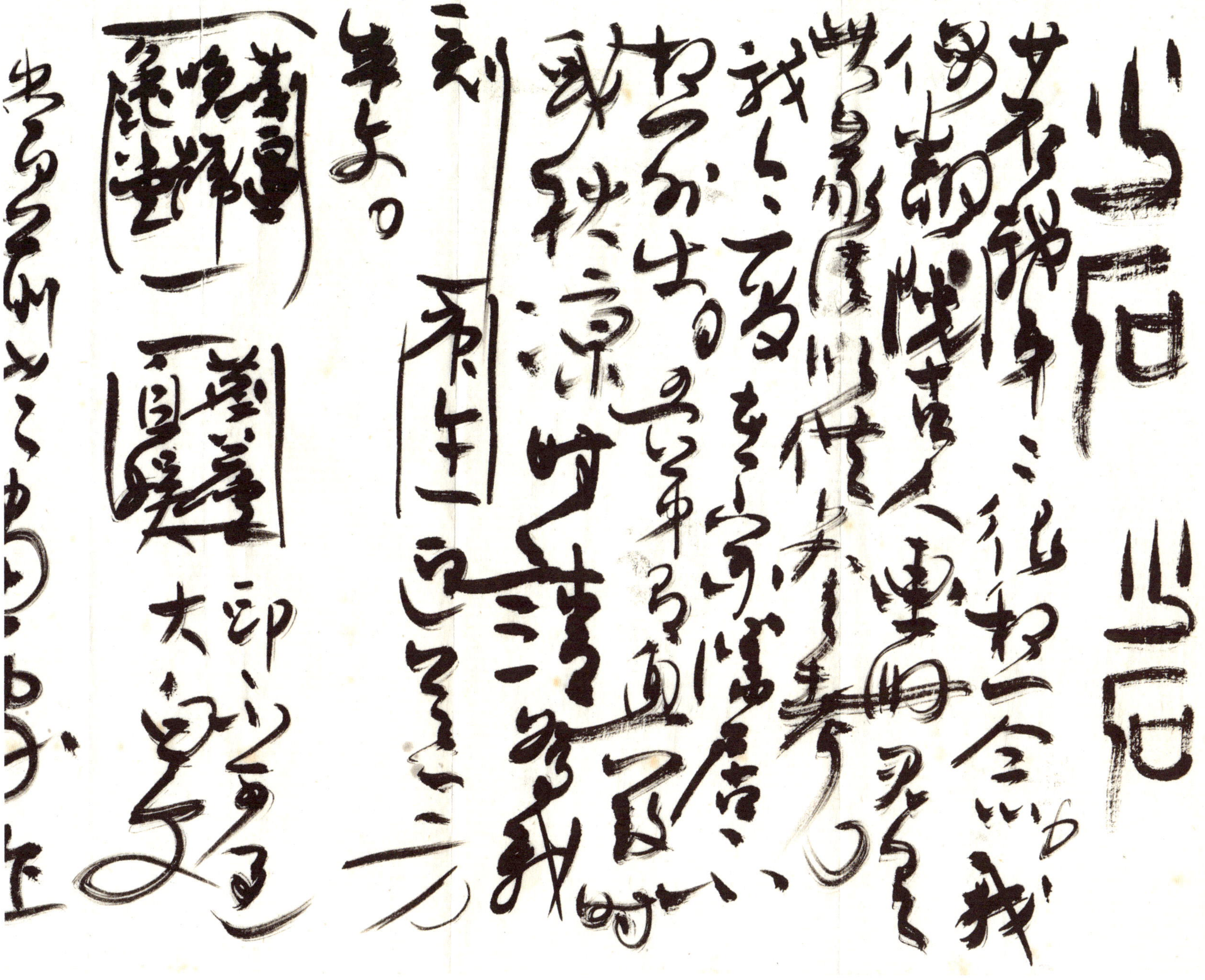

致弟子王少石

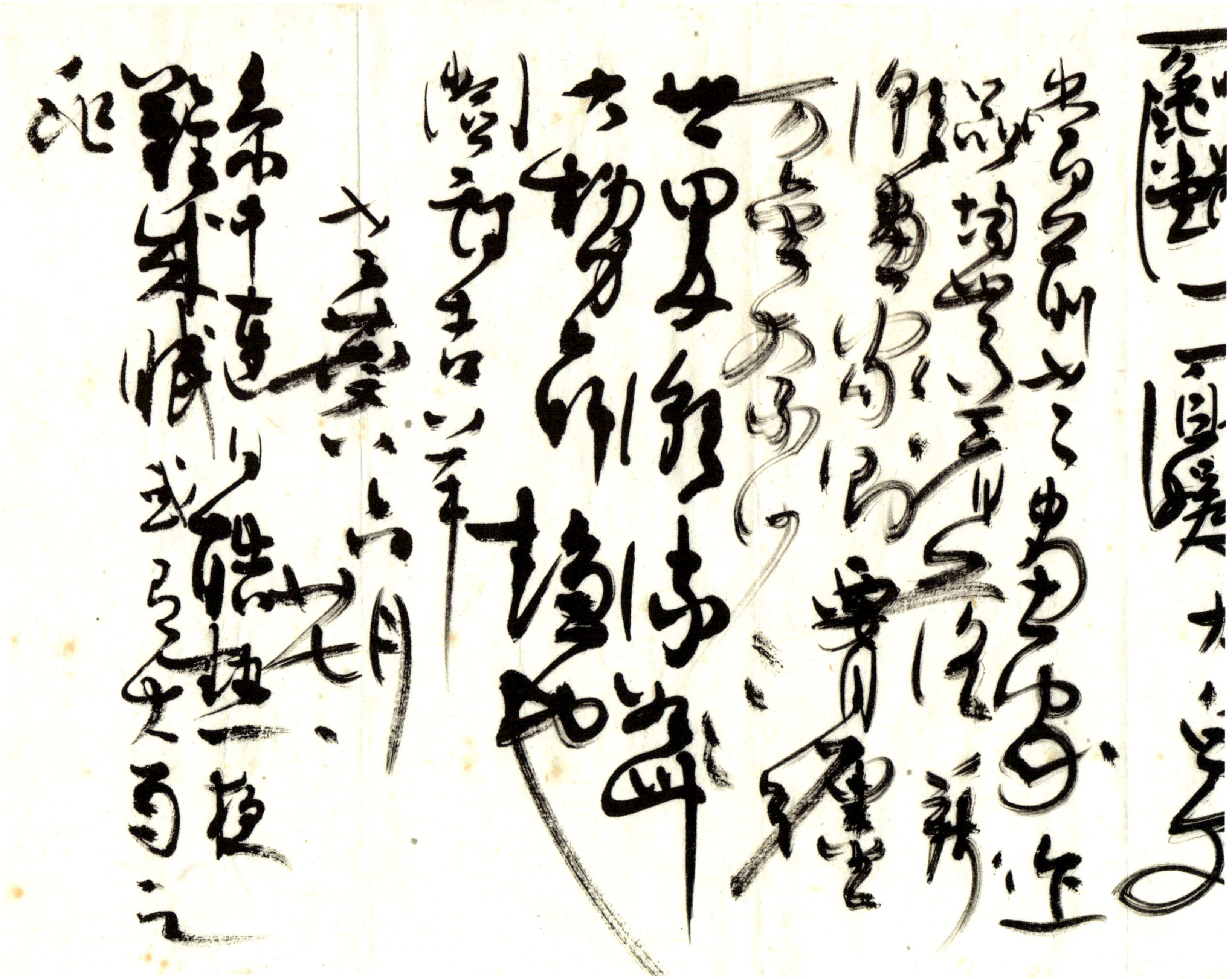

一九八九年七月二十五日

少石吾弟：

接到来信非常高兴。印花都详细的看了。《书法报》苏某之文我看了，付之一笑罢了。苏某只谈其表，未穷其理，我以为此君未必理解金石之道，只不过带着情绪而已。白石老师有诗云：『青藤雪个异天开，一代新奇出众才（吴缶庐）。我欲九原为走狗，三家门下转轮来。』齐师可算是个谦虚解人也。书、画、刻形成自己风格，其甘苦谈何容易？门外汉只不过指手画脚而已，理得则心安，苏某不值一驳。

今夏居于斗室，虽雨亦闷，无可如何，只好熬到入秋。近况如此。夏安。麟庐。七月二十五日。

（北京崇文门东大街八号楼—安徽省宿州市南郊市直幼儿园）

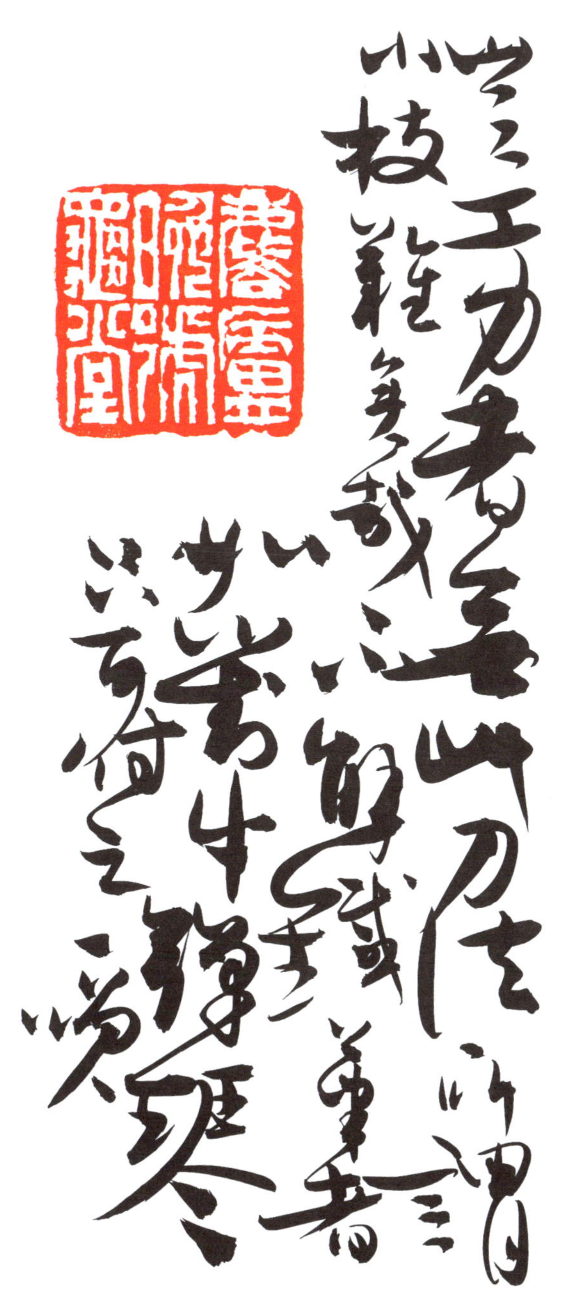

麟庐晚号龟堂　评语：无工力者无此刀法，所谓小技难矣哉，不解铁笔者如对牛弹琴，只可付之一笑。

刀法斑斓，令人玩味，知者能知，门外人焉知其甘苦。

蓬莱许麟庐

评语：刀法斑斓，令人玩味，知者能知，门外人焉知其甘苦。

一九八九年八月七日

少石弟：

寄来图章一匣已照收。开匣一一欣赏，特别高兴。承吾弟挥汗为我作印，实在不过意，只有心照了。南京旅游局老友约我老俩口近日先到南京、扬州玩玩，然后赴黄山小游。倘时间允许，拟拍电报相约吾弟会晤，若仓仓促促则容后再晤了。匆匆奉闻。即颂暑安。麟庐。八月七灯下。

（北京崇文门东大街八号楼—安徽省宿州市南郊市直幼儿园）

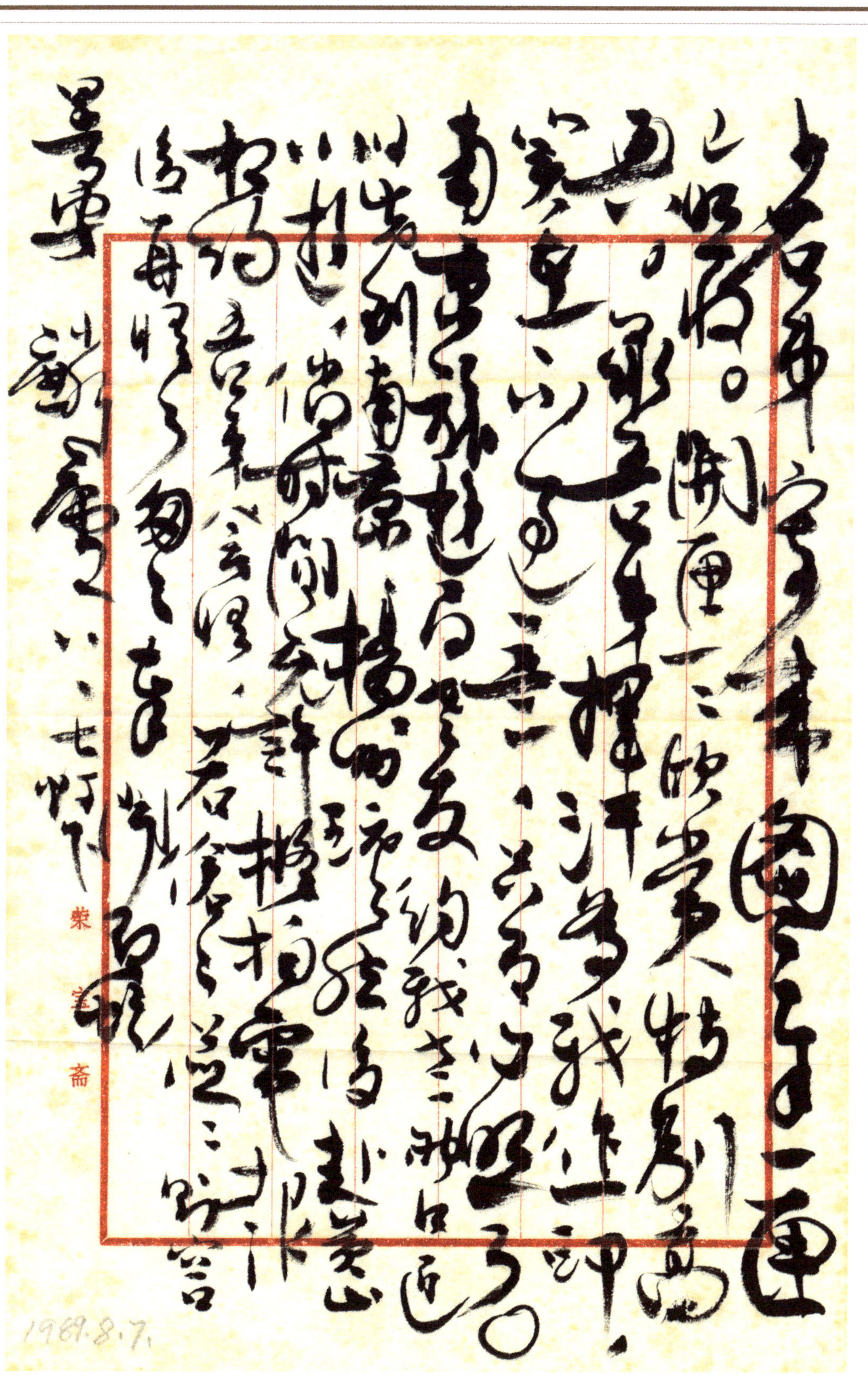

一九八九年九月三日

少石仁弟如握：

中秋在迩，涂抹《菊蟹》一帧，聊表我意。我前患感冒，黄山未能去成。近日早晚渐有秋意，不想外出矣。吾弟近况怎样？均在念中，便中示我。拙作用白绢或白绫裱为宜。即颂中秋好。麟庐。九月三日。

拙作粗枝大叶，不以艺论，只作纪念。

（北京崇文门东大街八号楼—安徽省宿州市南郊市直幼儿园）

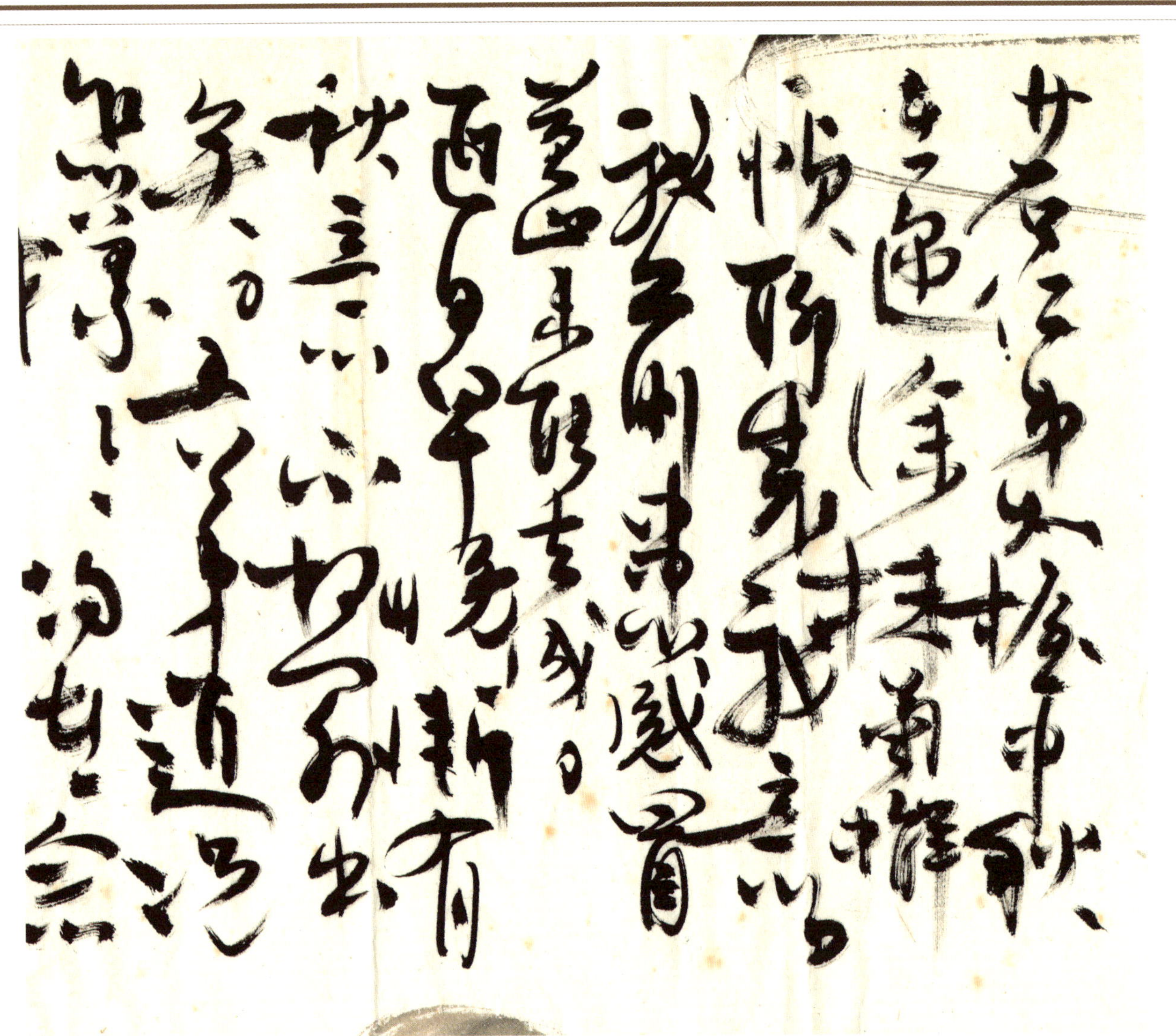

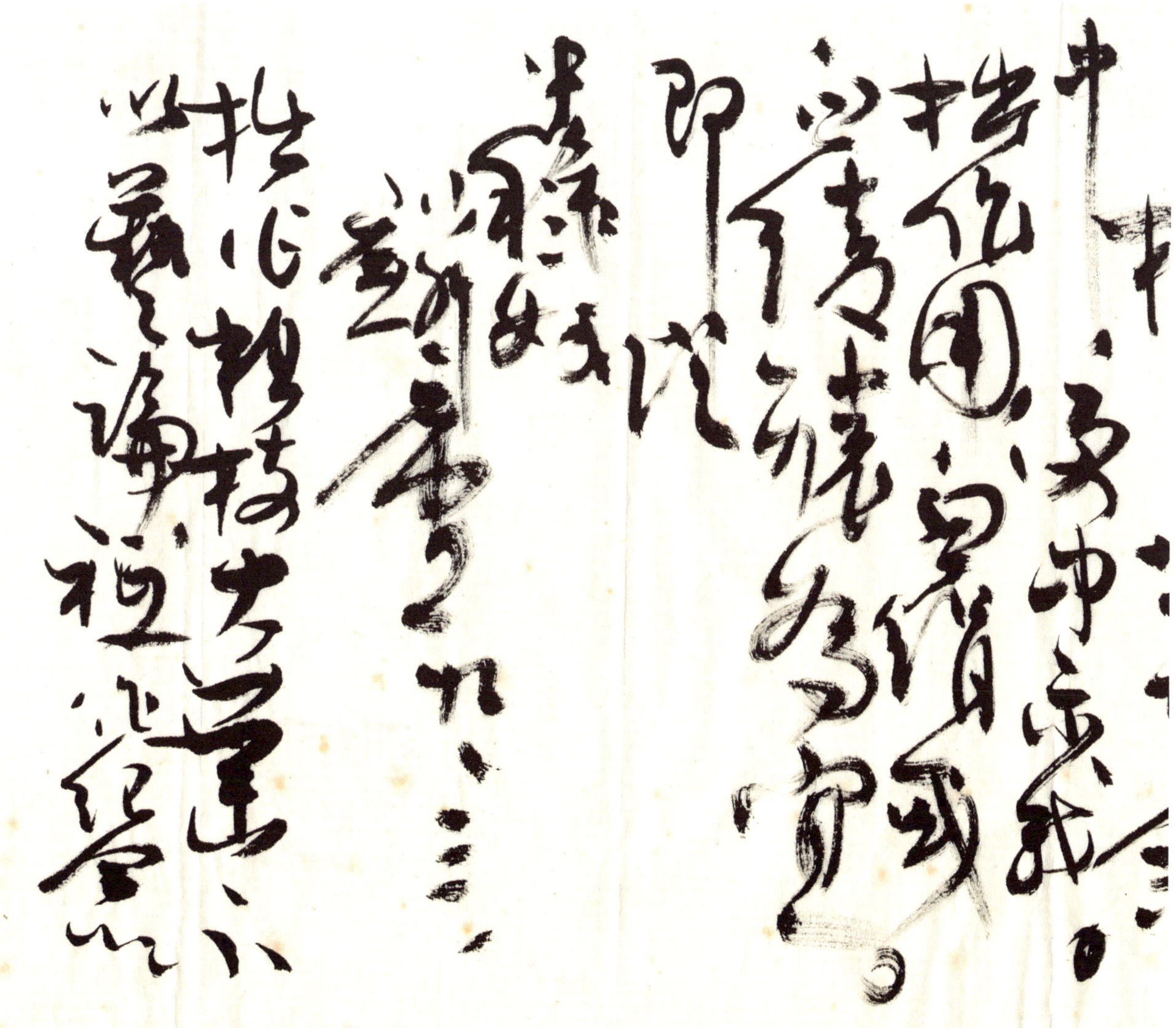

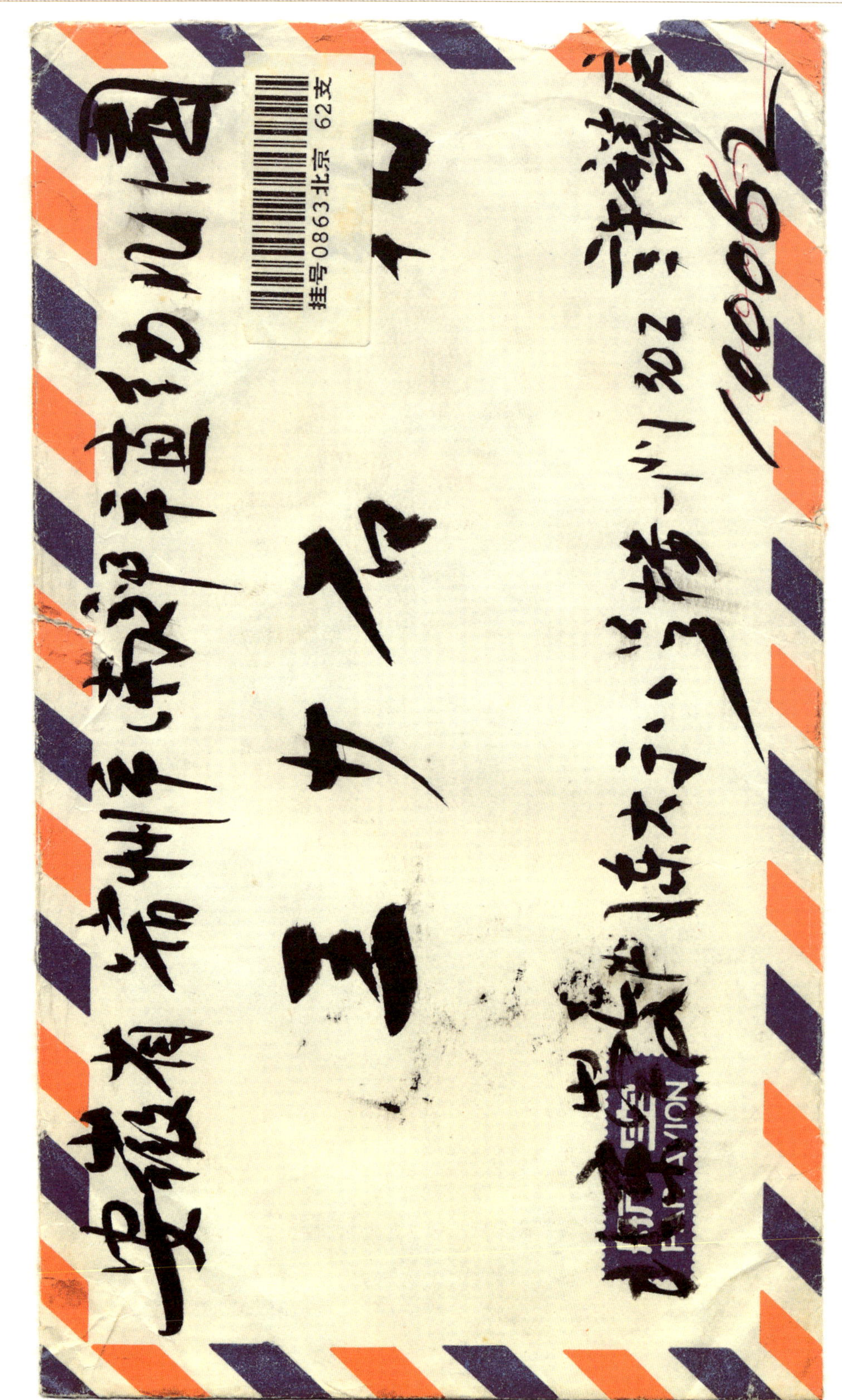

一九八九年九月十八日

少石吾弟：

篆书联似长脚篆，结实厚重可喜也。邓石如先生有此书体。倘寻到邓篆碑、帖可作参考。印花我仔细看了，有批语者予之所喜，无批语者倘须吾弟推敲。治印之难非方方皆妙也，作画亦如是。难哉艺术也。已近秋凉，不想外出矣。晨起饮茶，翻阅杂书，兴致来时，涂抹数笔，近况如此。诸请勿念。此颂秋祺。麟庐。九月十八日。

（北京崇文门东大街八号楼—安徽省宿州市南郊市直幼儿园）

【按】日常生活：晨起饮茶，翻阅杂书，兴致来时，涂抹数笔。

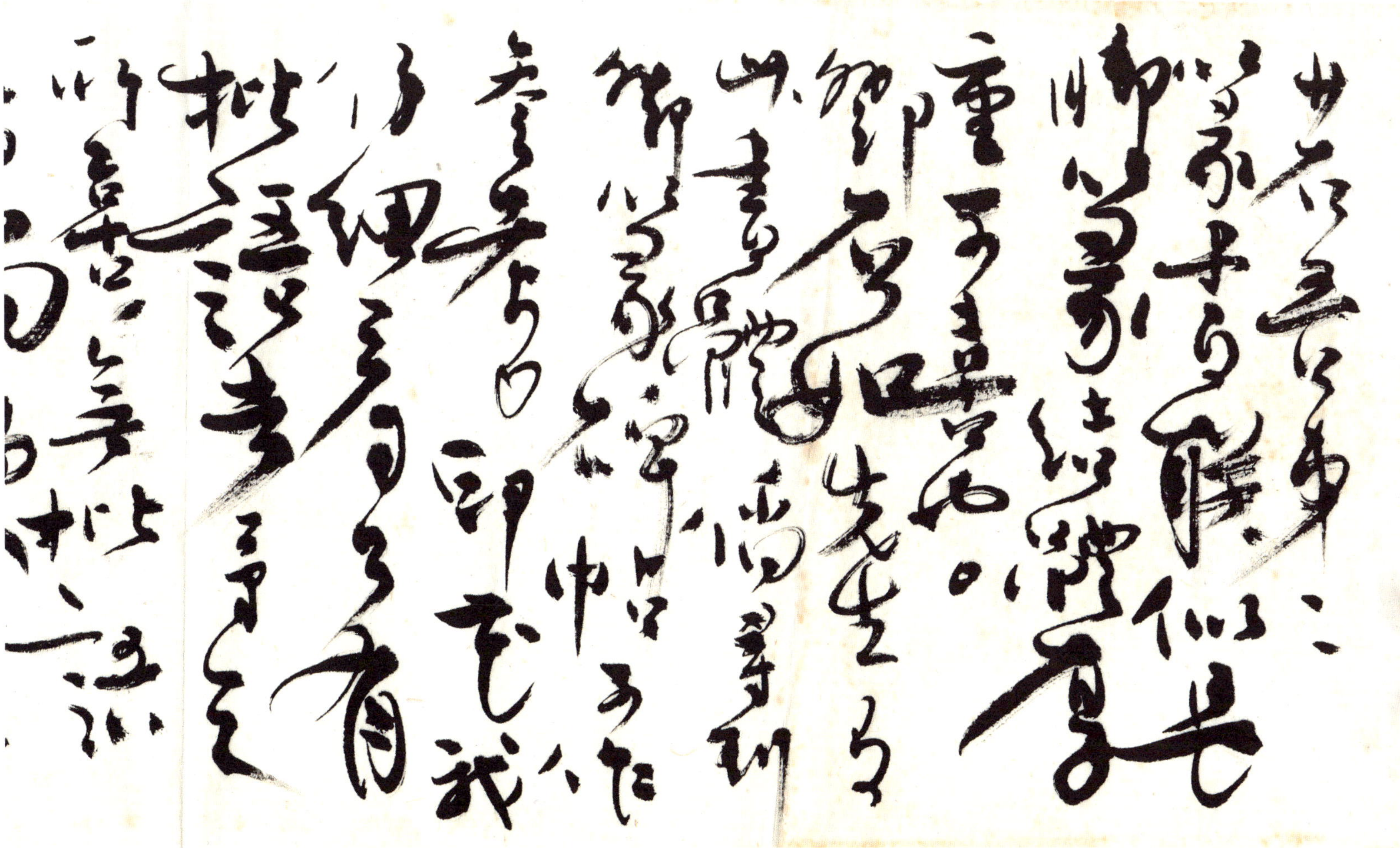

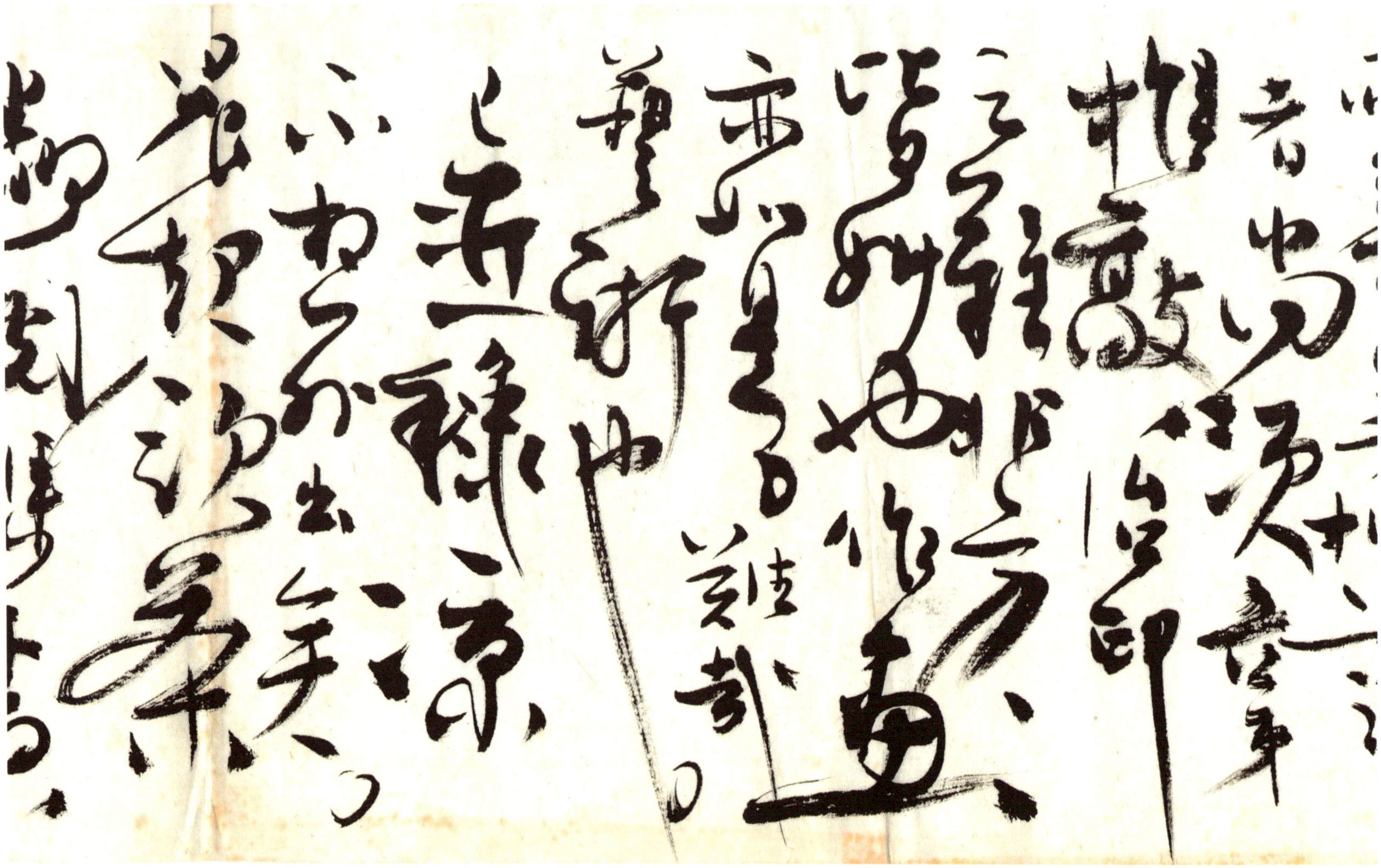

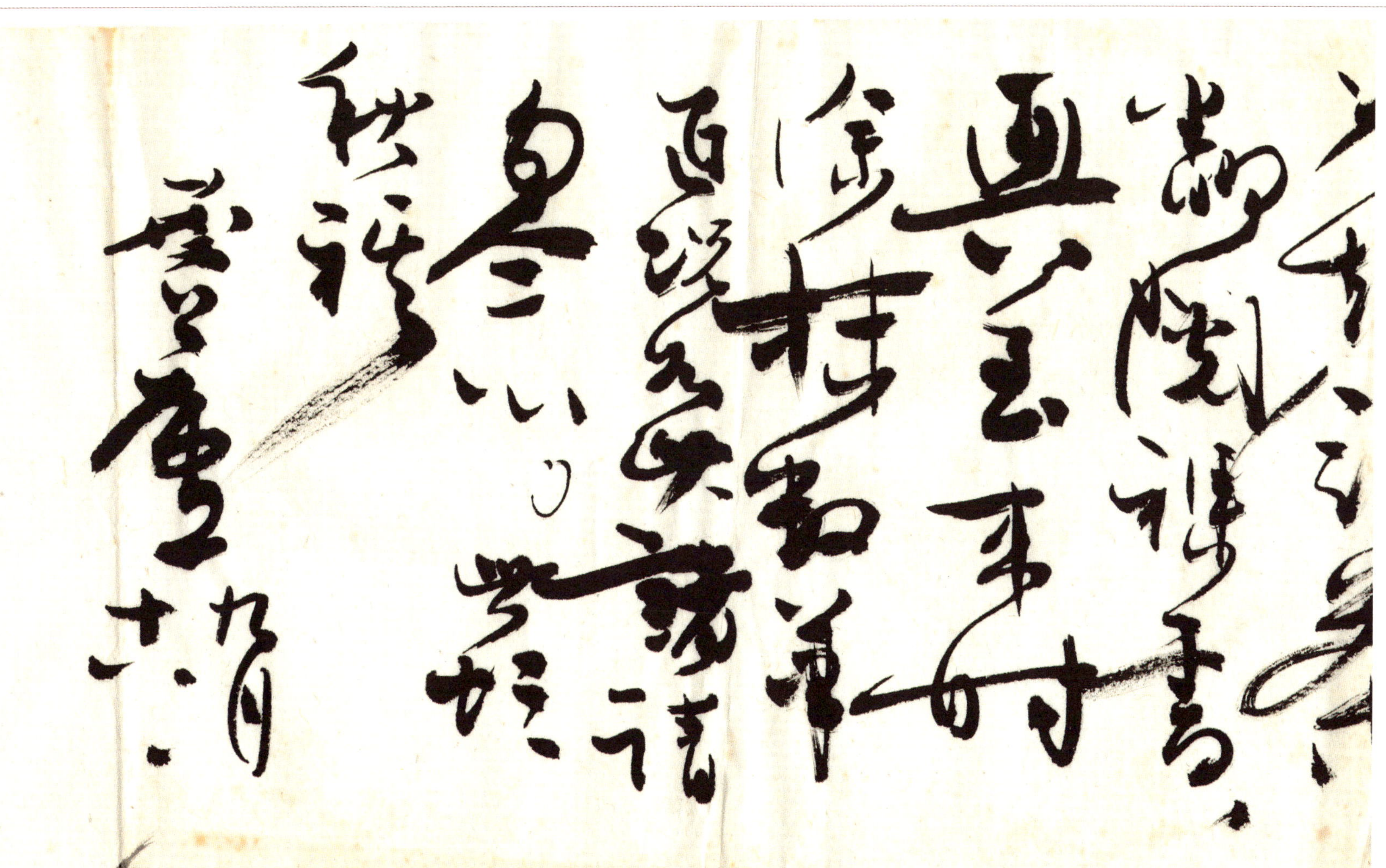

曾经沧海

评语：似乎漫不经心，然精妙之处全在内心修养也。老麟白。

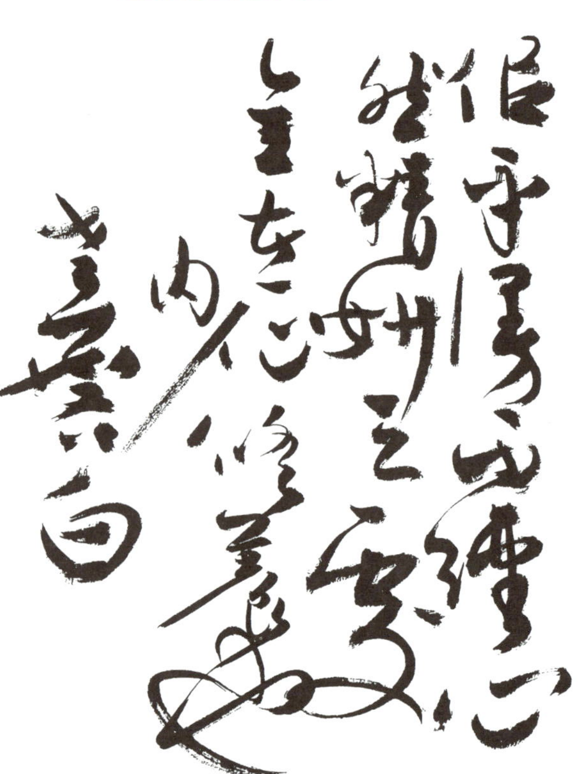

曾经沧海

评语：此印雄浑烂漫，方中圆圆中方，大似魏碑刀法。老麟语。

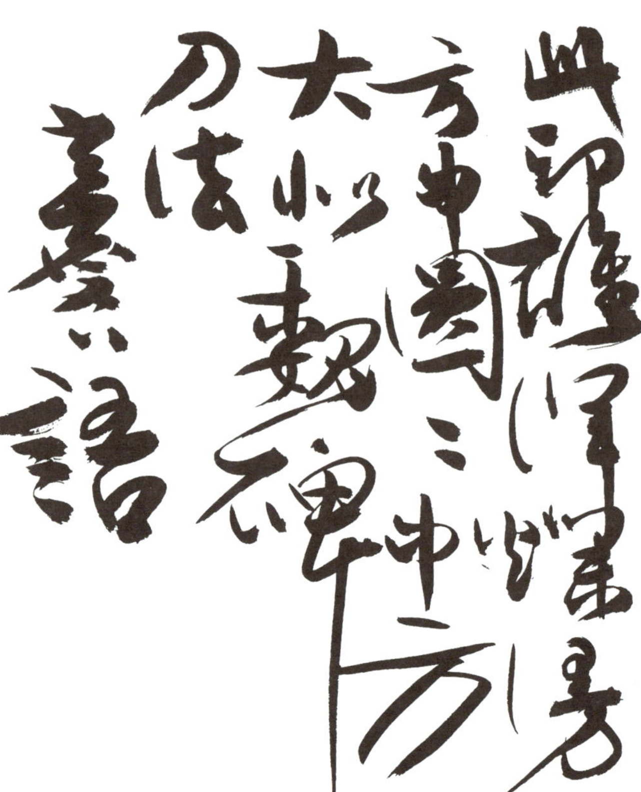

一九八九年十月四日

少石弟：

寄来印样我乱加批语，请吾弟一瞧一笑而已。我曾见沈裕老作篆书，笔不全发，只发一半，故其书挺而有力。大千先生作书，题款用兰竹笔，也发一半，故其书矫健俊美。古人用笔不一，吾弟不妨大小笔一试如何。萧劳老九十五矣，一直用狼毫书写。闻得刘石庵也用紫毫书之。请吾弟注意行书款识，一定要落到恰到好处，不然则影响篆书全局，然否？我深居简出，一切平安，勿念。麟庐。十月四日。

（北京崇文门东大街八号楼—安徽省宿州市南郊市直幼儿园）

【按】谈沈裕君、张大千、萧劳等书家用笔。

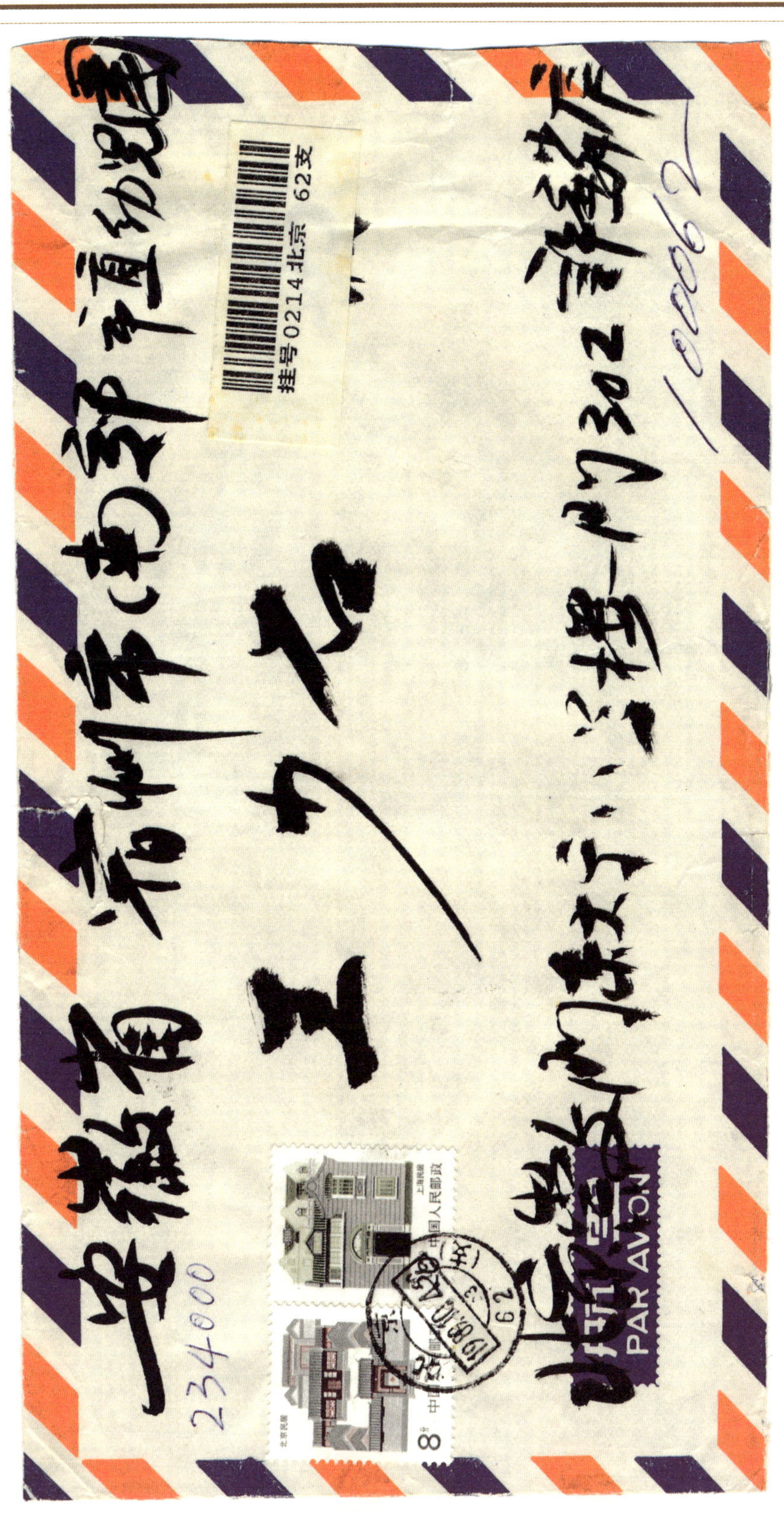

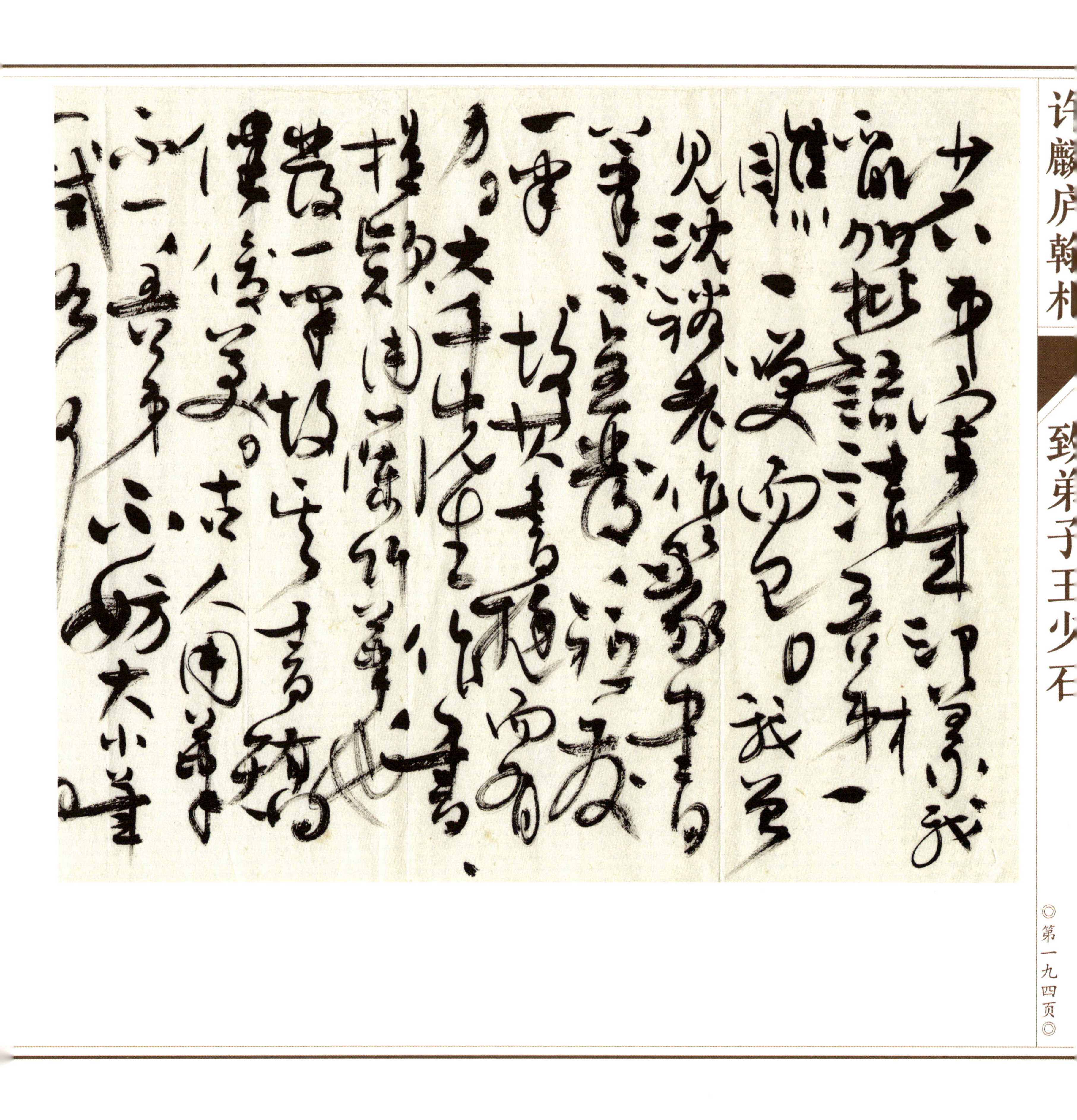

致弟子王少石

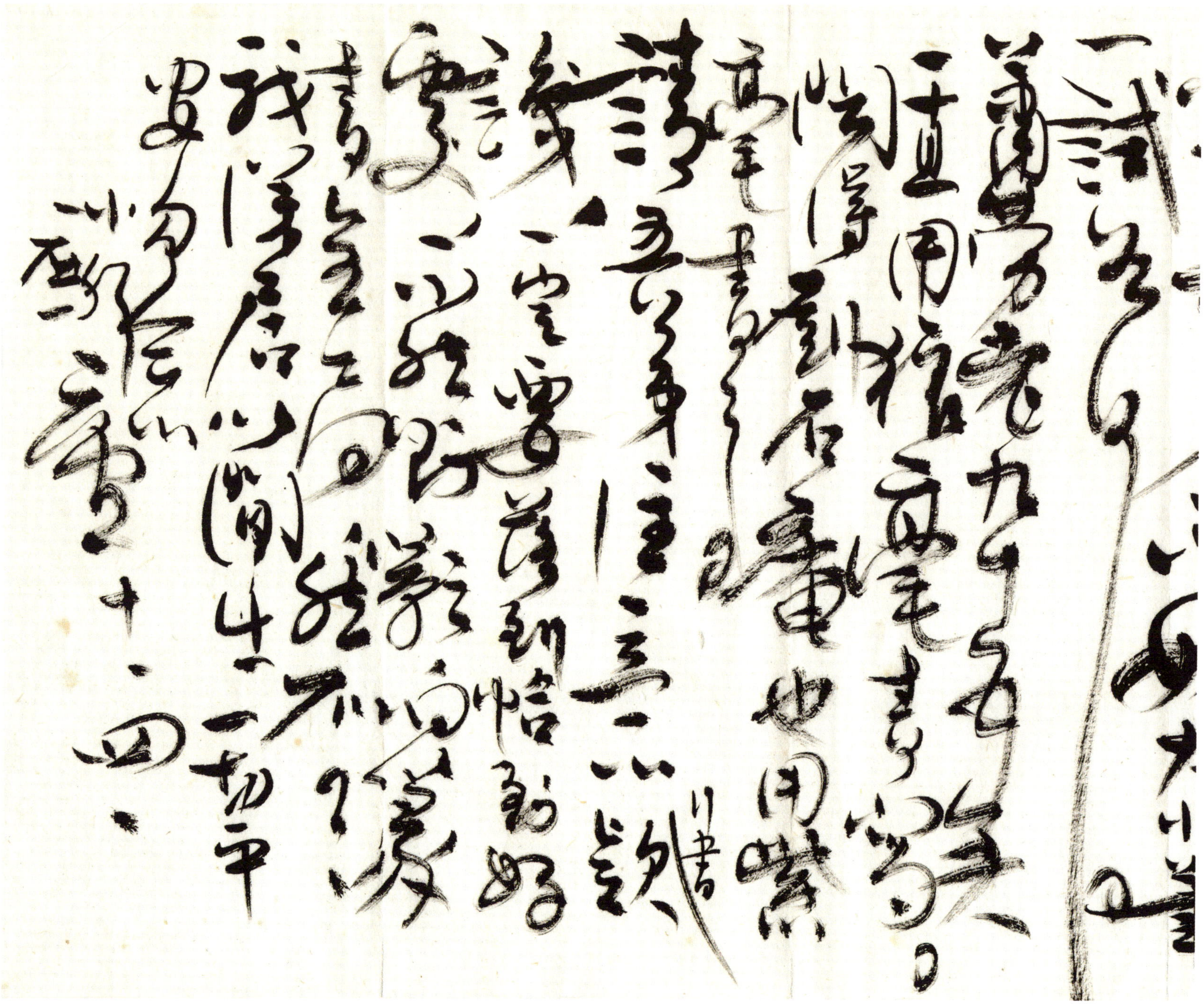

致弟子王少石

此印拙中有味少石格调

花马桥头竹马时

评语：此印拙中有味，少石格调。

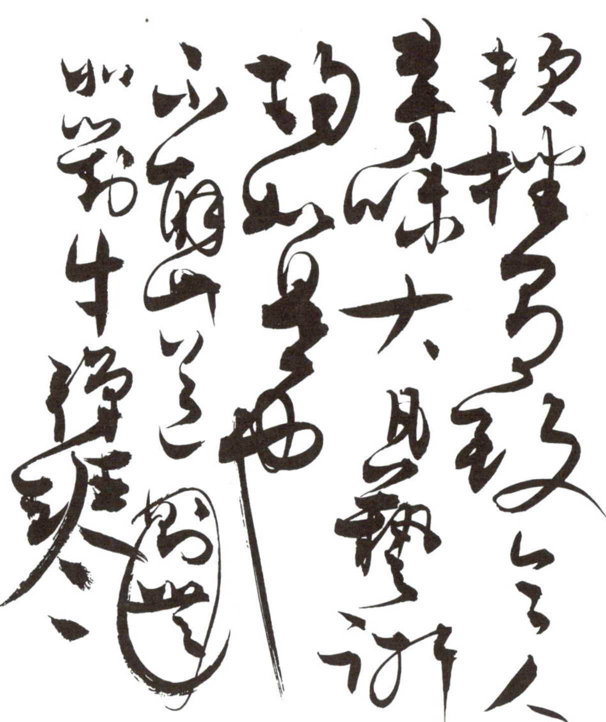

一笑了之

评语：顿挫有致，令人寻味，大凡艺术均如是也，不解此道，如对牛弹琴。

一九八九年十月二十日

少石弟：

惠我佳酿，非常高兴。恒正赠蟹，于心不安，检得小画祈转交恒正老弟，聊表致意。已至霜降无处可游，只好待到明春再作打算。我饮食起居，一切粗安，请勿念。近好。麟庐。十月二十日。

（托人代交）

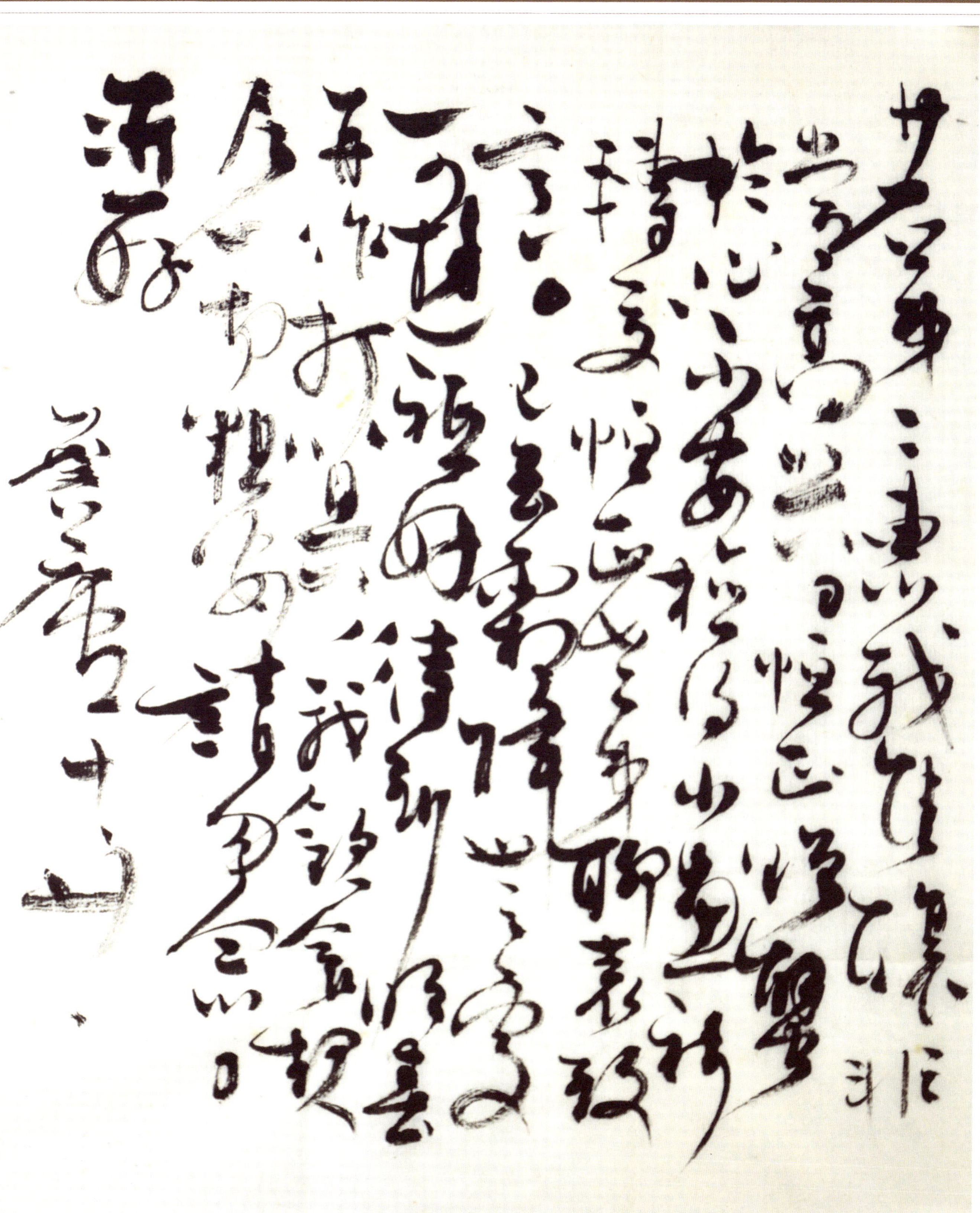

一九九〇年一月二十七日

少石弟：

今天除夕收到吾弟《无量寿佛》一尊，画的很够味，令我高兴之极！萧老仙逝，我已拍去电报。恭贺合府万事如意，身体康健为颂。京中近日较寒，很少活动，生活起居都好，勿念。麟庐。庚午初一。

我希望吾弟专攻寿佛，日后定名彰于世。麟又及。

（北京崇文门东大街八号楼—安徽省宿州市南郊市直幼儿园）

【按】嘱咐王少石画佛。

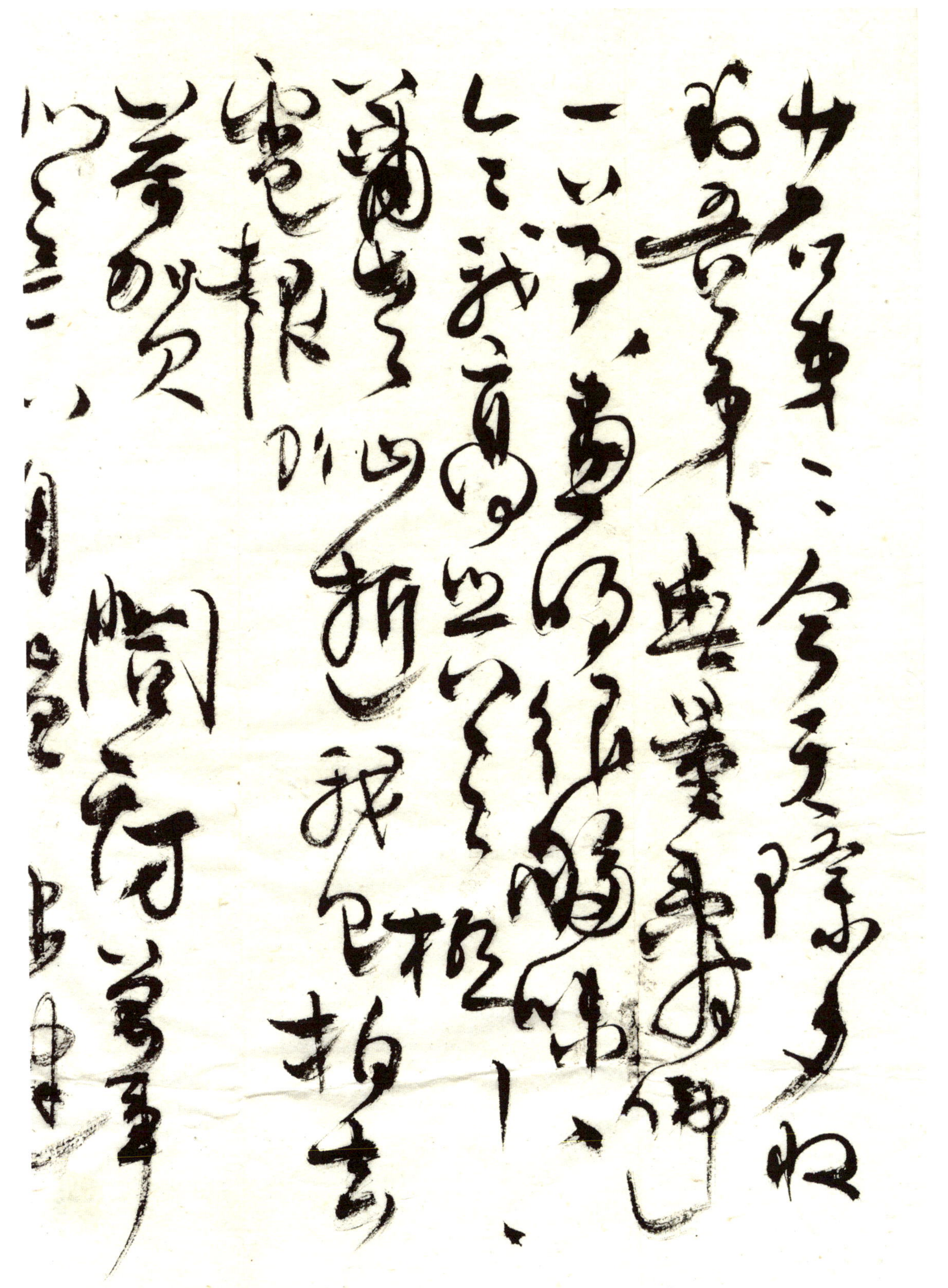

致弟子王少石

一九九〇年三月一日

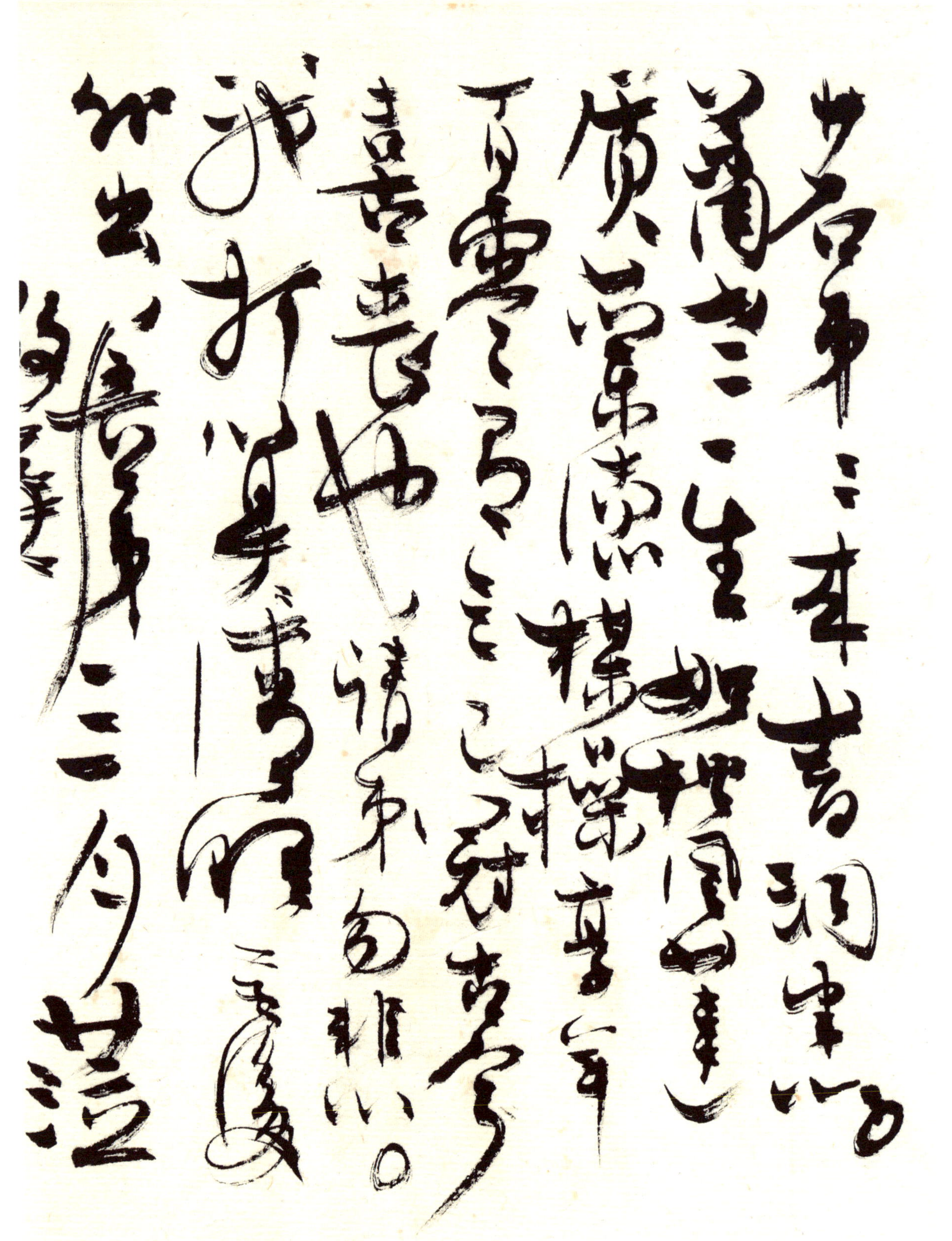

少石弟：

来书洞悉。萧老一生如松风莲质，兰德梅操，亨年百零有三，已冠古今。喜丧也，请吾弟勿悲。我打算清明之后外出，敬候吾弟三月莅京，届时邀请其庸畅叙畅游。佛家造像画，望吾弟继续落墨，切切。

近好。麟庐。三月一日。

（北京崇文门东大街八号楼—安徽省宿州市南郊市直幼儿园）

1990年3月1日
崇文门东大街寓

一九九〇年四月十日

少石弟：

随信寄上照片三张。

闲时要继续研究画无量寿，日后必有成就，在我意料之中。高兴就来北京玩玩，不要等到一年半载。麟庐。四月十日。

（北京崇文门东大街八号楼—安徽省宿州市南郊市直幼儿园）

【按】嘱咐王少石继续画佛，日后必有成就。

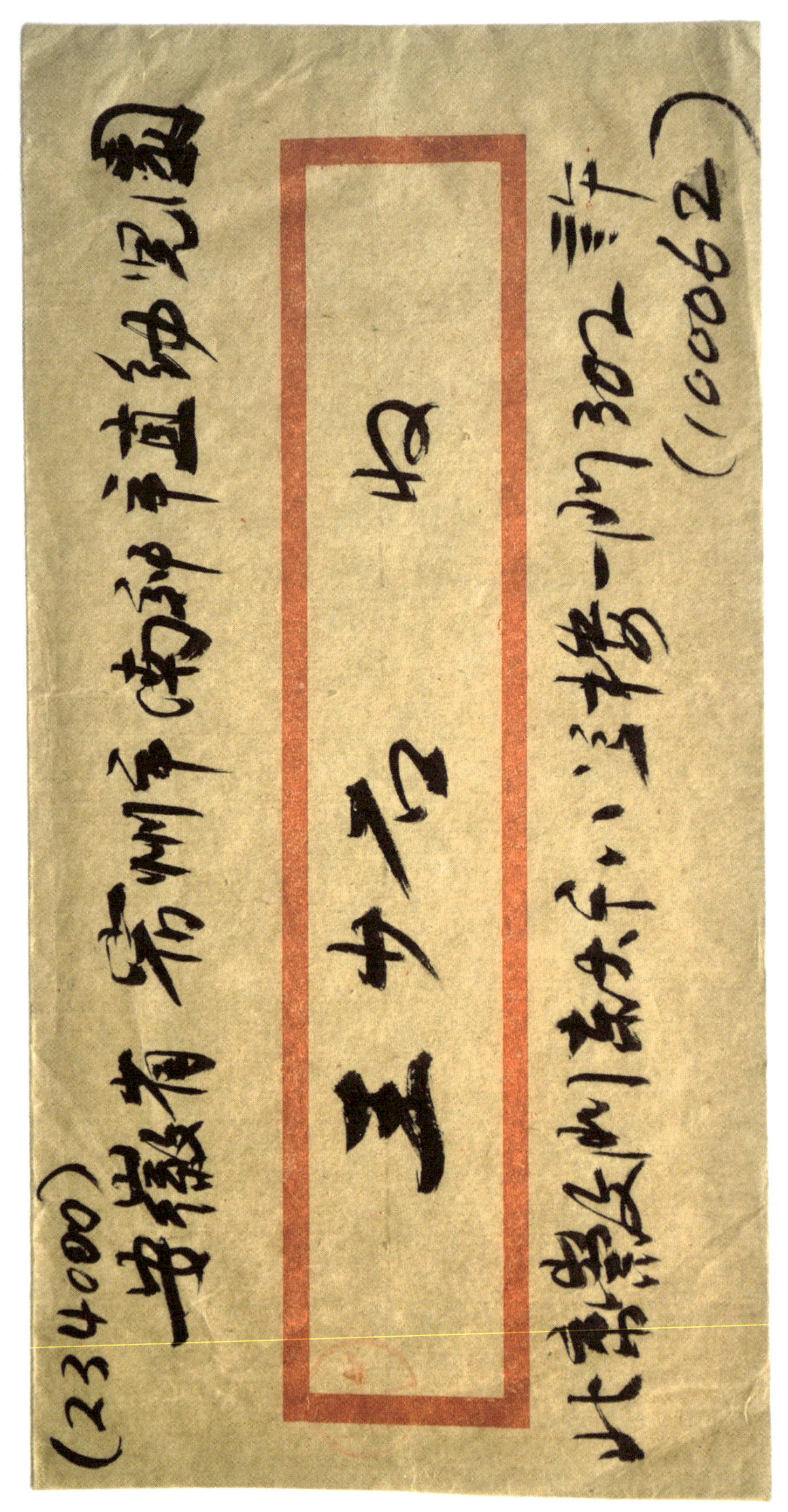

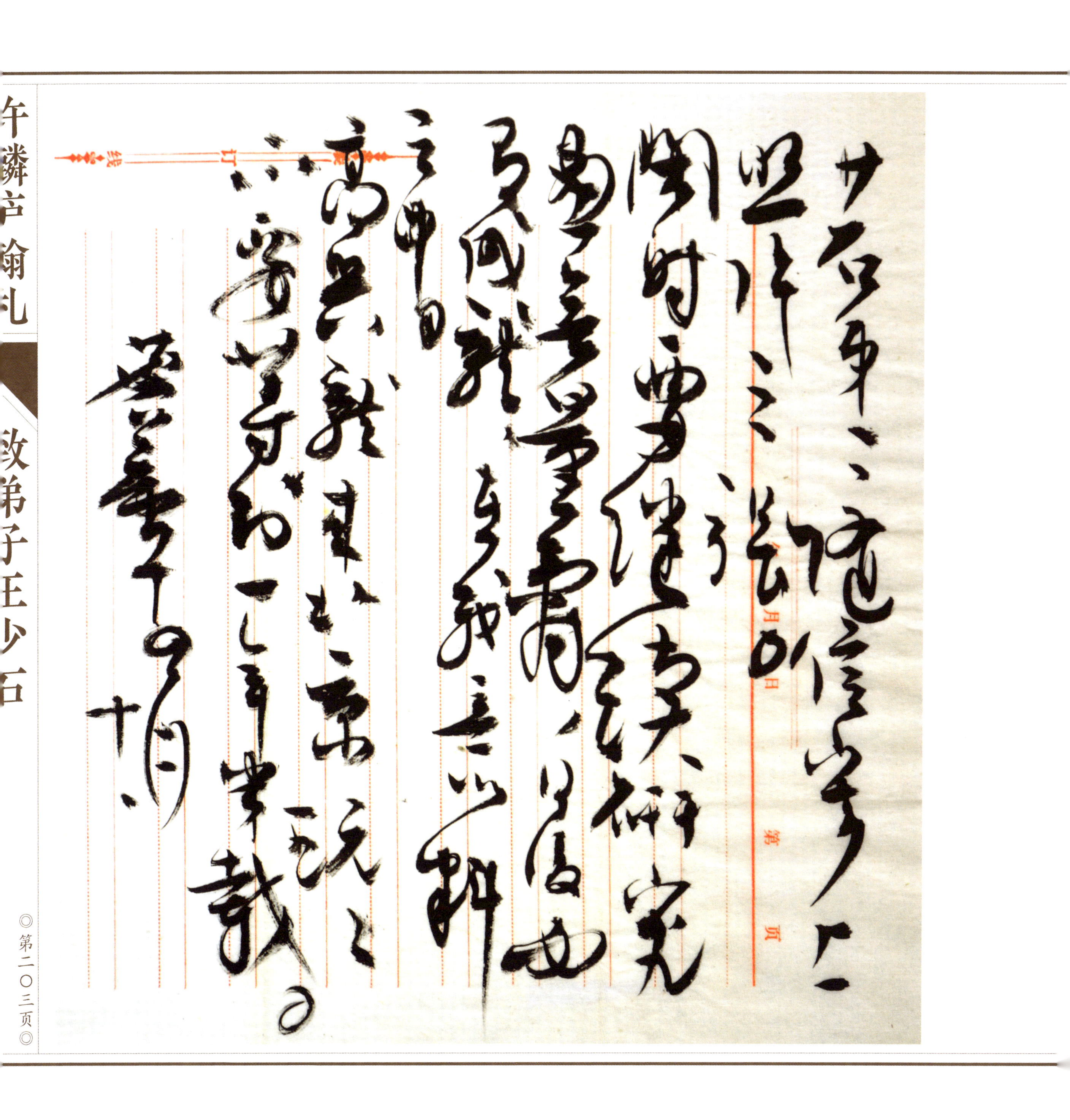

线 订

月 日

第 页

一九九〇年十月三日

少石吾弟如晤：

前后两信均悉。所写牡丹笔墨飘逸，大有可观，令我高兴之极。我去年曾游山西，拜观各县文物古迹，美不胜收，吾弟此行当有同感。我老俩口四日赴济南一行，十天左右返京，特此奉闻。望吾弟继续研究画佛，日后必有成就也。望常来信。即颂中秋吉祥。麟庐。八月十四日。

（北京崇文门东大街八号楼—安徽省宿州市南郊市直幼儿园）

【按】告知行踪。

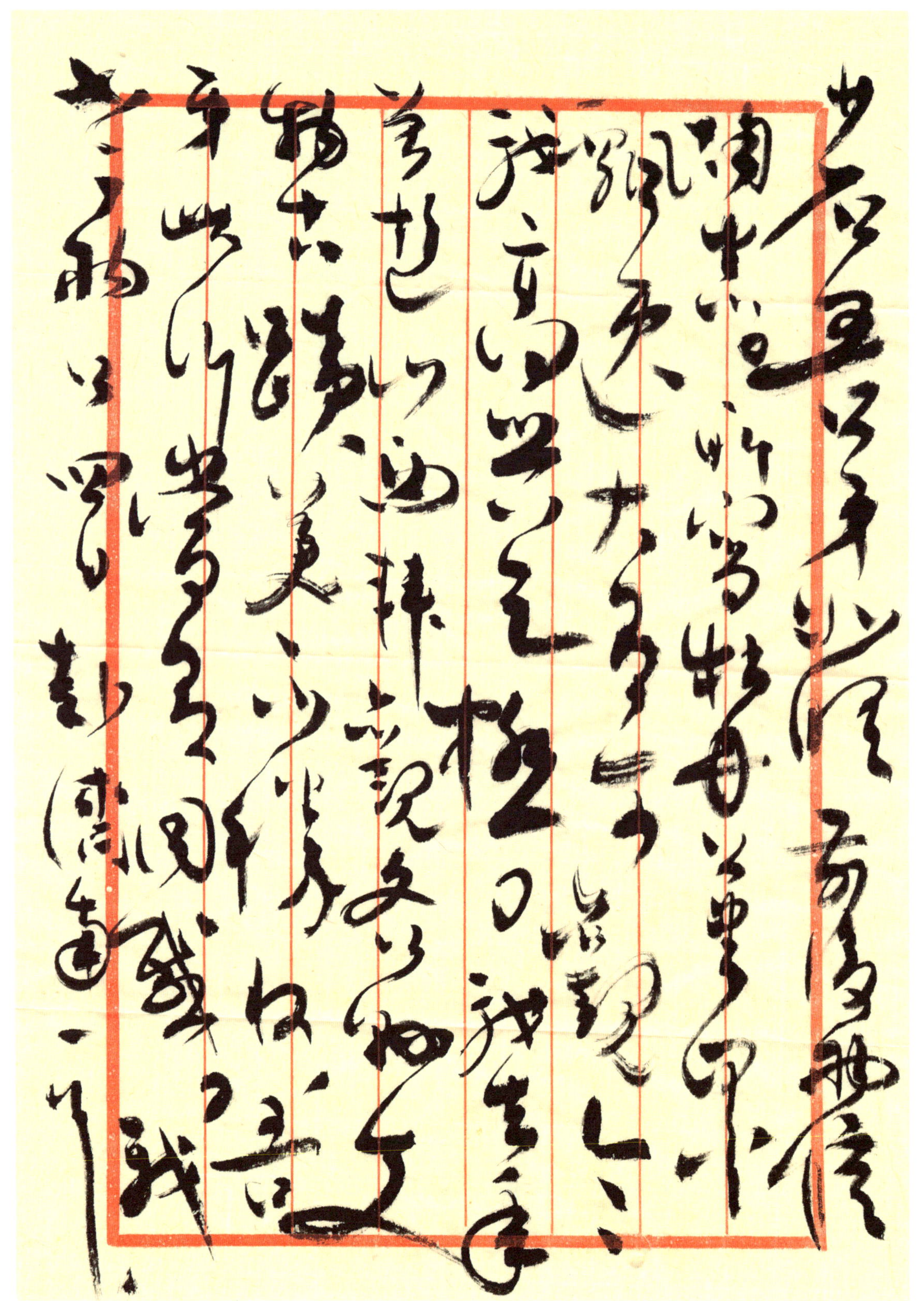

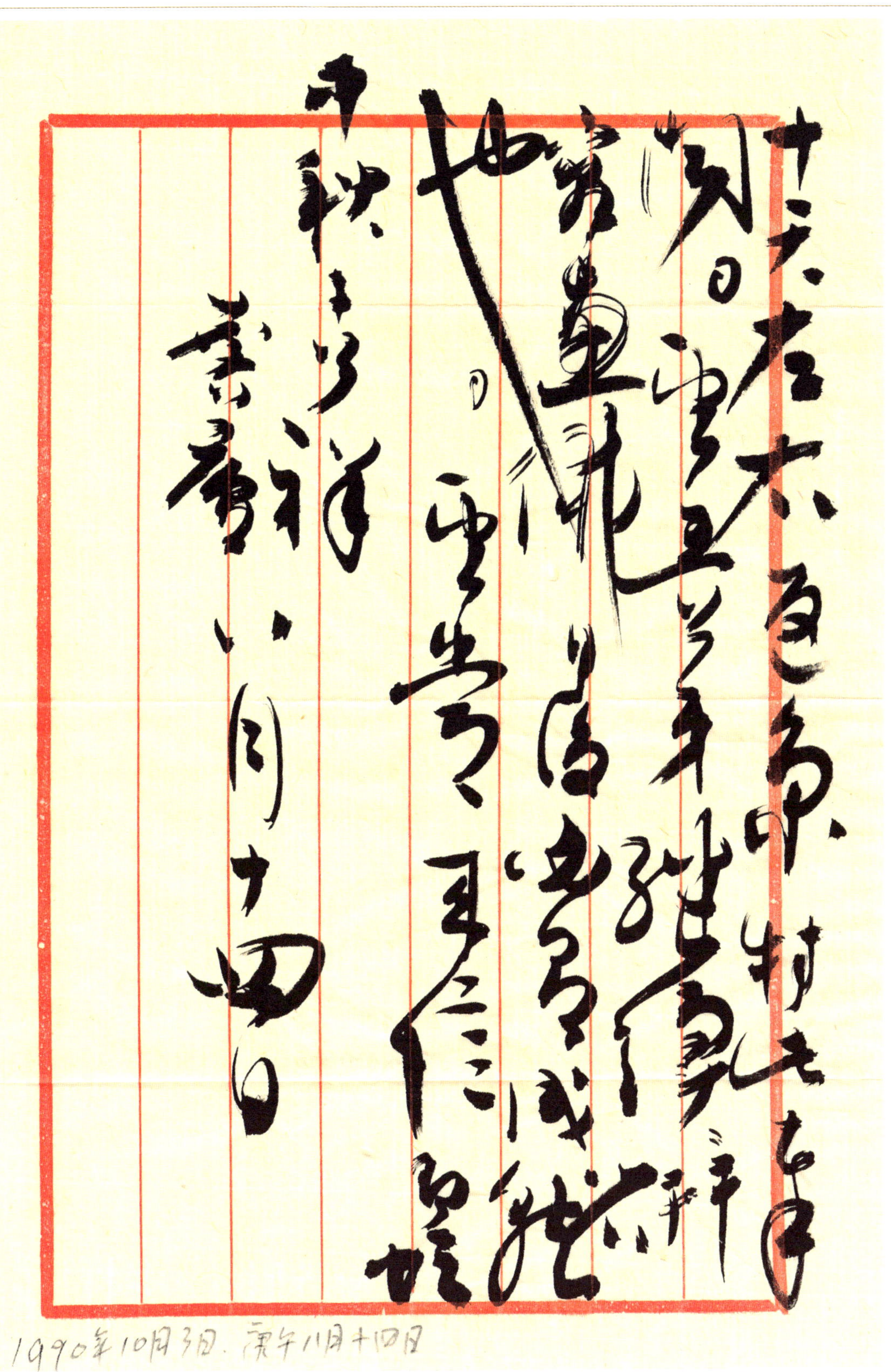

1990年10月3日．庚午八月十四日

一九九一年三月三日

少石吾弟：

我一直惦念吾弟。今寄来《无量寿》一帧，双印拓片一纸，观后颇为高兴。唯寿佛面部笔墨过多，今后画之以简洁干净为要。我年前感冒半月余，年后婉谢社会活动，经常足不出户。兴致所至画上一阵子，兴奋过后又呆若木鸡，如此生活可能也有类似我者。四月中旬开政协会七天，我在会议期间即赴河南郑州等处散散心，说不定，顺便到西安逛逛。经常通信好了。祝吾弟合府吉祥。麟庐。三月三日。

（北京崇文门东大街八号楼——安徽省宿州市南郊市直幼儿园）

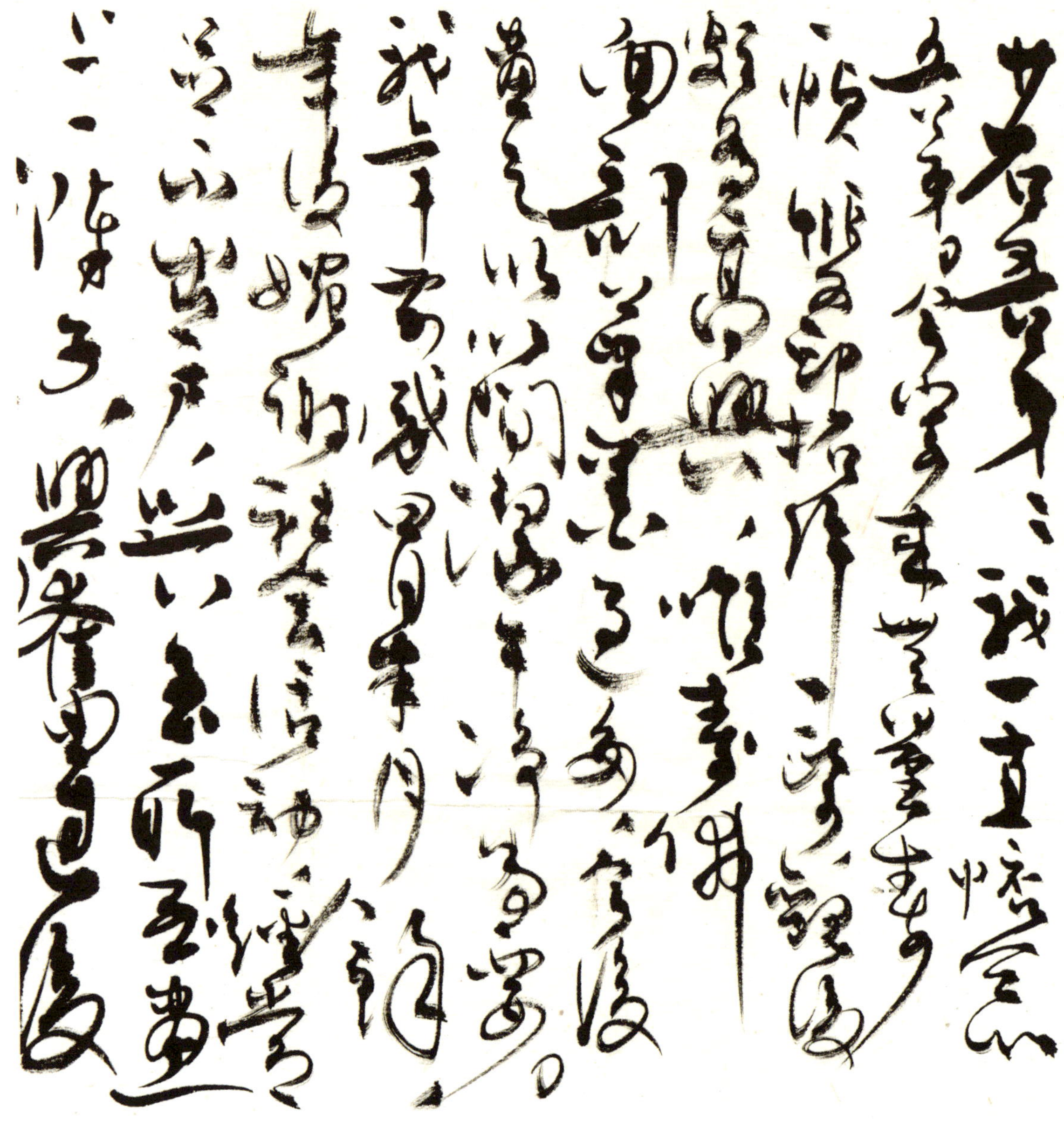

致弟子王少石

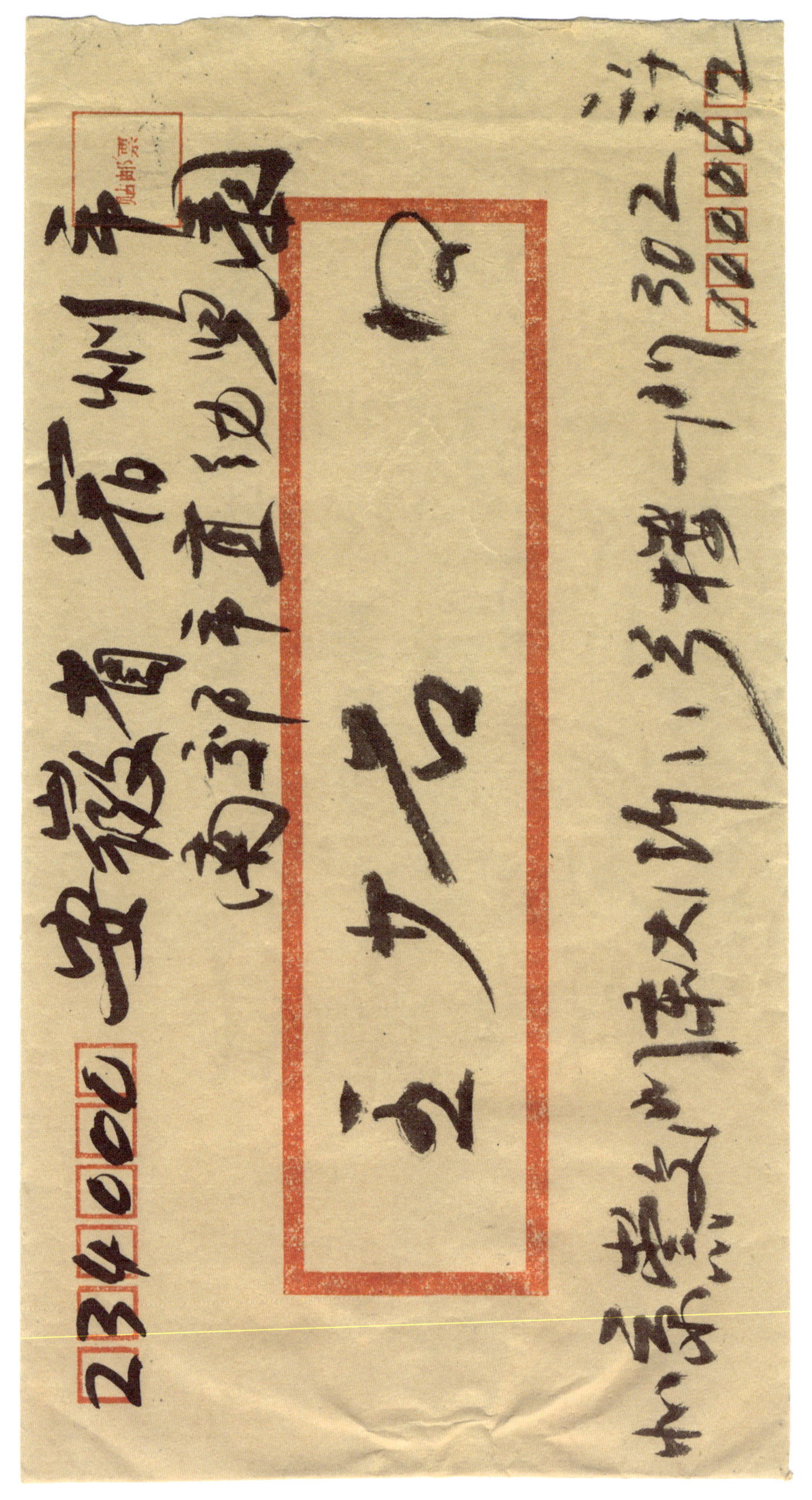

一九九一年三月三十一日

少石吾弟：

二月十一日来信及惠我《寿酒》一幅今始收到，谢谢我弟一片心意。印花已批阅，吾弟以为当否？《人在蓬莱》、《墨趣》两印请由邮局寄下为盼。我四月中旬开市政协会，四月二十日我老俩口赴河南一游，三月底左右返京，特此奉闻。敬候合府平安。

麟庐。三月三十一日。

（北京崇文门东大街八号楼—安徽省宿州市南郊市直幼儿园）

【按】告知行踪。

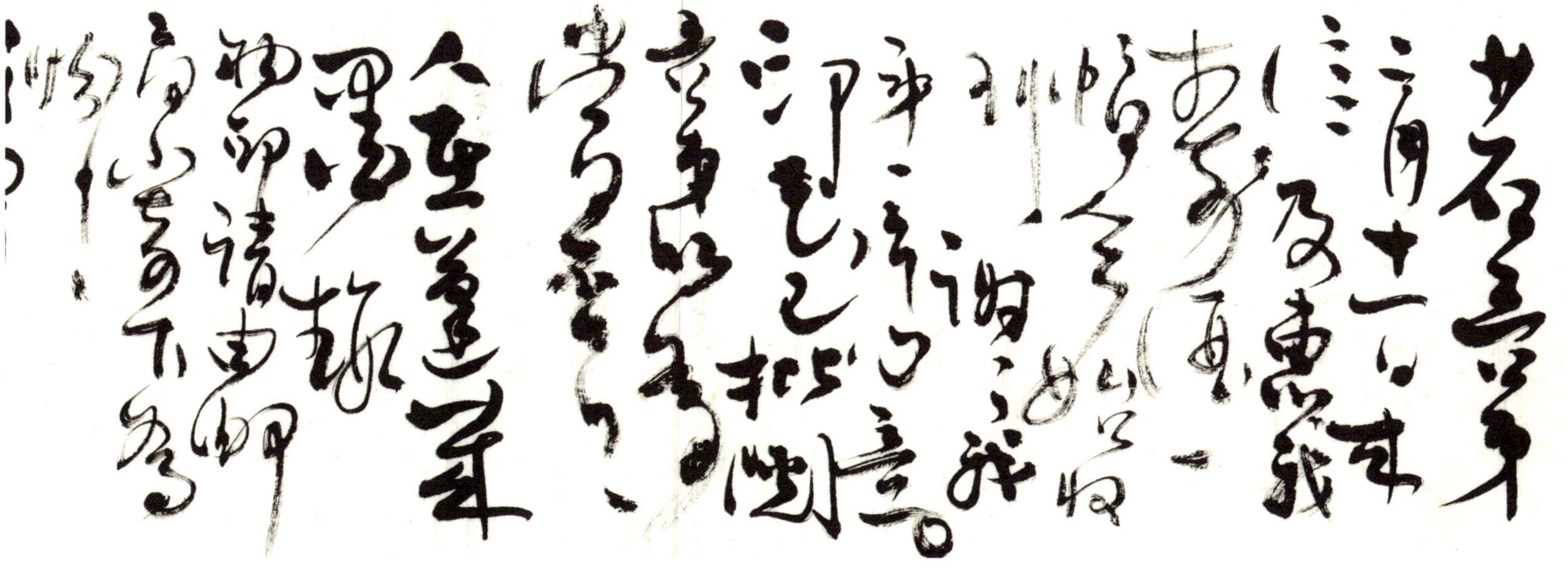

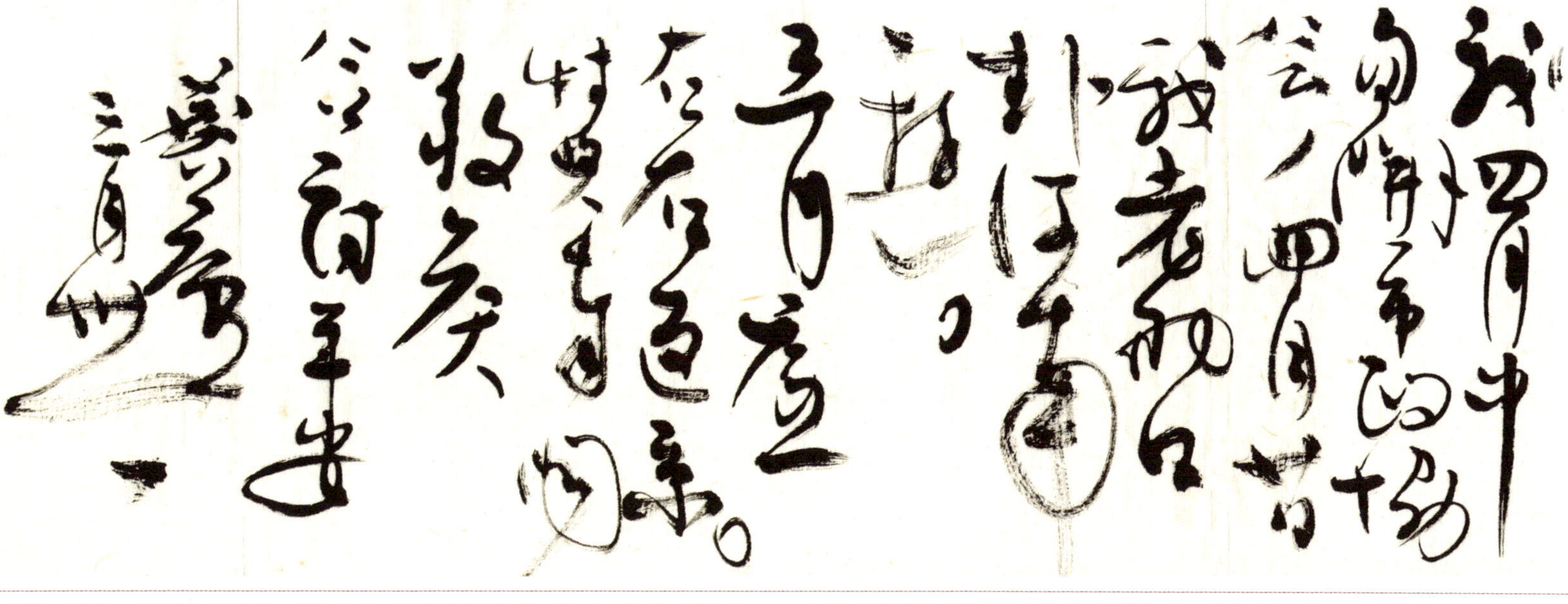

人在蓬莱　评语：《人在蓬莱》印，字里行间颇有趣味，吾弟伤手难能之极。

墨趣　评语：《墨趣》印刀法藕断丝连，妙品也。

一九九一年十月五日

少石弟：

我老俩口三日晚由香港返京。见到吾弟手书，均悉。诗稿拜读，有吾弟独到韵味，高兴之极！明年壬申，请刻迎首小章两方。吾弟画佛已自成家数，要继续下去为好。近观吾弟所刻之印，由粗犷已转入稳健，即由外向渐进内向，此乃修养所致，可喜也。我由今年四月迄，出走各地，未能安心作画，直到如今未能收心，懒于笔墨如此。应桂林之约，小游数日即返。乏陈可述，匆匆即颂合府吉祥。麟庐。十月五日。

（北京崇文门东大街八号楼—安徽省宿州市南郊市直幼儿园）

【按】告知行踪。评王少石画佛已自成家数。评其刻印由粗犷已转入稳健，即由外象渐进内象，此乃修养所致。

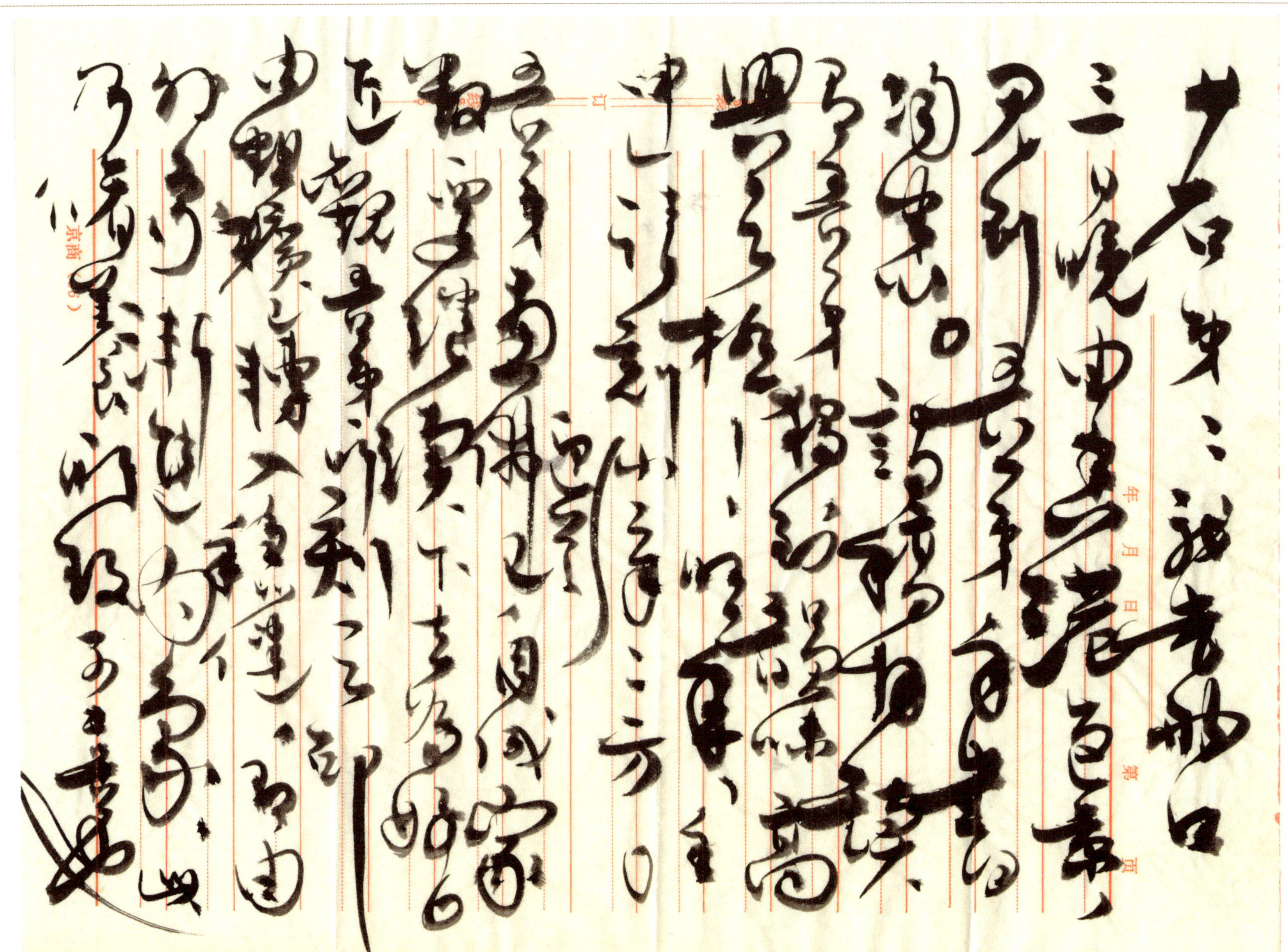

致弟子王少石

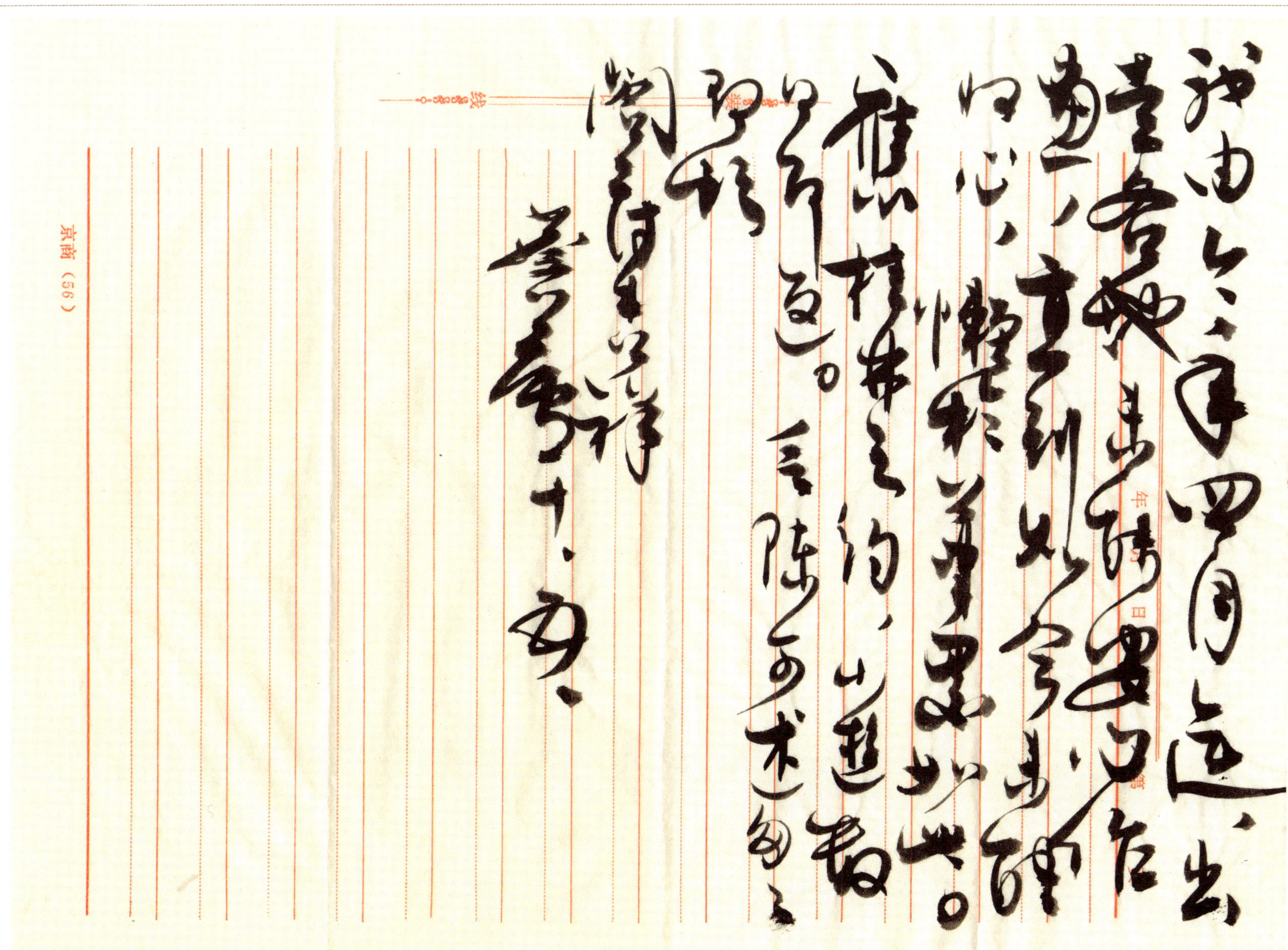

京南（56）

一九九一年十二月十八日

少石吾弟：

很久没有接到你的信，甚念甚念。近中忙于何事？寿佛画的多否？我以为你要专心画佛，日久必有所成。倘繁杂作画，则不易见精。吾弟之书法以专攻篆书为好，因吾弟专长金石，故篆书必有可观。所谓扬长避短，最为重要！吾弟以为然不？我现在居家避寒，来春再外出。兴之所至，则涂鸦消遣。无风无雪，街前街后，闲步散心，近况如此。新年在迩，转瞬春节即将到来，祝福合府吉祥。麟庐。十二月十八日。

（北京崇文门东大街八号楼—安徽省宿州市南郊市直幼儿园）

【按】日常生活：兴之所至，则涂鸦消遣。无风无雪，街前街后，闲步散心。

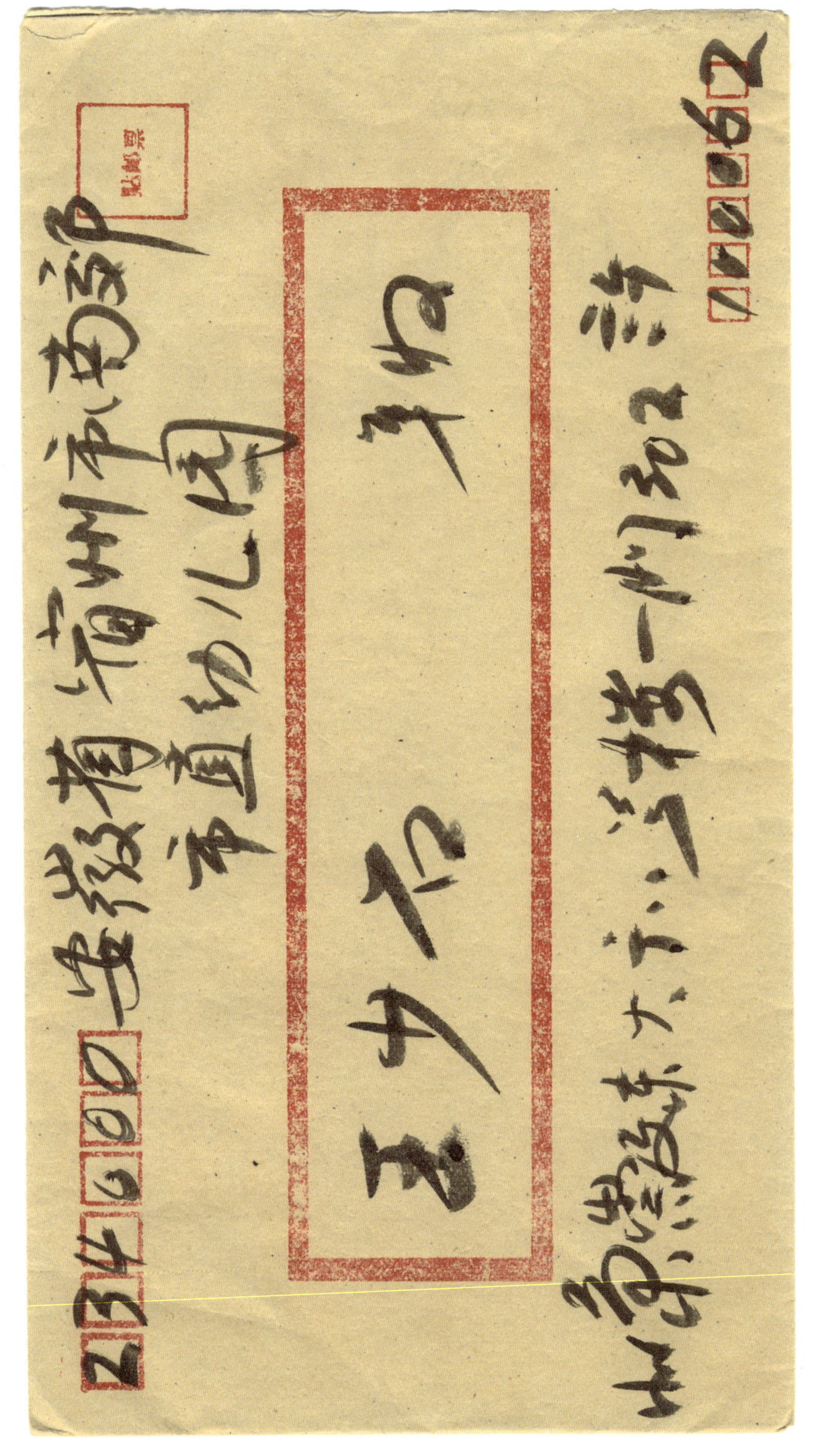

234000

安徽省宿州市南郊

市直幼儿园

王少石 收

北京崇文门东大街八号楼一门302 许

100062

贴邮票

(0070)

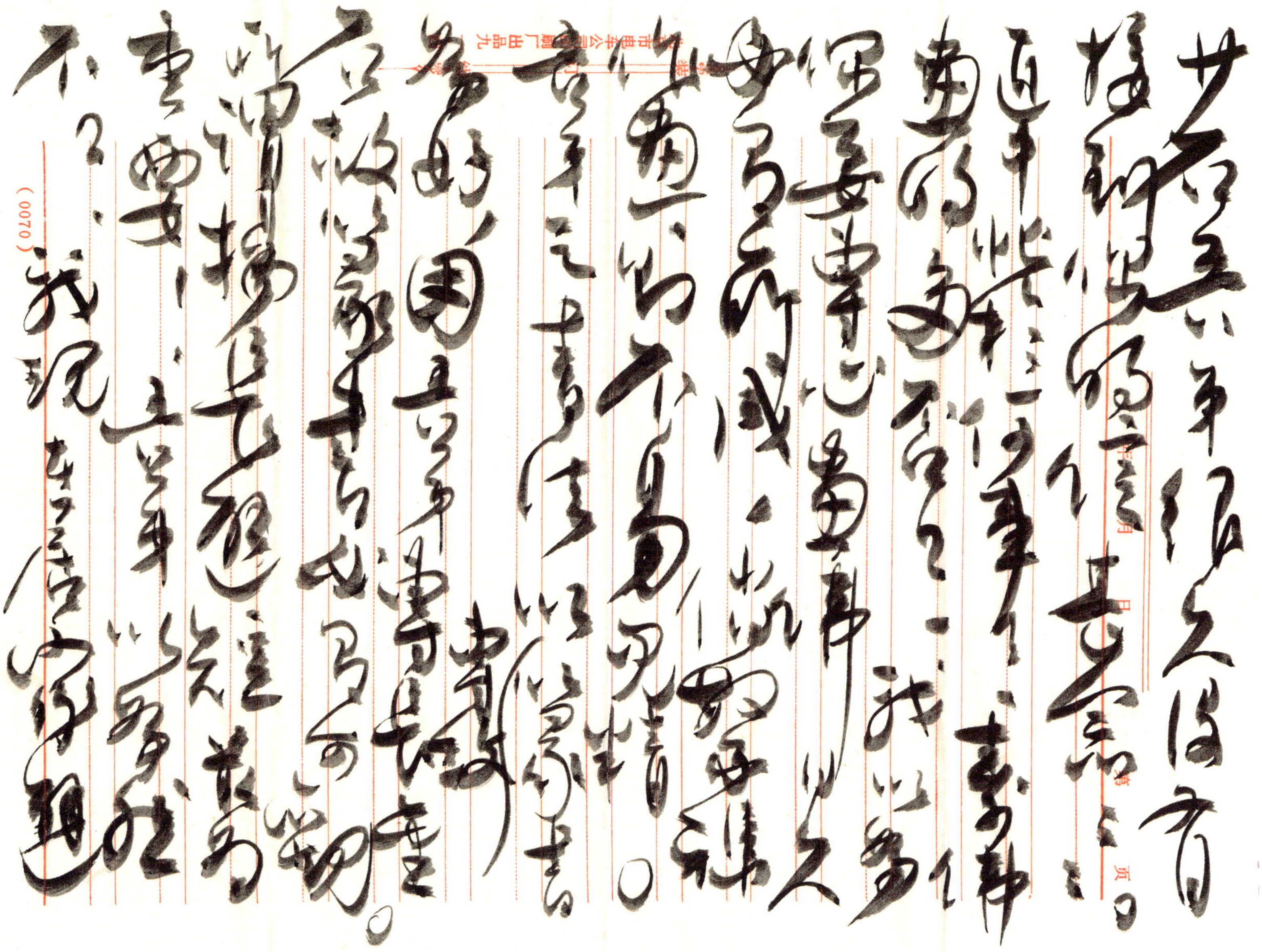

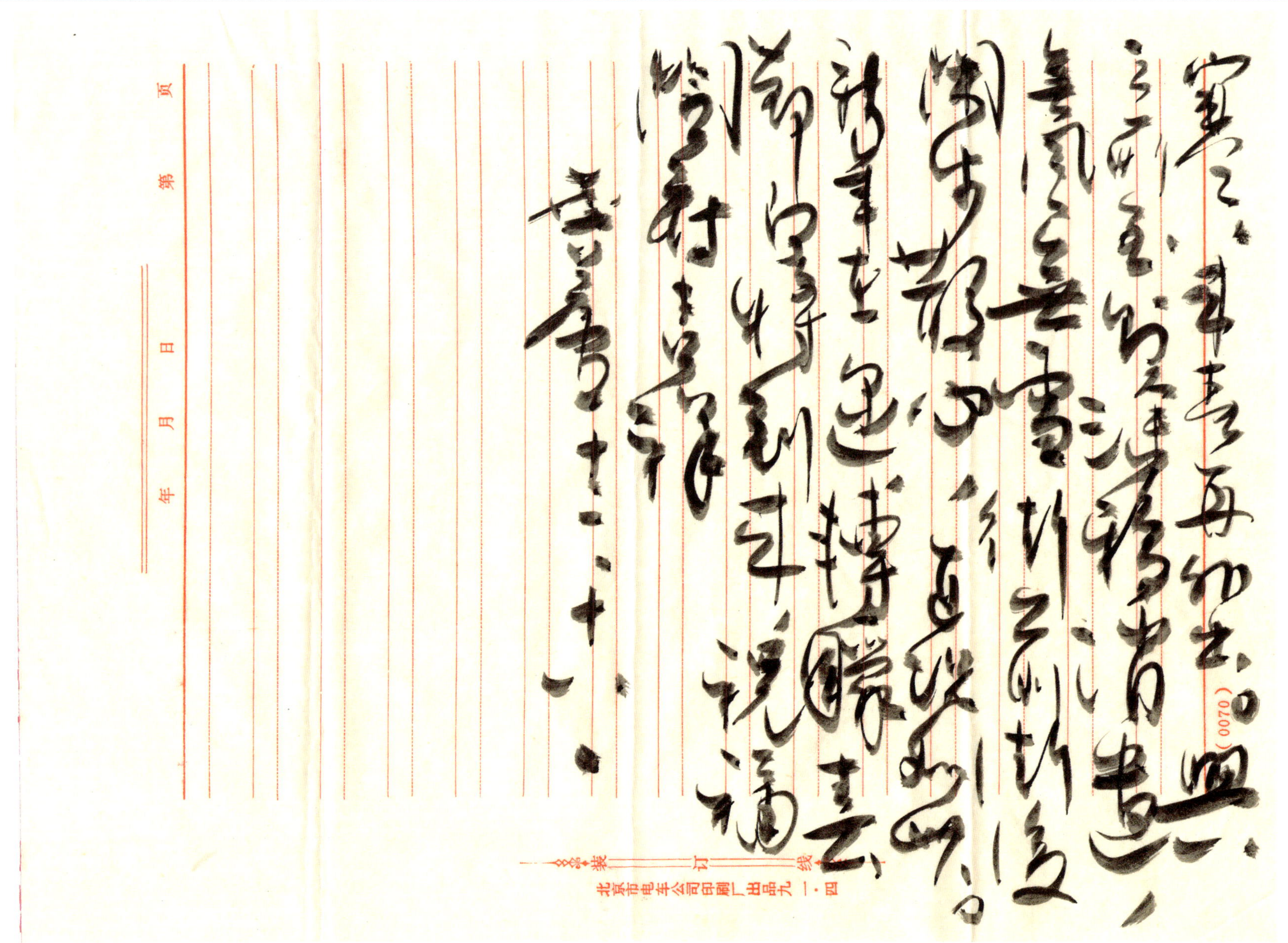
（0070）
第　　页
年　　月　　日
装　　订　　线
北京市电车公司印刷厂出品九一·四

致弟子王少石

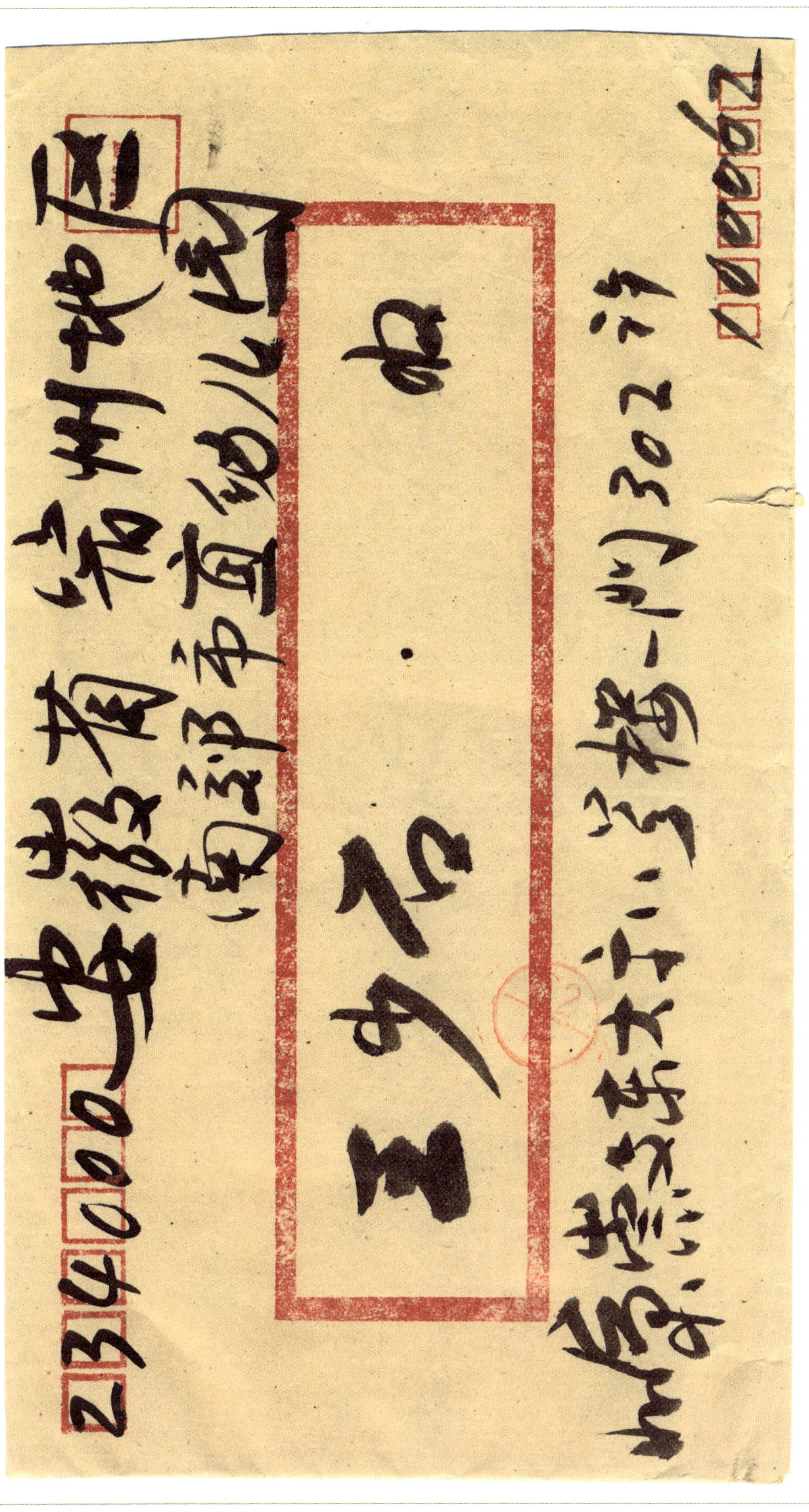

一九九二年一月三日

少石弟：

寄来篆联已有变化，与其他书家有不同之处，令我高兴。眼高手低是提高的前提，不如此不能有个人的风格也。所谓曲不离口，拳不离手，书画者笔不能离手，久练三伏才能有成，至关紧要也。望吾弟每日临池才有成就，切切。纵观前人墨迹乃必修之课，籍以取长补短，至为要要。我经常翻阅古今画册，体会前人用笔用墨，汲取自己之不足。不但吾侪如此，古人也如是。谈到此，祝新年吉祥。随信寄上《春上花枝》小品一帧。麟庐。一月三日。

（北京崇文门东大街八号楼—安徽省宿州市南郊市直幼儿园）

【按】有书画理论。纵观前人墨迹乃必修之课，籍以取长补短，至为要要。

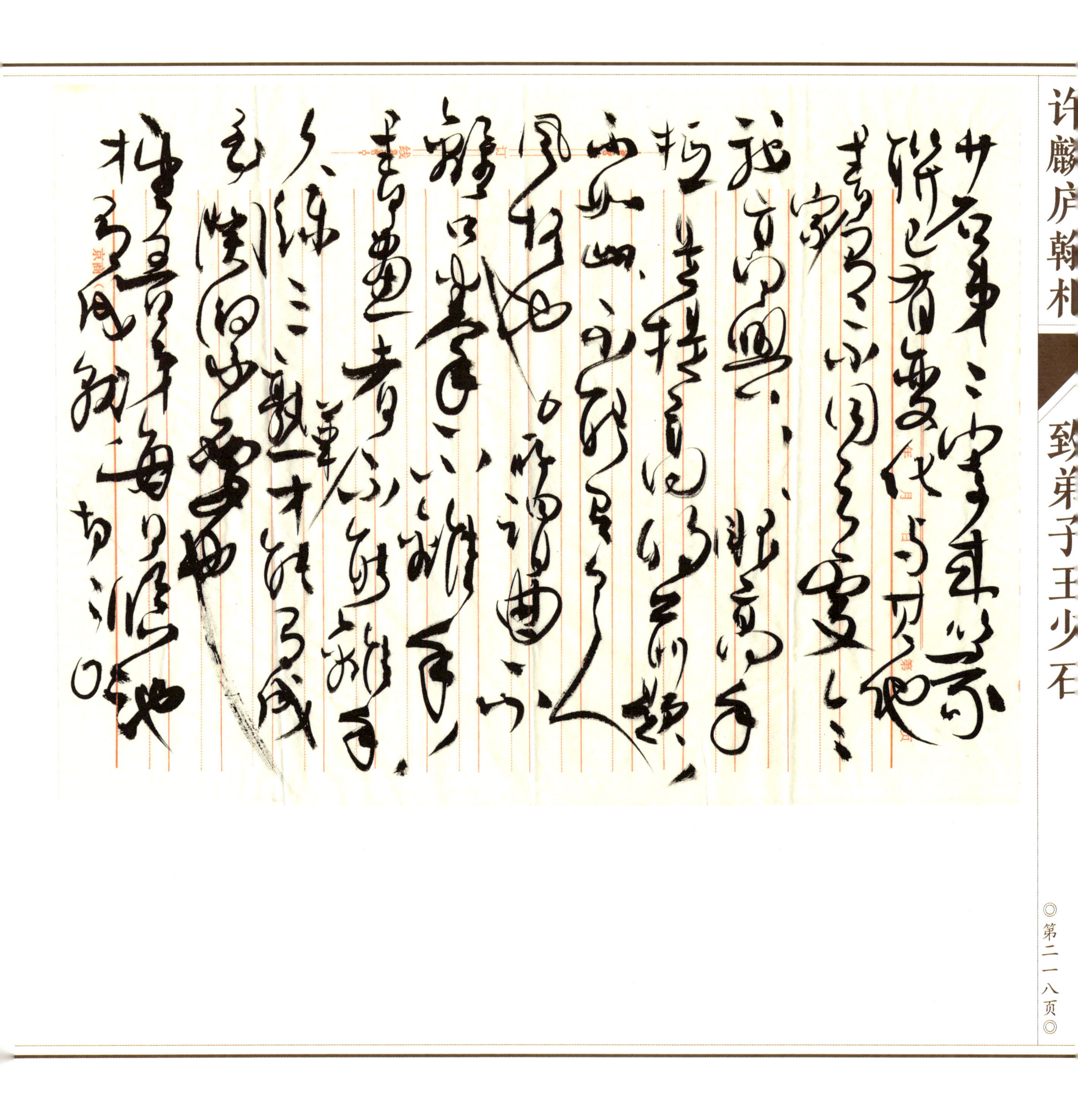

致弟子王少石

年　月　日　第　页

装　线　订

京商（56）

一九九二年一月十七日

少石弟：

寄来之印已照收。两方《壬申》印，刀法老气横秋，耐人玩味。肖形印妙极！以猴子入印者，由吾弟开始。《墨趣》印，稳重无华，佳作也，令我非常高兴。今天午睡后接到来信，吾弟惠我《猴年画猴》，至为快慰。婴戏图贺年卡我老伴也很欢喜。

今晨五时半起床，画得《海棠白鸭》一帧奉贻。我在湖北咸宁干校曾牧鸭一年，至今仍保留速写稿，我最知鸭。提起当年，当过鸭倌、猪倌、牛倌，可谓连升三级。往事云烟，如今依然故我。祝吾弟合府春节顺遂。麟庐。一月十七日。

上款不能再加，以免拥挤不当。

此幅白鸭用深色裱褙为宜。数年前吾弟为我刻过《浮名如土》白文印，暇时再刻一方朱文如何？印不要大，如肖形印大小即可。望吾弟书法以篆为主，画以人物（按：指画佛）为主，要扬长避短，至要！麟庐又及。

有些小画要大裱，即边宽二寸长五尺，则雅矣。

（北京崇文门东大街八号楼—安徽省宿州市南郊市直幼儿园）

【按】提起当年，当过鸭倌、猪倌、牛倌，可谓连升三级。

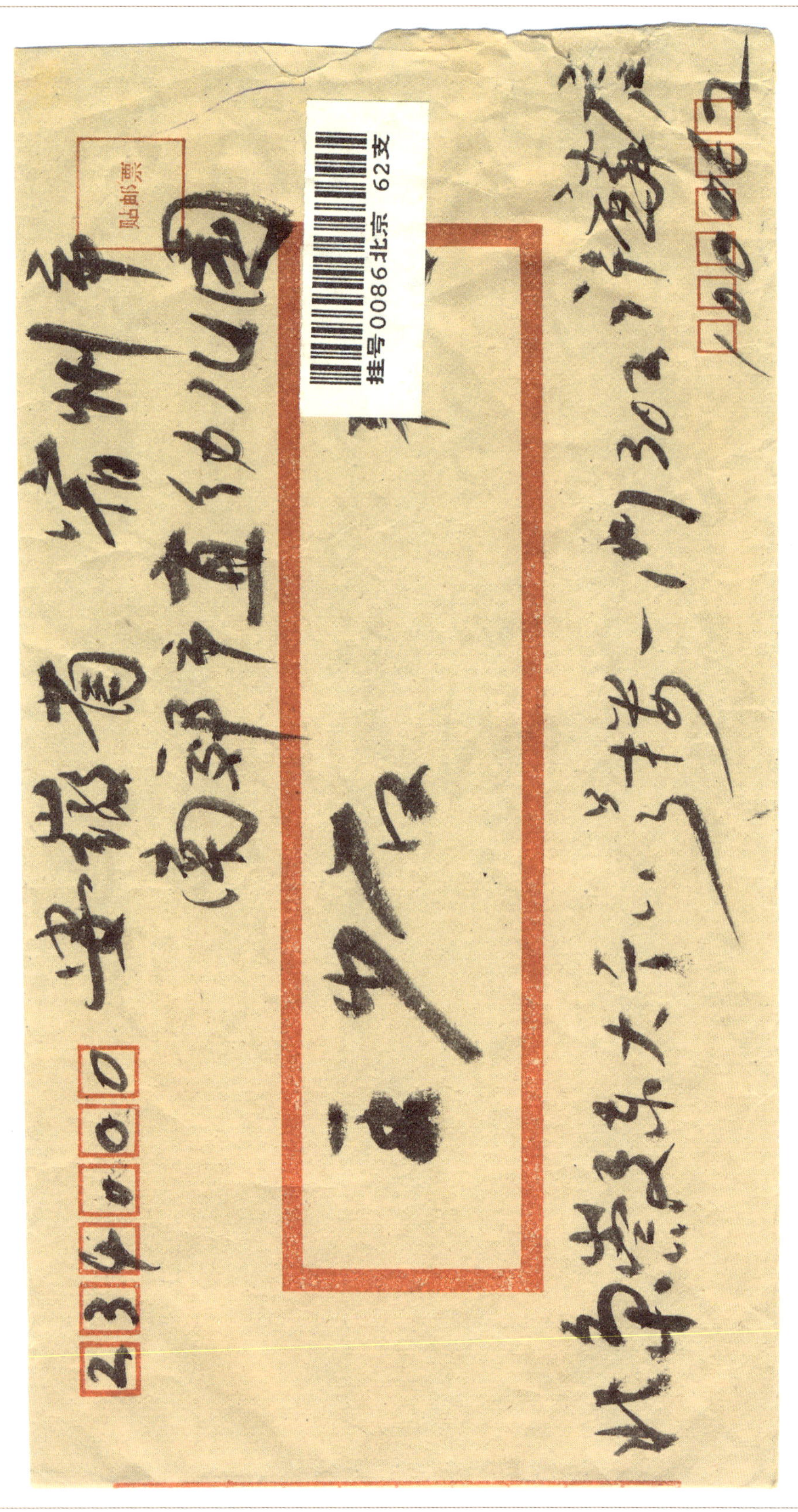

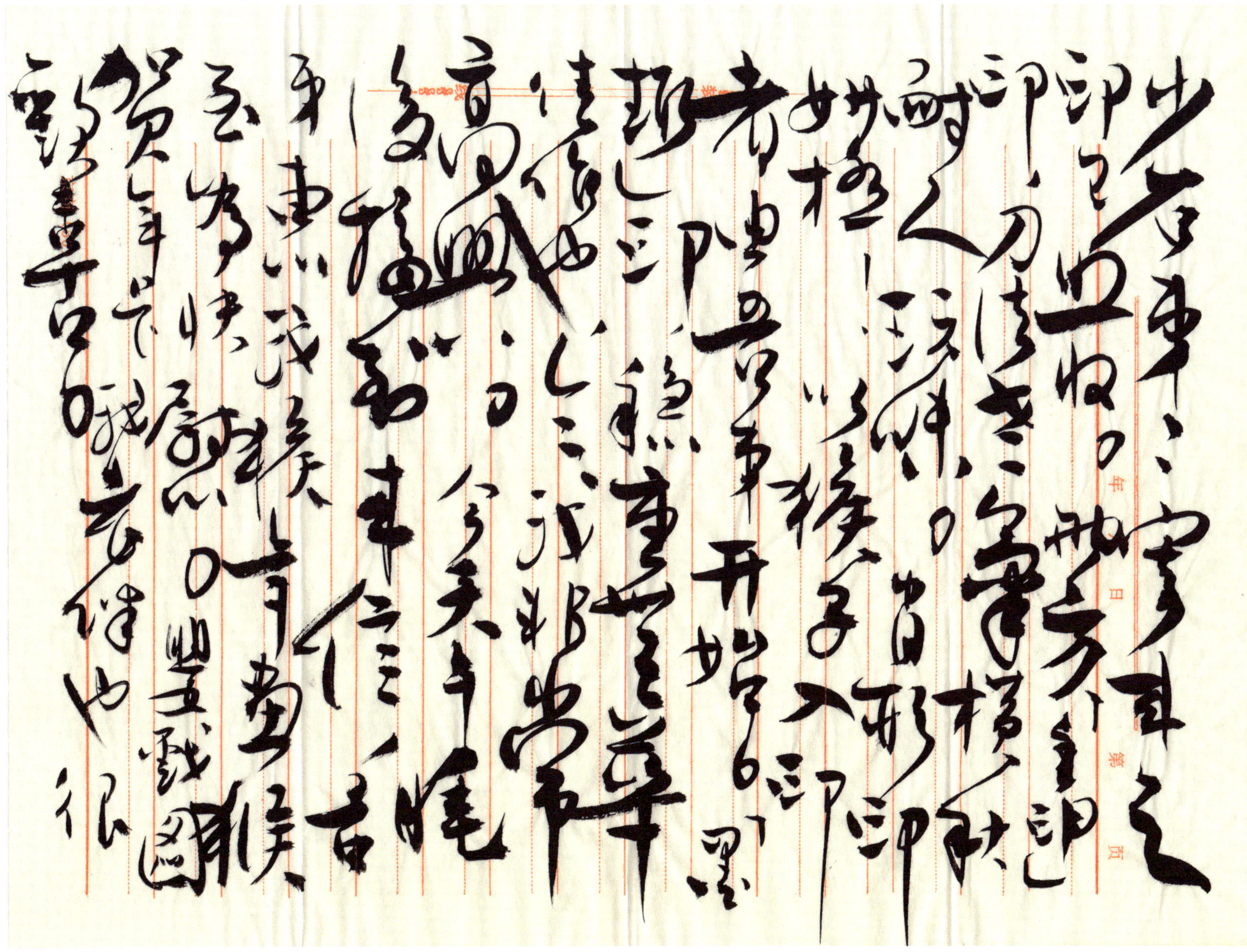

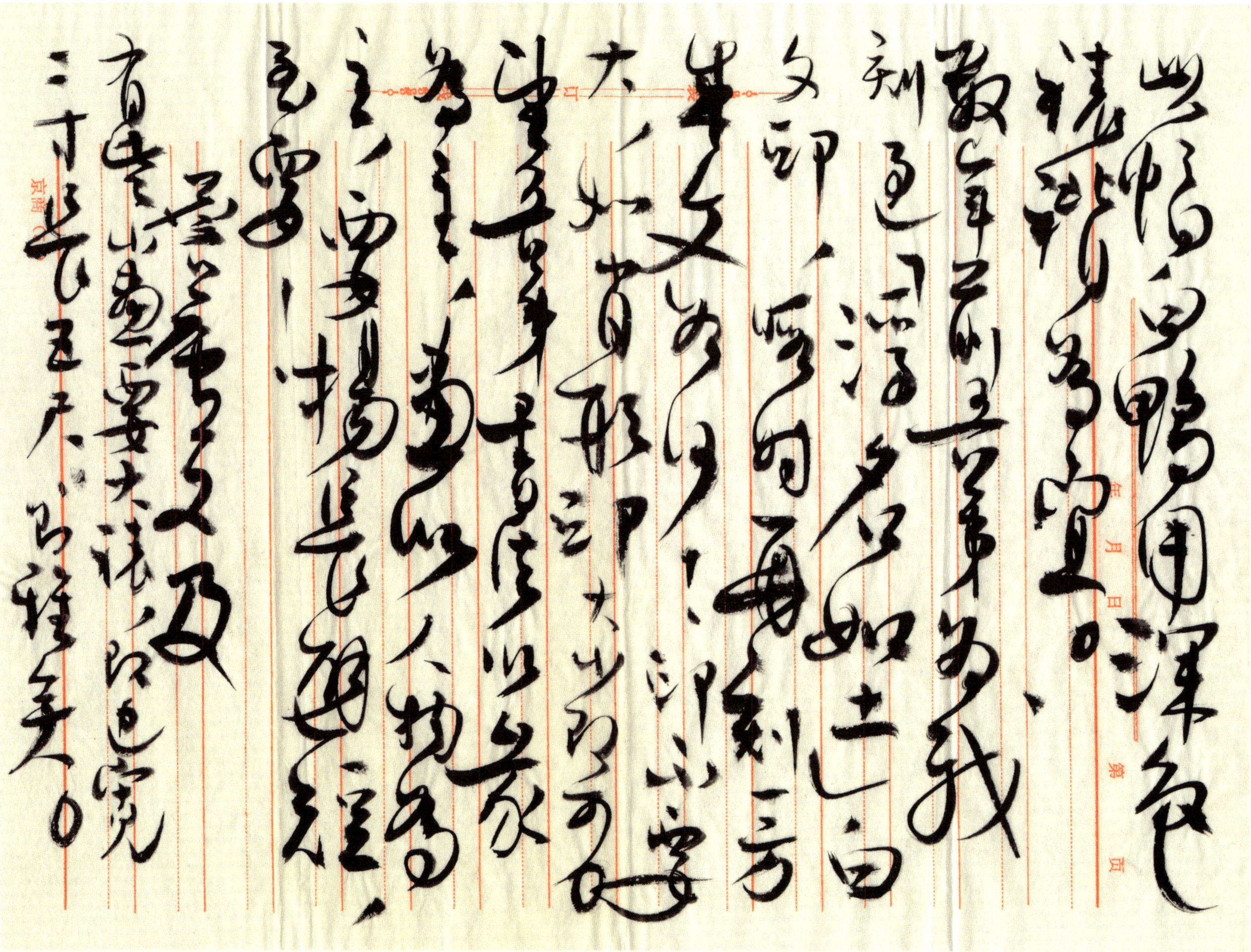

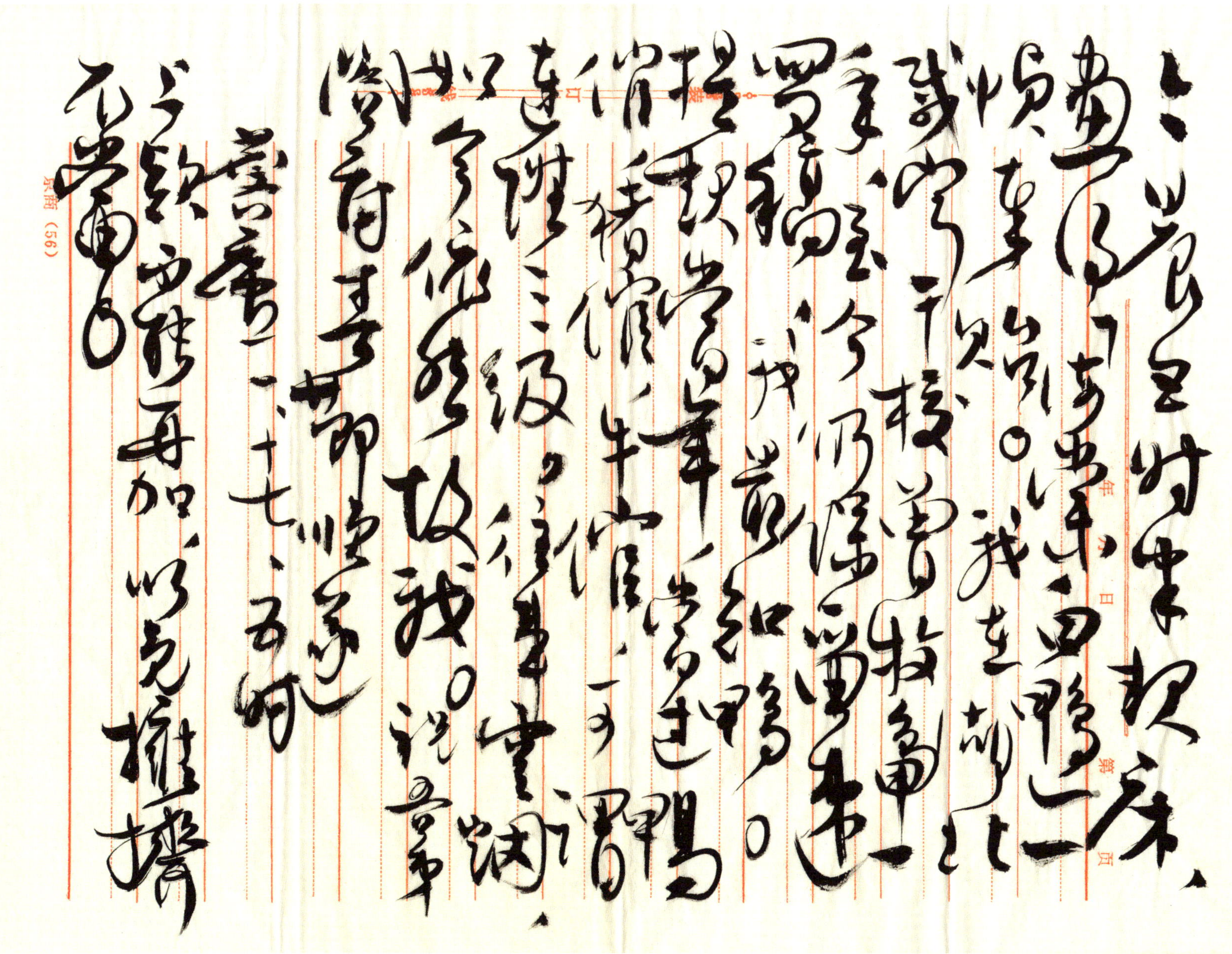

一九九二年八月三十一日

少石弟：

很想念！大孩子调动工作不快，只有托人办理，无论任何事欲速则不达。小孩子考不上大学，没什么了不起，一个是再考，一个是找个合资企业公司找工作，不知对否？有很多小孩子在合资公司工作，每月可拿到几百，大学毕业以后又该如何？你有什么静不下来呢？没有什么了不起的。要顺乎时代，只要有朋友，有门路，我看工作也很好。我的二孙女大学是毕业了，至今还没有跑出工作来，弄得高不成低不就，只好找机会。大学毕业又算老几呢？现在凭门子、靠山。你要把心放宽，多找些门路，嘴要勤，嘴勤能问出金马驹来。来个大宽心，来个没什么了不起，你愁，愁不出辙来，白白伤神伤身体。来个信天游，各处张罗，别文人气太重了，文人又卖几个大呀！一个文人不如一个卖煎饼果子的，你想通了，就乐观了。

我应甘肃画院副院长王天一弟之约，先到南京，然后到九华山，安徽派人接到黄山。估计九月中旬，我到安徽时给你打电话好了。至于还到哪里，见面再说。麟庐。八月三十一下午五时。

（北京崇文门东大街八号楼——安徽省宿州市南郊市直幼儿园）

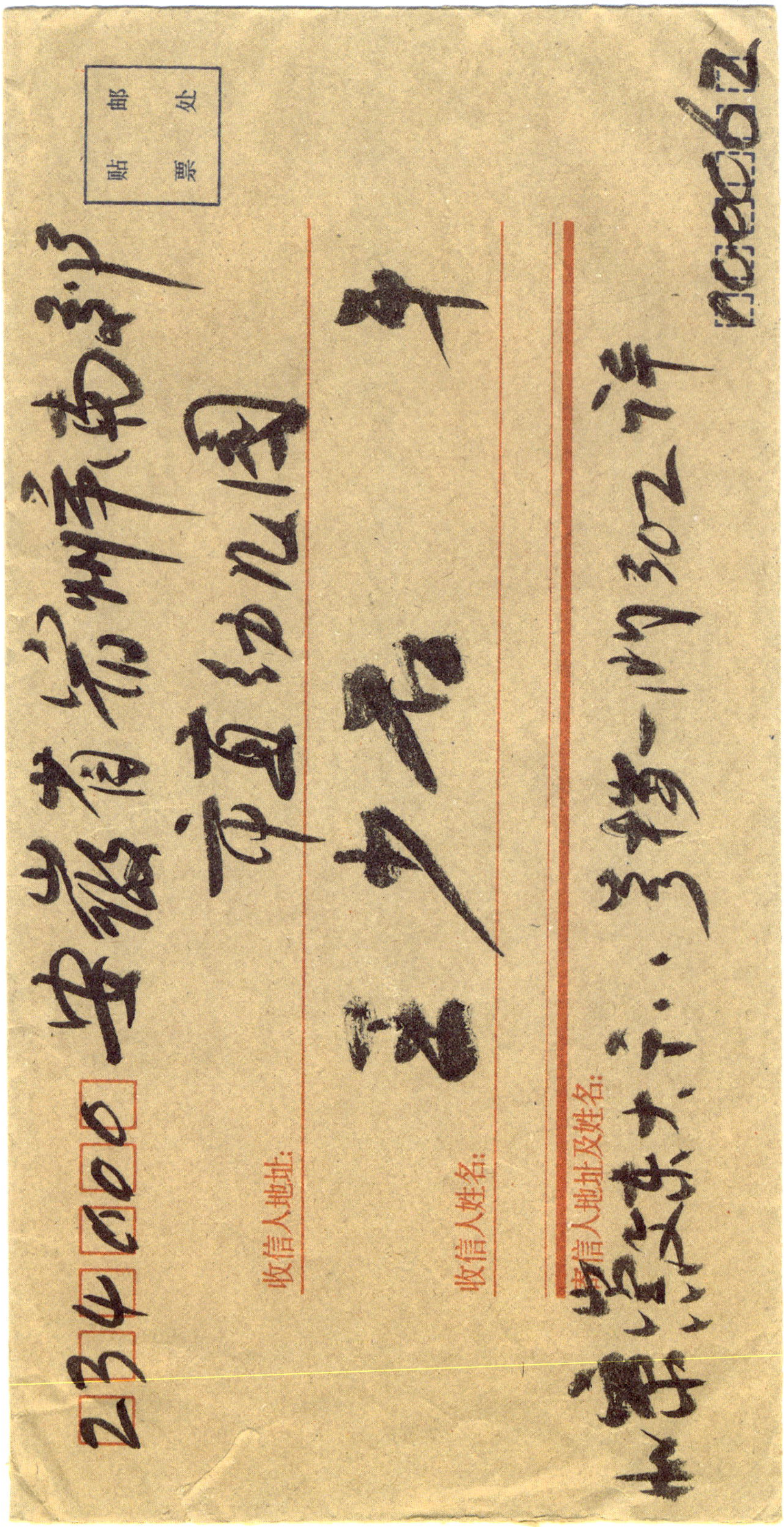

廿四日来信，想念得很！大约
子调动工作，不顺心，只有托人
也罢。至于谈你学习，欲速
则不达。以后若考上大
学，学什么不懂，一个是
再考二个月，是选我们会员之人心
业的问题，我看很好，对我来说、
有很多少，你将来不会学实学也
工作，写自一手书法，我看大学
毕业以后，又要分配，你看
什么路，不得分配，学习什
么只要你的，学顺学时代，只
学有用之门路，我看很
也很好。我们二郎上大学，是
毕业了，画画、写写自然出
工作来，王什么等于不成，低头
学会我，我去大学毕业文凭未老
发展。
沈先生嘱笔问好
子 麟庐叩

你要把心静下来，多找古人的作品看看，勤看，勤能看出真谛，静下来，来个十年，守宽心，来个几年，什么了不起，你就落不出来里，只要日积月累，自然[illegible]的日本人作天趣，多要说明作，别之人笔太重了，文人又是笔下大作，一个文人必须一个实前锦，果了的，你想必通了就出观了的。

我在甘肃当院付院长王天一弟之后，先到南京，然后到九华山，安徽派人接到黄山十几住了十几天，中间，我到安徽时给你打电话，好多了，云梅远则哪里又见，再谈吧。祝你得有什么了不起

麟庐 八月四日下午五时

文章何处哭秋风

评语：此印妙在刀法耐人寻味，倘烟云过眼则看不出妙在何处，斯道难以哉。

此印妙在刀法耐人寻味倘烟云过眼则看不出妙在何处斯道难以哉！

浮名如土

评语：此印古朴似三代陶器印，有一股泥土气味。

此印古朴似三代陶器印有一股泥土气味

一九九二年九月二十八日

少石弟：

南京、芜湖、黄山、琅玡山、醉翁亭十日游，今午由南京返京。同游者甘肃王天一夫妇、南京画家曹汶，陪同者南京中心饭店经理，共七人。故无法去合肥，以致爽约，吾弟请谅请谅。今后倘有便人陪伴再赴合肥、宿州、萧县。我何尝不想去？原因如此，奈何奈何。专此致意，顺候合府吉祥。麟庐。九月二十八日。

（北京崇文门东大街八号楼—安徽省宿州市南郊市直幼儿园）

【按】告知行踪。

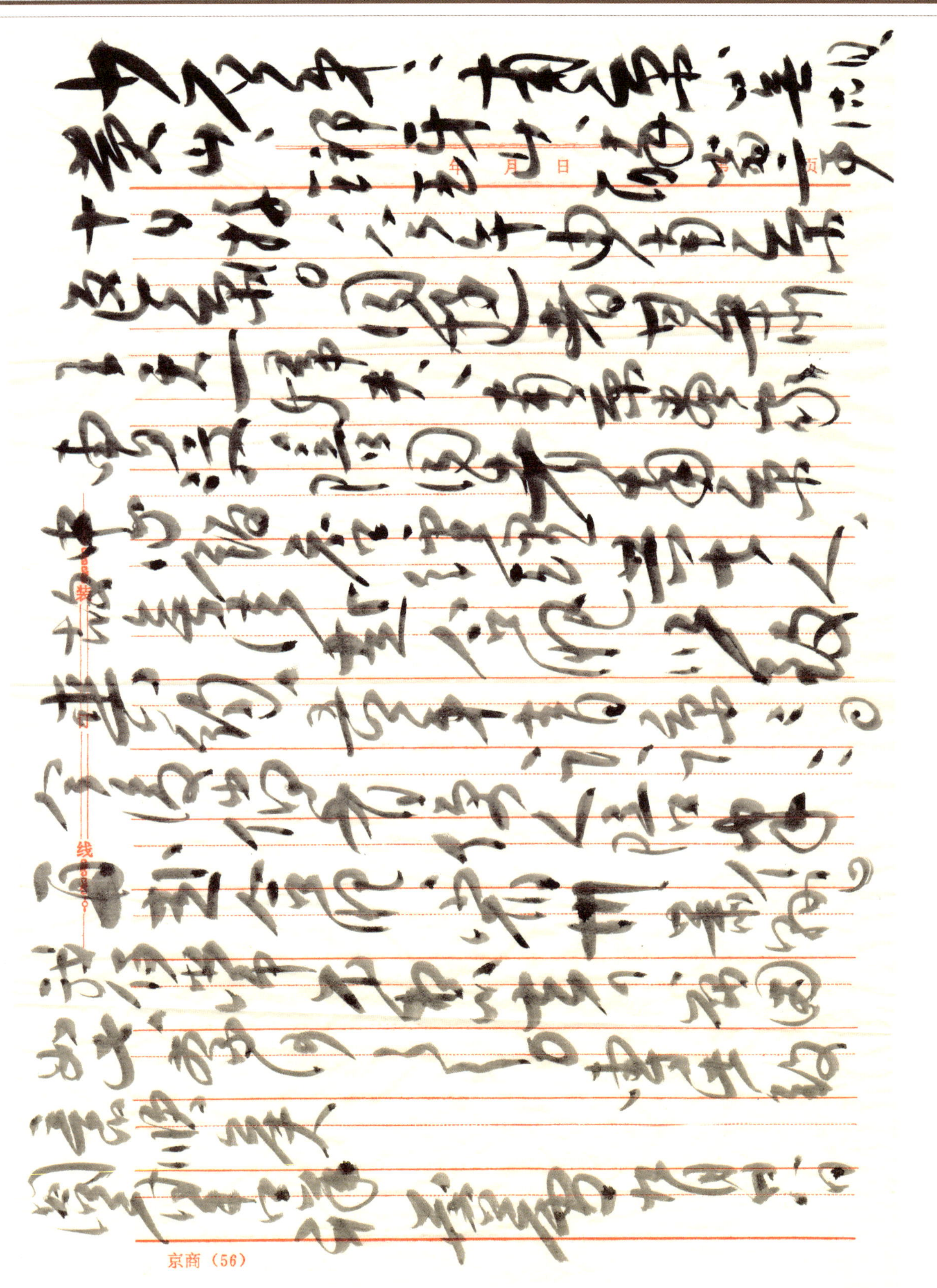

一九九二年十一月二十八日

少石弟：

光阴如箭，即将送壬申，迎癸酉。请吾弟奏刀刻迎首两方，便中寄下为盼。吾弟近中忙于何事？孩子们工作解决否？均在念中。

我九月二十四日摔了一跤，幸而脊椎没有摔伤，养了一个月，总算好了，请勿念念。

今冬不出门，近况如此。合府吉祥。麟庐。十一月二十八日。

（北京崇文门东大街八号楼—安徽省宿州市南郊市直幼儿园）

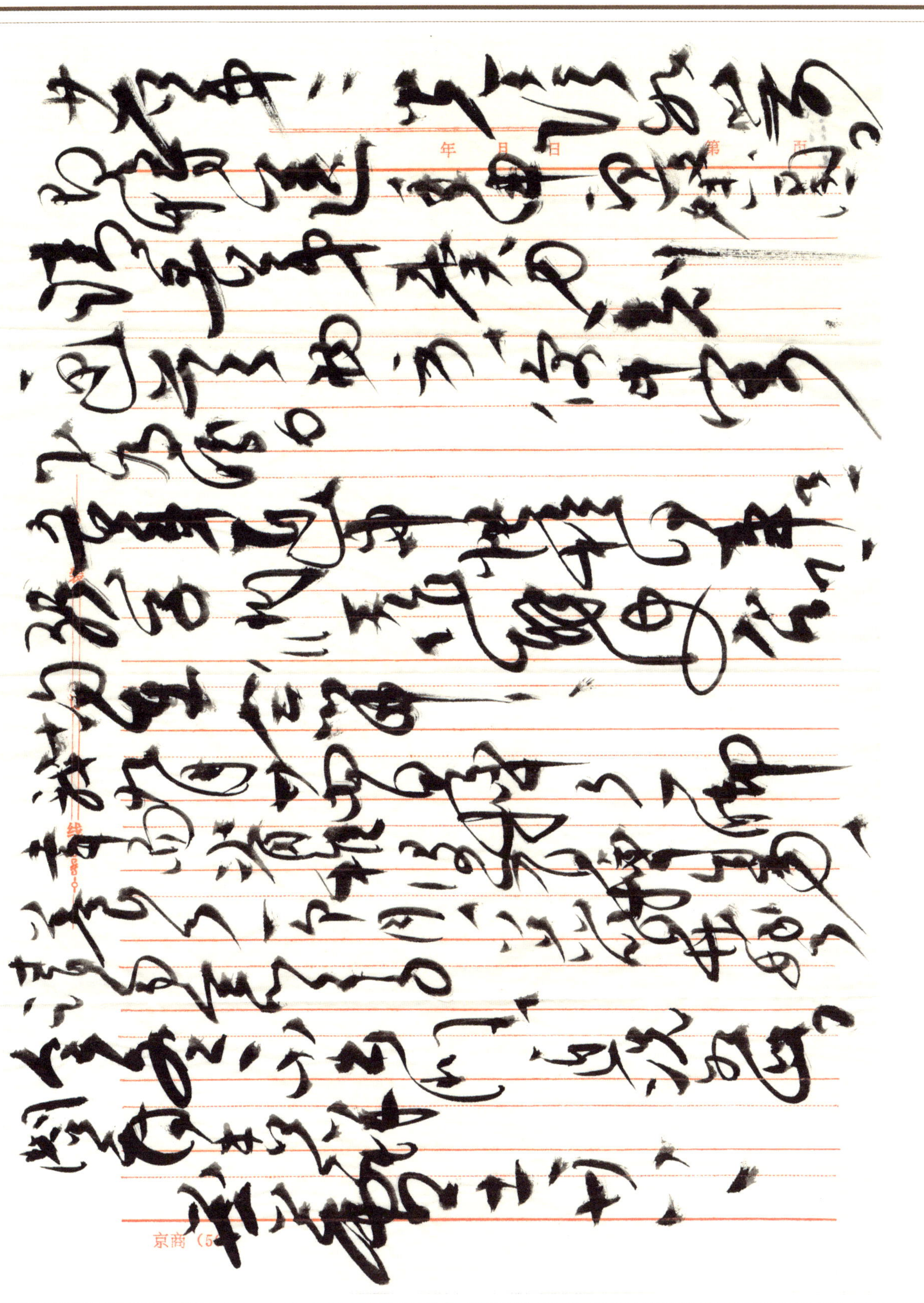

一九九二年十二月二十日

少石吾弟：

收到来信高兴之极！书画家大多嗜古，籍以充实个人艺术，我以前也如是。嗜古不可迷古，适当而止为好。明春五月左右再到南京，然后赴扬州看看，届时函告我弟。近中吾弟画兴如何？均在念中，便中示我。祝贺合府新年万事如意。麟庐。十二月二十日。

请将《癸酉》朱文两方寄我为感。

（北京崇文门东大街八号楼——安徽省宿州市南郊市直幼儿园）

【按】劝王少石嗜古不可迷古。

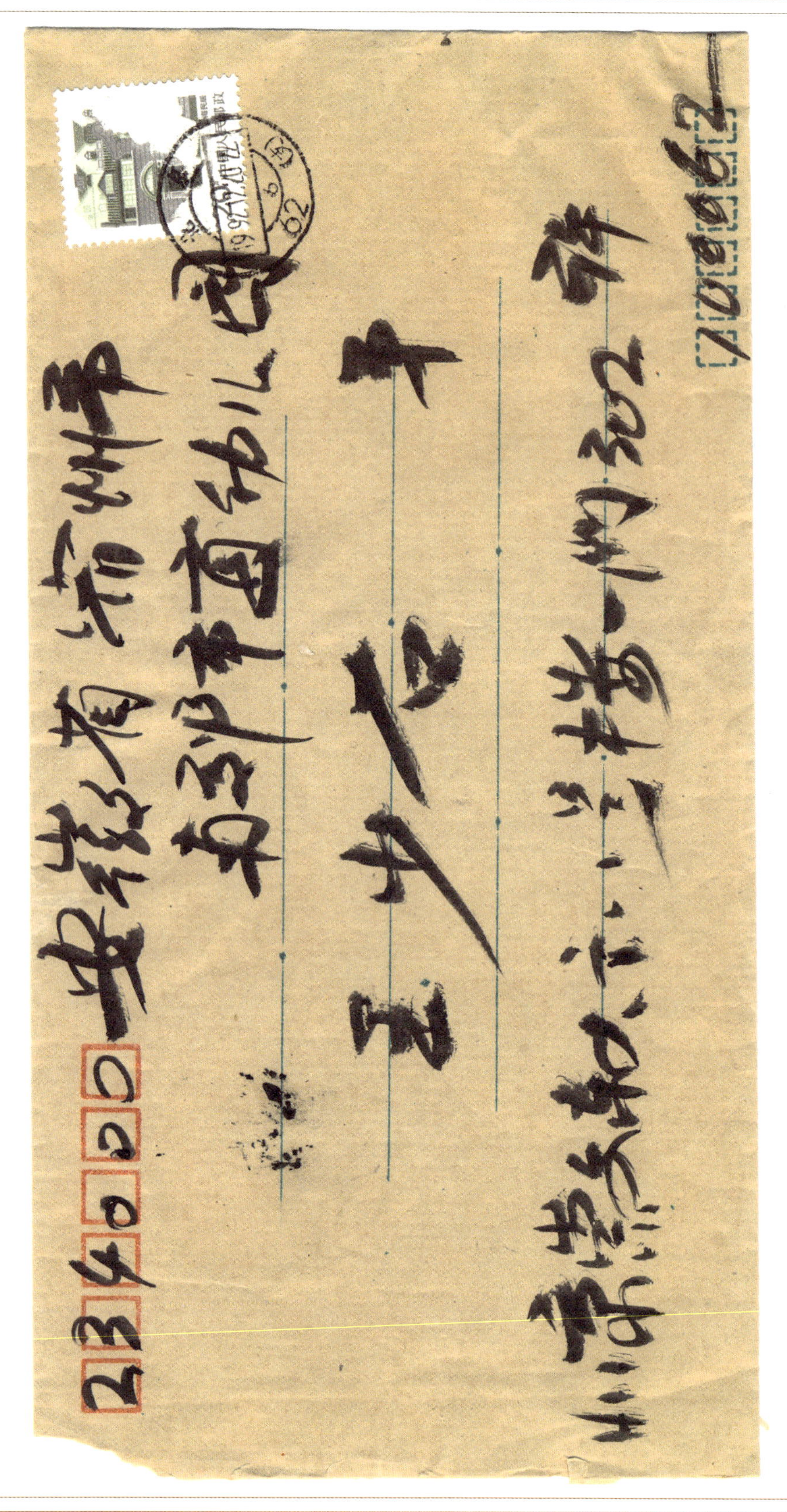

100062
北京崇文门东大街八号楼一门302
王少石
安徽省宿州市南郊市直幼儿园
234000

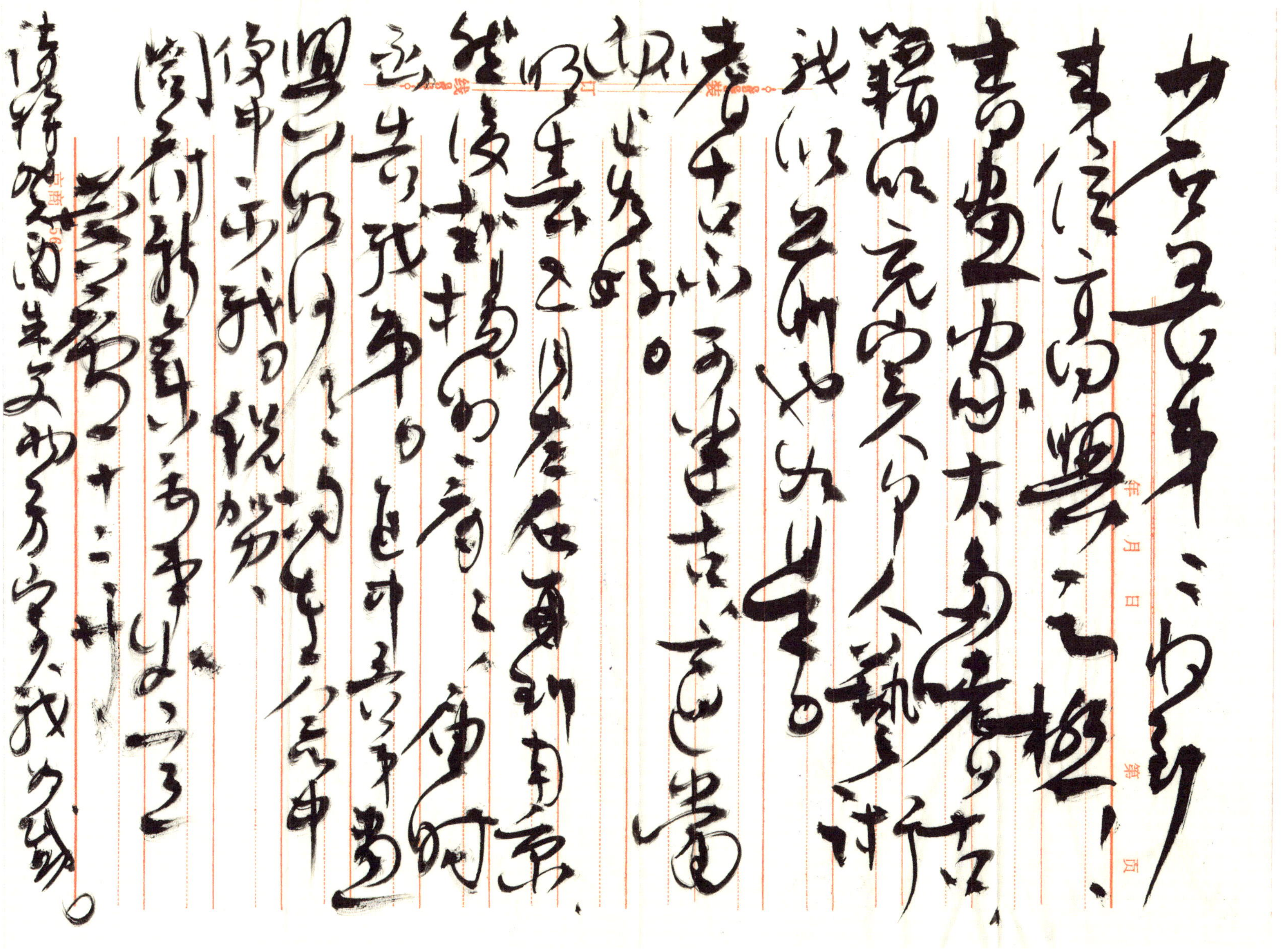

一九九三年七月二十五日

少石弟：

久不见来信，很想念。最近生活起居怎样？便中示我。我老俩口，六月初赴山东小游数日即返，直到现在没有出门。我身体如常，我老伴胃不好，新装牙齿。每日街头巷尾小游一两小时，因天热很少作画，近况如此。今午收拾东西，得见吾弟一九八九年大作一帧，谨题数语寄还。孩子们工作都安排否？念念。待秋凉吾弟可到京中散散心，畅叙畅叙。话多缕缕，书不尽言，即颂近好。麟庐。七月二十五日。

（北京崇文门东大街八号楼—安徽省宿州市南郊市直幼儿园）

【按】告知行踪。约王少石晋京。

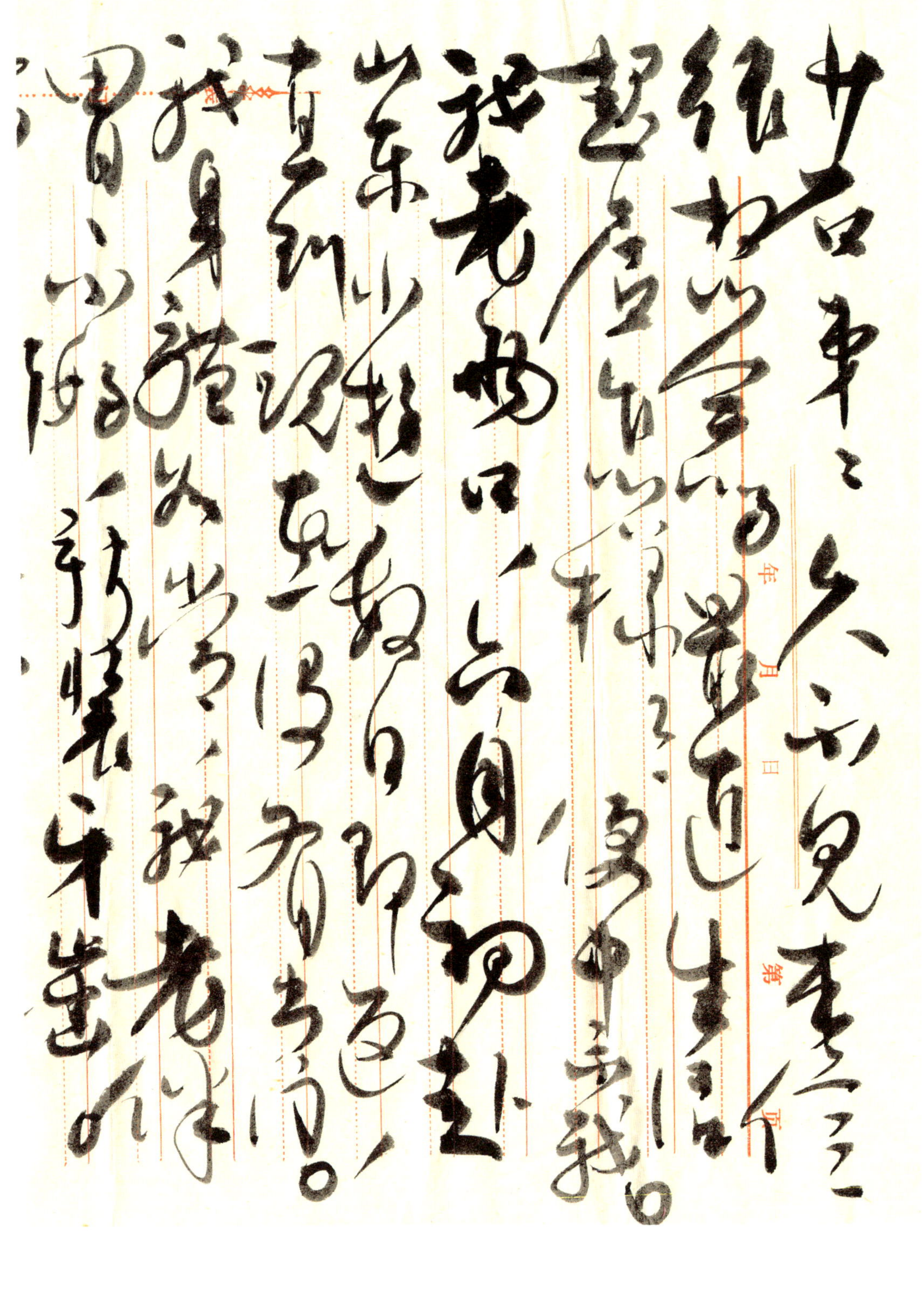

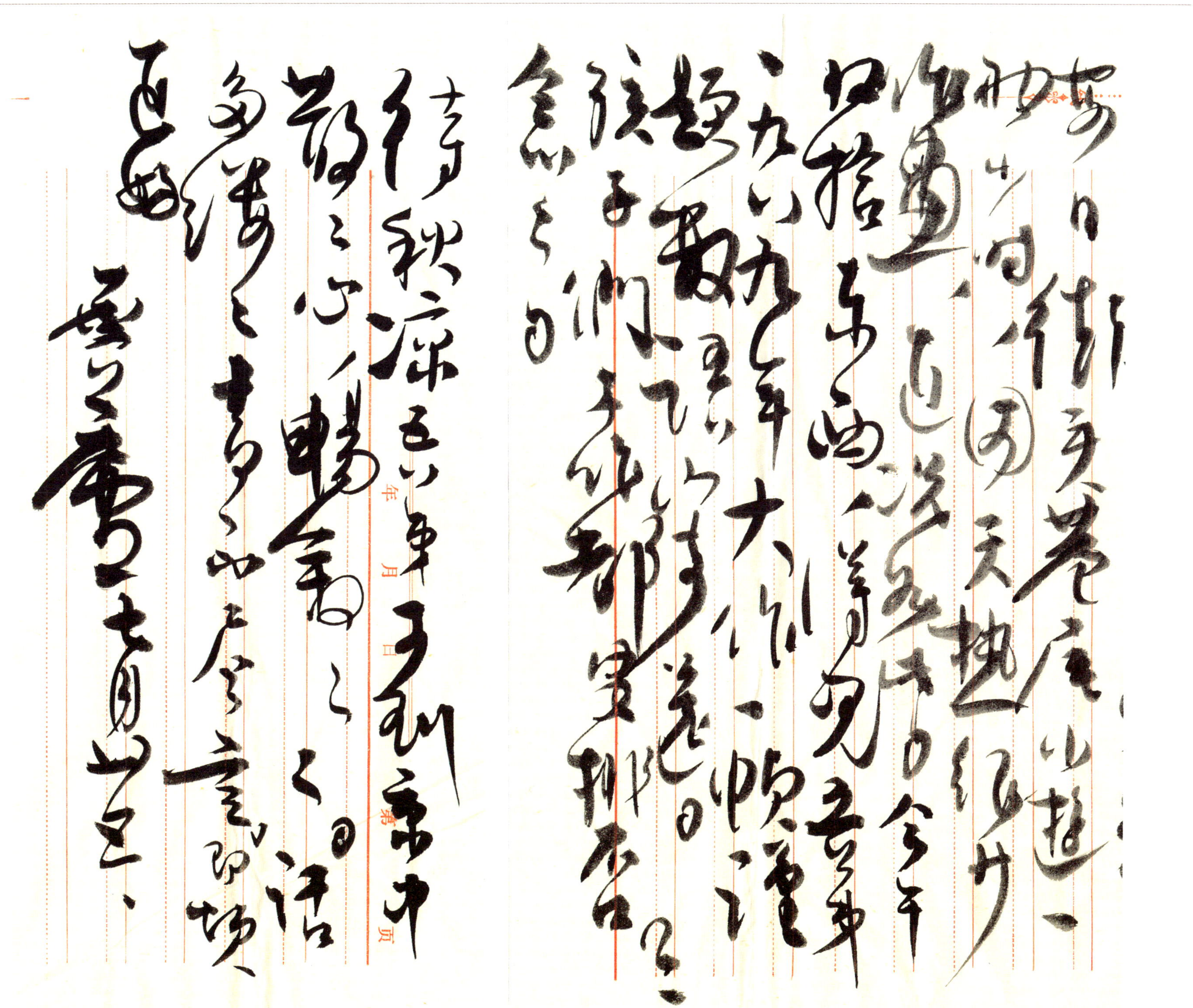

一九九三年十一月八日

少石弟：

寄来近作我反复看了，并加上小注，请弟一阅。瘙痒症，老年人居多，我有时也狂此症，有效疗法请告知为盼。

我于十二月一日在香港文化中心举办展览，为期七天，十二月中旬返京，特此奉闻。明年甲戌，请吾弟刻两小方迎首，要朱文。孩子大了，应当闯闯，养成独立思考是好事。如今孩子们的思维能力胜过老人，尽可放心好了。近况如前，诸请勿念，此颂近好。麟庐。十一月八日。

（北京崇文门东大街八号楼—安徽省宿州市南郊市直幼儿园）

【按】告知十二月一日在香港文化中心举办展览。

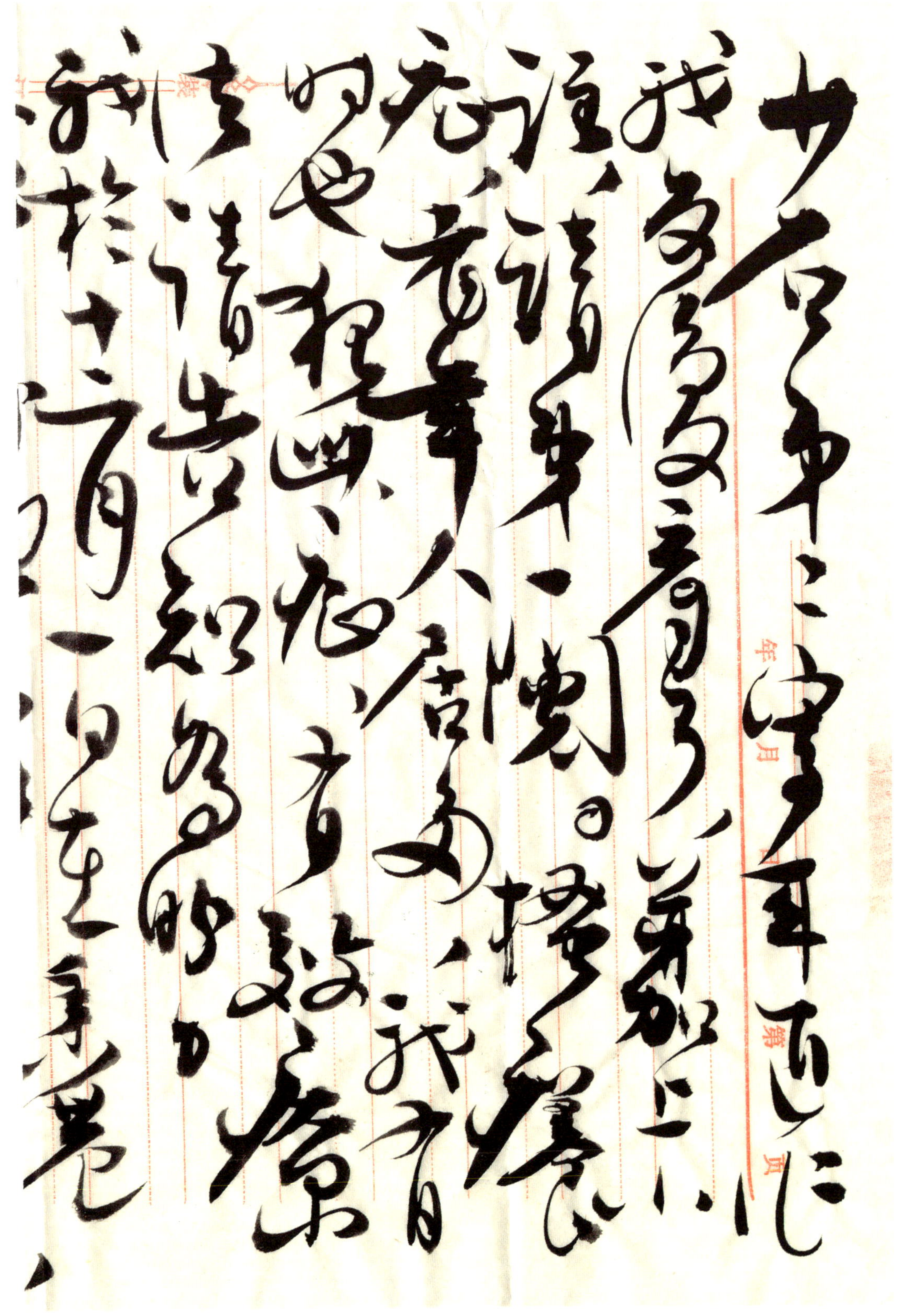

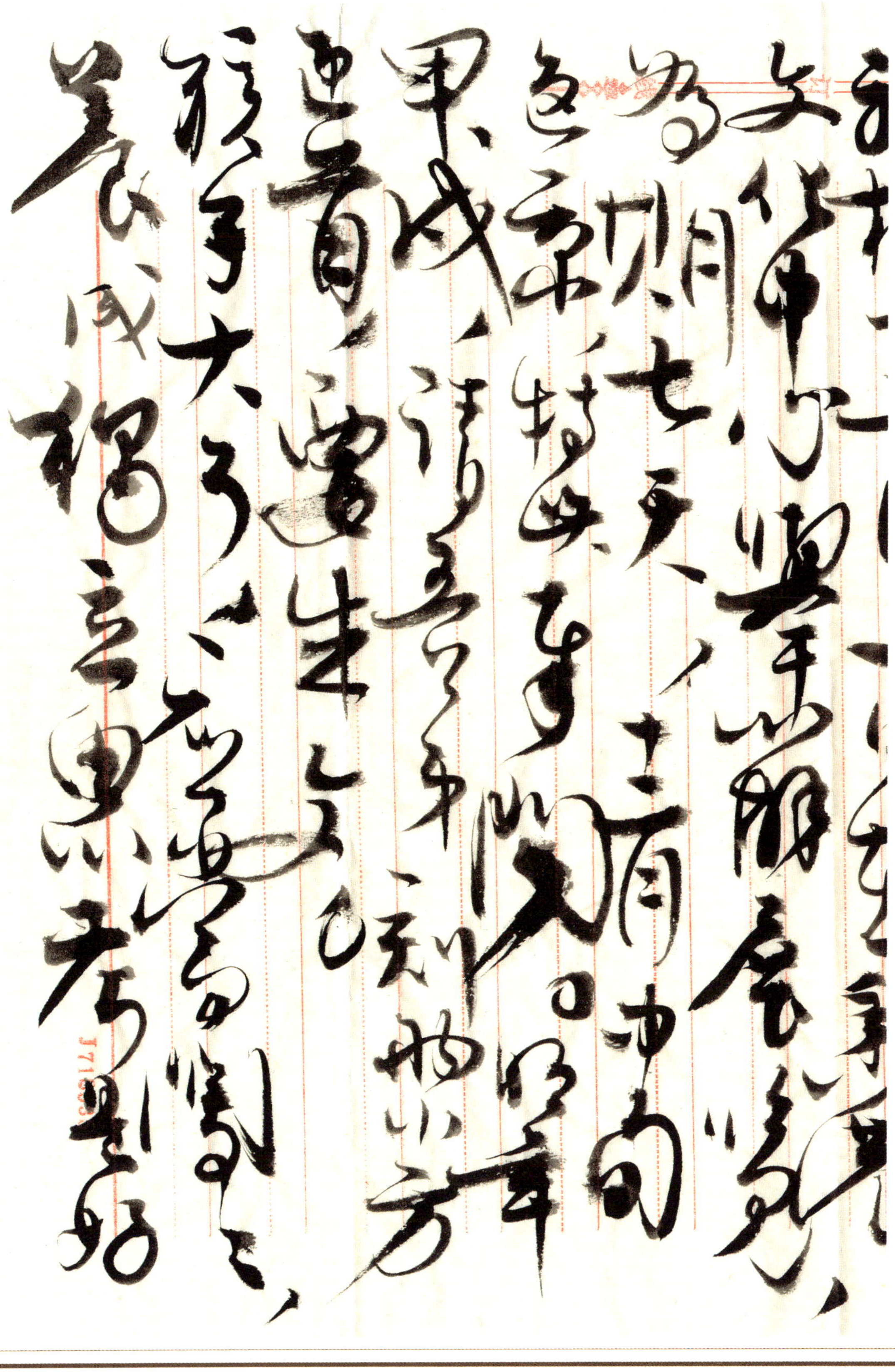

致弟子王少石

年 月 日 第 页

装订线

王少石印

王少石印

评语：上印稍毛，下印入骨，书法与铁笔难在入骨也。

有我

有我

评语：你中有我，我中有你，金石书画相互借鉴乃悟性之道也。

一九九四年二月十一日

少石弟：

篆书楹联笔势雄浑是少石风格。望吾弟今后以篆书问世，无往而不胜，要坚持信心为要！篆刻要讲究章法，以奇险中求平正，务望方方再三推敲为要！不可满足现状，不可率而成之，要紧！今年甲戌，请吾弟刻两方迎首寄我，不要过大，朱文为好，长方。缶庐先生学西泠八家，而胜过八家，全在融汇贯通，出奇制胜，最终出类拔萃。缶翁悟性之颖慧，三百年来大家也，当之无愧。吾弟以为如何？恭祝合府春节诸事吉祥。麟庐。正月初二灯下。

楹联虽好，款识须加研究。我以为『少石』两字即可，印两方。请弟推敲推敲。

（北京崇文门东大街八号楼—安徽省宿州市南郊市直幼儿园）

【按】有书画理论。

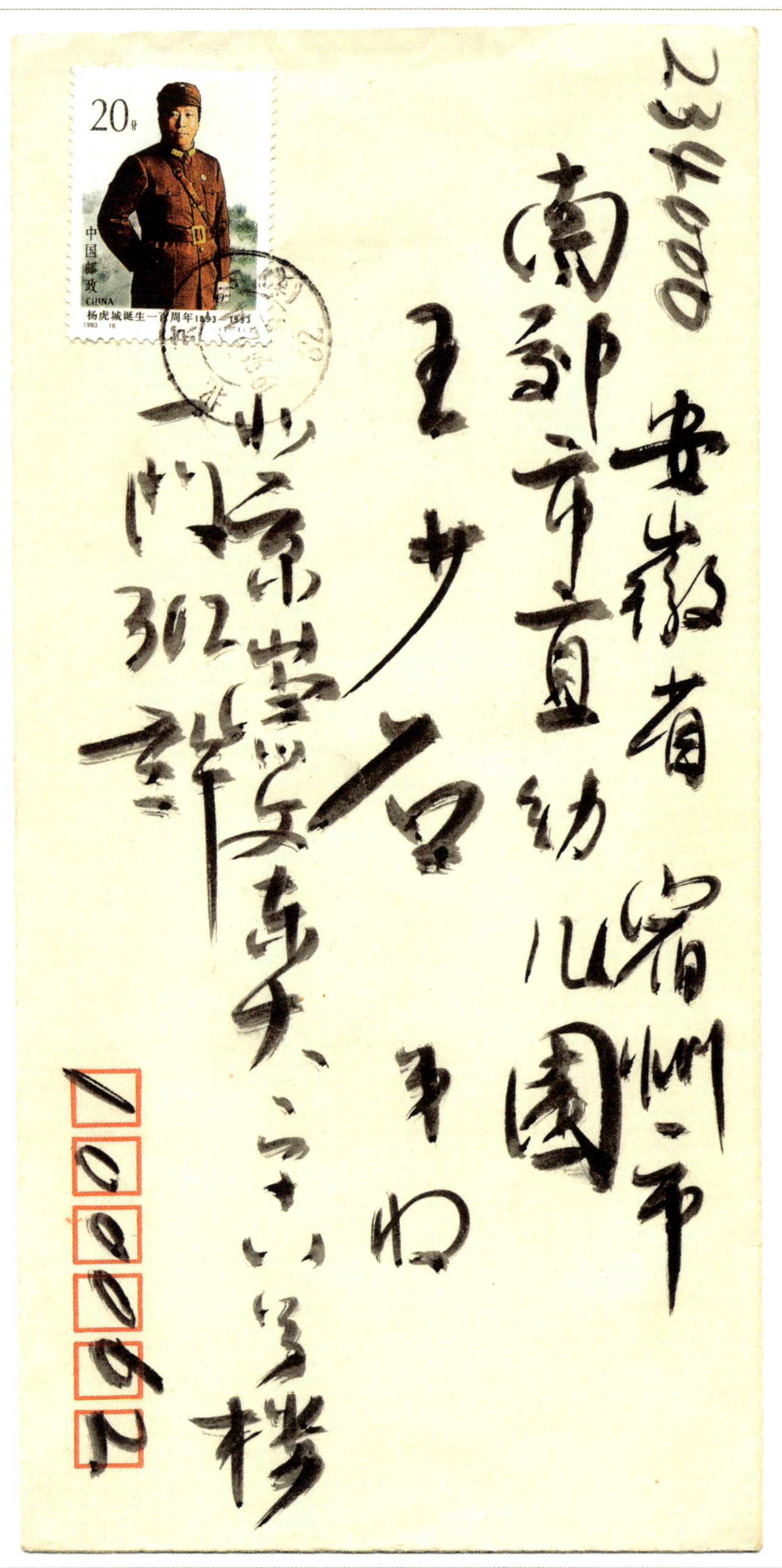

致弟子王少石

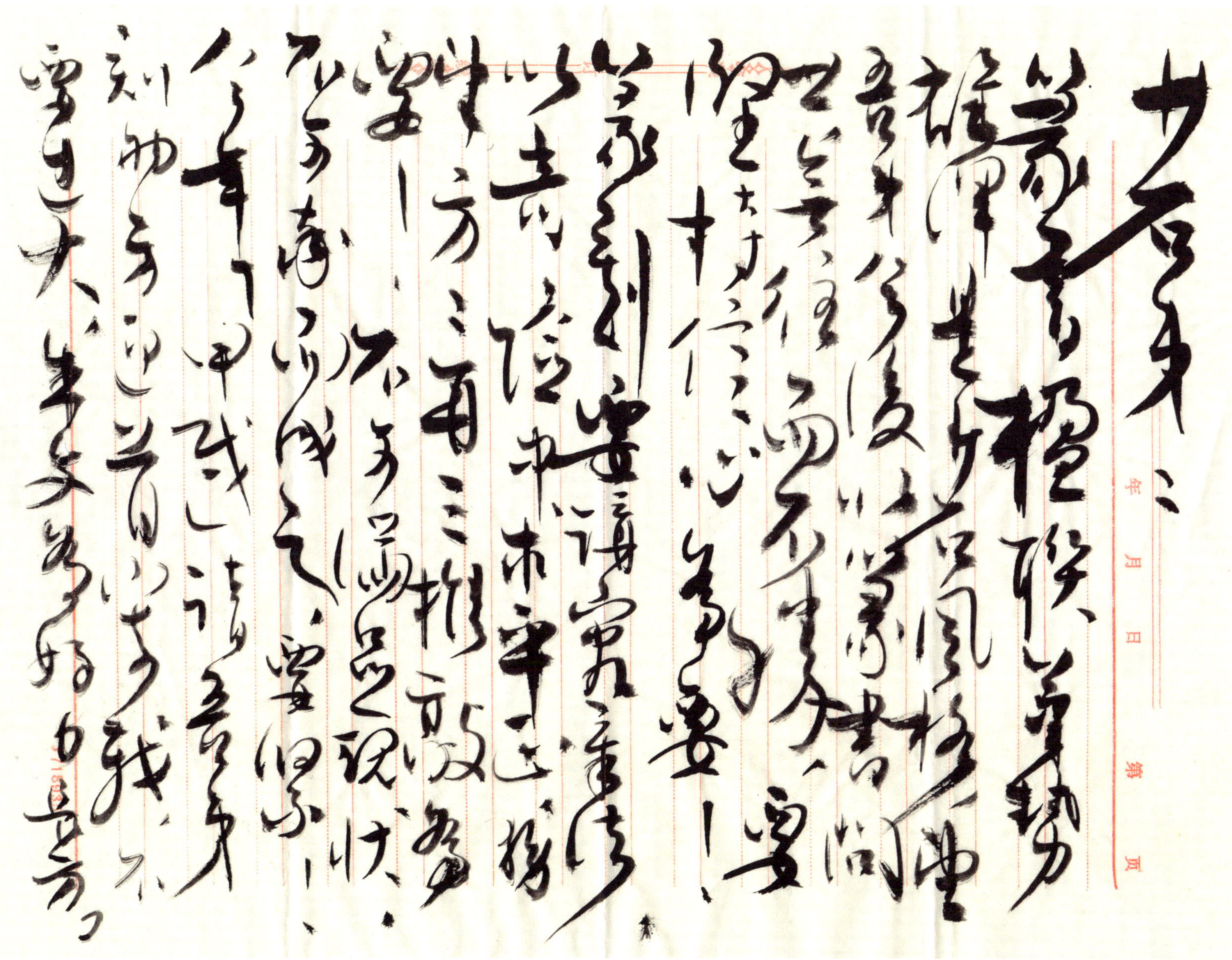

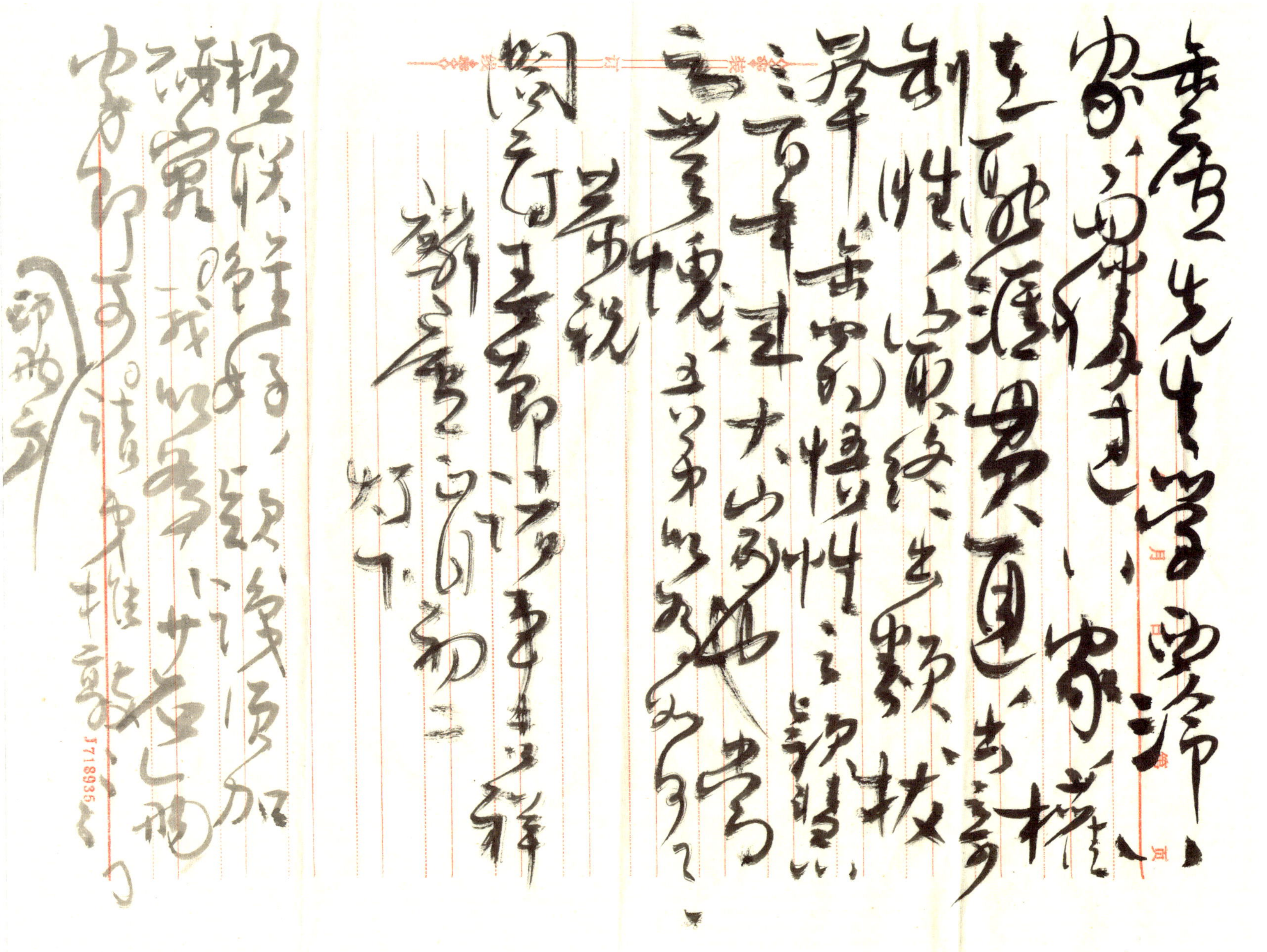

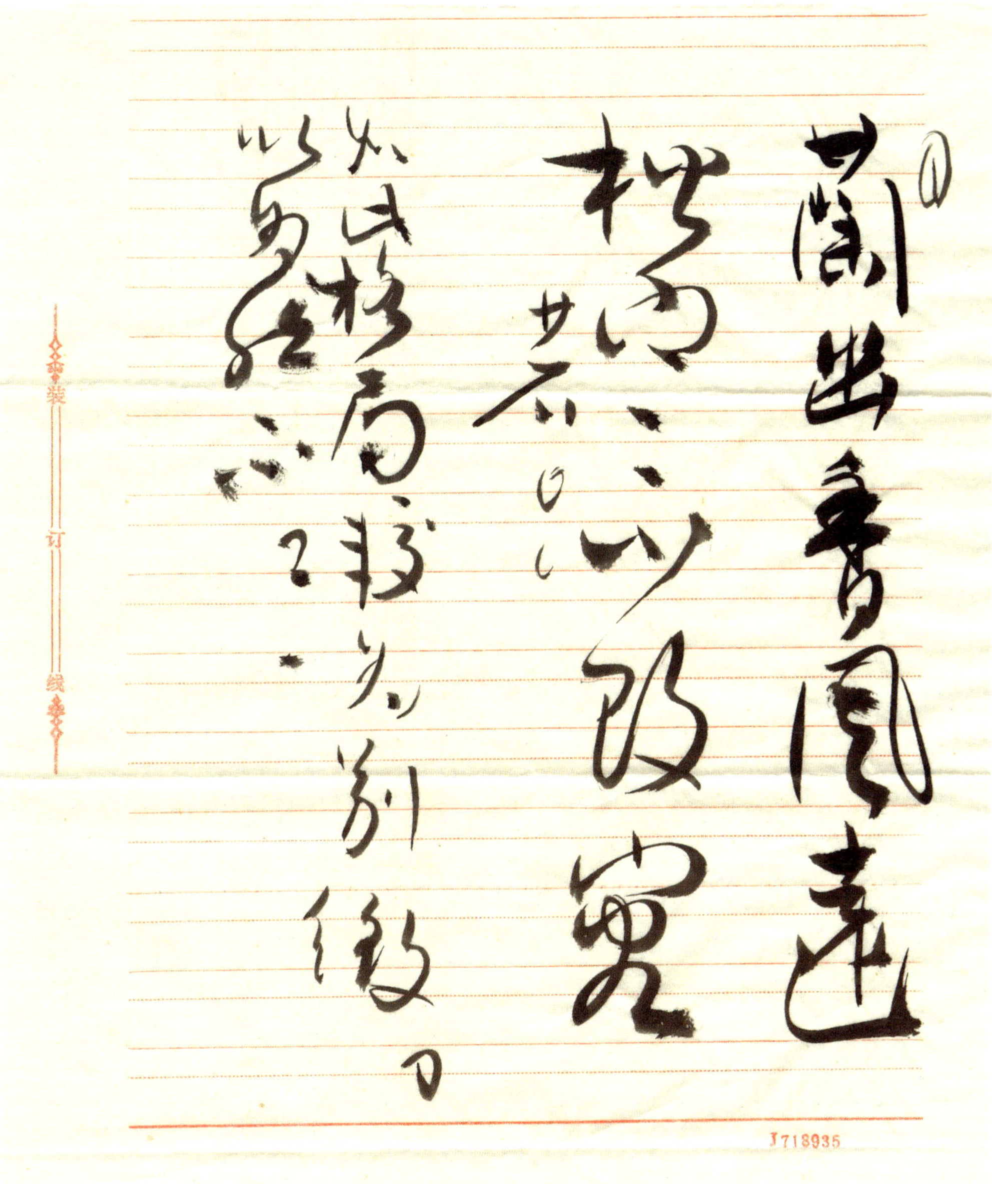

一九九四年五月二十日

少石弟：

多时未接到来信，念念。我四月赴山东济南、龙口、威海、乳山、潍坊等地转了一圈，日前由济南返京，七月底再赴济南。吾弟近况如何？念念。收集文物，适当而止，不可着迷。京剧有一出《一捧雪》，剧中人叫『莫怀古』，即影射因怀古而找来麻烦，我说话直来直去，听不听由吾弟。要专心研究翰墨金石，作学问，不进则退，这是根本。现在不努力，到了七八十岁，身弱体衰也就完了。话糙理不糙，吾弟能入耳否？说到这里候吾弟回信。匆匆即颂合家平安。麟庐。五月二十日。

（北京崇文门东大街八号楼—安徽省宿州市南郊市直幼儿园）

【按】接不到王少石来信十分牵挂。告诫弟子：作学问，不进则退，这是根本。

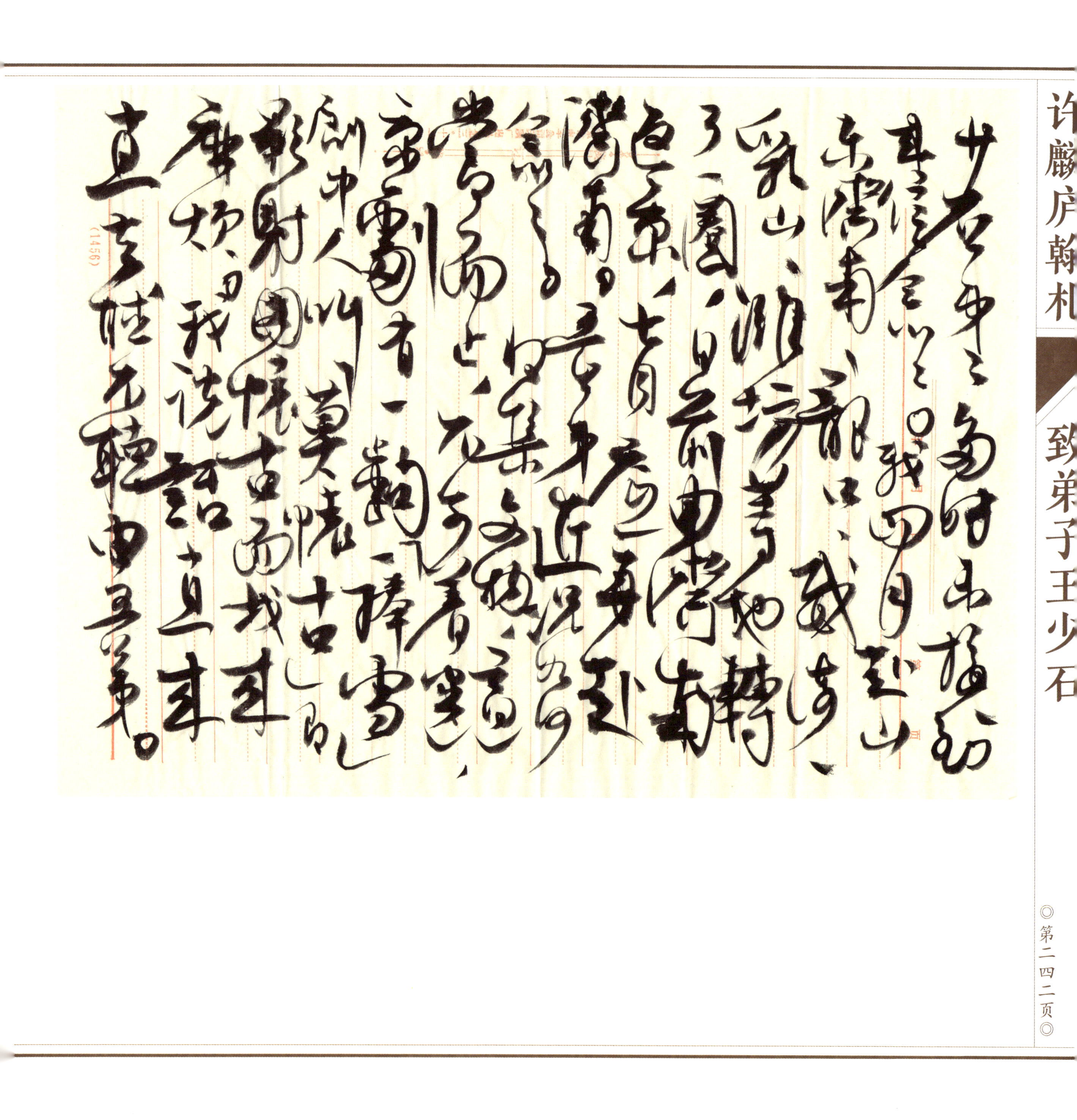

(1456)

（1456）

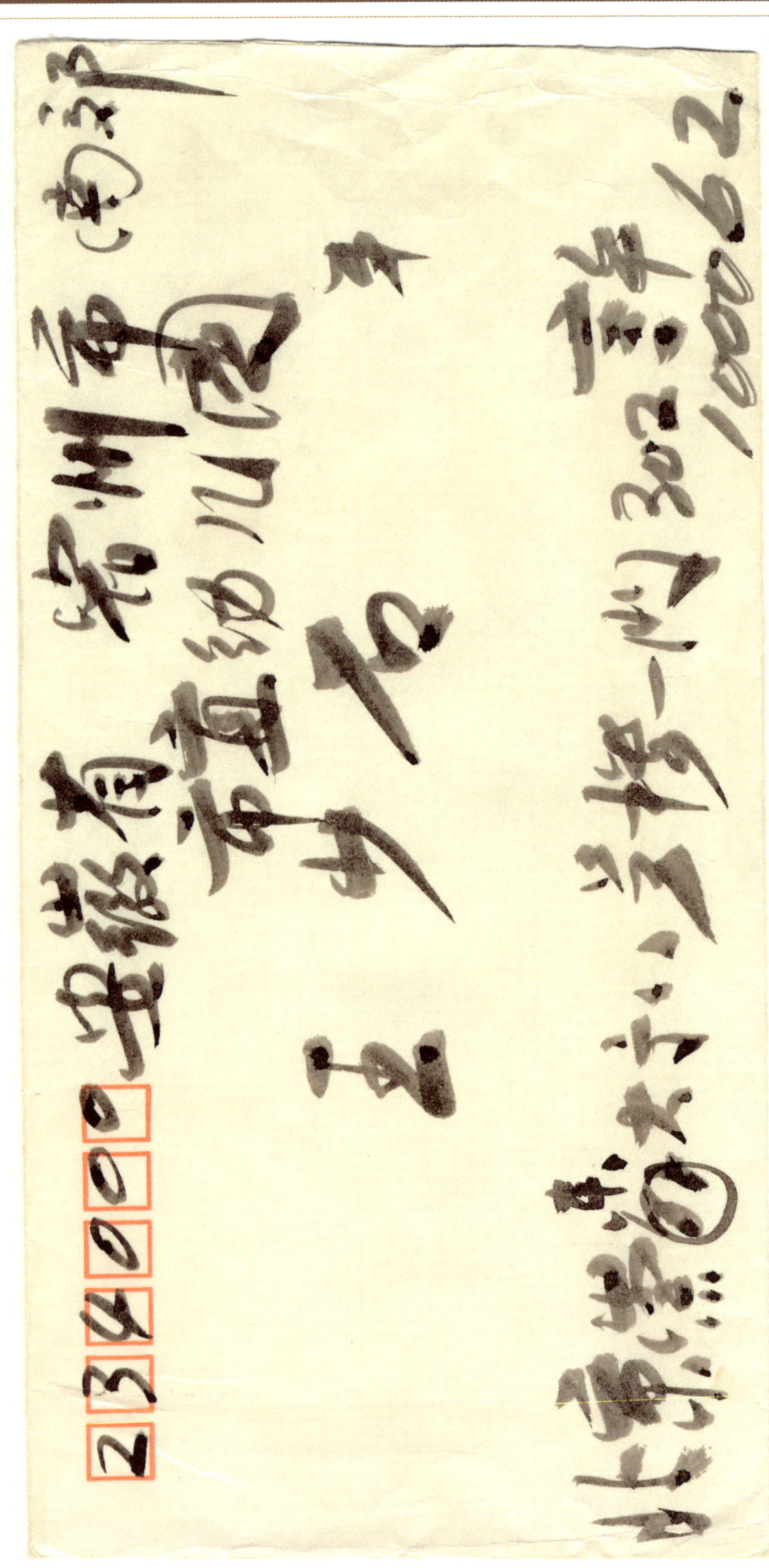

一九九四年五月二十八日

少石吾弟：

接到来信很高兴！王云分配到交大任教，我也为之祝贺，为之高兴！吾弟为儿女操心从此也告慰了。大作《无量寿》造型生动，笔墨超然不群，我又为之高兴之极。如此继续画下去，再加以提炼，当今画佛者，吾弟当名列前茅，吾所以高兴之至！过去吴缶庐、王震均擅画佛，以王震为最。吴缶翁往往画佛均出自王震之手。东南亚信佛者众，喜欢佛教艺术者多，然当今画佛者寥寥无几。今之画佛者当推吾弟莫属也。

龙士师兄晚年人书俱老，其书画进入化境，当今书画家无法比拟，寿高百岁者能有几人？尤其萧老乃忠厚长者，所谓当今老画师也无法与萧老一比人品也。弘扬萧老人品、画品，吾侪责无旁贷。喜欢文物适当而止是为正理，万不可迷恋至深啊！吾弟篆刻已有个人风格，是多年刻苦研习有此结果，然不能满足现状，仍须反复推敲，以臻精妙，如何？我久久未晤吾弟，甚以为念，倘有机缘来京是吾之愿也。絮絮叨叨。祝合府吉祥。麟庐。五月二十八日。

人要振奋精神，不可萎靡，我不同意吾弟以睡道人自居，以为怎样？

（北京崇文门东大街八号楼—安徽省宿州市南郊市直幼儿园）

【按】评王少石画佛笔墨超然不群。评师兄萧龙士书画已进入化境。

午辟产翁礼

汝弟子王少石

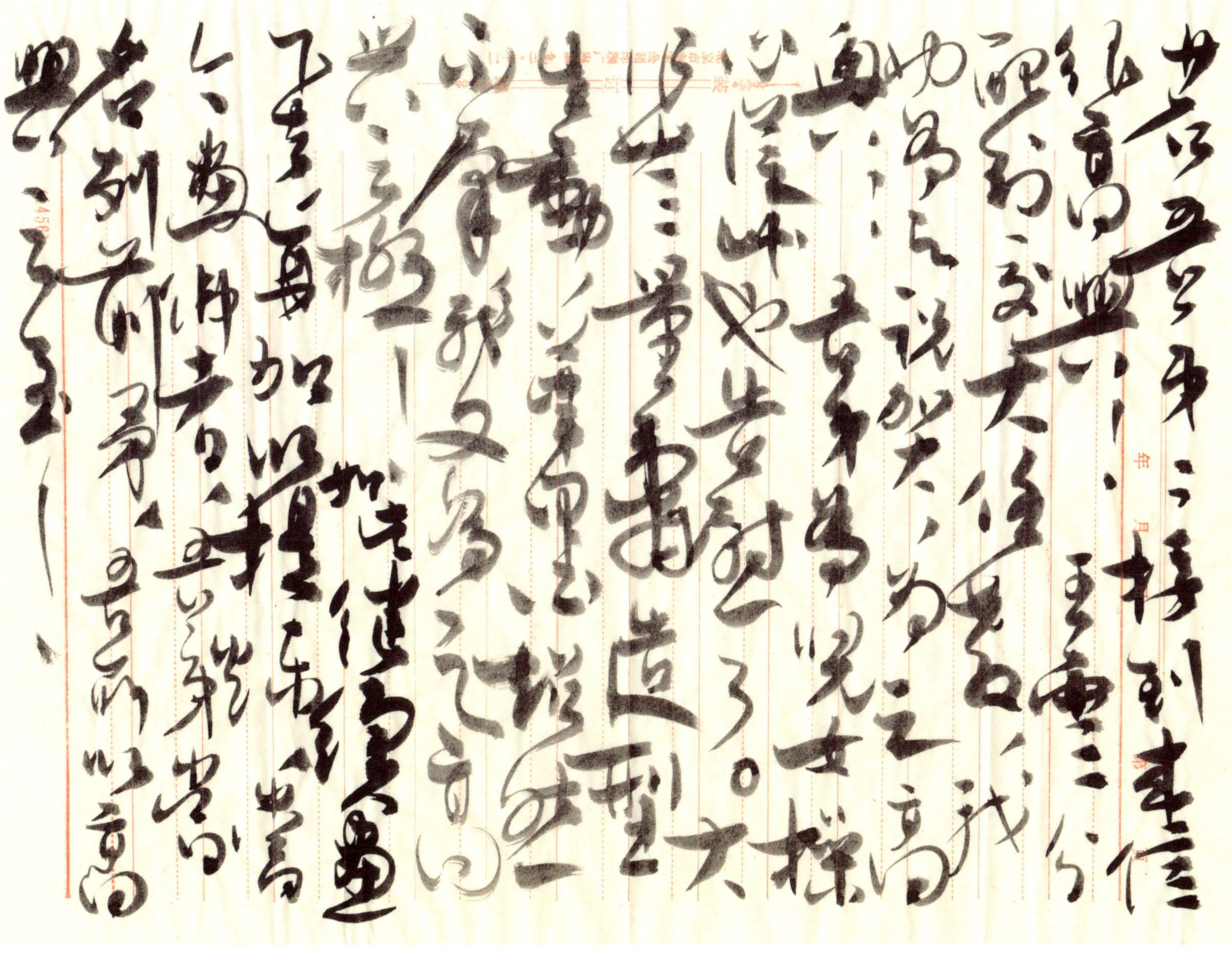

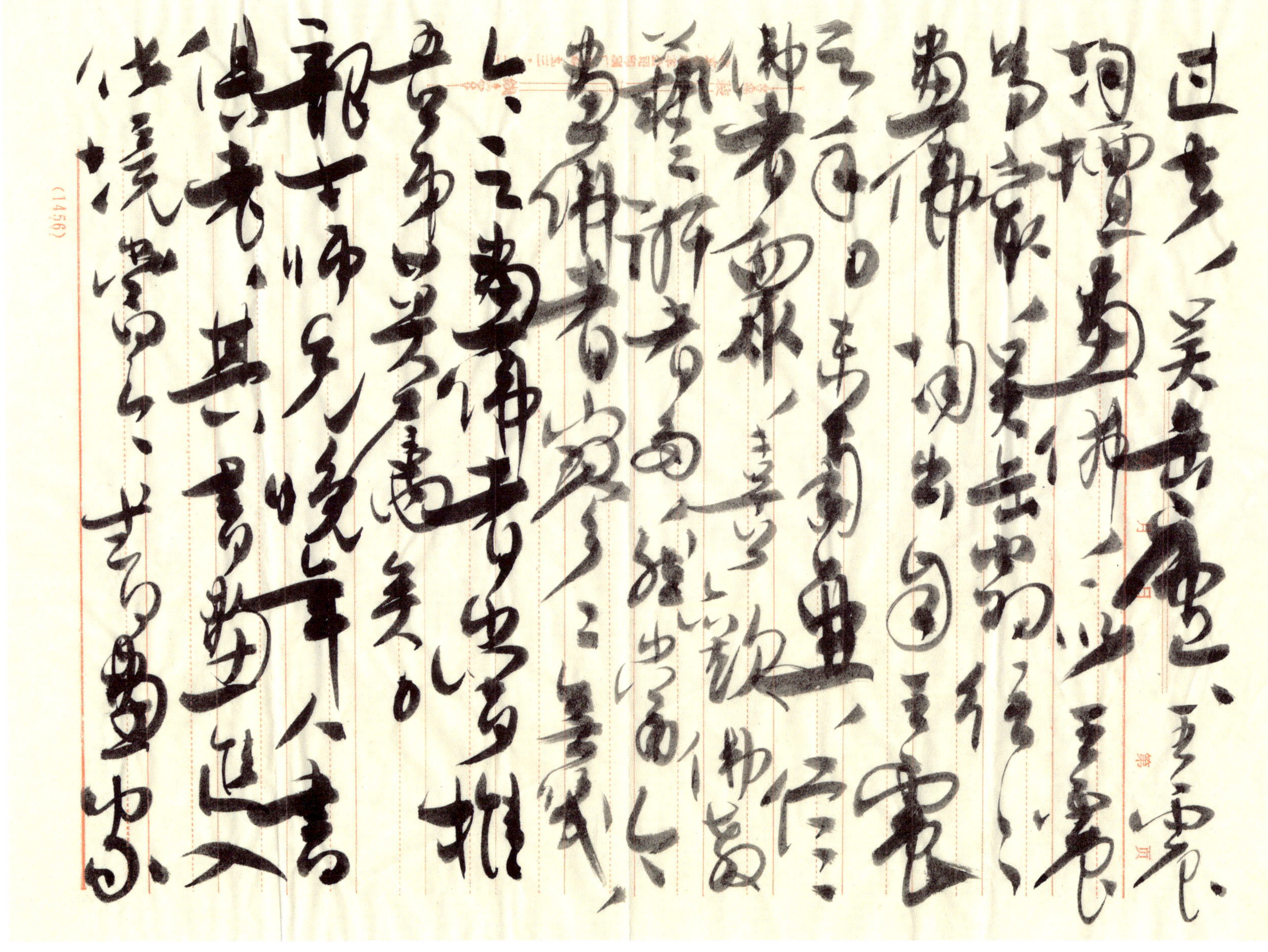

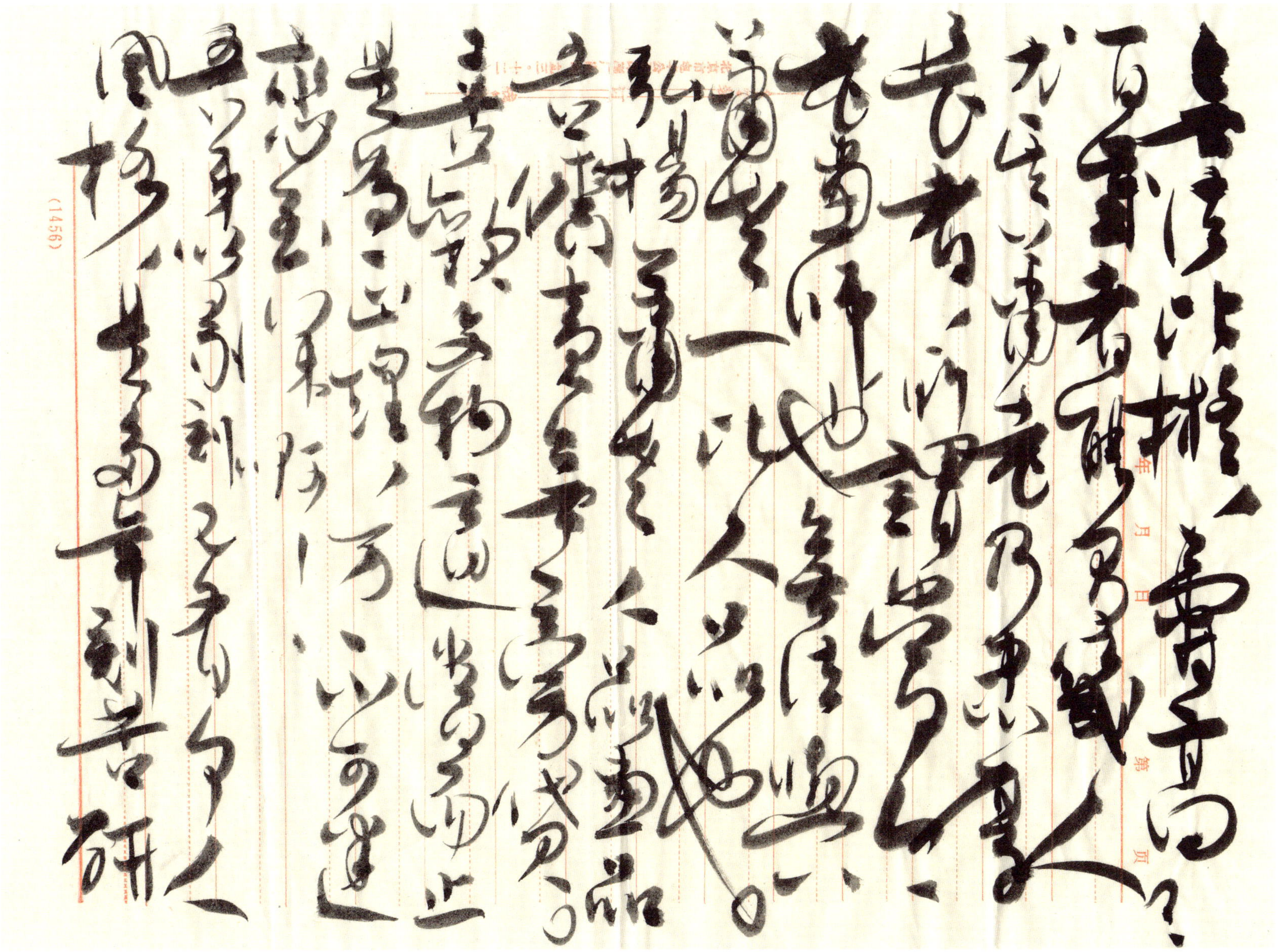

（1456）

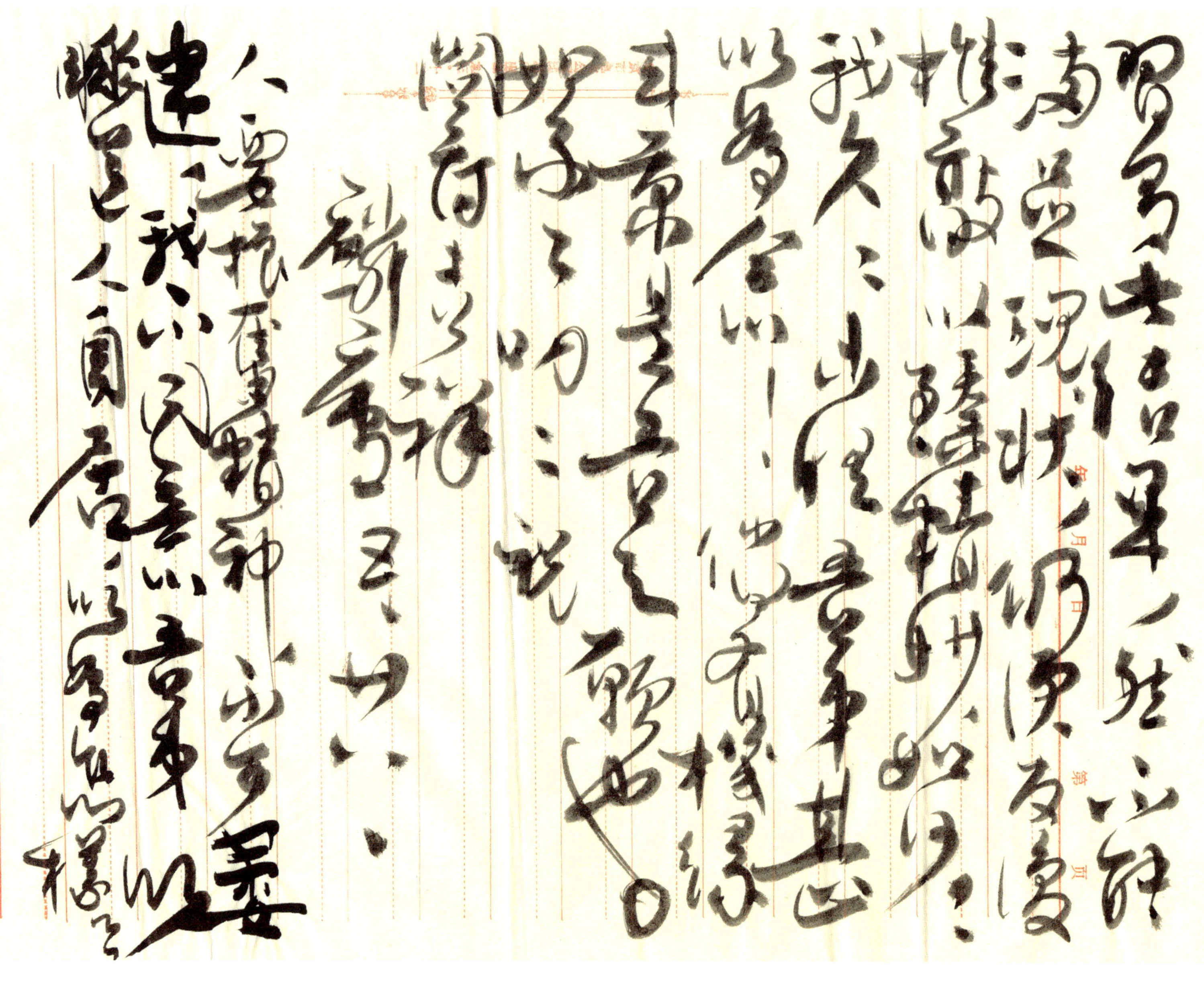

天涯行客

评语：此印落落大方，望之如瘦铁翁所刻，吾弟佳作也。龢庐记。甲戌五月。

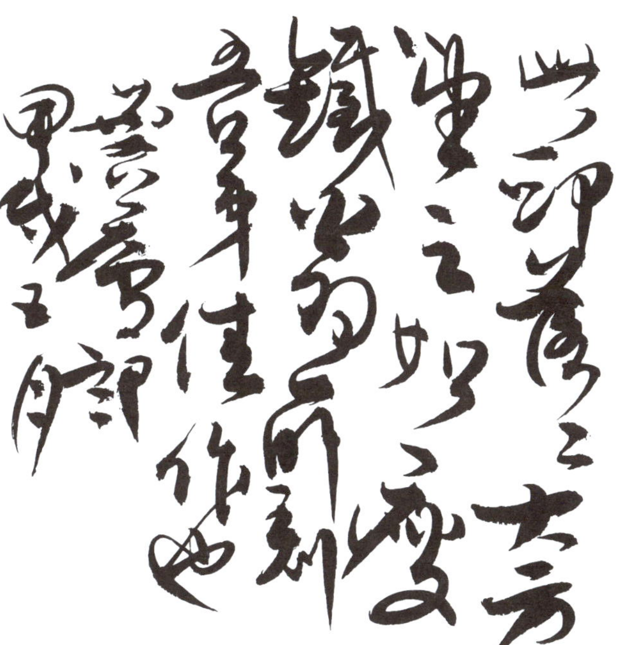

流沙万里行脚
寻踪三藏法师

评语：两印布局、刀法均凑上乘，尤其下方印乃大家手笔。

一九九四年六月一日

少石弟：

我话犹未尽。吴缶庐早年自称缶道人，进入七十以后则废。海上李瑞清号梅清又号清道人，往往书款清道人。元代吴镇往往书款梅花道人。李复堂有时落款懊道人。自古以来称道人者为数不多。我以为少石就是少石。齐白石就是白石，白石两字谁人不知哪个不晓？弄了些光怪陆离的名字，反而使人迷惑不解。所以少石就是少石，只要把少石两个字写到妙处就行了。吾弟署款应定型才是。

山东滨州大写意画家乍启典先生，出身木匠，为人忠厚老诚，但画艺超然不群，我认为山东一带画写意画者，名列前茅，与我至好，兄弟相称。现乍老为山东省文史馆馆员。我七月仍到济南，我想请吾弟为乍老刻印两方，刻好寄卜，不在乎石头，在乎刻。《乍启典》白文，《木人》朱文。再给我刻一方《麟庐八十以后》白文，因之『麟庐』两字要简化。京中渐热，只能早晨出门，下午休息。日常生活如前，勿念。合府吉祥。麟庐。六月一日。

（北京崇文门东大街八号楼—安徽省宿州市南郊市直幼儿园）

【按】嘱刻［麟庐八十以后］。嘱咐如何署款。

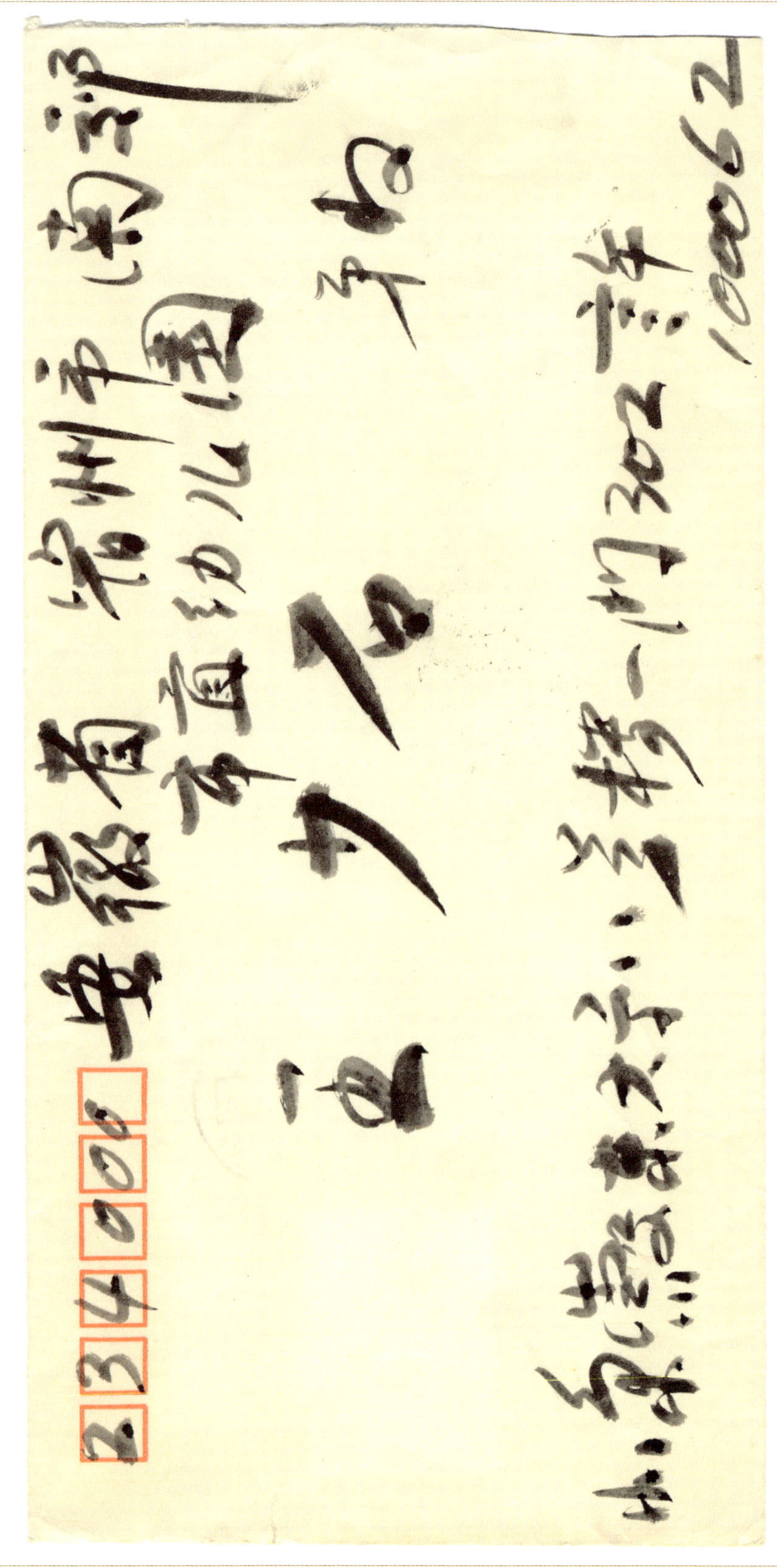
234000
安徽省宿州市南郊市直幼儿园
王少石 同志
北京崇文门东大街八号楼一门202
100062

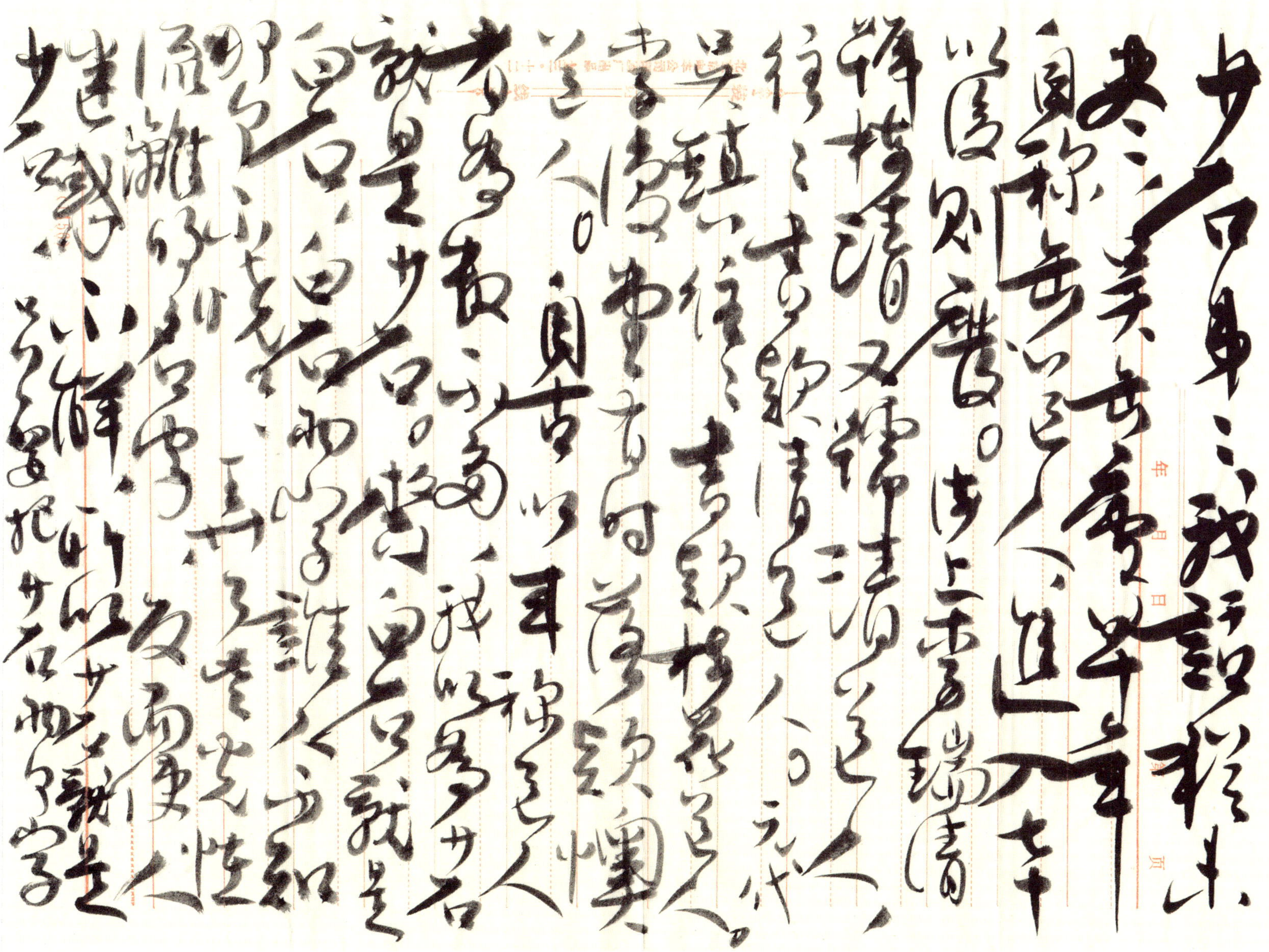

(1456)

致弟子王少石

（1456）

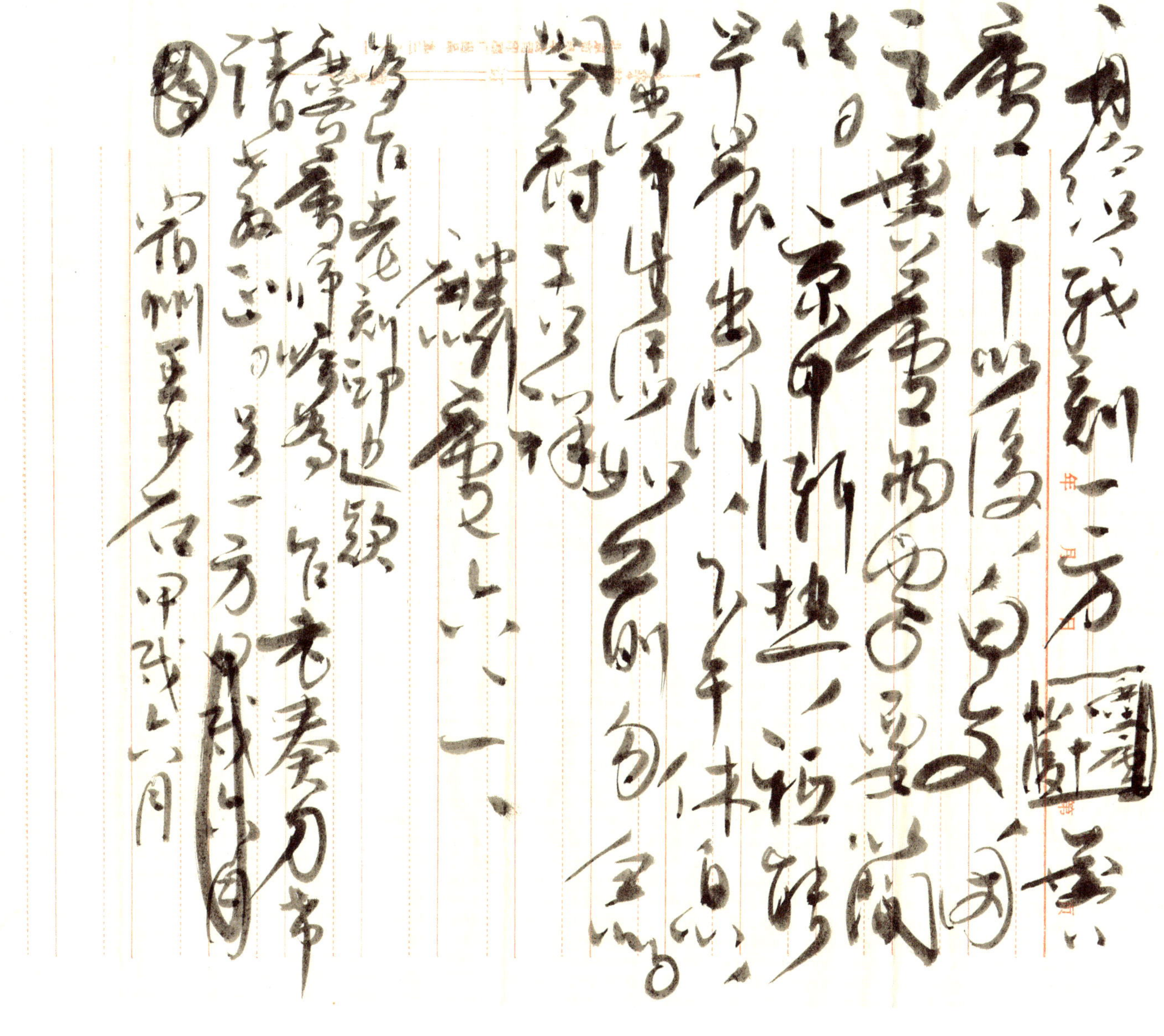

一九九四年七月四日

少石吾弟如面：

来信及印花都收到了。请看批语。《睡庵记》已读，我以为题款要真名真姓为好，使人一目了然，别号以印代之即可。刻印之道与书画同源，难得一方佳印，然吾侪要精益求精，追求精微之处，要有刻不惊人死无休的精神，如何？据云山东济南南郊宾馆七月底八月初来接我，倘接我到济，我打电话告诉吾弟。

签名很重要，自古以来鉴定书画主要看签名及题字。外邦人没有印章，只凭签字，如签字不准，银行无法支付钞票。因此请吾弟把签名签准为要！北京奇热，只有早晨尚能出门，至十时则难以出户，只有熬到秋凉。请吾弟合府多加珍重！合府吉祥。麟庐。七月四日。

（北京崇文门东大街八号楼——安徽省宿州市南郊市直幼儿园）

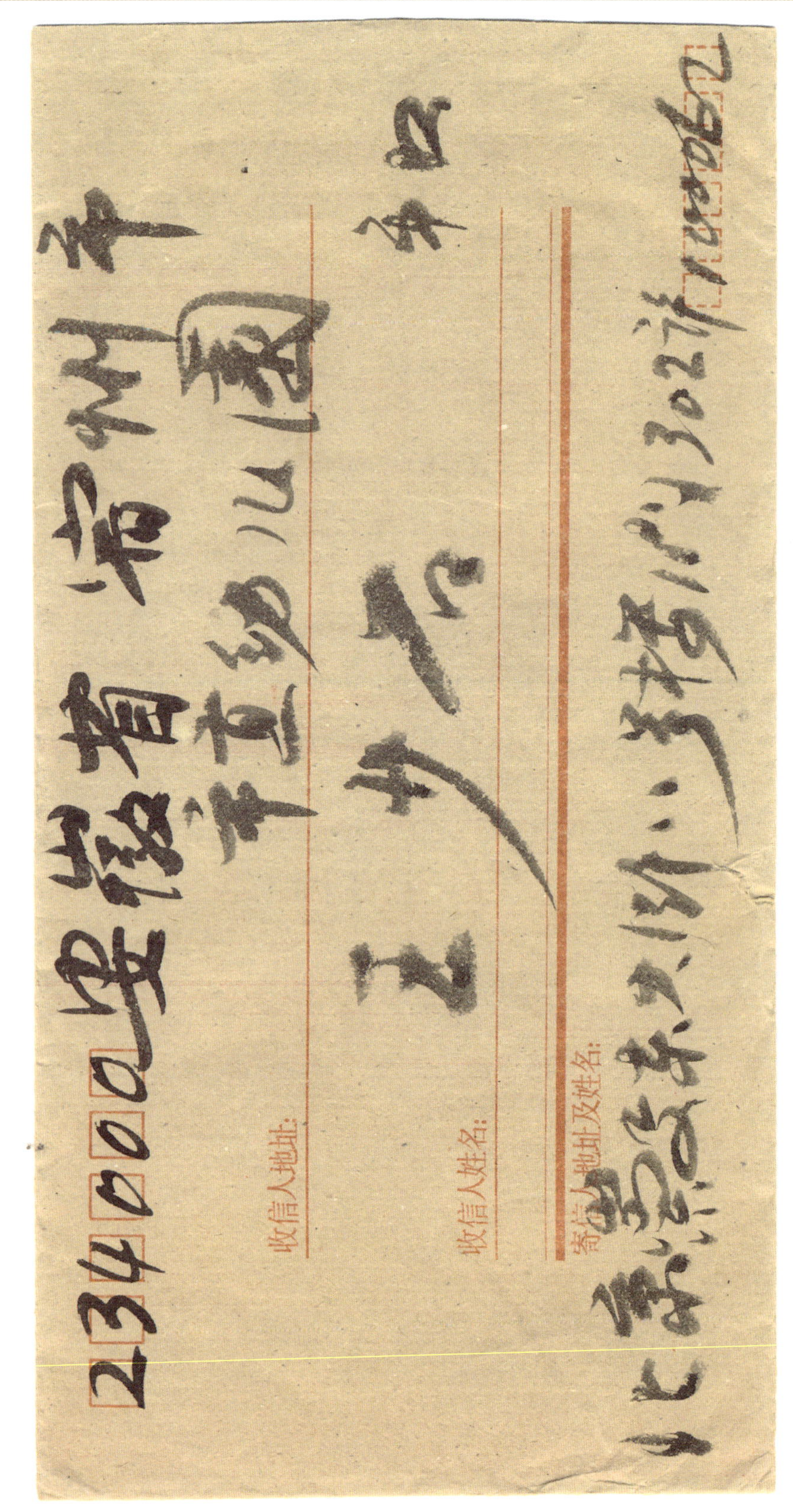

234000

收信人地址：安徽省宿州市南郊市直幼儿园

收信人姓名：王少石 收

寄信人地址及姓名：北京崇文门东大街八号楼302许

【按】谓刻印之道与书画同源，难得一方佳印，然吾侪要精益求精，追求精微之处，要有刻不惊人死无休的精神。

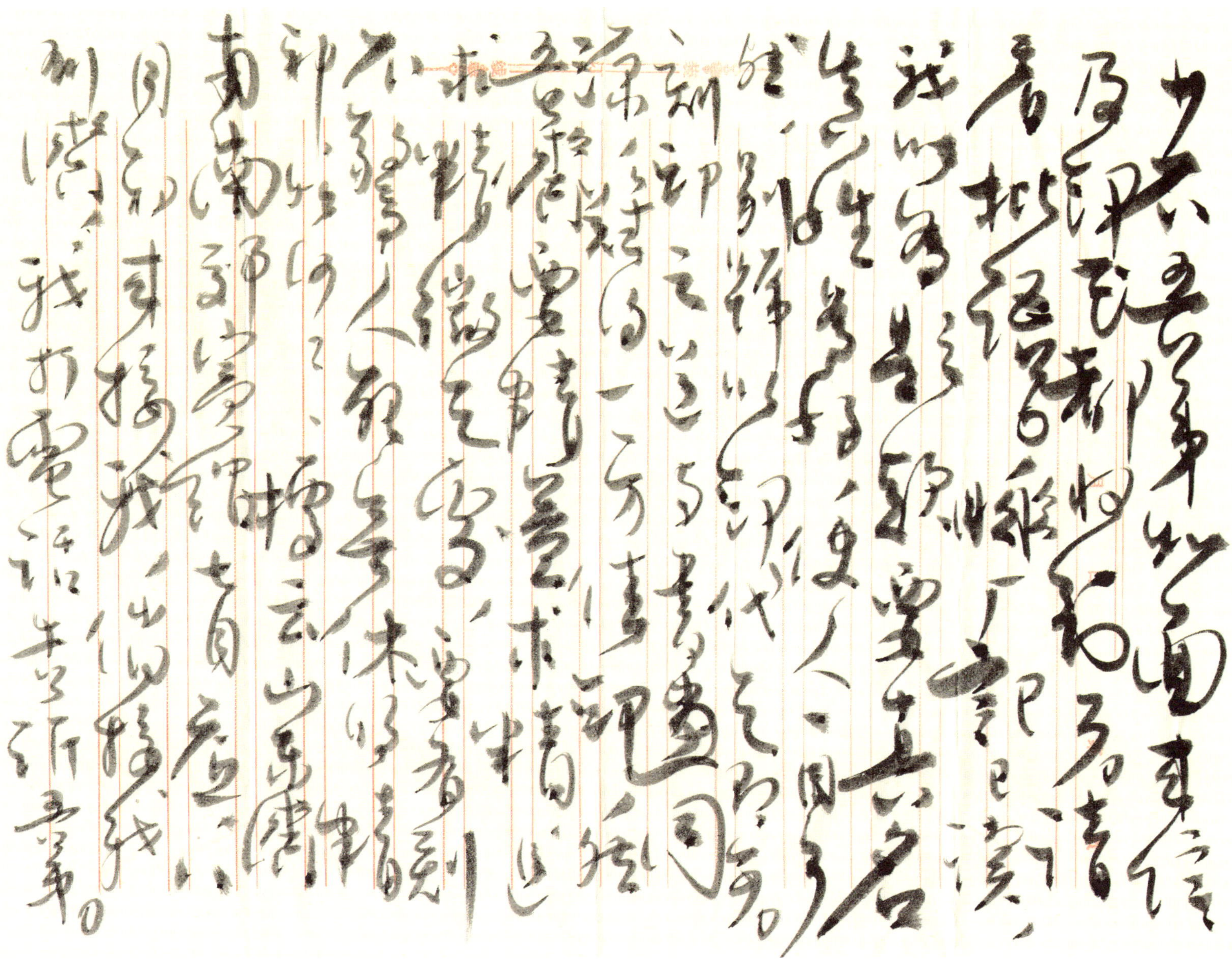

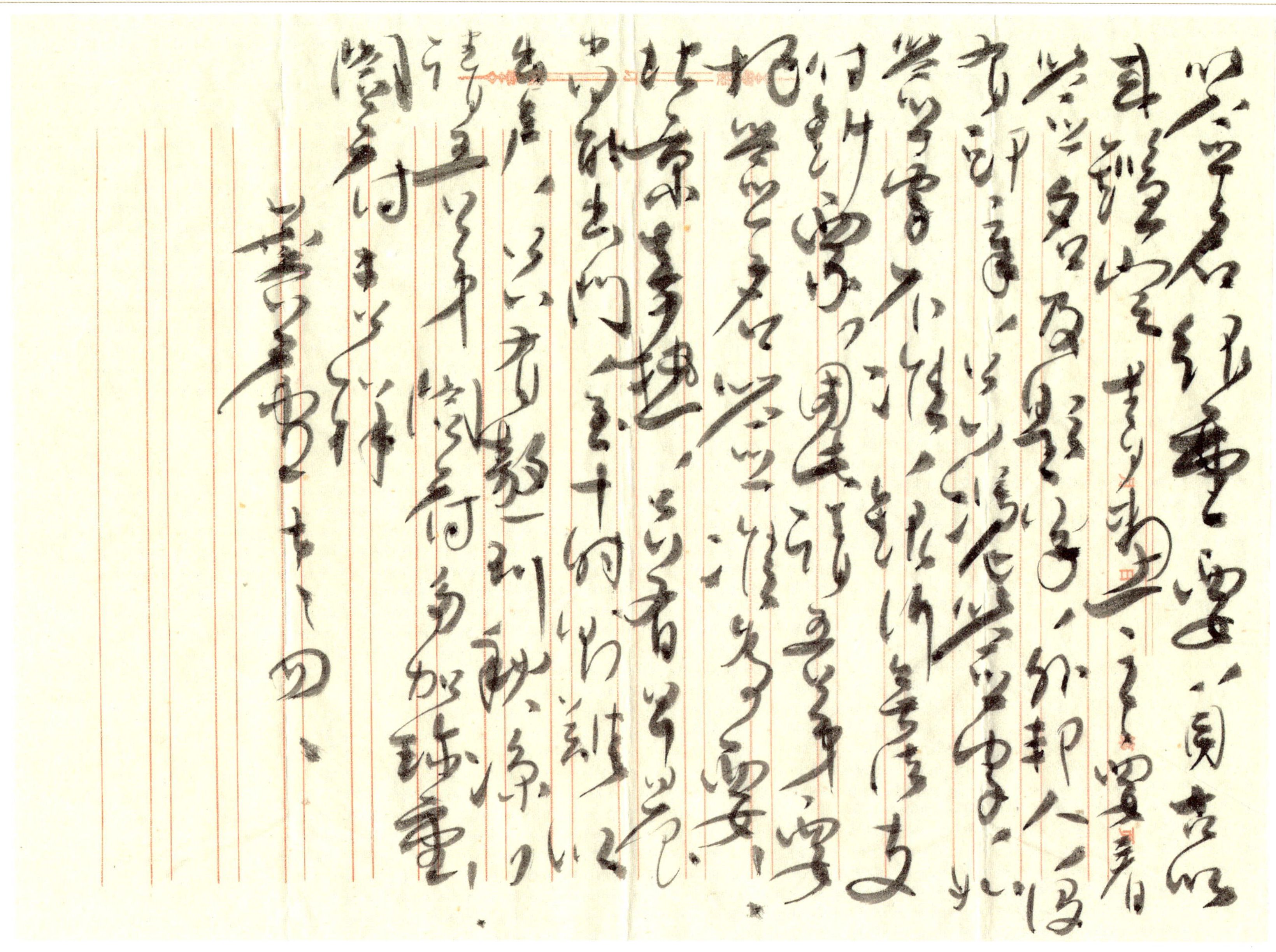

一九九四年十月二日

少石吾弟：

来信均悉。吾弟一行两万余里，乃一生快事，我为吾弟高兴之极！倘徐霞客在世，绕此一周非数年莫办。此行吾弟饱览名胜，吾亦为之羡慕。我老俩口中秋节前应邀赴广州、南京、扬州一游。国庆前夕在安徽合肥登机返京。吾弟为乍老所刻之印早为收到。我已致函乍老，乍老云及作画赠弟以酬雅意。待我赴济南时携乍老印面交。京中朔风已临，已着毛衣矣。我老俩口如常，勿念。匆匆此颂合府吉祥。麟庐。十月二日。

（北京崇文门东大街八号楼—安徽省宿州市南郊市直幼儿园）

【按】告知行踪。

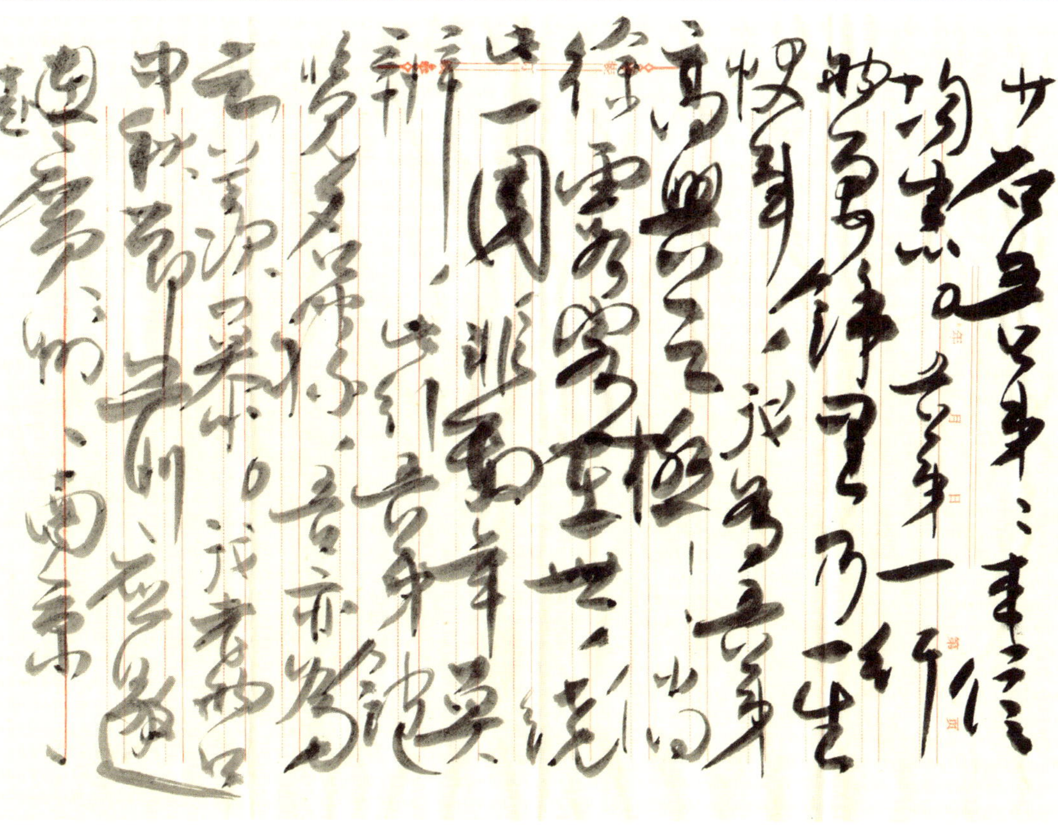

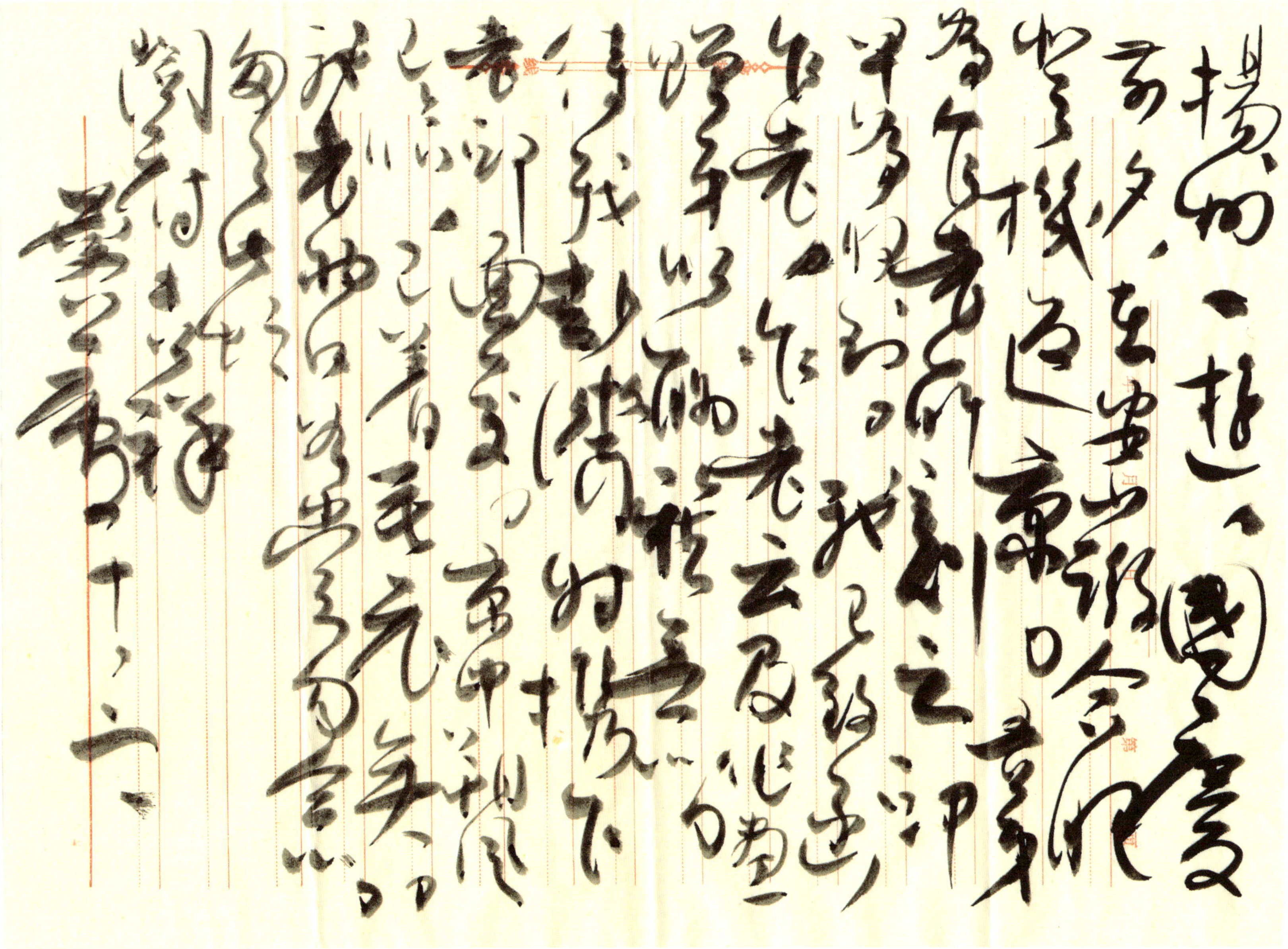

一九九五年一月二十六日

少石吾弟如晤：

祝福合府乙亥春节万事如意，身体健康为颂。寄来印花我都反复看了，请按我注寄下为盼。

当今骗子太多，倘不留意就上当。生活所须物品也如是，不得了了不得啊！随信寄上近作一帧，聊表春节吉祥。麟庐。

腊月二十六日。

（北京崇文门东大街八号楼—安徽省宿州市南郊市直幼儿园）

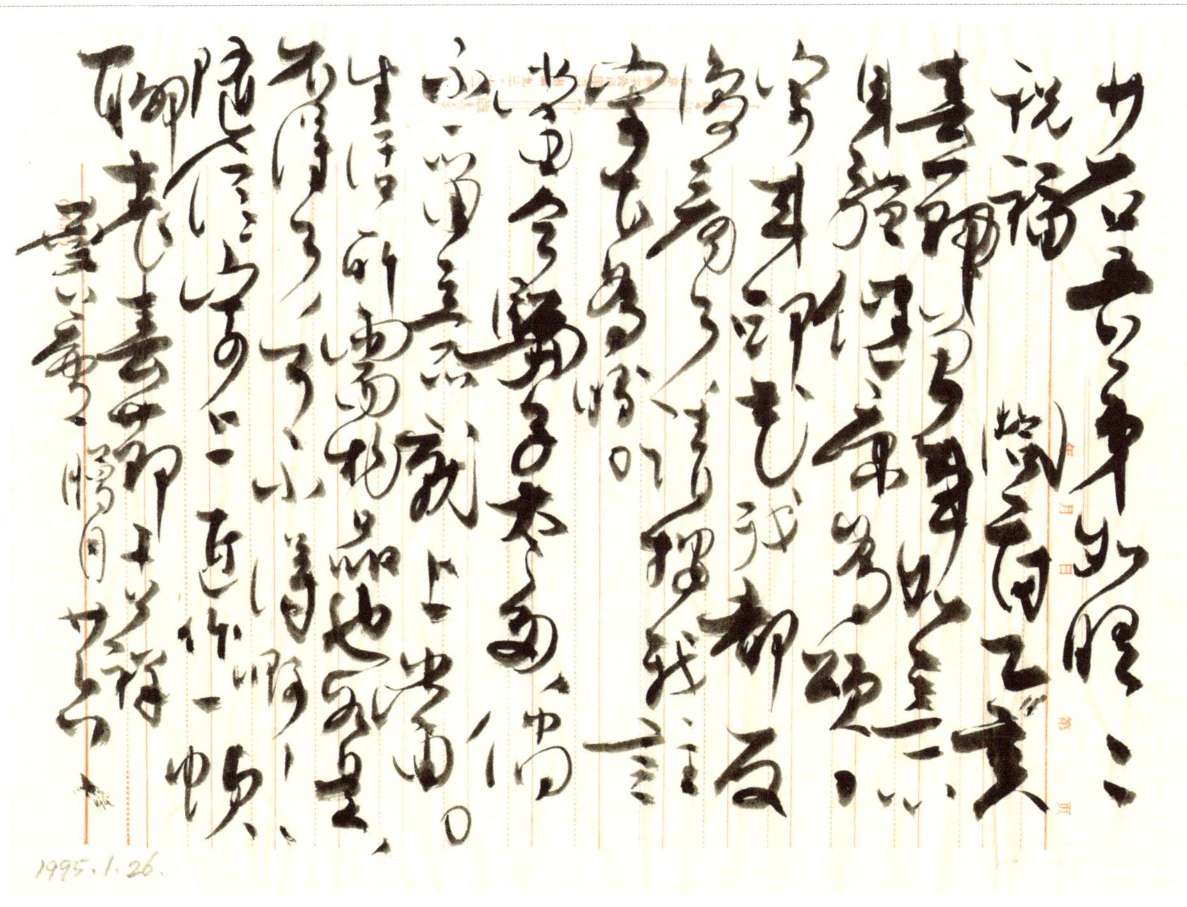

许麟庐　海棠双鸟　68cm×46cm　一九八五年

麟翁八十以后作

评语：此印浑厚、稳重、老实，亦吾弟之佳作。麟庐记。请寄下。

麟翁八十以后

评语：此印刀法老气横秋，浑厚稳重，予甚爱之，精品也。麟庐记。请寄下。

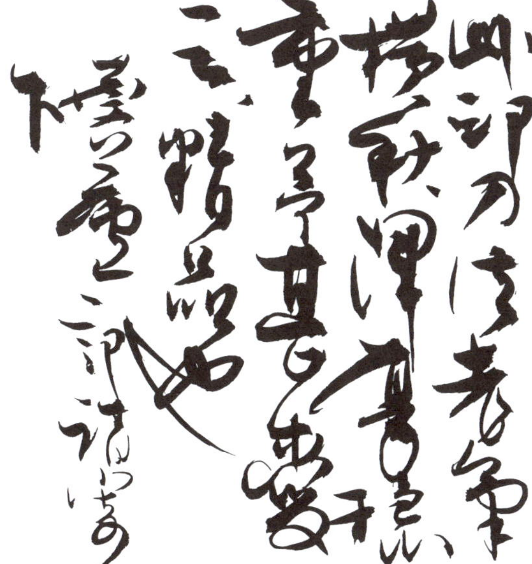

一九九五年二月十八日

少石吾弟：

寄来印章已收到，安然无恙，请放心。我准备迁到方庄新居，估计四月份可迁妥。迁妥之后即将新址及电话告知吾弟。在此期间无法外出，现正联系装修琐事，特此函告吾弟。顺候春祺。麟庐。二月十八日。

（北京崇文门东大街八号楼—安徽省宿州市南郊市直幼儿园）

【按】告知从崇文门东大街八号楼迁居方庄芳群一区。

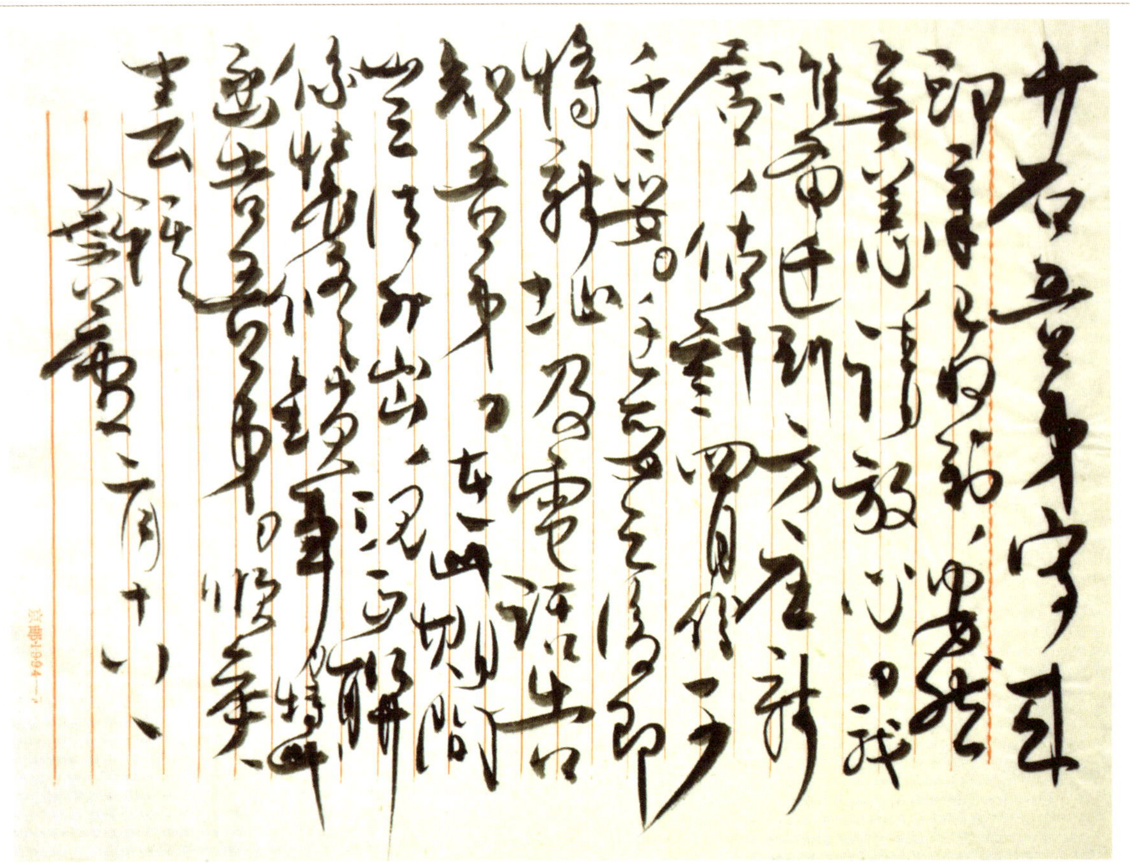

致弟子王少石

一九九五年四月二十日

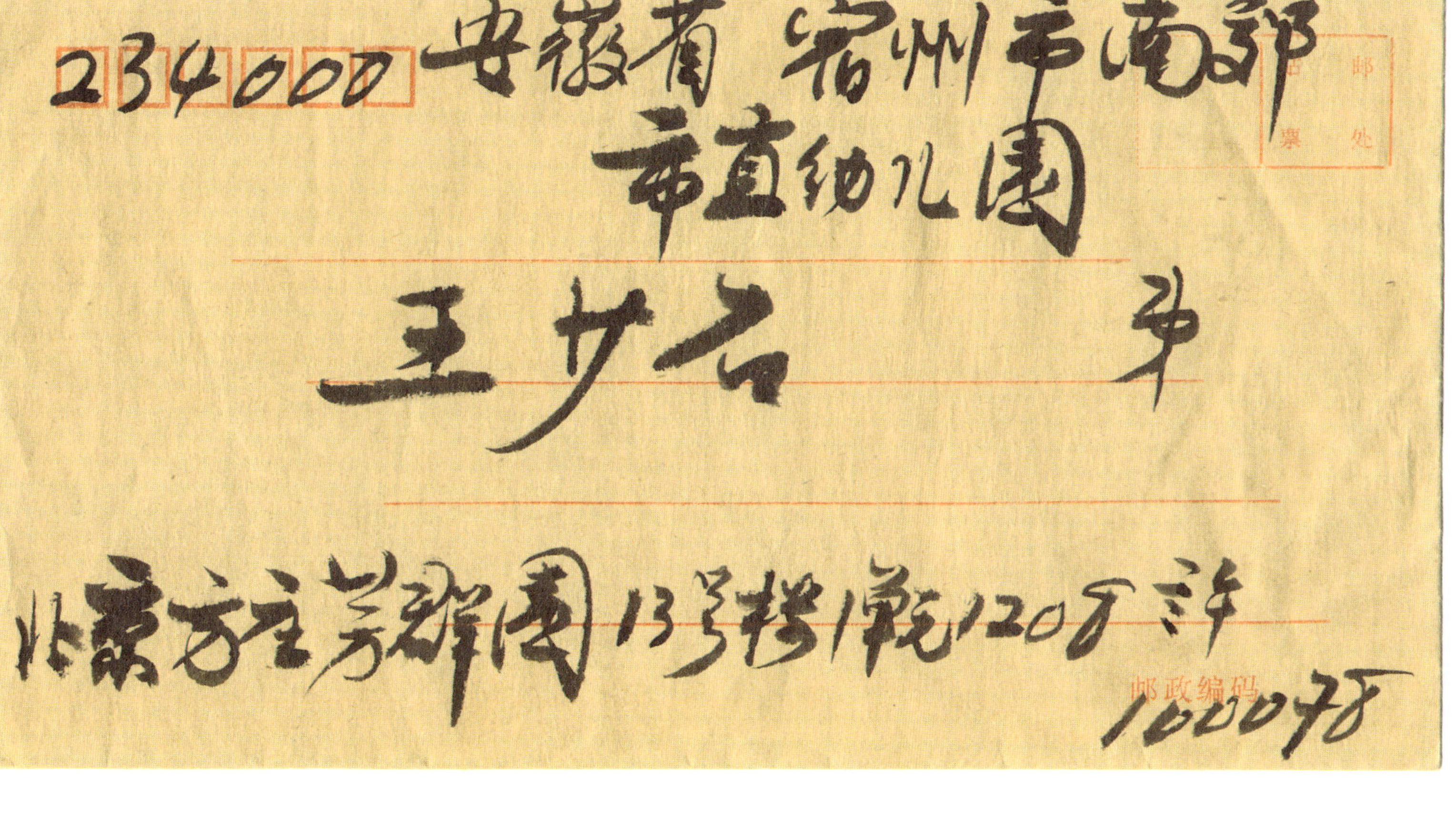
234000 安徽省宿州市南郊

市直幼儿园

王少石 弟

北京方庄芳群园13号楼1单元1208 许

邮政编码 100078

王少石　寿佛　89cm×41.6cm　一九九五年
题跋：寿佛，少石弟画佛之精者，八十叟麟庐。

佛心

我佛

评语：此印大家手笔，已刻出吾弟个性，好！

一九九五年七月三十日

少石吾弟如面：

很久没有见到吾弟来信，很是惦念。你最近忙些什么？府上都好吧？我迁至新居快四个月了。新居较宽敞，化杰和孙女都跟我住在一起，生活琐碎的事都由化杰办理，我老俩口省心多了。我老俩口身体一如常态，诸请放心。吾弟书、画、刻可不能撂下，要每天动动，所谓久练三伏，工夫不负有心人啊！共勉！我很想念吾弟，特此致候，合府好。麟庐。七月三十日。

（北京方庄芳群园一区十三号楼—安徽省宿州市南郊市直幼儿园）

【按】很久没有见到吾弟来信，很是惦念。

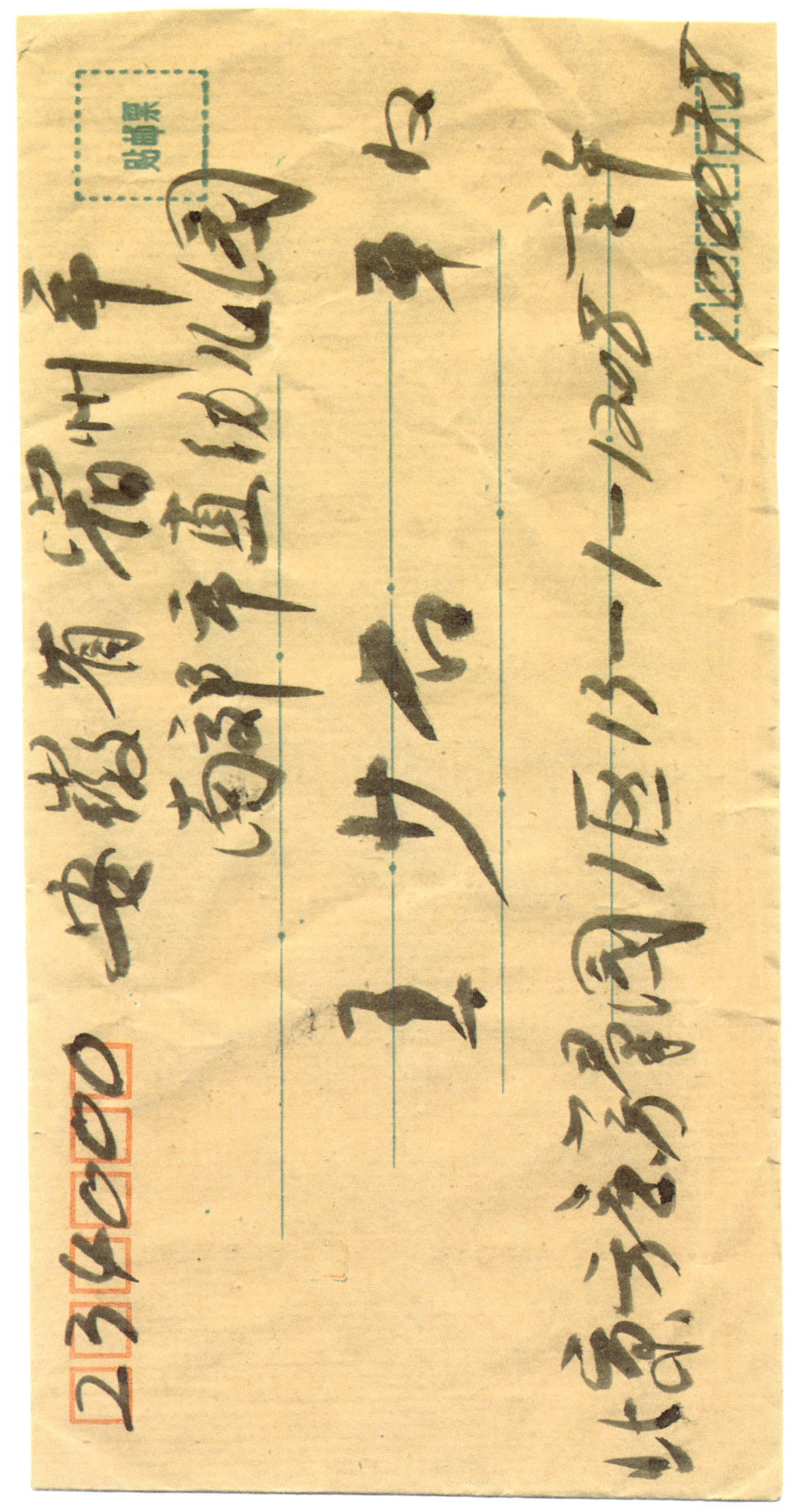

致弟子王少石

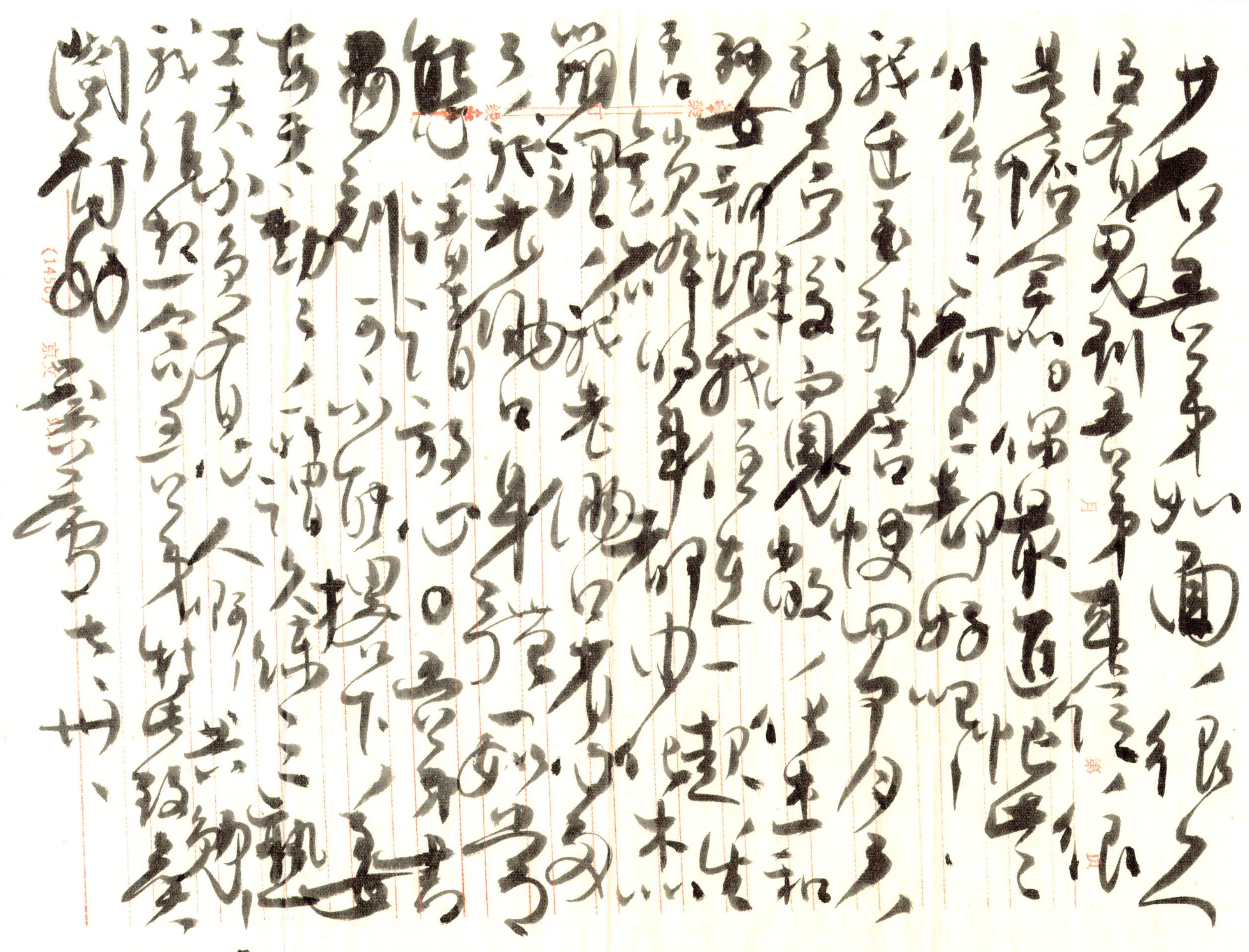

一九九五年八月十日

少石吾弟：

今午接到来信和大作，叫我喜出望外。吾弟所画册页可画成十二开，以后装裱成册如何？吾弟所画条幅，苍苍莽莽，其倔强笔墨一如吾弟其人，奈何不得也！吾弟幸得黄小松、赵次闲、吴缶庐闲章四方，可以说踏破铁鞋无觅处，得来全不费工夫，天赐吾弟也，可名为《四印堂》如何？古玉我只知好看，真假不懂。望吾弟选购古玉要多加慎重为妥。我每到冬季犯瘙痒症，后来吃『息斯敏』药片解决了搔痒。吾弟搔痒恐与我不同，速请名医治之，疗效如何请示我。吾弟勤于作学问，我非常高兴！待到年龄大了，记忆力也减退了，想学也学成了，事实如此。观吾弟签名，远不如我意，应再选择如何？如今吾弟所签之名近于俗，设法避俗！

请吾弟刻《芳群楼》迎首、《老在芳群园里》，朱文白文均可。

我这次迁至方庄芳群园，百年之后就从此地走也。

今夏北京酷热，每日晨起与老伴买菜，下午休息，社会活动不参加。我都八十了，也该安度晚年了。祝合府平安。麟庐。

八月十日。

（北京方庄芳群园一区十三号楼—安徽省宿州市南郊市直幼儿园）

【按】评王少石所画条幅，苍苍莽莽，其倔强笔墨一如其人，奈何不得也！

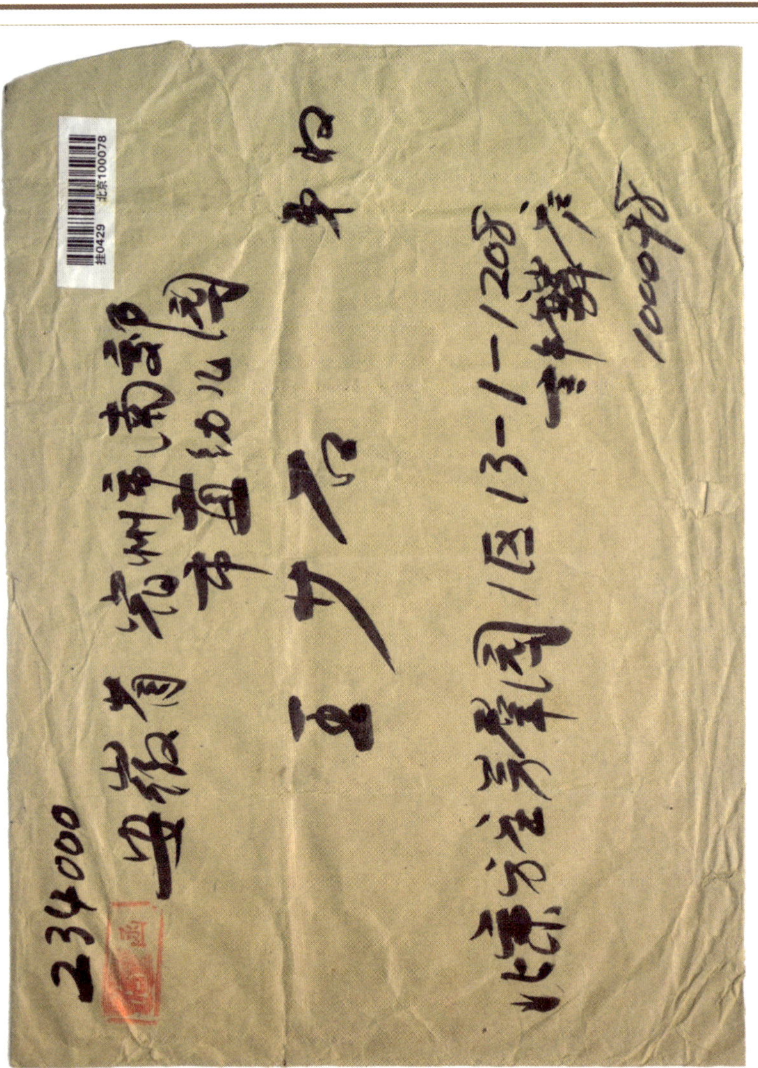

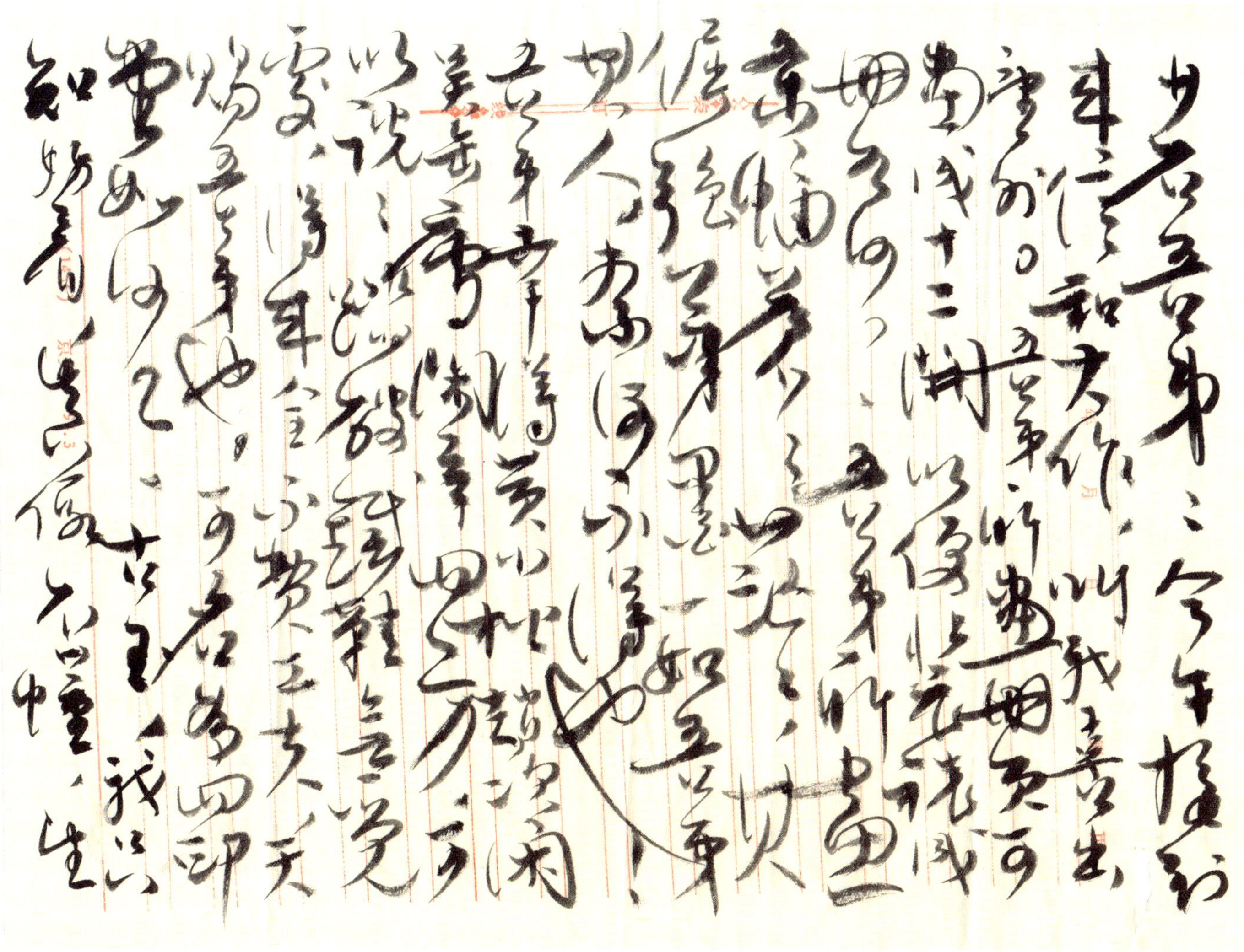

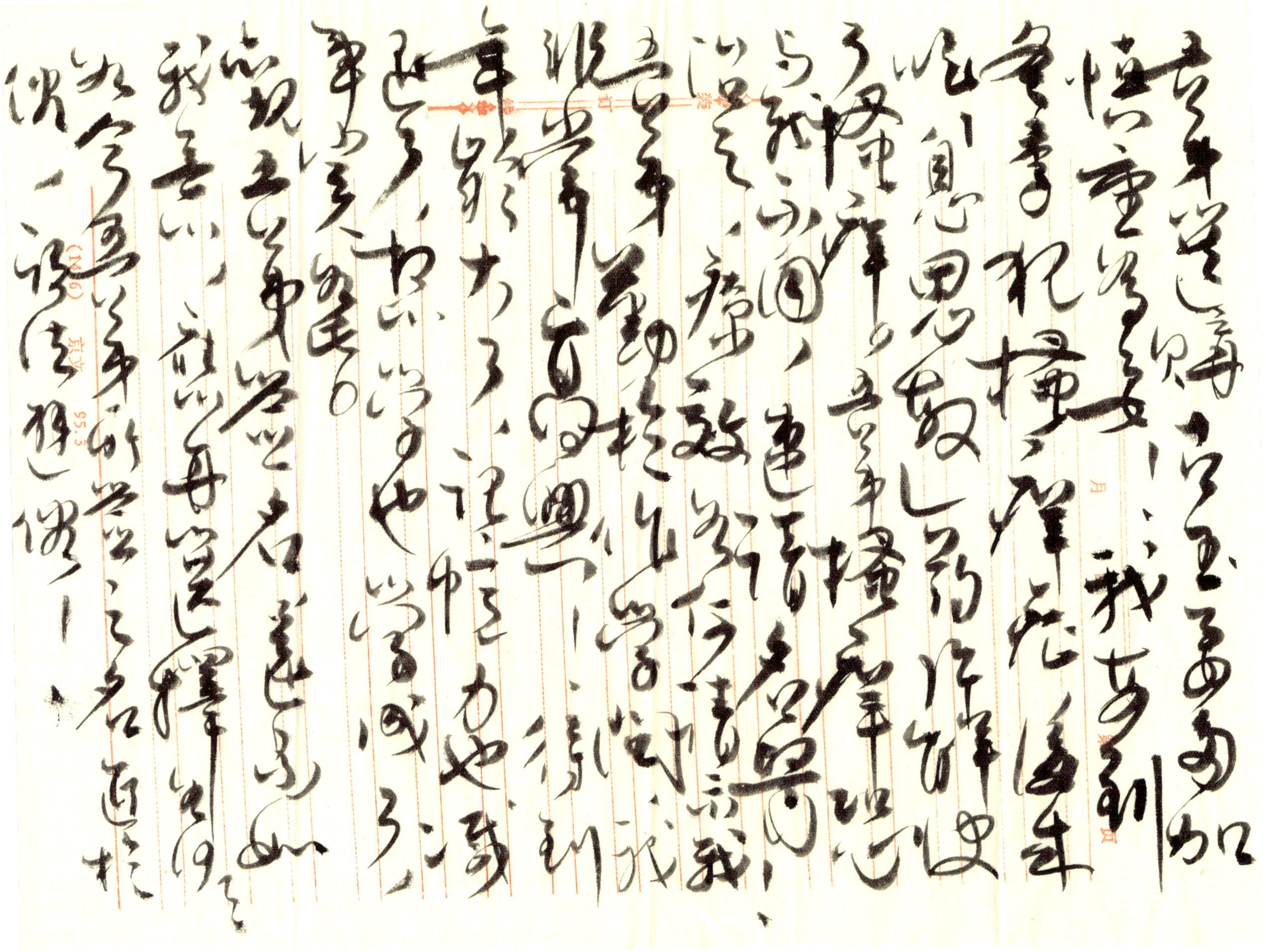

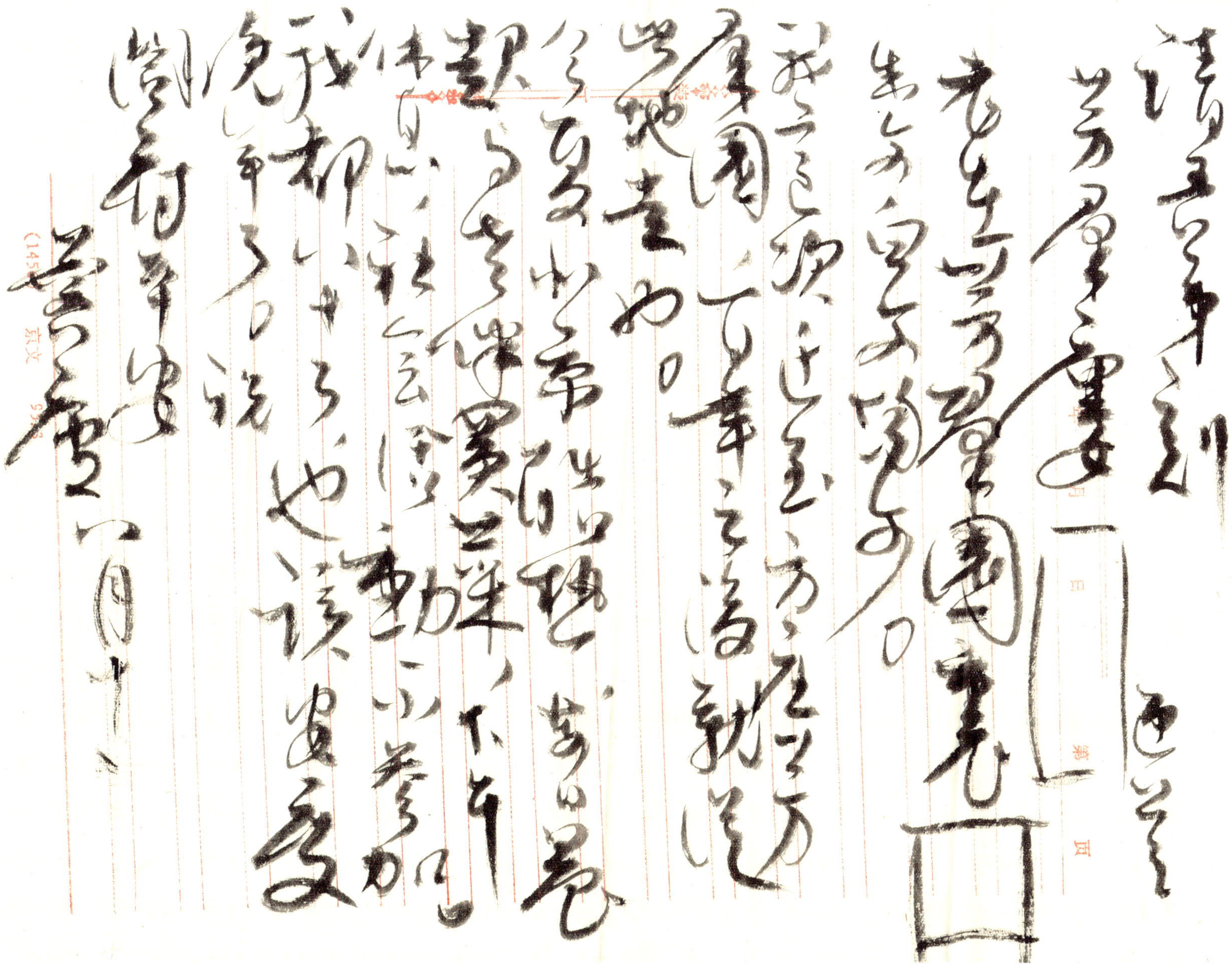

一九九五年八月三十一日

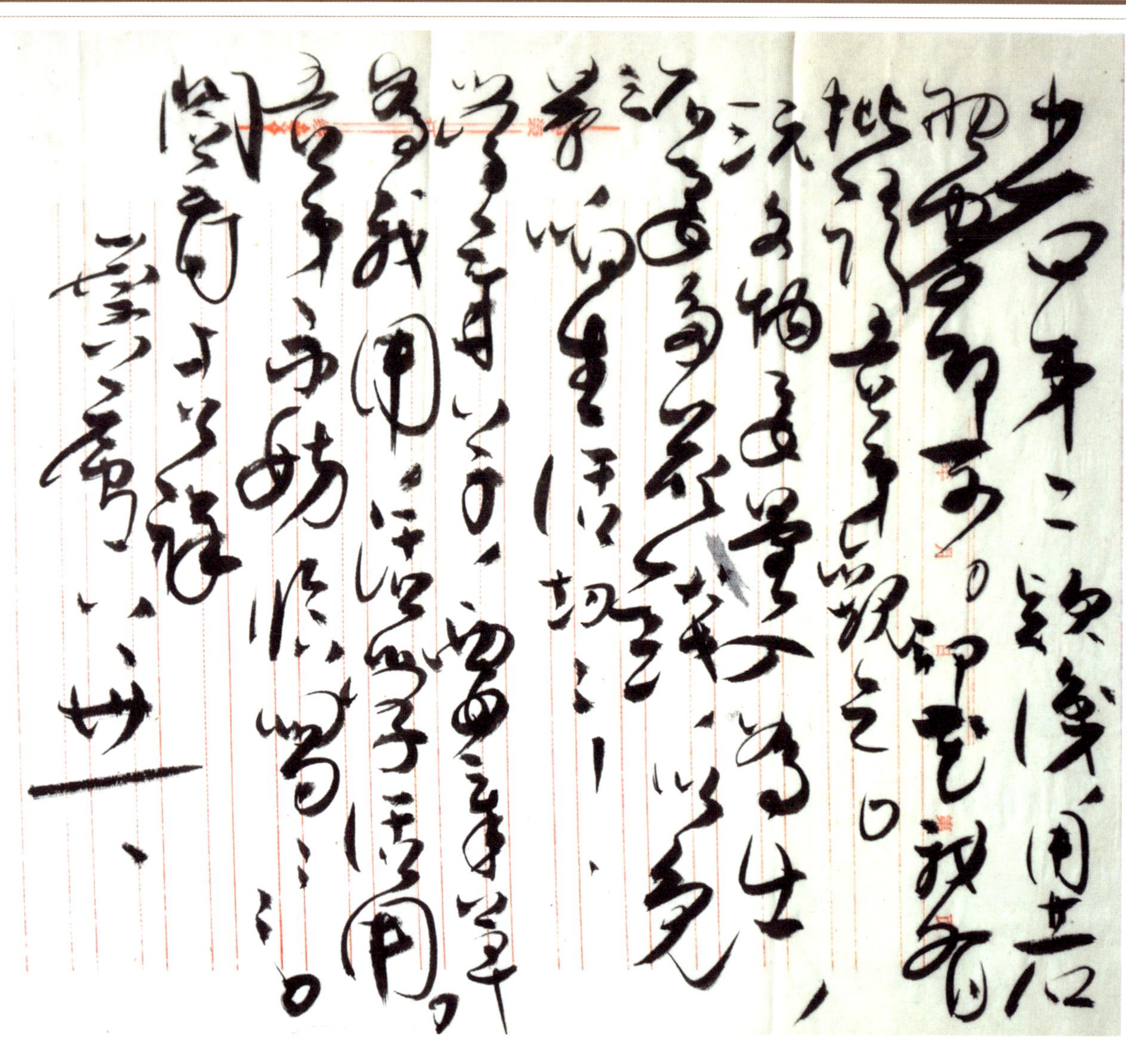

少石弟：

款识用少石两字即可。印花我有批语，吾弟观之。玩文物要量入为出，不要多花钱，以免影响生活，切切！

学章草，要章草为我用，活学活用。吾弟不妨临写临写。

合府吉祥。麟庐。八月三十一日。

（北京方庄芳群园一区十三号楼—安徽省宿州市南郊市直幼儿园）

一九九五年十月十六日

少石吾弟：

寄来印章照收，高兴之极！

近百年画佛者以王震先生为最多，其次白石老人。王震画佛多衬景。白石师画佛无衬景，一纸只写一佛，或站，或坐，或拈花微笑，或坐观香烟缕缕，其造型之美胜过王震先生。吴缶庐先生画佛，多王震代笔。吾弟可借鉴之，只要不断画，则自然提高。老友李琼久先生为人忠厚耿直，鲜为人知，善画佛，能画一笔佛。峨眉佛堂有琼久老丈二画佛，当今画佛者尚无超出琼久兄者。可惜可惜去年已故，予悲痛之极！我与琼久交往二十余载，从未开口求画，十年前琼久赠我楹联一副，其笔墨气势之雄浑令人惊叹！可惜无琼久兄之画，憾之。琼久兄四川乐山人，反右时错划为右派，一生坎坷，如此故去，天不公道也。

我仍如前态，每日晨老俩口漫步自由市场，携菜归来，吃早点，然后涂抹到十一时，将近十二时用午餐，十二时半左右休息，三点以后又到大街散步，六时半用晚饭，十一时入睡，生活如此。请勿念念，此颂近好，合府吉祥。麟庐白。十月十六日。

（北京方庄芳群园一区十三号楼——安徽省宿州市南郊市直幼儿园）

【按】谈王震、齐白石、李琼久画佛。

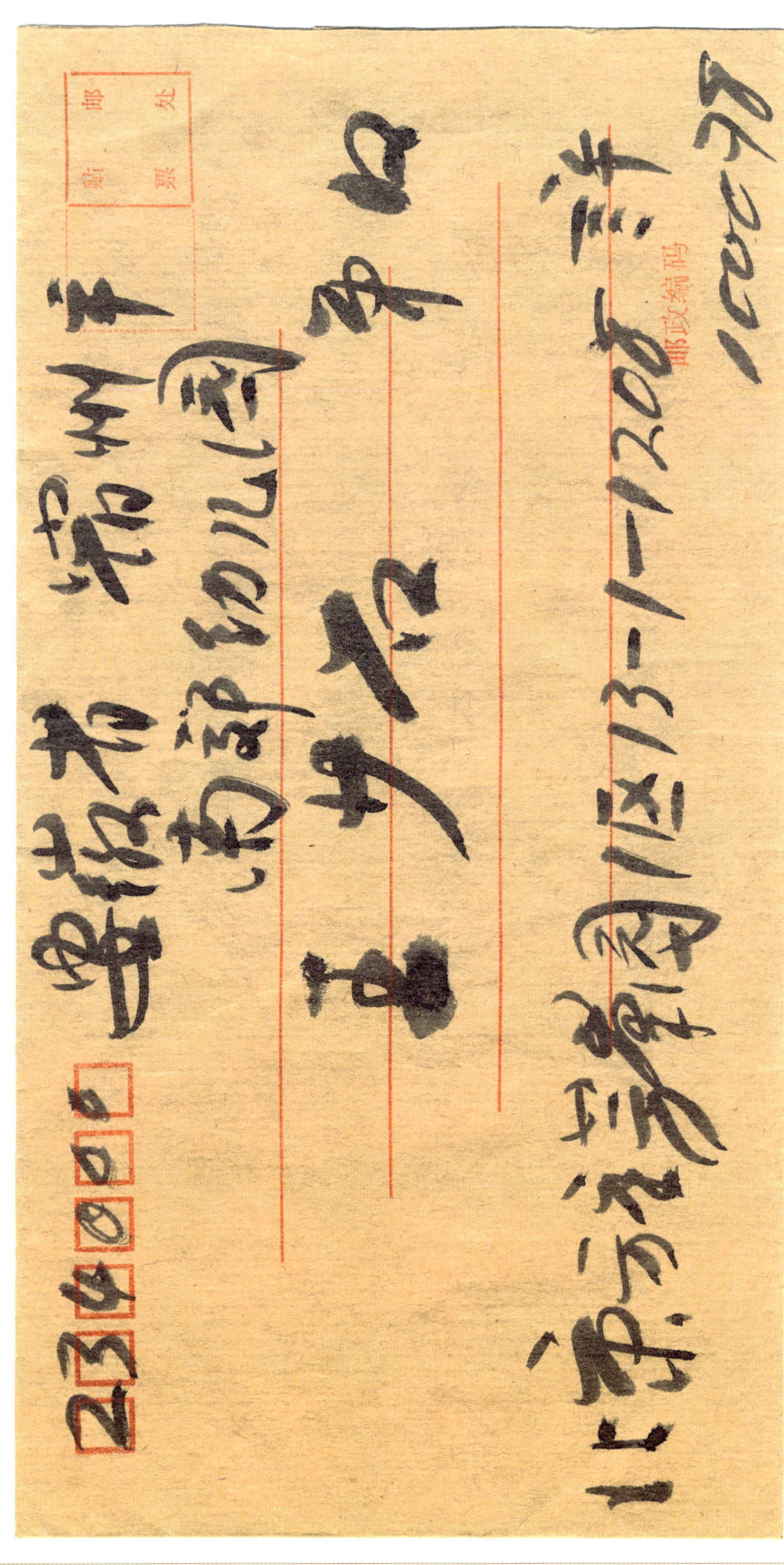

致弟子王少石

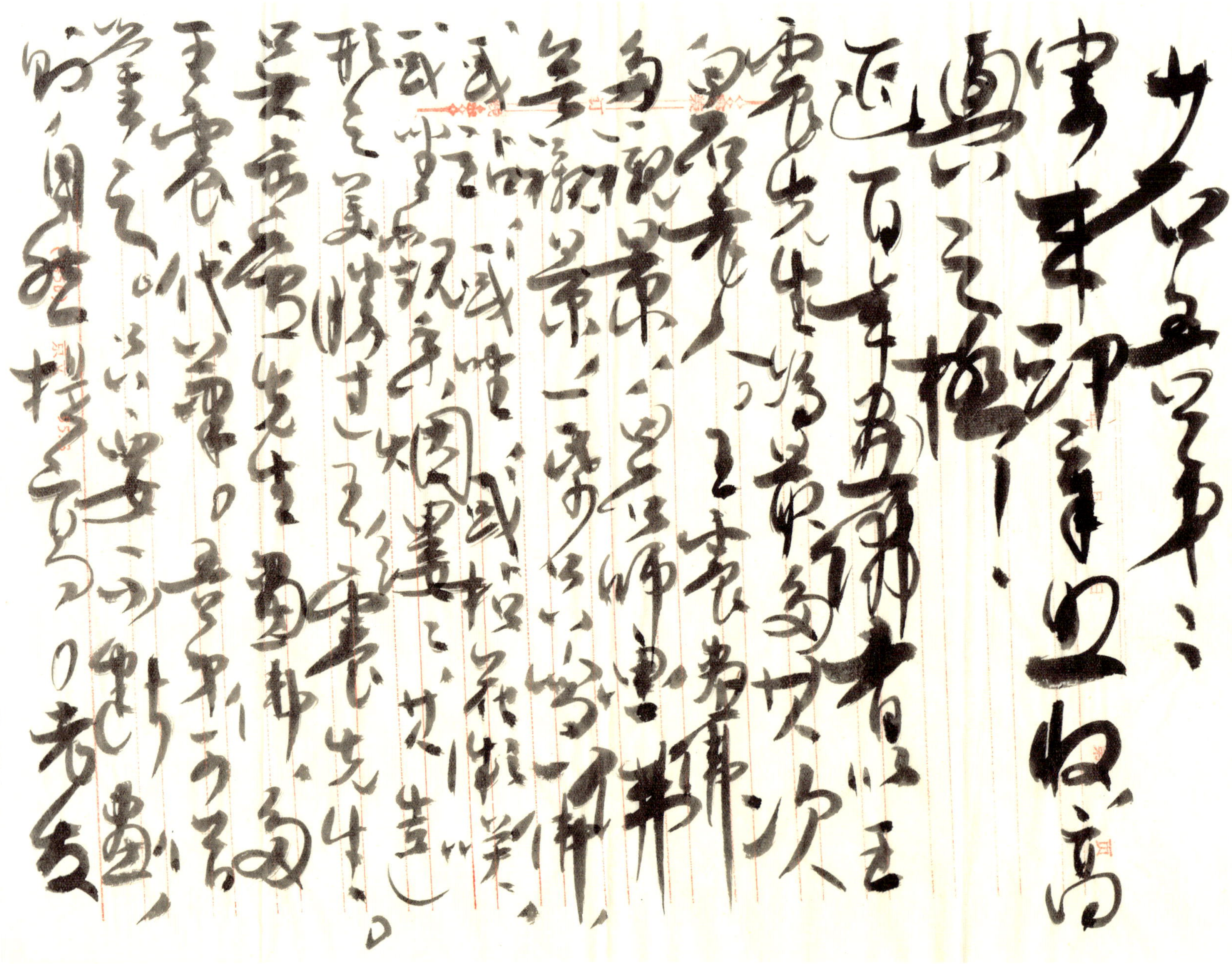

致弟子王少石

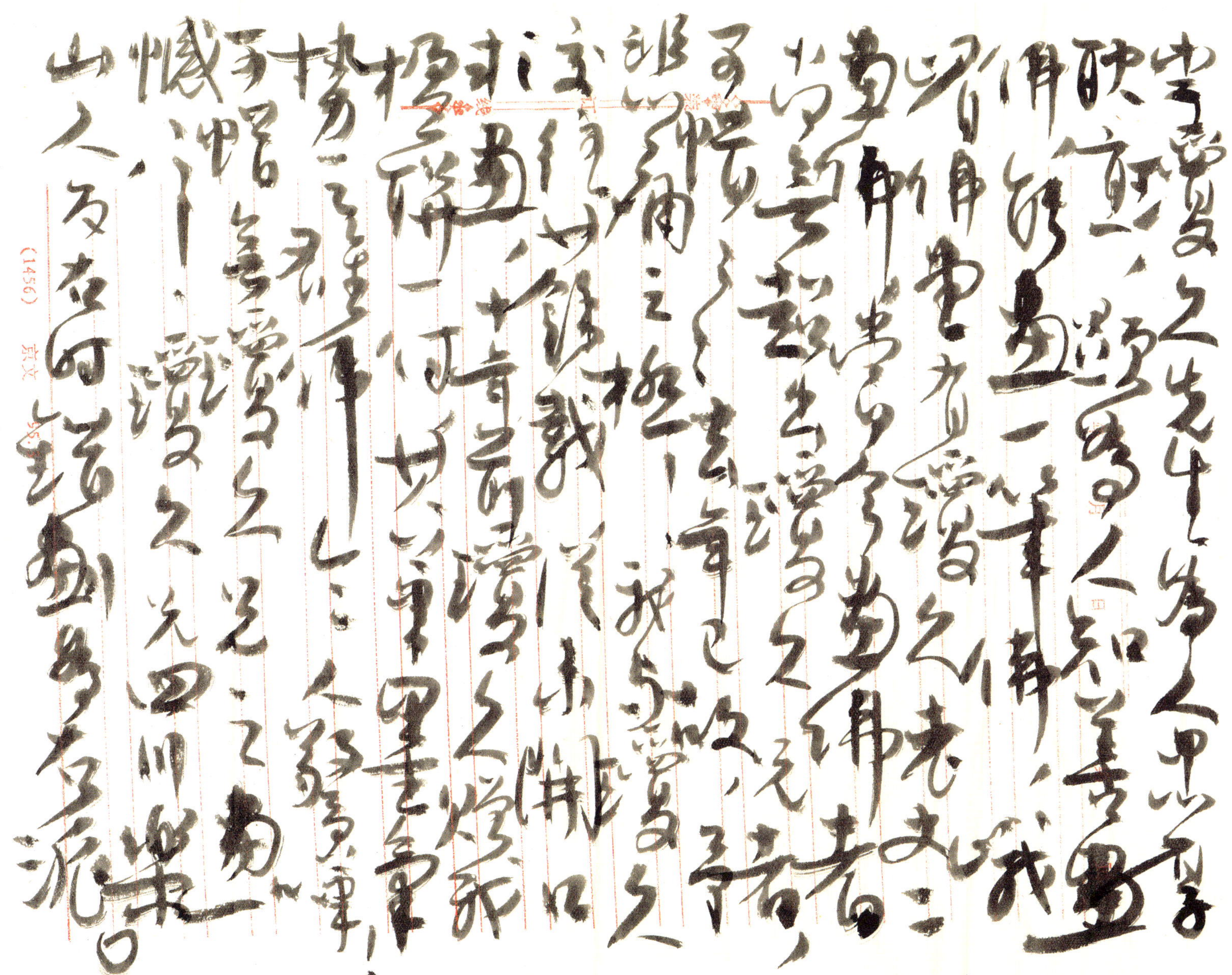

年　月　日　第　页

（1456）　京文　95.3

致弟子王少石

一九九五年十月十七日

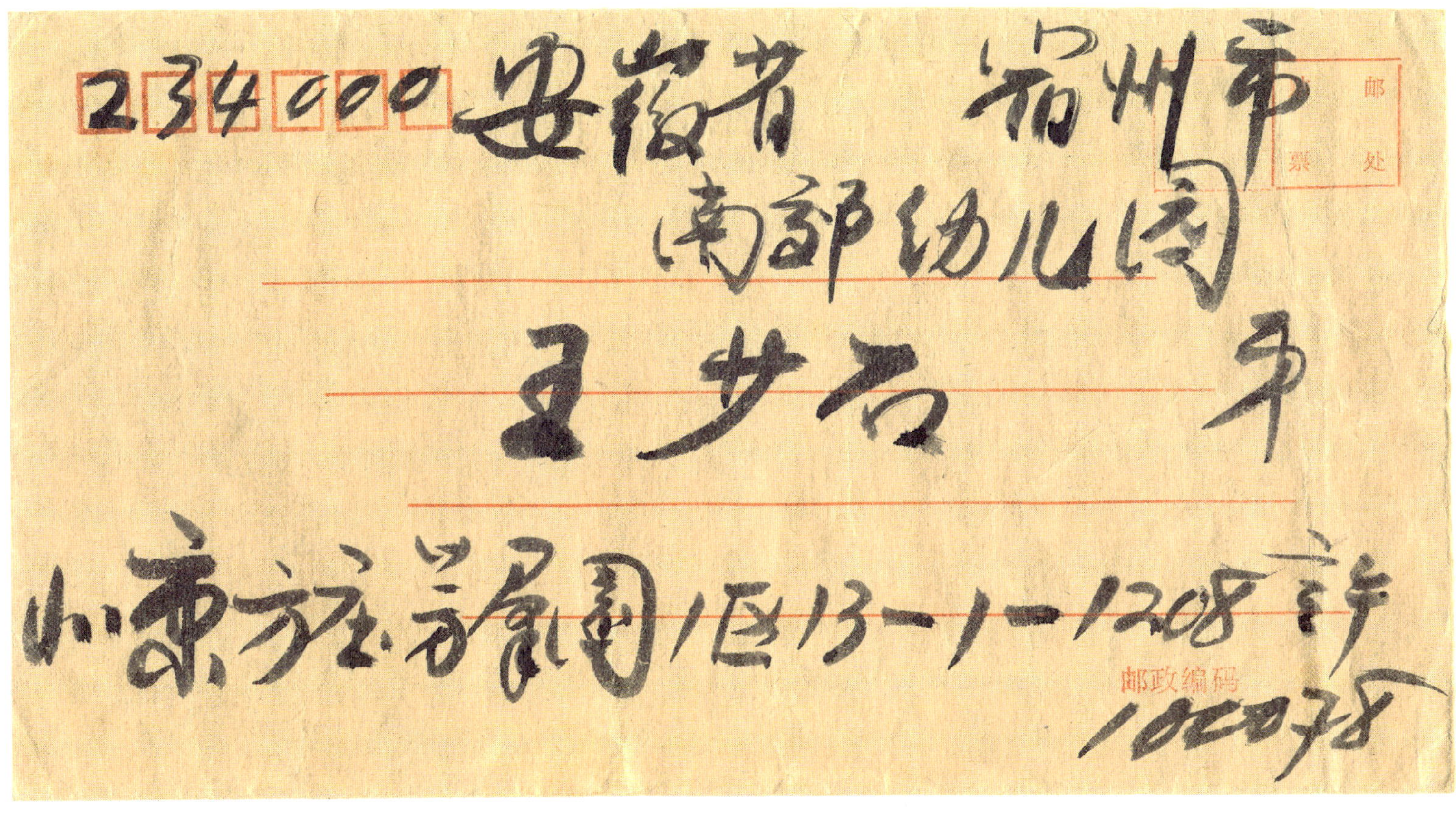

234000

安徽省 宿州市

南部幼儿园

王少石 弟

北京方庄芳星园1区13-1-1208 许

邮政编码

100078

王少石　芭蕉游鸭　102.5cm×34.6cm　一九九五年　题跋：少石弟以篆隶作画，苍茫纵横，别具风度。八十叟麟庐题。

芳群楼　评语：此印端庄挺拔。

此印端庄挺拔

一九九六年二月二十三日

少石弟：

电话已悉。来信未收到，是否地址写错？请吾弟将《丙子》印花重新寄下为盼。春节期间足未出户，接电话，打电话，电话拜年，因天寒出无车也。我身体如常，勿念。祝福合府吉祥。麟庐。正月初五日。

（北京方庄芳群园一区十三号楼—安徽省宿州市南郊市直幼儿园）

一九九六年三月九日

少石弟：

收到来信很高兴。吾弟所写《长寿图》笔墨苍茫有金石气，吾弟可保留，日后可展。吾弟得《天盖楼》印，珍贵文物也，我为我弟高兴不已。印花数方我选了三方，余者皆有可观。

京中连日大风，无聊静坐，午后风稍停，散步于街头。身体如常，请勿念念。我春节后感冒数日，故作画不多，俟精神一振再多挥洒。近况如此。专此顺颂合府吉祥。麟庐。三月九日。

吾弟所作《桃实》一经加题，则无气韵也。

（北京方庄芳群园一区十三号楼—安徽省宿州市南郊市直幼儿园）

【按】评王少石《长寿图》笔墨苍茫有金石气。

一九九六年三月二十四日

少石弟：

丙子印三方已收到，非常高兴。随信寄上拙作《山水小品》一帧，以赠吾弟雅玩。气候渐暖，不日山东一行。此颂合府吉祥。麟庐。三月二十四日。

（北京方庄芳群园一区十三号楼—安徽省宿州市南郊市直幼儿园）

一九九六年四月十八日

少石弟：

很想念。随信寄上《山水小品》以作纪念。用白绢裱为宜。本月底赴济南小住数日，五月初返京。吾弟近期又收何宝？京中赝品充斥市场，不可得也。我闲居小舍，只在附近散步。至于古玩市场、拍卖行，均不涉足。匆匆此颂近好。麟庐。四月十八日。

（北京方庄芳群园一区十三号楼——安徽省宿州市南郊市直幼儿园）

【按】告知行踪。谓『吾弟近期又收何宝？京中赝品充斥市场，不可得也。』

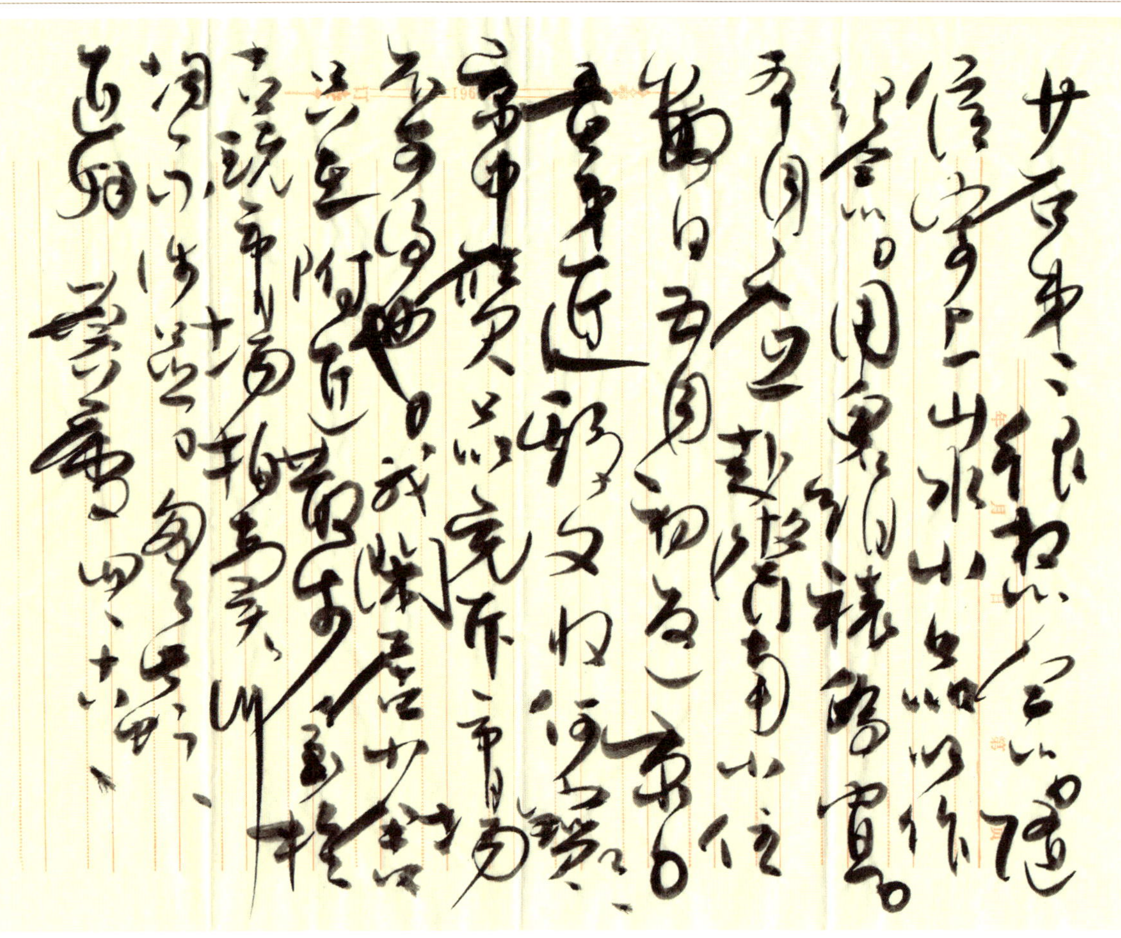
少石弟：很想念。随信寄上《山水小品》以作纪念。用白绢裱为宜。本月底赴济南小住数日，五月初返京。吾弟近期又收何宝？京中赝品充斥市场，不可得也。我闲居小舍，只在附近散步。至于古玩市场、拍卖行，均不涉足。匆匆此颂近好。麟庐。四月十八日。

许麟庐 清溪幽居 69cm×26cm 一九九五年

一九九六年六月二十日

少石吾弟：

书信印稿均悉。印稿我一一看了，很高兴，我都写了批语，吾弟玩味。京中较热，早晚散步，作画不多，又想外出，去往何地？心在酝酿。十六日，中山书画社约往青岛笔会，已婉辞，去不得也，无法应酬。我生活起居都好，勿念。匆匆此颂合府好。麟庐。

六月二十日。

（北京方庄芳群园一区十三号楼—安徽省宿州市南郊市直幼儿园）

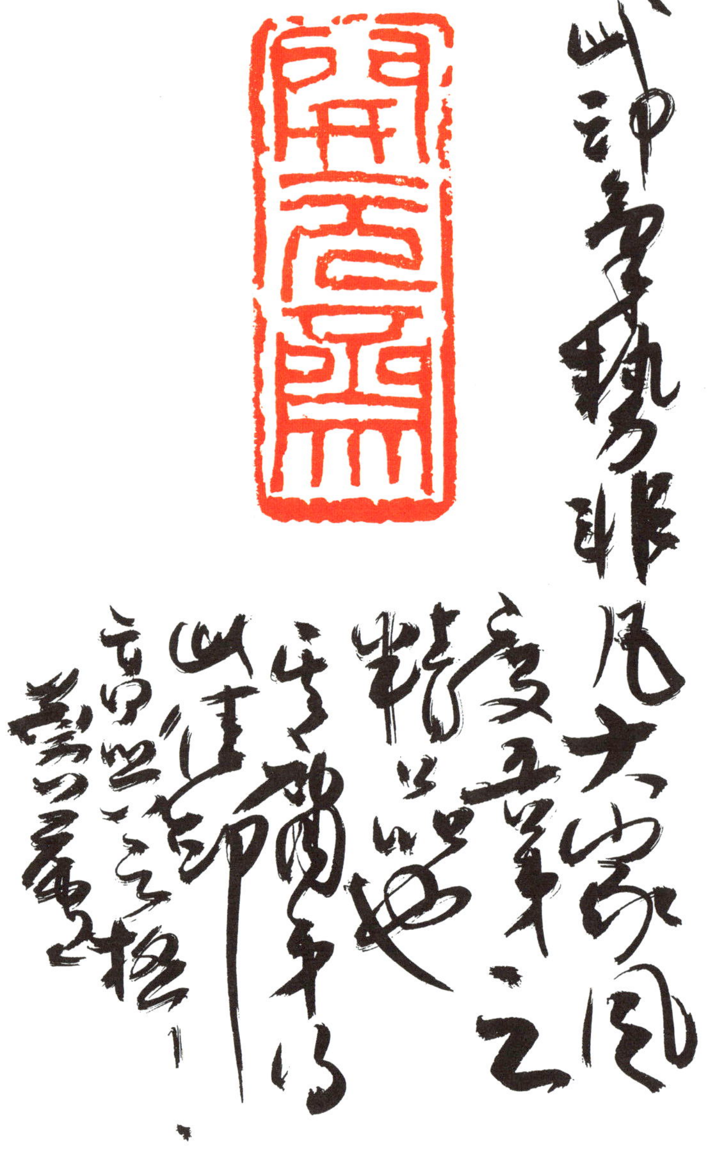

开元斋

评语：此印气势非凡，大家风度，吾弟之精品也。其庸弟得此佳印，高兴之极。麟庐。

且住草堂　评语：此印刀法似早期缶翁手笔，佳作也。麟庐。

开元斋　评语：此印只有少石有此刻法。

此印刀法似早期缶翁手笔佳作也 麟庐

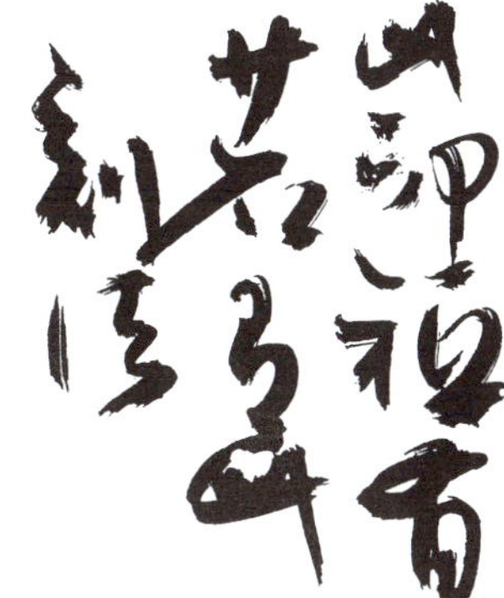

此印只有少石有此刻法

开元斋　评语：此印只有少石有此刻法。

一九九六年十一月二十七日

少石吾弟：

一别甚念。盗版之事下文怎样？吾弟返家之后致力何事？孩子们工作妥帖否？均在念中。白石老师生前题画虾：『三日不作画手无狂态』，吾侪应学习老人精神为要！时至严冬，天气晴好户外散步，有风足不出户。半月前老俩口患感冒，现已痊愈，勿念。便中示我。匆匆此问合府好。麟庐。十一月二十七日。

（北京方庄芳群园一区十三号楼—安徽省宿州市南郊市直幼儿园）

【按】谓白石老师生前题画虾：『三日不作画手无狂态』，吾侪应学习老人精神为要！

一九九六年十二月十日

少石吾弟：

来信知悉。为了吾弟版权，已请律师出面，我想比私人对话好的多。事到如今只有用法律解决了，请吾弟也不要着急。进行情况，请随时示我，以免惦念。寄来小品画我一一看了。《八哥葡萄》葡萄堆砌的太多了。今后再画，背景要简洁，万勿臃肿，主次要分明。其他小册页大致不错。其中《菊花砂壶》也犯臃肿之病，望吾弟注意注意。印章刻的好，我已作批语。孩子们的事也要随时操心，以促成长。我老俩口一度患喘、感冒。如今已愈，勿念。祝颂合府吉祥。麟庐。十二月十日。

少石弟：

山东蓬莱古名登州，请吾弟选一块普通椭圆或长方石，刻一方迎首。明年是丁丑，也需刻一方迎首。便中刻妥掷下为感。忆及白石师曾对我讲：『我给你刻方滑石，也能一生受用。』看起来金石家在于刻，不在于石也。吾弟以为然不？麟庐又及。

（北京方庄芳群园一区十三号楼—安徽省宿州市南郊市直幼儿园）

【按】有绘画理论。关心王少石《红楼梦印谱》著作权被侵犯一案。

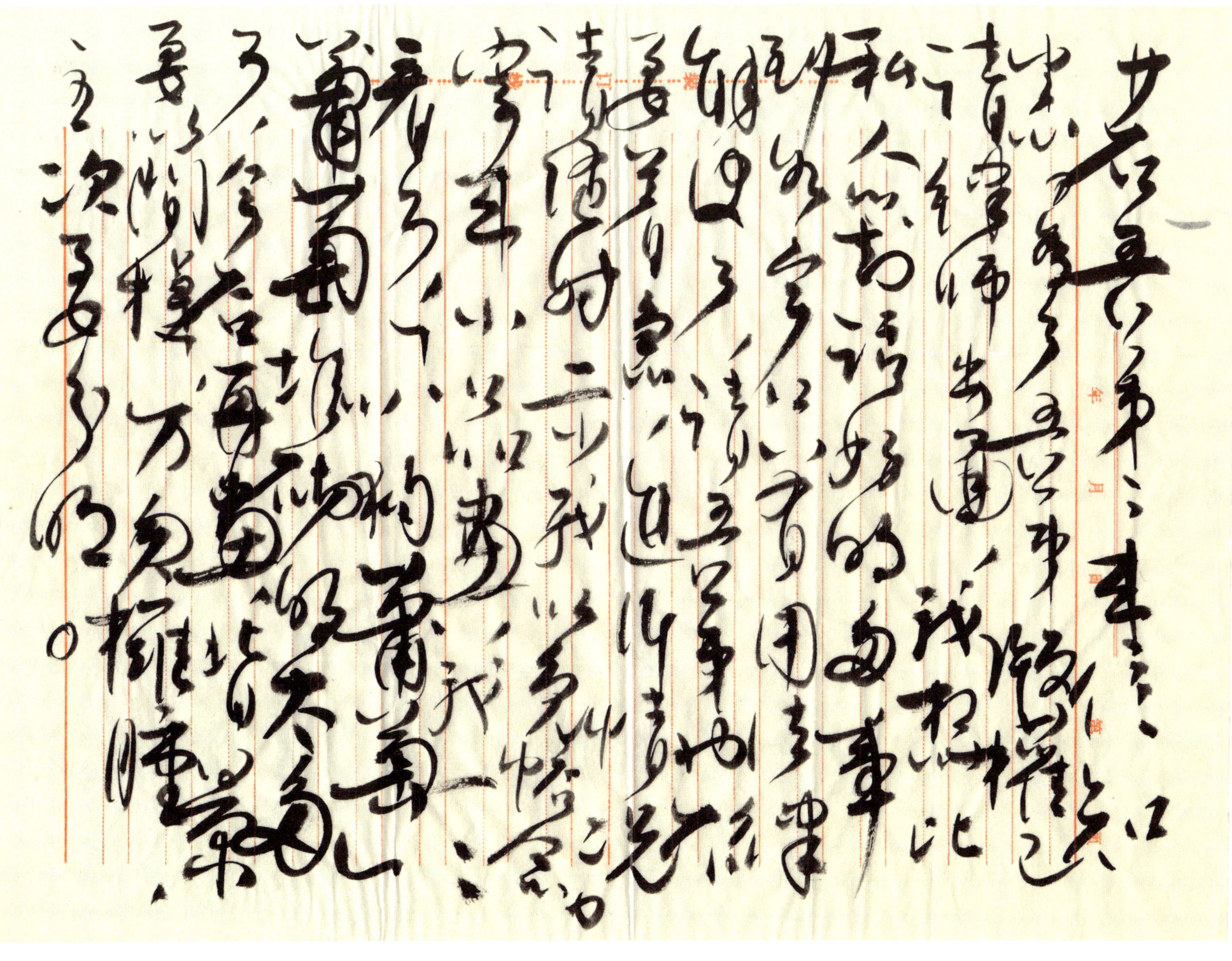

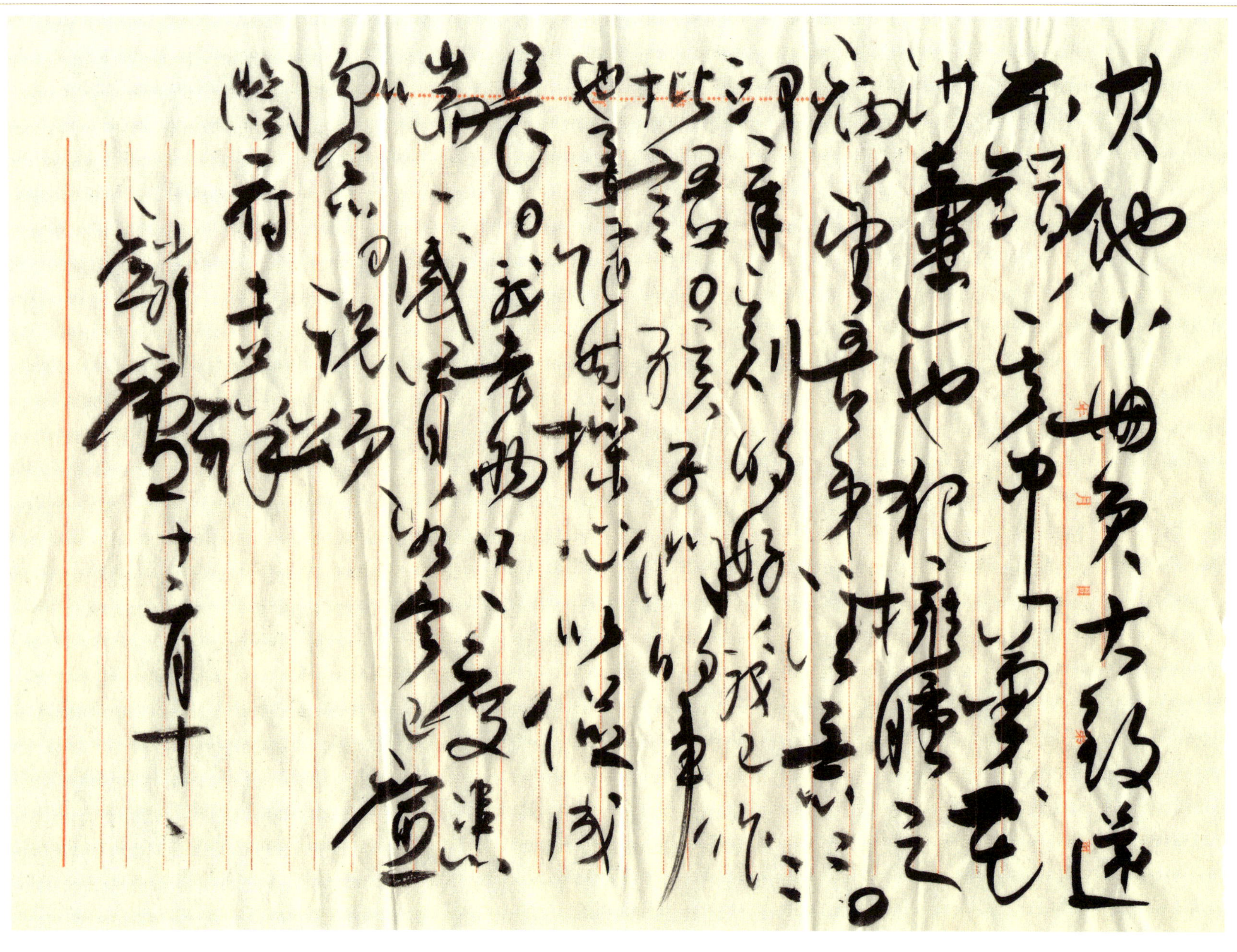

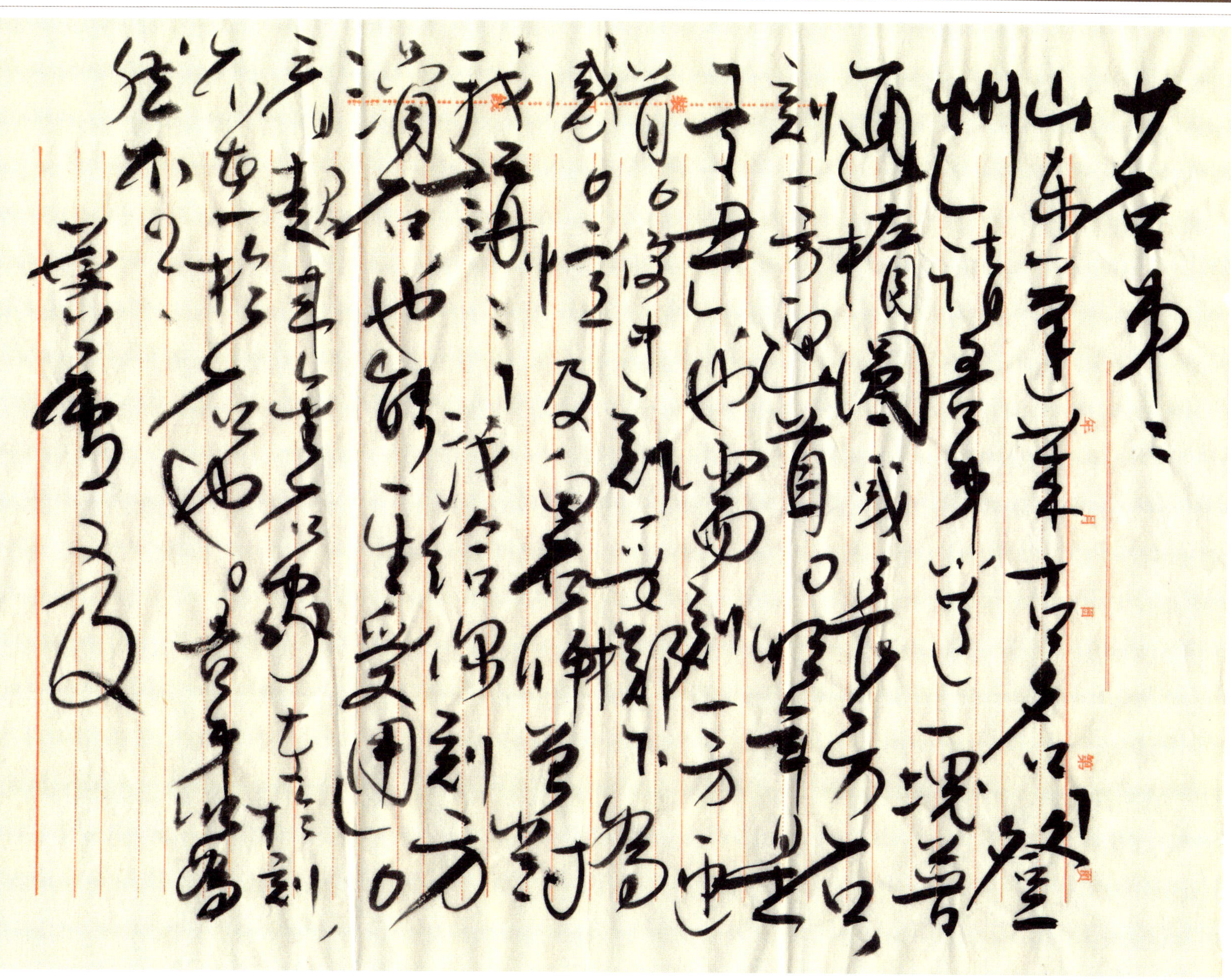

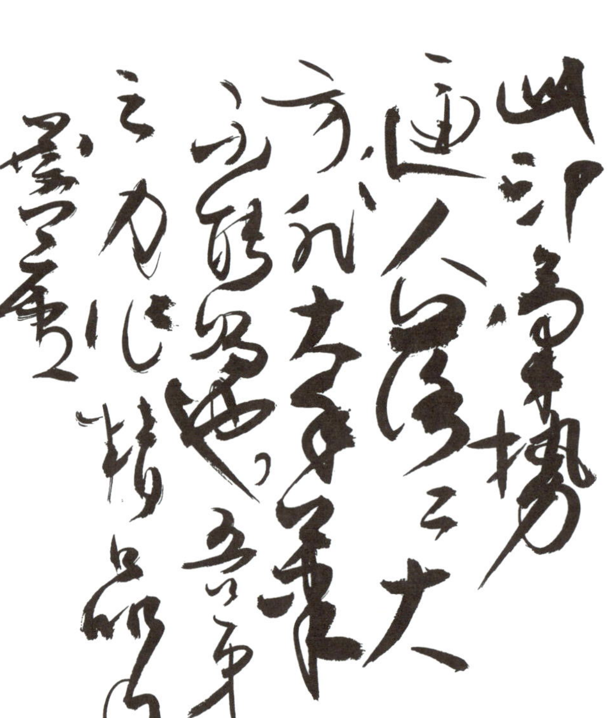

怪力乱神　评语：此印气势逼人，落落大方，非大手笔不能为也。吾弟之力作精品。麟庐。

一九九七年一月十七日

少石弟好：

信和印花收到。关于侵权事，望吾弟耐心办，万勿过于着急，注意身体健康。进行情况，可随时示我，以免惦念。寄来印花反复看了，很喜欢，另有短语写在印花上。我弟挥洒之作可随时寄来一观。最近吾弟收到玩物否？可心之物可遇不可求也。

我近况一如常态，请勿念。祝福合府吉祥。麟庐。一月十七日。

（北京方庄芳群园一区十三号楼—安徽省宿州市南郊市直幼儿园）

【按】关心《红楼梦印谱》被侵权案。

致弟子王少石

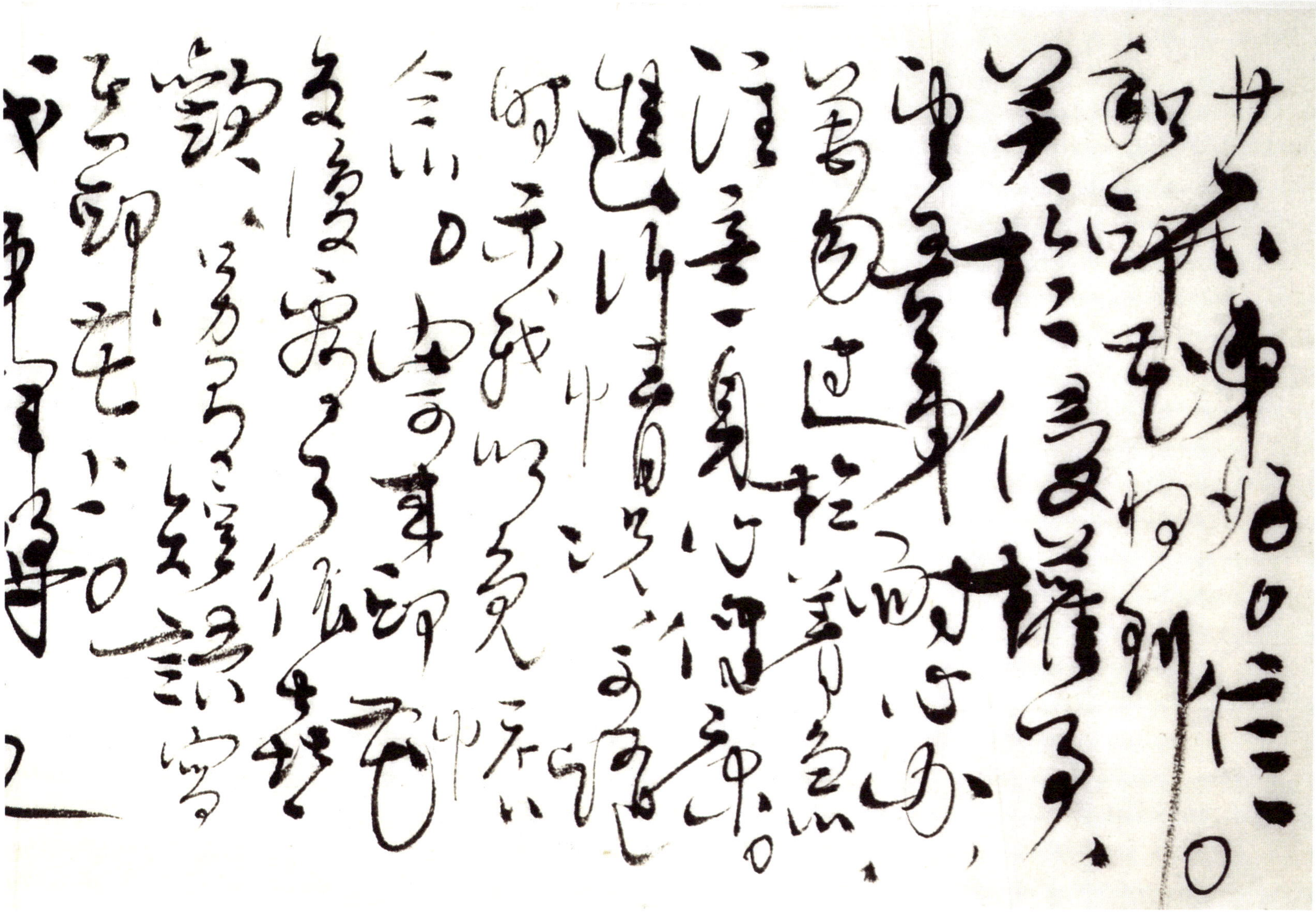

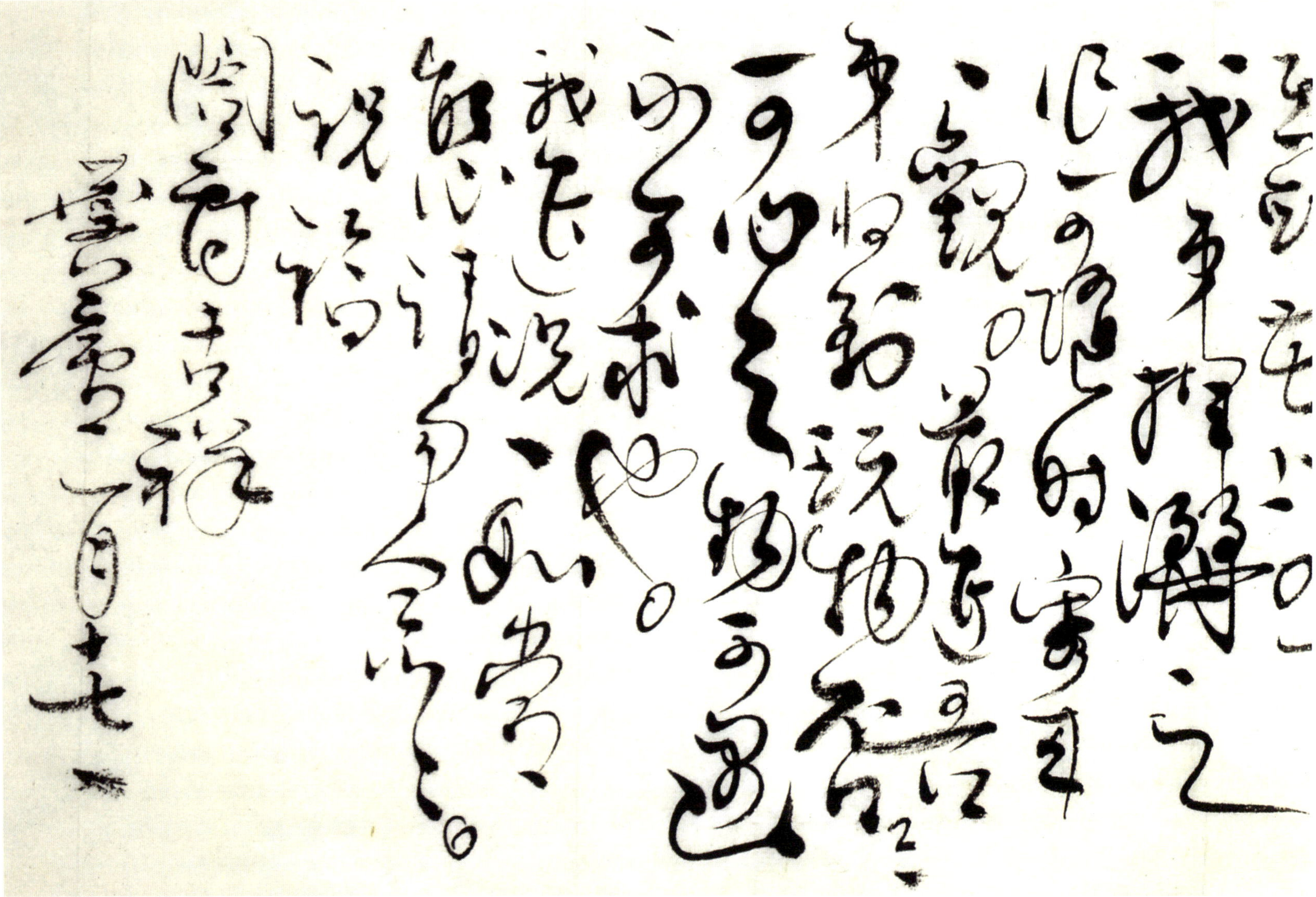

依然青衫旧布衣

评语：『依然青衫旧布衣』句子好，刻的好，乃少石弟写照。畊庐叫好。

一九九七年二月六日

少石弟：

寄来我弟近作及石章都照收了。画作我看后很高兴，用笔用墨大有与我有相似之处，故心中喜悦！《气壮山河》篆书写的有味道，不过落款尚不如人意。一定要把『少石』两字写好才是。侵权官司真够麻烦，事情到了此步，请吾弟不要着急，设法办理就是了。祈祷事情顺利成章，早日解决为盼。明天春节，一切照常，吃上几顿水饺也就是了。恭祝合府万事如意，大吉大利，为颂。麟庐拜年。

检得拙作兰花小品一帧，赠我弟赏玩。

（北京方庄芳群园一区十三号楼—安徽省宿州市南郊市直幼儿园）

【按】关心《红楼梦印谱》被侵权案。

一九九七年九月十六日

少石弟：

接到来信很高兴。古住今来做父母的没有不为儿女操心的。吾弟与人为善，故朋友也多，真不容易，把子女都安排了工作，我为你庆幸啊！

侵权问题，我看他站不住脚，只候裁决，我静候佳音。寄来小画我都看了，《寿桃》用的红颜色不太漂亮，画桃一定要鲜艳，今后画桃多加注意。其他小画我要加点东西再寄给你。吾弟已批准参事，我高兴之极。我一直没有外出，因为今夏奇热。我生活起居很好，请勿念念。即颂中秋好。麟庐。丁丑中秋。

（北京方庄芳群园一区十三号楼—安徽省宿州市南郊市直幼儿园）

【按】有绘画理论。

一九九七年九月二十日

少石弟：

不知砚台、古墨、瓷器好买否？如果容易买，你替我选两三方有刻铭的砚台。古墨能够买到否？好玩的玉器可遇不可求，如果有好玩的玉器，我也想买两三件玩玩。我有现钱，不知道如何寄，请打电话告诉我为盼。吾弟画的玉兰红心点的不妙，我画了一幅供你参考。画鸭一定画出质感来，草率之中要讲究完整，太草率不行。以上我说的砚、墨、瓷器，如果不是一下子能买到，那就慢慢来好了。匆匆此颂秋祺。麟庐。九月二十日。

（北京方庄芳群园一区十三号楼——安徽省宿州市南郊市直幼儿园）

【按】有绘画理论。

许麟庐　玉兰　69cm×37.5cm　一九九七年

一九九八年一月十四日

少石弟：

见信快慰。吾弟的高南阜巨印实为难得，我为我弟高兴之极！我选了三方印，请吾弟便中寄我。侵权案盼早日解决，以便了却心思。祝合府虎年万事如意，身体健康为颂。麟庐拜年。

（北京方庄芳群园一区十三号楼—安徽省宿州市南郊市直幼儿园）

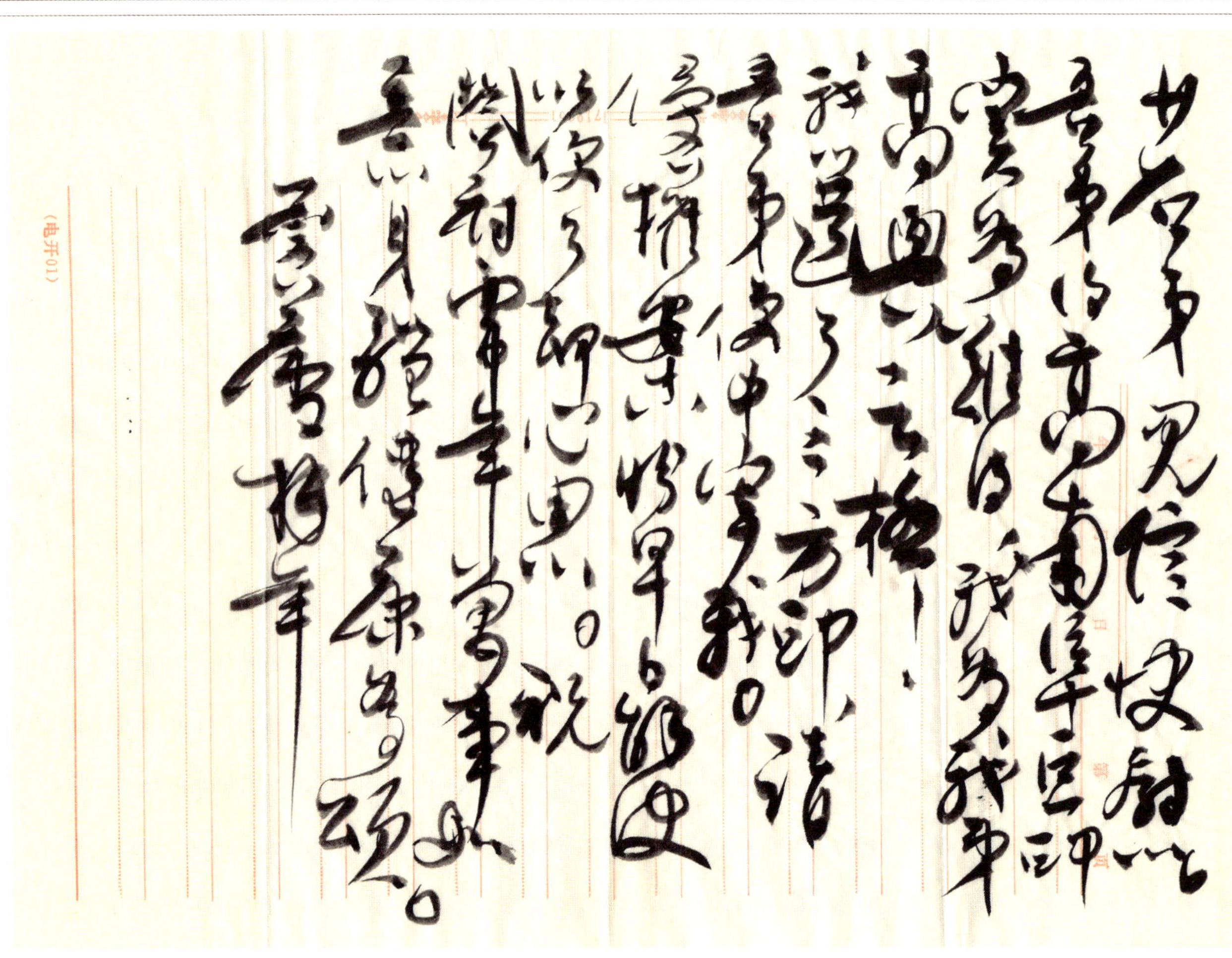

一九九八年八月十八日

少石弟：

很想念。好久没有接到你的信，不知你的情况怎样了？念念，念念。接到此信后速来信告诉我，以免惦念。合府老少吉祥为颂。

匆匆近好。麟庐。八月十八日。

（北京方庄芳群园一区十三号楼—安徽省宿州市南郊市直幼儿园）

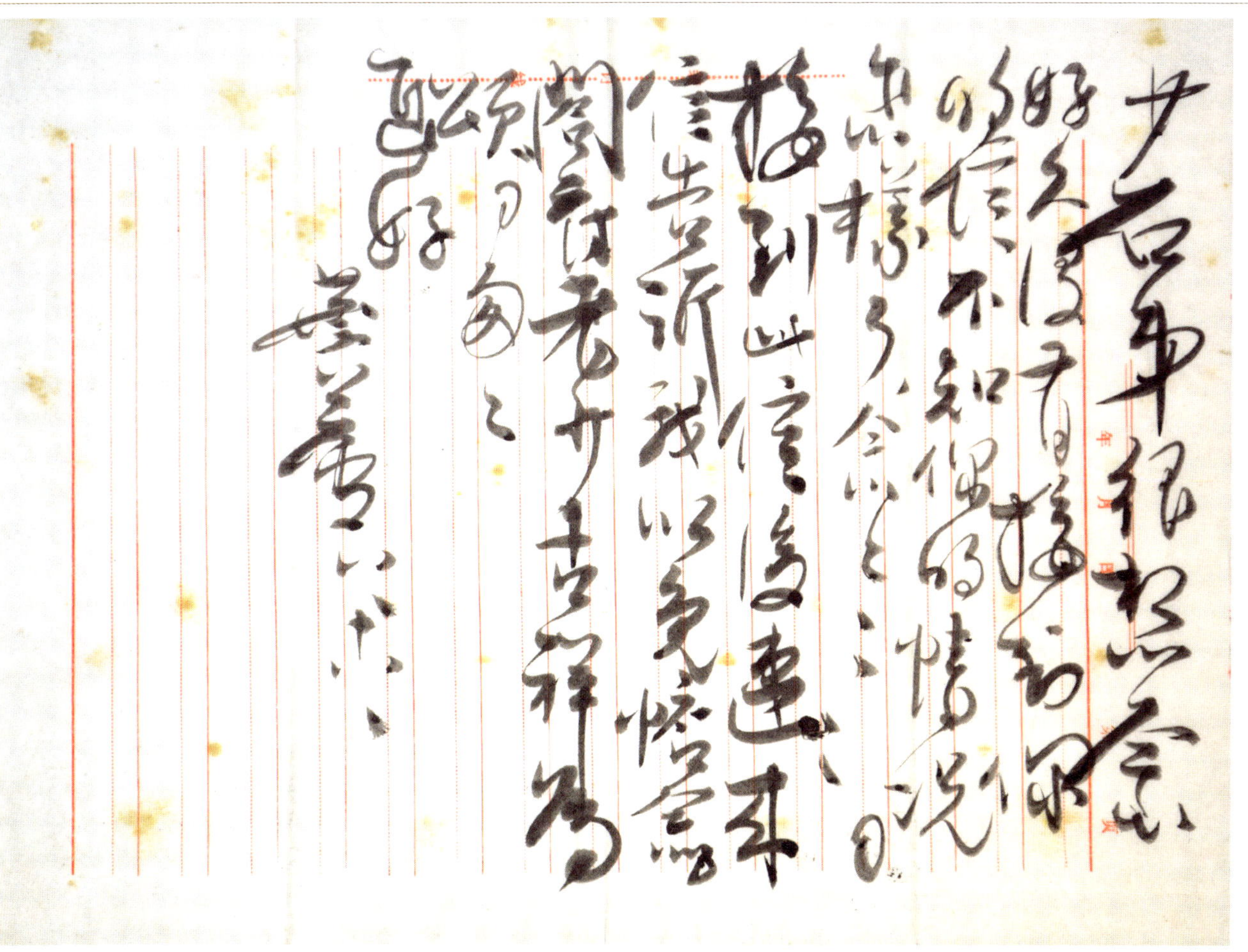

少石弟：很想念。好久没有接到你的信，不知你的情况怎样了？念念，念念。接到此信后速来信告诉我，以免惦念。合府老少吉祥为颂。匆匆近好。麟庐。八月十八日

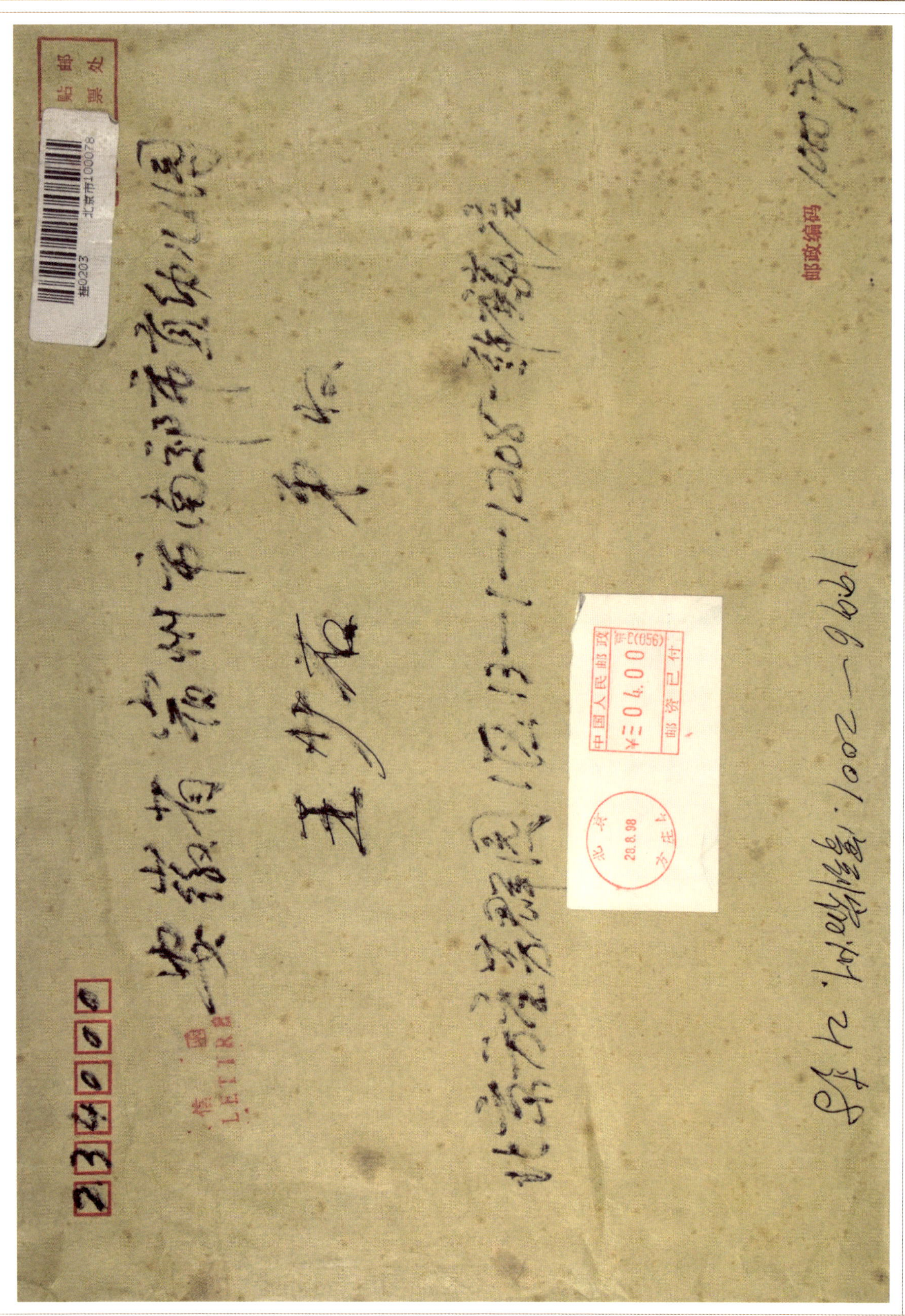

一九九八年八月二十六日

石弟：

收到手书和作品，我很高兴。安排四个女儿工作煞费心思，你夙日为人好，交友实在，所以孩子们归宿都有着落，确实难为你，如今大体已安排妥当，吾弟可喘一口气了，谢天谢地啊。侵权一案我看到寄来的两份报，《新华每日电讯》、《文化周报》写得很详细。只等法院强制执行，对方才算死心。我敬候佳音了。寄来的大作，大有进步，我很高兴。主要你基础好，悟性强，才有今天的笔墨，这是肯定的。两幅篆书写得也很自然。我统统给你寄回。希望你再接再厉，不间断的写作，定能写出新意的作品，我所企盼啊！匆匆此颂合府吉祥如意。麟庐草草。八月二十六日。

（北京方庄芳群园一区十三号楼—安徽省宿州市南郊市直幼儿园）

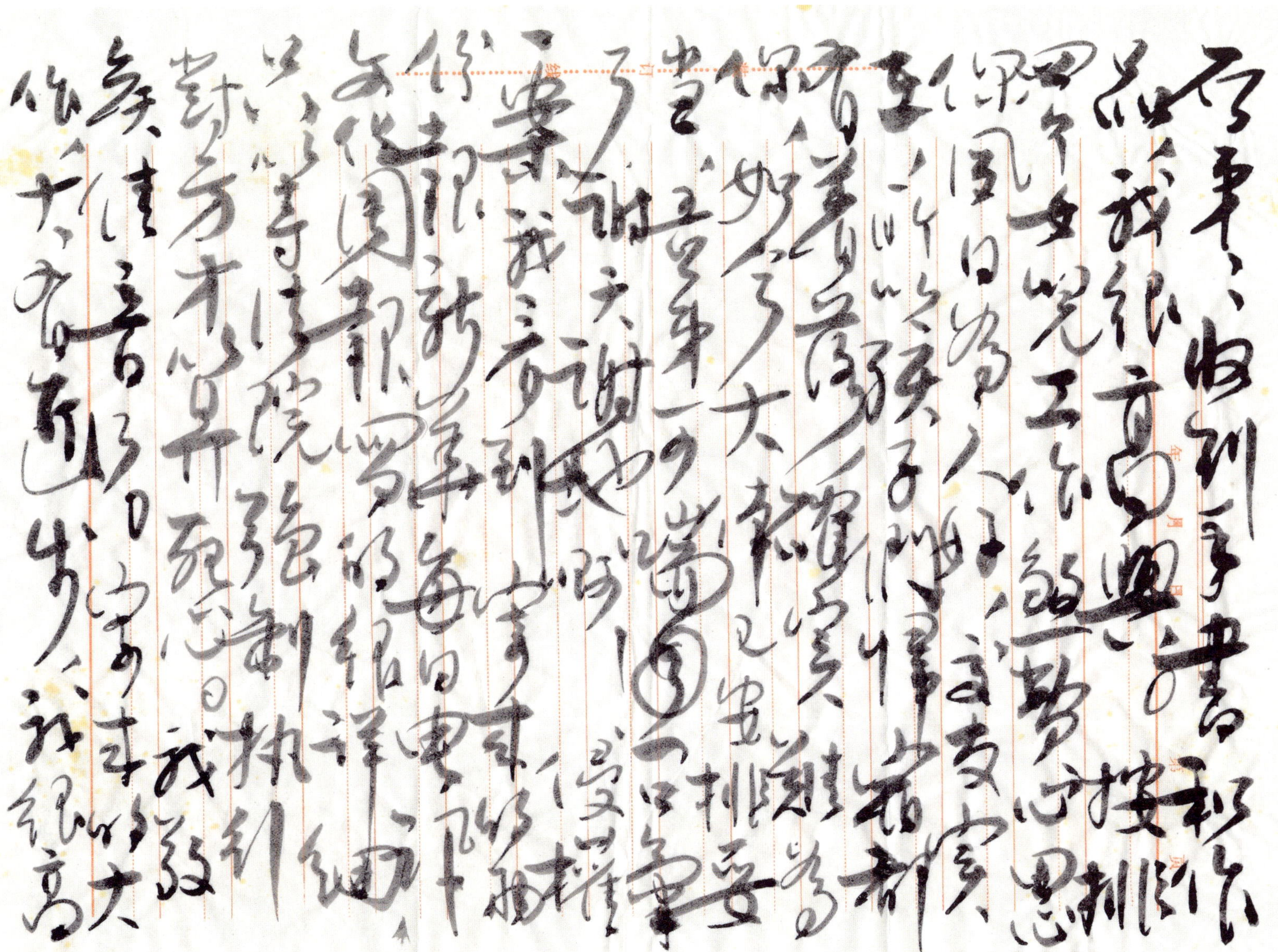

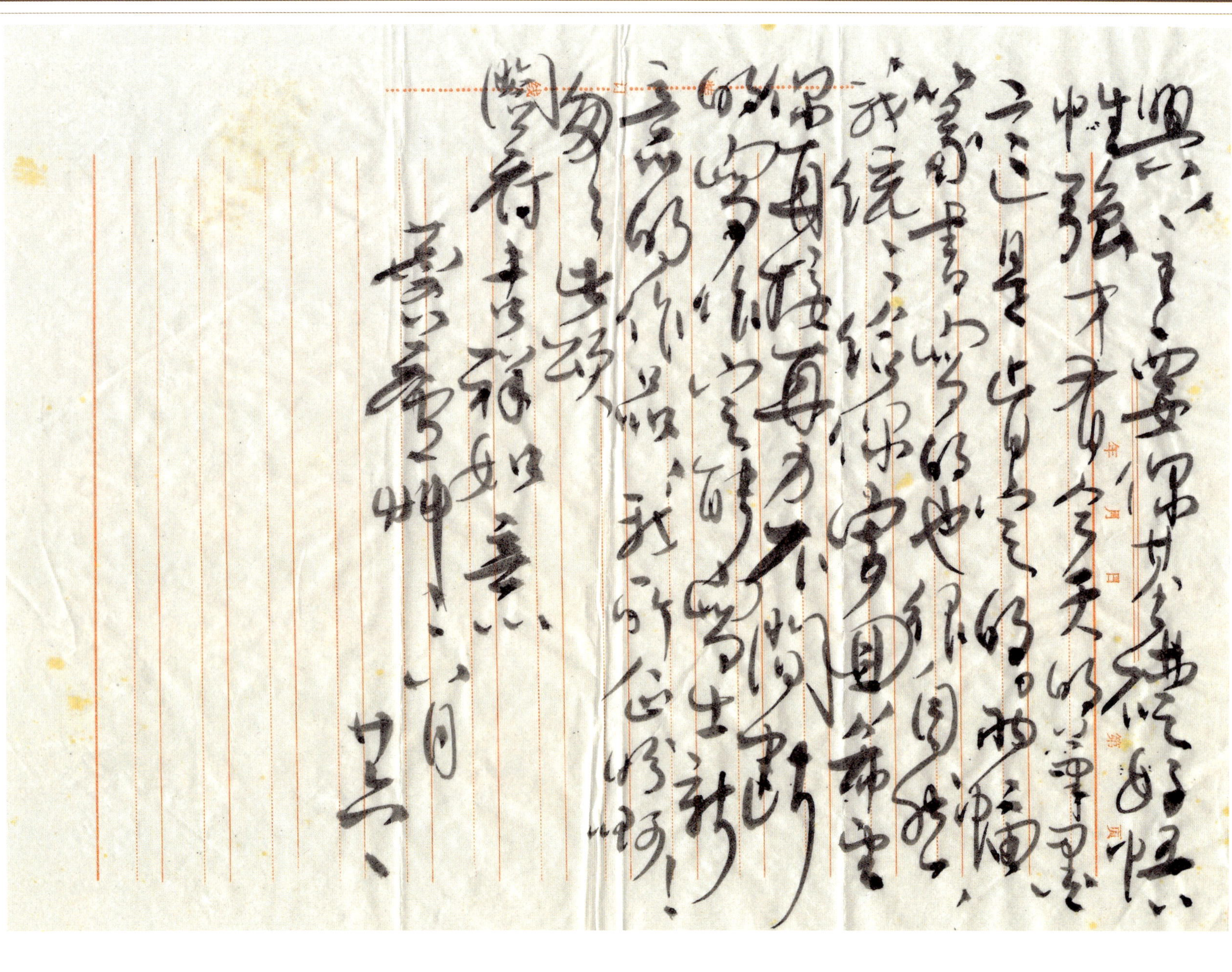

王少石　新雨图　136.6cm×78.5cm　一九九八年

题跋：少石弟篆刻老手，此幅新雨气势磅礴，笔墨不凡，吾弟之佳作也，因题数语，八十三叟许麟庐于芳群楼。

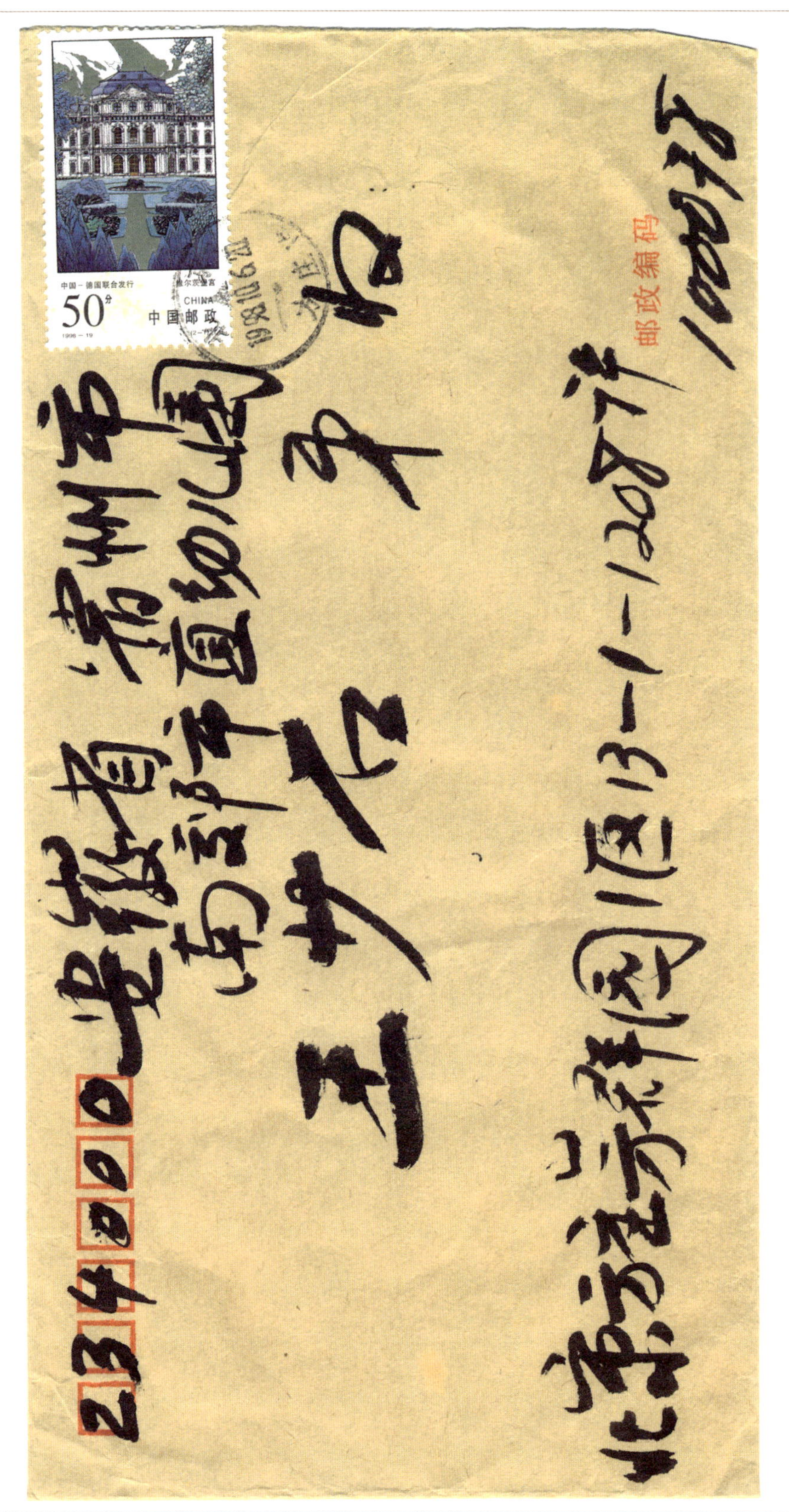

一九九八年十月六日（一）

少石弟：

寄来《兰花册页》、《水仙双鸭》，笔墨潇洒，金石气息，不失为佳作，令我高兴之极！只要天天临池，画法当然变化万千。吾弟乃勤奋好学之人，多年来借鉴诸家之长逐渐形成个人风格矣。吾弟近得黄宾老册页十二帧，殊属难得，可贺可贺。侵权事如何？念念之中。吾弟来京之前先电话告知，以便恭候。匆匆此颂近好。麟庐。十月六日。

（北京方庄芳群园一区十三号楼—安徽省宿州市南郊市直幼儿园）

【按】评王少石花鸟画笔墨潇洒，金石气息，多年来借鉴诸家之长逐渐形成个人风格。

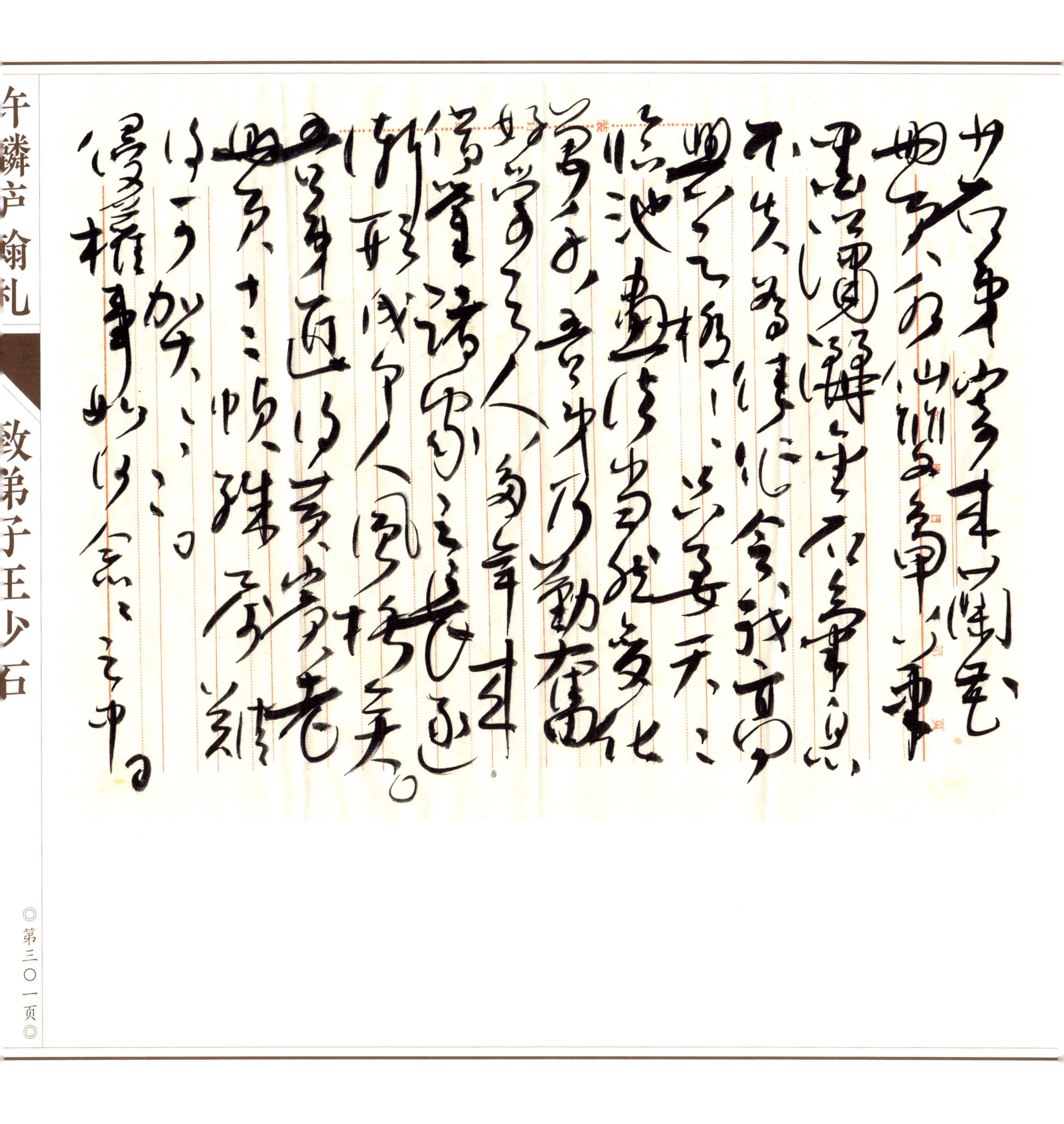

致弟子王少石

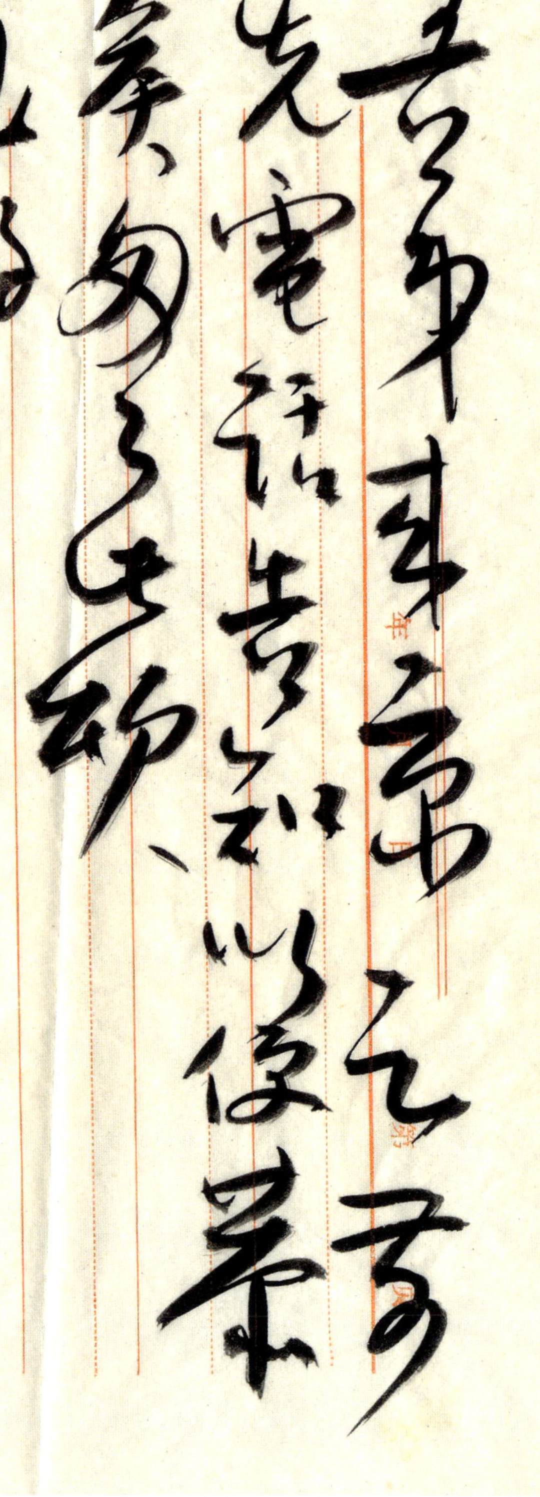

一九九八年十月六日（二）

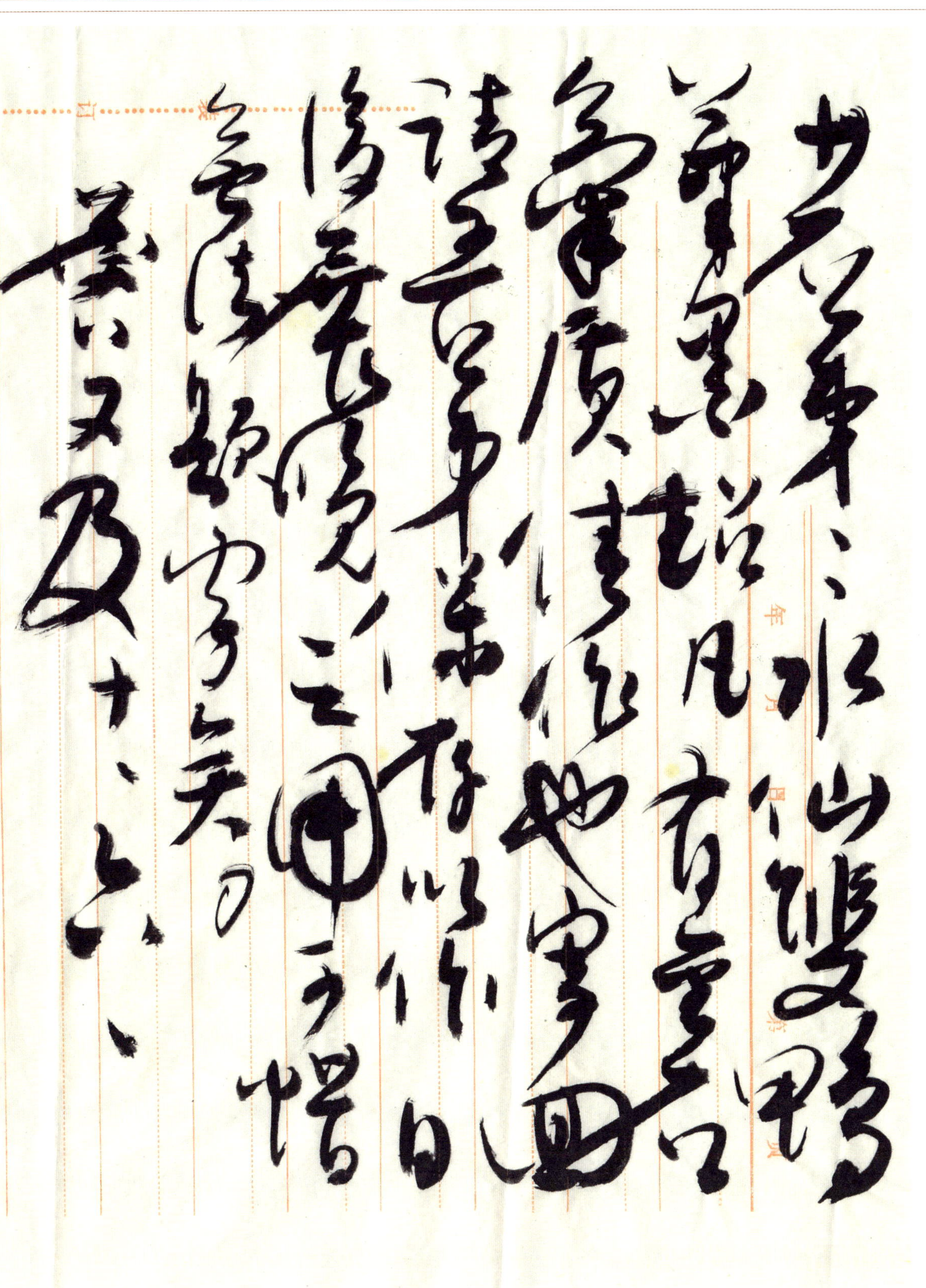

少石弟：

《水仙双鸭》笔墨超凡，有金石气质，佳作也。寄回请吾弟保存，以作日后展览之用，可惜无法题字矣。麟庐又及。

十月六日。

（北京方庄芳群园一区十三号楼—安徽省宿州市南郊市直幼儿园）

一九九九年二月十一日

少石吾弟：

收到挂号信尽悉一切。年号印请便中寄下，一大一小即可。对联写得有味道。《芙蓉双鱼》叶子有些糊涂。今后画叶一定要有浓淡，不可一味任性，注意注意。宋瓶两只乃精绝之品，世所罕见，要珍重珍重。合肥购房乃吾弟一劳永逸之事，但盼顺利解决，明年住上新居，我为吾弟祈祷了。凡事都要小心谨慎，万勿大意，要紧要紧！

我家老小都很好，请勿念念。祝合府春节大吉大利，诸事如意。麟庐。二月十一日。

（北京方庄芳群园一区十三号楼—安徽省宿州市汴河路育苗巷直幼儿园）

【按】有绘画理论。

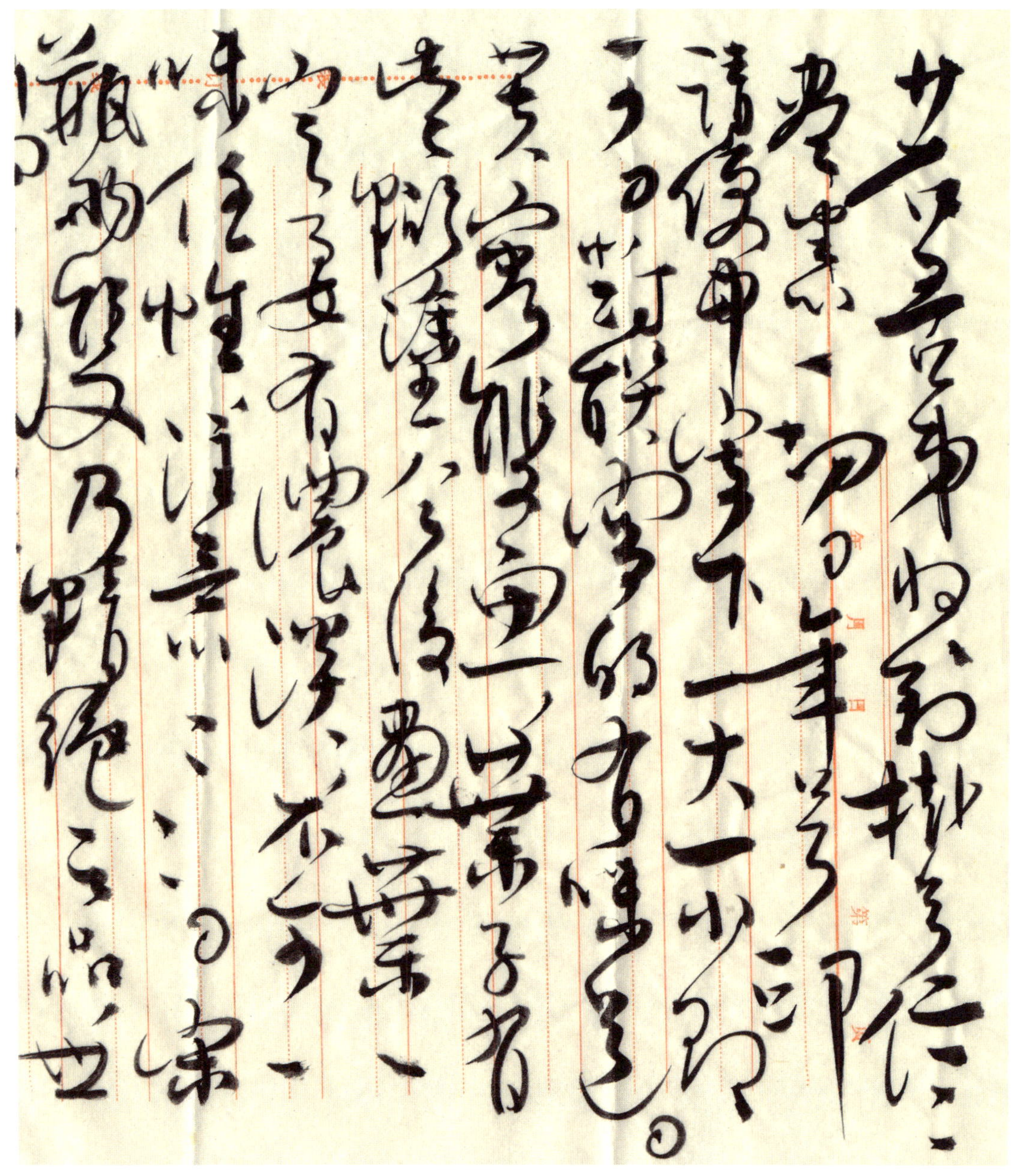

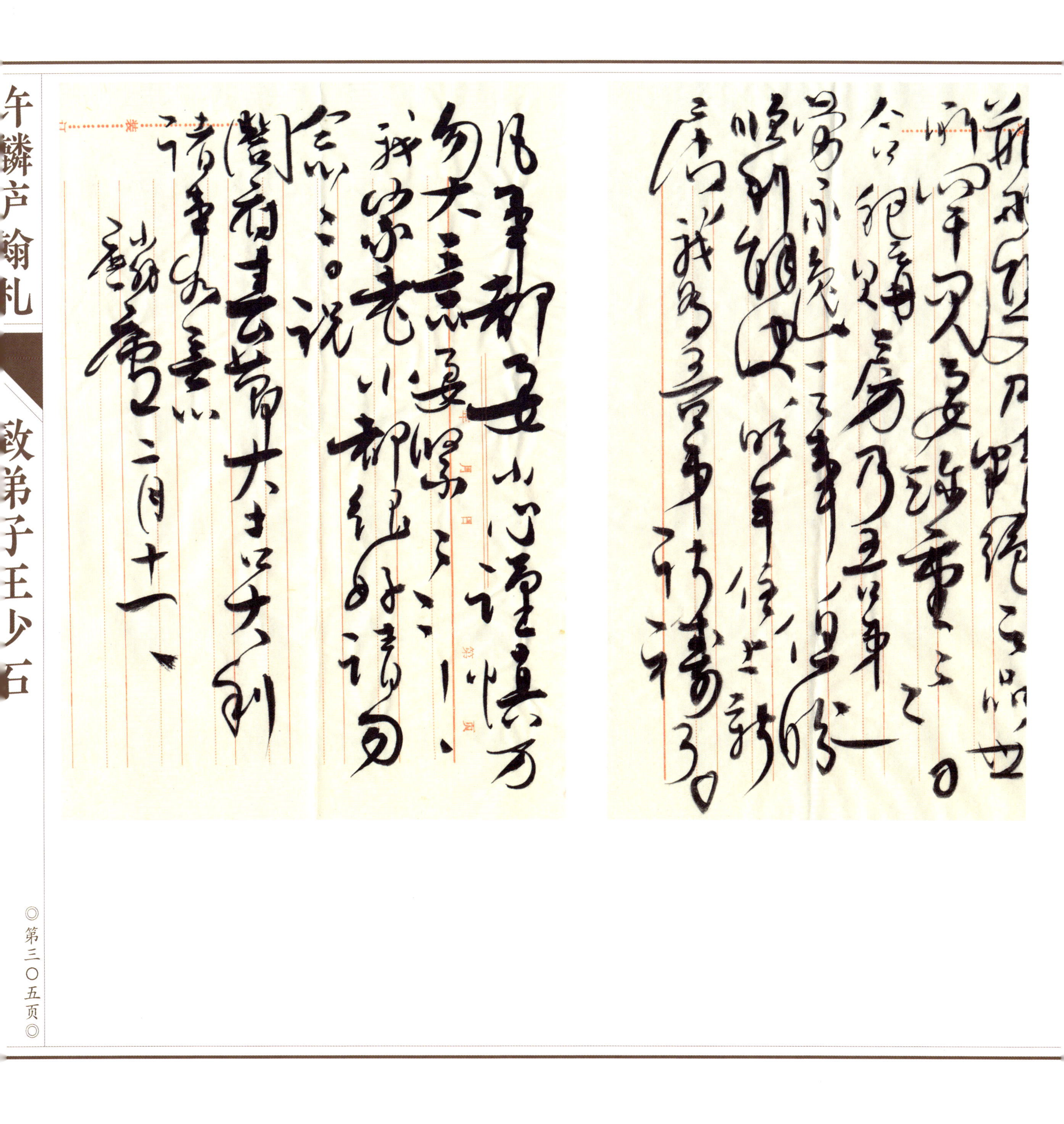

致弟子王少石

一九九九年三月十九日

少石弟：

惠寄《乙卯》章照收，请放心。合肥房办妥否？念念。选择新房要多加注意质量，以防上当受骗。我生活起居一如前态，请勿念念。匆匆此颂近好。麟庐。三月十九日。

（北京方庄芳群园一区十三号楼—安徽省宿州市汴河路育苗巷直幼儿园）

一九九九年十月五日

少石弟：

想念你。见到来信尽知一切。我老俩口经珠海市委之邀，为澳门回归笔会，会后又到澳门会晤马万琪先生。在澳门住了三天，又返回珠海，在珠海住了数日，又到广州住了两日，始返家园。连来带去半个多月，前天才回来。见到吾弟之信，还有大作两幅，很高兴。你在合肥购房不知购妥否？念念。收藏文物可遇不可求，任其自然不可强求为是。孩子们的工作设法求人解决，希望顺顺当当办妥为好。我今年八十四了，走路慢了，说明我老了，自然规律如此而已。请吾弟刻一方闲章《洒落不羁》，白文为好。刻好后，盼你带京，不忙用。吾弟大作候你到京再交还。祝合府吉祥。麟庐。十月五日。

（北京方庄芳群园一区十三号楼—安徽省宿州市南郊埇桥区直幼儿园）

【按】告知珠海、澳门之行，于澳门会晤马万琪。嘱刻闲章［洒落不羁］。

一九九九年十二月二十九日

少石弟：

你好。接到贺卡十分高兴！祝你合府在两千年里万事如意、康健幸福为颂。住房购妥否？念念。近中做些什么？请来信告诉我，以免惦念。我一切均安，请勿念。致以新年快乐！麟庐。十二月二十九日。

（北京方庄芳群园一区十三号楼—安徽省宿州市南郊埇桥区直幼儿园）

二〇〇〇年一月十二日

少石弟：

寄来黄宾老册页照片和印花照收。宾老册页满纸烟云，无法题字。所见宾老画作皆烟云满纸，其画风如此与众不同。京中各拍卖行宾老画甚多，闻成交极少。如今画作以少为贵。上海人有意购之，可托人商洽，以便脱手，装饰房屋，我替我弟默祷。印花一一看过，顺手加批，可能批语有不恰当之处，祈吾弟谅我。匆匆致以冬祺。麟庐。一月十二日。

（北京方庄芳群园一区十三号楼—安徽省宿州市南郊埇桥区直幼儿园）

【按】评黄宾虹画作皆烟云满纸，其画风如此与众不同。

此两印雄浑含蓄非大手笔不能为予喜之

洒落不羁

洒落不羁

评语：此两印雄浑含蓄，非大手笔不能为，予喜之。

朱文印颇难刻此印大刀阔斧已刻出大家风范佳作也其庸弟又得一佳印可贺也

宽堂

评语：朱文印颇难刻，此印大刀阔斧，已刻出大家风范，佳作也。其庸弟又得一佳印，可贺也。

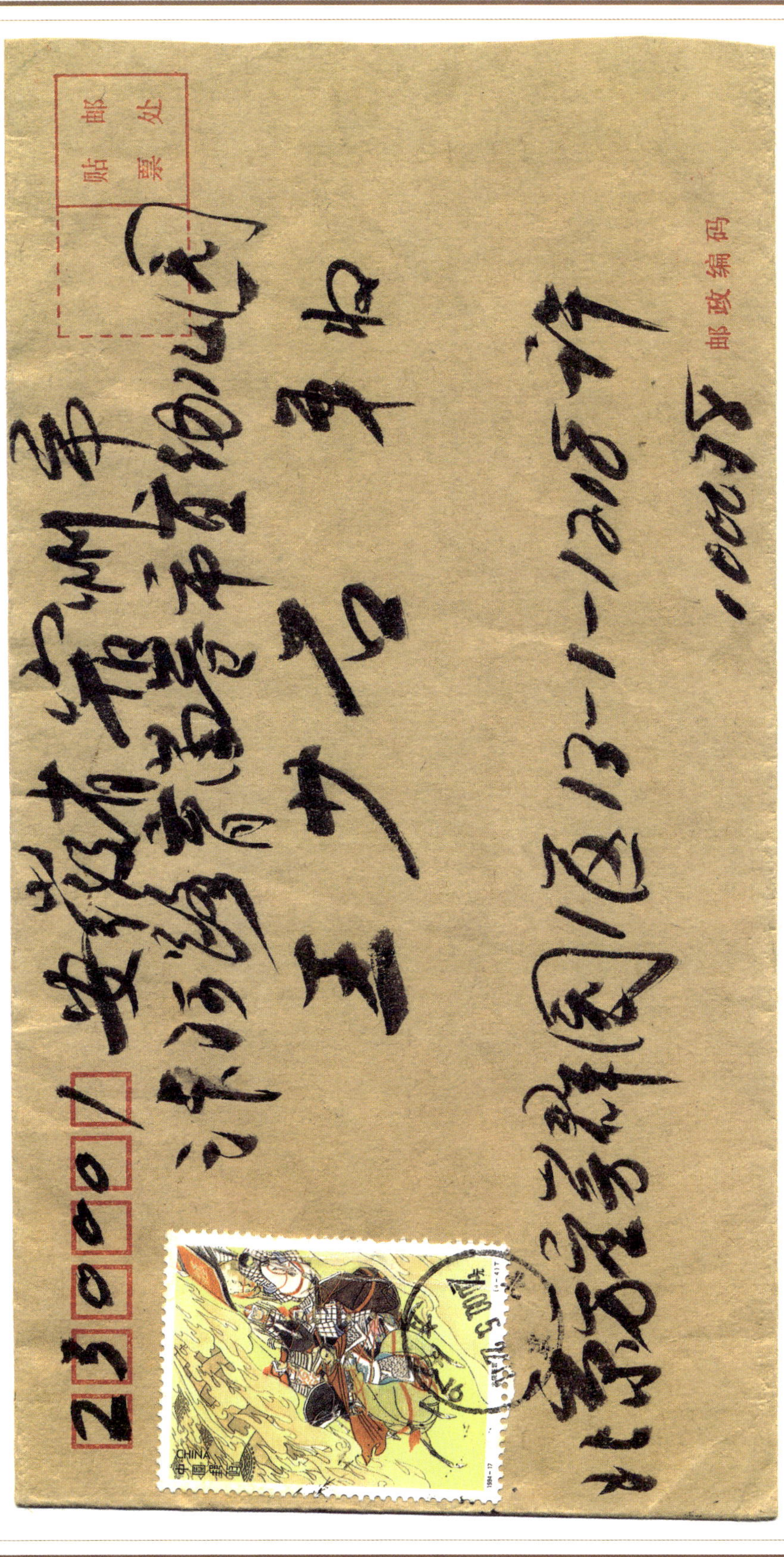

二〇〇〇年五月十五日

少石弟：

寄来三方印已收到。深表谢意。我大病之后仍在恢复，故无心动笔，待身体好转再为挥毫。我一切粗安，请勿念念。宾老小册出手否？新家布置如何？尽在念中。匆匆此颂近好。麟庐。五月十五日。

（北京方庄芳群园一区十三号楼——安徽省宿州市育苗巷市直幼儿园）

少石弟：

寄来三方印已收到，刻得甚好，甚慰，我近来[illegible]仍至健康，很安心，动笔[illegible]情绪身体好，[illegible]精每为挥毫，我一切[illegible]安，请勿念。以上之[illegible]，此时出手不凡，一转[illegible]，[illegible]至[illegible]中。家人大好。

近好

麟庐手书[illegible]

二〇〇一年一月二十一日

少石弟：

来信均悉。房产置妥，装修已成，俟春暖花开，迁居新宅，我高兴之极，终于有了自己家园，岂不一喜。吾弟来京时，检小件旧玉以便我随身佩带。据说老年人佩玉以防跌脚，是否有此说法？人云亦云罢了。明日新春，祝福吾弟合府万事如意、一顺百顺为颂。麟庐拜年。辛巳二十七日。

（北京方庄芳群园一区十三号楼—安徽省宿州市南郊埇桥区直幼儿园）

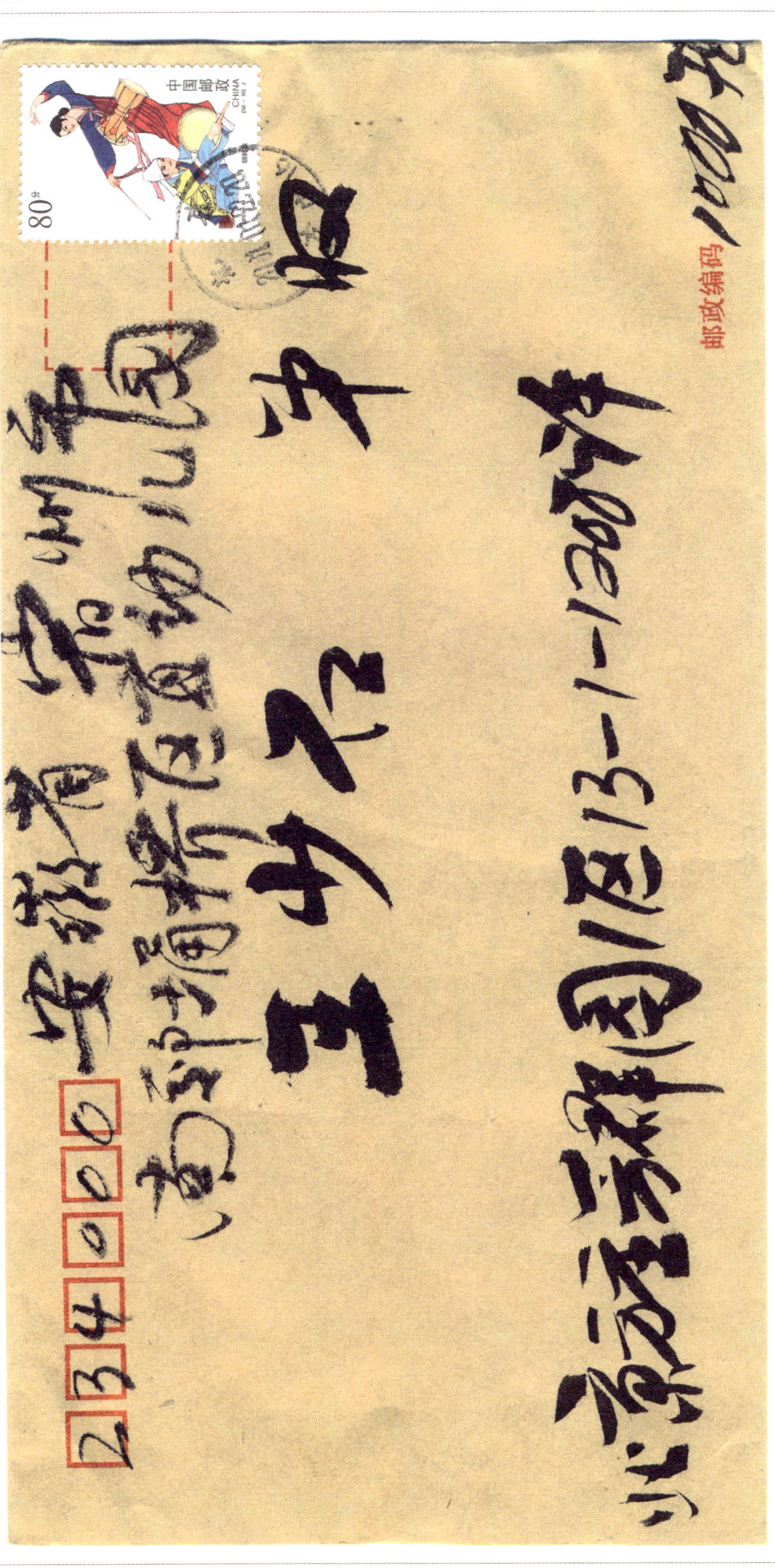

致弟子王少石

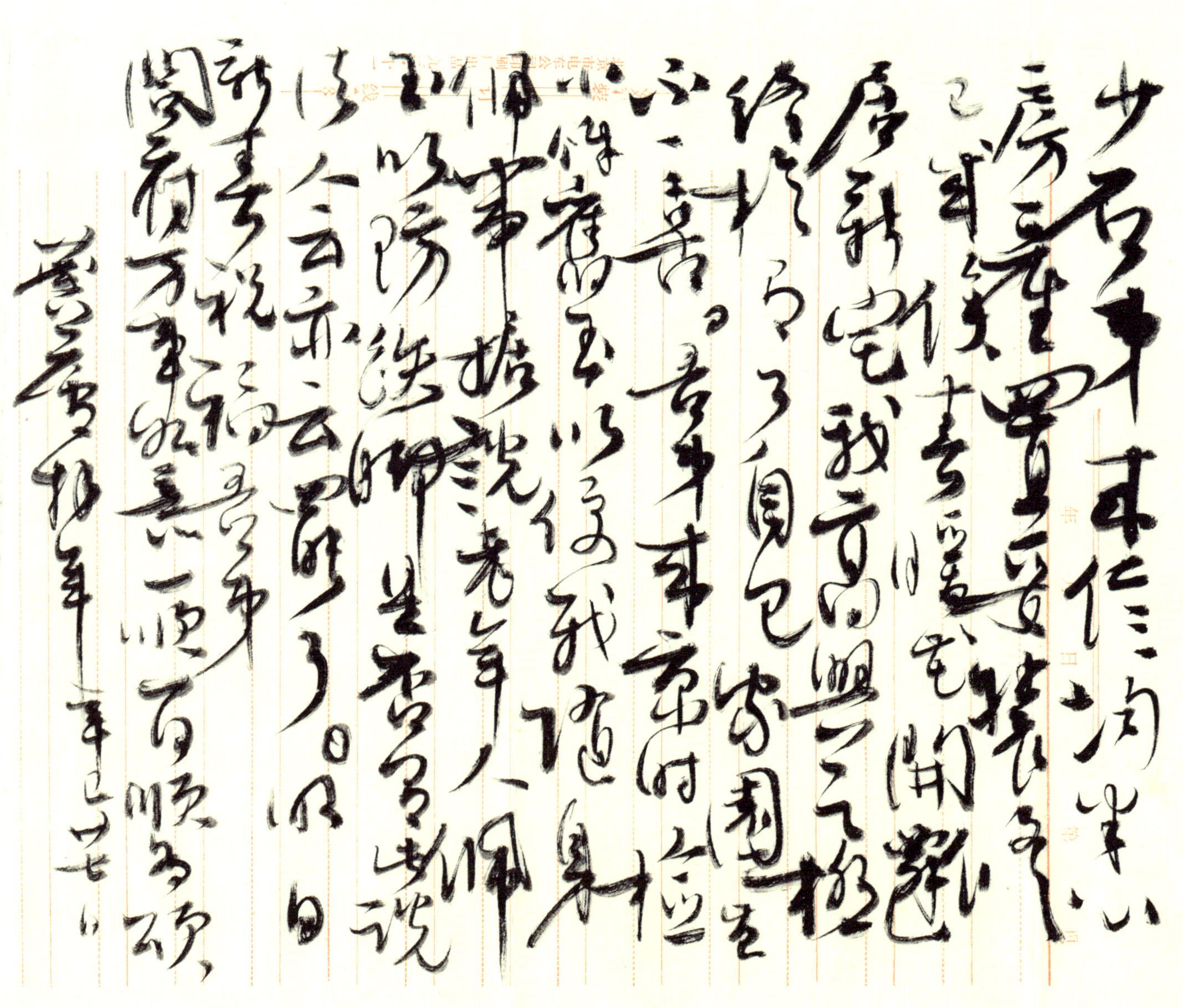

二〇〇一年九月二十七日

少石弟：

今接来信，知吾弟迁到新居，又畅游云南、黄山，使我高兴之极！祝贺吾弟合府安居乐业、大吉大利为颂。我不外出应酬，精神好时，上午作画，下午休息。身体恢复得很好，请吾弟勿念。欢迎再来京一游，畅叙畅叙。匆匆即颂近好。麟庐。九月二十七日。

（北京方庄芳群园一区十三号楼—安徽合肥市美菱大道卫塘菱水苑）

【按】为王少石迁居合肥而高兴。

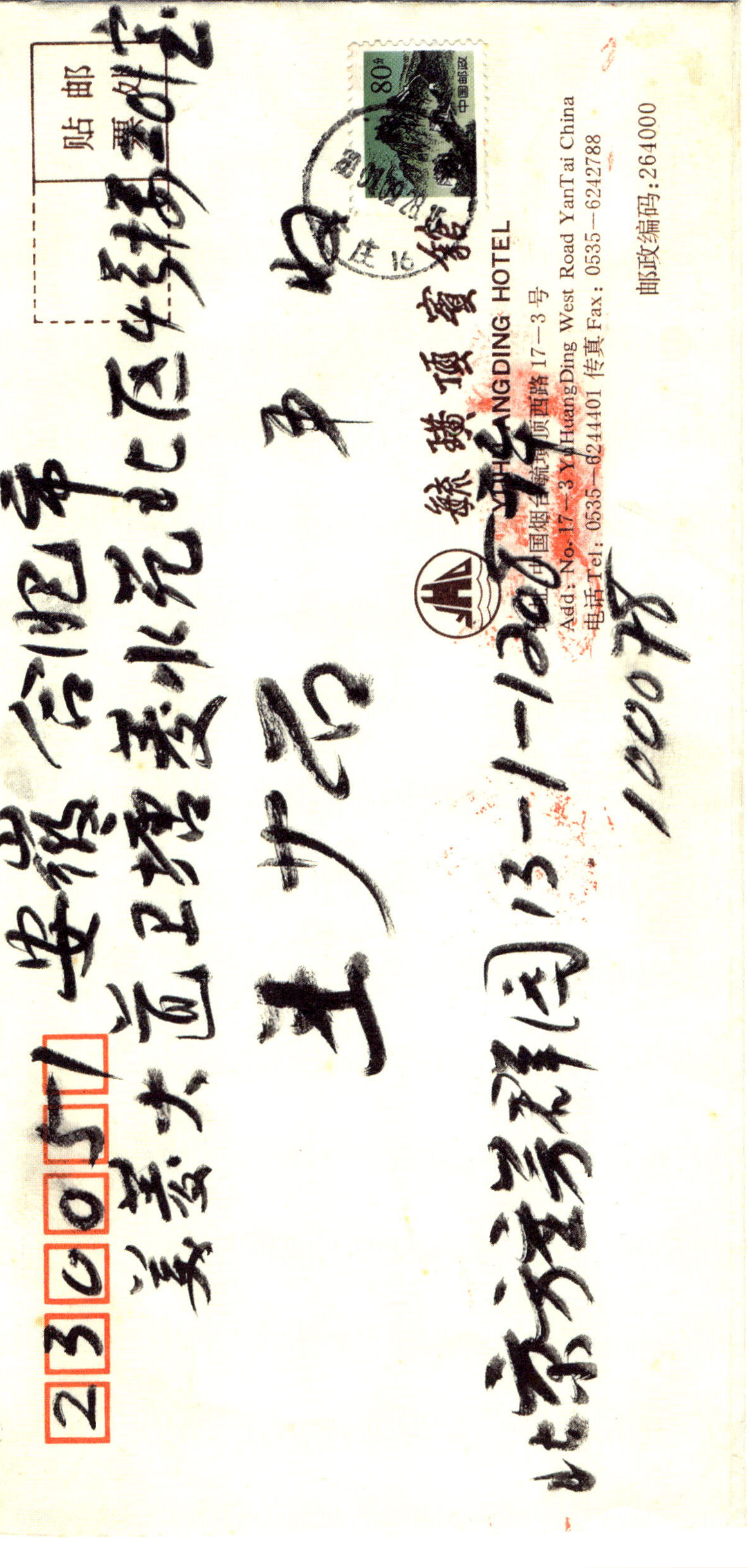

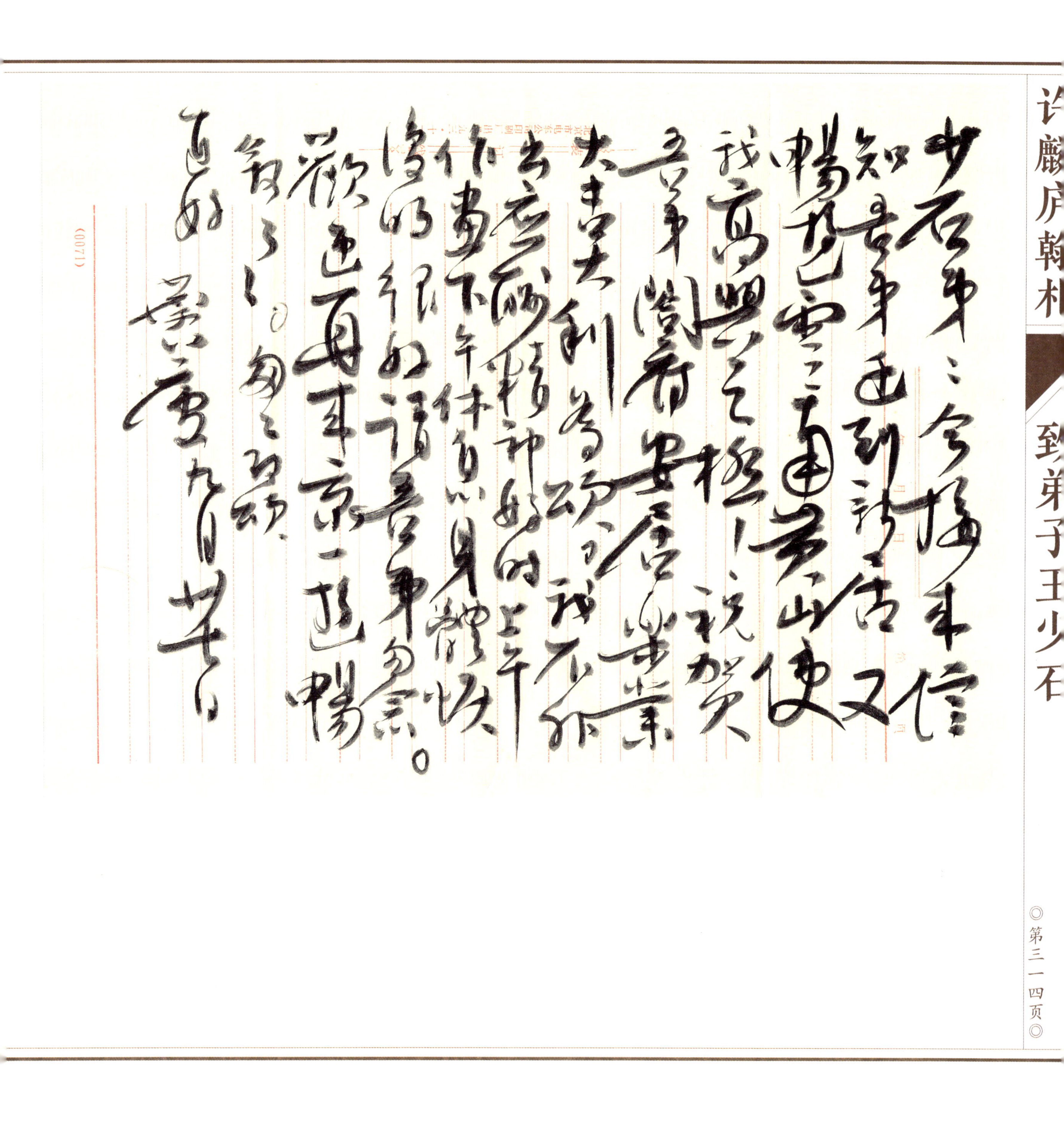

致弟子王少石

二〇〇一年十月二十四日

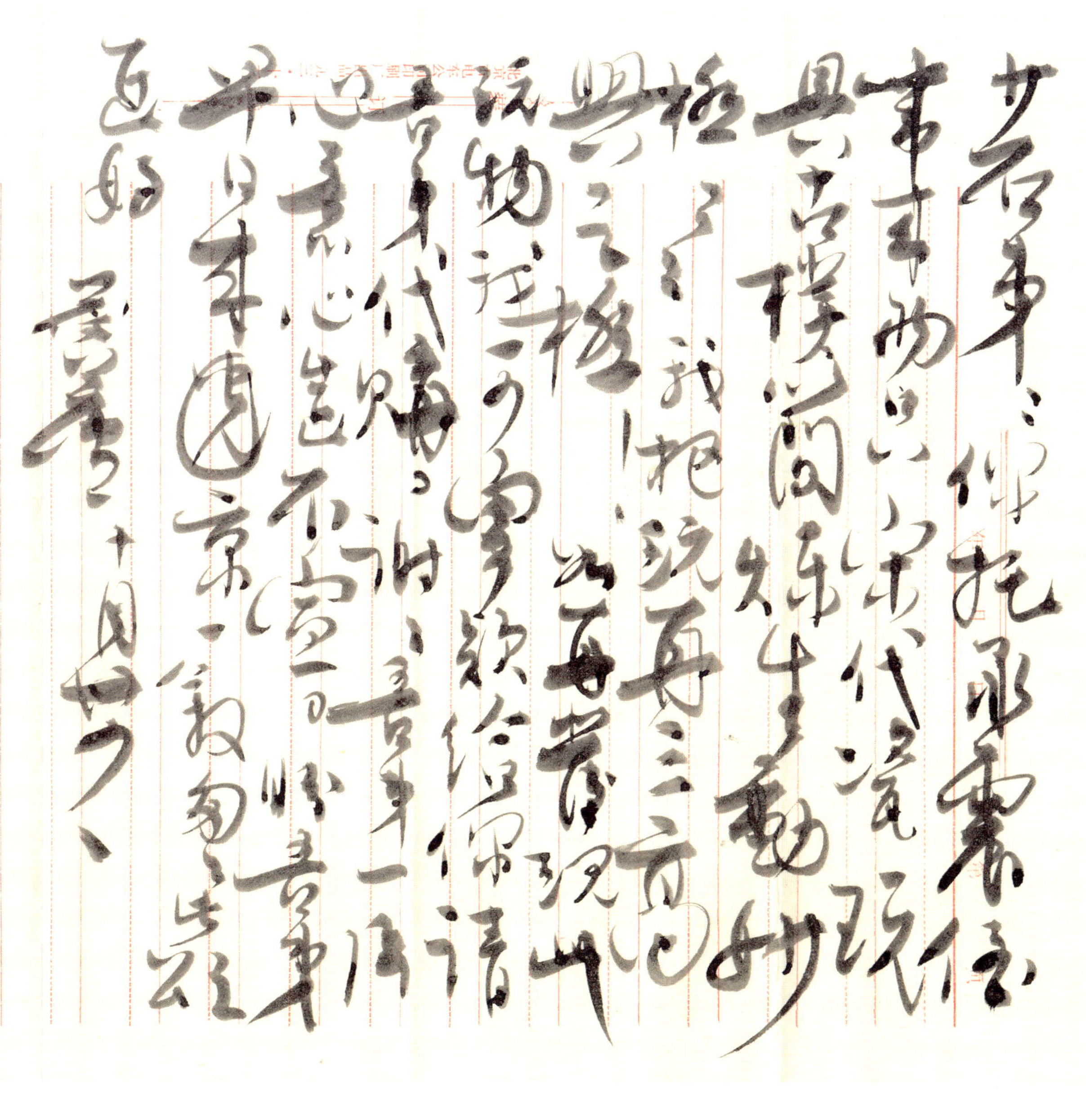

少石弟：

你托承震侄带来两只宋代瓷玩具，古朴、简练、生动，妙极妙极。我把玩再三，高兴之极！如再发现此玩物，我可寄款给你，请吾弟代购。谢谢吾弟一片心意，心照不宣。盼吾弟早日来京一叙。匆匆此颂近好。麟庐。十月二十四日。

（北京方庄芳群园一区十三号楼—安徽省合肥市美菱大道卫塘菱水苑）

【按】评：宋代瓷玩具古朴、简练、生动，妙极妙极。

中国邮政明信片
POST OF CHINA

邮政编码

MXP169(19-6)

北京邮政管理局发行
BEIJING POSTAL ADMINISTRATION BUREAU

作者：许麟庐　创意　策划：容铁　杨家永

二〇〇二年一月五日

祝福二〇〇二年合府吉祥如意、一顺百顺为颂。我二〇〇二年一月十六日早十时，在美术馆举办个人画展。吾弟有暇可来看看，若无暇就不必来了。麟庐白。

（北京方庄芳群园一区十三号楼—安徽省合肥市美菱大道卫塘菱水苑）

【按】告知二〇〇二年一月十六日，在中国美术馆举办个人画展。

二〇〇二年四月十日

少石吾弟如晤：

康泰否？念念。最近忙些什么？请复我数行，以释我念。我经常住顺义县小儿家。经常作画，全凭悟性而为之，故烦请吾弟为我挥刀刻《全凭悟性》压角章一方，另外再刻《无古无今》压角章一方，有劳吾弟，不加客套。专此即颂近好。麟庐白。

四月十日。

（北京方庄芳群园一区十三号楼——安徽省合肥市美菱大道卫塘菱水苑）

【按】告知经常住顺义县小儿许化迟家。嘱刻《全凭悟性》、《无古无今》印。

二〇〇二年六月四日

少石吾弟好：

寄来印花及沈老传略已收悉。便中将沈老墨迹找出，命化杰拍照寄与吾弟。吾弟此次寄来印花我各有批语，请吾弟玩味。吾弟又得宋玩具，我高兴之极，候吾弟来京带下观赏。京城炎热，我明晨返顺义郊区避暑。稍凉再返方庄。匆匆此颂近好。

麟庐白。六月四日。

少石弟：

请便中奏刀刻《麟庐荣辱不惊》一方。刻就后连同《全凭悟性》、《无古无今》两印一并带京。待天气稍凉来京一聚。谨此拜托，谢谢。吾弟近期又获何宝物？来函示我。再谈。此颂暑安。

麟庐又及。六月四日。

吾弟名《九砚楼》，请将九砚名堂示我。

（北京方庄芳群园一区十三号楼—安徽省合肥市美菱大道卫塘菱水苑）

【按】嘱刻《麟庐荣辱不惊》印。

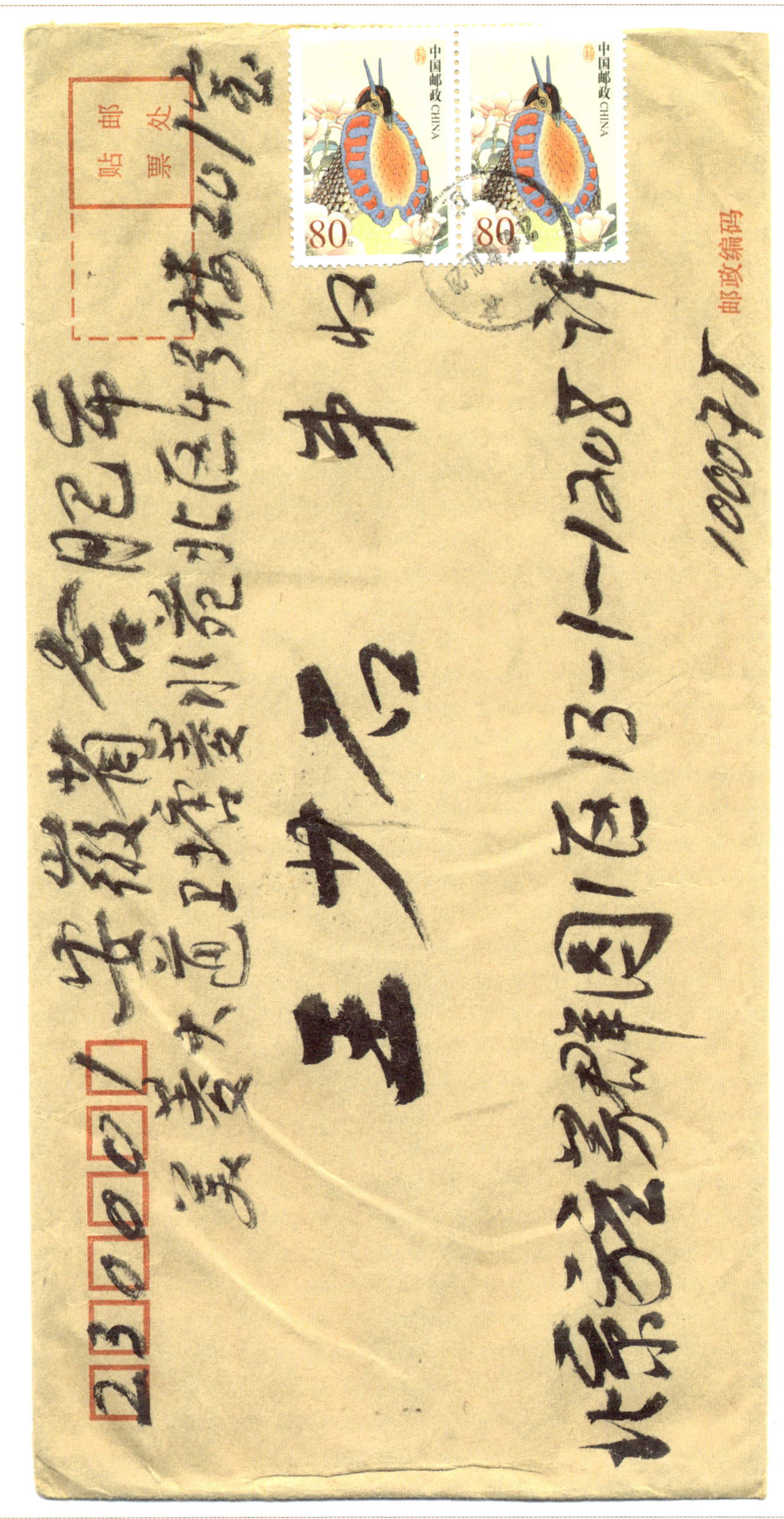

致弟子王少石

致弟子王少石

金石书画可以延年矣

评语：此多字印颇难构思，妙在苍茫之中有如此佳作，令我叹服。

九砚楼

评语：此印苍茫厚重，吾弟精品，当代印人之中能有几人能为之。

无古无今　评语：此印朴厚雄浑，以壮吾弟画作。

无古无今　评语：我喜此印。

一笔画

意在象外

评语：此两印刀法雄浑，安排妥当，乃吾弟佳作，当代印人见之定鼓掌颂之。

此两印刀法雄浑安排妥当乃吾弟佳作
当代印人见之定鼓掌颂之

无古无今

评语：我喜此印。

二〇〇三年一月二十日

少石吾弟如晤：

来函及印花均已收到。经拙目观之，已作小批，不知吾弟以为然否？吾弟收藏《九砚》、《奉华》、《宣希》皆稀世之宝，请善加保存作为王家传世之宝，不可轻与外人观也。随信寄上拙书《九砚楼》横额，可作如是观。匆匆即颂合府春节吉祥。麟庐。壬申大寒日。

【按】为王少石题《九砚楼》。

（北京方庄芳群园一区十三号楼—安徽省合肥市美菱大道卫塘菱水苑）

许麟庐　九研楼　44cm×100cm 二〇〇三年

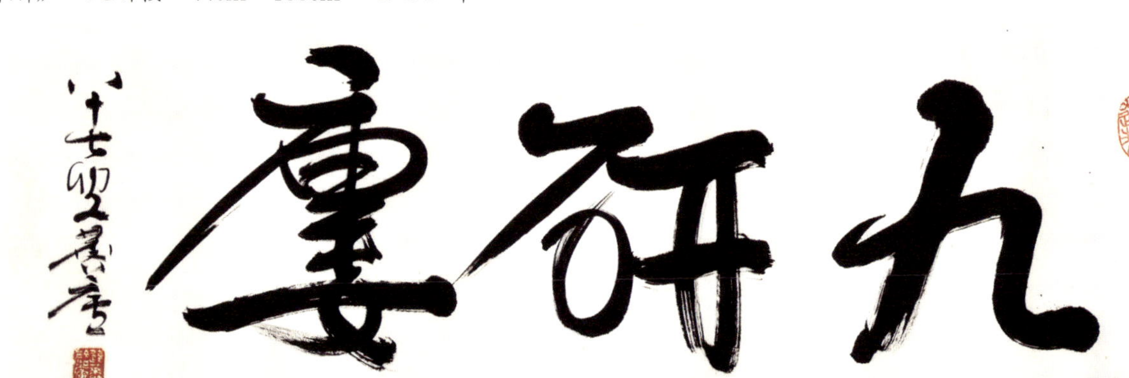

麟庐荣辱不惊

麟庐荣辱不惊

评语：此两印我皆欢喜，有劳我弟为我操心，深表谢意。八十七叟麟庐。

奉华阁

评语：此印章法布局落落大方，只有吾弟有此境界，观之高兴之极！佳作也。

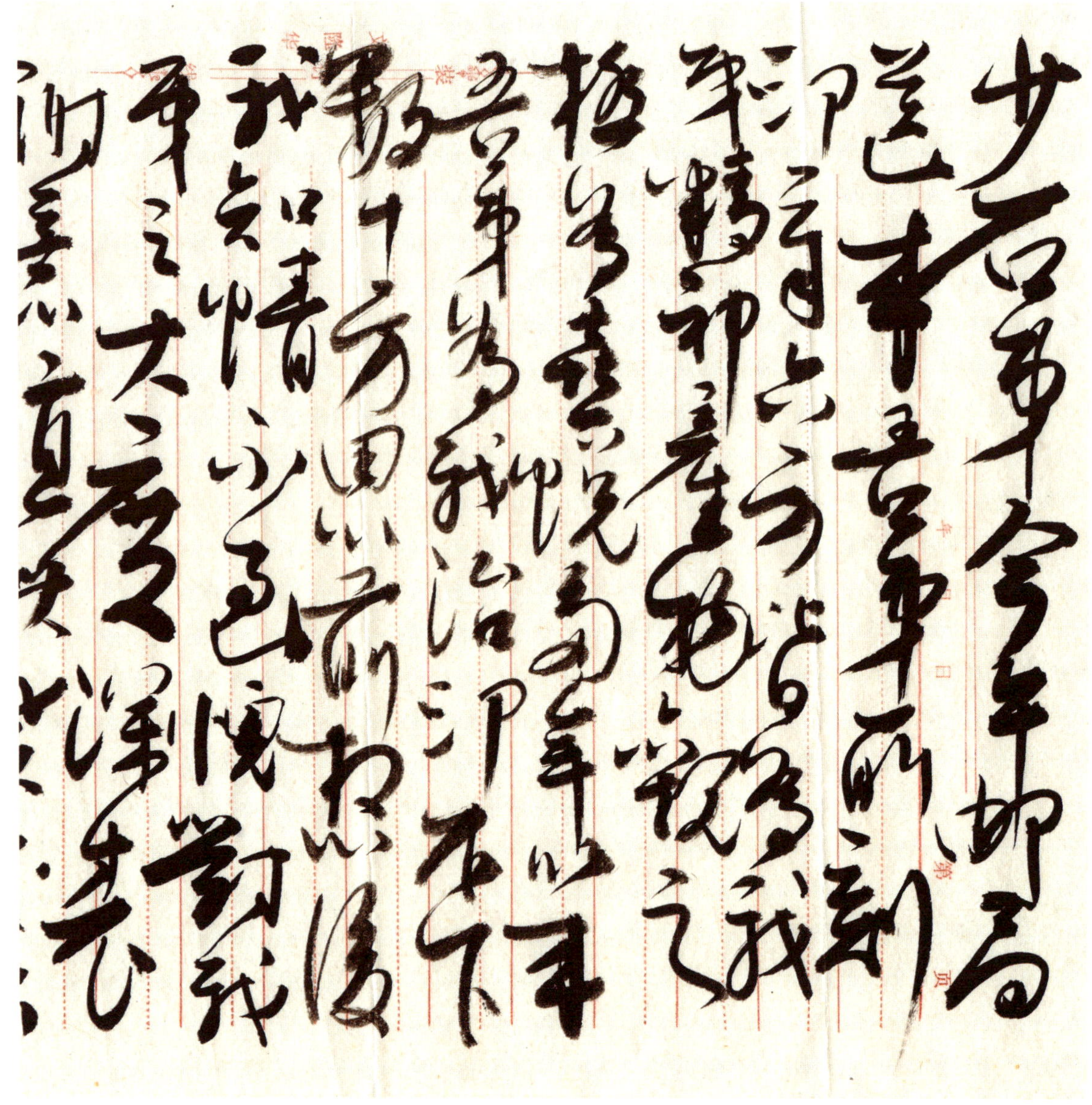

二〇〇三年一月二十九日

少石弟：

今午邮局送来吾弟所刻印章六方，皆为我弟精神产物，观之极为喜悦。多年以来吾弟为我治印不下数十方，思前想后，我知情不过，愧对我弟之大度，深表谢意。值此癸未春节，祝合府万事如意，一顺百顺为颂。我已八十八矣！身体如常，勿以为念。请吾弟多加保重保重。随信寄上拙作一帧，聊表致意。匆匆春节好！麟庐上。一月二十九日。

（北京方庄芳群园一区十三号楼—安徽省合肥市美菱大道卫塘菱水苑）

【按】谓王少石所刻印章皆为精神产物，观之极为喜悦。

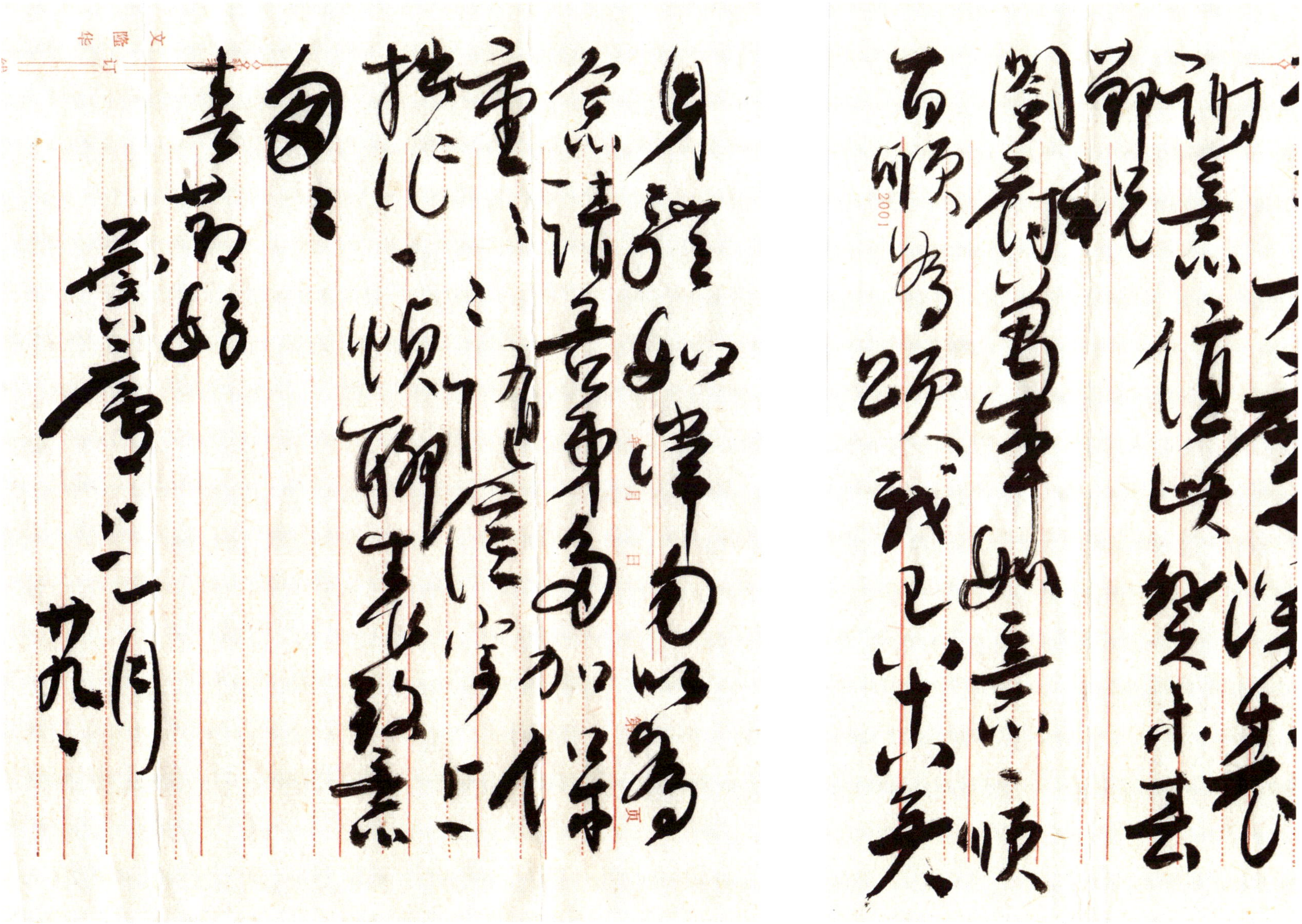

许麟庐　吉利有余　69cm×46cm　二〇〇二年

二〇〇三年十二月二十六日

少石弟如晤：

我很想你，希望你早日来京畅叙畅叙。恭祝合府一顺百顺，万事顺遂为颂。八十八岁麟庐拱手。

（中央文史研究馆—安徽省合肥市美菱大道卫塘菱水苑）

【按】思念至切：我很想你，希望你早日来京畅叙畅叙。

二〇〇四年一月十五日

少石弟：

寄上拙作一帧，以贺新春。收到瓷玩具，我高兴之极，深表谢意。盼吾弟早日到京一叙。匆匆即颂新年全府吉祥。麟庐拱手。一月五日。

（北京方庄芳群园一区十三号楼—安徽省合肥市美菱大道卫塘菱水苑）

【按】思念至切：『盼吾弟早日到京一叙。』

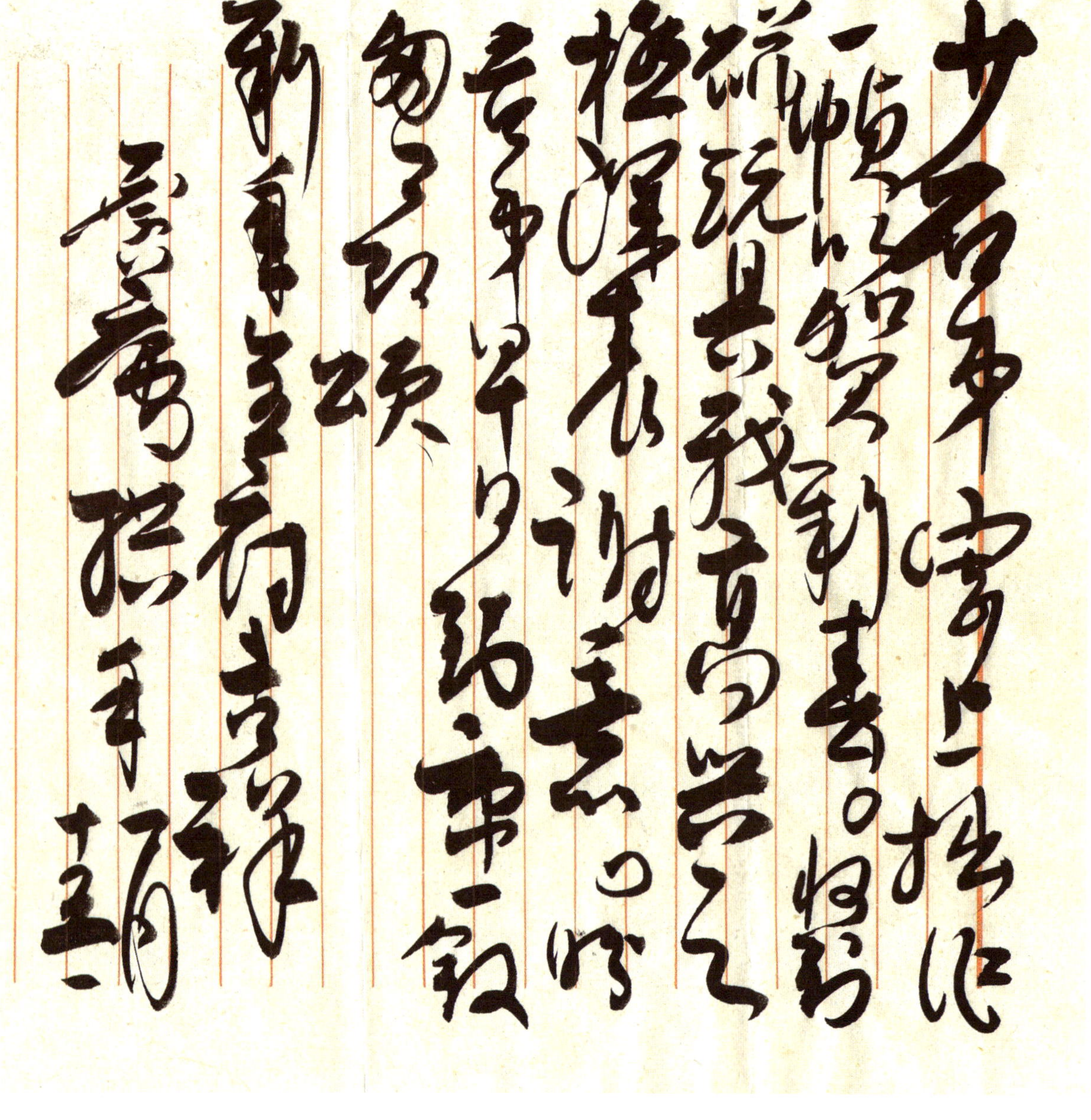

少石弟寄上拙作一帧以贺新春收到瓷玩具我高兴之极深表谢意盼吾弟早日到京一叙匆匆即颂新年全府吉祥麟庐拱手

许麟庐　红菊八哥　68.5cm×68.5cm　二〇〇三年

二〇〇五年一月二十六日

少石弟：

新年全家好。我记忆力时好时坏，经常连名字都记不清。现在我浑时候了，可笑可笑。吾弟给小九刻的图章非常好，你费心了，谢谢吾弟了。《自强不息》、《化迟画虎》、《许》、《化迟》、《化迟写意》、《化迟》、《老九》、《许》、《化迟》这九方印刻得老道，（他人）与少石无法比，佩服佩服！方方耐人寻味，高明高明。谢谢吾弟，谢谢吾弟。《乙酉》、《乙酉》也收到了。

九十岁麟庐拜。十二月十七日。

【按】评王少石为许化迟刻印，方方耐人寻味。

（北京方庄芳群园一区十三号楼—安徽省合肥市美菱大道卫塘菱水苑）

二〇〇五年十二月二十三日

恭祝少石全家大吉大利、一顺百顺。九十岁麟庐。

（北京方庄芳群园一区十三号楼—安徽省合肥市美菱大道卫塘菱水苑）

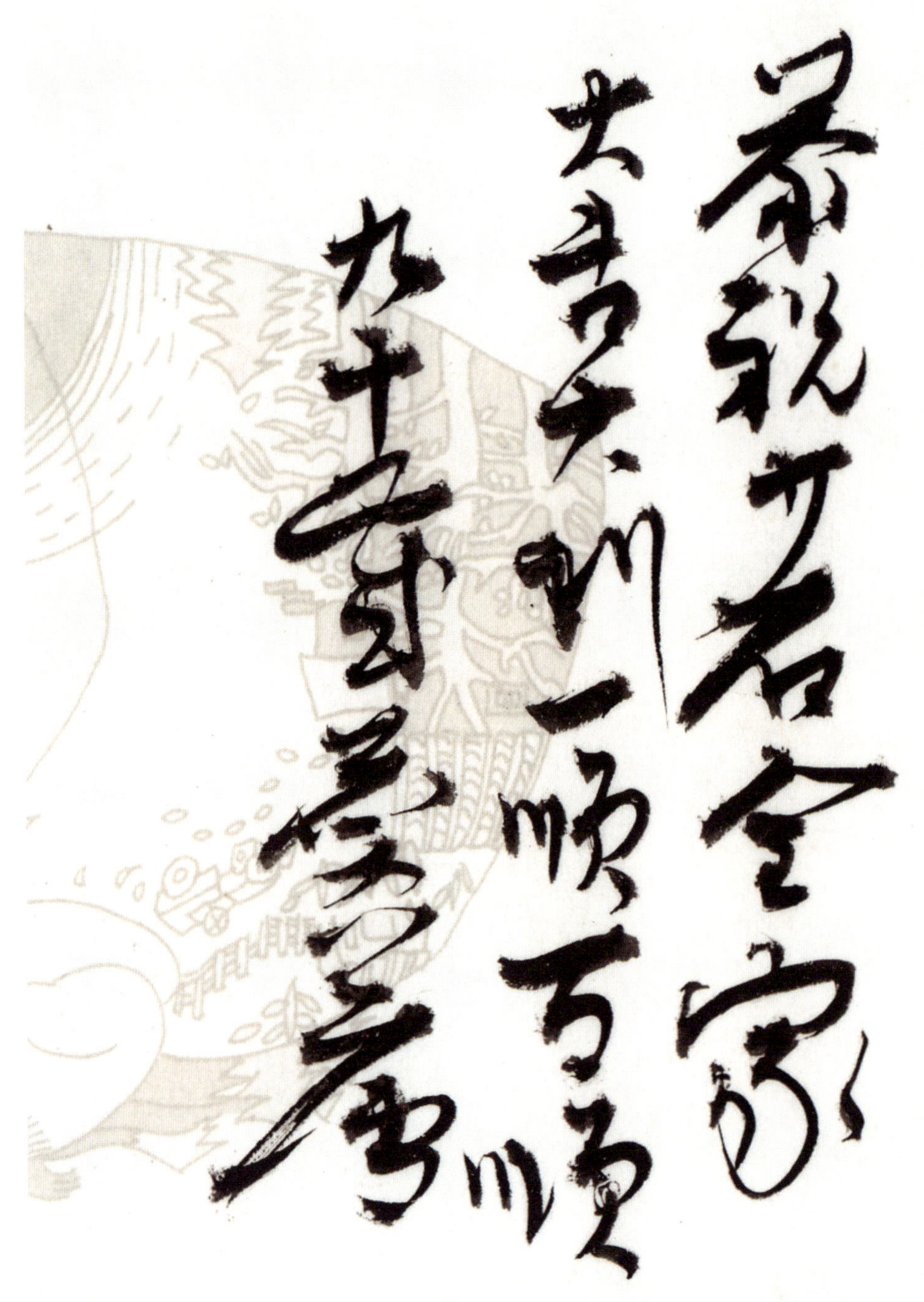

二〇〇七年一月二日

少石弟及弟妹：

祝你们全家幸福、健康长寿、万事如意。请我弟为我刻一方《麟庐九十以后》闲章，谢谢。九十二岁许麟庐、九十岁王令文拜年。

（北京方庄芳群园一区十三号楼—安徽合肥市美菱大道菱水苑北区）

【按】嘱刻《麟庐九十以后》。

致弟子王少石

二〇〇七年二月七日

少石弟：

新年全家好，一顺百顺，诸事如意。给我刻的《麟庐九十以后》、《丁亥》三印，给许燕刻《许燕》、《许燕写意》三方印，我非常满意。许燕嘱我谢谢我弟。随信寄上拙作《事事如意》，以酬吾弟雅意。我眼睛视而不见，实在老矣。恭贺新年合府老幼吉祥如意、平安幸福。九十二岁麟庐。二月七日。

（北京方庄芳群园一区十三号楼—安徽省合肥市美菱大道菱水苑北区）

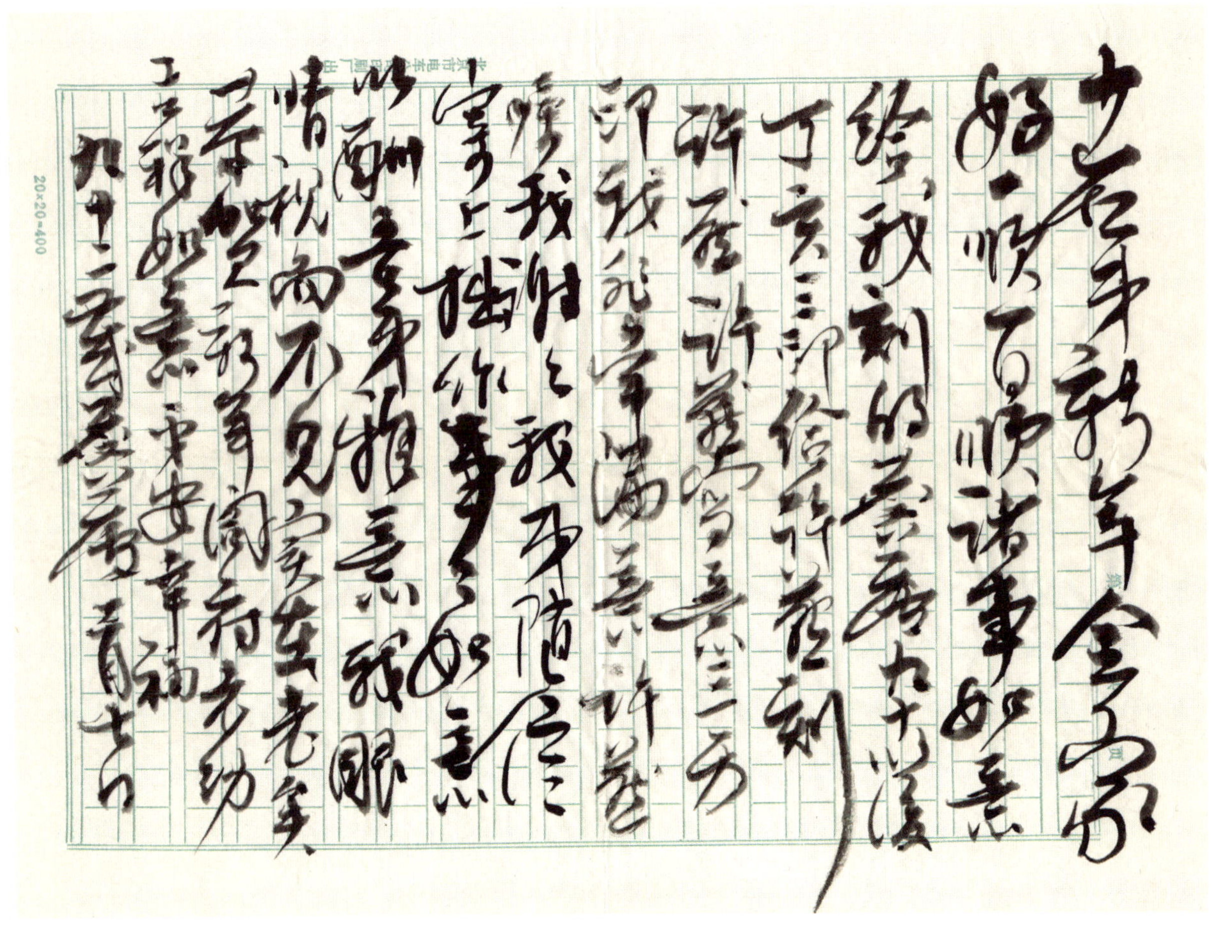

许麟庐 事事如意 69cm×69cm 二〇〇三年

二〇〇九年一月十五日

印章收到，好！许麟庐。二〇〇九年元月。

（北京方庄芳群园一区十三号——安徽省合肥市美菱大道菱水苑北区）

二〇一〇年二月六日

少石弟：

图章收到，刻得好，我喜欢。祝您全家新年吉祥如意。九十五岁麟庐。

（中央文史研究馆——安徽省合肥市徽州大道菱水苑北区）

许麟庐 百宋斋 69cm×121cm 二〇一〇年

后记

从去年八月至今，我用了一年的时间，对恩师许麟庐先生写给我的二百通信札进行整理、释文、摄图及图片调整，总觉得将这些信札缉录出版，是我晚年应该做好的一件事情。面对这批信札，如见麟翁其人，如闻麟翁之声，好像他老人家尚在人间也。

这些书信带有时代的烙印。文化大革命时期，人们生活的物质条件和精神活动都受到时代的限制，恩师的信是用硬笔写在当时普通的信封与信纸上的，此类书信的图片多未收入。改革开放以后不一样了，由于各方面的情况都有好转，先生的信札便讲究起来了，习惯用毛笔书写传统的手札格式，有不少信纸还是传统的八行笺，在当代翰札中出类拔萃，极具手札书法的欣赏价值。

此书电子版的文字、图片都是我自己完成的，算是老有所为吧。感谢我妻王侠，她已经七十五岁了，仍然担当全部家务事，为我的事业与爱好做出了默默的奉献。

二〇一六年八月二十一日王少石记于石隐楼中

图书在版编目（CIP）数据

许麟庐翰札：致弟子王少石 / 王少石编
北京：中国文联出版社，2018.1
ISBN 978-7-5190-3253-1
Ⅰ. ①麟… Ⅱ. ①许… ②王… Ⅲ. ①许麟庐
（1916-2011）－书信集 Ⅳ. ① K825.72
中国版本图书馆 CIP 数据核字 (2018) 第 272767 号

许麟庐翰札·致弟子王少石

编　　者：王少石
出 版 人：朱　庆
终 审 人：奚耀华　　复 审 人：曹艺凡
责任编辑：邓友女　　责任校对：甄　飞
封面设计：谭　锴　　责任印制：陈　晨
出版发行：中国文联出版社
地　　址：北京市朝阳区农展馆南里 10 号，100125
电　　话：010-85923078（咨询）85923000（编务）85923020（邮购）
传　　真：010-85923000（总编室），010-85923020（发行部）
网　　址：http://www.clapnet.cn　　http://www.claplus.cn
E - mail：clap@clapnet.cn　　dengyn@clapnet.cn
印　　刷：中煤（北京）印务有限公司
装　　订：中煤（北京）印务有限公司
法律顾问：北京天驰君泰律师事务所徐波律师
本书如有破损、缺页、装订错误，请与本社联系调换
开　　本：787 × 1092　　1/12
字　　数：320 千字　　印　　张：29.5
版　　次：2018 年 1 月第 1 版　　印　　次：2018 年 1 月第 1 次印刷
书　　号：ISBN 978-7-5190-3253-1
定　　价：460.00 元